W0349018

POLGARA
LA SORCIÈRE

I

Le temps des souffrances

ŒUVRES DU MÊME AUTEUR
CHEZ POCKET

LA BELGARIADE

1. LE PION BLANC DES PRÉSAGES
2. LA REINE DES SORTILÈGES
3. LE GAMBIT DU MAGICIEN
4. LA TOUR DES MALÉFICES
5. LA FIN DE PARTIE DE L'ENCHANTEUR

LA MALLORÉE

1. LES GARDIENS DU PONANT
2. LE ROI DES MURGOS
3. LE DÉMON MAJEUR DE KARANDA
4. LA SORCIÈRE DE DARSHIVA
5. LA SIBYLLE DE KELL

LA TRILOGIE DES JOYAUX

1. LE TRÔNE DE DIAMANT
2. LE CHEVALIER DE RUBIS

DANS LA COLLECTION
RENDEZ-VOUS AILLEURS

1. LES DÔMES DE FEU
2. CEUX-QUI-BRILLENT
3. LA CITÉ OCCULTE

RENDEZ-VOUS AILLEURS
Collection dirigée par Jacques Goimard et Patrice Duvic

DAVID ET LEIGH EDDINGS

POLGARA LA SORCIÈRE

I

Le temps des souffrances

Traduit de l'américain
par Dominique Haas

POCKET

Titre original
POLGARA THE SORCERESS

Illustration de couverture :
W. Siudmak

Le Code de la propriété intellectuelle n'autorisant, aux termes des paragraphes 2 et 3 de l'article L. 122-5, d'une part, que les « copies ou reproductions strictement réservées à l'usage privé du copiste et non destinées à une utilisation collective » et, d'autre part, sous réserve du nom de l'auteur et de la source, que les « analyses et les courtes citations justifiées par le caractère critique, polémique, pédagogique, scientifique ou d'information », toute représentation ou reproduction intégrale ou partielle, faite sans le consentement de l'auteur ou de ses ayants droit ou ayants cause, est illicite (article L. 122-4). Cette représentation ou reproduction, par quelque procédé que ce soit, constituerait donc une contrefaçon sanctionnée par les articles L. 335-2 et suivants du Code de la propriété intellectuelle.

© 1997 David et Leigh Eddings
© 1999 Pocket pour la traduction française
ISBN : 2-266-08110-1

Dédicace

Et voilà, chers lecteurs. Après ces quinze longues années, ce livre vous est enfin dédié. Quelle équipée, n'est-ce pas ? Quelle aventure pour nous, en tout cas ! Votre patience, votre enthousiasme, votre constance nous ont aidés plus que vous ne pouvez l'imaginer. Soyez-en remerciés. Nous espérons vous avoir apporté du plaisir.

Sincèrement,

David et Leigh Eddings

PROLOGUE

Kail, le Gardien de Riva, protesta avec énergie quand Belgarion, son roi, l'informa qu'il avait l'intention de se rendre sans escorte au Val d'Aldur avec Ce'Nedra, mais Garion tapa du pied – à la grande surprise de sa petite épouse, parce que ce n'était vraiment pas son genre – et dit :

– C'est une réunion de famille, Kail. Nous n'avons pas besoin d'avoir une bardée de domestiques dans les pattes.

– Mais c'est dangereux, Majesté !

– Allons, mon vieil ami, rétorqua Garion, que pourrait-il arriver que je ne sois en mesure de régler moi-même ? Nous partirons seuls.

C'est alors qu'éclata la controverse sur les fourrures. La reine de Riva était mi-tolnedraine, mi-dryade, or les Tolnedrains et les Dryades étaient du Sud, et l'idée de porter des dépouilles animales lui donnait la chair de poule. Alors que Garion était en partie alorien, et avait beaucoup voyagé dans le Nord en hiver.

– Ce'Nedra, tu vas emporter des fourrures, décréta-t-il fermement. Sans ça, je refuse de t'emmener où que ce soit avant le retour des beaux jours.

Garion lui posait rarement des ultimatums, et Ce'Nedra était assez fine pour savoir mettre fin à une discussion. Elle s'affubla docilement de fourrures aloriennes, fit de longs discours à la nounou qui devait s'occuper des enfants pendant son absence, et le couple royal quitta l'Île des Vents par la marée du matin, à bord du consternant vaisseau de l'affligeant capitaine Greldik.

Ils achetèrent des chevaux et des provisions à Camaar et partirent pour l'Est. Jusqu'à Muros, ils trouvèrent tous les soirs à se loger dans les hostelleries tolnedraines placées à intervalles réguliers le long de la grand-route. Mais après Muros, ils furent plus ou moins livrés à eux-mêmes. Heureusement, le roi de Riva avait souvent vécu au grand air, et force était à sa petite femme de reconnaître qu'il était tout à fait au point lorsqu'il s'agissait de dresser un bivouac.

En ce qui la concernait, elle était assez lucide pour se rendre compte qu'elle était parfaitement ridicule quand elle ramassait du bois pour le feu de camp avec sa toison de feu étalée sur ses énormes fourrures qui la faisaient ressembler à une baleine. D'autant qu'à cause de sa taille, elle ne pouvait transporter plus de deux brindilles à la fois. La vision grotesque d'une baleine aux cheveux rouges se dandinant dans la neige lui vint plus d'une fois à l'esprit.

Il avait beaucoup neigé dans les montagnes de Sendarie, et il faisait un froid de gueux. Ce'Nedra avait l'impression qu'elle n'arriverait jamais à se réchauffer les pieds. Mais elle aurait préféré crever plutôt que de l'avouer à son mari. Cette expédition était son idée, et il n'était pas question d'admettre que ce n'était peut-être pas une idée de génie. Elle était un peu comme ça, la petite reine de Riva.

Ils redescendirent des montagnes et s'engagèrent dans la plaine enneigée d'Algarie, au sud. Il neigeait encore et, bien qu'elle se refusât obstinément à le reconnaître, même dans le secret de son âme, Ce'Nedra se félicitait chaleureusement d'avoir cédé à Garion sur le chapitre des fourrures.

Une nuit glaciale tombait sur le sud de l'Algarie et les nuages bas crachaient de petits granulés de neige piquante. En arrivant en haut d'une butte, au nord du Val d'Aldur, ils virent la petite vallée où se trouvait le cottage de Poledra et ses annexes. La maison était là depuis des générations, évidemment, mais la grange et les hangars avaient été ajoutés par Durnik, et on aurait un peu dit une ferme sendarienne.

Sauf qu'en ce moment, Ce'Nedra ne se souciait guère d'architecture comparée. Elle n'avait qu'une envie : échapper à ce froid.

– Ils savent que nous arrivons ? demanda-t-elle en claquant des dents, son souffle se condensant dans le froid mordant.

– Oui, répondit Garion. J'ai prévenu Tante Pol il y a un ou deux jours.

– Ta Majesté sait qu'il est parfois rudement commode de l'emmener en voyage ? fit Ce'Nedra avec un petit sourire.

– Ta Majesté est trop bonne, répondit-il sur le même ton.

– Oh, Garion ! dit-elle en riant.

Ils talonnèrent leurs chevaux et descendirent la colline.

À la belle saison, un cours d'eau actuellement gelé courait près du cottage, comme on l'appelait toujours, bien que ce soit maintenant une maison de belle taille. La neige qui arrivait aux fenêtres éclairées par une chaude lumière dorée, le panache de fumée bleutée montant de la cheminée avaient quelque chose d'accueillant. Ce'Nedra se réjouit à la perspective de la chaleur et du confort maintenant tout proches.

La porte s'ouvrit et Durnik parut sur le seuil.

– Qu'est-ce que vous faisiez ? appela-t-il. Nous vous attendions vers midi.

– La neige est vraiment épaisse, répondit Garion. Ça nous a ralentis.

– Dépêchez-vous. Il ne faut pas que Ce'Nedra reste dans ce froid.

Ça, c'était vraiment un chou !

Ce'Nedra et son mari entrèrent dans la cour pleine de neige et descendirent de cheval.

– Entrez vite. Je vais m'occuper de vos bêtes.

– Je vais t'aider, proposa Garion. J'ai besoin de me dégourdir les jambes.

Il prit Ce'Nedra par le bras et la conduisit vers la porte d'entrée.

– Je reviens tout de suite, Tante Pol ! dit-il à la cantonade. Je vais juste aider Durnik à desseller les chevaux.

– À tout de suite, mon chou, répondit Polgara de sa voix chaude, pleine d'amour. Venez, Ce'Nedra, mon petit chou. Venez vous mettre au chaud.

La petite reine de Riva se précipita dans la maison, se jeta dans les bras de Polgara la Sorcière et lui planta deux baisers retentissants sur les joues.

– Vous avez le nez tout froid ! nota Polgara en riant.

– Chère, chère Tante Pol ! Vous devriez toucher mes pieds ! rétorqua Ce'Nedra en riant plus fort encore. Comment faites-vous pour supporter l'hiver ici ?

– Je suis née et j'ai grandi ici, vous savez. J'y suis habituée.

– Et les jumeaux ? s'enquit Ce'Nedra en regardant autour d'elle.

– Ils font la sieste. Nous les lèverons pour dîner. Allez, enlevez vos fourrures et installez-vous devant le feu. Quand vous serez un peu dégelée, vous pourrez prendre un bon bain. J'ai préparé des baquets d'eau bien chaude.

– Génial ! fit la petite reine de Riva avec ferveur.

L'ennui, avec les fourrures aloriennes, c'est qu'elles ne sont pas boutonnées mais attachées par toutes sortes de cordons, et il n'est pas facile de dénouer des nœuds gelés, surtout quand on a les doigts raides de froid. Ce'Nedra resta donc plantée au milieu de la pièce, les bras en croix, pendant que Polgara la dépouillait de ses pelures, après quoi elle s'approcha de la cheminée et tendit les mains vers les flammes crépitantes.

– Pas trop près, mon chou, l'avertit Polgara. Vous allez vous brûler. Que diriez-vous d'une bonne tasse de thé bien chaud ?

– Oh, que du bien !

Après avoir bu son thé et mariné pendant une bonne demiheure dans un baquet d'eau fumante, Ce'Nedra eut enfin l'impression d'être un peu réchauffée. Elle enfila une robe et rejoignit Polgara dans la cuisine. Elle donnait à manger à ses jumeaux. Ils avaient un an et commençaient tout juste à marcher. Ils ne maîtrisaient apparemment pas tout à fait le maniement de la cuillère, de sorte qu'une partie non négligeable de leur dîner atterrit par terre. En attendant, ils étaient à croquer avec leurs boucles blondes comme les blés. Leur vocabulaire était encore limité dans les langues connues de Ce'Nedra, mais ils étaient très prolixes dans un dialecte étranger.

– Ils parlent « jumeau », lui expliqua Polgara. Il est assez fréquent que les jumeaux développent une langue à eux. Jusqu'à cinq ans, nous nous sommes parlé en « jumeau », Beldaran et moi. Pauvre vieil oncle Beldin ! Ça le rendait fou !

– Et Garion et Durnik, où sont-ils ?

– Durnik a fait des travaux ; je suppose qu'il est en train de montrer tout ça à Garion. Il a ajouté plusieurs pièces à l'arrière du cottage, si bien que vous ne serez pas obligés de dormir au grenier, tous les deux. Petit cochon ! s'exclama-t-elle en essuyant tendrement le menton d'un des jumeaux, qui se mit à glousser. Alors, Ce'Nedra, que se passe-t-il ? Pourquoi avez-vous entrepris ce voyage en plein hiver ?

– Vous avez lu l'histoire de Belgarath ? répliqua Ce'Nedra.

– Oui. Je l'ai trouvé étrangement... prolixe.

– Ce n'est pas moi qui vous contredirai. Comment a-t-il pu en écrire aussi long en une seule petite année ?

– Mon père a certains atouts dans sa manche, Ce'Nedra. S'il avait dû écrire tout ça à la main, ça lui aurait sûrement pris beaucoup, beaucoup plus longtemps.

– C'est peut-être pour ça qu'il a omis tant de détails.

– Comment ça ? fit Polgara en torchonnant affectueusement le museau du second jumeau, après quoi elle les posa tous les deux par terre.

– Pour quelqu'un qui se targue d'être conteur professionnel, j'estime que c'est du travail bâclé.

– Ah bon ? Moi, je ne trouve pas.

– Il y a des gouffres béants dans son histoire, tante Pol.

– Père a sept mille ans, Ce'Nedra. Sur une période aussi longue, il y a forcément des périodes de calme.

– Il ne parle presque pas de vous, des années que vous avez passées à Vo Wacune, de ce que vous avez fait au Gar og Nadrak, ou des endroits comme ça. C'est pourtant le plus intéressant !

– Je me demande bien pourquoi.

– Je veux tout savoir, tante Pol. Il a laissé beaucoup trop de choses dans le vague.

– Vous êtes aussi terrible que Garion. Chaque fois que le Vieux Loup lui racontait une histoire, il le harcelait pour connaître tous les dét... Pas si près de la cheminée ! lança-t-elle en se retournant d'un bloc vers les jumeaux qui obtempérèrent en riant, ce dont Ce'Nedra déduisit que ça devait être un petit jeu entre eux.

– Enfin, poursuivit-elle, car elle avait de la suite dans les idées, c'est la lettre que Belgarath nous a envoyée avec les derniers chapitres de son récit qui m'a donné l'idée de venir ici pour vous parler. D'abord, il nous accuse tous de nous être ligués pour l'obliger à écrire cette histoire. Il dit qu'il est bien conscient d'avoir laissé des trous dans la chronologie, mais il suggère de vous les faire combler.

– Ça, c'est le Vieux Loup tout craché, murmura Polgara. Il a la spécialité de démarrer les choses et de les faire finir par les autres. Enfin, cette fois, il peut toujours courir. Oubliez ça tout de suite, Ce'Nedra. Je n'ai jamais prétendu être une conteuse, moi, et j'ai autre chose à faire.

– Mais...

– Il n'y a pas de mais, mon chou. Maintenant, allez chercher Garion et Durnik. Nous passons à table.

Ce'Nedra était assez rusée pour ne pas insister, néanmoins elle commençait à entrevoir, dans son petit cerveau tortueux, un moyen d'amener Polgara à revenir sur son refus.

– Garion, mon cœur, dit-elle, ce soir-là, lorsqu'ils furent

dans leur bon lit douillet, tu peux joindre ton grand-père, pas vrai ?

– En principe, oui. Pourquoi, ma tendresse ?

– Tu n'aimerais pas les revoir, ta grand-mère et lui ? Enfin, je veux dire, nous avons fait tout ce chemin, et la tour de Belgarath n'est pas si loin du cottage... Ils seraient très déçus si nous ne profitions pas de l'occasion pour passer les voir, tu ne crois pas ?

– Toi, tu as une idée derrière la tête.

– Pourquoi me soupçonne-t-on toujours d'avoir des idées machiavéliques ?

– Parce que c'est généralement le cas, Ce'Nedra.

– Ça, Garion, ce n'est vraiment pas gentil ! Tu ne me crois pas capable d'avoir simplement envie d'une réunion de famille ?

– Pardon. J'ai été injuste.

– Eh bien... En fait, j'aurais besoin d'aide pour convaincre ta Tante Pol d'écrire son histoire. Elle est un peu butée pour l'instant.

– Ne compte pas sur grand-père pour t'aider. Il t'a dit ce qu'il en était dans sa lettre.

– Loin de moi l'idée de lui demander quoi que ce soit. C'est à Poledra que je pensais. Tante Pol l'écoutera, elle. Je t'en prie, Garion, dit-elle de sa voix la plus douce et la plus enjôleuse.

– C'est bon. Je vais en parler avec Durnik. On verra bien ce qu'il dira.

– Si tu me laissais lui parler ? Je devrais arriver à le convaincre que c'est une bonne idée, fit-elle en fourrant affectueusement son nez au creux du cou de Garion. Mmm, il fait bien chaud, maintenant, dit-elle d'un air d'invite.

– Oui, j'avais remarqué.

– Tu es vraiment si fatigué que ça ?

– Pas à ce point-là, ma douceur, répondit-il en la prenant dans ses bras.

Ce ne serait pas si difficile, conclut-elle. Elle était passée maîtresse dans l'art d'arriver à ses fins, et elle était confiante : Garion et Durnik accepteraient son plan. Maintenant, ce serait peut-être un peu plus compliqué avec Poledra.

Garion se leva sans bruit avant l'aube, selon son habitude. Le roi de Riva avait grandi dans une ferme et les fermiers se lèvent tôt. Ce'Nedra décida qu'il ne serait peut-être pas idiot de le surveiller un peu pendant quelques jours. Une parole imprudente pouvait fiche ses projets en l'air – Ce'Nedra évitait délibérément le mot « stratagème ». Elle porta le bout de ses doigts à l'amulette de Beldaran et chercha mentalement Garion.

– Chut... ce n'est que moi, faisait la voix de Durnik, dans un doux murmure. Vous pouvez dormir. Je vous apporterai à manger plus tard.

Il y eut des bruits vagues, des frôlements, des roucoulements. *Des oiseaux*, pensa Ce'Nedra. Ils caquetèrent, gloussèrent un peu, et le silence revint.

– Tu leur parles toujours comme ça? demanda Garion.

– Oui. Sinon, ils s'exciteraient et ils voleraient en tous sens dans le noir au risque de se faire mal, répondit Durnik. Ils tiennent absolument à se percher dans cet arbre, au milieu de la cour, et je ne peux pas faire autrement que de passer devant tous les matins. Enfin, ils me connaissent, maintenant, et j'arrive généralement à les convaincre de se rendormir. Les oiseaux comprennent vite ces choses-là. Avec les biches, ça met un peu plus de temps. Quant aux lapins, ils sont tellement craintifs qu'ils détalent tout de suite.

– Il faut toujours que tu donnes à manger à tout le monde, hein, Durnik?

– Ils vivent ici aussi, Garion, et cette ferme produit plus de nourriture que nous n'en mangerons jamais, Pol, les bébés et moi. Et puis c'est l'une des raisons pour lesquelles nous sommes là, non? Les oiseaux, les biches et les lapins peuvent se débrouiller en été, mais l'hiver, c'est difficile, alors je leur donne un coup de main.

Il était si bon! se dit Ce'Nedra, les larmes aux yeux. Polgara était la femme la plus importante du monde ; elle aurait pu épouser un roi ou un empereur et vivre dans un palais. Pourtant, elle avait préféré un simple forgeron et décidé de vivre dans cette ferme, au milieu de nulle part. Ce'Nedra savait maintenant pourquoi.

Durnik ne fut pas difficile à manipuler. Il approuva presque aussitôt sa suggestion d'organiser « une petite réunion de famille, puisque nous sommes là ». Il était trop honnête pour soupçonner que les autres puissent avoir des arrière-pensées. C'était tellement facile que, pour un peu, elle aurait eu honte d'elle-même.

Garion n'était pas si naïf. Il faut dire qu'il la connaissait bien, sa petite Dryade à la tête de pioche. Mais Durnik et Ce'Nedra ayant pris l'initiative de la réunion, il n'avait pas le choix. Il la zieuta tout de même d'un air suspicieux avant de projeter sa pensée en direction de son grand-père.

Belgarath et Poledra arrivèrent un ou deux jours plus tard et, à en juger par son expression lorsqu'il salua Ce'Nedra, il savait parfaitement qu'elle « mijotait quelque chose ». Mais elle s'en fichait pas mal. Ce qu'elle mijotait ne concernait pas Belgarath. C'était Poledra qui l'intéressait.

Les réunions de famille étant ce qu'elles étaient, Ce'Nedra dut patienter quelques jours avant de trouver l'occasion propice à une petite conversation. Les jumeaux de Polgara étaient évidemment l'objet de l'attention générale, et ils adoraient ça. Mais Ce'Nedra savait attendre quand il le fallait. Le bon moment viendrait, elle en était sûre, alors elle rongeait son frein en profitant de la chaleur de la famille particulière dans laquelle elle était entrée.

Poledra avait quelque chose d'un peu bizarre qui l'incitait à la méfiance. Ce'Nedra avait lu plusieurs fois l'histoire de Belgarath, et elle savait à quoi s'en tenir sur le passé particulier de cette femme aux cheveux feuille morte. Elle se surprit plus d'une fois à l'observer à la recherche d'un détail susceptible de trahir la louve qui était en elle. L'ennui, c'est que Ce'Nedra était tolnedraine, et qu'il n'y avait pas assez de loups en Tolnedrie pour qu'elle en reconnaisse les caractéristiques, même si elles avaient été évidentes. Ce que Ce'Nedra trouvait le plus troublant, c'était le regard direct que Poledra braquait sur les gens. Cyradis, la sibylle de Kell, avait appelé Poledra « La Femme qui Observe », ce qui était assez bien vu. Les yeux dorés de Poledra semblaient capables de percer à jour les pensées les plus intimes de Ce'Nedra, celles qui se tapissaient dans un recoin secret où elle n'avait vraiment pas envie qu'on aille fouiner.

Elle finit par prendre son courage à deux mains et entreprit Poledra un matin où les hommes étaient sortis faire un de ces interminables tours de la ferme et où Polgara donnait leur bain aux enfants.

– Je voudrais vous demander une faveur, Dame Poledra, commença Ce'Nedra, optant pour une formule plus ou moins bateau, car elle ne savait pas très bien comment s'adresser à elle.

– Ça, je m'en doute, répondit calmement Poledra. Vous vous êtes donné beaucoup de mal pour organiser cette petite réunion, et vous me mangez des yeux depuis plusieurs jours. Je pensais bien que vous finiriez par en venir au fait. Qu'est-ce qui ne va pas, mon enfant ?

– Rien, euh... tout va bien, rectifia Ce'Nedra en détournant légèrement les yeux, car ce regard doré, pénétrant, la mettait mal à l'aise. Je voudrais que Polgara fasse une chose, mais elle ne veut pas en entendre parler. Vous savez comment elle est, certaines fois.

– Oui. C'est de famille.

– J'ai le chic pour présenter les choses de travers, hein ? fit Ce'Nedra sur un ton d'excuse. Je l'aime beaucoup, évidemment, mais...

– Qu'attendez-vous d'elle ? Ne tournez pas autour du pot, Ce'Nedra. Au fait, au fait !

Ce'Nedra n'avait pas l'habitude qu'on lui parle avec cette brutalité, mais elle décida de ne pas s'en offenser. Elle préféra dévier légèrement le coup.

– Vous avez lu l'histoire que votre mari vient d'écrire ? demanda-t-elle.

– Je ne lis pas beaucoup, répondit Poledra. Ça me fatigue les yeux. Et puis, il ne l'a pas écrite, il l'a dictée. Les mots apparaissaient sur le papier pendant qu'il parlait, et j'en ai entendu la majeure partie. Je n'ai pas relevé trop d'inexactitudes.

– C'est à ça que je voulais en venir. Il a laissé certaines choses dans l'ombre, vous ne trouvez pas ?

– Par moments, oui.

– Votre fille pourrait combler les vides, non ?

– Pourquoi ferait-elle une chose pareille ?

– Pour compléter l'histoire.

– Quelle importance ? J'ai remarqué que les gens aimaient se raconter des histoires en vidant des chopes de bière pour passer le temps entre le dîner et le moment d'aller se coucher. Vous êtes vraiment venue de si loin pour une histoire ? releva-t-elle, amusée. Vous n'avez rien de mieux à faire ? fabriquer un autre bébé, ou je ne sais quoi ?

Ce'Nedra changea à nouveau de cap.

– Oh, l'histoire n'est pas pour moi, mentit-elle. C'est pour mon fils. Un jour, il sera roi de Riva.

– Il paraît, en effet. On m'a parlé de cette coutume. Il faut toujours respecter les coutumes bizarres.

Ce'Nedra saisit la balle au bond.

– Mon fils Geran sera un grand chef, un jour. Il faut qu'il sache comment il est arrivé là. L'histoire le lui dira.

Poledra haussa les épaules.

– À quoi bon ? Ce qui est arrivé hier ou il y a un millier d'années ne va pas changer ce qui va se passer demain, si ?

– Ça pourrait. Dans son récit, Belgarath fait allusion à des choses dont je n'avais même pas connaissance. Nous vivions dans deux mondes parallèles. Si Geran n'est pas au courant des deux, il fera des erreurs. C'est pour ça que j'ai besoin de l'histoire de Polgara, pour mes enfants. Et pour ses... pour les siens, fit Ce'Nedra, ravalant au dernier moment le mot « loupiots ». Notre tâche primordiale n'est-elle pas de nous occuper de notre progéniture ? Mais j'y songe, vous pourriez la raconter aussi, vous savez ?

– Les loups ne racontent pas d'histoires, Ce'Nedra. Ils sont trop occupés à être des loups.

– Alors, il faudra que Polgara le fasse. Je veux que mon fils connaisse la fin de l'histoire. Le bonheur de son peuple en dépendra peut-être. J'ignore ce qu'Aldur a prévu pour les enfants de Polgara, mais il est très possible qu'ils aient aussi besoin de connaître l'histoire, susurra Ce'Nedra, pas mécontente de sa petite trouvaille : invoquer la cohésion de la meute... Vous voulez bien m'aider à convaincre Polgara ?

– Je vais y réfléchir, fit Poledra, et ses yeux dorés devinrent pensifs.

Ce n'était pas vraiment l'engagement ferme qu'espérait Ce'Nedra, mais à cet instant Polgara ramena les jumeaux et elle ne put poursuivre sur ce thème.

Quand elle se réveilla, le lendemain matin, Garion était déjà levé, comme d'habitude. Et comme d'habitude aussi, il avait oublié de remettre du bois sur le feu, de sorte qu'il faisait un froid de canard dans la chambre. Puis elle se dit que si Garion était levé, Durnik l'était sûrement aussi, et elle alla taper à la porte de la chambre de Polgara.

– Oui, Ce'Nedra, répondit-elle.

Sacrée Tante Pol ! Elle donnait l'impression de toujours savoir qui était à la porte.

– Je peux entrer ? demanda Ce'Nedra. Garion a laissé éteindre le feu, et on gèle dans la chambre.

– Mais bien sûr, mon chou, répondit Tante Pol.

Ce'Nedra ouvrit la porte, se précipita vers le lit et se faufila sous les couvertures, avec Tante Pol et les bébés.

– Il oublie toujours de remettre du bois sur le feu, gémit-elle. Il se donne tant de mal pour sortir sans faire de bruit qu'il ne pense jamais à moi.

– Il ne veut pas vous réveiller, mon chou.

– Je pourrais toujours me rendormir. Je déteste me lever dans une pièce glacée.

Elle prit l'un des bébés et le serra sur son cœur. Elle était maman, elle aussi, et elle adorait dorloter les bébés. Elle se rendit compte que ses enfants lui manquaient. Elle commença à se poser de vagues questions sur la sagesse de cette expédition en plein hiver, pour quoi, au fond ? Un caprice ?

Ce'Nedra et Polgara parlèrent de choses et d'autres pendant un moment, puis la porte s'ouvrit, et Poledra entra avec un plateau et trois tasses de thé brûlant.

– Bonjour, Mère, dit Polgara.

– Je ne suis pas sûre que ce soit un si bon jour que ça. Il a l'air de faire très froid, objecta Poledra, qui avait souvent tendance à prendre les choses au pied de la lettre.

– Que font nos hommes ? demanda Tante Pol.

– Garion et Durnik donnent à manger aux bêtes, répondit Poledra en posant le plateau sur une table basse, devant la cheminée. *Il* dort encore, ajouta-t-elle – elle n'appelait jamais son mari par son nom. Il faut que nous parlions, poursuivit-elle.

Elle s'approcha du lit, prit les jumeaux et les déposa dans l'étrange berceau double que Durnik avait fait pour eux. Puis elle tendit une tasse de thé à Polgara et à Ce'Nedra, s'octroya la troisième et s'assit devant le feu.

– Qu'y a-t-il de si important, Mère ? demanda Polgara.

– Elle m'a parlé, hier, répondit Poledra en montrant Ce'Nedra du doigt. Elle m'a dit une chose à laquelle nous devrions réfléchir, je pense.

– Ah bon ?

– Elle a dit que son fils – et les fils de son fils – dirigeraient un jour les Riviens, et qu'ils devaient savoir certaines choses. Il se pourrait que le bien de leur peuple en dépende. Le savoir est la première responsabilité d'un chef, qu'il dirige des hommes ou des loups.

Ce'Nedra buvait du petit-lait. Les arguments qu'elle avait avancés la veille avaient manifestement porté.

– Où veux-tu en venir ? coupa Polgara.

– Tu as une responsabilité là-dedans, toi aussi, Polgara. Envers les jeunes, précisa Poledra. C'est notre premier devoir. Notre Maître t'a assigné une tâche, et tu ne l'as pas encore menée à bien.

Polgara foudroya Ce'Nedra du regard.

– Je n'y suis pour rien, Tante Pol, se récria celle-ci avec une feinte innocence. J'ai juste demandé conseil à votre mère, c'est tout.

Les deux paires d'yeux, la bleue et la dorée, se braquèrent sur elle. Ce'Nedra finit par rougir.

– Elle veut quelque chose, Polgara, reprit Poledra. Donne-le-lui. Tu n'en mourras pas, et ça fait encore partie de la tâche que tu as librement acceptée. Les loups que nous sommes se fient à leur instinct, mais les êtres humains ont besoin d'apprendre. Tu as passé la majeure partie de ta vie à t'occuper des jeunes, à les instruire, alors tu sais ce qu'il leur faut. Tu vas mettre par écrit tout ce qui s'est vraiment passé, point final.

– Tout ? Sûrement pas ! protesta Polgara, outrée. Il y a des détails trop intimes...

Poledra éclata de rire.

– Tu as encore beaucoup à apprendre, ma fille. Tu n'as donc pas compris que l'intimité, ça n'existait pas, chez les loups ? Nous partageons tout. L'information peut être utile un jour au chef des Riviens. Et à tes propres enfants aussi. Alors faisons en sorte qu'ils aient ce dont ils auront besoin. Fais-le, Polgara. Tu sais qu'il est inutile de discuter avec moi.

– Oui, Mère, soupira-t-elle, résignée.

À cet instant, Ce'Nedra éprouva une sorte de brève vision, et ça ne lui plut qu'à moitié. Polgara la Sorcière était la femme la plus importante du monde. Elle avait plus de titres qu'elle n'aurait su en compter, et le monde entier se prosternait devant elle. Mais d'une certaine façon, très mystérieuse pour Ce'Nedra, elle était encore une louve, et quand la femelle dominante – sa mère, en l'occurrence – lui donnait un ordre, elle s'exécutait docilement. Ce'Nedra arrivait à tenir tête à son empereur de père, mais quand Xantha, la reine de Dryades parlait, elle râlait un peu, d'accord, mais elle obéissait. C'était viscéral. Elle commença à voir Polgara sous un jour légèrement différent et, par extension, à se voir aussi un peu autrement.

– C'est un début, fit Poledra – remarque énigmatique s'il en fut. Allons, ma fille, ce ne sera pas si difficile. Je vais *lui* parler ; *il* te montrera comment te passer de ces ridicules affaires de plume et d'encre. Tu n'as pas le choix, alors cesse de te lamenter.

– Ainsi soit-il, Mère, dit-elle d'une voix étranglée.

– Bon, je suis contente que ce soit arrangé, fit Poledra. Et maintenant, ces dames veulent-elles une autre tasse de thé ?

Polgara et Ce'Nedra échangèrent un rapide coup d'œil.

– Pourquoi pas, après tout ? soupira Polgara.

PREMIÈRE PARTIE

BELDARAN

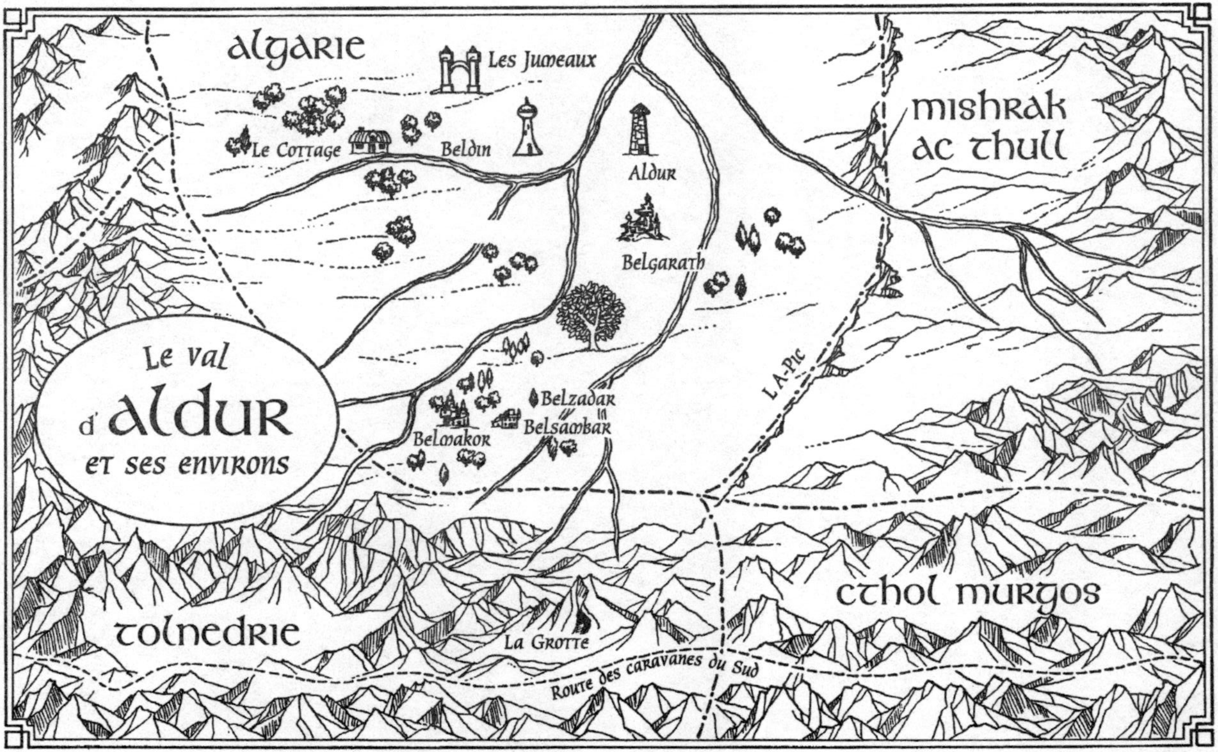
Le val d'Aldur et ses environs
Algarie
Les Jumeaux
Le Cottage
Beldin
Aldur
Belgarath
Mishrak ac Thull
L'A-Pic
Belzadar
Belsambar
Belmakor
Tolnedrie
La Grotte
Cthol Murgos
Route des caravanes du Sud

CHAPITRE PREMIER

Ce n'était pas mon idée. Je veux que ce soit bien clair dès le début. Penser que l'on puisse décrire « ce qui s'est vraiment passé » est une absurdité. Faites assister dix ou cent personnes à un événement, et elles vous en donneront autant de versions différentes. Notre façon de voir les choses et de les interpréter dépend entièrement de notre expérience individuelle. Mais ma mère a insisté pour que j'entreprenne cette corvée ridicule, et je ferai ce qu'elle me dit, comme toujours.

Pourtant, plus j'y réfléchis, plus j'en viens à me dire qu'en mettant en avant le « bien des jeunes », Ce'Nedra avançait un argument spécieux, certes, mais plus recevable qu'elle ne l'imaginait sans doute dans sa petite cervelle retorse et perverse. Geran sera bien, un jour, roi de Riva et Gardien de l'Orbe, or je me suis rendu compte au fil des siècles que les meilleurs chefs étaient ceux qui avaient des notions d'histoire. Au moins, ça leur évitait de répéter éternellement les mêmes erreurs.

Si Geran, et plus tard ses fils, pouvaient se contenter, pour diriger les Riviens, de la chronique des faits et gestes des chefs d'État d'autrefois, la litanie fastidieuse des : « Or donc, en ce temps-là » dont se repaissent les vieux croûtons de la Société d'Histoire de Tolnedrie ferait sûrement l'affaire.

L'ennui, c'est que, comme l'avait si finement souligné ma belle-fille, les « Or donc, en ce temps-là », des historiens tolnedrains ne concernaient qu'une partie du monde. Il y a un autre monde derrière celui-ci, et il s'y passe des choses que les Tolnedrains sont viscéralement incapables de comprendre. En fin de compte, c'est ce monde invisible que le roi de Riva devrait connaître pour effectuer correctement sa tâche.

Si on m'avait demandé mon avis sur l'interminable version que mon père nous avait donnée de l'histoire de notre monde particulier, j'aurais soutenu mordicus qu'elle répondait déjà à toutes les questions. Puis je pris la peine de la relire pour me prouver, et prouver à ma mère, que je n'avais vraiment rien à ajouter, et les oublis manifestes de mon père commencèrent à me sauter aux yeux. Ce vieux brigand n'avait pas raconté toute l'histoire. Et ma mère le savait.

Je dois dire à la défense de mon père que certains événements se sont déroulés hors de sa présence. De plus, certaines des omissions les plus criantes venaient de la nécessité de faire tenir sept mille ans d'histoire sous un volume supportable. Ces oublis-là, je suis prête à les lui pardonner, mais il aurait tout de même pu retranscrire les noms et les dates correctement, non ? Pour la paix des familles, je passerai sur l'imprécision de ses souvenirs lorsqu'il rapporte certaines conversations. La mémoire humaine – en admettant que mon père soit humain – n'est pas infaillible. Disons que nous n'avons pas tout à fait les mêmes souvenirs, lui et moi, et restons-en là. Inutile de souligner les divergences.

Au fil de ma lecture, j'en vins à penser que bien des choses que je savais et que mon père avait passées sous silence seraient essentielles pour l'éducation de Geran. De plus, l'idée d'établir une histoire exhaustive commençait à me démanger. Ça doit être héréditaire. J'essayai en vain de m'en défendre. Force m'est de l'admettre : je commençais à avoir envie de raconter ma version de l'histoire.

J'ai quelques soupçons sur l'origine de mon revirement d'opinion, mais ce n'est ni le moment ni l'endroit de les exprimer.

Le pivot de ma vie, au début, était ma sœur, Beldaran.

Nous étions jumelles, et à certains égards plus proches même, que des jumelles. Nous ne sommes pas encore séparées aujourd'hui. Beldaran est morte depuis trois mille ans, mais elle fera à jamais partie de moi. J'ai mal pour elle chaque jour. Cela vous aidera peut-être à comprendre pourquoi j'ai parfois l'air sombre et renfermée. Mon père dit et répète que je ne souris pas souvent. Pourquoi, Vieux Loup, il y a de quoi se réjouir ?

Comme il le dit lui-même, j'ai beaucoup lu. J'ai remarqué que les biographies commençaient généralement par une naissance. Nous sommes nées un peu avant cela, Beldaran et moi. Pour des raisons à elle, ma mère avait organisé les choses comme ça.

Enfin, si j'entrais dans le vif du sujet ?

Il faisait chaud et noir, et nous flottions dans un bonheur parfait, en écoutant les battements du cœur de notre mère et le rugissement de son sang dans ses veines alors que son corps nous nourrissait. C'est mon premier souvenir, avec celui de sa voix nous disant gentiment : « Réveillez-vous. »

Nous n'avons jamais fait mystère de l'origine de notre mère. Mais on sait moins que notre Maître l'avait convoquée exactement comme ses autres disciples. Elle est la disciple d'Aldur au même titre que n'importe lequel d'entre nous. Nous Le servons tous, chacun à notre façon. Notre mère n'était pas d'origine humaine au départ ; elle se rendit compte très vite, dès le début de sa grossesse, que nous n'avions pas, Beldaran et moi, l'instinct inné des loups. J'ai appris par la suite que ça l'avait beaucoup inquiétée. Elle en avait longuement parlé avec notre Maître, et lui avait fait une suggestion éminemment pratique. Puisque nous n'avions pas d'instinct, elle commencerait notre éducation sans attendre notre naissance. Si cette idée étonna Aldur, il en comprit vite les avantages. Et c'est ainsi que ma mère fit en sorte que nous recevions certaines informations indispensables avant notre naissance.

Pendant leur gestation, les enfants vivent dans un monde constitué uniquement de sensations physiques. Nous fûmes emmenées en douceur un peu plus loin, Beldaran et moi. Mon père prétend non sans arrogance avoir commencé mon éducation après le mariage de Beldaran, eh bien, ce n'est pas vrai. Pense-t-il vraiment que j'étais un légume, avant ? J'avais commencé à apprendre avant même de voir le jour.

Mon père a une approche discutable de l'éducation. En tant que premier disciple d'Aldur, il fut amené à superviser celle de mes différents oncles. Pour les guider sur le chemin tortueux de la pensée individuelle, il les amenait à réfléchir et à discuter, quitte à les pousser dans leurs derniers retranchements. L'approche de ma mère était plus élémentaire. C'était une louve à l'origine, et les loups vivent en meute ; ils n'ont pas de pensée individuelle. Ma mère nous disait simplement : « C'est comme ça. C'est comme ça depuis toujours, et ce sera toujours comme ça. » Mon père apprend à questionner, ma mère à accepter. C'est une variation intéressante.

Au départ, nous étions identiques, Beldaran et moi, et aussi proches que peuvent l'être des jumelles. Mais dès qu'elle nous eut éveillées, la pensée de ma mère commença doucement à nous séparer. Je reçus certaines instructions qu'elle ne donna pas à Beldaran, et inversement. Je ressentis peut-être plus durement qu'elle cette différenciation. Beldaran connaissait son but ; j'ai passé des années à chercher le mien.

La séparation fut très pénible pour moi. Je crois me souvenir que j'essayais d'atteindre mentalement ma sœur et de lui dire dans notre langue à nous : « Tu es si loin, maintenant. » Ce n'était pas vrai, bien sûr. Nous étions encore abritées dans cet endroit chaud et doux, sous le cœur de notre mère, mais nos esprits avaient toujours été intimement liés, jusque-là, et voilà qu'ils s'éloignaient inexorablement. Je suis sûre qu'en y réfléchissant un peu vous comprendrez.

Dès l'instant où nous fûmes éveillées, la pensée de notre

mère ne nous quitta pas. Nous l'entendions constamment, aussi chaude et réconfortante que l'endroit où nous flottions, sauf que cet endroit alimentait nos corps alors que la pensée de notre mère nourrissait nos esprits – avec les subtiles distinctions dont je vous ai parlé. J'imagine que ce que j'ai été et ce que je suis devenue résulte de cette période passée à flotter dans le noir, avec ma sœur, jusqu'à ce que la pensée de ma mère commence à nous séparer.

Et puis, avec le temps, une autre pensée fit intrusion dans notre petit monde très privé. Ma mère nous y avait préparées. Lorsque nous eûmes compris que nous étions deux, et pourquoi, la pensée d'Aldur se joignit à la sienne et poursuivit notre éducation. Il nous expliqua patiemment, dès le départ, la nécessité de certains changements. Nous étions identiques, ma sœur et moi. Aldur y remédia. La plupart des modifications me concernèrent. Il y en eut de physiques, comme la couleur de mes cheveux, mais aussi de mentales. Aldur affirma la séparation que ma mère avait amorcée. Nous n'étions plus une seule et même entité, Beldaran et moi. Nous étions deux. Beldaran prit notre séparation avec un doux regret. Je réagis avec colère.

Une colère qui faisait sans doute écho à celle de ma mère lorsque mon vagabond de père et un groupe d'Aloriens lui avaient filé entre les doigts pour aller en Mallorée récupérer l'Orbe que Torak avait volée à notre Maître. Je comprends maintenant que c'était nécessaire, et que mon père n'avait pas le choix – ma mère non plus, d'ailleurs. Mais à l'époque, elle fut absolument ulcérée de ce qui constituait une désertion anormale dans la société des loups. Les relations assez spéciales que j'ai eues avec mon père pendant toute mon enfance résultent probablement du fait que j'avais perçu la fureur de ma mère. Si Beldaran n'en fut pas affectée, c'est que notre mère avait sagement décidé de la lui cacher.

Une pensée troublante vient de me passer par la tête : je vous ai dit que mon père mettait en avant le questionnement et l'argumentation. J'ai probablement été son élève vedette. Ma mère enseignait l'acceptation, et Beldaran fut le réceptacle privilégiée de cette éducation. De là à en déduire que je suis la digne fille de mon père et Beldaran celle de notre mère...

(C'est bon, Vieux Loup. Ne te réjouis pas trop. La sagesse nous vient à tous un jour. Tu finiras peut-être par y arriver.)

Ma mère et notre Maître nous dirent gentiment qu'après notre naissance, nous serions confiées à d'autres afin que ma mère puisse poursuivre une tâche nécessaire. On s'occuperait bien de nous, et surtout la pensée de notre mère serait plus ou moins toujours avec nous, comme lorsque nous étions dans son ventre. Nous acceptâmes, bien que l'idée de la séparation physique soit un peu terrifiante. Enfin, comme la chose la plus importante pour nous, depuis l'éveil de notre conscience, était la présence constante de la pensée de notre mère, tant qu'elle serait là, tout irait bien.

Pour un certain nombre de raisons, je devais naître la première. La modification qu'Aldur avait fait subir à mon esprit et à ma personnalité m'avait rendue plus aventureuse que Beldaran, et il était sans doute normal que je mène le mouvement.

Notre naissance fut facile, si ce n'est que la lumière me fit mal aux yeux au début, et que la séparation d'avec ma sœur fut très pénible. Mais elle me rejoignit bientôt, et tout alla bien à nouveau. La pensée de notre mère – et celle d'Aldur – était encore avec nous, et nous vivions dans un parfait contentement.

Je suppose que vous avez à peu près tous lu l'« Histoire du monde » de mon père. Dans ces monologues pompeux, il fait souvent allusion à un drôle de petit vieux dans une vieille carriole déglinguée qui nous rendit visite peu après notre naissance. Sa pensée était avec nous depuis des mois, mais c'était la première fois que notre Maître nous apparaissait en chair et en os. Nous communiâmes un moment, et quand je me retournai, une soudaine panique s'empara de moi.

Notre Mère avait disparu.

– Tout va bien, Polgara, fit-elle en pensée. C'est nécessaire. Notre Maître a appelé quelqu'un qui va s'occuper de vous. Il est petit, difforme et très laid, mais il a bon cœur. Il sera néanmoins indispensable de l'abuser. Il devra croire que je ne suis plus. Personne, en dehors de Beldaran et de toi, ne devra savoir que ce n'est pas la vérité. Celui qui vous a engendrées va bientôt revenir, mais il a encore du chemin à faire. Il ira plus vite s'il n'est pas distrait par ma présence.

Et voilà comment oncle Beldin entra dans nos vies. Je n'ai jamais très bien su ce que notre Maître lui avait dit. Il pleura beaucoup pendant les premiers jours et puis, lorsqu'il eut réussi à maîtriser son chagrin, il s'efforça de communiquer avec ma sœur et moi. Pour être tout à fait honnête, ce fut pitoyable au départ, mais notre Maître le guida et, avec le temps, ses efforts devinrent un peu plus efficaces.

Notre vie à ma sœur et à moi était de plus en plus remplie. Au début, nous dormions beaucoup. Oncle Beldin eut la sagesse de nous mettre dans le même berceau et, comme nous étions ensemble, tout allait bien. La pensée de notre Mère, celle d'Aldur étaient encore avec nous ; maintenant il y avait aussi celle d'oncle Beldin, alors nous nagions en plein contentement.

Les premiers mois, nous n'avions pas vraiment conscience du passage du temps. Tantôt il faisait jour, tantôt il faisait nuit. Mais nous étions toujours ensemble, avec Beldin, et le temps ne voulait pas dire grand-chose pour nous.

Et puis, après des semaines, des mois ? deux autres pensées se joignirent à celles qui nous étaient déjà familières. Deux autres oncles, Beltira et Belkira, étaient entrés dans nos vies.

Je n'ai jamais vraiment compris pourquoi les gens avaient du mal à les distinguer. Pour moi, ils ont toujours été parfaitement distincts. Mais je suis une jumelle, moi aussi, alors je suis probablement un peu plus sensible à ce genre de chose.

Nous étions nées au milieu de l'hiver, Beldaran et moi.

Oncle Beldin nous emmena dans sa tour peu après notre naissance, et c'est là que nous passâmes notre enfance. Notre père ne rentra au Val que vers le milieu de l'été suivant. Nous avions alors six mois à peu près. Nous le reconnûmes aussitôt, car notre mère avait placé son image mentale en nous avant même notre naissance. Quand Beldin me souleva de mon berceau et me tendit au vagabond qui m'avait engendrée, le souvenir de la colère de ma mère était encore fortement présent dans mon esprit. Il ne me fit pas un effet formidable mais, pour être honnête, ce préjugé était peut-être un héritage maternel. Puis il posa sa main sur ma tête selon un antique rituel de bénédiction, et sa pensée m'envahit, ouvrant le reste de mon esprit. Je sentis le pouvoir qui émanait de sa main et je la saisis avec avidité. Voilà pourquoi j'avais été séparée de Beldaran ! Je réalisais enfin la signification de cette séparation. Elle devait être le réceptacle de l'amour ; je devais être l'instrument du pouvoir.

L'esprit est dans une certaine mesure illimité. Mon père n'eut probablement pas conscience de tout ce que j'absorbai de lui en ce seul instant où sa main effleura ma tête. Je suis à peu près sûre qu'il ne l'a pas encore compris aujourd'hui. Sans le diminuer en rien, ce que je reçus de lui m'accrut infiniment.

Puis il prit Beldaran, et ma fureur s'accrut aussi cent fois. Comment ce traître osait-il la toucher ? Décidément, ça ne commençait pas très bien entre mon père et moi.

Vint ensuite le temps de sa folie. Je n'étais pas encore assez familiarisée avec le langage humain pour comprendre ce qu'oncle Beldin lui avait dit pour le mettre dans cet état, mais la pensée de Mère m'assura qu'il s'en remettrait et survivrait.

Je me rends compte rétrospectivement que mon père et ma mère devaient absolument être séparés. Je n'avais pas compris, sur le coup, mais la pensée de ma mère m'avait appris qu'il était plus important d'accepter que de comprendre.

Pendant le temps de la folie de mon père, mes oncles emmenèrent souvent ma sœur le voir, et ça n'améliora pas l'opinion que j'avais de lui. Pour moi, c'était un usurpateur, un vilain qui détournait de moi l'affection de Beldaran. La jalousie n'est pas un sentiment très plaisant, même s'il est naturel chez un enfant, alors je préfère ne pas m'étendre sur ce que je ressentais chaque fois que mes oncles m'enlevaient Beldaran pour l'emmener voir ce fou furieux enchaîné à son lit, dans sa tour. Je me souviens des hurlements de protestation que j'élevais chaque fois qu'ils m'enlevaient Beldaran.

Et c'est là que Beldin me montra le « casse-tête », ainsi que je l'ai toujours appelé. Curieusement, le « casse-tête » me semblait pour ainsi dire investi d'une vie propre. Je n'ai jamais très bien su comment Beldin avait réussi ce tour-là. Le « casse-tête » était une racine tarabiscotée de je ne sais quel arbuste – de la bruyère, peut-être. Chaque fois que je le regardais, il donnait l'impression d'avoir changé de forme. J'arrivais assez bien à en voir un bout, mais je n'ai jamais réussi à trouver l'autre. Je pense que ce « casse-tête » a contribué à la formation de ma vision du monde et de la vie. On sait où elle commence, mais on n'en voit jamais nettement la fin. Enfin, ça m'a occupée pendant des heures, pendant lesquelles je fichais un peu la paix à Beldin.

J'étais en train d'examiner le « casse-tête » quand mon père passa faire ses adieux à Beldin et embrasser Beldaran. Nous devions avoir un an à peine, ma sœur et moi. J'éprouvai le sursaut de jalousie habituel, mais je gardai les yeux rivés sur le « casse-tête » en attendant qu'il s'en aille.

C'est alors qu'il me prit dans ses bras, m'arrachant à mon examen. Je tentai de me dégager, mais il était plus fort que moi. Je n'étais qu'un bébé, au fond, même si je me sentais beaucoup plus grande. « Ça suffit », me dit-il, et il n'avait pas l'air de bonne humeur. « Cette idée ne te plaît peut-être pas beaucoup, mais je suis ton père, et nous sommes liés l'un à l'autre. » Et puis il m'embrassa, ce qu'il n'avait encore jamais fait. L'espace d'un instant, mais d'un instant seulement, je sentis sa douleur, et mon cœur s'adoucit un peu.

« Non », fit la pensée de ma mère, dans ma tête. « Pas encore. » À l'époque, j'avais cru que c'était parce qu'elle lui en voulait toujours, et que je devais être l'instrument de sa colère. Je sais maintenant que je me trompais. Les loups n'ont tout simplement pas de temps à perdre en fâcheries. Mon père n'était pas encore arrivé au bout de son remords et de son chagrin, or notre Maître avait beaucoup de tâches à lui faire effectuer et, tant qu'il n'aurait pas expié ce qu'il croyait être sa culpabilité, il ne pourrait les effectuer. La mauvaise compréhension des motifs de notre mère m'amena à faire une chose que je n'aurais probablement pas dû faire. Je lui tapai dessus avec le « casse-tête. »

– Elle a du caractère, hein ? murmura-t-il.

Il me reposa, me donna une tape sur le derrière, que je sentis à peine, et me dit que j'étais une petite mal élevée.

Je n'allais sûrement pas lui donner la satisfaction de penser que cette remontrance m'avait fait changer d'avis, si peu que ce soit, à son sujet. Je me retournai, en tenant toujours le « casse-tête » comme une massue, et le foudroyai du regard.

– Porte-toi bien, Polgara, me dit-il de la voix la plus douce qui se puisse imaginer. Allez, retourne jouer.

Il ne s'en rendit sûrement pas compte, mais je l'aimai presque, à cet instant. Presque, mais pas tout à fait. L'amour vint beaucoup, beaucoup plus tard.

Il quitta le Val peu après. Je devais rester des années sans le voir.

CHAPITRE II

Aucun événement ne saurait être insignifiant au point de ne rien changer au cours des choses, et l'intrusion de notre père dans notre vie ne peut guère être qualifiée d'insignifiante. Cette fois, c'est chez Beldaran que le changement s'opéra, et ça ne me plaisait pas. Jusqu'à ce que mon père rentre de Mallorée, elle était pour ainsi dire entièrement à moi. Le retour de mon père avait tout fichu en l'air. Ses pensées, qui m'étaient jusque-là exclusivement consacrées, étaient maintenant divisées. Elle pensait souvent à ce vieux brigand imbibé de bière, et j'en souffrais amèrement.

Même bébé, Beldaran était d'une propreté maniaque, et l'indifférence agressive avec laquelle je considérais mon propre corps la dérangeait profondément.

– Tu ne pourrais pas te peigner, au moins, Pol? me demanda-t-elle un soir en « jumeau », ce langage particulier que nous avions mis au point depuis que nous étions au berceau.

– À quoi bon ? Je vais me resalir. C'est une perte de temps.

– Tu as une tête épouvantable.

– Qui s'en soucie?

– Moi. Assieds-toi, je vais t'arranger ça.

Elle m'installait sur une chaise et démêlait ma tignasse avec un sérieux imperturbable. Son regard devenait intense et ses petites mains potelées, encore enfantines, s'activaient comme des abeilles. En pure perte, évidemment, parce que personne ne peut rester très longtemps coiffé. Mais si ça l'amusait, je voulais bien me laisser faire. J'avoue que je prenais un certain plaisir à ce qui était devenu un rituel presque quotidien. Au moins, quand elle s'occupait de mes cheveux, elle faisait attention à moi, au lieu de s'en faire pour notre père.

Je ne suis pas loin de penser que le ressentiment a façonné toute mon existence. Chaque fois que les yeux bleus de Beldaran cessaient de me regarder et s'embrumaient, je savais qu'elle pensait à notre père, et je ne pouvais supporter l'éloignement qu'impliquait ce regard vague. C'est probablement pour ça que je me suis mise à vagabonder dès que j'ai su marcher, ou à peu près : pour prendre mes distances avec le vide mélancolique que je lisais dans les yeux de ma sœur.

J'ai bien peur d'avoir rendu Beldin à moitié dingue. Il avait beau faire, aucun verrou ne pouvait m'empêcher de descendre l'escalier de sa tour quand l'envie me prenait de partir en vadrouille. Mes petits doigts agiles se jouaient des targettes rudimentaires qu'il bricolait avec ses gros doigts crochus. J'ai toujours été d'une nature indépendante, et celui qui me dictera mon comportement n'est pas né.

(Tu l'avais remarqué, Père? C'est bien ce qu'il me semblait, aussi...)

Les premières fois, oncle Beldin me chercha partout frénétiquement et me passa un sérieux savon lorsqu'il eut enfin réussi à me retrouver. Au bout d'un moment cela devint une sorte de jeu. J'attendais qu'il ait le dos tourné pour ouvrir la trappe, je descendais les marches à quatre pattes, sans faire de bruit, je me cachais et j'attendais qu'il me cherche désespérément. Si ce petit jeu me plaisait tant, je pense que c'est parce qu'il fronçait les sourcils de moins en moins fort. Il avait dû comprendre, au bout de deux ou trois fois, qu'il ne pourrait pas m'empêcher de m'aventurer dans le vaste monde, et que je ne m'éloignerais pas trop de sa tour.

Mes escapades avaient plusieurs buts. Au départ, ce n'était qu'un moyen d'échapper aux ruminations de ma sœur à propos de notre père. Et puis ça devint une façon de tourmenter ce pauvre vieil oncle Beldin. Au fond, je ne suis pas très fière de moi, mais c'était un moyen comme un autre d'amener quelqu'un à faire attention à moi.

Comme le jeu se poursuivait, j'en suis venue à aimer de plus en plus le vilain nain difforme qui était devenu mon père adoptif. Toutes les formes de sentimentalisme mettent Beldin très mal à l'aise, mais je vais le dire quand même : Je t'aime, espèce de petit bonhomme crasseux, pouilleux, et tu peux sacrer, jurer et dire des horreurs, ça n'y changera rien.

(Si tu lis jamais ces lignes, mon oncle, je sais que ça te mettra en rogne. Eh bien, tant pis !)

Je n'aurais aucun mal à trouver toutes sortes de prétextes farfelus pour justifier ma conduite pendant mon enfance, mais – disons les choses simplement, j'étais irrémédiablement convaincue d'être laide. Nous étions jumelles, Beldaran et moi, et nous aurions dû être identiques ; notre Maître ne l'avait pas voulu. Nous nous ressemblions, mais nous n'étions pas le reflet l'une de l'autre. Beldaran était blonde tandis que j'avais les cheveux noirs, et il y avait d'autres différences, dont beaucoup n'existaient que dans mon imagination, j'en suis sûre. De plus, mes escapades hors de la tour de Beldin avaient exposé ma peau au soleil. Nous avions toutes les deux la peau très claire, et au lieu de prendre ce hâle sain, doré, que j'admire tant chez certains individus, je rougis et me mis à peler au point de ressembler, la plupart du temps, à un serpent ou à un lézard en train de muer. Beldaran, qui ne sortait jamais, avait une peau d'albâtre. La comparaison n'était pas à mon avantage.

Et puis il y avait cette maudite mèche blanche que m'avait valu le premier contact de mon père. Comme je détestais cette mèche lépreuse ! Une fois, dans un accès de rage, j'essayai de la couper à ras avec un couteau bien affûté, mais peut-être ne l'était-il pas assez. La mèche résista à tous mes efforts pour la trancher, la hacher, la broyer. Je ne réussis qu'à émousser le fil de la lame. Ce n'était pas le tranchant qui était en cause. Je me fis une très jolie coupure au pouce gauche en tentant furieusement de supprimer la mèche hideuse.

Je finis par y renoncer. De toute façon, j'étais condamnée à la laideur, alors je ne voyais pas l'intérêt de m'arranger. Pour moi, se laver était une perte de temps et me peigner ne réussissait qu'à faire ressortir ma mèche sur le reste de ma chevelure. Je me rongeais les ongles en permanence et je tombais souvent – j'étais une grande bringue maladroite, à l'époque, si bien que j'avais souvent les coudes et les genoux couronnés. Et comme j'avais la sale habitude d'éplucher mes croûtes, je me retrouvais avec de longues traînées de sang sur les jambes et les avant-bras.

Pour dire les choses simplement, j'étais une vraie souillon. Mais je m'en fichais.

J'exprimais mon ressentiment d'un certain nombre de façons. Il y eut des périodes entières au cours desquelles je refusai de répondre à Beldaran quand elle me parlait, et je pris l'habitude puérile d'attendre qu'elle soit endormie pour me rouler dans le lit et lui enlever toutes les couvertures. Ça nous valait toujours une bonne demi-heure de bagarre. J'y renonçai lorsque oncle Beldin menaça de demander à Beltira et Belkira de me faire un autre lit pour que nous ayons chacune le nôtre. J'en voulais à ma sœur de s'en faire pour notre père, mais pas à ce point-là.

En grandissant, j'élargis mon champ d'action. Est-ce oncle Beldin qui en avait eu assez de me courir après quand je quittais sa tour ou notre Maître qui lui dit de me laisser vagabonder ? Je l'ignore. Quoi qu'il en soit, il était évidemment important que j'acquière une certaine indépendance.

Je devais avoir six ou sept ans quand j'ai découvert l'Arbre qui se trouve au milieu du Val. Ma famille a un attachement particulier pour cet Arbre. Quand mon père est arrivé au Val, c'est l'Arbre qui l'a maintenu en état de stase jusqu'à ce que le temps se gâte. Ce'Nedra fut absolument fascinée par lui, et elle passa des heures en communion avec lui (il est vrai qu'elle a du sang de Dryade). Garion n'a jamais parlé de sa réaction à l'Arbre, mais il avait d'autres soucis en tête la première fois qu'il le vit. Quand Essaïon était petit, ils firent le voyage spécialement, Cheval et lui, pour le voir.

La première fois que je le vis, je fus très étonnée. Je n'arrivai pas à croire qu'il puisse exister une aussi grande chose vivante. Je me souviens très bien de ce jour-là. C'était le début du printemps, le vent capricieux couchait l'herbe par grandes vagues sur les collines. De petits nuages gris filaient dans le ciel. Je me sentais vraiment bien, étrangement libre. J'étais assez loin de la tour d'oncle Beldin quand, en arrivant en haut d'une longue butte, je vis l'Arbre planté là, tout seul, dans l'immensité du Val. Je n'accuse personne, mais il se trouve que, par un trou dans les nuages, filtrait un unique rayon de soleil qui projetait sur l'Arbre une colonne de lumière dorée.

Je ne pouvais faire autrement que d'être aussitôt intéressée.

Le tronc de l'Arbre était beaucoup plus gros que la tour d'oncle Beldin. Ses branches montaient à plusieurs centaines de pieds dans le ciel, et sa ramure ombrageait des acres entières de prairie. Je le regardai longtemps, sidérée, et puis je l'entendis ou je le sentis qui m'appelait.

Je descendis prudemment la colline. Cet étrange appel m'incitait à la méfiance. Les buissons, l'herbe ne m'avaient jamais parlé. Mon esprit encore informe suspectait automatiquement tout ce qui sortait de l'ordinaire.

En entrant enfin sous l'ombre de ces branches largement étendues, je me sentis envahie par une étrange sorte de paix chaleureuse, rayonnante, qui effaça mes tourments. Je sus, sans savoir comment, que l'Arbre ne me voulait pas de mal. Je marchai résolument vers cet énorme tronc noueux.

Je tendis la main et la posai dessus.

C'est là que je m'éveillai pour la seconde fois. La première fois, c'était quand mon père avait posé sa main sur ma tête en signe de bénédiction ; cet éveil-ci était plus profond.

L'Arbre était la plus vieille chose vivante du monde. C'est ce qu'il me *dit*, sauf qu'il ne parlait pas vraiment, bien sûr. Des temps immémoriaux l'avaient nourri, et il était là, dans une sérénité absolue, au centre du Val, et les années coulaient, pareilles aux gouttes de pluie, sur ses branches étendues. Comme il était plus ancien que nous tous, nous étions d'une certaine façon, assez particulière, ses enfants. La première leçon qu'il m'apprit – comme à tous ceux qui l'approchaient – concernait la nature du temps. Le temps, le passage lent, mesuré, des années n'est pas tout à fait ce que nous croyons. Les êtres humains ont tendance à diviser le temps en fractions commodes à manier : la nuit, le jour, le passage des saisons, des années, des siècles et des millénaires. En réalité, le temps est tout d'une pièce, c'est un fleuve qui coule interminablement de sa source vers un but inconcevable. L'Arbre guida doucement ma compréhension d'enfant à travers ce concept incommensurable.

Je pense que si je n'avais pas rencontré l'Arbre à ce moment entre tous, je n'aurais jamais saisi le sens de ma durée de vie inhabituelle. Lentement, les mains toujours posées sur l'écorce de l'Arbre, je compris que je vivrais tout le temps qu'il faudrait. L'Arbre ne me dit rien de précis quant aux tâches qui m'attendaient, mais il suggéra qu'elles me prendraient très longtemps.

Et c'est alors que j'entendis une infinité de voix. Des voix non humaines, je n'aurais su dire comment je le savais, mais dont la signification était parfaitement claire pour moi. Je n'identifiai pas tout de suite leur origine, et puis un moineau impertinent plongea à travers ces énormes branches, planta ses petites griffes dans l'écorce rugueuse, à quelques pas de mon visage, et me regarda de ses petits yeux brillants.

– Bienvenue, Polgara ! pépia-t-il. Tu en as mis du temps à nous trouver !

L'esprit enfantin est généralement prêt à tout accepter, si insolite que ce soit, mais là, ça allait un peu trop loin. Je regardai avec stupéfaction ce petit oiseau bavard.

– Pourquoi me regardes-tu comme ça ? demanda-t-il.

– Mais tu parles ! bredouillai-je.

– Évidemment, pourquoi ? Nous parlons tous, seulement tu n'écoutais pas. Tu devrais faire plus attention à ce qui se passe autour de toi. Tu ne vas pas me faire de mal, hein ? Si tu essaies, je m'envolerai, tu sais.

– N-non, balbutiai-je. Je ne te ferai pas de mal.

– Bon. Alors, on peut parler. Tu as vu des graines en venant ici ?

– Je ne pense pas. Mais je n'ai pas vraiment regardé.

– Tu devrais vraiment faire plus attention, je t'assure. Ma compagne a trois bébés, au nid, et je dois trouver des graines pour leur donner à manger. Qu'est-ce que tu as sur la manche ?

Je regardai la manche de ma blouse.

– On dirait une sorte de graine. D'herbe, probablement.

– Eh bien, ne reste pas plantée là comme ça. Donne-la-moi.

Je pris la graine et la lui tendis. D'un bond, il se percha sur mon doigt, pencha la tête et examina mon offrande.

– C'est bien une graine d'herbe. Je déteste quand il n'y a que des graines d'herbe à manger, soupira-t-il. C'est encore le début de la saison ; ces graines sont si petites, et même pas mûres... Enfin, reste là, pépia-t-il en prenant la graine dans son bec. Je reviens tout de suite.

Il s'envola.

Pendant quelques instants, je me dis que j'avais rêvé. Et puis mon moineau revint, et il y en avait un autre avec lui.

– C'est ma compagne, dit-il en guise de présentations.

– Salut, Polgara, dit-elle. Où as-tu trouvé cette graine ? Mes bébés ont très faim.

– Elle a dû s'accrocher sur ma manche en haut de cette colline, hasardai-je.

– Tu nous emmènes voir ? suggéra-t-elle en se posant bravement sur mon épaule.

Le mâle imita sa compagne et se percha sur mon autre épaule. Tout émue par ce miracle, je repartis en direction de la colline.

– Tu ne marches pas vite, remarqua le premier moineau d'un ton critique.

– Je n'ai pas d'ailes, moi, répliquai-je.

– Ça doit être très ennuyeux.

– J'y arrive quand même.

– Quand nous aurons trouvé ces graines, je te présenterai les autres, suggéra-t-il. Nous serons occupés à nourrir les bébés pendant un moment, ma compagne et moi.

– Vous pouvez vraiment parler aux autres oiseaux? demandai-je, surprise.

– Eh bien, nous nous comprenons, répondit-il d'un ton pincé. Les alouettes essaient toujours de faire de la poésie, les rouges-gorges parlent trop et quand on trouve de quoi manger, il faut toujours qu'ils se faufilent pour en profiter. Je ne les aime pas beaucoup. Ce sont de vraies brutes.

À cet instant, un martinet descendit en vol plané et fit du surplace au-dessus de ma tête.

– Où t'en vas-tu? demanda-t-il à mon moineau.

– Par là, répondit le moineau en inclinant la tête vers la colline. Polgara a trouvé des graines dans le coin, et nous avons des bébés à nourrir, ma compagne et moi. Tu ne veux pas parler un peu avec elle pendant que nous nous en occupons?

– D'accord, répondit le martinet. Ma compagne est encore en train de couver; j'ai donc tout le temps de guider notre sœur.

– Une graine! pépia la femelle du moineau avec excitation, et elle plongea pour la ramasser.

Son compagnon en vit bientôt une autre et ils s'éloignèrent tous les deux.

– Ces moineaux ne tiennent pas en place, nota le martinet. Où souhaites-tu aller, ma sœur?

– Je m'en remets à toi, répondis-je. Je pense que j'aimerais bien connaître d'autres oiseaux.

J'en rencontrai une kyrielle, ce matin-là, et c'est ainsi que j'entamai mon éducation ornithologique. Le martinet, très serviable, me fit faire le tour de la communauté. Il avait des différentes espèces une vision étonnamment juste. Il m'expliqua que les moineaux étaient excitables et bavards, les rouges-gorges étrangement agressifs, et, ajouta-t-il, ils répétaient toujours la même chose. Les geais criaient beaucoup. Les alouettes faisaient de l'esbroufe. Les corbeaux étaient voleurs et les vautours puants. Les colibris n'étaient pas très futés. Un colibri ne peut pas réfléchir et battre des ailes en même temps. Les chouettes sont moins malignes qu'on ne le pense généralement, et mon guide me les décrivit, avec un certain mépris, comme des pièges à souris volants. Les mouettes se font une idée très exagérée de leur place dans le schéma général des choses. Elles ont tendance à se prendre pour des aigles. Normalement, on ne voit guère de mouettes au Val, mais le vent tempétueux les avait repoussées vers l'intérieur des terres. Les oiseaux aquatiques passent presque autant de temps à nager qu'à voler et ils vivent en bandes. Je n'aime pas beaucoup les oies et les canards. Ils ne sont pas vilains, mais leur voix me fait grincer les dents.

Le roi des oiseaux est l'aigle. Les prédateurs sont l'aristocratie des oiseaux. Ils ont une hiérarchie compliquée en fonction de leur taille.

Je passai le restant de la journée à communier avec les oiseaux et, le soir, ils étaient tellement habitués à moi que certains d'entre eux, comme mes petits moineaux impertinents, se perchaient sur moi. Quand le soir tomba sur le Val, je promis de revenir le lendemain et le martinet lyrique me raccompagna jusqu'à la tour d'oncle Beldin.

– Qu'est-ce que tu faisais, Pol? demanda Beldaran avec étonnement, en jumeau, comme toujours quand nous parlions en privé.

– J'ai rencontré des oiseaux, répondis-je.
– Rencontré ? Comment rencontre-t-on un oiseau ?
– Il suffit de leur parler, Beldaran.
– Et ils répondent ? fit-elle, amusée.
– Eh oui, ils répondent, rétorquai-je d'un petit ton détaché.

Si elle voulait prendre de grands airs supérieurs, je pouvais jouer à ce jeu-là, moi aussi.

– Et de quoi parlent-ils ? demanda-t-elle, l'irritation que lui inspirait ma réponse hautaine le cédant à la curiosité.
– Oh, de graines, des choses de ce genre. Les oiseaux s'intéressent beaucoup à la nourriture. Ils m'ont aussi demandé pourquoi je ne volais pas. Ils n'arrivent pas à comprendre que l'on ne puisse pas voler. Et puis ils parlent de leurs nids. Les oiseaux ne vivent pas vraiment dans leur nid, tu sais. C'est juste un endroit pour pondre leurs œufs et s'occuper de leurs bébés quand ils sont petits.
– Je n'y avais jamais réfléchi, admit ma sœur.
– Moi non plus, jusqu'à ce qu'ils m'en parlent. Enfin, on ne voit pas ce qu'un oiseau ferait d'une maison, au fond. Et puis ils ont des idées.
– Des idées ?
– Les différentes espèces ne s'apprécient guère entre elles. Les martinets n'aiment pas les rouges-gorges et les mouettes n'aiment pas les canards.
– C'est drôle, commenta Beldaran.
– De quoi parlez-vous ? demanda oncle Beldin en levant les yeux du manuscrit qu'il étudiait.
– Des oiseaux, répondis-je.

Il marmonna une réplique que je m'abstiendrai de rapporter ici, et se replongea dans sa lecture.

– Tu devrais prendre un bain et te changer, Pol, suggéra Beldaran d'un ton un peu acide. Tu es couverte de fientes d'oiseaux.
– Elles tomberont quand elles seront sèches, répondis-je avec un haussement d'épaules.

Elle leva les yeux au ciel.

Je quittai la tour tôt le lendemain matin et me faufilai dans la petite cabane où les jumeaux entreposaient leurs provisions. Les jumeaux sont aloriens, ils adorent la bière et l'un des ingrédients principaux de la bière est l'orge. J'estimai qu'ils pourraient se passer d'un ou deux petits sacs d'orge. J'ouvris le coffre où ils la rangeaient, en remplis deux sacs de toile et repartis vers l'Arbre avec le fruit de mon larcin.

– Où t'en vas-tu ainsi, ma sœur ?

C'était mon martinet poète. Je me demande si mon goût pour le langage apprêté, classique, des Arendais wacites ne vient pas de mes conversations avec ce petit volatile.

– Je retourne à l'Arbre, répondis-je.

– Qu'est-ce que cela ? demanda le martinet en donnant de petits coups de bec dans mes sacs.

– Un cadeau pour mes nouveaux amis, répondis-je.

– Qu'est-ce qu'un cadeau ?

– Tu vas voir.

Les oiseaux sont parfois curieux comme des chattes. Ce satané martinet me harcela tout le long du chemin pour savoir ce qu'il y avait dans mes sacs.

Lorsque je les ouvris enfin, mes oiseaux furent ravis. Je répandis l'orge sous l'Arbre et ils vinrent de plusieurs lieues à la ronde pour festoyer. Je les regardai un moment avec affection, puis je grimpai dans l'Arbre et m'installai sur une grosse branche afin d'observer mes nouveaux amis. J'eus l'impression que l'Arbre approuvait ce que j'avais fait.

J'y réfléchis un long moment, ce matin-là, encore étonnée de la façon dont m'était venu ce talent étrange.

C'est un don de l'Arbre, rien que pour toi, Polgara.

C'était la voix de ma mère, et soudain tout s'éclaira pour moi : mais bien sûr ! Comment n'y avais-je pas songé plus tôt ?

C'est probablement parce que tu ne faisais pas attention, observa ma mère.

Pendant plusieurs années, l'Arbre devint une seconde maison, pour moi. Je passais mes journées perchée sur la grosse branche, le dos appuyé contre le tronc massif. Je donnais à manger aux oiseaux et nous bavardions. Nous nous connaissions de mieux en mieux, et ils m'apportaient des informations sur le temps, les feux de forêt, les voyageurs qui passaient à l'occasion par le Val. Ma famille me chicanait toujours à cause de mon aspect négligé, mais mes oiseaux avaient l'air de s'en fiche.

Tous ceux qui me connaissent vous le confirmeront, j'ai parfois la langue acérée. Ma famille a évité toutes sortes d'affronts à cause de l'Arbre, de l'amour que j'avais pour lui et de ses habitants à plumes.

Les saisons passaient, et nous devenions, Beldaran et moi, deux grandes perches dégingandées, tout en bras et en jambes. Et puis, un matin, nous découvrîmes que nous étions devenues des femmes pendant la nuit. Nos draps en témoignaient.

– Allons-nous mourir? demanda Beldaran d'une voix tremblante.

Dis-lui d'arrêter ça, Polgara! fit la voix sèche de ma mère.

Je n'ai jamais compris pourquoi ma mère, qui ne se gênait pas pour faire intrusion dans mon esprit, ne parlait pas directement à Beldaran. Je suis sûre qu'il y a une raison à ça, mais ma mère ne se donna jamais la peine de me l'expliquer.

Que se passe-t-il, Mère? demandai-je.

Pour être honnête, j'avais presque aussi peur que ma sœur.

C'est normal, Polgara. Ça arrive à toutes les femmes.

Débrouille-toi pour que ça arrête!

Non. C'est normal. Dis à Beldaran qu'il n'y a pas de quoi s'affoler.

– Mère dit que c'est normal, répétai-je à ma sœur.

– Comment une chose pareille peut-elle être normale?

– Chut, j'essaie d'écouter notre mère.

– N'essaie pas de me faire taire, Polgara!

– Alors, plus bas ! ordonnai-je en me concentrant sur ma voix intérieure. *Tu ferais mieux de t'expliquer, Mère. Beldaran va devenir dingue*, dis-je, m'abstenant de préciser que j'étais aussi affolée qu'elle.

Mère me fournit alors une explication assez clinique des taches de sang qui maculaient le lit, et je transmis l'information à ma sœur en détresse.

– Ça va s'arrêter ? demanda Beldaran d'une voix tremblante.

– Mais oui. Ça ne dure que quelques jours. Mais il faudra nous habituer, parce que ça va recommencer tous les mois.

– Tous les mois ? s'exclama Beldaran, l'air outragée.

– C'est ce qu'elle dit, confirmai-je, puis je me redressai dans mon lit et jetai un coup d'œil de l'autre côté de la pièce, au lit d'oncle Beldin d'où montaient des ronflements sonores. Nettoyons tout ça pendant qu'il dort, suggérai-je.

– Oh oui ! acquiesça-t-elle avec ferveur. Il en mourra, s'il apprend ça.

Je suis persuadée que notre oncle difforme était au courant, pour ce qui nous arrivait mais, je ne sais pourquoi, l'occasion d'en parler ne se présenta jamais.

Oncle Beldin a une théorie sur le moment où, dans la famille, on entre en possession de ce que mon père appelle notre « pouvoir ». Pour lui, il émerge à la puberté. J'ai peut-être quelque chose à voir avec cette conclusion. Je devais avoir une douzaine d'années, et nous étions dans « nos mauvais jours », ma sœur et moi. Beldaran était morose, et je n'étais pas à prendre avec des pincettes. Quelle plaie ! Mère m'avait prévenue qu'il pouvait se passer « quelque chose », maintenant que nous avions atteint une certaine maturité, mais elle ne m'avait pas dit quoi. Il est manifestement nécessaire que notre première expérience de ce « pouvoir » soit spontanée. Ne me demandez pas pourquoi, je n'ai pas la moindre explication rationnelle à proposer à cette coutume.

Si je me souviens bien des circonstances de ce premier

incident, je traînais un gros sac d'orge vers l'Arbre, et je ronchonnais toute seule. Au fil des ans, mes oiseaux en étaient arrivés à dépendre de moi, et ils étaient assez du genre à profiter de ma générosité. Les oiseaux sont des créatures comme tout le monde. Quand on leur en donne l'occasion, ils peuvent être assez paresseux. Ça ne me gênait pas de leur donner à manger, mais j'avais l'impression de passer de plus en plus de temps à traîner des sacs d'orge de la tour des jumeaux à l'Arbre.

Quand j'arrivai à l'Arbre, ils piaillaient pour que je leur donne à manger, et ça accrut encore mon énervement. Je ne crois pas qu'un seul oiseau au monde ait jamais appris à dire merci.

Il y en avait des quantités incroyables, maintenant. Ils engloutissaient mon offrande quotidienne en un clin d'œil et ils en réclamaient davantage.

J'étais assise sur mon perchoir favori, et les piaillements des oiseaux commençaient vraiment à me taper sur les nerfs. Si seulement je pouvais trouver un moyen de leur fournir une quantité inépuisable de graines pour qu'ils se taisent...

Les geais étaient particulièrement agressifs. Leurs cris me vrillaient les tympans. Pour finir, poussée à bout, j'éclatai. Je hurlai : « Des graines ! »

Soudain, il y en eut... des montagnes ! Je n'en revenais pas. Même les oiseaux parurent surpris. Quant à moi, j'étais épuisée.

Père appelle ça « le Vouloir et le Verbe ». Je trouve ça un peu réducteur. Mon expérience prouve que « le Désir et le Verbe » marche aussi bien.

(Il faudra que nous en parlions, un jour, tous les deux.)

Comme bien souvent, ma première tentative dans ce domaine fit beaucoup de bruit. Je n'avais pas fini de me congratuler qu'un faucon à bandes bleues et deux colombes descendirent en vol plané vers moi. Non, les faucons et les colombes ne volent généralement pas ensemble, sauf quand le faucon a faim, et j'eus aussitôt des soupçons. Ils se posèrent tous les trois sur ma branche et changèrent de forme sous mes yeux.

– Des graines, Polgara? demanda Beltira de sa voix douce. *Des graines?*

– Les oiseaux avaient faim, répondis-je.

Tu parles d'une raison de faire un miracle!

– Elle est précoce, hein? murmura Belkira.

– Il fallait s'y attendre, grommela Beldin. Cette sacrée Pol ne peut jamais faire les choses comme tout le monde.

– Je pourrai faire ça, moi aussi, un jour? demandai-je.

– Quoi donc, ma petite Pol? demanda gentiment Belkira.

– Ce que vous venez de faire. Me changer en oiseau et redevenir moi-même.

– Oui, sans doute.

– Eh bien...! fis-je, voyant s'ouvrir devant moi un monde plein de possibilités. Et Beldaran, elle pourra le faire, elle aussi?

Ils prirent un air quelque peu évasif.

– Bon, il faut que tu arrêtes, Pol, trancha oncle Beldin d'un ton sentencieux. Attends que nous t'expliquions certaines choses. C'est très dangereux.

– Dangereux? répétai-je, n'y comprenant rien.

– Tu peux faire à peu près tout ce qui te passe par la tête, Pol, sauf défaire des choses, expliqua Beltira. Ne dis jamais : « disparais », parce que la force que tu déchaînerais se retournerait contre toi, et c'est toi qui serais détruite.

– Pourquoi voudriez-vous que j'aie envie de détruire quoi que ce soit?

– Ça finira bien par arriver, décréta Beldin de sa voix de rogomme. Tu as presque aussi mauvais caractère que moi, et tôt ou tard, quelque chose t'énervera au point que tu aies envie de l'anéantir. Et tu en mourrais.

– J'en mourrais?

– Peut-être même pire que ça. Le but de la Création est de créer. Elle ne te permettrait pas de défaire son travail.

– Et faire des choses, ce n'est pas interdit ?
– Comment ça ?
– S'il est interdit de défaire des choses, il semble logique qu'il soit aussi interdit d'en faire.
– On peut créer des choses, m'assura Beldin. Tu viens de créer une tonne de graines pour oiseaux et tu es toujours là. Mais n'essaie jamais d'effacer ce que tu as fait. Si ça ne te convient pas, tant pis. Quand c'est fait, c'est fait. Il faut vivre avec.
– Ce n'est pas juste, je trouve.
– Il n'y a pas de justice, Pol, répliqua oncle Beldin.
– Si je le fais, c'est à moi, non ? Je devrais pouvoir en disposer à ma guise.
– Ce n'est pas comme ça que ça marche, Pol, reprit Beltira. Ne fais pas d'expériences. Nous t'aimons trop pour te perdre.
– Et qu'est-ce que je ne dois pas faire d'autre ?
– Ne tente pas l'impossible, répondit Belkira. Quand tu entreprends quelque chose, il faut aller jusqu'au bout. On ne peut pas rattraper son Vouloir une fois qu'on l'a déchaîné. Tu te viderais de ton énergie, ton cœur finirait par s'arrêter, épuisé, et tu mourrais.
– Comment puis-je savoir ce qui est possible et ce qui ne l'est pas ?
– Demande-nous avant d'essayer, répondit Beltira. Parle-nous-en, nous te dirons si tu peux y aller.
– Personne ne me dira ce que je dois faire ! lançai-je.
– Tu veux mourir ? lâcha Beldin.
– Bien sûr que non.
– Alors écoute-nous, grommela-t-il. Ne fais pas d'expériences sauvages. Ne tente rien sans en parler à l'un de nous. N'essaie pas de ramasser une chaîne de montagnes ou d'arrêter le soleil. Nous te disons ça dans ton intérêt, Pol. Ne cherche pas la difficulté.
– Bon, c'est tout ? demandai-je d'un ton un peu grognon.

– Tu fais beaucoup de bruit, répondit froidement Belkira.

– Comment ça, je fais du bruit ?

– Quand on fait quelque chose par ce moyen, ça fait un bruit audible pour nous. Quand tu as fait toutes ces graines, on aurait dit un coup de tonnerre. Rappelle-toi que nous ne sommes pas seuls au monde à disposer de ce pouvoir particulier. Il y a des moments où on ne tient pas à ce qu'on sache qu'on est là. Tiens, je vais te montrer.

Il y avait un gros rocher non loin de l'Arbre. Oncle Belkira le regarda et fronça légèrement les sourcils. Le rocher sembla disparaître, mais il reparut instantanément, une centaine de pieds plus loin.

Ce n'était pas exactement un bruit. C'était plutôt une sensation. En tout cas, j'eus l'impression que ça me faisait claquer les dents.

– Tu comprends ce que je veux dire, maintenant ? fit Belkira.

– Oui. C'est un drôle de bruit, hein ?

– Je suis content que ça t'ait plu.

Ils continuèrent à aligner les restrictions, interminablement.

– C'est tout ? demandai-je au bout d'un moment.

Ils commençaient à me gaver, tous autant qu'ils étaient.

– Non, ce n'est pas tout, Pol, répondit Beltira. Ce sont juste les premières choses qu'il faut que tu saches. Que ça te plaise ou non, ton éducation vient juste de commencer. Il va falloir que tu apprennes à contrôler ton pouvoir. C'est une question de vie ou de mort, tu sais.

Dis-leur que tu es d'accord, Pol, me conseilla la voix de ma mère. *Je m'occuperai moi-même de ton éducation. Souris, hoche la tête et ne cherche pas la bagarre quand ils te donneront des conseils. Ne les perturbe pas en faisant des choses inhabituelles quand ils sont dans les parages.*

Comme tu voudras, Mère, acquiesçai-je.

Et c'est ainsi que se déroula vraiment mon éducation. Mes

oncles furent souvent surpris par la vitesse à laquelle j'apprenais. Ils n'avaient pas plus tôt mentionné un exploit quelconque que je le réalisais, sans défaut. Je suis sûre qu'ils ont tous cru à ce moment-là qu'ils avaient sur les bras un génie en herbe. Un génie très sale, mais quand même. La vérité, c'est que ma mère m'avait déjà appris ces trucs rudimentaires. Mon esprit était étroitement lié à celui de ma mère, et elle était mieux placée pour estimer mon niveau de compréhension, ce qui faisait d'elle un bien meilleur professeur que mes oncles. C'est à peu près à ce moment-là que mon oncle Beldin partit pour une mission très secrète, et que mon éducation incomba aux jumeaux. C'est, du moins, ce qu'ils s'imaginaient. En réalité, c'est ma mère qui m'a appris à peu près tout ce que je sais.

Je parlai, naturellement, à ma sœur de ce qui s'était passé. Nous n'avions vraiment pas de secret l'une pour l'autre.

– Quel effet ça fait ? demanda-t-elle pensivement.

– Je vais te montrer, répondis-je. Tu vas voir.

– Non, Pol, soupira-t-elle. Mère m'a dit de ne pas le faire.

– Comment ça ? Elle te parle enfin, à toi aussi ?

– Pas quand je suis réveillée, expliqua Beldaran. Sa voix me parvient dans mon sommeil.

– C'est une façon très incommode de procéder.

– Je sais, mais il y a une raison à ça. Elle m'a dit que c'était toi qui devais faire les choses. Moi, je suis juste censée être.

– Être quoi ?

– Elle ne me l'a pas encore dit. Ça finira bien par venir.

Et je repartis en marmonnant dans ma barbe.

Ma mère me parla des choses que je pourrais faire, et je les essayai toutes. La téléportation était très amusante, et ça me permit d'apprendre à assourdir le bruit. Je passai des journées à faire rebondir des rochers dans tous les sens, dans le Val.

Elle m'expliqua d'autres choses auxquelles je ne pus m'exercer, parce qu'elles exigeaient la présence d'autres personnes, et que je n'avais que les jumeaux et Beldaran sous la main. Or elle m'avait formellement interdit de faire des expériences avec Beldaran.

Ce que mes oncles appelaient mon « éducation » m'éloigna de mon Arbre et des oiseaux pendant des périodes prolongées, ce que je n'aimais pas beaucoup. Je savais déjà l'essentiel de ce qu'ils me disaient, de toute façon, alors je m'ennuyais mortellement.

Ne t'énerve pas, Polgara, me dit ma mère, un jour que j'étais sur le point de piquer une crise.

Mais c'est tellement ennuyeux! protestai-je.

Eh bien, pense à autre chose.

À quoi veux-tu que je pense?

Dis aux jumeaux de t'apprendre à faire la cuisine, suggéra-t-elle. *Les êtres humains adorent mettre leur nourriture dans le feu avant de la manger. Je trouve, personnellement, que c'est une perte de temps, mais c'est comme ça, alors...*

C'est ainsi que je commençai à recevoir deux éducations au lieu d'une. J'appris tout sur la téléportation et les épices en même temps. L'imagination joue un grand rôle dans notre pouvoir, c'est l'une de ses particularités; je m'aperçus bientôt que je pouvais imaginer quelle épice ajouter au plat que je préparais. Dans ce domaine précis, je surpassai même bientôt les jumeaux. Ils mesuraient méticuleusement chaque ingrédient alors que j'assaisonnais d'instinct. Une pincée, un trait, une poignée de n'importe quelle épice, et c'était bon.

– Tu mets trop de sauge, Pol, protesta Beltira alors que je mettais la main dans un de ses pots à épices.

– Attends un peu, mon oncle, dis-je. Ne critique pas mon plat avant d'y avoir goûté.

Et, comme d'habitude, mon ragoût se révéla délicieux. Beltira me parut bouder un peu, si je me souviens bien.

Puis un jour – ou plutôt une nuit – se produisit l'un des événements les plus importants de mon existence : ma mère me révéla le secret du changement de forme.

C'est très simple, en fait, Polgara, dit-elle. *Tu n'as qu'à te représenter la créature dont tu veux prendre la forme et te couler dedans.*

Mais il y avait des lieues entre l'idée que ma mère se faisait de la simplicité et la mienne.

Les plumes de la queue sont trop courtes, dit-elle d'un ton critique après ma troisième tentative. *Recommence.*

Je mis des heures à imaginer la forme correctement. Quand je faisais bien la queue, c'était le bec qui n'allait pas – ou les ergots. Ensuite, les plumes des ailes n'étaient pas assez souples, le bréchet laissait à désirer ou les yeux étaient trop petits. J'étais sur le point d'y renoncer définitivement quand ma mère dit : *Là, tu y es presque. Maintenant, coule-toi dedans*. Ma mère avait la faculté de lire dans l'esprit, ce qui faisait d'elle le meilleur professeur qui se puisse rêver.

Je commençai à me glisser dans l'image que j'avais formée, et j'eus l'impression que mon corps devenait liquide, comme du miel. Je m'insinuai littéralement dans la forme imaginaire.

Soudain, je fus une chouette neigeuse. Une fois de plus, le contact intime de notre esprit avait grandement simplifié les choses. Voler implique beaucoup trop de paramètres pour que l'on puisse immédiatement dominer la technique. Ma mère m'instilla dans l'esprit la profusion de détails minuscules qui permet de la maîtriser avec dextérité. Je donnai une poussée de mes douces ailes et me retrouvai aussitôt dans le vide. Je décrivis quelques cercles de plus en plus larges, me perfectionnant à chaque battement d'aile.

Je n'essaierai même pas de décrire l'extase de voler. Le temps que l'aube effleure l'horizon, j'étais un oiseau assez compétent et j'avais l'esprit empli d'une joie que je n'avais encore jamais connue.

Tu ferais mieux de rentrer à la tour, Pol, me conseilla ma mère. *Les chouettes ne sont pas faites pour voler de jour.*

Il le faut vraiment?

Oui. Ne dévoilons pas notre petit secret pour le moment. Il va falloir que tu reprennes ta forme, aussi.

Oh non, Mère! protestai-je avec véhémence.

Nous recommencerons à jouer demain soir, Pol. Maintenant, rentre te changer avant que tout le monde ne se réveille.

Ça ne me plaisait pas beaucoup, mais je lui obéis.

Peu après, Beldaran me prit à part :

– Oncle Beldin ramène Père au Val, me dit-elle.

– Ah bon? Comment le sais-tu?

– Mère me l'a dit en rêve. Elle me parle toujours en rêve. Je te l'ai déjà dit.

– En rêve, hein?

Je décidai de ne pas en faire une histoire, mais je me promis d'en parler à ma mère. Elle venait toujours me voir quand j'étais réveillée; pourquoi s'adressait-elle à ma sœur dans le monde brumeux des rêves? Je m'interrogeai sur les raisons de cette différence. Je me demandai aussi pourquoi notre mère avait jugé bon d'informer Beldaran du retour de notre vagabond de père et n'avait pas pris la peine de m'en parler à moi.

Oncle Beldin avait suivi notre père à la trace depuis son départ du Val. Il nous avait parlé de ses fredaines, et la perspective de son retour ne m'emballait pas. L'idée de ce père ivrogne et débauché n'avait rien de plaisant. C'était le début de l'été lorsqu'il le ramena enfin à la maison.

– Père! s'exclama Beldaran en lui sautant au cou.

Le pardon est une vertu. Enfin, il paraît. Mais il y a des moments où Beldaran allait trop loin.

J'ai fait à ce moment-là une chose dont je ne suis pas très fière. Ma seule excuse, c'est que je ne voulais pas que notre père ait la fausse impression que son retour était une occasion de réjouissance universelle. Je ne le détestais pas vraiment, mais je ne l'aimais définitivement pas.

– Eh bien, Vieux Loup, dis-je d'un ton aussi insultant que possible. Tu as donc décidé de revenir sur les lieux de ton crime?

CHAPITRE III

J'entrepris de faire connaître à mon père ma façon de penser. Plusieurs façons, en fait. Je lui expliquai longuement, précisément, ce que je pensais de lui, car je ne voulais pas qu'il caresse l'illusion que la douceur mièvrasse de Beldaran était la norme. Je voulais aussi affirmer mon indépendance, et de ce point de vue, au moins, c'était réussi. Je n'étais vraiment pas jolie, mais je n'avais que treize ans, à l'époque, et j'étais un peu rugueuse par endroits.

Bon, réglons ça tout de suite : on m'a parfois appelée Sainte Polgara. C'est une absurdité complète. Je ne suis pas une sainte et je n'ai jamais prétendu l'être. Je pense que les seuls êtres capables de vraiment comprendre ce que j'ai éprouvé dans mon enfance sont ceux qui ont eux-mêmes eu un jumeau. Beldaran était le centre de ma vie, avant même notre naissance. Beldaran était à moi. Ma jalousie, ma rancune, quand notre père me « vola » son affection, furent sans borne. Beldaran et chacune de ses pensées étaient à moi, et il me l'avait volée ! Mon allusion insultante au « lieu du crime » donna le coup d'envoi à une chose qui se poursuivit pendant des millénaires. Il faut dire que j'avais passé des heures à peaufiner ces petites phrases mordantes.

Certains d'entre vous ont remarqué que nos relations ne sont pas toujours empreintes de la plus parfaite cordialité. Je lui lance des piques, il accuse le coup. Tout ça a commencé quand j'avais treize ans, et cette habitude s'est si profondément ancrée en moi que c'est devenu une seconde nature.

Encore une chose. Ceux qui nous ont connues, Beldaran et moi, quand nous étions petites ont toujours pensé que j'étais la jumelle dominante, celle qui prenait la direction des opérations. En réalité, c'était Beldaran qui commandait. Je vivais presque uniquement dans l'espoir d'avoir son approbation et c'est encore un peu le cas, dans une certaine mesure. Beldaran avait une sérénité que je n'ai jamais égalée. Ça vient peut-être du fait que notre mère avait gravé son but dans son esprit avant même notre naissance. Beldaran savait où elle allait, alors que je n'en avais pas la moindre idée. Elle a toujours eu une certitude qui me manquait.

Père encaissa ma diatribe hargneuse avec un calme, une placidité qui accrurent encore ma rage. Je finis, pour bien souligner ma réprobation, par me rabattre sur certains aspects les plus pittoresques du vocabulaire d'oncle Beldin. Moins dans un désir de provocation que dans l'espoir de lui arracher enfin une quelconque réaction. Je fus un peu déconcertée par l'indifférence qu'il opposa à mes attaques les plus virulentes.

Et puis, avec une désinvolture impensable, il nous annonça que nous allions nous installer toutes les deux dans sa tour, avec lui.

À ce stade, mon langage acheva de se détériorer.

Lorsque notre père fut ressorti, nous nous entretînmes un moment en « jumeau », Beldaran et moi.

– Si ce crétin pense une seconde que nous allons vivre avec lui, il va avoir une surprise désagréable, dis-je.

– C'est notre père, Polgara, objecta Beldaran.

– Ça, ce n'est pas ma faute.

– Nous devons lui obéir.

– As-tu perdu l'esprit ?

– Oh, pas du tout. Je pense que nous ferions mieux de préparer nos affaires, poursuivit-elle en parcourant du regard la pièce du haut de la tour d'oncle Beldin.

– Je n'irai nulle part, décrétai-je.

– C'est toi que ça regarde, Pol.

– Tu partirais en me laissant seule? répliquai-je, sidérée.

– Tu me laisses bien toute seule depuis que tu as trouvé l'Arbre, me rappela-t-elle. Alors, tu fais tes paquets?

C'est l'une des rares fois où Beldaran affirma ouvertement son autorité sur moi. Normalement, elle obtenait ce qu'elle voulait d'une façon plus subtile.

Elle s'approcha d'un coin particulièrement en désordre de la tour de Beldin et se mit à fouiller dans les caisses vides que notre oncle avait empilées là.

– On dirait que vous avez eu un petit différend, les filles? avança gentiment oncle Beldin.

– Ce serait plutôt une rupture permanente, répliquai-je. Beldaran va obéir à notre père alors que je m'y refuse.

– Ça, ma petite Pol, permets-moi d'en douter.

Oncle Beldin ne nous avait pas élevées pour rien. Il connaissait notre structure de pouvoir.

– C'est la seule chose à faire, Pol, fit Beldaran par-dessus son épaule. Le respect, sinon l'amour, commande notre obéissance.

– Le respect? Mais je n'ai aucun respect pour ce sacripant imbibé de bière!

– Tu devrais, Pol. Enfin, fais comme tu veux. Moi, je lui obéis. Tu viendras me voir de temps à autre, hein?

Comment pouvais-je répondre à ça? Vous comprenez peut-être, maintenant, la façon dont Beldaran exerçait son pouvoir sur moi. Elle ne s'énervait jamais, elle parlait toujours d'une petite voix douce, mais sa douceur était trompeuse. Un ultimatum est un ultimatum, quel que soit le ton sur lequel on le délivre.

Je la regardai, impuissante.

– Tu ne crois pas qu'il serait temps que tu emballes tes affaires, ma chère sœur? insista-t-elle d'un ton sucré.

Je sortis de la tour d'oncle Beldin comme un vent de tempête et allai bouder dans mon Arbre. Quelques brèves répliques persuadèrent même mes oiseaux de me laisser en paix.

J'y passai toute la nuit, dans l'espoir que la séparation inhabituelle ramènerait Beldaran à une juste vision des choses. Mais ma sœur dissimulait une volonté de fer sous des dehors radieux et caressants. Elle s'installa avec notre père dans sa tour encombrée, et au bout d'une journée de solitude insupportable, je les rejoignis à contrecœur.

En fait, je ne passai pas beaucoup de temps dans la tour de notre père. J'y dormais, je mangeais parfois avec eux, mais c'était l'été ; l'Arbre était toute la maison dont j'avais besoin, et mes oiseaux me tenaient compagnie.

Rétrospectivement, je détecte une pluralité de motifs derrière cet été sabbatique dans les branches de l'Arbre. J'espérais évidemment punir Beldaran de sa trahison. Mais en réalité, je restais dans l'Arbre parce que j'aimais y être. J'aime les oiseaux et notre mère était presque continuellement avec moi tandis que je grimpais dans les branches, sous une forme ou une autre. Je découvris l'agilité des écureuils. Et puis, bien sûr, je pouvais toujours me changer en oiseau et voler jusqu'aux plus hautes branches. Mais le fait de grimper comporte une certaine satisfaction en soi.

Vers la fin de l'été, je découvris le danger inhérent à la forme de rongeur. Les rongeurs, des plus petits aux plus gros, sont la proie d'à peu près toutes les autres espèces au monde, à l'exception peut-être des poissons rouges. Par un beau matin d'été, je bondissais de branche en branche, dans les hauteurs de l'Arbre, quand un faucon qui passait par là décida de me déguster pour son petit déjeuner.

– Je te déconseille de faire ça, lui dis-je d'un ton méprisant alors qu'il descendait en piqué sur moi.

Il s'éloigna en battant frénétiquement des ailes.

– Polgara ? C'est toi ? demanda-t-il, stupéfait.

– Bien sûr que c'est moi, pauvre crétin !

– Oh, pardon ! Je ne t'avais pas reconnue.

– Tu devrais faire plus attention. Toutes sortes de créatures se font prendre dans des pièges en croyant manger gratis.

– Qui pourrait essayer de me piéger ?
– Tu n'aimerais pas le savoir.
– Tu veux voler avec moi ?
– Comment sais-tu que je peux voler ?
– Ben, tout le monde vole, non ? lança-t-il, un peu surpris.

C'était manifestement un très jeune faucon. J'adorai néanmoins voler en sa compagnie. Tous les oiseaux ont une façon particulière de voler ; mais la façon qu'ont les faucons de s'élever sans effort, soulevés par des colonnes invisibles d'air chaud montant de la terre, procure une sensation de liberté à nulle autre pareille.

D'accord, j'aime voler. Et alors ?

Père avait décidé de me laisser libre de mes mouvements, cet hiver-là, sûrement parce que le son de ma voix lui portait sur les nerfs. Mais une fois, il vint me voir à l'Arbre, sans doute à la demande de Beldaran. Il essaya de me persuader de rentrer à la maison. C'est lui qui reçut une bonne dose de persuasion. Je lui lâchai mes oiseaux dessus, et ils le chassèrent.

Pendant les semaines suivantes, je passai de temps à autre voir mon père et ma sœur, dans l'espoir de détecter des signes de souffrance chez Beldaran. Sauf que, si elle souffrait, elle le cachait bien. Père restait assis dans son coin, pendant mes visites. Il semblait travailler sur quelque chose d'assez petit, mais vous pensez si je me fichais de ce qu'il pouvait fabriquer.

Je découvris ce que c'était vers le début de l'automne. Ils débarquèrent au pied de mon Arbre, un matin, Beldaran et lui.

– J'ai quelque chose pour toi, Pol, dit-il.
– Je n'en veux pas, rétorquai-je, du haut de mon perchoir.
– Tu ne te sens pas un peu ridicule, Pol ? avança Beldaran.
– C'est de famille.

Père fit alors une chose qu'il m'a rarement faite. J'étais confortablement perchée sur une branche, à une vingtaine de pieds du sol, lorsque je me retrouvai étalée dans la poussière, à ses pieds. Cette vieille canaille m'avait téléportée ! « C'est déjà mieux », dit-il. « Maintenant, on peut parler. » Il tendit la main. Il tenait un médaillon d'argent, au bout d'une chaîne du même métal.

– C'est pour toi, dit-il.

Je pris la chose à contrecœur.

– Et qu'est-ce que tu veux que j'en fasse ? lançai-je.

– Tu devrais la porter.

– Pourquoi ?

– Parce que notre Maître le veut. Si tu veux discuter avec Lui, ne te gêne pas. Mets-la, Pol, et arrête ces bêtises. Il est temps que nous grandissions tous un peu.

Je regardai l'amulette et vis qu'elle représentait une chouette. Je me dis que ce cadeau tombait trop bien pour avoir été choisi par mon père. Ça devait être une idée d'Aldur. À cette époque de ma vie, je me fichais pas mal des colifichets, mais je trouvai aussitôt une utilisation à celui-ci. Après avoir été l'autre forme préférée de ma mère, la chouette était devenue la mienne aussi. La difficulté du changement de forme consiste en partie à bien se représenter la forme choisie, et Père était manifestement doué pour la sculpture. La chouette était si réussie qu'on aurait dit qu'elle allait voler. Cet objet me serait très utile.

Lorsque je le passai à mon cou, il m'arriva une chose très curieuse. J'aurais préféré mourir plutôt que de l'admettre, mais je me sentis soudain complète, comme s'il m'avait toujours manqué quelque chose.

– Maintenant, nous sommes trois, constata Beldaran.

– C'est stupéfiant, lançai-je aigrement. Tu sais donc compter ?

Ma réaction inattendue au cadeau de notre père m'avait déstabilisée, et j'éprouvais le besoin de faire payer ça à quelqu'un. N'importe qui.

– Ne sois pas mauvaise, Pol, fit Beldaran. Je sais que tu es plus intelligente que moi. Tu n'as pas besoin de me le faire remarquer à chaque instant. Maintenant, si tu cessais de faire la bête et si tu rentrais à la maison – chez toi ?

Le principe qui avait guidé toute ma vie jusque-là était la certitude assez présomptueuse que personne ne me dicterait jamais ma conduite. Beldaran m'ôta cette idée pour de bon à cet instant. Elle pouvait me donner des ordres, et elle le faisait parfois. La menace implicite qu'elle me retirerait son amour me remit aussitôt au pas.

Nous rentrâmes donc tous les trois à la tour de mon père. Il parut un peu étonné de mon soudain revirement d'attitude. Je crois qu'il n'a pas encore compris à ce jour le pouvoir que Beldaran avait sur moi.

C'est peut-être pour masquer sa confusion qu'il me proposa de finir le petit déjeuner qui n'était pas desservi. Je m'aperçus alors que le plus puissant sorcier du monde ne savait pas tenir la queue d'une casserole.

– C'est toi qui as fait ça à des mets parfaitement comestibles ? Tu as dû le faire exprès. Personne ne peut faire quelque chose d'aussi mauvais par accident.

– Si ça ne te plaît, pas, Pol, la cuisine est là.

– Tiens, mais c'est vrai ! rétorquai-je avec une feinte surprise. C'est bizarre, je n'avais pas remarqué. Ça vient peut-être du fait qu'il y a des livres et des parchemins sur tous les plans horizontaux.

– J'aime bien avoir de la lecture pendant que je fais la cuisine, répondit-il en haussant les épaules.

– C'est donc ça. Tu étais distrait. Voilà comment tu as gâché toute cette bonne nourriture. Tu voudras bien, désormais, ranger tes jouets dans ta chambre, fis-je en flanquant tous ses papiers par terre, d'un revers de bras. La prochaine fois que j'en vois un dans ma cuisine, j'y fous le feu.

– *Ta* cuisine ?

– Il faut bien que quelqu'un fasse à manger, et tu es si peu doué qu'on ne peut décemment pas te laisser approcher d'un fourneau.

Il était trop occupé à ramasser son matériel pour répondre.

J'avais situé mon rôle dans notre étrange petite famille.

J'aime faire la cuisine, alors ça m'est égal, mais avec le temps j'en vins à me demander si je ne m'étais pas rabaissée en me positionnant dans le rôle de la cuisinière. Au bout d'une ou deux semaines – mettons trois, les choses se tassèrent un peu et chacun trouva sa place. Je ronchonnais de temps en temps, mais en réalité, la situation ne me déplaisait pas.

Je trouvai bientôt un autre sujet d'énervement. Je me rendis compte que je ne pouvais pas défaire le fermoir de l'amulette que m'avait donnée mon père, mais les verrous n'avaient pas de secret pour moi. Je finis par découvrir celui de cette chaîne. C'était une question de temps, au sens propre du terme. La conception en était tellement complexe que mon père n'avait pas pu trouver ça tout seul. Il avait dû suivre les instructions d'Aldur. Seul un Dieu avait pu inventer un fermoir existant dans deux périodes temporelles simultanées.

Bon, je vous propose d'en rester là. Cette seule idée me donne encore la migraine...

En réalité, faire la cuisine ne m'occupait pas toute la journée. Je me bagarrai avec Beldaran pour qu'elle fasse la vaisselle après le petit déjeuner pendant que je préparais le déjeuner, qui était généralement un repas froid. Ça n'a jamais fait de mal à personne de manger froid à midi et, quand j'avais fini, j'étais libre de retourner à mon Arbre et à mes oiseaux. Ni mon père ni ma sœur ne trouvaient à redire à mes escapades quotidiennes, d'autant que pendant que j'étais dehors je ne balançais pas des insolences à mon père.

Les saisons passèrent, comme passent les saisons.

Au bout d'un an, nous étions assez bien installés, et mon père invita ses frères à dîner. Je garde un vif souvenir de cette soirée, parce qu'elle m'ouvrit les yeux sur un aspect des choses que je n'étais pas disposée à accepter. J'avais toujours pensé que mes oncles avaient du bon sens, mais ils traitaient mon ineffable père comme si c'était une sorte de divinité mineure. Je préparais un souper assez raffiné quand je finis par réaliser en quel respect ils le tenaient.

J'ai oublié de quoi ils parlaient au juste – de Ctuchik, ou de Zedar, sans doute – lorsque oncle Beldin demanda à mon père, sur le ton de la conversation : « Qu'en penses-tu, Belgarath ? Tu es le premier disciple, après tout. Tu connais notre Maître mieux qu'aucun de nous. »

Père eut un grognement et répondit :

– Et si je me trompe, tu me le renverras dans la figure, hein ?

– Évidemment, répondit Beldin avec un grand sourire. C'est l'un des avantages de n'être qu'un subordonné, après tout.

– Je te déteste, fit Père.

– Mais non, Belgarath, rétorqua Beldin avec un sourire accroché aux oreilles. Tu dis ça juste pour me faire plaisir.

Je ne saurais dire combien de fois j'ai assisté à ce genre d'échange entre ces deux-là. Et ça avait l'air de les amuser...

Le lendemain matin, j'allai à mon Arbre pour réfléchir à l'étrange comportement de mes oncles. Mon père avait manifestement fait des choses spectaculaires, dans un passé fumeux. Il m'inspirait des sentiments peu flatteurs, c'est le moins qu'on puisse dire. Pour moi, ce n'était qu'un paresseux, assez stupide et pas fiable. Je commençais vaguement à comprendre que c'était plus compliqué que ça. D'un côté, mon père était un menteur, un voleur, un débauché et un ivrogne. Mais c'était aussi le premier disciple d'Aldur, et il aurait pu arrêter le soleil sur son orbite s'il avait voulu. J'avais délibérément choisi de ne voir que son mauvais côté parce que j'étais jalouse, et voilà qu'un autre aspect de lui-même commençait à m'apparaître. Je prenais très mal de voir voler en éclats l'image que je m'étais forgée de lui.

En rentrant, ce soir-là, je le regardai plus attentivement, à la recherche d'indices de sa dualité, et en espérant avec ferveur que je n'en trouverais pas. Il est toujours très pénible de devoir renoncer aux raisons de ses préjugés. Mais je ne vis qu'un vieil homme qui ne payait pas de mine, absorbé dans l'examen d'un parchemin.

– Ne fais pas ça, Polgara, dit-il sans prendre la peine de lever le nez.

– Quoi donc ?

– Arrête de me regarder comme ça.

– Comment sais-tu que je te regarde ?

– Je le sens, Pol. Alors arrête.

Ça ébranla mes certitudes à son sujet plus fortement que je n'aurais voulu l'admettre. Beldin et les jumeaux avaient manifestement raison. Mon père avait quelque chose de bizarre. Des tas de choses, même. Je décidai d'en parler à ma mère.

C'est un loup, Pol, répondit-elle. *Et les loups, ça joue. Tu prends la vie bien trop au sérieux, et son jeu t'irrite. Il peut faire preuve de sérieux quand il le faut, mais quand ce n'est pas nécessaire, il joue. Comme font les loups.*

Mais il se rabaisse, avec toutes ces bêtises.

Et toi, tu ne te rabaisses pas, avec tes bêtises ? Tu es beaucoup trop sérieuse, Pol. Tu devrais apprendre à sourire et à t'amuser un peu, de temps en temps.

La vie est une chose sérieuse, Mère.

Elle peut être parfois très amusante. Apprends à profiter de la vie comme ton père, Polgara. Ce ne sont pas les occasions de pleurer qui manquent, mais il y a aussi un temps pour rire.

La tolérance de ma mère et, surtout, ses observations sur ma nature me troublèrent profondément.

J'ai acquis une grande expérience des adolescents, au fil des siècles, et j'ai découvert que ce sont des grands enfants maladroits, qui se prennent bien trop au sérieux. Pour eux, tout est dans le paraître. Je suppose que c'est une façon de jouer un rôle. L'adolescent sait que l'enfant n'est pas loin sous la surface, et il préférerait mourir que de le laisser voir. C'est ce qui m'arrivait. Je tenais tellement à avoir l'air adulte que je refusais de me laisser aller et de profiter de la vie.

La plupart des gens passent par là et s'en sortent. Mais pas tous. Pour les autres, il est plus important de paraître que d'être, et les malheureux deviennent des créatures vides, qui s'efforcent perpétuellement de se couler dans un moule impossible.

Enfin, je ne vais pas vous gratifier d'un traité sur les bons et les mauvais côtés du développement humain. Je tenais juste à dire que tant qu'un individu n'a pas appris à rire de lui-même, il vivra sa vie comme une tragédie.

Et les saisons poursuivaient leur marche implacable. Après le petit sermon de ma mère, mon antagonisme envers mon père s'était un peu atténué, mais je restais extérieurement sur la réserve. Je ne voulais pas que le vieux fou s'imagine qu'il avait réussi à m'amadouer.

Peu après notre seizième anniversaire, notre Maître rendit visite à notre père et lui donna certaines instructions. L'une de nous, Beldaran ou moi, devait épouser Poing-de-Fer et devenir reine de Riva. Mon père, avec une sagesse qui lui ressemblait bien peu, décida de garder cette visite pour lui. Je ne songeais guère au mariage à l'époque, mais mon goût de la compétition aurait pu m'amener à faire toutes sortes de bêtises.

Mon père reconnaît avec franchise qu'il fut très tenté de se débarrasser de moi en me faisant épouser ce pauvre Riva. Mais la Destinée qui nous guide l'en empêcha. Beldaran se préparait à épouser Poing-de-Fer avant même sa naissance. Ce qui n'était évidemment pas mon cas.

J'étais furieuse de ne pas avoir été choisie. C'est bête, hein ? J'étais vexée comme un pou d'avoir perdu une chose dont je ne voulais pas ! Je n'adressai pas la parole à mon père pendant plusieurs semaines, et je fus même impossible avec ma sœur.

Et puis Anrak vint au Val nous chercher. En dehors d'un ou deux Ulgos et de quelques messagers du roi Algar, Anrak était peut-être le premier étranger que je voyais, mais c'était surtout le premier qui s'intéressait à moi. Il me plaisait bien. Il faut dire qu'il me demanda en mariage, et une fille a toujours un faible pour le premier jeune homme qui lui demande sa main. Anrak était un Alorien, avec tout ce que ça implique. C'était un grand gaillard barbu, et il avait une simplicité de bon aloi. Seulement il sentait la bière, et je n'aimais pas ça.

Je boudais dans mon Arbre quand il arriva, de sorte que nous n'eûmes même pas le temps de faire connaissance avant qu'il ne me propose de m'épouser. Il était descendu au Val par un beau matin du début du printemps. Mes oiseaux m'avaient prévenue de son intrusion, et je ne fus pas vraiment surprise lorsqu'il arriva sous les branches de mon Arbre.

– Salut, là-haut ! appela-t-il.

– Que voulez-vous ? demandai-je du haut de mon perchoir, ce qui n'était pas très aimable, j'en conviens.

– Je suis Anrak, le cousin de Riva, et je suis venu escorter votre sœur à l'Île afin qu'elle devienne sa femme, répondit-il, ce qui le plaça d'emblée dans le camp de l'ennemi.

– Fichez le camp ! dis-je platement.

– D'accord, mais avant j'ai quelque chose à vous demander.

– Quoi ?

– Eh bien, je vous ai dit que j'étais le cousin de Riva, et nous faisons tout ensemble, lui et moi. C'est ensemble que nous nous sommes enivrés et que nous sommes allés au bordel pour la première fois. Nous avons tué notre premier homme au cours du même combat. C'est vous dire combien nous sommes proches.

– Et alors ?

– Alors, comme Riva va épouser votre sœur, je me suis dit que ce serait bien de me marier aussi. Qu'en dites-vous ?

– C'est une demande en mariage ?

– Je croyais vous l'avoir dit. Enfin, c'est la première fois que je demande la main de quelqu'un, alors je n'ai peut-être pas fait ça dans les formes. Qu'en pensez-vous ?

– Je pense que vous êtes cinglé. Nous ne nous connaissons même pas.

– Nous aurons tout le temps de faire connaissance après la cérémonie. Alors, c'est oui ou c'est non?

On ne peut pas reprocher à Anrak de tourner autour du pot. C'était un homme assez direct. Je lui ris au nez et il parut mal le prendre.

– Qu'y a-t-il de si drôle? demanda-t-il d'un ton meurtri.

– Vous. Vous pensez vraiment que j'épouserais un parfait étranger? Ou quelqu'un qui ressemble à un rat tapi dans un buisson?

– Qu'est-ce que ça veut dire?

– Vous avez des poils plein la figure.

– C'est ma barbe. Tous les Aloriens portent la barbe.

– Se pourrait-il que les Aloriens n'aient pas encore inventé le rasoir? Dites-moi, Anrak, votre peuple connaît-il la roue? Et le feu? Vous connaissez le feu?

– Vous n'avez pas besoin de vous montrer injurieuse. Dites-moi oui ou non, c'est tout.

– Eh bien, c'est non! Ce n'était pas clair pour vous? Cette seule idée est absurde, poursuivis-je avec emportement. Je ne vous connais pas, et vous ne me plaisez pas. Je ne connais pas votre cousin, et je ne l'aime pas non plus. En fait, je déteste toute votre sale race puante. Tous les malheurs de mon existence viennent des Aloriens, et vous voudriez que j'en épouse un? Allez, Anrak, fichez le camp ou je vous change en salsifis!

– Vous n'avez pas besoin de devenir hargneuse. Vous n'êtes pas un prix de beauté, vous savez.

Je ne répéterai pas ce que je lui dis alors. Ces lignes pourraient tomber sous les yeux de lecteurs non avertis. Je lui parlai en détails de ses parents, de sa famille au sens large, de sa race, de ses ancêtres et de ses éventuels descendants. Je fis appel au vocabulaire d'oncle Beldin, et Anrak parut quelque peu surpris par la maîtrise que j'avais acquise des aspects les plus pittoresques de son langage.

– Eh bien, dit-il, si c'est comme ça que vous voyez les

choses, je ne vois pas de raison de poursuivre cet entretien, hein ?

Il tourna bride, talonna son cheval et repartit en marmonnant dans sa barbe.

Pauvre Anrak... J'en voulais à mort à cet Alorien inconnu qui allait m'enlever ma sœur, et il en avait pris plein la figure. D'autant que ma mère m'avait fortement recommandé d'éviter tout engagement durable à ce stade de ma vie. Les adolescentes ont des problèmes glandulaires qui les amènent parfois à faire de grosses bêtises. Enfin, je propose que nous en restions là.

Je n'avais absolument aucune intention d'aller à l'Île des Vents, pour participer à cette cérémonie obscène. Si Beldaran voulait épouser ce boucher Alorien, elle se passerait de ma présence et de ma bénédiction.

Mais quand ils furent prêts à partir, ma sœur vint me trouver dans mon Arbre et me « persuada » de changer d'avis. Sous ses dehors trompeurs, ma douce sœur pouvait être absolument implacable quand elle voulait quelque chose. Elle me connaissait mieux que quiconque et elle connaissait mes points faibles. Pour commencer, elle me parla exclusivement en « jumeau », langue que j'avais presque oubliée et qui offrait des subtilités – essentiellement conçues par Beldaran – qu'aucun linguiste, si doué soit-il, ne pourra jamais décrypter, et qui soulignaient presque toutes sa position dominante. Beldaran était habituée à me donner des ordres et j'avais l'habitude d'y obéir. En l'occurrence, elle ne prit pas de gants. Elle me rappela les moments de notre vie où nous avions été le plus proches, cela dans un temps du passé propre à notre langue particulière qui exprimait plus ou moins la notion de « jamais plus ». Cinq minutes plus tard, j'étais en larmes et, au bout de dix minutes, j'étais rigoureusement désespérée. Je finis par lui hurler d'arrêter, incapable de supporter la menace d'une séparation permanente.

– Alors, tu viens ? demanda-t-elle en langage normal.

– Oui, oui, oui ! Mais arrête, je t'en prie.

– Je suis contente que tu aies décidé de venir, Pol, dit-elle en m'embrassant chaleureusement, puis elle s'excusa du traitement qu'elle venait de me faire subir. Elle pouvait se le permettre ; elle savait qu'elle avait gagné et que j'avais perdu. Je le savais aussi. Je ne fus même pas spécialement surprise de constater, en regagnant la tour avec elle, qu'elle avait déjà préparé mes affaires. Elle savait depuis le début comment les choses allaient tourner.

Nous partîmes le lendemain matin. Il nous fallut plusieurs semaines pour arriver à Muros, parce que nous étions à pied.

À Muros, nous ne nous sentîmes pas très à l'aise. Nous n'avions jamais vu autant de gens. J'ai changé d'avis depuis mais, sur le coup, je trouvai les Sendariens bruyants et ridicules avec leur pulsion obsessionnelle, risible, d'acheter et de vendre.

Anrak nous laissa à Muros, mon père, oncle Beldin, Beldaran et moi, et partit en avant pour prévenir Riva de notre arrivée. Nous louâmes une voiture pour aller à Camaar. Franchement, j'aurais préféré continuer à pied. Les petits chevaux râblés n'allaient pas vite et les roues de la voiture semblaient s'ingénier à épouser tous les creux et les bosses de la route. Il ne devint agréable de rouler en voiture que le jour où un petit futé trouva le moyen de les doter de ressorts.

Il y avait encore plus de gens à Camaar qu'à Muros. Nous nous installâmes dans une auberge sendarienne en attendant Riva. Je n'avais pas l'habitude de voir des bâtiments chaque fois que je regardais par les fenêtres. Ces Sendariens semblaient avoir une aversion pour les espaces dégagés. Ils m'ont toujours donné l'impression de vouloir tout « civiliser ».

La femme de l'aubergiste, une petite femme replète, maternelle, semblait décidée à me « civiliser », moi aussi. Elle n'arrêtait pas de sous-entendre que je ne sentais pas très bon et de faire des allusions subtiles à sa maison de bains.

J'écartai ses suggestions d'un haussement d'épaules et

arguai que c'était une perte de temps : je me resalirais tout de suite, alors... J'attendrais la prochaine averse pour sortir. Ça évacuerait l'odeur et le plus gros de la crasse.

Elle me proposa aussi un peigne et une brosse, que je refusai. Je n'allais pas me donner du mal pour plaire à l'Alorien qui m'enlevait ma sœur.

La femme de l'aubergiste insista pour que je fasse appel aux services de sa couturière. Je n'étais pas spécialement impressionnée à l'idée que j'allais bientôt rencontrer un roi, mais elle, apparemment, si.

– Et qu'est-ce qu'elle a, ma robe? protestai-je.

– Ma chère, il faut savoir adapter sa tenue aux circonstances, répondit-elle.

– C'est grotesque, répliquai-je. Il n'est pas question que je change de robe avant que celle-ci ne soit usée.

Du coup, elle laissa tomber. Je suis sûre qu'elle me trouvait incurablement « campagnarde » ; une de ces infortunées créatures qui n'avaient pas accès aux bienfaits de la civilisation.

C'est alors qu'Anrak nous amena Riva. Je reconnais qu'il était physiquement impressionnant. Je crois n'avoir jamais vu quelqu'un d'aussi grand que lui, en dehors des autres hommes de sa famille. Il avait les yeux bleus, la barbe noire, et je le détestai instantanément. Il salua laconiquement mon père, s'assit, et commença à regarder Beldaran.

Beldaran lui rendit son regard.

Je passai un après-midi épouvantable. J'espérais que Riva ressemblerait à son cousin, Anrak, qu'il bredouillerait des âneries offensantes pour ma sœur, mais cet imbécile n'ouvrait pas le bec! Il était pâmé devant Beldaran, et elle le contemplait avec une adoration presque aussi ridicule.

Je menais manifestement un combat perdu d'avance.

Nous étions assis là, dans un silence absolu, à les regarder s'adorer du regard, et à chaque instant qui passait j'avais l'impression qu'on m'enfonçait un poignard dans le cœur. J'avais perdu ma sœur, ça ne faisait aucun doute.

Mais je ne leur donnerais pas la satisfaction de me voir souffrir ; je saignerais intérieurement. Notre séparation qui avait commencé avant même notre naissance était achevée. J'aurais voulu mourir.

Enfin, vers la tombée du jour, mon dernier espoir mourut et je sentis des larmes me brûler les yeux.

Assez étrangement – je n'avais pas fait preuve d'une grande mansuétude à son égard – c'est mon père qui vint à mon secours. Il s'approcha de moi, me prit par la main et me dit gentiment :

– Si nous faisions un petit tour, Pol ?

Sa compassion m'étonna. S'il y avait une personne au monde dont je n'en attendais guère, c'était bien de lui. Il est comme ça, mon père. Il me surprendra toujours.

Je remarquai en quittant la pièce que Beldaran ne détachait même pas ses yeux du visage de Riva pour m'accorder un regard. Je pense que ce fut le coup final.

Mon père m'emmena au petit balcon qui se trouvait au bout du couloir et referma la porte derrière nous.

Je fis de mon mieux pour me maîtriser, mais je me sentais coupée en deux.

– Eh bien, dis-je bravement, je suppose que le problème est réglé, hein ?

Mon père marmonna des platitudes sur la Destinée, mais je ne l'entendis même pas. La Destinée pouvait crever ! Je venais de perdre ma sœur ! Et puis mon chagrin devint insurmontable. Avec un gémissement, je me pendis au cou de mon père et m'effondrai, en larmes, sur sa poitrine.

Je sanglotai sans retenue pendant un moment, puis, quand mes larmes furent taries, je repris le dessus. Je décidai de ne pas laisser voir à Riva et à Beldaran que je vivais une véritable agonie. Je leur montrerais que l'abandon délibéré de ma sœur me laissait indifférente. J'interrogeai mon père sur des choses dont je ne m'étais jamais préoccupée jusque-là, comme les baignoires, les couturières, les peignes souffrir ; je brosses. Ma sœur allait voir à quel point je m'en fichais ! Ah, elle me faisait souffrir ! Eh bien, elle allait en baver, elle aussi !

Je soignai particulièrement ma toilette. À mes yeux, il s'agissait d'une sorte d'enterrement, le mien, et je serais à mon avantage quand on clouerait le couvercle du cercueil. Mes ongles rongés m'ennuyèrent un peu au début, mais je songeai à mon pouvoir. Je me concentrai sur eux, je dis « Pousse ! » et le problème fut réglé.

Ensuite, je marinai pendant près d'une heure dans l'eau chaude. Pour me débarrasser de toute la crasse accumulée, certes, mais aussi parce que j'avais découvert à quel point c'était agréable.

Je sortis du baquet de bois, m'essuyai soigneusement, enfilai une robe et m'occupai de mes cheveux. Ce ne fut pas une partie de plaisir. Je ne m'étais pas lavé les cheveux depuis la dernière fois qu'il avait plu au Val, et ils étaient tellement emmêlés, presque feutrés, que je faillis déclarer forfait. J'y passai je ne sais combien de temps, et ce fut assez pénible, mais je finis par réussir à passer le peigne dedans.

Je ne dormis pas beaucoup, cette nuit-là, et je me levai tôt pour achever mes préparatifs. Je m'assis devant un miroir de cuivre poli et j'observai mon reflet d'un œil critique. Je découvris avec une certaine surprise que j'étais beaucoup moins laide que je ne l'avais jusqu'alors pensé. En réalité, j'étais plutôt jolie.

Ne te monte pas la tête, Pol, fit la voix de ma mère. *Tu ne pensais pas vraiment que j'aurais donné naissance à un laideron, quand même ?*

J'ai toujours cru que j'étais hideuse, Mère, répondis-je.

Tu te trompais. Ne te fais pas une coiffure trop sophistiquée. Ta mèche blanche n'a pas besoin d'aide pour accroître ta beauté.

Mon père me trouva une assez jolie robe bleue. Je l'enfilai et m'admirai dans le miroir. Je fus un peu embarrassée par ce que je vis. Il n'y avait pas de doute : j'étais une femme. La robe le hurlait positivement. J'avais plus ou moins ignoré certaines preuves de ma féminité ; c'était désormais impossible. Le seul problème, c'étaient les chaussures. Avec leur bout pointu et leur petit talon, elles me faisaient mal aux pieds. Il faut dire que je n'avais pas l'habitude de mettre des chaussures. Alors je serrai les dents et je pris mon mal en patience.

Plus je me regardais dans le miroir, plus j'aimais ce que je voyais. La chenille s'était changée en papillon. Je haïssais toujours Riva, toutefois ma haine était un peu moins vive. Il ne l'avait pas fait exprès, mais c'était son arrivée à Camaar qui m'avait révélée à moi-même.

J'étais jolie ! Peut-être même plus que ça !

– Quelle chose stupéfiante..., murmurai-je.

Ma victoire fut complète ce matin-là quand j'entrai timidement – j'avais répété mon entrée pendant des heures – dans la pièce où les autres attendaient. J'avais plus ou moins anticipé les réactions de Riva et d'Anrak. Je n'avais pas beaucoup d'éducation, mais je savais ce qu'ils penseraient de ma métamorphose. Je guettai la réaction de Beldaran.

J'espérais y lire une pointe d'envie, mais j'aurais dû m'en douter... c'est tout juste si elle exprima un léger étonnement, et quand elle me parla, ce fut en « jumeau ». Ce qui se passa entre nous est rigoureusement privé. « Ah, tout de même ! » dit-elle, et ce fut tout. Après quoi elle m'embrassa chaleureusement.

CHAPITRE IV

J'admets que je fus un peu déçue. J'aurais voulu voir ma sœur verdir de jalousie, mais aucun triomphe n'est jamais tout à fait complet, n'est-ce pas ?

Anrak poussa un soupir à fendre l'âme. Il expliqua à Riva combien il regrettait de ne pas m'avoir courtisée avec plus d'ardeur.

Cet aveu fut le couronnement de la matinée. Il m'ouvrait des perspectives nouvelles. Être adorée est une façon plutôt agréable de passer le temps, vous me l'accorderez. Et ce n'était pas tout : Anrak et son cousin m'ennoblissaient en me donnant du « gente demoiselle » gros comme le bras, ce que je trouvais très flatteur.

Puis le cousin de Riva évoqua un certain nombre de préjugés complètement erronés sur ce que Père appelle notre « pouvoir ». Il donnait l'impression de croire que ma transformation était d'origine magique et alla jusqu'à suggérer que je pouvais me trouver en deux endroits à la fois. À ce moment-là, je crois lui avoir gentiment tiré la barbe. Je commençais à apprécier cet Anrak. Il disait vraiment trop de gentilles choses sur moi.

Vers midi, nous descendîmes au port où nous attendait le vaisseau de Riva. Nous n'avions jamais vu la mer, Beldaran et moi. C'était évidemment la première fois que nous voyions un bateau, et nous appréhendions un peu la traversée. Il faisait beau, mais il y avait des vagues. Je ne sais plus très bien à quoi nous nous attendions ; la surface de toutes les mares du Val était rigoureusement plane, et nous ne savions pas, pour les vagues. La mer avait une drôle d'odeur, aussi. Une senteur vive, piquante, qui masquait un peu les parfums plus écœurants caractéristiques de tous les ports du monde. J'ai toujours trouvé peu judicieux de jeter ses ordures dans l'eau. Les gens devraient bien se douter qu'elles reviendront à chaque marée.

Le vaisseau me parut assez grand, mais je trouvai les cabines, sous les ponts, très petites et même exiguës. Tout paraissait couvert d'une substance noire, graisseuse.

– Qu'est-ce que c'est que cette chose qui est étalée sur les murs ? demandai-je à oncle Beldin.

– Du goudron, répondit-il avec un haussement d'épaules indifférent. C'est pour empêcher l'eau d'entrer.

Cette réflexion m'alarma.

– Le bateau est en bois, dis-je. Et le bois flotte, non?

– Seulement quand il est d'une seule pièce, Pol. La mer aime être plane ; elle n'apprécie pas qu'il y ait du vide sous sa surface. Elle essaie de s'infiltrer dans l'espace béant et de le combler. Le goudron empêche aussi le bois de pourrir.

– Je n'aime pas ça.

– Pauvre bateau. Je suis sûr qu'il est très vexé.

– Il faut toujours que tu fasses de l'esprit, hein, oncle Beldin?

– Tu peux considérer ça comme un défaut si ça te chante, fit-il avec un sourire en hamac.

Nous déposâmes nos affaires dans notre petite cabine, Beldaran et moi, et nous remontâmes sur le pont. Les marins de Riva préparaient le navire pour le départ. C'étaient de grandes brutes barbues, beaucoup étaient torse nu et toute cette peau dénudée me mettait mal à l'aise, je n'aurais su dire pourquoi.

Il y avait des cordes partout, un labyrinthe inextricable, ponctué de poulies, qui montait vers un entrelacs incompréhensible. Les marins dénouèrent les cordes qui retenaient le vaisseau au quai, l'écartèrent un peu et prirent place aux avirons. Un gaillard au visage inquiétant s'assit en tailleur à la proue et se mit à taper en rythme sur un tambour couvert de peau afin de donner la cadence aux rameurs. Le vaisseau s'engagea lentement dans le port encombré, vers la haute mer.

Une fois que nous eûmes passé les brisants, les matelots remontèrent les avirons et se mirent à tirer sur des cordes. Je n'ai pas encore tout à fait compris comment les matelots arrivent à distinguer les cordages les uns des autres, mais ceux de Riva paraissaient savoir ce qu'ils faisaient. Ils se mirent à tirer sur les cordes en chantant selon un certain rythme, et de grosses poutres entourées de toiles montèrent vers le haut des mâts, accompagnées par le grincement des poulies. Dans les cordages, d'autres marins agiles comme des singes dénouèrent les ficelles qui retenaient les toiles et les laissèrent pendre. Une brise s'en empara, et elles se gonflèrent avec un claquement retentissant.

Le navire s'inclina légèrement sur le côté et se mit à bouger. De l'eau moussait devant la proue, à l'endroit où elle tranchait les vagues, le vent de la course me caressait le visage, jouait dans mes cheveux. Les vagues n'étaient pas assez hautes pour que ce soit inquiétant, et le vaisseau de Riva les franchissait à une allure régulière, en s'éloignant majestueusement vers le large.

C'était absolument merveilleux !

Le vaisseau, la mer ne faisaient plus qu'un, et cette unité avait une musique. Une musique de poutres grinçantes, de cordages qui craquaient, de voiles qui claquaient. Nous fendions les flots caressés par le soleil, la musique de la mer dans les oreilles.

J'ai souvent tourné en dérision les Aloriens et leur fascination pour la mer, mais elle a quelque chose de sacré, un peu comme si les vrais marins avaient un Dieu différent. Ils n'aiment pas la mer ; ils l'adorent, et je sais pourquoi au fond de mon cœur.

– On ne voit plus la terre ! s'exclama Beldaran, ce soir-là, en regardant vers la poupe d'un air inquiet.

– C'est normal, ma mie, répondit Riva. Nous ne rentrerions jamais chez nous si nous restions en vue de la côte de Sendarie.

Le coucher de soleil sur la mer, devant nous, fut splendide. Puis la lune se leva, et lança sur l'étendue réfléchissante, envahie par la nuit, un large sentier de lumière.

Je m'assis sur un tonneau fort commodément placé, croisai les bras sur le bastingage, posai le menton sur mes avant-bras et humai la mer en observant rêveusement la beauté qui m'entourait. Je passai la nuit plongée dans cette rêverie, et la mer me fit à jamais sienne. Mon enfance avait été pétrie de trouble, de ressentiment, de cette impression pénible, gangreneuse, de n'être pas à ma place. La sereine immensité de la mer apaisait ces sentiments chaotiques. Une petite fille aux genoux couronnés faisait la gueule parce que le monde ne s'inclinait pas devant elle à chaque pas, et alors ? La belle affaire ! La mer n'avait pas l'air de trouver ça grave, pourquoi en aurais-je fait un drame ?

L'aube annonça sa venue par une pâle lueur juste au-dessus de l'horizon, à la poupe. Le monde semblait plein d'une luminescence grise, sans ombre, et l'eau sombre se mua en vif-argent. Quand le soleil, rougi par le brouillard montant de la mer, apparut au-dessus de l'horizon, mon cœur s'emplit d'un émerveillement à nul autre pareil.

La mer n'en avait pas fini avec moi. Elle m'offrait un visage de verre liquide ; quelque chose d'immense s'enflait, montait des profondeurs mais ne crevait jamais la surface. Une éruption gigantesque que ne marquait aucune vaguelette, aucun jaillissement de mousse. Elle était beaucoup trop profonde pour ce genre de manifestation puérile et ridicule. Je fus prise d'une sorte de terreur superstitieuse. Les mythologies du monde entier grouillent littéralement de monstres marins. Quand nous étions petites, ma sœur et moi, Beltira et Belkira nous racontaient de merveilleuses histoires de monstres marins, souvent d'origine alorienne.

– Qu'est-ce que c'est ? demandai-je à un marin aux yeux pleins de sommeil qui venait d'apparaître sur le pont, et je lui montrai une turbulence, à la surface de l'eau.

– Oh, ça ! Ce sont des baleines, gente demoiselle, répondit-il avec désinvolture après un rapide coup d'œil.

– Des baleines ?

– D'énormes poissons, demoiselle. En ce moment de l'année, elles forment des troupeaux. Il doit y en avoir un paquet, là-dessous.

– Voilà donc pourquoi l'eau bouge comme ça ! C'est parce qu'il y en a tellement !

– Non, demoiselle. Il suffit d'une seule pour soulever ainsi la mer.

J'aurais juré qu'il exagérait, et puis une forme prodigieuse surgit de l'eau. On aurait dit la naissance d'une montagne. Je n'en croyais pas mes yeux. Il n'existait pas, il ne pouvait pas exister de créature vivante aussi phénoménale !

Elle retomba dans l'eau avec un bruit formidable, projetant d'immenses gerbes d'eau dans toutes les directions. Sa queue frappa la surface dans un énorme claquement, et elle disparut.

Alors elle bondit à nouveau, et elle recommença.

Elle jouait !

Soudain, elle ne fut plus seule. D'autres baleines sortirent de l'eau et firent des bonds sous le soleil matinal. On aurait dit des enfants en train de jouer dans une cour de récréation !

Et elles riaient ! Elles poussaient des cris aigus, mais pas stridents. Ils avaient une profondeur presque nostalgique.

L'une d'entre elles, peut-être la première, bascula sur le côté et braqua sur moi un de ses yeux. Un œil immense, entouré de rides comme si elle était très, très vieille, et empli d'une profonde sagesse.

Elle me fit un clin d'œil et replongea dans les abysses.

Tant que je vivrai, je me souviendrai de cette étrange rencontre. D'une obscure façon, elle a façonné ma vision du monde et de tout ce qui se cache sous la surface ou la réalité banale. Grâce à ce seul événement, je n'aurais pas fait pour rien le fastidieux voyage depuis le Val et cette traversée. Loin de là.

Nous étions encore à deux jours de Riva. Je les passai à m'émerveiller devant la mer et les créatures qu'elle nourrissait comme une mère ses enfants.

L'Île des Vents est un endroit hostile, sinistre, cambré sur une mer perpétuellement agitée par la tempête. Vue du large, la cité semble aussi inhospitalière que le roc sur lequel elle est bâtie. Elle se dresse en pente raide à partir du port en une série de terrasses étroites au bord desquelles se dressent des rangées de maisons. Les murs tournés vers la mer sont épais, aveugles, et surmontés par des créneaux. On dirait une succession de murailles infranchissables superposées jusqu'à la Citadelle qui domine la cité. Des marées humaines pourraient s'écraser sur Riva sans plus d'effet que les vagues qui se brisent sur les falaises. Comme dit notre Maître : « Tous les peuples angaraks ne sauraient en avoir raison. » Ajoutez la flotte cheresque qui patrouille au large des côtes, et vous comprendrez pourquoi tout peuple assez stupide pour s'attaquer aux Riviens serait inexorablement détruit. Torak est fou, mais pas à ce point-là.

Ce matin-là, nous nous étions mises sur notre trente et un, Beldaran et moi. Beldaran était la future reine de Riva, et elle voulait faire bonne impression à ses futurs sujets. Quant à moi, je visais un segment précis de la population. Je fis ce qu'il fallait pour que les jeunes gens me remarquent, et je pense que j'atteignis mon but. Quelle merveille que d'être universellement adorée ! L'expression légèrement inquiète de mon père fut le couronnement de cette matinée parfaite.

Ne te monte pas la tête, Polgara, fit la voix de ma mère d'un ton sévère. *Ce que tu vois sur ces visages n'est pas de l'amour. Les jeunes mâles, de quelque espèce qu'ils soient, ont des besoins qu'ils ne peuvent contrôler. À leurs yeux, tu n'es pas une personne mais un objet. Je doute que tu veuilles n'être qu'une chose, n'est-ce pas ?*

La perspective d'être chosifiée doucha légèrement mon enthousiasme.

Les Riviens sont traditionnellement vêtus de gris. Les autres peuples du Ponant les appellent les « capes grises ». Mais les jeunes ne respectent pas forcément les coutumes de leurs aînés. La rébellion adolescente est à l'origine de toutes sortes de costumes absurdes. Plus la mode est ridicule, plus elle plaît aux jeunes. Les gamins aux grands yeux languissants massés au bout du quai me firent penser à un parterre de fleurs plantées par un jardinier totalement dépourvu de goût. Il y avait des pourpoints et des vestes de toutes les couleurs, dont certaines n'avaient même pas de nom, qui juraient effroyablement entre elles. Mais chacun était persuadé d'être si magnifiquement attifé qu'aucune fille un peu sensée ne pourrait lui résister.

Je retins un fou rire. L'inquiétude de mon père à l'égard de ce qu'il pensait être ma fragile chasteté était rigoureusement superflue. Je ne risquais pas de succomber aux charmes de ces adolescents dont le seul aspect manquait me faire mourir de rire.

Lorsque les marins eurent attaché les amarres, nous descendîmes à terre et nous amorçâmes l'escalade des marches qui menaient à la Citadelle de Riva. La série de murailles aussi abruptes qu'une échelle et qui constituaient les défenses de la cité étaient en fait les maisons mêmes dans lesquelles vivaient les Riviens. Elles ofraient, du dehors, un aspect sinistre, mais j'ai découvert depuis qu'elles recelaient de grandes beautés. Un peu comme les Riviens eux-mêmes. Toute leur beauté est intérieure. Les rues de Riva sont étroites et abruptes. Je soupçonne fortement Riva d'avoir été guidé par Belar lors de l'édification de la cité. Tout y est conçu dans un but défensif.

En haut des escaliers, il y avait une cour entourée par une muraille massive. La taille des pierres grossièrement équarries me surprit. La force physique exigée par la construction de la ville avait quelque chose de stupéfiant. Nous entrâmes dans la Citadelle par une énorme porte bardée de fer. Le nouveau foyer de ma sœur me parut effroyablement lugubre. Il nous fallut un moment pour arriver à nos appartements. Nous étions provisoirement logées dans une suite assez agréable. Je dis provisoirement, parce que Beldaran devait bientôt s'installer dans les appartements royaux.

Lorsque nous fûmes enfin seules, ma sœur me demanda : « Tu t'amuses bien, hein, Pol ? » Elle s'était exprimée en « jumeau », d'un petit ton nostalgique.

– Que veux-tu dire au juste ? répliquai-je.

– Maintenant que tu as décidé d'être jolie, tous les jeunes gens sont à tes genoux.

– Tu as toujours été jolie, toi, Beldaran, lui rappelai-je.

– Je sais, répondit-elle avec un charmant petit sourire. Mais je n'ai jamais eu l'occasion d'en profiter. Quel effet ça fait d'avoir autant d'admirateurs ?

– C'est plutôt agréable, répondis-je en riant. Mais je les trouve complètement idiots. Si on veut être adoré, il vaut mieux adopter un chiot.

– Tu crois que tous les jeunes gens sont aussi idiots que ces Riviens ? gloussa-t-elle. Je n'aimerais pas être la reine des idiots.

– Mère dit que c'est plus ou moins universel. Et ça ne concerne pas que les hommes. Il paraît que les loups et les lapins sont pareils. Elle dit que tous les jeunes mâles ont ce qu'elle appelle des « pulsions ». Je suppose que ce sont les Dieux qui l'ont voulu, pour qu'il y ait toujours beaucoup de chiots.

– Quelle vision déprimante, Pol ! C'est comme si je n'étais là que pour faire des bébés.

– Mère dit que ça passe au bout d'un moment. Enfin, ça doit être amusant quand même, alors profites-en pendant que tu peux. Maintenant, poursuivis-je pendant qu'elle rougissait comme une pivoine, tu m'excuseras. Je vais briser quelques cœurs.

Il y avait vers le centre de la Citadelle une grande salle qui semblait être l'endroit où les membres de la cour se réunissaient pour jouer et s'amuser. La salle du trône était réservée aux occasions officielles et, contrairement à la pétaudière du Val d'Alorie où les Cheresques mêlaient le travail et le plaisir, à la Citadelle de Riva, les activités étaient séparées. La porte de la salle était ouverte, et je jetai un coup d'œil à l'intérieur pour prendre la mesure des concurrentes.

Comme toutes les Aloriennes, les Riviennes sont généralement blondes, et je vis aussitôt l'avantage que je pouvais en tirer. Avec mes cheveux noirs, je ressortirais au milieu de ce qui ressemblait à un champ de blé. Les jeunes gens faisaient ce que font tous les jeunes gens, dans le monde entier : ils flirtaient, faisaient de l'esbroufe et tout ce qui s'ensuit. J'attendis un moment de silence pour faire mon entrée. Je n'aurais su dire pourquoi, j'étais sûre qu'un ange finirait par passer. Le moment de l'entrée est très important dans ces affaires.

Je finis par me fatiguer un peu d'attendre. *Fais qu'ils se taisent, Mère,* dis-je d'un ton implorant à la présence qui occupait mon esprit bien avant ma naissance.

Misère..., soupira ma mère.

Mais le silence se fit dans la salle.

Je songeai vaguement à une sorte de fanfare, puis je me dis que ce serait peut-être un peu ostentatoire. Je me contentai de franchir la porte au centre exact et de m'arrêter le temps que tout le monde m'ait bien regardée. Ma robe bleue était assez jolie, et j'étais sûre d'attirer l'attention.

Il faut croire que ma mère – ou Aldur – avait adhéré à mon projet. Il y avait un grand vitrail en haut du mur, en face de la porte. Je passais la porte lorsque le soleil creva les nuages qui planent à peu près en permanence sur l'Île, et la lumière traversant le vitrail tomba sur moi.

Ça valait toutes les fanfares. Je restai royalement plantée là, dans la lumière, tandis que tout le monde me dévorait des yeux.

Par tous les Dieux d'Alorie et d'ailleurs, que c'était bon!

D'accord, c'était puéril et vaniteux. Mais j'étais si jeune!

Il y avait un petit groupe de musiciens – on ne peut pas appeler ça un orchestre – à un bout de la pièce. À mon entrée, ils amorcèrent un petit air. Comme je l'espérais, un mouvement s'ébaucha dans ma direction, chacun répétant mentalement une ouverture susceptible de retenir mon attention. Vous n'avez pas idée de la lourdeur et de l'inanité de la plupart de ces remarques. Lorsque l'on compara mes yeux au ciel de printemps pour la quatrième fois, je commençai à me dire que ces jeunes gens manquaient décidément de créativité. J'avais l'impression de nager dans une mer de platitudes sur laquelle flottaient des métaphores, et ce n'étaient que journées d'été, nuits étoilées et autres pics sombres, couronnés de neige – allusion lourdingue à la mèche blanche qui striait ma chevelure. Les jeunes mâles jouaient des coudes pour s'approcher de moi, et les Riviennes commençaient à la trouver saumâtre.

Un blondinet en pourpoint vert – assez beau garçon, en fait – réussit à se propulser au premier rang de mes courtisans et s'inclina d'une façon assez ridicule.

– Ah ! Demoiselle Polgara, je présume ? fit-il avec un sourire finaud (ça, pour une approche nouvelle, c'était une approche nouvelle). Que c'est lassant, vous ne trouvez pas ? Toutes ces remarques vides, je veux dire. Pendant combien de temps peut-on vraiment parler du temps ?

Cette sortie lui valut des regards noirs, et amena un certain nombre de mes soupirants à revoir leurs entrées en matière.

– Nous devrions pouvoir trouver un sujet de conversation plus agréable, continua-t-il d'une voix onctueuse. La politique, la théologie ou les modes actuelles, si vous préférez.

Il avait l'air d'avoir quelque chose dans la tête, lui.

– Nous y réfléchirons, contrai-je. Quel est votre nom ?

Il se frappa le front, l'air faussement navré.

– Quel idiot je fais ! Comment puis-je être aussi distrait ? C'est un de mes défauts, hélas, ajouta-t-il avec un soupir théâtral. Il y a des moments où je pense que j'aurais besoin d'une nounou ! Vous seriez volontaire pour le poste ? demanda-t-il avec un regard en coin.

– Vous ne m'avez pas encore dit votre nom, lui rappelai-je, ignorant sa proposition.

– Vous ne devriez vraiment pas me distraire comme ça, gente damoiselle, fit-il d'un ton gentiment grondeur. Avant d'oublier : je m'appelle Karmion, et serai baron au trépas de mon oncle, qui n'a jamais eu d'enfant. Mais où en étions-nous ?

J'avoue qu'il ne me déplaisait pas. Il se présentait d'une façon assez originale, et ses manières de petit garçon n'étaient pas désagréables. Je compris à cet instant que le défi serait peut-être un peu plus difficile à relever que prévu. Tous mes soupirants n'étaient pas forcément des chiots à peine sevrés. Certains avaient donc un cerveau. C'était plutôt rafraîchissant. Après tout, quand on en a vu un frétiller de la queue, on les a tous vus. J'éprouvai à vrai dire une pointe de déception quand la foule de mes admirateurs éloigna ce Karmion de moi.

Après cela, les platitudes se succédèrent à un rythme accéléré, mais personne ne parla plus du temps, allez savoir pourquoi.

Les Riviennes paraissaient de plus en plus boudeuses et, pour le simple plaisir de les torturer un peu plus, je distribuai les sourires royaux, éblouissants, que les jeunes gens trouvèrent absolument enchanteurs. Mais pas les filles.

L'après-midi se déroulait magnifiquement. Puis les musiciens – qui jouaient surtout du luth – entamèrent un autre morceau, et un jeune freluquet vêtu de noir et arborant une expression mélancolique étudiée s'approcha de moi.

– La gente Polgara me ferait-elle l'honneur d'accepter cette danse ? demanda-t-il d'une voix brisée en s'inclinant. Permettez-moi de me présenter. Je suis Merot, poète de mon état. En dansant, je pourrais composer un poème en votre honneur.

– Je regrette, Messire Merot, répondis-je, mais j'ai vécu dans un grand isolement et ne sais point danser.

Ce n'était pas vrai, évidemment. Nous inventions des danses depuis que nous avions six ans, Beldaran et moi. Mais je craignais qu'un poète autoproclamé n'ait un peu de mal à saisir le rythme du chant d'un martinet.

Merot était manifestement un poseur, mais la plupart des autres ne valaient pas mieux. Il semblait se croire irrésistible avec sa courte barbe noire, soigneusement taillée, et ses grands airs tragiques. En ce qui me concerne, la résistance ne me coûtait guère. Peut-être à cause de son haleine rance...

– Ah, répondit-il. C'est vraiment dommage. Mais je pourrais vous donner des leçons particulières, si vous voulez, ajouta-t-il, et son regard sombre s'illumina.

– Une autre fois, peut-être, contrai-je en reculant pour éviter son souffle méphitique.

– Me permettez-vous, dans ce cas, de vous dédier un poème ?

– Ce serait très agréable.

Je venais de commettre une erreur fatale. Merot prit une posture caricaturale et commença à déclamer lentement, d'une voix sépulcrale. On aurait dit que le destin de l'univers était suspendu à chacune de ses paroles. Pourtant, je n'avais pas remarqué que le soleil se fût obscurci ou la terre mise à trembler.

Il n'en finissait pas. Et quand il se disait poète, il jouait bien mieux la comédie qu'il ne troussait les vers. Je ne connaissais pas grand-chose à la poésie en ce temps-là, mais il me semblait que le meilleur moyen de captiver son public n'était pas de faire un sort à chaque syllabe. Au début, je le trouvai ennuyeux. Puis fastidieux, et enfin désespérant. Je levai les yeux au ciel dans une attitude théâtrale et certains de mes soupirants volèrent à ma rescousse.

Merot resta planté au même endroit et poursuivit sa déclamation tandis que la foule refluait au loin. Il se pouvait qu'il soit amoureux de moi, mais il s'aimait encore bien davantage.

Le mécontentement des femelles de l'assistance allait croissant, je le voyais bien. Malgré leurs invites pressantes, la piste de danse restait vide. Mes admirateurs avaient apparemment la tête ailleurs. Quelques-unes de leurs compagnes invoquèrent de soudaines migraines et abandonnèrent le terrain. Était-ce mon imagination ? Il me sembla entendre un drôle de crissement, ou plutôt un concert de grincements de dents, et ce bruit me parut étrangement musical.

Puis, comme le soir tombait sur l'Île des Vents, Taygon se rapprocha de moi. Taygon n'avait pas besoin de jouer des coudes. Tout le monde s'écartait devant lui. Il était grand. Il avait les épaules larges, une barbe blonde, une grande épée, et il portait une cotte de mailles.

– Dame Polgara ! beugla-t-il d'une voix de stentor. Je vous cherchais ! (Il ne manquait plus que ça, me dis-je.) Je suis Taygon le Guerrier. Vous avez sûrement entendu parler de moi. L'écho de mes exploits retentit dans l'Alorie tout entière.

– Je suis vraiment désolée, Messire Taygon, fis-je, faussement confuse, mais j'ai grandi dans l'isolement le plus complet et j'ignore à peu près tout de ce qui se passe dans le vaste monde. Et puis, je ne suis qu'une petite sotte.

– Je tuerai quiconque osera dire une chose pareille ! lança-t-il en lorgnant les autres d'un air menaçant.

Comment allais-je me débarrasser de ce barbare ? Je commis alors une autre des nombreuses erreurs dont je devais émailler cette journée.

– Ah, balbutiai-je, j'ai été si longtemps coupée du monde que je serai ravie d'entendre le récit de vos hauts faits.

Un peu d'indulgence, je vous en prie. Rappelez-vous que j'étais une oie blanche, à l'époque.

– Tout le plaisir est pour moi, répondit-il, et je ne doutai pas que ce soit un plaisir pour lui, mais pour moi...

Il ne me fit grâce d'aucun détail et au fur et à mesure qu'il déroulait son récit, j'avais l'impression de patauger dans une mare de sang et de contempler une montagne de cervelles extraites d'une montagne symétrique de crânes. Des entrailles rouges et luisantes s'enroulaient autour de mes chevilles tandis que des membres arrachés à leurs propriétaires naturels passaient devant moi en se tortillant.

Je parvins grâce à un acte de volonté suprême à me retenir de vomir sur le devant de sa cotte de mailles.

C'est alors que ce brave Karmion vint à mon secours.

– Pardonnez-moi, Messire Taygon, mais la sœur de la gente Polgara, notre future reine, requiert sa présence. Je sais que son absence nous désespérera tous, mais on ne saurait désobéir à un ordre royal. Le noble guerrier que vous êtes comprend assurément la nécessité d'obtempérer.

– Mais bien sûr, Karmion, répondit automatiquement Taygon, et il s'inclina devant moi avec raideur. Il faut vous hâter, Demoiselle Polgara. Nul ne saurait faire attendre la Reine.

Je préférai m'abstenir de répondre et le gratifiai d'une courbette, puis Karmion me prit par le bras et nous nous éloignâmes.

– Quand vous reviendrez, lança Taygon, dans mon dos, je vous narrerai comment j'ai éviscéré un Arendais qui m'avait offensé.

– J'ai hâte d'entendre ça, dis-je lamentablement pardessus mon épaule.

– Vraiment, douce demoiselle ? murmura Karmion.

– Franchement, mon cher Karmion, je préférerais avaler un litre de ciguë.

– C'est bien ce que je pensais, s'esclaffa-t-il. Il me semblait aussi vous avoir vue quelque peu verdir, vers la fin.

Décidément, ce Karmion n'était pas dépourvu de finesse. Je commençai à l'admirer malgré moi.

– Eh bien ? me demanda ma sœur quand je la rejoignis. Comment c'était ?

– Ma-gni-fique ! exultai-je. Ils sont tous fous de moi. J'étais le centre de l'attention générale !

– Tu as un mauvais fond, tu sais, Polgara ?

– Qu'est-ce que ça veut dire, ça?

– Ça veut dire que j'ai été coincée là tout l'après-midi, et voilà que tu viens te vanter de tes conquêtes.

– Comme si j'étais capable de faire une chose pareille! me récriai-je le plus sérieusement du monde.

– Et comment! Je te vois comme si j'y étais en train de courir dans les couloirs pour me raconter tes exploits. Pardon, Pol, fit-elle en riant. Je n'ai pas pu résister!

– Tu es au-dessus de tout ça, maintenant, Beldaran. Tu as déjà capturé une proie. Moi, je nage encore.

– Je ne suis pas sûre que ce soit moi qui l'aie capturé. Des tas de gens se sont mouillés dans la partie de pêche, tu sais : Aldur, Père, et Mère aussi, probablement. L'idée de faire un mariage arrangé est juste un peu humiliante.

– Tu aimes Riva, n'est-ce pas?

– Évidemment. Mais c'est humiliant quand même. Bon, raconte-moi ce qui s'est passé. Et je veux tous les détails.

Je lui décrivis mon après-midi, et nous eûmes je ne sais combien de crises de fou rire. Ce que Beldaran préféra, tout comme moi, ce fut la réaction des Riviennes.

Cet après-midi devait être ma dernière escapade en liberté dans la jungle sauvage du rituel d'accouplement de l'âge adolescent. À partir de ce moment-là, mon père ne me laissa plus seule un instant. Il était toujours à ruminer dans un coin où tout le monde pouvait le voir. Il aurait pu s'en dispenser. Enfin, il ne pouvait pas savoir que ma mère me tenait déjà à l'œil. Sa présence tempéra quelque peu l'enthousiasme de mes soupirants, et ça ne faisait qu'à moitié mon affaire : tant qu'il jouerait les duègnes, ils ne se permettraient guère de privautés, or j'étais de taille à me défendre, ou du moins je le pensais, mais je ne risquais pas de m'en assurer.

Karmion semblait l'agacer particulièrement, je ne voyais pas pourquoi. Karmion était un garçon exquis, et il n'eut jamais un geste déplacé. Pourquoi déplaisait-il tant à mon vieux père?

(Prends ça dans les dents, Vieux Loup !)

Puis le roi Cherek et ses fils, Dras Cou-d'Aurochs et Algar Pied-Léger arrivèrent pour le mariage, et les choses devinrent un peu plus sérieuses. En dépit des sentiments que Beldaran et Riva éprouvaient l'un pour l'autre, ma sœur avait raison. Leur mariage avait été arrangé. Le serpent du soupçon me susurra à l'oreille que mon père pourrait bien décider de me trouver un mari à moi aussi, ne serait-ce que pour me protéger de tous ces soupirants éperdus. On pensait généralement à l'époque, et on pense probablement encore parfois, que les femmes sont moins intelligentes que les hommes. Ces messieurs prenaient, et prennent peut-être toujours, les femmes pour des écervelées qui succomberont au premier joli garçon venu, et s'il a des idées derrière la tête... Le résultat, évidemment, c'est l'incarcération virtuelle de toutes les femmes d'un certain rang. Ce que mon père et ces primitifs n'ont pas l'air de comprendre, c'est que les femmes n'apprécient pas qu'on les mette en cage, et qu'elles feront à peu près n'importe quoi pour y échapper. Ça explique peut-être pourquoi tant de filles s'embarquent avec des garçons qui ne sont pas faits pour elles. La plupart du temps, la personnalité du jeune homme n'a pas la moindre importance. La fille est mue par le désir de montrer qu'elle peut le faire plus que par un réel désir.

C'est la raison la plus fréquente des mariages arrangés. Le père marie sa fille le plus vite possible pour la « protéger ». Une fois mariée, si elle décide d'avoir des liaisons, ce sera le problème de son mari.

L'idée que mon père puisse choisir de me mettre en attelage avec Dras ou Algar m'inquiéta un moment.

CHAPITRE V

Pour je ne sais quelle raison, ma mère était toujours restée dans le vague en ce qui concerne l'équipée maintenant fameuse de mon père en Mallorée, mais je pensais avoir besoin de certaines informations afin de contrer les idées absurdes qui pourraient lui passer par la tête. Je partis à la recherche d'oncle Beldin.

Je le trouvai tout en haut de l'une des tours de la Citadelle. Il dorlotait une chope de bière en regardant les vagues noires, mornes, qui se cabraient sous le ciel menaçant. Je décidai d'aborder le sujet sans préambule.

– Que peux-tu me dire de l'expédition de mon père en Mallorée ? demandai-je de but en blanc.

– Pas grand-chose, répondit-il. Je n'étais pas au Val quand Cherek et ses gars sont venus le chercher.

– Tu sais ce qui s'est passé, hein ?

– Les jumeaux me l'ont dit, répondit-il en haussant les épaules. Si j'ai bien compris, Cherek et ses gars ont débarqué au cœur de l'hiver, par haut comme ça de neige, avec l'idée débile que les prêtres de Belar avaient interrogé ce qu'ils appellent leurs « augures ». C'est fou ce que ces Cheresques peuvent être crédules, des fois...

– Les augures ? Qu'est-ce que c'est que ça ?

– Pff... Un moyen de prédire l'avenir. Les prêtres de Belar se soûlent la gueule, éventrent un mouton et lui tripatouillent les entrailles. Les Aloriens s'imaginent contre toute raison qu'on peut deviner ce qui va se passer dans huit jours en examinant les boyaux d'un mouton. Je soupçonne quant à moi que la bière joue un grand rôle dans toute l'affaire. Les

Aloriens y croient dur comme fer. Mais je doute que le mouton apprécie.

– Qui peut être assez crédule pour croire de telles absurdités ?

– Ton futur beau-frère, pour commencer.

– Ô mon Dieu ! Pauvre Beldaran !

– Pourquoi ce soudain intérêt pour les étranges coutumes aloriennes, ma petite Pol ? demanda-t-il.

– Je me suis dit que mon père pourrait vouloir se débarrasser de moi en me faisant épouser Algar ou Dras, et je ne me sens pas encore prête pour le mariage. J'aimerais avoir quelques arguments pour étouffer cette idée dans l'œuf.

– Ne t'en fais pas, Pol, s'esclaffa-t-il. Belgarath est parfois un peu bizarre, mais pas à ce point-là. Et puis notre Maître ne le laisserait pas faire. Je suis persuadé qu'il a d'autres projets pour toi.

Il était très en deçà de la vérité, ainsi que devait le révéler l'avenir. J'étais à peu près rassurée : il n'y avait donc pas de mari alorien dans mon avenir immédiat. L'ennui, c'est que Dras et Algar n'étaient pas au courant, de sorte qu'une paire de rois d'Alorie se joignit à la horde de mes prétendants.

Dras était le plus vieux et le plus agressif des deux. Je trouvai ses assiduités assez reposantes. Il était franc et direct, contrairement aux Riviens adolescents avec leurs avances alambiquées, maladroites. Dras savait déjà qui il était ; il n'avait pas à faire preuve d'imagination.

– Eh bien, me dit-il quelques jours après son arrivée. Qu'en pensez-vous ? Dois-je demander à mon père de parler au vôtre ?

– De quoi, Majesté ? rétorquai-je, feignant l'innocence.

– De notre mariage, évidemment. Nous pourrions nous marier en même temps que votre sœur et Riva.

Il ne me laissait pas une énorme marge de manœuvre.

– Ce n'est pas un peu brutal, Dras ?

– Pourquoi tourner autour du pot, Polgara ? Ce mariage

serait avantageux pour nous deux. Vous seriez reine, je serais marié. Ça nous éviterait une cour fastidieuse et toutes ces âneries.

Ça, en revanche, ça me resta en travers. Je n'appréciai pas la désinvolture avec laquelle il espérait me priver de mon plus beau jeu. Je m'amusais, et il jouait les rabat-joie.

– Je vais réfléchir, Dras, répondis-je.

– Mais bien sûr. Prenez votre temps, ajouta-t-il, magnanime. On en reparle cet après-midi ?

Me croirez-vous si je vous dis que je réussis à ne pas lui rire au nez ?

La cour d'Algar fut très éprouvante pour moi. Le rituel de séduction exige que la femelle réponde aux avances du mâle. J'ai vu ça je ne sais combien de fois chez les oiseaux. Le mâle, qui a toujours le plumage le plus brillant des deux, agite ses plumes colorées et les lisse sous les yeux de la femelle admirative. Les hommes ne sont pas différents. Le mâle fait de l'esbroufe, et la femelle craque. Mais comment peut-on craquer pour quelqu'un qui ne desserre pas les dents de la journée ? Algar avait à peu près autant de conversation qu'un bigorneau. Il n'était pourtant pas bête. Pour être honnête, son silence m'intriguait autant qu'il m'irritait.

– Vous ne parlez donc jamais du temps, Algar ? lui demandai-je une fois, exaspérée.

– Pour quoi faire ? demanda-t-il en tendant le doigt vers la fenêtre. Il est là, dehors. Allez voir vous-même.

Vous voyez ce que je veux dire ?

Je ne savais trop quoi penser de cette paire de rois qui me contait fleurette. C'étaient deux énormes gaillards, aussi bien par la taille que par le rang. Leur seule présence éloignait mes autres soupirants. D'un côté, je lui en voulais pour ça ; je m'amusais, et il gâchait tout. D'un autre côté, leur présence m'évitait de passer des heures à subir le baratin de tous ces jeunes gens dont le cerveau était court-circuité par les substances exotiques qui couraient dans leur sang.

Une logique glacée – et la présence continue de ma mère dans mon esprit – me laissait penser que ce séjour dans l'Île des Vents était pour moi une période d'entraînement en vue de la suite. Étant la fille de « Belgarath le Sorcier », je pouvais m'attendre à passer des périodes entières de ma vie dans différentes cours royales. J'avais besoin d'acquérir certaines techniques. Le babil de mes jeunes admirateurs si imbus d'eux-mêmes m'apprenait à soutenir une conversation sur la pluie et le beau temps – le thème favori d'un adolescent mâle qui fait la roue. Dras et Algar, qui avaient la tête farcie d'affaires d'État, me permettaient d'entrevoir les problèmes sérieux qui se posaient au monde pendant que cette belle jeunesse papillonnait.

C'est oncle Beldin qui fit remarquer l'évidence à mon père, après quoi celui-ci eut un petit entretien avec le roi Cherek Garrot-d'Ours et lui fit comprendre que je n'étais candidate ni au trône de Drasnie, ni au trône d'Algarie. Mon petit jeu fut, du coup, sensiblement moins drôle, mais j'avais toujours ces jeunes coqs en rut pour m'amuser.

Et puis, un matin, alors que j'empruntais le couloir menant à la vaste salle où je tenais ma cour, ma mère me parla fermement.

Tu n'en as pas encore assez, Pol?

Allons, Mère, ça fait passer le temps, répondis-je.

Épargne-moi ces excuses lamentables, Pol. Tu as cessé de te vautrer dans la crasse. Le moment est venu de renoncer aussi à ce petit jeu.

Trouble-fête, va!

Ça suffit, Polgara.

Oh, c'est bon, soupirai-je d'un ton rien moins que gracieux.

Je décidai de m'octroyer tout de même un dernier triomphe. J'étais, aux yeux de mes soupirants, une petite chose charmante mais sans cervelle. Comme me l'avait fait remarquer ma mère, il est assez dégradant d'être réduite au rôle de chose. Puisque je m'apprêtais à abandonner la partie, je me dis qu'il serait bon de faire savoir aux autres joueurs qui j'étais en réalité. Je m'attardai dans le couloir en soupesant différentes options.

Le plus simple, évidemment, aurait été de les gratifier d'une petite démonstration de mon « pouvoir ». Je caressai un instant la notion de lévitation. J'avais de bonnes raisons de penser que même ce matamore de Taygon serait impressionné si je faisais mon entrée en planant à dix pieds au-dessus du sol, environnée de nuages de gloire, mais je laissai presque aussitôt tomber l'idée. Je voulais qu'ils comprennent que j'étais au-dessus d'eux, mais pas à ce point-là...

J'eus alors une autre idée. Au Val, je mêlais souvent ma voix au chœur de mes oiseaux, et j'avais acquis un certain talent.

J'entrai dans la salle et allai pensivement voir les musiciens. Le joueur de luth, un monsieur d'un certain âge qui menait la petite formation, fut enchanté de mon idée. Je suppose qu'il en avait assez d'être ignoré par ces jeunes paons présomptueux. Je me plantai devant la petite estrade sur laquelle les joueurs se livraient à leur art ignoré.

– Messires et gentes dames, annonça-t-il, la damoiselle Polgara nous fait la grâce de chanter quelque chose.

Les applaudissements furent déjà assez flatteurs, mais ils ne pouvaient pas savoir. Ils ne m'avaient pas encore entendue ! Mes soupirants évaporés auraient applaudi même si j'avais émis des cris rauques comme ceux d'un corbeau.

Ce ne fut pas le cas.

Le joueur de luth amorça une mélodie en mineur d'origine sans doute arendaise. La tonalité faisait écho au penchant des Arendais à vivre leur vie comme une tragédie classique. Je ne connaissais pas les paroles, aussi improvisai-je.

J'aime chanter – Durnik l'a remarqué, je crois – et je commençai par un soprano enfantin. Mais en arrivant au second couplet, j'ajoutai une harmonie d'une voix de contralto. Chanter à deux voix en même temps est assez agréable, mais mon public n'était pas préparé à ça. Je le vis ouvrir de grands yeux, étouffer des hoquets, mais surtout, faire silence.

Au troisième couplet, j'ajoutai une troisième voix de soprano colorature qui modifia l'harmonie du contralto.

Et, au quatrième couplet, pour enfoncer le clou, je chantai en contrepoint, à la façon de ces canons où chaque chanteur répète la phrase de celui qui le précède, avec une ou deux mesures de retard, ce qui produit une harmonie complexe. Je chantais à trois voix, chacune entonnant des paroles différentes.

À la fin du morceau, je remarquai que mon public me regardait d'un œil un peu hagard. Je m'inclinai gravement devant mes admirateurs puis je repartis lentement vers la porte. Seule. Allez savoir pourquoi, cette fois, la foule ne s'agglutina pas autour de moi comme un essaim de mouches. Au contraire, mes soupirants s'écartèrent devant moi, certains arborant une expression voisine de l'extase religieuse.

Karmion, mon chevalier servant, était auprès de la porte. Il me regarda avec nostalgie sortir de sa vie pour toujours. Il s'inclina devant moi avec une grâce exquise alors que je quittais la salle pour n'y plus revenir.

Le mariage de ma sœur approchait à toute vitesse, et nous nous efforcions tacitement de passer ensemble le plus de temps possible. Beldaran devait être reine, et un certain nombre de jeunes Riviennes s'étaient attachées à elle. Après son mariage et le couronnement qui s'ensuivrait, elles deviendraient dames de compagnie. J'ai remarqué qu'un roi peut être un personnage distant, solitaire ; son pouvoir lui suffit. Alors que les reines, comme les autres femmes, ont besoin de compagnie. Je remarquai que les compagnes de ma sœur n'étaient pas très à l'aise avec moi. C'était assez compréhensible. Beldaran était d'un naturel ensoleillé, ce qui n'était pas mon cas. Ensuite, Beldaran allait épouser un homme qu'elle aimait à la folie, alors que mon avenir immédiat prévoyait la perte d'une sœur qui avait toujours été le pivot de ma vie. De plus, les compagnes de Beldaran avaient entendu parler du petit numéro d'adieu dont j'avais gratifié mes sigisbées, et les sorciers – ou les sorcières, dans mon cas – ont toujours eu le don de mettre les gens mal à l'aise.

Notre préoccupation majeure, à ce moment-là, était la robe de mariée de Beldaran, et c'est ainsi qu'Arell entra dans nos vies.

Je suis sûre que ce nom, courant à Riva, dit quelque chose à Ce'Nedra.

Arell était couturière. Les couturières sont souvent des petits bouts de femmes sèches, renfermées. Arell n'était pas du tout comme ça. C'était, au contraire, une forte femme, autoritaire et efficace, une sorte de Marie-j'ordonne, qui lançait des commandements d'une voix de sergent-major et ne tolérait pas les insanités. C'était, comme on dit, une femme aux proportions généreuses. Elle n'avait qu'une trentaine d'années, mais la nature l'avait dotée d'un buste de nourrice. Elle avait les deux pieds bien plantés sur terre, et comme elle était aussi sage-femme, les fonctions du corps humain n'avaient pas de secret pour elle. C'était, par certains côtés, le genre de femme que deviendrait bien plus tard la reine Layla de Sendarie.

Ça rougit pas mal quand elle aborda les aspects physiques du mariage tout en plongeant son aiguille étincelante dans le tissu blanc, crémeux, qui allait devenir la robe de mariée de ma sœur.

– Les hommes accordent trop d'importance à ce genre de chose, dit-elle à un moment donné en coupant le fil avec ses dents. Ils ont beau faire les importants et se pavaner, dans la chambre à coucher, ce ne sont plus que de tout petits garçons. Soyez gentille avec eux, et surtout ne riez jamais. Vous rirez après, une fois seule.

Nous n'avions nul besoin des recommandations d'Arell. Notre mère nous avait dit tout ce que nous avions besoin de savoir. Mais comment aurait-elle pu le deviner?

– Ça fait mal? demanda avec appréhension l'une des blondes compagnes de Beldaran.

J'ai remarqué que cette question revenait toujours dans les conversations entre filles.

– Pas trop, répondit Arell en haussant les épaules. Il n'y a qu'à se détendre. Ne vous crispez pas et tout se passera bien.

Bon, je n'ai pas besoin d'entrer dans les détails, j'imagine?

Et c'est ainsi, dans une sorte de frénésie, que se déroula notre petite cérémonie d'adieu : la couture nous occupait les doigts tandis que les descriptions cliniques d'Arell nous meublaient l'esprit. Nous parlions en « jumeau », Beldaran et moi. Nous n'étions jamais très éloignées l'une de l'autre. Nous étions dans une suite de chambre pleines de clarté donnant non sur la mer mais sur un jardin, de sorte que les fenêtres n'étaient pas d'étroites meurtrières, mais de vastes baies. Le soleil filtrant à travers les nuages illuminait les tissus et les robes drapés sur les mannequins de bois, sans lesquels nous aurions dû subir d'interminables séances d'essayage.

Les murailles de la Citadelle sont d'un gris uniforme, dedans comme dehors, et le gris est une couleur déprimante. Certaines Riviennes avisées s'en sont aperçues, et les intérieurs sont décorés de couleurs vives. Les tentures de notre appartement étaient or et bleu nuit, et les dalles de pierre du sol étaient réchauffées par des peaux de mouton doré, une vraie bénédiction pour les femmes qui marchent souvent pieds nus quand elles se retrouvent entre elles. Les chaussures de femme sont peut-être bien jolies, mais elles n'ont jamais été faites pour être confortables. Il y avait un balcon de pierre devant la pièce principale de notre appartement, et un banc était ménagé dans le muret. Quand il faisait beau, c'est là que nous étions la plupart du temps, Beldaran et moi, assises l'une contre l'autre.

Nous ne disions pas grand-chose. Les mots n'étaient pas vraiment nécessaires. Il nous suffisait d'être en contact physique. C'est l'une des caractéristiques de la gémellité. Si vous avez l'occasion d'observer des jumeaux, vous remarquerez qu'ils se touchent beaucoup plus que les autres frères et sœurs.

Notre communion était emplie de tristesse. Nous savions que le mariage de Beldaran allait nous séparer irrémédiablement. Nous ne faisions qu'une; nous allions être deux, et nous détestions cette idée.

Quand Arell fut satisfaite de la robe de Beldaran, elle se tourna vers moi, puisque j'étais la sœur de la mariée.

– Déshabillez-vous, m'ordonna-t-elle.

– Comment? m'exclamai-je.

Je ne pensais pas pouvoir être un jour choquée. Je me trompais.

– Enlevez vos vêtements, Polgara, que je voie sur quoi je travaille, dit-elle fermement.

Je réussis à rougir, mais je fis ce qu'elle me demandait.

Elle étudia mon corps presque dénudé avec une moue spéculative.

– Pas mal, observa-t-elle, ce qui n'était pas très flatteur, mais elle ajouta : Vous avez de la chance, Polgara. À votre âge, la plupart des filles sont plates comme des planches à pain. Nous allons tirer parti de cet avantage pour détourner l'attention de votre croupe de jument.

– Ma *quoi*? m'étranglai-je.

– Vous êtes bâtie pour avoir des enfants, Polgara. C'est utile, mais ça ne vaut rien pour le tombé des drapés.

– C'est vrai, ce qu'elle dit? demandai-je à Beldaran en « jumeau » pour qu'Arell ne comprenne pas.

– Tu es un peu lourde du bas, confirma Beldaran. Si on pouvait te faire un décolleté assez plongeant dans le dos, on verrait les fossettes en haut de tes fesses, ajouta-t-elle avec un petit sourire maléfique.

– Ça, Beldaran, tu me le paieras, grinçai-je entre mes dents.

– Mais non, Pol, fit-elle, et elle reprit une des répliques préférées de Beldin et de notre père : Tu dis ça juste pour me faire plaisir.

Ma robe était bleue, et dénudait les épaules et une partie significative de mon buste. Elle était bordée de dentelle blanche, neigeuse, et le résultat était vraiment magnifique. Je faillis m'étouffer en l'essayant.

– Je ne peux pas porter ça en public ! m'exclamai-je en m'admirant néanmoins dans la glace. Je suis à moitié nue.

– Ne faites pas la dinde, Polgara, coupa Arell. Une robe bien coupée est une robe qui met les avantages en valeur. Vous avez une jolie poitrine ; je ne vous laisserai pas la dissimuler dans un sac à pommes de terre.

– C'est vraiment une belle robe, Pol, m'assura Beldaran. Avec ça, personne ne regardera tes hanches.

– Beldaran, je commence à en avoir un peu assez de ces histoires, dis-je aigrement. Tu n'es pas spécialement maigre non plus, tu sais.

– Tout le secret, quand on porte une robe un peu osée, c'est d'être fière de ce qu'elle révèle, reprit Arell. Vous avez une silhouette sensationnelle. Montrez-la !

– Voyons, Arell, c'est la fête de Beldaran, protestai-je. C'est vers elle que doivent converger les regards, pas vers moi.

– Ne soyez pas si pusillanime, Polgara, répliqua-t-elle d'un ton moralisateur. Je suis au courant de vos petites expériences dans la grande salle au bout du couloir, alors ne faites pas votre sainte-nitouche avec moi.

– Au moins, je ne m'étais pas déshabillée.

– Ça aurait mieux valu. Qui a coupé les horribles robes que vous portiez ?

– Euh... Il me fallait une robe à Camaar, et Père m'en a fait faire une par une couturière. Quand nous sommes arrivés ici, je l'ai fait copier par une autre couturière.

– J'aurais dû m'en douter, fit-elle dans un reniflement. Ne

vous laissez jamais habiller par des Sendariens. Il n'y a pas plus coincé. Bon, passons aux robes de ces dames, reprit-elle en lorgnant les suivantes de Beldaran entre ses paupières plissées. Hmm... du vert, peut-être? murmura-t-elle d'un ton songeur. Il ne faudrait pas que leurs robes jurent avec celles de la mariée et de sa sœur.

J'ai souvent repensé à Arell. Elle était un tout petit peu trop autoritaire et dominatrice pour être complètement alorienne. Il faudra que j'en parle avec ma mère, un jour. Elle ne se gênait pas pour intervenir, de temps en temps.

Beldaran était évidemment très nerveuse. Ça ne se voit peut-être pas, mais la plupart des futures mariées sont aussi tendues que les jeunes gens, avant le mariage. Les femmes le cachent mieux, c'est tout.

– Ne prenez pas ça au tragique, Beldaran, lui conseilla Arell. Un mariage est une occasion de faire la fête, pour les autres. Les jeunes mariés ne sont là que pour la décoration

– Je ne me sens pas très décorative tout de suite, rétorqua Beldaran. Si vous voulez bien m'excuser, ma chère Arell, je crois que je vais vomir un peu.

La nuit passa, comme toutes les nuits, et le jour se leva, clair et ensoleillé – un miracle sur l'Île des Vents. C'est une bonne île, mais le climat y est simplement impossible.

La cérémonie proprement dite était prévue pour midi, surtout parce que les Aloriens ont l'habitude de faire la fête, la veille des noces, et qu'il leur faut un peu de temps pour récupérer le lendemain matin.

Mais nous avions beaucoup à faire. Beldaran prit le bain prénuptial rituel. Quand elle sortit de l'eau, ses dames de compagnie l'enduisirent d'eau de rose. Puis il fallut s'occuper de ses cheveux, ce qui prit le restant de la matinée. Après quoi nous nous assîmes pour attendre l'heure de la cérémonie – en vêtements de dessous pour ne pas chiffonner nos belles robes.

Nous nous habillâmes au dernier moment, et Arell nous passa en revue d'un œil critique.

– Enfin, il faudra bien que ça aille, hein ? remarqua-t-elle. Allez, filez, et amusez-vous bien !

Nous courûmes comme un troupeau d'éléphants jusqu'à l'antichambre qui se trouvait juste avant la Cour du Roi de Riva, où le mariage devait être célébré.

Je fus un peu intriguée par le comportement de ma sœur une fois que nous fûmes dans cette pièce. Elle était d'un calme inhumain. Toute trace de nervosité avait disparu, elle paraissait lointaine, presque ailleurs. Mère m'expliqua plus tard la raison de son détachement. Le déroulement de la cérémonie était ponctué de symboles, et Beldaran suivait des instructions très précises.

Je montai la garde à la porte, et c'est ainsi que j'assistai à l'arrivée de Riva, de son père et de ses frères.

Ils portaient tous des cottes de mailles, et ils avaient une épée au côté ! Je savais que les Aloriens étaient des guerriers, mais à ce point-là ! Pour la circonstance, ils avaient astiqué leurs cottes de mailles et elles brillaient comme un sou neuf. Dommage qu'on ne puisse rien faire pour l'odeur de métal des armures. Elles avaient ce défaut caractéristique, et je me dis que ça la ficherait mal si les dames de compagnie de Beldaran étaient prises de nausées pendant la cérémonie.

Puis notre père nous rejoignit. Il ne sentait pas trop la bière. Je n'en rate pas une de parler de ses mauvaises habitudes, mais en réalité il ne boit pas tant que ça. Évidemment, il a eu sa dose pendant les années qu'il a passées sur le front de mer, à Camaar.

– Bonjour, Mesdames, dit-il à la cantonade. Vous êtes bien jolies ! Tout est prêt ?

– Aussi prêt que possible, je suppose, répondis-je. Tu as réussi à empêcher Riva de boire, hier soir ?

– Je n'ai même pas eu besoin d'essayer, Pol. Je ne l'ai pour ainsi dire pas quitté de l'œil, et il n'a presque rien bu.

– Un Alorien qui ne se vautre pas dans tous les tonneaux de bière qui passent à sa portée ? C'est stupéfiant !

– Excuse-moi, dit-il alors. J'ai deux mots à dire à Beldaran. Nous avons préparé quelque chose, Beldin et moi, et il faut que je la mette au courant.

Je découvris peu après de quoi il s'agissait.

Mon père avait un sens du décorum assez exceptionnel. Il laissa le temps à la foule de s'installer dans la salle du trône, et j'entendis distinctement la pensée qu'il projeta vers oncle Beldin. *C'est bon*, dit-il silencieusement. *On peut y aller*.

Oncle Beldin répondit par une fanfare argentine jouant sur des centaines de trompettes fantômes. Le son était assez impressionnant pour réduire tous les invités au silence. La fanfare fut suivie par un hymne de mariage chanté d'une voix douce par un chœur angélique, éthéré, inexistant. J'ai certains talents de musicienne, moi aussi, et je fus extraordinairement impressionnée par l'harmonie complexe de mon nabot d'oncle.

Puis, sur un signal de mon père, Beldaran sortit de l'antichambre et s'arrêta à l'entrée de la Cour du Roi de Riva. Elle resta un instant plantée là, pour que tout le monde l'admire, puis notre Maître lui accorda sa bénédiction sous la forme d'un rayon de lumière blanche, éblouissante.

Quand j'y réfléchis, je me rends compte que notre Maître bénissait en fait toute la lignée de Riva : la lignée qui devait donner un jour naissance au Tueur de Dieu.

Je retirai ma cape et je vis mon père rouler des yeux un peu affolés.

– Jolie, ta robe, marmonna-t-il en serrant les dents.

Il y a des moments où mon père manque de cohérence : il admire les attributs des autres femmes, mais il ne supporte pas que j'exhibe les miens.

Nous prîmes place chacun d'un côté de Beldaran et nous descendîmes lentement l'allée, en passant devant les fosses où brûlaient des feux qui réchauffaient les premiers rangs où attendaient Riva et sa famille.

Alors, qu'en dis-tu? Tout devrait bien se passer, non? fit la voix de ma mère.

Ce n'est pas encore fini, Mère, répondis-je. *Ce sont des Aloriens, après tout, et le potentiel de désastre est énorme.*

Cynique, va, fit-elle d'un ton accusateur.

C'est alors que je remarquai l'Orbe de notre Maître enchâssée sur le pommeau d'une énorme épée accrochée, la pointe en bas, au-dessus du trône. Il aurait été difficile de ne pas la voir ; elle brillait d'une lueur bleue intense.

C'était la première fois que je voyais l'Orbe. Je fus très impressionnée. J'ai souvent revu cette lueur, depuis, mais la seule fois où je l'ai vue briller aussi fort est le jour où Garion a décroché l'épée du mur. L'Orbe bénissait aussi à sa façon le mariage de Beldaran et de Riva.

Une fois arrivés devant le trône, nous confiâmes Beldaran à la garde de Riva et nous reculâmes d'un pas, mon père et moi. Le Diacre de Riva s'avança et la cérémonie commença.

Ma sœur était radieuse. Riva ne le quittait pas du regard – un regard d'admiration éperdue. Comme c'était un mariage royal, le Diacre de Riva fit durer la cérémonie en longueur. Les femmes adorent les mariages, bien sûr. Mais au bout de la première heure, les invités commencèrent à manifester leur impatience. Les bancs de la Cour du Roi de Riva sont faits de pierre, et ils ne sont pas très confortables. Et les messieurs attendaient avec impatience le moment de se défouler, qui est le plus important des mariages aloriens. Mais par respect, tout le monde réussit à étouffer ses bâillements.

Riva et ma sœur écoutèrent avec flegme le sermon fastidieux du prêtre qui les chapitrait sur les devoirs des époux. Je notai en passant que le mari avait tous les droits, et que toutes les obligations incombaient à sa femme.

Trois quarts d'heure plus tard, le Diacre accéléra un peu le rythme, ce dont l'assistance déduisit que la libération était proche. C'était un brave homme. Il faut lui laisser ça. Tous les hommes, dans la salle, portaient une épée, et il avait poussé la patience de l'assemblée à la limite de résistance.

Il y avait longtemps que je n'écoutais plus ce qu'il racontait lorsque la voix de ma mère retentit dans ma tête, me réveillant en sursaut.

Polgara, dit-elle. *Ne perds pas ton calme.*

Comment ?

Garde ton sang-froid. Il va t'arriver quelque chose, tout de suite. C'est symbolique, mais c'est très important.

Un instant plus tard, je compris ce qu'elle voulait dire. Je sentis une douce chaleur, et, comme l'Orbe, je me mis à briller d'une lueur bleutée. Ma mère m'expliqua plus tard que notre Maître bénissait ainsi ce que je ferais dans un lointain avenir.

Écoute attentivement, Polgara, reprit la voix de notre mère. *C'est l'événement le plus important de l'histoire du Ponant. Beldaran est au cœur de toutes les attentions humaines, mais c'est toi que les Dieux regardent.*

Moi ? Et pourquoi, au nom du Ciel ?

Au moment précis où Beldaran et Riva seront déclarés mari et femme, tu devras prendre une décision. Les Dieux t'ont choisie pour être l'instrument de leur volonté, mais il faudra que tu l'acceptes.

Que j'accepte quoi ?

Une tâche, Polgara. Il va falloir que tu l'acceptes ou que tu la refuses, ici et maintenant.

Quel genre de tâche ?

Si tu l'acceptes, tu seras la gardienne et la protectrice de la lignée qui descendra de Beldaran et de Riva.

Je ne suis pas une guerrière, Mère.

Tu n'auras pas besoin de guerroyer pour accomplir cette tâche. Réfléchis bien, Polgara. Quand la tâche se présentera à toi, tu la reconnaîtras aussitôt. Et si tu décides de l'accepter, elle t'occupera jusqu'à la fin de ta vie.

Le Diacre de Riva arriva enfin au point culminant de la cérémonie.

Juste au-dessus de ma tête, j'entendis un battement d'ailes fantomatique. Je levai les yeux. Ma mère planait, d'une blancheur neigeuse dans l'air immobile. Ses yeux dorés étaient immenses, intenses. Puis elle obliqua et alla se percher dans les poutres, au bout de la salle.

Et comme le Diacre de Riva prononçait les paroles par lesquelles il m'enlevait ma sœur à jamais, ma mère me demanda :

Acceptes-tu, Polgara?

Une question aussi solennelle exigeait une réponse solennelle. Je pris les coutures de ma robe bleue entre mes doigts, en écartai légèrement les pans et acceptai, d'une révérence, pendant que Riva embrassait sa jeune épouse.

Et voilà! Voilà! fit une voix nouvelle, exultante, tandis que la Destinée me prenait pour sienne.

DEUXIÈME PARTIE

PÈRE

MER
DES VENTS
Tourbières
Herbages
Rivière
des Voiles
Riva
ILE
DES VENTS
Nez
d'Arendie

CHAPITRE VI

C'était la première fois que j'entrais en contact avec ce que mon père devait par la suite appeler « l'ami de Garion », et je ne comprenais pas bien l'origine de ce « Et voilà ! » exultant qui avait retenti dans mon esprit. C'était probablement aussi bien. On n'est jamais tout à fait prêt à rencontrer le Dessein de l'Univers et, si je m'étais trouvée mal, ça aurait risqué de perturber le mariage de ma sœur.

Après la cérémonie, la famille et les invités se rendirent dans la grande salle de banquet située un peu plus loin dans le couloir, pour le festin traditionnel. Quand chacun fut assis sur les bancs, devant la table grinçante chargée de toutes sortes de viandes, de volailles et autres régals, le roi Cherek Garrot-d'Ours se leva.

– Messires et gentes dames, je propose que nous buvions à la santé des jeunes mariés, dit-il en brandissant une chope de bière mousseuse.

Les Aloriens présents hochèrent gravement la tête, se levèrent, tendirent leur chope en direction des intéressés et entonnèrent d'une même voix : « Aux jeunes mariés ! »

Ce que je trouvai plutôt bien.

Puis Dras Cou-d'Aurochs invita l'assistance à boire à la santé de son père.

Ensuite, Algar Pied-Léger rendit la politesse à son frère Dras, à quoi Cou-d'Aurochs répondit en proposant un toast à son frère Algar.

L'assemblée perdait rapidement sa gravité en même temps que sa sobriété. Tout le monde autour de la table semblait vouloir boire à la santé de quelqu'un, et la table était très, très longue. Si je me souviens bien, on n'alla pas jusqu'au bout.

– C'est répugnant, murmurai-je à l'oreille d'oncle Beldin, qui était assis à côté de moi.

– Allons, Pol, tu ne peux pas reprocher à ces braves gens de vouloir honorer ceux qu'ils aiment et respectent, fit pieusement Beldin, qui était d'une propreté inhabituelle – à l'instigation, surtout, de Beldaran. Excuse-moi, fit-il en se levant. Messires et gentes dames ! lança-t-il d'une voix de stentor. Je propose un ban pour la gente demoiselle Polgara !

– À la gente Polgara ! rugit l'assemblée d'une seule voix, et l'on me gratifia d'un triple ban avant d'assécher sa chope.

Vers le milieu du banquet, Beldaran et Riva s'éclipsèrent. La soirée devenait de plus en plus tumultueuse. Oncle Beldin buvait tout ce qui passait à sa portée.

Je tins le coup le plus longtemps possible, puis, à l'autre bout de la table, un Alorien barbu se leva en titubant, renversa la moitié de sa bière sur sa voisine, leva sa chope, rota, s'excusa vaguement et porta, d'une voix avinée, un toast à son chien, Bowser.

– À Bowser ! répéta l'assistance avec enthousiasme, et ça se remit à boire de plus belle.

Ce coup-ci, je décidai que la coupe était pleine ! Je me levai.

– Tu veux boire à la santé de quelqu'un, Pol ? bredouilla Beldin.

Il avait la langue qui s'emmêlait, les yeux qui se croisaient. Je sais que je n'aurais pas dû faire ça – je me répandis, d'ailleurs, en excuses le lendemain matin, mais je n'en pouvais plus.

– Oui. À ta santé, mon cher oncle, répondis-je d'une voix douce. Mesdames et Messieurs, annonçai-je, je vous propose un toast à mon cher, cher oncle Beldin.

Je lui versai une pleine chope de bière sur la tête et je quittai la salle de banquet, toutes ces dames sur les talons.

Les Aloriens ont une capacité d'absorption phénoménale. Les réjouissances durèrent trois jours.

Je décidai de m'en dispenser.

Le matin du quatrième jour, Père passa me voir. Nous bavardions depuis quelques instants lorsque Cherek Garrot-d'Ours toqua à la porte. Il n'avait pas l'air en forme, mais il semblait plus ou moins à jeun.

– J'ai parlé avec Dras et Algar, ce matin, dit-il. Et Algar s'est dit qu'il ne serait pas mauvais que nous nous rencontrions pour échanger certaines informations. Nous n'avons guère l'occasion de bavarder, et il se passe beaucoup de choses en ce moment, dans le monde.

– Bonne idée, acquiesça mon père. Si tu allais chercher Riva pendant que j'essaie de localiser Beldin. Tu veux te joindre à notre petite réunion, Pol ? proposa-t-il.

– Pourquoi, au nom du Ciel ?

– Pour ma tranquillité d'esprit, ma chère fille, répondit-il d'un ton quelque peu pincé.

– Comme tu voudras, susurrai-je avec une feinte docilité.

– Elle est vraiment gentille, nota Cherek, radieux.

– Ouais. Faut pas se fier aux apparences, grommela mon père.

C'est ainsi que j'assistai à la première réunion de ce qui devait devenir le Conseil d'Alorie. Au début, je restai sagement assise, un peu en retrait, et je me contentai d'écouter de toutes mes oreilles. Le principal sujet de discussion était la présence des Angaraks de ce côté de la mer du Levant, mais je ne connaissais pas grand-chose aux Angaraks.

Je n'étais pas rassurée d'être aussi près de Dras et d'Algar. Je craignais un peu que l'un ou l'autre – ou les deux – ne profite de l'occasion pour me renouveler sa demande, ce que je ne souhaitais pas. C'est là que je découvris que les rois ne font sûrement pas de bons maris. Quand la politique pointe le bout de son nez, rien d'autre ne les intéresse. Dras et Algar avaient manifestement cessé de voir en moi une femme. Je n'étais plus pour eux qu'un membre du Conseil comme les autres.

Mon enfance solitaire ne m'avait pas préparée à l'idée de différence raciale, et je ne parle pas ici des différences purement physiques. Les Aloriens sont plutôt grands et blonds, alors que les Tolnedrains sont petits et bruns. Les autres distinctions sont surtout culturelles. Les Aloriens adorent la bagarre contrairement aux Tolnedrains qui n'aiment que l'argent. Je compris assez vite que les Angaraks étaient élevés dans la crainte de Torak, et par extension de ses prêtres, les Grolims. En dehors de quelques particularités superficielles, il y avait un Thull qui sommeillait chez tous les Angaraks.

Tant que le peuple de Torak restait en Mallorée, il n'y avait pas de problème, mais voilà que les Murgos, les Nadraks et les Thulls s'étaient mis à traverser le Pont-de-Pierre, et les Aloriens commençaient à se dire que le moment était peut-être venu d'y mettre bon ordre.

Il me semblait que quelque chose échappait à tout le monde dans la pièce. Ils donnaient l'impression de détester tous les Angaraks sans discrimination, de ne pas s'intéresser aux nuances qui faisaient que la société angarake était beaucoup moins monolithique qu'il n'y paraissait en surface. L'approche alorienne typique en cas de problème consiste à affûter sa hache de guerre, mais je vis tout de suite qu'une confrontation directe ne réussirait qu'à souder les Angaraks entre eux, ce qui était la dernière chose dont nous avions besoin.

J'étais sur le point de le faire remarquer triomphalement lorsque ma mère m'en empêcha.

Ce n'est pas la bonne façon de s'y prendre, Pol, fit sa voix. *Les hommes ont peur des femmes intelligentes. Il vaut toujours mieux suggérer plutôt que d'annoncer. Plante la graine d'une idée dans leur esprit, et laisse-la germer. Ils seront beaucoup plus prêts à accepter ton idée s'ils pensent que ce sont eux qui l'ont eue.*

Je m'apprêtais à protester, mais elle insista.

Essaie, Pol, je t'assure. Mets-les sur la bonne voie et, quand ils auront compris, dis-leur qu'ils sont merveilleux.

Je pense que c'est stupide, mais je vais essayer quand même.

J'évoquai d'abord, modestement, l'idée d'amorcer des relations commerciales avec les Nadraks et, à ma grande surprise, cette proposition passa relativement bien. Je me calai à mon dossier et laissai les Aloriens en débattre assez longtemps pour oublier d'où elle venait, si bien qu'ils décidèrent d'essayer. Puis je leur suggérai de faire des ouvertures aux Tolnedrains et aux Arendais, ce que Cherek et ses « gars » acceptèrent aussi.

Dans son histoire du monde pas toujours bien inspirée, mon père note que j'adore la politique. Il n'a pas tort, mais il n'a jamais compris pourquoi. Quand il parle de « politique », il pense aux relations entre les nations. Alors que, pour moi, ce mot évoque les moyens subtils par lesquels une femme peut amener les hommes à faire ce qu'elle veut.

Si vous voulez voir une experte dans ce domaine, regardez faire la reine Porenn. Mais la plus géniale, c'est encore la reine Layla de Sendarie.

Le Conseil se réunit plusieurs fois, cette semaine-là, mais les décisions les plus importantes furent prises lors de la première session. Quand je compris que les hommes allaient passer le plus clair de leur temps à éplucher les vieux légumes, comme disent les Cheresques, je laissai vagabonder mon esprit. Je songeai à la suggestion de ma mère et, plus j'y pensais, plus elle me paraissait sensée. Il y a des disparités entre les hommes et les femmes, et les plus importantes ne sont pas d'ordre physique. Les divergences d'esprit sont beaucoup plus significatives.

Garrot-d'Ours proposa de nous déposer, Père, oncle Beldin et moi, sur la côte de Sendarie dans son bateau de guerre mais, la nuit précédant notre départ, oncle Beldin changea d'avis.

– Je ferais peut-être mieux d'aller en Mallorée voir ce que fabrique ce brave vieux N'a-Qu'un-Œil, dit-il. Les Murgos, les Nadraks et les Thulls ne sont que des éclaireurs ; ils ne pourront pas faire grand-chose sans renforts de Mallorée. Il ne se passera probablement rien de ce côté de la mer du Levant tant que Torak n'aura pas donné l'ordre à ses armées de marcher vers le nord à partir de Mal Zeth.

– Tiens-moi au courant, répondit mon père.

– Évidemment, crétin, rétorqua Beldin. Tu crois peut-être que je vais en Mallorée faire ami-ami avec Urvon et Zedar ? Si l'autre Grand Brûlé commence à bouger, je te préviendrai.

Le temps que nous arrivions au Val, Père et moi, c'était le milieu de l'été. Les jumeaux attendaient impatiemment notre retour. Ils avaient préparé un véritable festin en notre honneur, et nous mangeâmes dans leur tour agréable, aérienne, pendant qu'un soir doré tombait sur le Val. J'ai toujours aimé leur tour. Celle de mon père est sale et en fouillis, celle d'oncle Beldin est très intéressante vue de dehors mais, à l'intérieur, elle est presque aussi en désordre que celle de Père, alors que les jumeaux ont eu l'idée d'intégrer des placards et des cagibis aux niveaux intermédiaires de la leur afin de pouvoir ranger les choses. Je sais que la comparaison ne plaira pas à mon père, mais sa tour tient plutôt de la pièce unique plantée sur un poteau. C'est un champignon de pierre compact avec une seule pièce en haut. Celle d'oncle Beldin ne vaut pas mieux, d'ailleurs.

La dernière bouchée avalée, oncle Belkira repoussa son assiette et dit :

– Bon, maintenant, parlez-nous du mariage, et du changement prodigieux qui est intervenu chez Polgara.

– Oh, le changement de Pol, c'est facile, répondit mon père. Elle a attendu que j'aie le dos tourné pour grandir.

– C'est fréquent chez les jeunes, acquiesça oncle Belkira.

– Ce n'est pas si simple, Père, protestai-je. Beldaran a toujours été plus jolie.

– Ça, Pol, ce n'est pas vrai, objecta oncle Belkira. Elle est blonde et tu es brune, c'est la seule vraie différence ; vous êtes jolies toutes les deux.

– Toutes les filles veulent être blondes, répliquai-je avec une moue désabusée. C'est idiot, mais c'est comme ça. Quand je me suis aperçue que je ne lui arriverais jamais à la cheville, j'ai fait de la surenchère dans la laideur. Et puis, en arrivant à Camaar, elle a rencontré Riva, j'ai vu que j'étais le cadet de ses soucis et je me suis décrassée. Il m'a fallu des heures pour me démêler les cheveux, ajoutai-je avec un petit rire mélancolique. Et quand nous sommes arrivés à l'Île des Vents, j'ai découvert que je n'étais pas aussi laide que je pensais.

– C'est un euphémisme, commenta mon père. Maintenant qu'elle est débarbouillée, elle est à peu près présentable.

– Oh, tout à fait présentable, Belgarath, rectifia Beltira. Tout à fait présentable, je t'assure.

– Enfin, reprit mon père, quand nous sommes arrivés à l'Île des Vents, elle a pétrifié toute une classe d'âge de jeunes Riviens. Ils sont en adoration devant elle.

– Alors, Pol, c'est agréable d'être adorée ? fit Belkira d'un ton taquin.

– Assez agréable, admis-je. Mais j'ai eu l'impression que ça mettait mon père sur les nerfs, allez savoir pourquoi.

– Très drôle, Pol, grinça mon père. Enfin, après le mariage, nous avons bien discuté avec Garrot-d'Ours et ses gars. Ils ont eu des contacts avec les Angaraks, et nous allons nous efforcer de parvenir à une meilleure compréhension des différences entre les Murgos, les Thulls et les Nadraks. Nous pouvons en remercier Pol, ajouta-t-il avec un regard en coulisse. Tu penses que je n'ai pas remarqué que c'était ton idée, peut-être ? Tu t'y es prise avec beaucoup de subtilité, mais quand même..., ajouta-t-il d'un ton méditatif en regardant pensivement le plafond. Comme l'a fait remarquer Pol, nous aurons probablement plus de succès avec les Nadraks qu'avec les Murgos ou les Thulls. Les Thulls sont trop bornés et ont trop peur des Grolims pour être très utiles, et Ctuchik tient les Murgos dans sa poigne de fer. Mais les Nadraks aiment l'argent, et quelques dessous-de-table judicieusement distribués pourraient les gagner à notre cause. Assez longtemps du moins pour en tirer des informations utiles.

– Vous savez si les Angaraks continuent à arriver par le Pont-de-Pierre ? demanda Beltira.

– Garrot-d'Ours dit que non. Torak attend manifestement son heure. Beldin est retourné en Mallorée voir ce qu'il mijote, ou du moins c'est ce qu'il m'a raconté. Je pense qu'en réalité il a dans l'idée de reprendre cette conversation avec Urvon sur les crochets chauffés à blanc. En tout cas, il prétend que les Murgos, les Nadraks et les Thulls sont un groupe avant-coureur. La partie ne commencera pas avant que Torak se soit décidé à sortir de sa réclusion à Ashaba.

– Qu'il ne se presse pas pour moi, ironisa Belkira.

Nous passâmes les semaines suivantes à donner au jumeaux toutes sortes de détails sur notre visite dans l'Île et le mariage de Beldaran. Les jumeaux n'avaient pas quitté le Val depuis des temps immémoriaux – ils ne s'en sont jamais trop éloignés, surtout parce que, comme le dit drôlement Beltira, « Il faut bien que quelqu'un tienne la boutique ». Mais nous ne sommes pas de la même famille pour rien, et ils étaient naturellement avides d'informations sur nos aventures dans le vaste monde.

Je fus assez mélancolique pendant quelque temps, bien sûr. Je ressentais douloureusement la séparation d'avec ma sœur. Chose étrange, cette séparation nous rapprocha, Père et moi. Je pense que, depuis son retour au Val après sa crise de débauche, je me sentais en compétition avec Beldaran pour son affection. Le mariage de Beldaran avait mis fin à la compétition. Il m'arrivait encore d'invectiver mon père de temps à autre, mais plus par habitude qu'autre chose. Il me répugne de l'admettre, mais je commençais à éprouver un certain respect et une sorte d'étrange affection pour lui. Quand il s'en donne la peine, c'est un vieux bonhomme assez attachant, en fin de compte.

Notre vie, dans sa tour, prit un rythme de croisière. Nous vivions agréablement et je pense que ça venait pour une bonne part du fait que j'aime faire la cuisine et qu'il aime manger. Ce fut une période de calme. Nous avions, le soir, des conversations stimulantes auxquelles je prenais beaucoup de plaisir.

Le dogme adolescent stipule que le jeune en sait infiniment plus que ses aînés ; l'être immature se repaît de folies jusqu'à l'extase. Ces conversations avec mon père m'ôtèrent assez rapidement cette illusion. Je fus plus d'une fois ébranlée par son envergure d'esprit. Par tous les Dieux, la quantité de choses qu'il peut savoir !

Mais si je lui proposai d'être son élève, un soir, alors que nous faisions la vaisselle, ce n'était pas seulement par respect pour cet énorme réservoir de connaissances. Notre Maître et ma mère jouèrent leur rôle dans cette décision en insinuant fréquemment que je n'étais qu'une cruche.

La première réponse de mon père déclencha aussitôt une bagarre.

– Que veux-tu que je fasse de ce genre d'idiotie ? lançai-je. Dis-moi ce que j'ai besoin de savoir, et c'est tout. Pourquoi faudrait-il que j'apprenne à lire ?

Il se montra assez diplomate pour ne pas me rire au nez. Puis il m'expliqua patiemment pourquoi je devais absolument apprendre à lire.

– La somme des connaissances humaines est contenue là, Pol, conclut-il en indiquant les livres et les parchemins qui couvraient les murs de la tour. Tu en auras besoin.

– Et pourquoi, au nom de tous les Dieux ? Nous avons notre pouvoir, Père ; ce n'était pas le cas des primitifs qui ont écrit toutes ces pompeuses imbécillités. Qu'auraient-ils bien pu écrire qui nous soit d'une quelconque utilité ?

– Pourquoi moi ? soupira-t-il en levant les yeux au ciel, et ce n'était évidemment pas à moi qu'il parlait. C'est bon, Pol, reprit-il. Tu es tellement intelligente que tu n'as pas besoin d'apprendre à lire. Alors tu pourras peut-être répondre à quelques questions qui me tenaillent depuis un certain temps.

– Mais bien sûr, Père, rétorquai-je. Avec plaisir.

Vous remarquerez avec quelle spontanéité je tombais dans le panneau...

– Si tu as deux pommes ici et deux pommes là, combien en as-tu en tout ?

Quand mon père essayait de m'inspirer l'humilité, c'est toujours par là qu'il commençait.

– Quatre, évidemment, répondis-je très vite.

Trop vite, je ne devais pas tarder à le découvrir.

– Pourquoi ?

– Comment ça, pourquoi ? C'est comme ça, un point c'est tout. Deux et deux font quatre. N'importe quel imbécile sait ça.

– Comme tu n'es pas une imbécile, tu vas m'expliquer pourquoi, hein ?

Je le regardai sans comprendre.

– Bon, nous y reviendrons plus tard. Alors... Quand un arbre tombe dans la forêt, ça fait du bruit, d'accord ?

– Évidemment. Et alors ?

– Alors, c'est très bien, Pol. Qu'est-ce que le bruit ?

– Le bruit, c'est ce qu'on entend.

– Génial. Tu es très observatrice. Mais il y a un problème, reprit-il en fronçant le sourcil d'une façon un peu mélodramatique, à ce qu'il me sembla. S'il n'y a personne pour entendre le bruit, est-ce qu'il est là quand même ?

– Certainement.

– Pourquoi ?

– Parce que..., bredouillai-je avant de m'interrompre.

– Bien, laissons cela de côté. Tu crois que le soleil va se lever, demain matin ?

– Eh bien... oui, forcément.

– Pourquoi ?

J'aurais dû anticiper ce « pourquoi », depuis le temps, mais j'étais exaspérée par ses questions apparemment naïves, et je répondis sans réfléchir, assez lamentablement :

– Eh bien... c'est ce qu'il a toujours fait, non ?

Là, je venais de recevoir une leçon très rapide et très humiliante de calcul des probabilités.

– Pour rester dans le même domaine, dit-il d'un ton urbain, pourquoi la lune change-t-elle de forme au cours du mois ?

Je le regardai, désarmée.

– Pourquoi l'eau fait-elle des bulles quand elle chauffe ?

Je n'étais même pas fichue de répondre à cette question, et c'était moi qui faisais toujours la cuisine. Il poursuivit ainsi pendant je ne sais combien de temps :

– Pourquoi ne voit-on pas les couleurs dans le noir ? Pourquoi les feuilles des arbres changent-elles de couleur en automne ? Pourquoi l'eau devient-elle dure quand il fait froid ? Et pourquoi se change-t-elle en vapeur quand on la chauffe ? Quand il est midi ici, pourquoi est-il minuit en Mallorée ? Est-ce que c'est le monde qui tourne autour du soleil, ou le soleil qui tourne autour du monde ? D'où viennent les montagnes ? Qu'est-ce qui fait pousser les choses ?

– Ça suffit, Père ! m'exclamai-je. Arrête ! Apprends-moi à lire !

– Mais bien sûr, Pol, répondit-il. Si tu en avais tellement envie, il fallait le dire tout de suite !

Et nous nous remîmes au travail. Mon père est un disciple, un sorcier, un homme d'État et parfois un général, mais plus que tout le reste, c'est un professeur, et certainement le meilleur du monde. Il m'a appris à lire et à écrire à une vitesse remarquable, peut-être parce que la première chose qu'il écrivit pour moi fut mon propre nom. Je trouvai qu'il faisait plutôt joli sur la page. Je me plongeai bientôt dans ses livres et ses parchemins avec une soif incroyable de connaissance. Cela dit, j'avais une fâcheuse tendance à vouloir discuter à haute voix avec les livres, chose que mon père trouva un peu ennuyeuse. Mais je ne pouvais pas m'en empêcher. La bêtise, qu'elle soit orale ou écrite, me heurte profondément, et je me sens obligée de la rectifier. Cette habitude ne m'aurait pas causé d'ennuis si j'avais été seule, mais mon père était dans la tour avec moi, et il était plongé dans ses propres travaux. Je me souviens que nous en parlâmes à plusieurs reprises, en profondeur.

La lecture était stimulante, mais je trouvais encore plus stimulant de discuter des divers points sur lesquels j'avais achoppé au cours de mes recherches de la journée. Tout commença un soir où mon père me demanda innocemment :

– Eh bien, Pol, qu'as-tu appris aujourd'hui ?

Je le lui dis. Puis je lui fis part des critiques que m'inspiraient mes lectures. Assez fermement, et même sur un ton de défi.

Père ne laisse jamais passer une occasion de discuter, et il défendit automatiquement les textes que j'attaquais. Après quelques soirées agréablement passées de la sorte, ces disputes devinrent presque rituelles. C'était une bonne façon de finir la journée.

Nos discussions n'étaient pas toutes intellectuelles. Depuis notre visite à l'Île des Vents, j'avais acquis une conscience aiguë de mon apparence personnelle, et je commençai à m'y intéresser vraiment. Mon père considérait cela comme de la vanité, ce qui déclencha de jolies bagarres.

Puis, par un matin de printemps, la voix de ma mère se fit entendre avant même que je ne commence à préparer le petit déjeuner. *C'est bien joli, tout ça, Pol*, disait-elle, *mais tu as autre chose à apprendre. Laisse tomber tes livres pendant quelques jours et viens à l'Arbre. Il te montrera comment utiliser ton esprit et je t'expliquerai comment utiliser ton Vouloir*.

C'est ainsi qu'après le petit déjeuner, je me levai de table et dis :

– Je vais faire un petit tour, aujourd'hui, Père. Je commence à manquer d'air. Je vais chercher des herbes et des épices pour le dîner de ce soir.

– Bonne idée, acquiesça-t-il. Tes arguments commencent à sentir le renfermé, de toute façon. Ça t'éclaircira peut-être les idées de sortir.

– Peut-être, convins-je, résistant à l'envie de répondre vertement à cette insulte voilée.

Puis je descendis l'escalier en spirale et m'aventurai dans le soleil du matin.

C'était une magnifique journée, et le Val est l'un des plus beaux endroits du monde, aussi flânai-je dans l'herbe d'un vert éclatant en allant à la combe sacrée où l'Arbre étalait son immensité. Mes oiseaux m'accueillirent en chantant, planant au-dessus de moi dans la lumière éclatante du matin.

Qu'est-ce qui t'a retenue, Pol? demanda la voix de ma mère.

– Je profitais du matin, Mère, répondis-je tout haut, puisqu'il n'y avait personne pour nous entendre. Qu'allons-nous faire aujourd'hui?

Poursuivre ton éducation, évidemment.

– J'espère que ton enseignement sera moins fastidieux que ne l'est souvent celui de mon père.

Ça devrait te plaire. C'est dans le même domaine, pourtant.

– De quoi parles-tu?

De l'esprit, Pol. Jusqu'à présent, tu as appris à utiliser ton pouvoir dans le monde extérieur. Nous allons nous intéresser à l'intérieur. Elle marqua une pause, comme si elle cherchait le moyen de m'expliquer un concept très compliqué. *Tout le monde est différent, mais les différentes races ont des caractéristiques propres,* reprit-elle. *Quand tu vois un Alorien, tu le reconnais à son aspect physique. Eh bien, on peut aussi le reconnaître à son esprit.*

– Tu vas m'apprendre à entendre les pensées des gens?

Ça, c'est plus difficile; nous y viendrons par la suite.

Concentrons-nous d'abord là-dessus : pour déterminer la race ou la tribu d'un étranger, il ne faut pas écouter ce qu'il pense mais sa façon de penser.

– Pourquoi est-ce si important, Mère?

Nous avons des ennemis dans le monde, Pol. Il faudra que tu saches les reconnaître. Notre Maître m'a appris à imiter les différentes races afin que je puisse te montrer comment distinguer un Murgo d'un Grolim, ou un Arendais d'un Marag. Ta sécurité et celle de tes proches dépendront peut-être un jour de ton habileté à reconnaître qui se trouve dans les parages.

– Admettons. Comment allons-nous nous y prendre?

Ouvre ton esprit, Pol. Oublie ta propre personnalité et perçois la nature des différents esprits que je vais te présenter.

– Je veux bien essayer, mais ça paraît très compliqué.

Je n'ai pas dit que ce serait facile, Pol. Bien, allons-y.

Au début, je n'y compris rien. Ma mère projetait vers moi la même pensée, encore et toujours, en changeant seulement sa présentation. La percée majeure vint lorsque les différents schémas de pensée me semblèrent avoir une coloration différente. Ce n'était pas évident, plutôt une nuance. Mais avec les temps, ces teintes se précisèrent et je commençai à reconnaître presque instantanément la pensée murgo, alorienne ou tolnedraine.

L'esprit murgo que ma mère évoqua pour moi était très sombre, d'un noir mat, alors que l'esprit grolim était d'un noir dur, brillant. Je vis, ou plutôt je sentis aussitôt la différence.

Les Sendariens sont verts, les Tolnedrains rouges et les Riviens bleus, évidemment. Je commençai à les reconnaître de plus en plus aisément et, vers la mi-journée, j'étais assez à l'aise.

Ça suffit pour aujourd'hui, Pol, annonça ma mère. *Rentre à la tour et passe l'après-midi dans tes livres. Inutile de donner des soupçons à ton père.*

Je regagnai donc la tour, et c'est ainsi que nous adoptâmes

ce qui deviendrait la routine pour un certain nombre d'années : les matins appartenaient à ma mère, les après-midi à mon père. Je recevais donc deux éducations en même temps, ce qui constituait une manière de défi.

Le lendemain matin, ma mère revoyait ce que j'avais appris la veille en me projetant divers schémas de pensée. « Sendarien », disais-je en réponse à un esprit verdâtre. « Murgo », faisais-je, identifiant une pensée noire, mate. « Arendais », ou « Tolnedrain ». Et plus je m'exerçais, plus vite j'identifiais les pensées qui me parvenaient.

Bien, fit ma mère, *maintenant nous allons avancer un peu. Il arrivera que tu aies besoin de fermer l'esprit de tes amis, de les endormir, si tu veux, sauf qu'ils ne dormiront pas vraiment.*

– À quoi cela pourrait-il bien servir ?

Nous ne sommes pas seuls en ce monde à savoir reconnaître les schémas de pensée, Pol. Les Grolims en sont capables aussi, et quand on sait faire ça, on peut remonter à la source de la pensée. Si tu veux un jour passer inaperçue, tu ne voudras pas que tes compagnons se fassent repérer.

– Non, ça, j'imagine. Et comment fait-on dormir quelqu'un ?

Il ne s'agit pas d'un vrai sommeil. Les schémas de pensée que tu as appris à reconnaître sont toujours présents dans l'esprit du dormeur. Tu vas apprendre à fermer son esprit.

– Ça ne risque pas de le tuer ? D'empêcher son cœur de battre ?

Non. La partie du cerveau qui fait battre le cœur est si loin sous la surface qu'elle n'a pas de couleur caractéristique.

– Et si je n'arrive pas à te réveiller ?

Tu ne vas pas essayer sur moi. Où est le plus proche Alorien ?

– Ce sont les jumeaux, risquai-je.

Ne raisonne pas, Pol. Cherche-les avec ton esprit.

– Je vais essayer.

Je projetai mon esprit en quête de ce turquoise caractéristique qui identifie les Aloriens non-riviens. Il ne me fallut pas longtemps pour les trouver. Je savais où ils étaient, bien sûr.

Bien, fit ma mère. *Maintenant, imagine une grosse couverture laineuse.*

Je ne demandai pas pourquoi ; je me contentai de le faire.

Pourquoi blanche ? me demanda ma mère, intriguée.

– C'est leur couleur préférée.

Ah bon. Eh bien, recouvre-les avec.

Je m'exécutai, et je remarquai que j'avais la paume des mains moite. Il est presque aussi difficile de travailler avec son esprit qu'avec ses bras et son dos.

Ils dorment ?

– Je pense.

Tu ferais mieux d'aller voir, pour t'en assurer.

Je me changeai en hirondelle. Les jumeaux vivaient toujours les fenêtres ouvertes quand il faisait beau, et j'avais vu plus d'une hirondelle entrer et sortir de leur tour. Je voletai jusque-là et entrai par la fenêtre.

Alors ? fit la voix de ma mère. *Ils dorment ?*

Ça n'a pas marché, Mère. Ils ont les yeux ouverts, répondis-je en silence, pour ne pas alerter les jumeaux.

Ils bougent ?

Non... Et maintenant que tu le dis, on dirait deux statues.

Essaie de voler vers leur visage, tu verras bien s'ils réagissent.

C'est ce que je fis, et ils ne bougèrent pas.

Ils n'ont pas fait un geste, annonçai-je.

Alors ça a marché. Essaie d'effleurer leur esprit avec le tien.

J'essayai, et ne sentis rien, qu'un grand silence vide.

Je n'y arrive pas, Mère.

Tu as pigé très vite. Reviens à l'Arbre et nous les libérerons.

Tout de suite, dis-je, puis je repérai mon père et j'étouffai aussi son esprit.

Pourquoi fais-tu ça ? s'étonna ma mère.

C'est juste pour m'exercer, Mère, répondis-je innocemment.

Ce n'était pas gentil, mais je ne sais pourquoi, je n'avais pas pu résister.

Pendant les semaines suivantes, ma mère m'apprit d'autres façons de jouer avec l'esprit humain, dont un truc très utile, qui consistait à effacer la mémoire humaine. Je l'ai utilisé de nombreuses fois, quand j'étais amenée à faire des choses sortant de l'ordinaire, et que je ne voulais pas que les témoins se mettent à raconter des histoires abracadabrantes. Il y a des moments où il est plus simple d'effacer les souvenirs d'un événement que de lui trouver une explication plausible.

Un truc très voisin consiste à implanter de faux souvenirs. Les deux techniques utilisées conjointement permettent de modifier de façon significative la perception du véritable déroulement d'un événement donné.

Ma mère m'apprit aussi à grandir, à devenir vraiment immense. Je ne l'ai pas souvent fait, parce que ça suscite toutes sortes de soupçons.

Et puis, comme tous les trucs ont généralement leur contrepartie, elle m'apprit aussi à rétrécir, à réduire ma taille au point de devenir presque invisible. Ça m'a été très utile, surtout quand je voulais écouter les gens sans être vue.

Ces deux trucs sont étroitement liés au processus de changement de forme, et je n'eus pas de mal à les apprendre.

J'appris aussi à faire oublier ma présence. C'est une autre façon de parvenir à une sorte d'invisibilité. Comme j'étais encore en pleine adolescence, à l'époque, l'idée de me fondre dans le décor ne me plaisait pas beaucoup. Les jeunes sont toujours en proie au besoin irrépressible de se faire remarquer, et tous leurs actes hurlent virtuellement : « Regardez-moi ! Regardez comme je suis importante ! » L'invisibilité n'est pas le meilleur moyen de satisfaire cette pulsion.

La création d'objets ou de créatures fut peut-être le point culminant de cette étape de mon éducation. À certains égards, on empiète là sur le domaine du divin. Je commençai par faire des fleurs. Comme tout le monde, je suppose. La création est étroitement liée à la beauté, c'est peut-être pour ça. Et puis, les fleurs sont faciles à faire et il est logique de commencer par là. Au début, je trichai un peu, évidemment. J'enroulais des brins d'herbe autour de brindilles et je changeais le tout en fleur. Mais la transmutation n'a rien à voir avec la création, et je finis par créer des fleurs à partir de rien. C'est un processus qui induit une sorte d'extase, et j'en ai peut-être un peu trop fait en jonchant littéralement le petit vallon de l'Arbre d'un tapis de corolles multicolores. Je prétendais faire ça pour m'exercer, mais ce n'était pas tout à fait vrai.

Et puis, un matin, vers la fin de mon dix-huitième printemps, ma mère me dit : *Si nous parlions un peu, aujourd'hui, Pol?*

– Mais bien sûr.

Je m'assis, le dos appuyé à l'Arbre, et chassai quelques oiseaux. Lorsque ma mère me proposait de parler, ça voulait dire qu'elle voulait que je l'écoute.

Je pense qu'il est temps que tu fasses savoir à ton père ce que tu es capable de faire. Il ne s'est pas rendu compte que tu avais grandi. Tu as des choses à faire, Polgara, et il te mettra des bâtons dans les roues tant qu'il n'aura pas réalisé que tu es une grande fille.

– Je le lui ai dit plusieurs fois, Mère, mais je n'arrive pas à le lui faire comprendre.

Ton père fonctionne dans l'absolu, Pol. Il a toutes les peines du monde à accepter l'idée que les choses et les gens puissent évoluer. Le moyen le plus facile de l'amener à changer d'avis est de lui montrer ce que tu sais faire. Il faudra bien qu'il s'y fasse, un jour ou l'autre, et le plus tôt sera le mieux. N'attends pas que l'image qu'il a de toi soit gravée dans le marbre.

– Comment me suggères-tu de m'y prendre? Tu me vois l'inviter à sortir et à me regarder faire une démonstration?

Ce serait un peu ostentatoire. Il vaudrait peut-être mieux que tu agisses comme si de rien n'était. Ça l'impressionnera plus que si tu fais de l'esbroufe. Fais quelque chose avec désinvolture. Je le connais, mon chou, je sais que c'est le meilleur moyen d'attirer son attention.

– Je m'en remets à vous, ô Mère.

Très drôle, Polgara, fit-elle d'un ton qui démentait ses paroles.

J'imagine que nous avons tous une certaine tendance à la dramatisation, aussi ma démonstration fut-elle soigneusement mise en scène. Je laissai délibérément mon père mourir de faim pendant plusieurs jours en feignant d'être absorbée par un livre de philosophie. Il ravagea la cuisine jusqu'à ce qu'il ait épuisé tous les vivres, mais il ignorait où je rangeais les provisions.

– Oh, la barbe ! fis-je avec un agacement étudié lorsqu'il eut évoqué son prochain trépas par inanition.

Puis, sans lever les yeux de la page que je lisais, je créai un quartier de bœuf rôti. Ce n'était pas tout à fait aussi joli qu'une fleur, mais j'étais sûre d'attirer son attention.

CHAPITRE VII

La veille de notre dix-huitième anniversaire, la neige se mit à tomber. Une de ces douces neiges qui recouvrent tendrement le monde et étouffent tous les bruits. Les blizzards sont beaucoup plus spectaculaires, bien sûr, mais il y a quelque chose de paisible dans la neige. On dirait qu'elle borde le monde comme une mère borde un petit enfant dans son lit après une journée mouvementée.

Je me levai tôt, et après avoir allumé le feu, je me brossai les cheveux devant la fenêtre en regardant les nuages fuir majestueusement vers le nord-est. Le soleil monta dans le ciel, révélant un monde propre, blanc, vierge de toute empreinte. Je me demandai s'il neigeait aussi sur l'Île des Vents et ce que Beldaran pouvait bien faire en ce jour, « notre » jour.

Père dormait toujours, ce qui n'avait rien d'inhabituel. Il n'avait jamais été du matin. Par chance, il ne ronflait pas, et je passai la matinée dans un silence parfait. Une vraie bénédiction ! Je préparai un petit déjeuner composé de porridge, de thé et de pain. Je mangeai, suspendis la théière à un crochet dans la cheminée pour que Père ait du thé chaud quand il se réveillerait, puis je m'emmitouflai dans une cape de fourrure et sortis affronter la fraîcheur matinale.

Il ne faisait pas trop froid, et les rares sapins des environs étaient couverts de neige humide. J'allai à l'Arbre, retrouver ma mère, comme tous les matins. Un aigle prit son essor et survola le Val, par pur plaisir, puisque aucun autre oiseau, aucun rongeur ne s'était aventuré dehors.

– Bonjour, Polgara ! glapit-il, et il s'inclina alternativement sur une aile puis sur l'autre.

Je lui rendis son salut d'un grand signe du bras. C'était un vieil ami. Puis il vira sur l'aile et je repartis.

L'Arbre éternel vivait au ralenti pendant les mois d'hiver, mais il n'était pas complètement assoupi. Je sentis sa conscience léthargique lorsque j'arrivai en haut de la colline et regardai dans la petite vallée protégée.

Tu es en retard, Pol, nota la voix de ma mère.

– J'admirais le paysage, expliquai-je en regardant pardessus mon épaule la ligne d'empreintes que j'avais laissées dans la neige fraîche. Que fait Beldaran, ce matin ?

Elle dort encore. Les Riviens ont donné un bal en son honneur, hier soir, et ils se sont couchés tard, Poing-de-Fer et elle.

– Ils ont fêté son anniversaire ?

Pas vraiment. Les Riviens n'accordent pas tant d'importance aux anniversaires. En réalité, ils ont fêté son état.

– Quel état ?

Elle va avoir un bébé.

– Quoi ? Comment ?

Ta sœur est enceinte, Polgara.

– Et tu ne me le disais pas ?

Je viens de le faire.

– Enfin, tu aurais pu me le dire avant !

Pourquoi ? Elle est appariée, maintenant, et les femelles qui ont un mâle ont des petits. Je pensais que tu étais au courant.

Je levai les bras au ciel, exaspérée. Il y a des moments où l'attitude de ma mère envers la vie me rend absolument folle.

Je ne crois pas qu'il soit judicieux de lui *en parler. Il se demanderait comment tu l'as appris. Mieux vaut garder le secret plutôt que d'inventer des histoires. Je te propose un nouveau sujet d'étude, ce matin. Les humains ont un sens très développé de l'horrible. Apparemment, les choses qui leur font le plus peur planent presque en permanence à l'arrière-plan de leur esprit, et il n'est pas difficile de puiser dedans. Une fois que l'on sait ce qui fait le plus peur à un homme, il suffit de le lui montrer pour s'assurer sa coopération.*

– Sa coopération, hein ?

Il t'obéira au doigt et à l'œil, ou il te dira tout ce que tu veux savoir. C'est plus facile que de lui faire frire les doigts de pieds. Bon, on peut commencer ?

Je passai l'hiver dans une profonde mélancolie. La grossesse de Beldaran n'était qu'une preuve supplémentaire de notre séparation, et je ne voyais aucune raison de m'en réjouir. Je soupirais beaucoup quand j'étais seule, mais je m'efforçais de donner le change en présence de mon père et des jumeaux, surtout pour ne pas leur révéler la présence continuelle de ma mère dans mon esprit.

Et puis, au printemps, Algar et Anrak vinrent au Val nous apporter la nouvelle, et nous escorter à l'Île des Vents.

Quand nous y arrivâmes – au bout d'un mois, Riva lui-même nous attendait au port. Je remarquai que Beldaran avait fini par le convaincre de se raser la barbe, ce que je considérai comme un progrès. Nous gravîmes les escaliers de la Citadelle, et je retrouvai ma sœur. Elle avait l'air embarrassée de son gros ventre, mais elle était radieuse.

Elle nous montra fièrement la chambre d'enfants, après

quoi nous fîmes un succulent dîner, et ces messieurs nous laissèrent enfin toutes les deux. Beldaran m'emmena vers la suite que nous avions partagées, elle et moi, avant son mariage. Je remarquai qu'on y avait apporté un certain nombre de changements : les sinistres murs de pierre étaient à présent réchauffés par des tentures bleues, et les peaux de mouton doré avaient été remplacées par des fourrures blanches. Les meubles étaient de bois noir, ciré, et de profonds coussins garnissaient les sièges. La cheminée n'était plus un trou plein de suie, mais était garnie d'un manteau. Des chandelles donnaient une douce lumière dorée, et tout ça paraissait très confortable.

– Ça te plaît, Pol ? me demanda Beldaran.

– C'est magnifique ! m'exclamai-je.

– C'est ton appartement, maintenant, reprit-elle. Tu y seras toujours chez toi. J'espère t'y voir souvent.

– Je viendrai le plus souvent possible, lui promis-je, puis je passai aux affaires sérieuses. Comment ça fait ? demandai-je alors que nous nous installions sur un canapé mœlleux.

– C'est très encombrant, répondit-elle en posant la main sur son ventre distendu. Tu ne peux pas savoir à quel point.

– J'ai entendu dire qu'on avait mal au cœur, le matin.

– Au début, c'est vrai. Mais ça finit par passer. Ensuite, on a mal au dos.

– Au dos ?

– À cause de l'excédent de poids, expliqua-t-elle. Et il est mal placé. Ça pèse sur le dos. Je marche en canard, et il y a des moments où j'ai l'impression d'avoir toujours été comme ça.

– Ça passera, tu sais.

– C'est ce que me dit Arell. Tu te souviens d'elle ?

– Oui, c'est la femme qui a supervisé la confection de nos robes.

– Elle est aussi sage-femme, ajouta Beldaran en hochant la tête. Elle m'a parlé de l'accouchement, et j'avoue que j'ai quelques appréhensions.

– Tu regrettes ?

– D'être enceinte ? Bien sûr que non ! Mais je commence à trouver le temps long. Enfin... Et toi, que deviens-tu ?

– Une femme éduquée. Père m'a appris à lire, et je dévore sa bibliothèque. Tu n'imagines pas la quantité de bêtises qu'on a pu écrire au fil des siècles ! Il y a des moments où je me dis que les Tolnedrains et les Melcènes faisaient un concours de stupidité. En ce moment, je suis en train de lire « Le Livre de Torak ». Le frère de notre Maître a des problèmes, on dirait.

– C'est monstrueux ! fit-elle en frémissant. Comment peux-tu lire des horreurs pareilles ?

– Ce n'est pas très distrayant. C'est écrit en vieil angarak, et même la langue est hideuse. La notion de Dieu dément a quelque chose de terrifiant.

– Un Dieu dément ? Il est fou ?

– Complètement. Mère dit qu'il a toujours été comme ça.

– Elle te rend souvent visite ?

– Tous les jours. Père est un lève-tard, alors je vais à l'Arbre et je passe la matinée avec elle. Elle m'apprend des tas de choses. On pourra dire que j'ai reçu une éducation complète.

– Nous nous éloignons de plus en plus l'une de l'autre, hein, Pol ? soupira Beldaran.

– C'est la vie, Beldaran, répondis-je. C'est ce qui arrive quand on grandit.

– Je n'aime pas ça.

– Moi non plus, mais qu'y pouvons-nous ?

Le lendemain matin, il faisait gris et il pleuvait. Je mis ma cape et j'allai faire un tour en ville. Je voulais voir Arell. Je trouvai sa boutique de couturière dans une petite impasse, non loin du port. C'était une échoppe exiguë, encombrée de coupons de tissu, de bobines de dentelles et d'écheveaux de laine.

Je poussai la porte, faisant tinter un carillon, et elle leva les yeux de sa broderie.

– Tiens, Polgara ! s'exclama-t-elle en se levant d'un bond. Vous avez l'air en pleine forme ! ajouta-t-elle en me serrant sur sa poitrine maternelle.

– Vous aussi, Arell.

– Qu'est-ce qui me vaut le plaisir de votre visite ? Vous avez besoin d'une nouvelle robe ?

– Non. Je viens vous parler de Beldaran et de son état.

– Elle est enceinte. Je pense que vous l'avez remarqué.

– Ah, ah, très drôle. Comment se passe l'accouchement ?

– Oh, c'est une affaire pénible, sale et épuisante. Je doute que vous vouliez les détails.

– Si, justement.

– Vous voulez vous établir comme sage-femme ?

– Pas vraiment. Je m'intéresse à la question d'un point de vue théorique. Il arrive des choses aux gens, des choses auxquelles il faut remédier. C'est aux remèdes que je m'intéresse.

– On ne devient pas médecin quand on est une femme, Pol. Les hommes n'aiment pas ça.

– Eh bien, tant pis. Vous ne pouvez pas savoir comme je me fiche de ce que pensent les hommes.

– Vous allez vous attirer des ennuis. Nous sommes censées nous borner à la cuisine, au ménage et à la procréation.

– Je sais déjà tout ça. Je voudrais tout de même en savoir un peu plus sur la question.

– C'est sérieux ? demanda Arell en faisant la moue.

– Oui. Très sérieux.

– Je peux vous apprendre tout ce qui concerne l'accouchement, mais... Vous savez garder un secret ?

– Je serai muette comme une tombe de carpe, Arell. Il y a des choses que je cache à mon propre père depuis des années.

– Il y a un herboriste, ici, à Riva. Un type grincheux, qui ne sent pas très bon. Il connaît les herbes qui guérissent. Et puis il y a un rebouteux de l'autre côté de l'Île. Il a des pattes comme des jambons, mais il sait remettre les os en place avec délicatesse. Vous vous intéressez aussi à la chirurgie ?

– Qu'est-ce que c'est ?

– L'art d'ouvrir les gens pour remettre les choses en place à l'intérieur. Je m'y connais un peu, même si je ne le dis pas trop. Il y a aussi un chirurgien, sur l'Île. Il m'aime bien, parce que je lui ai appris à coudre.

– Quel rapport ?

Elle leva les yeux au ciel.

– Oh, misère..., soupira-t-elle avec accablement. Quand votre père fait un accroc dans sa tunique, que faites-vous ?

– Je la raccommode, évidemment.

– Eh bien, les gens, c'est pareil. Il faut les recoudre, sans ça, leurs boyaux risqueraient de se répandre au-dehors.

Je retins un petit hoquet.

– Bon, nous allons commencer par l'accouchement, proposa Arell. Si ça ne vous donne pas des haut-le-cœur, nous passerons aux autres spécialités.

J'appris tout sur les « premières douleurs », « la perte des eaux » et les « relevailles ». J'appris aussi que l'affaire impliquait pas mal de sang, mais qu'il n'y avait pas de quoi s'inquiéter.

Arell me fit ensuite faire la tournée de ses collègues, auxquels elle me présenta comme son élève. La petite boutique d'Argak, l'herboriste, était bourrée jusqu'aux poutres de pots de verre contenant toutes sortes de produits. L'endroit n'était pas très propre, à l'image de son propriétaire. Il me rappela beaucoup oncle Beldin, à ce niveau. Arell m'avait prévenue qu'il était grognon et puant, mais j'étais là pour apprendre, pas pour mon plaisir. Quelques flatteries suffirent à lui faire dévoiler ses secrets, et j'en appris beaucoup sur le soulagement des douleurs et des maladies à l'aide de feuilles, de racines et de baies séchées.

Salheim, le rebouteux, était en réalité forgeron. C'était un grand gaillard barbu, qui n'y allait pas par quatre chemins. Il n'hésitait pas à recasser un bras s'il se ressoudait mal, généralement en le posant sur son enclume, devant sa forge ronflante, et en flanquant dessus un coup de marteau bien ajusté. Salheim réparait tout ce qui était cassé : les chaises, les bras et les jambes des gens, les roues de voiture et les ustensiles de ferme. Il ne prenait même pas la peine d'ôter son tablier de cuir pour réparer les fractures. C'était un colosse, comme tous les forgerons. Une fois, je le vis réduire une fracture en calant son pied sur son enclume et en tirant sur le membre cassé.

– Attachez-lui cette planche sur la jambe pour la maintenir, Pol, me dit-il en hurlant pour couvrir les cris de son patient.

– Mais vous lui faites mal! protestai-je.

– Pas tant que si l'os cassé lui rentrait dans le lard, rétorqua-t-il. Ça gueule toujours quand on remet un os en place. C'est pas grave. Vous apprendrez vite à ne pas y faire attention.

Officiellement, Balten, le chirurgien, était barbier. Il avait des mains fines, délicates, et l'air un peu furtif. Il était illégal, dans la plupart des sociétés aloriennes de l'époque, d'ouvrir les gens, sauf pour s'amuser. Balten devait donc se livrer à son art en secret – généralement dans la cuisine de sa femme. Comme il avait besoin de savoir où se trouvaient les différents organes du corps humain, il charcutait des cadavres pour faire des croquis auxquels il se référerait par la suite. Je pense qu'il utilisait presque aussi souvent sa pelle dans le cimetière local que ses instruments chirurgicaux dans la cuisine. Ses études anatomiques étaient parfois un peu hâtives, parce qu'il devait ramener ses sujets dans leur tombe avant le lever du soleil. Étant son élève, je fus souvent invitée à participer à ses terribles distractions.

J'avoue que je ne prisai guère cette partie de mes études médicales. J'aime assez le jardinage, mais les récoltes que nous faisions, Balten et moi, au cours de ces excursions nocturnes, n'étaient pas très ragoûtantes, si vous voulez tout savoir.

Eh oui, Père, c'est un autre de mes talents. Tu ne savais pas que ta fille avait profané des sépultures, hein ? La prochaine fois que tu passeras dans le coin, je te déterrerai quelque chose, juste pour te montrer comment on fait.

– Il est conseillé de leur faire boire quelque chose avant de les ouvrir, m'expliqua Balten, un soir, en remplissant une chope de bière forte pour son prochain patient.

– Pour endormir la douleur ? avançai-je.

– Non. Pour éviter que le client gigote pendant qu'on taille dedans. Quand on commence à enfoncer une lame dans les entrailles d'un individu, il vaut mieux qu'il reste tranquille, sinon on risque de couper autre chose que ce qu'on voulait. Attention ! fit-il en me prenant fermement le poignet alors que je tendais la main vers un instrument incurvé. Ces lames sont très affûtées. L'affûtage est le secret de la chirurgie. Un tranchant émoussé ne fait que des dégâts.

Ce fut mon introduction aux études de médecine. Les Aloriens sont des gens pratiques, directs, et mes quatre professeurs – Arell, Argak, Salheim et Balten – m'apprirent à approcher l'art de guérir avec pragmatisme. Je fis bientôt mienne la devise du rebouteux : « Si c'est cassé, arrangez-le ; sinon, n'y touchez pas. » J'ai étudié des textes médicaux venant de tous les coins du monde, et je n'ai jamais rencontré un conseil plus judicieux.

Ça ne veut pas dire que je passai tout mon temps plongée dans la médecine postnatale, les fractures et la chirurgie interne. Je passai des heures avec ma sœur, et je dus persuader mes anciens soupirants que je n'avais plus envie de jouer.

Merot, le poète, fut assez facile à manœuvrer. Il m'informa fièrement qu'il était plongé dans l'écriture du plus grand poème de l'histoire de l'humanité.

– Oh ? fis-je en reculant devant son souffle fétide.

– Voulez-vous, gente damoiselle, en ouïr quelques vers ? proposa-t-il.

– J'en serais enchantée, mentis-je, imperturbable.

Il se cambra, adopta une posture théâtrale, une main tachée d'encre plaquée sur le bréchet de son pourpoint noir, et se mit à déclamer. Sa prestation fut plus ennuyeuse et plus médiocre encore que dans mon souvenir. J'attendis, avec une expression extatique, qu'il soit complètement absorbé par son propre génie, puis je tournai les talons et m'éloignai, le laissant réciter son chef-d'œuvre à un mur. Je ne sais si le mur fut très impressionné ; je n'ai jamais eu l'occasion de le lui demander. De toute façon, Merot était assez impressionné pour les deux.

Je me débarrassai de « Taygon le guerrier » grâce à mes nouvelles lumières sur les fonctions du corps humain. Je l'interrogeai innocemment sur le contenu des différents organes digestifs qu'il étalait si allègrement sur les champs de bataille. J'eus l'impression que ma description enthousiaste d'un bout de mouton en cours de digestion le faisait vaguement verdir, mais je ne puis le certifier car il prit la fuite, la main collée sur la bouche comme pour empêcher son déjeuner de reprendre son indépendance. Si Taygon n'avait pas de problèmes avec le sang, les autres fluides corporels le gênaient apparemment davantage.

Je m'aventurai ensuite dans la vaste salle qui servait de terrain de jeux aux adolescents. J'avais fait la connaissance de la plupart d'entre eux lors de ma dernière visite, mais le but de l'endroit était d'apparier les jeunes, et le mariage avait opéré des ravages parmi mes ex-camarades de jeu. Heureusement, de nouveaux avaient pris la relève des anciens, de sorte que le cheptel demeurait à peu près constant.

– Ah, Polgara ! Quelle joie de vous revoir ! s'exclama Karmion, toujours aussi blond et raffiné. Je constate, ma chère, que vous revenez sur le terrain de vos anciennes conquêtes !

Il s'inclina gracieusement, la main à hauteur du cœur sur son pourpoint violet.

– Mes conquêtes ? Si peu, mon cher baron ! répondis-je, souriante (décidément, il était plus séduisant que jamais). Comment vous portez-vous ?

– Votre absence m'a navré, ma chère.

– Vous ne serez jamais sérieux, Karmion !

– Qu'avez-vous fait à ce pauvre Taygon ? répliqua-t-il, éludant mon reproche avec élégance. Je ne l'ai jamais vu dans cet état.

– Taygon pose au sauvage que rien n'effraie, mais je pense qu'il a l'estomac un peu délicat, répondis-je avec un haussement d'épaules aérien.

Karmion eut un petit rire, puis reprit son sérieux.

– Si nous faisions un petit tour, gente demoiselle ? proposa-t-il pensivement. J'aimerais vous parler de certaines choses.

– Avec plaisir, Karmion.

Nous quittâmes la salle bras dessus bras dessous et empruntâmes une colonnade qui longeait le côté jardin de la Citadelle, en nous arrêtant de temps à autre pour admirer les roses.

– Je ne sais pas si vous êtes au courant, Polgara, reprit Karmion, mais je suis fiancé, maintenant.

– Félicitations, Karmion, dis-je avec un petit pincement au cœur, je l'avoue, car j'aimais bien Karmion, et les choses n'en seraient peut-être pas restées là, en d'autres circonstances.

– C'est une très jolie fille, et je ne sais pas ce qu'elle me trouve, mais il semblerait qu'elle m'adore.

– Vous êtes un charmant jeune homme, vous savez.

– C'est du chiqué, ma chère, avoua-t-il. Sous le vernis, il n'y a qu'un adolescent gauche et peu sûr de lui. C'est parfois pénible de grandir. Mais vous l'avez peut-être remarqué...

J'éclatai de rire.

– Vous n'imaginez pas comme je trouve ça éprouvant, Karmion.

Il poussa un soupir, et je sus que ce n'était pas du théâtre.

– Je suis très épris de ma future femme, évidemment, reprit-il, mais l'honnêteté m'oblige à admettre qu'un mot de vous mettrait fin à notre promesse.

– Vous savez que je ne dirai pas ce mot, Karmion, répondis-je en lui serrant affectueusement la main. J'ai beaucoup trop de chemin à parcourir.

– C'est bien ce que je pensais, admit-il. En vous parlant ainsi, je voulais m'assurer de votre amitié. Je sais bien que l'amitié entre les hommes et les femmes n'est pas naturelle ; elle est même probablement immorale. Mais nous ne sommes pas des gens comme les autres, n'est-ce pas ?

– Non, pas vraiment.

– Le devoir est un maître cruel, Polgara. Nous sommes tous deux prisonniers des méandres de la destinée. Vous devez servir votre père, et Poing-de-Fer m'a demandé d'être l'un de ses conseillers. Nous sommes tous les deux, vous et moi, impliqués dans les affaires d'État. Dommage qu'il s'agisse de deux États différents. Mais je serais vraiment heureux d'avoir votre amitié.

– Vous êtes mon ami, Karmion, que ça vous plaise ou non. Vous le regretterez peut-être un jour, mais vous l'aurez voulu.

– Je ne le regretterai jamais, Pol.

Je l'embrassai, et un monde entier de « Et si... » défila en un éclair devant mes yeux.

Après cela, nous n'ajoutâmes rien. Karmion m'accompagna à la porte de ma chambre, me baisa la main et repartit.

Je ne jugeai pas utile de relater ce petit interlude à Beldaran.

Je suggérai à mon père d'organiser quelques « conférences » afin d'occuper Riva, Anrak et Algar pendant les derniers jours de la grossesse de Beldaran. Ce n'est pas un moment où on a envie d'avoir des hommes dans les pattes.

L'accouchement de Beldaran se passa bien – c'est du moins ce que m'assura Arell. C'était la première fois que j'assistais à un accouchement, et le processus me parut plus ou moins horrible. Il faut dire que Beldaran était ma sœur.

Beldaran finit par donner le jour à un petit garçon et,

lorsque nous l'eûmes lavé, Arell et moi, je l'emmenai à Riva. Me croirez-vous si je vous dis que le puissant roi parut littéralement terrorisé par ce tout petit bébé ?

Ah, les hommes !

Le bébé, Daran, avait une curieuse marque blanche dans la paume de la main droite, et Riva sembla assez inquiet. Mais Père lui expliqua ce qu'elle signifiait, et c'est ainsi que je l'appris, moi aussi.

La cérémonie de présentation de l'héritier de Poing-de-Fer à l'Orbe de notre Maître, le lendemain matin, m'émut plus que je ne saurais dire. J'éprouvai une sensation très étrange lorsque le petit prince que je tenais dans mes bras mit la main sur l'Orbe. Nous fûmes tous les deux envahis par cette lueur bleue caractéristique. D'une certaine façon, très étrange, l'Orbe m'accueillait en même temps que Daran, et j'eus un bref aperçu de sa conscience qui n'était pas de ce monde. L'Orbe et sa contrepartie, le Sardion, étaient au centre même de la création, et avant qu'ils ne soient séparés par l'« accident », ils étaient le réceptacle physique, matériel, du Dessein de l'Univers. Je devais faire partie de ce Dessein, et comme l'esprit de ma mère et le mien étaient fondus, elle était aussi incluse dedans.

Nous restâmes encore un mois dans l'Île, Père et moi. Au bout de ce temps, le Vieux Loup ne tenait plus en place. Il avait certaines choses à faire, et il a toujours détesté rester dans l'expectative. Il nous expliqua que les Dieux du Ponant étaient partis et que nous recevrions maintenant nos instructions par l'intermédiaire de prophéties. Père tenait absolument à voir de ses propres yeux les deux prophètes qui étaient alors en vie – l'un à Darine, l'autre dans les marécages de Drasnie. Notre Maître lui avait dit que la formule « Enfant de Lumière » nous permettrait de distinguer les vrais prophètes des fous délirants, et Père mourait d'envie d'entendre ce mot clé.

Anrak nous amena en bateau vers la côte de Sendarie et

nous déposa sur une plage non loin de l'actuelle capitale, Sendar.

Je trouvai rigoureusement détestable l'interminable traversée de la forêt primitive, dépourvue de pistes ou de chemins. Si notre expédition à Darine avait eu lieu quelques années plus tôt, quand j'étais une « femme des bois » doublée d'une souillon, je l'aurais peut-être appréciée, mais les choses étant ce qu'elles étaient, ma baignoire me manquait, et il y avait décidément trop d'insectes. Je peux survivre dans les bois quand j'y suis obligée, mais là, vraiment... !

Je connaissais un bien meilleur moyen de traverser ce sous-bois impénétrable, évidemment, mais le problème était d'aborder le sujet sans révéler ma seconde éducation et sa source. Je fis quelques allusions à d'autres modes de déplacement, mais Père était incroyablement obtus. Je finis par lui dire en face : « Pourquoi marcher alors que nous pourrions voler ? »

Il émit quelques protestations, probablement parce qu'il ne voulait pas que je grandisse. Les parents sont parfois comme ça. Il finit par accepter, et m'expliqua en long et en large le processus du changement de forme. Puis il recommença, une seconde et une troisième fois, si bien que je dus me mordre la langue pour ne pas hurler d'exaspération.

Nous finîmes par passer aux choses sérieuses, et je pris automatiquement la forme familière de la chouette neigeuse.

Je n'avais pas du tout prévu sa réaction. Père n'est pas démonstratif, c'est le moins que l'on puisse dire, mais ce coup-ci, il perdit le contrôle de lui-même. Me croirez-vous si je vous dit que je le vis pleurer ? Une soudaine vague de compassion s'empara de moi et je me rendis enfin compte qu'il avait terriblement souffert lorsqu'il avait cru que notre mère était morte.

Je choisis une autre forme de chouette, et mon père se changea en loup. Un loup très impressionnant, je dois dire. Il arrivait presque à me suivre.

Trois jours plus tard, nous étions à Darine. Nous reprîmes forme humaine avant d'entrer en ville. Nous rencontrâmes aussitôt Hatturk, le chef de clan local. En cours de route, Père m'avait brièvement raconté l'histoire du Culte de l'Ours. Des aberrations apparaissent de temps à autre dans toutes les religions, mais les hérésies inhérentes au Culte sont d'une telle absurdité qu'on se demande comment des êtres humains rationnels peuvent les gober.

– Qui a jamais prétendu que les adeptes du Culte étaient rationnels ? rétorqua Père en haussant les épaules.

– Qu'est-ce qui nous dit que ce Hatturk est adepte du Culte ?

– C'est ce que croit Algar, et je me fie à lui. Franchement, Pol, je me ficherais pas mal qu'Hatturk adore le Dieu des asticots à condition qu'il obéisse aux instructions d'Algar et fasse retranscrire par des scribes tout ce que dit ce prophète.

Nous suivîmes la rue boueuse dans la lumière fumeuse du petit matin. Je pense que la plupart des cités septentrionales vivent en permanence sous ce dais. Mille cheminées, ça crache beaucoup de fumée, et comme l'air du matin est très calme, la fumée stagne et reste sur place.

La maison d'Hatturk était une bâtisse prétentieuse faite de rondins, et pleine d'Aloriens gigantesques, barbus, vêtus de peaux d'ours et armés jusqu'aux dents. L'odeur était à tomber à la renverse. Ça puait la sueur, la bière aigre, la fosse d'aisance, les peaux d'ours mal tannées, jamais lavées, et les chiens de chasse qui s'oubliaient partout.

Un Alorien ivre à rouler par terre réveilla son chef et lui annonça l'arrivée de mon père. Hatturk descendit l'escalier en titubant. C'était un gros bonhomme crasseux, aux yeux chassieux.

Père lui annonça assez sèchement la raison de notre venue à Darine et ce « meneur d'hommes » proposa de nous emmener lui-même à la maison de Bormik, le prétendu prophète darin. Hatturk n'avait apparemment pas encore cuvé son vin, ou plutôt sa bière, et je pense qu'il en dit davantage que s'il avait été à jeun. Comme quoi la boisson n'a pas que des côtés négatifs.

Il laissa échapper une information alarmante concernant sa décision de désobéir aux consignes de son roi à propos des scribes. Bormik nous avait transmis des instructions, et ce crétin puant les avait laissées passer sans les enregistrer.

La maison de Bormik se trouvait à la limite est de Darine. Il vivait avec sa fille, Luana, qui s'occupait de lui. Luana était une femme sans âge. Elle était vieille fille, et le fait qu'elle regarde constamment la pointe de son nez n'était peut-être pas étranger au phénomène. Cela dit, la maison était bien tenue, et je remarquai qu'il y avait même des fleurs sur la table.

Polgara, fit la voix de ma mère dans le silence de mon esprit. *Elle doit savoir ce que raconte son père. C'est probablement la solution du problème. Ne t'occupe pas des hommes. Intéresse-toi plutôt à elle. Oh, tu auras peut-être besoin d'argent. Fauche la bourse de ton père.*

À ces mots, je réprimai un petit rire.

Bormik commença à vaticiner, et l'attention de mon père fut tellement absorbée par ses propos qu'il ne s'en rendit même pas compte lorsque je subtilisai habilement la bourse de cuir accrochée à sa ceinture.

(D'accord. Je sais que ce n'est pas bien de voler, mais mon père était voleur, lui aussi, quand il était jeune ; il comprendra.)

Puis je rejoignis Luana, qui était assise, à l'écart, en train de ravauder les chaussettes de son père. Elle portait une robe grise, terne, et elle avait les cheveux plaqués sur le crâne, noués en chignon sur sa nuque. Son strabisme avait dû lui gâcher la vie. Elle ne s'était pas mariée et ne se marierait probablement jamais. Elle n'était pas vilaine, mais elle ne faisait rien pour plaire. Il n'y avait pas si longtemps, j'étais laide comme un pou, moi aussi, et je n'avais pas oublié l'impression que ça faisait.

– Vous avez une bien jolie maison, Luana, dis-je.

– Bah, nous sommes à l'abri des intempéries, répondit-elle d'un ton indifférent.

– Votre père a souvent de ces « crises », m'enquis-je avec circonspection.

– Tout le temps, répondit-elle. Ça dure parfois pendant des heures d'affilée.

– Il lui arrive de se répéter ?

– Ah, Dame Polgara, c'est ce qui rend ses discours tellement fastidieux. Je les ai entendus si souvent que je pourrais les réciter moi-même. Sauf que ce n'est pas la peine ; il s'en charge !

– Comment cela ?

– Certains mots déclenchent des tirades précises. Je n'ai qu'à dire « table » pour qu'il fasse un certain discours – que j'ai déjà entendu douze fois. Si je dis « fenêtre », il en débite un autre, que j'ai aussi entendu plus souvent qu'à mon tour.

Nous étions sauvés ! Ma mère avait raison ! Luana pouvait lui faire réciter l'intégralité du Codex darin à l'aide de quelques mots clés. Je n'avais plus qu'à trouver un moyen de l'amener à coopérer.

– Vos yeux ont-ils toujours été ainsi ? demandai-je, et je pense que Mère n'était pas étrangère à cette question abrupte.

– Je ne vois pas en quoi cela vous regarde, répliqua-t-elle avec fureur, blême de colère.

– Je ne voulais pas vous insulter, Luana, lui assurai-je. J'ai étudié la médecine, et je pense qu'on pourrait y remédier.

Elle me regarda – ou plutôt le bout de son nez, enfin, vous voyez ce que je veux dire.

– Vous pourriez vraiment faire ça ? demanda-t-elle avec une évidente nostalgie.

Dis-lui que oui, suggéra Mère.

– J'en suis sûre, affirmai-je.

– Je donnerais n'importe quoi – vraiment n'importe quoi

pour ça, Dame Polgara ! Je ne supporte pas de me regarder dans un miroir. Je n'ose même pas sortir à cause des rires.

– Vous dites que vous pourriez amener votre père à faire répéter ses discours ?

– Pourquoi faudrait-il que je supporte ça ?

– Pour pouvoir enfin vous regarder dans la glace, Luana. Je vais vous donner de l'argent pour payer des scribes qui transcriront les paroles de votre père. Vous savez lire et écrire ?

– Oui. La lecture fait passer le temps, et un laideron dans mon genre a beaucoup de temps à tuer.

– Eh bien, je voudrais que vous relisiez les transcriptions du scribe pour vérifier leur exactitude.

– Je pourrais le faire, Dame Polgara. Je vous l'ai dit, je pourrais réciter l'intégralité des discours de mon père de mémoire.

– Autant les obtenir de sa bouche.

– Pourquoi les divagations de ce vieux fou sénile sont-elles si importantes, Dame Polgara ?

– Qu'il soit sénile ou non, Luana, ses discours sont inspirés par Belar et par les autres Dieux. Ils nous disent à mon père et à moi-même ce que nous devons faire. Vous voulez bien nous aider ?

– Je le ferai, Dame Polgara. Arrangez mes yeux et je le ferai.

– Si nous nous en occupions tout de suite ? proposai-je.

– Ici ? Devant les hommes ?

– Ils ne verront même pas ce que nous faisons.

– Ça va faire mal ?

Ça va lui faire mal ? demandai-je à ma mère.

Non. Voilà comment tu vas t'y prendre, Pol...

Et elle me donna des instructions très détaillées.

Le remède n'était pas chirurgical. Aucun des outils de Balten n'aurait été assez petit ou assez précis pour cela. C'est par « l'autre moyen » que j'intervins sur les muscles qui maintenaient les yeux de Luana et les nerfs qui lui permettaient de les orienter. Le plus long fut de procéder aux ajustements minutieux nécessaires pour remédier à son état.

– Ça devrait aller, dis-je enfin.

– Pol, dit mon père lorsque Bormik eut cessé de divaguer.

– Une minute, Père, fis-je en l'éloignant d'un geste péremptoire, et je regardai intensément Luana droit dans les yeux, ce qui était maintenant possible. Voilà, dis-je doucement.

– Je peux... regarder ?

– Mais bien sûr. Vous avez de très jolis yeux, Luana. Si vous en êtes contente, vous tiendrez votre part du marché ?

– Sur ma vie, je le ferai, répondit-elle avec ferveur, puis elle s'approcha du miroir accroché au mur du fond. Oh, Dame Polgara ! s'exclama-t-elle, les yeux débordant de larmes de joie – des yeux qui regardaient à présent droit devant eux. Merci !

– Contente que ça vous plaise, Luana. Je viendrai vous voir de temps à autre. Portez-vous bien, dis-je en me levant, et je suivis mon père hors de la maison.

– Je crois que je vais changer ce Hatturk en salsifis, dit-il entre ses dents.

– Pourquoi, au nom du Ciel ? demandai-je, puis je fronçai le sourcil. Nous pouvons vraiment faire ça ?

– Je ne sais pas ; je n'ai jamais essayé. Mais ça me paraît le moment idéal pour s'en assurer. Nous avons perdu plus de la moitié de la prophétie par la faute de cet abruti d'Hatturk.

– Du calme, Père. Nous n'en avons pas perdu un mot. Luana va nous arranger ça.

– Qu'est-ce que tu racontes ?

– Je lui ai redressé les yeux et, pour me remercier, elle va faire retranscrire toute la prophétie par des scribes.

– Mais une partie nous a déjà échappé.

– Sois rassuré, Père. Luana sait comment faire répéter à Bormik ce qu'il a déjà dit. Nous aurons l'intégralité de la prophétie. L'autre est en Drasnie, n'est-ce pas ?

Il me regarda, bouche bée.

– Ferme le bec, Père. Ça te donne l'air idiot. Alors, on y va, oui ou non ?

– Oui, répondit-il d'un air excédé. On va en Drasnie.

Je le regardai en souriant de cet air qui le rend toujours absolument dingue.

– Tu préfères y aller en bateau ou en volant ?

Certaines des choses qu'il dit à ce moment-là ne méritent pas d'être retranscrites.

CHAPITRE VIII

Le golfe de Cherek est à bien des égards une sorte de lac. C'est surtout dû à la Barre de Cherek, puisque seuls les Aloriens sont assez courageux – ou assez dingues – pour tenter de franchir ce maelström hurlant. J'admets rétrospectivement que l'isolement relatif du golfe était très utile dans l'antiquité. Ça fournissait un terrain de jeux aux Aloriens tout en les empêchant de se défouler dans le reste des royaumes du Ponant.

La cité de Kotu, qui se trouvait à l'embouchure de la Mrin, était presque entièrement construite en bois, comme toutes les villes aloriennes de l'époque. Mon père est contre les villes de bois à cause du danger d'incendie. Moi, c'est pour des raisons esthétiques que je ne les aime pas. Ça fait des maisons hideuses et, quand on va au fond des choses, le joint entre les rondins n'est que de la boue séchée. Kotu était bâtie sur une île, de sorte qu'elle n'avait pas la place de s'étendre. Les maisons étaient collées les unes contre les autres, leur étage supérieur avançant comme un front belliqueux sur les rues de terre battue, étroites et tortueuses. Le port, comme tous les ports du monde, répandait une odeur pestilentielle de latrines.

Le vaisseau qui nous amena de Darine à Kotu était un navire marchand cheresque, ce qui revient à dire que l'armement lourd n'était pas ostensiblement visible sur le pont. Nous arrivâmes à Kotu en fin d'après-midi, par une sinistre journée brumeuse. Le roi Dras Cou-d'Aurochs nous attendait, ainsi qu'un certain nombre de jeunes nobles drasniens aux tenues bariolées qui n'étaient sûrement pas venus de Boktor pour admirer le paysage des marais. J'en reconnus plusieurs, qui étaient au mariage de Beldaran ; ils avaient évidemment parlé de moi à leurs amis.

Nous passâmes la nuit dans une taverne bruyante qui puait la bière aigre, et vers la fin de la matinée nous commençâmes à remonter la rivière vers Braca, le village du prophète mrin, à bord d'un bateau aux flancs larges, comme la plupart des bateaux de rivière.

Je passai le restant de la journée sur le pont à éblouir les jeunes Drasniens. Ils avaient fait le voyage pour me voir, après tout, alors je pouvais bien faire ça pour eux. Ce n'était pas sérieux, mais une jeune dame ne doit pas perdre la main, je pense. Je brisai quelques cœurs – gentiment – mais j'étais surtout intéressée par cette façon que les Drasniens avaient de remuer subrepticement les doigts en se regardant. J'étais à peu près persuadée que ce n'était pas un truc racial, alors je lançai un petit coup de sonde mental et je compris que ce n'était pas un simple exercice de délassement. Je venais de surprendre un langage des signes extrêmement sophistiqué dont les mouvements étaient si subtils, si délicats que j'avais peine à croire qu'il avait été mis au point par un Alorien aux gros doigts.

– Dras, dis-je ce soir-là, pourquoi vos gens agitent-ils constamment les doigts comme ça ?

Simple entrée en matière. Je connaissais déjà la réponse.

– Ah, ça ! répondit-il. C'est juste un langage secret inventé par les marchands pour communiquer entre eux afin de mieux rouler de braves innocents.

– On dirait que vous n'avez pas une haute opinion des commerçants, remarqua mon père.

– Je n'aime pas les trafiquants, répliqua-t-il en grimaçant.

– Sauf quand ils payent leurs impôts, avançai-je.

– Ça n'a aucun rapport.

– Mais non, Dras, bien sûr. Vous savez si l'un de vos hommes maîtrise cette langue mieux que les autres?

Il réfléchit un instant.

– J'ai entendu dire que Khadon était particulièrement doué. Je pense que vous l'avez rencontré au mariage de votre sœur.

– Un petit blond, pas plus grand que moi? Des cheveux ondulés et un tic à la paupière gauche?

– C'est ça.

– Je vais essayer de le trouver, demain. J'aimerais en savoir un peu plus long sur ce langage secret.

– Pour quoi faire, Pol? demanda mon père.

– Par curiosité, Père. Tu es censé faire mon éducation. Disons qu'il s'agit d'une nouvelle discipline.

Je me levai tôt, le lendemain matin et je montai sur le pont chercher Khadon. Il était planté à la proue du bateau et regardait les marécages d'un air dégoûté. Je crois n'avoir jamais rencontré un Drasnien qui aime les marécages. J'affichai mon sourire le plus charmeur et m'approchai.

– Ah, Messire Khadon! fis-je. Vous voilà enfin. Je vous cherchais partout.

– C'est un honneur, gente damoiselle, répondit-il avec une petite courbette élégante. Que puis-je faire pour vous?

– Eh bien, le roi Dras m'a dit que vous connaissiez parfaitement le langage secret.

– Je suis très flatté, demoiselle Polgara, fit-il avec une fausse modestie charmante.

– Pensez-vous que vous pourriez me l'enseigner?

– L'apprentissage est assez long, demoiselle, répondit-il avec une moue dubitative.

– Vous avez d'autres engagements, aujourd'hui? renvoyai-je avec une innocence exagérée.

– Absolument aucun! s'esclaffa-t-il. Je serai heureux, demoiselle Polgara, de vous l'enseigner.

– Eh bien, que diriez-vous de commencer tout de suite?

– Avec plaisir. Je préfère de loin vous regarder plutôt que ce marécage pestilentiel, ajouta-t-il en embrassant d'un ample geste la mer de roseaux et d'herbes qui s'étendait à perte de vue.

Nous nous assîmes sur un banc, à la poupe du navire, et Khadon commença à agiter les doigts de la main droite.

– Ça, dit-il, ça veut dire « bonjour ».

Peu à peu, d'autres jeunes Drasniens montèrent sur le pont. Je remarquai quelques regards noirs adressés à mon tuteur, mais nous n'en avions cure.

Khadon parut un peu surpris par la vitesse à laquelle j'assimilais ses leçons, et encore, il ne réalisa sûrement pas tout ce que j'appris pendant ces quelques jours. Il n'en avait probablement pas conscience, mais il avait dans la tête le lexique complet du langage secret, et Mère m'avait appris à extirper ce genre d'informations en douceur de l'esprit des gens.

Braca se trouvait à mi-chemin de Kotu et de Boktor. Le village se trouvait sur une verrue de la berge sud, grise et boueuse, de la Mrin. Il consistait en une douzaine de cahutes de bois flotté, blanchâtre, construites sur pilotis parce que la Mrin, fleuve paresseux, débordait tous les ans au printemps. Des filets de pêche pendaient à de longues perches, près de l'eau brunâtre, peu ragoûtante. Des barques boueuses étaient amarrées à une jetée, elle aussi faite de bois flotté. Il planait sur l'endroit une odeur de poisson pourri et des nuages de moustiques parfois si épais qu'ils assombrissaient le soleil. Un petit temple de Belar, une simple cabane, en fait, avait été érigé un peu en retrait du fleuve. C'est là, nous dit Coud'Aurochs, qu'était gardé le prophète mrin.

Dras et le prêtre de Belar, un brave vieillard, nous conduisirent le long du sentier boueux, plein d'ornières, qui menait au temple.

– C'est l'idiot du village, nous expliqua tristement le prêtre. Ses parents sont morts noyés dans une inondation peu après sa naissance, et personne ne sait comment ils l'avaient appelé. On me l'a tout naturellement confié, mais je ne peux pas faire grand-chose pour lui, à part veiller à ce qu'il mange à sa faim.

– Un idiot ? releva mon père. Je pensais qu'il était fou.

– Non, Vénérable Ancien, soupira le prêtre. La folie est une aberration de l'esprit. Le pauvre diable n'a pas d'esprit. Il n'avait jamais émis un son cohérent jusqu'à ces dernières années. Soudain, il s'est mis à parler. En fait, on dirait qu'il récite plus qu'il ne parle. De temps à autre, je repère une citation du *Livre d'Alorie*. Le roi Dras nous a dit de tenir les fous à l'œil car il se pourrait qu'ils disent une chose utile pour vous. Quand l'idiot de notre village s'est mis à parler, j'ai été à peu près sûr que c'était un signe.

– Quand le message du Révérend m'est parvenu, je suis tout de suite descendu ici, poursuivit Dras. J'ai écouté cette pauvre brute pendant un moment et j'ai fait venir des scribes afin de monter la garde auprès de lui, comme vous nous l'avez demandé ce jour-là, sur les berges de l'Aldur, après avoir divisé le royaume de Père. Si nous découvrons que ce n'est pas un vrai prophète, je renverrai les scribes à Boktor, afin de réduire les dépenses. Mon budget est un peu serré, cette année.

– Attendez que je l'aie un peu écouté avant de fermer la boutique, Dras. Le Révérend a raison : un idiot qui se met soudain à parler, ce n'est pas ordinaire.

Nous fîmes le tour du temple rudimentaire, et je le vis pour la première fois.

Il était sale et donnait l'impression d'aimer se prélasser dans la boue, un peu comme un porc, et sûrement pour la même raison : les moustiques ont du mal à piquer à travers une bonne couche de boue. Sa boîte crânienne était curieusement aplatie et il n'avait pas de front, ses cheveux poussaient au ras de ses sourcils proéminents. Ses yeux enfoncés dans son faciès de brute ne recelaient pas la moindre étincelle d'intelligence humaine. Il gémissait et bredouillait en imprimant des saccades à la chaîne qui l'empêchait de courir dans les marais.

À sa vue, on ne pouvait qu'être saisi de pitié et se dire que la mort aurait mieux valu que ce sort affreux.

Non, Pol, protesta la voix de ma Mère. *La vie est bonne, même pour un être pareil. Comme toi, comme moi, et comme chacun de nous, il a une tâche à accomplir.*

Père s'entretint assez longuement avec les scribes de Cou-d'Aurochs et lut quelques pages de leur transcription. Puis nous regagnâmes le bateau, et je cherchai Khadon.

Vers midi, le lendemain matin, l'un des scribes descendit au fleuve nous informer que le Prophète parlait et nous retournâmes au temple rustique pour écouter la voix de Dieu.

Je fus frappée par le changement qui était intervenu chez ce sous-homme vautré dans la boue, à côté de sa niche. Son faciès brutal semblait exalté, et de sa bouche sortaient des paroles qu'il ne pouvait à l'évidence comprendre, mais articulées avec clarté, d'une voix grondante qui semblait vibrer d'un écho intérieur.

Au bout d'un moment, il se tut et se remit à geindre en agitant rythmiquement sa chaîne.

– Ça suffit, dit mon père. C'est un authentique prophète.

– Déjà? Comment pouvez-vous en être sûr? s'étonna Dras.

– Il a parlé de l'Enfant de Lumière. Comme Bormik, à Darine. J'ai un moment fréquenté la Nécessité qui inspire ces prophètes et les utilise pour nous dire ce que nous avons à faire, dit-il en lorgnant les terribles marécages. Le terme « Enfant de Lumière » m'est familier. Faites-le savoir à votre père et à vos frères : chaque fois qu'un fou se mettra à parler de « l'Enfant de Lumière », il faudra que vous postiez des scribes à côté de lui. Dites aux vôtres de me faire une copie de tout ce qu'ils ont déjà retranscrit, et faites-le-moi envoyer au Val.

Nous remontâmes à bord du vaisseau de Cou-d'Aurochs et Père décida que, plutôt que de repasser par Darine, nous rentrerions par les marécages. J'eus beau protester, ça ne servit à rien. Dras trouva un pêcheur obligeant et nous descendîmes vers le sud à travers les étangs puants, infestés de vermine.

Inutile de dire que j'appréciai très peu le voyage.

Nous arrivâmes à la limite sud des marais un peu à l'ouest de ce qui est maintenant le gué d'Aldur. Nous reprîmes pied sur la terre ferme avec plaisir, mon père et moi. Lorsque notre aimable pêcheur fut reparti à la perche dans les marais, mon père prit une expression un peu embarrassée et commença, en évitant soigneusement mon regard :

– Je pense qu'il est temps que nous ayons une petite conversation, Pol. Tu grandis, il y a des choses que tu dois savoir.

Je voyais très bien à quoi il faisait allusion, et si j'avais été gentille, je lui aurais dit que j'étais au courant, mais il venait de me traîner dans les marécages et je ne me sentais pas d'humeur spécialement charitable. Je pris mon air le plus stupide et évaporé et le laissai se lancer dans une description assez inepte du processus de reproduction humaine. Au fur et à mesure qu'il s'enfonçait, il devenait plus rouge, puis il s'interrompit et me demanda : « Tu étais déjà au courant, hein ? »

Je battis innocemment des cils et nous poursuivîmes notre voyage à travers l'Algarie. Je ne sais pas pourquoi, je lui trouvai l'air un peu renfrogné.

Lorsque nous arrivâmes au Val, oncle Beldin était rentré de Mallorée et il nous raconta que c'était le chaos absolu de l'autre côté de la mer du Levant.

– Pourquoi ça, mon oncle? demandai-je.

– Parce qu'ils n'ont plus de chef. Les Angaraks sont très bons pour suivre les ordres, mais quand il n'y a personne pour leur en donner, c'est la débandade. Torak poursuit ses expériences religieuses à Ashaba. Zedar est pendu à ses basques et recueille chacune de ses paroles. Ctuchik est au Cthol Murgos et Urvon redoute de sortir de Mal Yaska de crainte que je ne guette, tapi derrière un arbre, l'occasion de l'étriper.

– Et les généraux de Mal Zeth? demanda Père. Je pensais qu'ils sauteraient sur ce prétexte pour prendre le pouvoir.

– Pas tant que Torak sera dans le coin. Si, en sortant de sa transe, il découvre que son état-major a pris des initiatives, il anéantira Mal Zeth et tous ses habitants. Torak n'encourage pas la créativité.

– Nous n'avons donc à nous inquiéter que de Ctuchik, conclut mon père d'un ton rêveur.

– Moi, ça me suffit, lança Beldin. Au fait, il a changé de perchoir.

– J'ai appris ça, oui, acquiesça mon père. Il serait maintenant dans un endroit appelé Rak Cthol.

– Un endroit charmant, grommela Beldin. Je l'ai survolé en rentrant ici. Il devrait amplement combler l'insatiable besoin de laideur de notre ami Ctuchik. Tu te souviens de ce grand lac qui s'étendait à l'ouest de Karnath et qui s'est asséché quand l'autre Grand Brûlé a fendu le monde? Eh bien, c'est un désert maintenant. Il n'y a plus que du sable, et un pic qui se dresse au milieu. Rak Cthol est construit au sommet.

– Merci, dit mon père.

– Pourquoi?

– Je mourais d'envie d'avoir une petite conversation avec Ctuchik. Maintenant, je sais où le trouver.

– Tu veux le tuer? demanda oncle Beldin avec avidité.

– Non. Je pense que nous n'avons pas intérêt à faire quoi

que ce soit de définitif avant que ces prophéties ne soient en place. C'est de ça que je voudrais parler à Ctuchik. Inutile de provoquer un « accident » comme celui qui a divisé l'univers, au début.

– Je suis assez d'accord avec cette motion.

– Tu veux bien surveiller Polgara pour moi?

– Avec plaisir.

– Je n'ai pas besoin de duègne, Père, lançai-je sèchement.

– C'est là que tu te trompes, Pol, répliqua-t-il. Tu as tendance à vouloir faire des expériences, et il y a des domaines où tu devrais t'en abstenir. Fais-moi plaisir, pour une fois : j'aurai assez de soucis comme ça pour ne pas me demander à chaque instant ce que tu fabriques.

Après le départ de mon père, la vie au Val retomba dans la routine. Nous faisions la cuisine à tour de rôle, les jumeaux et moi, et Beldin passait son temps à fouiner dans son immense bibliothèque. Je continuais à rendre visite à l'Arbre – et à ma mère – pendant la journée mais, le soir venu, nous nous retrouvions, oncle Beldin, les jumeaux et moi dans l'une ou l'autre de nos tours pour dîner et bavarder.

Par une soirée parfaite, nous étions dans la curieuse tour de Beldin et je regardais par la fenêtre les étoiles qui apparaissaient dans le ciel lorsque Beldin me posa une question :

– D'où te vient, Pol, cet intérêt pour les méthodes de guérison?

– Ça m'a prise au moment de la grossesse de Beldaran, répondis-je. C'est ma sœur jumelle, et il lui arrivait une chose que je n'avais pas expérimentée moi-même. Je voulais tout savoir sur la question, alors je me suis renseignée auprès d'Arell.

– Qui est-ce? s'enquit Belkira.

– La sage-femme qui a aidé Beldaran à accoucher, répondis-je en me retournant. Elle est aussi couturière. Nous avons fait sa connaissance en faisant les préparatifs pour le mariage de Beldaran. C'est une femme pragmatique, et elle m'a tout expliqué.

– Et qu'est-ce qui t'a amenée à te diversifier? demanda Beldin avec curiosité.

– C'est vous qui m'avez corrompue, Messieurs, répondis-je en souriant. C'est vous qui m'avez appris à ne pas me contenter de connaître une seule facette de la réalité. J'ai eu envie d'épuiser le sujet. Arell m'a dit que certaines herbes permettaient de soulager les douleurs de l'enfantement, et ça m'a conduite chez un herboriste, Argak. Il a passé sa vie à étudier les simples. Il a une belle collection de poisons nyissiens. C'est un personnage assez grincheux, mais en le caressant dans le sens du poil, j'ai réussi à me concilier ses bonnes grâces et il m'a appris à traiter au moins les maladies les plus courantes. Les simples sont probablement ce qu'il y a de plus important dans l'art de guérir, mais il y a des choses que l'on ne peut soigner par ce moyen. C'est pourquoi Arell et Argak m'ont envoyée voir Salheim, le forgeron, qui est aussi un très bon rebouteux. Il m'a appris à réduire une fracture, et de là je suis allée voir un barbier appelé Balten, qui m'a enseigné la chirurgie.

– Un barbier? releva Belkira, étonné.

– Eh oui, mon oncle. Pour opérer, il faut des outils bien affûtés, et les barbiers ont des rasoirs très tranchants. Il se peut, d'ailleurs, que j'aie un peu contribué à l'art de la chirurgie pendant mon séjour, ajoutai-je avec un petit sourire. Balten avait l'habitude de soûler ses patients avant de les charcuter, mais j'en ai parlé avec Argak et il a concocté une mixture qui fait dormir. Ça va plus vite et c'est plus fiable que d'avaler des pintes de bière. La seule chose que je n'aie pas aimée dans la chirurgie, c'est la profanation des tombes.

– *Comment?* s'exclama Beltira, choqué.

– Ça fait partie de l'étude de l'anatomie, mon oncle. Avant d'ouvrir le client, il vaut mieux savoir comment il est fait à l'intérieur, et les chirurgiens ont l'habitude de déterrer des cadavres pour les examiner afin d'améliorer leurs connaissances.

Oncle Beldin parcourut du regard les murs de sa jolie tour et les étagères qui croulaient sous les livres.

– Je dois avoir des traités d'anatomie melcènes quelque part par là, dit-il. Je vais essayer de te les retrouver.

– Vraiment, mon oncle ? Tu pourrais faire ça pour moi ? Je préférerais trouver ces informations dans des livres plutôt que chez un individu mort depuis un mois.

Là, tout le monde s'étouffa un peu.

Mes oncles étaient évidemment très intéressés par ce qui s'était passé dans l'Île des Vents, car nous étions tous très proches de Beldaran, mais ils étaient encore plus passionnés par les deux prophètes. Nous étions entrés dans ce que les sibylles de Kell appellent « l'Ère des Prophéties », et notre Maître avait averti mon père que les deux Nécessités nous parleraient par l'intermédiaire de pauvres fous. Le problème consistait évidemment à décider quels fous il fallait écouter.

– Père croit avoir trouvé la réponse à ce problème, dis-je un soir que nous étions réunis dans la tour des jumeaux. Il pense que la Nécessité s'identifie en faisant prononcer les mots « Enfant de Lumière » aux vrais prophètes. Nous savons tous ce que signifie cette expression, mais pas les gens ordinaires. En tout cas, Bormik et l'idiot de Braca l'ont tous les deux utilisée.

– C'est pratique, nota Belkira.

– Et très économique, ajoutai-je. L'idée de payer des scribes à retranscrire les délires de tous les fous du royaume ne réjouissait pas Cou-d'Aurochs.

C'est pendant cette période de calme que Mère m'expliqua la signification de l'amulette d'argent que Père m'avait faite.

Elle te permet de concentrer ton pouvoir, Pol. Quand tu formes l'image de ce que tu veux faire – une chose que tu n'es pas vraiment sûre de pouvoir faire – canalise ta pensée à travers l'amulette et elle intensifiera ton Vouloir.

– Pourquoi Beldaran en a-t-elle une aussi, Mère ? Je l'adore, bien sûr, mais elle n'a pas l'air d'avoir de « pouvoir » ?

Ma chère, chère Polgara, répondit ma mère en riant. *Par certains côtés, le pouvoir de Beldaran est plus puissant que le tien.*

– Comment ça ? Je ne l'ai jamais vue faire quoi que ce soit.

Je sais. Et tu ne la verras probablement jamais rien faire. Mais tu fais toujours ce qu'elle te dit, n'est-ce pas ?

– Eh bien..., commençai-je, puis je m'interrompis, bouleversée à l'idée que la douce, la tendre Beldaran me dominait depuis le jour de notre naissance.

– Ce n'est pas juste, Mère ! protestai-je.

Quoi donc ?

– D'abord, elle est beaucoup plus jolie que moi, et maintenant tu me dis qu'elle est plus puissante. Je ne pourrais pas être meilleure qu'elle en quelque chose ?

Ce n'est pas un concours, Polgara. Nous sommes tous différents, c'est tout, et chacun de nous a une tâche différente à accomplir. Ce n'est pas une course à pied, et le vainqueur ne remporte aucun prix.

Je me sentis un peu bête, tout à coup. Puis ma mère m'expliqua que le pouvoir de Beldaran était passif.

Il consiste à se faire aimer de tout le monde, Pol, et il n'y a pas de pouvoir plus puissant. Par certains côtés, elle est comme cet Arbre. Elle change les gens par sa seule présence. Oh, et puis grâce à l'amulette elle peut entendre les gens à des lieues de distance aussi distinctement que s'ils étaient tout près. Le moment viendra où ce sera très utile.

Ce'Nedra devait s'en apercevoir beaucoup, beaucoup plus tard.

L'automne approchait lorsque Père revint de Rak Cthol. Le soleil se couchait lorsqu'il gravit en tapant des pieds l'escalier de sa tour et arriva dans la pièce principale où je préparais le dîner en bavardant avec oncle Beldin. Le plus élémentaire bon sens veut que l'on fasse un peu de bruit quand on approche d'une personne dotée d'un pouvoir comme le nôtre. Il est déconseillé de surprendre des gens capables de faire des choses inhabituelles.

– Tu en as mis, du temps, grinça oncle Beldin.

– Rak Cthol n'est pas tout près, Beldin, fit mon père en parcourant la pièce du regard. Où sont les jumeaux ?

– Ils sont occupés, répondis-je. Ils nous rejoindront plus tard.

– Comment ça s'est passé, à Rak Cthol ? s'enquit Beldin.

– Pas mal.

Et puis ils entrèrent dans les détails.

L'opinion que je m'étais forgée de mon père était fondée sur le côté le moins estimable de sa nature. Quoi qu'il ait pu devenir par la suite, il était toujours Garath, au fond : flemmard, roublard et pas fiable pour deux sous. Mais quand les circonstances l'exigeaient, le Vieux Loup pouvait mettre Garath et ses errements au rancard et devenir Belgarath. C'était manifestement ce côté de lui que voyait Ctuchik. Mon père ne le dit jamais ouvertement, mais il était clair que Ctuchik le redoutait, et cela m'amenait à reconsidérer l'opinion que je me faisais du vieillard parfois stupide qui m'avait donné le jour.

– Et maintenant ? demanda oncle Beldin quand il eut fini.

Mon père réfléchit un instant.

– Je propose que nous appelions les jumeaux. Nous avançons dans le brouillard, et je me sentirais plus à l'aise si je savais que nous allons dans la bonne direction. Je ne parlais pas en l'air quand j'ai évoqué devant Ctuchik l'éventualité d'une troisième Destinée qui viendrait mettre son grain de sel dans notre partie. Si Torak réussit à dénaturer tous les exemplaires des Oracles ashabènes, tout sera à refaire. Deux possibilités constituent déjà une perspective assez inquiétante ; je ne tiens pas à en affronter une troisième.

C'est ainsi que nous appelâmes les jumeaux dans la tour de mon père, unîmes nos Vouloirs et demandâmes à notre Maître de nous apparaître.

Ce qu'Il fit, évidemment. Il paraissait brumeux et insubstantiel mais, comme nous l'expliqua plus tard mon père, c'était de ses conseils que nous avions besoin; pas du réconfort de sa présence physique.

La première chose qu'Il fit, à ma grande surprise, fut de s'approcher de moi et de m'appeler sa « Chère Fille ». Je savais qu'Il m'aimait bien, mais c'était la première fois qu'Il exprimait un véritable amour. Enfin, ce genre de chose ne pouvait qu'aller droit au cœur d'une jeune fille. Mon père et mes oncles parurent encore plus surpris. Ils étaient tous très sages, mais ils étaient des hommes; l'idée que j'étais autant qu'eux la disciple de notre Maître sembla les stupéfier. La plupart des hommes ont apparemment du mal à accepter le fait que les femmes aient une âme. Alors, un esprit...

Le trouble passager de mon père s'estompa lorsque notre Maître l'assura que Torak ne pouvait suffisamment modifier les Oracles ashabènes pour envoyer Zedar, Ctuchik et Urvon sur une fausse piste. Torak avait beau détester ses visions, il n'arriverait pas à les tripatouiller d'une façon significative. Zedar, qui était avec lui à Ashaba, travaillait pour nous, d'une certaine façon, en préservant l'intégrité de la prophétie. Et même si Zedar échouait, il y aurait toujours les Dals. Puis notre Maître nous quitta en laissant derrière lui un grand vide.

Les choses allèrent doucement au Val pendant quelques années. Notre étrange petite communauté a toujours apprécié ces périodes de calme propice à l'étude, qui est notre activité principale, après tout.

Au printemps de l'an 2025 – selon le calendrier alorien – Algar Pied-Léger nous apporta des exemplaires du Codex darin complet et du Codex mrin encore inachevé. Algar avait une quarantaine d'années, à ce moment-là, et ses cheveux noirs étaient striés de gris. Il s'était un peu remplumé – il avait toujours été d'une minceur ascétique – et il était très impressionnant. Mais le plus impressionnant était peut-être qu'il avait fini par apprendre à parler. Pas énormément, bien sûr, mais tirer plus de deux mots d'affilée d'un Algarois a toujours été une manière d'exploit.

Mon père s'empara avidement des parchemins et se serait probablement tout de suite enfermé avec si Algar ne lui avait annoncé en passant la prochaine réunion du Conseil d'Alorie. Je harcelai mon vieux père jusqu'à ce qu'il admette qu'une visite dans l'Île ne serait peut-être pas une mauvaise idée.

Pied-Léger nous accompagna donc, Beldin, Père et moi à Riva pour les réunions du Conseil. En réalité, nous avions bien autre chose en tête : ces « Conseils d'État » à la portée prétendument renversante servaient, à l'époque, de prétexte à des réunions de famille; nous aurions probablement pu régler l'ensemble des problèmes par quelques échanges de lettres.

En ce qui me concerne, j'avais envie de passer un peu de temps avec ma sœur, et j'avais obtenu l'accord de mon père en arguant qu'il serait bon qu'il connaisse mieux son petit-fils.

Cet appât marcha peut-être un peu trop bien. Daran avait près de sept ans cette année-là, et Père a toujours eu une affinité particulière pour les gamins de sept ans, allez savoir pourquoi. J'ai vu je ne sais combien d'hommes d'âge mûr devenir aussi tendres que de la guimauve avec leurs petits-fils, et mon père faisait partie du lot. Ils s'entendirent aussitôt comme larrons en foire, Daran et lui. C'était le printemps, et le temps était épouvantable dans l'Île mais, entre tous les projets possibles, ils décidèrent d'aller pêcher. Je ne comprendrai jamais ce que les hommes peuvent bien trouver à la pêche. On dirait que le mot « poisson » suffit à leur faire perdre la tête.

La note que nous laissa mon père laissait typiquement dans le vague des questions annexes comme l'endroit où ils allaient ou ce qu'ils avaient emporté en guise de vivres et d'équipement. Cette pauvre Beldaran se rongea les sangs en se demandant ce que notre irresponsable de père avait encore inventé, mais que voulez-vous? Mon père a le chic pour dérouter les poursuivants les plus acharnés...

Je m'en faisais beaucoup plus pour elle : elle était très pâle et elle avait les yeux cernés. Elle toussait un peu et était parfois d'une lassitude voisine de l'apathie. Je passai un certain temps avec Arell et l'herboriste local, qui composa plusieurs remèdes pour sa reine. Ils semblèrent lui faire un peu de bien, mais j'étais malgré tout très inquiète pour sa santé.

Nous nous éloignions inévitablement, Beldaran et moi. Quand nous étions petites, nous étions si proches que nous ne faisions qu'une, mais après son mariage nos vies avaient divergé. Beldaran était complètement absorbée par son mari et son enfant, et j'étais plongée dans mes études. Si nous avions habité plus près l'une de l'autre, notre séparation aurait peut-être été moins nette et pénible, mais nous étions séparées par des milliers de lieues, et nous n'avions plus guère d'occasions d'être en contact.

Enfin, ce sujet m'est très pénible, et vous ne m'en voudrez pas d'en rester là.

Au bout d'un mois environ, nous retournâmes, mon père, Beldin et moi, au Val où nous attendait le Codex darin.

CHAPITRE IX

C'était la fin de l'été quand nous rentrâmes au Val. C'est bien agréable de revoir des êtres chers, mais j'ai toujours aimé retrouver le Val. Il y règne une paix comme je n'en ai connu nulle part ailleurs. Quand on va au fond des choses, le Val d'Aldur n'est qu'une extension de la pointe sud de l'Algarie, mais si vous veniez ici, vous verriez tout de suite la différence. L'herbe y est plus verte et le ciel d'un bleu plus profond, je ne sais pas pourquoi. Le relief est doucement mamelonné, ponctué çà et là de sapins noirs et de bosquets de peupliers ou de bouleaux au tronc argenté. Les neiges éternelles qui coiffent les montagnes d'Ulgolande, à l'ouest, sont teintées de bleu, le matin. Plus loin, derrière l'À-pic, les montagnes abruptes du Mishrak ac Thull qui griffent le ciel sont presque violettes. Les tours de mon père et de mes oncles sont des structures solides, massives, et comme ils avaient tout leur temps quand ils les ont bâties, ils ont veillé à ce que les pierres soient bien jointives, de sorte que l'on dirait plutôt des surrections rocheuses naturelles que des constructions humaines. Tout, ici, est parfait. Chaque chose est à sa place et l'on y chercherait vainement la laideur.

Nos biches sont si familières qu'elles finissent par être envahissantes. On marche littéralement sur des lapins aux longues oreilles, à la queue blanche, cotonneuse. Le fait que les jumeaux leur donnent à manger n'est peut-être pas étranger à leur présence. (Comment, je donne aussi à manger à mes oiseaux ? Ça n'a absolument aucun rapport.)

Peut-être est-ce parce que le Val se trouve entre deux montagnes, en tout cas il y souffle toujours une douce brise qui fait onduler l'herbe en longues vagues, tel un océan d'émeraude.

En rentrant, mon père semblait déterminé à s'enfermer avec le Codex darin qu'il serrait sur son cœur comme un trésor, mais mes oncles ne voulurent pas en entendre parler.

– Oublie ça tout de suite, Belgarath, fit Beltira avec une vivacité inhabituelle, alors que le soleil embrasait le ciel au-dessus de l'Ulgolande. Tu n'es pas seul à t'intéresser au sujet, tu sais. Nous en voulons une copie chacun.

– Vous le lirez quand j'aurai fini, rétorqua mon père d'un air endeuillé. Je n'ai vraiment pas de temps à perdre à le recopier.

– Tu es un égoïste, Belgarath, grommela oncle Beldin vautré dans un fauteuil, devant le feu, tout en fourrageant dans sa barbe hirsute. Ça a toujours été ton défaut. Mais ça ne marchera pas, cette fois. Nous ne te laisserons pas tranquille tant que nous n'en aurons pas chacun un exemplaire.

Mon père le foudroya du regard.
– C'est le seul et unique exemplaire, Belgarath, insista Belkira. S'il lui arrivait quelque chose, il nous faudrait des mois pour en obtenir un autre.
– J'y ferai bien attention.
– Tu veux seulement le garder pour toi, fit Beltira d'un ton accusateur. Il y a des années que tu nous bassines avec ces histoires de Premier Disciple.
– Ça n'a aucun rapport.
– Ah non, vraiment ?
– C'est ridicule ! tonna Beldin. Donne-moi ce truc-là, Belgarath.
– Mais...
– Tu me le donnes ou tu veux que j'emploie la force ? Je suis plus costaud que toi, et je ferai ce qu'il faut pour l'avoir si tu m'y obliges.
Mon père lui tendit le parchemin à contrecœur.
– Ne perds pas ma marque, grommela-t-il.
– Oh, ta gueule ! Bon, les jumeaux, combien d'exemplaires voulez-vous ?
– Un chacun, au moins, répondit Beltira. Où ranges-tu tes encriers, Belgarath ?
– Nous n'en aurons pas besoin, rétorqua Beldin. Débarrasse-moi ça, fit-il en indiquant une table, près du coin cuisine où je préparais le dîner.
– Ce sont des travaux en cours, protesta mon père.
– Oui, eh bien, tu ne te tues pas au travail, si j'en juge par l'épaisseur de la poussière et les toiles d'araignée...
Les jumeaux empilèrent par terre les livres, les parchemins et les maquettes de mécanismes mystérieux.

Mon père s'est toujours attribué le mérite de ce que fit Beldin par cette soirée parfaite. Il s'est toujours approprié sans vergogne les idées comme le reste, mais je me souviens très bien de l'incident. Beldin posa sur la table l'énorme parchemin que Luana avait préparé à notre intention et dénoua le ruban qui le maintenait roulé.

– Je vais avoir besoin de lumière, annonça-t-il.

Beltira tendit la main, la paume vers le haut, et se concentra un instant. Une boule d'énergie pure apparut dans le creux de sa main, s'éleva et resta suspendue comme un soleil miniature au-dessus de la table.

– Frimeur, marmonna mon père.

– Toi, je t'ai dit de la fermer, lui rappela Beldin, puis son visage se crispa comme s'il réfléchissait, et nous sentîmes tous le surgissement d'énergie alors qu'il bandait son Vouloir.

Six parchemins vierges apparurent sur la table, trois de chaque côté du Codex original. Mon nabot d'oncle commença alors à dérouler le Codex darin, les yeux rivés au texte. Nous vîmes les parchemins se dérouler au même rythme, et ils n'étaient plus vierges à présent.

– Je n'y aurais jamais pensé, fit Beltira d'un ton admirateur. Où as-tu péché cette idée ?

– Ça m'est venu comme ça, répondit Beldin. Tu pourrais rehausser un peu la lumière ?

Mon père se renfrognait de minute en minute.

– Il y a un problème ? demanda Beldin.

– C'est de la triche.

– Oui, et alors ? C'est notre spécialité. C'est maintenant que tu t'en rends compte ?

Mon père se mit à crachoter d'indignation.

– Oh, misère..., soupirai-je.

– Qu'y a-t-il Pol ? demanda Belkira.

– Je vis avec une bande de petits garçons aux cheveux blancs, mon oncle. Voilà ce qu'il y a. Vous ne grandirez donc jamais ?

Là, je crois que je les ai vexés. J'ai remarqué que les hommes prenaient très mal l'idée de grandir.

Beldin continua à dérouler le Codex original pendant que les jumeaux comparaient rapidement les copies, ligne par ligne.

– Vous avez repéré des erreurs ?

– Pas une seule, répondit Beltira.

– Alors peut-être que je m'y prends bien.

– Ça va durer encore longtemps ? grincha mon père.

– Le temps qu'il faudra. Donne-lui quelque chose à manger, Pol. Débarrasse-moi de lui.

Mon père se détourna en marmonnant dans sa barbe.

En réalité, Beldin en eut pour moins d'une heure, car il ne lisait pas vraiment le texte qu'il copiait. Il nous expliqua plus tard, ce soir-là, qu'il se contentait de transférer l'image de l'original sur les parchemins vierges.

– Et voilà, dit-il enfin. Maintenant nous pouvons nous attaquer à cette stupide chose.

– Lequel est l'original ? demanda mon père en regardant les sept parchemins étalés sur la table.

– Qu'est-ce que ça peut faire ? grommela Beldin.

– Je veux l'original.

À ce stade, je ne pus me retenir d'éclater de rire.

– Ce n'est pas drôle, Pol, fit mon père d'un ton meurtri.

– Moi, je trouve ça d'une drôlerie irrésistible. Bon, si vous vous laviez les mains ? Nous allons passer à table.

Après dîner (j'avais cuisiné un succulent jambon), nous prîmes chacun un exemplaire des délires de Bormik et nous nous installâmes aux quatre coins de la tour de mon père afin de nous retrouver seuls avec les paroles des Dieux – ou de cette Destinée invisible qui contrôle la vie de tous les êtres vivants en ce bas monde.

Je me roulai en boule dans mon grand fauteuil préféré, près de la cheminée, et dénouai le ruban. Il y avait une brève note de Luana.

« Dame Polgara », disait-elle, « j'ai rempli ma part du marché. Je tiens à vous remercier à nouveau pour le cadeau que vous m'avez fait. Je vis maintenant dans le centre de l'Algarie, et j'ai un soupirant, figurez-vous ! Il est plus vieux que moi, certes, mais c'est un brave homme solide, et très gentil. Je pensais ne jamais me marier, et voilà que Belar a jugé bon, dans sa grande mansuétude, de me donner une chance de bonheur. Je ne vous remercierai jamais assez. »

Ce n'était pas un cadeau de Belar. J'ai remarqué, au fil des ans, que la Nécessité qui avait créé toute chose avait un certain sens du devoir et rendait toujours les bienfaits. Il me suffit de regarder les visages de mon mari et de mes enfants pour mesurer les services que j'ai pu rendre.

L'écriture du billet de Luana était identique à celle de nos exemplaires du Codex darin, ce qui indiquait qu'elle avait méticuleusement recopié le document produit par ses scribes. Elle n'y était pas obligée, bien sûr. Cette Luana semblait décidément prendre ses obligations très au sérieux.

Le Codex darin, malgré son style parfois ampoulé, est un document assez terre-à-terre, qui semble mû par le besoin compulsif de marquer le passage du temps. Je sais maintenant pourquoi, mais la première fois que je le lus, je le trouvai indigeste. Je mis la pesanteur du style sur le compte du dérangement mental de Bormik, mais il n'en était rien.

Oncle Beldin vint à bout de sa lecture en moins de six mois. Un soir, il brava le froid et la neige – on était au cœur de l'hiver – et vint nous voir, mon père et moi.

– Je ne tiens plus en place, annonça-t-il. Je crois que je vais retourner en Mallorée voir si je ne pourrais pas prendre Urvon au dépourvu juste le temps de l'étriper un peu.

– Comment peut-on étriper un peu quelqu'un ? demanda mon père, amusé.

– Je pensais l'emmener en haut d'une falaise, lui ouvrir le ventre, passer une boucle de sa tripaille autour d'une souche d'arbre et le balancer dans le vide.

– De grâce, mon oncle ! protestai-je, révulsée.

– C'est une sorte d'expérience scientifique, Pol, expliqua-t-il avec un sourire affreux à voir. Je veux voir si ses boyaux se rompront quand ils se seront complètement dévidés ou s'ils le remonteront comme un élastique.

– Mon oncle, ça suffit !

Son vilain petit rire nous parvint tout le temps qu'il descendit l'escalier.

– Il a vraiment un mauvais fond, notai-je.

– Certes, convint mon père, mais il est rigolo.

Les jumeaux avaient bien regardé Beldin copier le Codex darin, et avaient reproduit le processus sur le Codex mrin incomplet. À mon avis, si nous n'y prêtâmes qu'une attention distraite, c'est justement parce qu'il était incomplet. Et puis aussi parce qu'il était à peu près incompréhensible.

– C'est du charabia, geignit mon père un soir, après dîner, alors que nous nous prélassions devant le feu avec les jumeaux. Le crétin qui a écrit ça n'a rigoureusement aucune notion de chronologie. Il évoque des faits qui se sont passés avant que Torak ne fende le monde et dans le paragraphe suivant il délire sur ce qui se passera dans un avenir si lointain que j'en ai le vertige. Je n'arrive pas à dégager la succession des Événements.

– C'est l'un des symptômes du crétinisme, mon frère, répondit Beltira. Il y avait un idiot au village, quand nous étions petits, Belkira et moi. Il semblait toujours effrayé au coucher du soleil, quand il se mettait à faire noir. Il ne se rappelait apparemment pas que ça recommençait tous les soirs.

– Le Codex mrin fait assez souvent allusion à toi, Belgarath, remarqua Belkira.

– Mouais, grommela mon père. Et pas d'une façon très flatteuse, à ce que j'ai vu. Alors qu'il dit de très gentilles choses sur Pol.

– Je suis plus aimable que toi, Père, fis-je pour le taquiner.

– Pas quand tu parles comme ça.

J'avais parcouru le Codex mrin en diagonale. Le terme que le prophète employait le plus souvent pour désigner mon père était « Le Vénérable et le Bien-Aimé », et il y avait des allusions à « la Fille du Vénérable ». Il devait s'agir de moi, puisque la fille en question était censée faire des choses dont Beldaran était notoirement incapable. Le manque de cohérence temporelle de la Prophétie ne permettait pas de dire au juste quand ces choses devaient se produire, mais il semblait plus ou moins qu'elles étaient très éloignées dans le temps. J'ai toujours considéré comme acquis que j'aurais une durée de vie exceptionnellement longue, mais le Codex mrin m'imposait une réalité plus dérangeante, sinon bouleversante. Il semblait que je doive vivre des milliers d'années, et quand je considérais les trois vieillards qui m'entouraient, cette idée ne m'enchantait pas. « Vénérable » est un terme respectueux souvent appliqué aux hommes d'un certain âge ; les femmes âgées sont plus souvent traitées de vieilles sorcières, et je ne trouvais pas cela très affriolant. C'était peut-être un peu futile, mais la notion de vieillesse et de folie me propulsait immédiatement devant mon miroir. Un examen attentif de mon reflet ne révélait aucune ride, mais on ne sait jamais.

Nous passâmes neuf ou dix ans à étudier le Codex darin, puis notre Maître envoya mon père en Tolnedrie pour nouer les liens entre la famille Borune et les Dryades. J'ai toujours trouvé immorale la façon dont le Vieux Loup employa le chocolat pour convaincre la princesse Xoria d'adopter sa façon de voir, mais je n'en dirai pas plus.

Nous restâmes au Val, les jumeaux et moi, à travailler sur le Codex darin. Nous commencions à avoir une idée générale de ce qui attendait l'humanité, et ça ne nous plaisait pas beaucoup. Nous pouvions nous attendre à toutes sortes de troubles, de guerres et de souffrances.

Trois autres années avaient passé lorsque, une nuit, je fus réveillée par la voix de ma mère.

Polgara! disait-elle d'un ton pressant. *Va voir Beldaran tout de suite! Elle est très malade! Elle a besoin de toi!*

– De quoi souffre-t-elle, Mère?

Je ne sais pas. Dépêche-toi! Elle est mourante, Pòlgara!

Glacée d'horreur, je courus à la tour des jumeaux.

– Il faut que je parte! hurlai-je depuis le pied de l'escalier.

– Qu'y a-t-il, Pol? demanda Beltira.

– C'est Beldaran. Elle est malade. Très malade. Je dois y aller. Je vous tiendrai au courant.

Je m'enfuis avant qu'ils n'aient le temps de me demander comment je savais que ma sœur était si malade. Le secret de notre mère devait absolument être préservé. Je décidai de me changer en faucon pour le voyage. La vitesse était essentielle, et les chouettes ne volent pas assez vite.

C'était le cœur de l'hiver. Je quittai le Val et volai vers le nord, en longeant les montagnes d'Ulgolande par l'est. J'avais choisi cet itinéraire parce que je savais que je rencontrerais des orages dans les montagnes et je ne voulais pas être retardée. Je volai presque jusqu'au gué d'Aldur, en tenant constamment à l'œil les pics qui séparaient l'Algarie de la plaine de Sendarie. Il était évident qu'il faisait mauvais sur ces montagnes. Mais il n'y avait pas moyen de faire autrement : je dus prendre vers l'ouest, me jetant dans la gueule de la tourmente. On peut parfois voler au-dessus de la tempête : les orages d'été et les averses printanières sont assez localisées. Mais en hiver les tempêtes impliquent des masses d'air énormes, si hautes qu'il est virtuellement impossible de passer par-dessus. Je pressai l'allure, aveuglée par la neige piquante, les plumes à moitié arrachées par le vent. Je fus vite épuisée. Je n'avais pas le choix : je dus me poser dans une petite vallée abritée pour reprendre des forces.

Le lendemain, je tentai de rester au niveau des vallées tortueuses pour éviter les coups de boutoir du vent, mais je réalisai bientôt que je m'échinais à traverser des lieues d'air colmaté par la neige sans aller nulle part. Je remontai, bien malgré moi, dans le vent violent.

Je finis par passer au-dessus des montagnes et je redescendis vers les plaines de Sendarie. Il neigeait encore, mais le vent soufflait tout de même moins fort. J'atteignis enfin la côte et le combat reprit : le vent qui soufflait sur la mer des Vents était aussi sauvage que dans les montagnes, et il n'y avait nulle part où se poser parmi les vagues monstrueuses.

Il me fallut cinq jours pour rejoindre l'Île des Vents. Je tremblais d'épuisement lorsque je me posai enfin sur les créneaux de la Citadelle, à l'aube du sixième jour. Mon corps hurlait de fatigue, mais je n'avais pas le temps de me reposer. Je me précipitai dans les sinistres corridors vers les appartements royaux et j'entrai sans prendre la peine de frapper.

La pièce principale était jonchée de vêtements. Des restes de repas auxquels on avait à peine touché avaient été oubliés sur une table. À mon entrée, Poing-de-Fer sortit de sa torpeur. Il n'était pas rasé et ses vêtements gris étaient tout chiffonnés.

– Grâce au Ciel ! s'exclama-t-il.

– Tante Pol ! s'écria Daran, mon neveu.

Il était au moins aussi hagard que son père. Je fus surprise de voir à quel point il avait grandi. Le petit garçon aux cheveux blond cendré avait près de vingt ans, maintenant.

– Où est-elle ? demandai-je.

– Elle est au lit, Pol, répondit Riva. Elle a mal dormi, et elle est encore couchée. Elle tousse tout le temps et elle a du mal à respirer.

– Il faut que je parle à ses docteurs, coupai-je sèchement, puis j'irai la voir.

– Ah..., balbutia Riva. En réalité, nous n'avons pas encore appelé de docteur. Mais Elthek, le Diacre de Riva, prie constamment pour elle. Il dit que faire appel aux docteurs est une perte de temps et d'argent.

– Et puis il dit que mère va mieux, ajouta Daran.

– Qu'est-ce qu'il en sait ?

– Il est prêtre, tante Pol. Les prêtres sont des sages.

– Je n'ai jamais vu un prêtre qui sache distinguer sa main gauche de la droite. Emmène-moi tout de suite voir ta mère. Et vous, lançai-je à Riva après un coup d'œil sur le désordre, rangez-moi ça.

Daran ouvrit la porte de la chambre et jeta un coup d'œil à l'intérieur.

– Elle dort, murmura-t-elle.
– Très bien. Au moins, votre prêtre ne peut pas l'étourdir avec son galimatias. À partir de maintenant, je vous demande de ne plus le laisser approcher d'elle.
– Vous allez la guérir, hein, tante Pol ?
– C'est pour ça que je suis ici, Daran, répondis-je d'un ton que j'espérais convaincant.
J'approchai du lit. C'est à peine si je reconnus ma sœur tellement elle avait maigri. Les cernes sous ses yeux ressemblaient à des ecchymoses et elle avait manifestement du mal à respirer. J'effleurai doucement son visage et m'aperçus qu'elle brûlait de fièvre. Puis je fis une chose que je n'avais encore jamais faite : je sondai mentalement son esprit et fondis mes pensées avec les siennes.
Polgara ? fit-elle dans sa torpeur. *Je ne me sens pas bien.*
Où as-tu mal, Beldaran ? demandai-je doucement.
À la poitrine. Ça me gêne...
Puis elle retomba dans sa léthargie.
C'était plus ou moins ce que je pensais. Ce maudit climat était en train de tuer ma sœur.
Je sondai son corps de façon approfondie. Comme je m'y attendais, la source du mal était localisée dans les poumons.
Je quittai la chambre et refermai doucement la porte derrière moi.
– Je vais en ville chercher des remèdes, annonçai-je à Riva et Daran.
– Elthek dit que c'est une forme de sorcellerie, Pol, objecta Riva. Il dit que seules les prières à Belar peuvent la guérir.
Je lui dis des choses que j'aurais probablement mieux fait de garder pour moi à ce stade. Riva parut choqué, et Daran laissa tomber le vêtement qu'il venait de ramasser.
– Dès que ma sœur ira mieux, j'aurai une longue conversation avec votre cher Diacre, leur annonçai-je, les dents serrées. Pour l'instant, dites-lui que, s'il a le malheur d'approcher du lit de Beldaran, s'il remet seulement le pied

dans sa chambre, je lui ferai regretter d'avoir vu le jour. Je reviens tout de suite.

– Je vais demander à Brand de vous accompagner, proposa Riva.

– Brand? Qui est-ce?

– Le baron Karmion. Brand est une sorte de titre. C'est mon premier conseiller. Il allège en partie le fardeau du pouvoir. J'aurais dû l'écouter, ajouta-t-il en s'assombrissant. Il m'a dit à peu près la même chose que vous à propos du Diacre.

– Ça aurait mieux valu, en effet. Dites-lui de me rattraper. J'y vais.

Je quittai les appartements royaux en coup de vent et, tout en marmonnant certaines des épithètes les plus colorées d'oncle Beldin, je suivis le long couloir éclairé par des torches qui menait à l'entrée principale de la Citadelle.

Karmion me rejoignit alors que j'arrivais aux énormes portes donnant sur la cour enneigée. Il avait quelques années de plus, évidemment, et paraissait s'être assagi depuis la dernière fois que je l'avais vu. Ses cheveux blonds grisonnaient sur les tempes, mais je remarquai avec soulagement qu'il n'était pas devenu alorien au point de se laisser pousser la barbe. Il portait une cape de laine grise et en avait une autre sur le bras.

– Heureux de vous revoir, Pol, dit-il en me tendant la seconde cape. Tenez, mettez ça. Il fait froid, dehors.

– Je crève de chaud, Karmion, répondis-je. Vous n'avez pas pu empêcher cet imbécile de prêtre d'approcher de Riva?

– J'ai bien essayé, Pol, fit-il en soupirant. Croyez-moi, j'ai fait tout ce que j'ai pu, mais Sa Majesté aime être proche des gens, et Elthek agite sa fonction religieuse comme un étendard guerrier. Il a plus ou moins réussi à convaincre la majeure partie du peuple qu'il parlait au nom de Belar, et ce n'est pas facile à contrer. Le roi de Riva est le Gardien de l'Orbe, ce qui fait de lui un personnage sacré aux yeux des prêtres. C'est un peu comme s'il leur appartenait. Ils n'ont jamais rien compris à l'Orbe ; ils donnent l'impression de penser qu'elle fera tout ce que Riva lui ordonnera de faire. Ils n'ont aucune idée de ses limites. Figurez-vous qu'Elthek est allé jusqu'à suggérer à Sa Majesté d'essayer de guérir sa femme en la touchant avec l'Orbe.

– Mais ça l'aurait tuée !

– Je sais. J'ai réussi à le convaincre de vous consulter avant, votre père ou vous-même.

– Au moins, il a eu assez de bon sens pour vous écouter.

– Pouvez-vous guérir ma reine, Pol ? demanda-t-il alors que nous sortions dans la cour.

Je regardai son beau visage et je sus que je pouvais lui dire une chose que je n'avais pas dite à Riva et Daran.

– Je n'en suis pas sûre, Karmion, admis-je.

– C'est bien ce que je craignais. C'était plus grave que nous ne pensions au début, soupira-t-il. De quoi souffre-t-elle ?

– Le climat déplorable de cette île oubliée des Dieux est en train de lui détruire les poumons ! éclatai-je. Elle ne peut pas respirer ici.

– Elle était malade tous les hivers, depuis quelques années, confirma-t-il. Que voulez-vous acheter en ville ?

– Je voudrais voir Arell, puis je vais piller la boutique d'un herboriste appelé Argak. Et je me demande si je ne vais pas bavarder un peu avec un certain Balten.

– Le barbier ? Je le connais.

– Il est barbier le jour, Karmion. La nuit, il est profanateur de sépultures.

– Comment ?

– Enfin, il est chirurgien, mais il déterre des cadavres pour les étudier. Il vaut mieux savoir ce qu'on fait quand on découpe les gens.

– Vous n'avez pas l'intention de charcuter la reine, j'espère ? s'exclama-t-il.

– Je la démonterais en mille morceaux et je la remonterais si je pensais que ça peut lui sauver la vie, Karmion. Je doute que Balten nous soit très utile, mais il sait peut-être sur les poumons une chose que j'ignore. Je serais prête à conclure un marché avec Torak en personne si ça pouvait sauver Beldaran.

Arell avait vieilli, elle aussi. Elle avait les cheveux gris, maintenant, mais ses yeux avaient toujours la même sagesse.

– Qu'est-ce qui vous a retardée, Pol? demanda-t-elle quand j'entrai dans sa petite échoppe encombrée.

– Je n'ai appris que récemment la maladie de Beldaran, répondis-je. Argak est toujours dans les affaires?

– Oui, et il est toujours aussi hargneux. Il déteste se lever avant midi.

– Tant pis pour lui. J'ai besoin de certaines choses qu'il est seul à pouvoir me fournir et, s'il ne veut pas se réveiller, Messire Brand, ici présent, fendra la porte de sa boutique avec sa grande épée.

– Avec plaisir, Pol, fit Karmion avec un grand sourire.

– Ce n'est pas tout, Arell, repris-je. Vous pourriez m'envoyer chercher Balten?

– En ce moment, ma chère Pol, il est aux oubliettes, sous le temple de Belar. Des prêtres l'ont surpris au cimetière, l'autre nuit. Il tenait une pelle, il y avait un cadavre dans sa brouette, ils en ont tiré certaines conclusions et ils s'apprêtent à le brûler pour sorcellerie.

– Oh non, ils ne vont pas faire ça. Vous voulez bien me le récupérer, Karmion?

– Mais bien sûr, Pol. Vous voulez que je réduise le temple en charpie?

– Ce n'est pas le moment de faire de l'humour, Karmion, rétorquai-je sèchement.

– J'essayais juste de détendre un peu l'atmosphère.

– Eh bien, ce n'est pas comme ça que vous y arriverez. Faites plutôt ce que je vous demande.

Karmion partit pour le temple de Belar pendant que nous allions chez l'herboriste, Arell et moi. Je réveillai ce pauvre Argak sans ménagement. Comme nous tambourinions en vain sur sa porte depuis cinq minutes, je déchaînai la foudre dans sa chambre, à l'étage. Les éclairs et les coups de tonnerre font déjà assez d'effet à l'extérieur, mais partager sa chambre avec des éléments déchaînés a de quoi réveiller le dormeur le plus obstiné. Les pierres de la maison tremblaient encore lorsque la fenêtre d'Argak s'ouvrit à la volée.

– Que se passe-t-il ? demanda-t-il, tout tremblant, les yeux hagards, les cheveux dressés sur la tête.

– C'est l'heure de vous lever, mon cher professeur, répondis-je. Allez, descendez et ouvrez-nous ou je réduis votre porte en cure-dents.

– Pas la peine de vous énerver, Pol, dit-il d'un ton implorant.

– Je ne m'énerve pas, l'ami. Maintenant, si vous retournez vous coucher...

Il me fallut près d'une heure pour repérer tous les remèdes que je pensais pouvoir utiliser, et Argak m'en suggéra d'autres. Certaines herbes étaient plus qu'exotiques, quelques-unes carrément dangereuses et devaient être administrées avec soin.

Puis Karmion revint avec Balten. Dans toute leur arrogance, les prêtres de Belar ne s'étaient pas risqués à discuter avec le Gardien de Riva.

– Quelle mouche a piqué les prêtres ? m'étonnai-je. Ils ne fourraient pas leur nez dans les affaires temporelles la dernière fois que je suis venue ici.

– C'est Elthek, le nouveau Diacre, m'expliqua Arell. Il est obsédé par la sorcellerie.

– C'est de la blague, objecta Balten. Elthek ne veut pas que ça se sache, mais c'est un adepte du Culte de l'Ours. Il suit l'enseignement du grand prêtre de Belar du Val d'Alorie. Le but du Culte a toujours été la domination de la société alorienne. Toutes ces histoires de sorcellerie ne sont qu'un prétexte pour éliminer la concurrence. La médecine peut obtenir des guérisons qui paraissent miraculeuses à l'Alorien de base. L'idée que d'autres que les prêtres puissent opérer des miracles déplaît fortement à Elthek. D'où ces interminables sermons sur la sorcellerie. Il tente de discréditer ceux d'entre nous qui pratiquent la médecine.

– Peut-être, grommela Argak, mais toutes les lois dirigées contre nous émanent du trône.

– Ce n'est pas complètement la faute de Sa Majesté, tempéra Karmion. D'après les coutumes aloriennes, toutes les affaires religieuses relèvent du domaine des prêtres. Si Elthek propose au trône une loi en rapport avec la religion, Poing-de-Fer la signe et y applique automatiquement son sceau, généralement sans se donner la peine de la lire. Nous avons déjà eu plusieurs discussions à ce sujet, lui et moi. Elthek truffe de stupidités théologiques le premier paragraphe de ses « ordonnances théologiques » et les yeux de notre roi deviennent vitreux avant le début du texte proprement dit. Elthek soutient mordicus que la prière est le seul moyen de guérir la maladie.

– Mordicus est le terme, m'exclamai-je. Il irait jusqu'à sacrifier ma sœur par politique ?

– Bien sûr, Pol. Ce n'est pas Belar qu'il adore, c'est son propre pouvoir.

– Je pense qu'Algar a eu une bonne idée, marmonnai-je. Dès que Beldaran ira mieux, il se pourrait que nous ayons envie de faire quelque chose au sujet du culte de l'Ours dans l'Île.

– Ça nous faciliterait sûrement la vie, acquiesça Arell. J'en ai un peu assez d'être traitée de sorcière.

– Si nous remontions tous à la Citadelle ? proposai-je.

– Nous finirions sur le bûcher, Pol, objecta Argak. Si nous pratiquons ouvertement la médecine – surtout à la Citadelle, les prêtres du Diacre nous jetteront aux oubliettes et commenceront à entasser le petit bois.

– Ne vous en faites pas, Argak, répondis-je avec détermination. Si quelqu'un prend feu, ce sera Elthek.

Nous remontâmes donc les escaliers de la Citadelle. Maintenant qu'ils m'avaient ouvert les yeux, je remarquai qu'il y avait beaucoup de prêtres dans la forteresse.

Beldaran était réveillée lorsque nous entrâmes dans sa chambre. Après l'avoir examinée, nous nous réunîmes dans la pièce voisine pour nous consulter.

– Son état paraît chronique, observa Balten. Il aurait fallu s'en occuper depuis longtemps.

– Oui, mais nous ne pouvons remonter le temps, rétorqua Arell. Qu'en pensez-vous, Argak ?

– Elle est très faible, répondit-il. Il y a des substances qui seraient efficaces si elle était plus robuste, mais il serait trop dangereux de les lui administrer maintenant.

– Il faut bien tenter quelque chose, protestai-je.

– Laissez-moi un peu de temps, Pol. Je m'en occupe.

Il fouilla dans la mallette qu'il avait apportée et qui contenait des fioles de verre. Il en choisit une et me la tendit.

– Donnez-lui déjà ça toutes les deux heures. Ça l'empêchera de s'affaiblir davantage en attendant que nous trouvions mieux.

Je retournai dans sa chambre, avec Arell.

– Nous allons aérer la pièce, l'aider à faire sa toilette, la coiffer et changer ses draps, suggéra Arell. Ça aide toujours le malade à se sentir mieux.

– Entendu, approuvai-je. Je vais chercher d'autres oreillers. Elle aurait peut-être moins de mal à respirer si elle était un peu redressée.

Beldaran paraissait sensiblement soulagée lorsque nous nous fûmes occupées, Arell et moi, de ces petites choses auxquelles les hommes donnent l'impression de ne jamais penser. Mais le remède d'Argak ne lui plut pas.

– C'est affreux, Pol, dit-elle lorsque je le lui donnai.

– C'est exprès, Beldaran, dis-je d'un ton léger en essayant

de masquer mon inquiétude. Un médicament, ça doit être mauvais. Comme ça, on se force à aller mieux pour ne pas en reprendre.

Elle eut un petit rire las et partit d'une interminable quinte de toux.

Je passai les deux journées suivantes à son chevet pendant qu'Argak, Arell et Balten concoctaient d'autres médecines. Le premier remède d'Argak ne réussit guère qu'à la soulager de ses symptômes les plus évidents, et nous en conclûmes que nous devions prendre des mesures plus radicales.

Le second remède d'Argak plongea Beldaran dans un profond sommeil.

– Ça fait partie du processus naturel de guérison, dis-je à Riva et Daran.

C'était un mensonge, mais nous avions assez de soucis comme ça, mes collègues et moi, pour qu'ils n'ajoutent pas à nos angoisses en nous harcelant.

La situation n'évoluait pas comme je l'aurais souhaité. Mes études m'avaient rendue présomptueuse. J'étais convaincue de pouvoir, avec un peu d'aide de mes professeurs, guérir tous les maux. Mais la maladie de Beldaran résistait à toutes nos tentatives. Je passai des jours à dormir en pointillé, et j'en vins à me dire, contre toute raison, que la maladie de ma sœur avait une conscience propre : elle savait ce que nous faisions pour la combattre et contrait chacun de nos mouvements. Je finis par conclure que tout notre art ne nous permettrait pas de sauver Beldaran. Nous devions faire appel à des forces supérieures. Désespérée, je projetai ma pensée vers les jumeaux.

Je vous en prie! hurlai-je silencieusement par-delà les milliers de lieues qui nous séparaient. *Je vous en supplie! Je suis en train de la perdre! Prévenez mon père! J'ai besoin de lui, et vite!*

Pourras-tu éloigner la maladie en attendant son arrivée? demanda Beltira.

Je ne sais pas, mon oncle. Nous avons tout tenté. Beldaran ne réagit à aucun des remèdes que nous lui donnons. Elle s'enfonce, mon oncle. Préviens tout de suite mon père. Dis-lui de venir le plus vite possible.

Garde ton calme, Polgara, fit Belkira d'un ton sec. *Il y a un moyen de la soutenir en attendant l'arrivée de Belgarath. Utilise ton Vouloir. Donne-lui un peu de ta force. Nous sommes capables de choses inaccessibles aux autres.*

Cette idée ne m'était même pas venue à l'esprit. Nous avions exploité toutes les ressources de nos connaissances médicales ; nous avions même tenté quelques expériences. Certains des remèdes que nous donnions à Beldaran étaient très dangereux, surtout compte tenu de sa faiblesse. Si Belkira avait raison, je pouvais la soutenir avec mon Vouloir et nous pourrions utiliser des médications plus efficaces.

Je me ruai dans les appartements royaux et trouvai un prêtre alorien qui avait réussi, je ne sais comment, à échapper à la vigilance des gardes postés dans le couloir. Il se livrait à une petite cérémonie obscène consistant à faire brûler une chose qui produisait un nuage de fumée verte, nauséabonde. De la fumée ! De la fumée dans la chambre d'une malade dont les poumons étaient atteints !

– Que faites-vous ici, abruti ? hurlai-je avec hargne.

– C'est une cérémonie sacrée, répondit-il en me toisant de haut. Une femelle ne peut rien y comprendre. Sortez d'ici !

– Non, c'est vous qui allez sortir, et tout de suite. Allez, foutez-moi le camp !

Il ouvrit de grands yeux outragés.

– Comment osez-vous ? lança-t-il.

J'éteignis son brasier et soufflai la puanteur d'une simple pensée.

– *Sorcellerie !* hoqueta-t-il.

– Si ça peut vous faire plaisir..., grommelai-je entre mes dents. Essayez plutôt ça, pauvre dégénéré à la cervelle ramollie, repris-je en bandant mon Vouloir, et je lançai le Verbe : Envole-toi !

Il s'éleva de six pieds au-dessus du sol. Je le laissai suspendu là pendant un moment, puis je le téléportai hors des murs de la Citadelle. Je m'apprêtais à le laisser tomber sur le sol enneigé d'une hauteur de plusieurs centaines de pieds – assez haut pour qu'il ait tout le temps de regretter ses agissements avant de rendre son âme à son Créateur – lorsqu'une voix craqua comme un fouet dans ma tête.

Pol ! Non ! C'était ma mère. *Ne fais pas ça ! Repose-le par terre.*

Elle s'interrompit un moment, pendant que je protestais.

Au moment qui te conviendra, bien sûr, ajouta-t-elle.

Ainsi soit-il, Mère..., dis-je docilement.

Je me tournai vers ma sœur, insufflai doucement mon Vouloir dans son corps las, laissant le prêtre de Belar suspendu, hurlant et gémissant, au-dessus de la cité. Je le laissai là pendant six ou sept heures, dix tout au plus. Juste le temps qu'il réfléchisse à ses péchés. Il attira bien un peu l'attention, suspendu là-haut comme un vautour effaré, mais les prêtres adorent qu'on fasse attention à eux, alors ce n'était pas grave.

Je supportai Beldaran par la seule force de mon Vouloir pendant près de dix jours, mais en dépit de tous mes efforts et des remèdes de mes professeurs, son état continuait à se détériorer. Elle m'échappait, et je ne pouvais rien faire pour la retenir. Je commençais à être épuisée, et d'étranges pensées embrumaient mon esprit affaibli. J'ai très peu de souvenirs cohérents de ces dix jours d'épouvante, mais je me souvins que la voix de Beltira me parvint une nuit, alors qu'une tempête de neige hurlante faisait rage sur les tours de la Citadelle.

Pol ! Nous avons trouvé Belgarath ! Il est en route pour l'Île !

Loués soient tous les Dieux !

Comment va-t-elle ?

Pas bien du tout, mon oncle, et je commence à être à bout de forces.

Cramponne-toi encore quelques jours, Pol. Ton père arrive.

Nous n'avions plus guère de temps devant nous. Je restai assise au chevet de ma sœur pendant les interminables heures de cette longue nuit de fureur, et j'eus beau canaliser mes dernières bribes de volonté dans son corps épuisé, je sentais bien qu'elle s'enfonçait dans les ténèbres.

C'est alors que ma mère apparut, et plus seulement dans mon esprit. Cette fois, elle était bel et bien là, à côté de moi, et elle pleurait à chaudes larmes.

– Laisse-la partir, Pol, me dit-elle.

– Non ! Je ne la laisserai pas mourir !

– Elle a accompli sa tâche, Polgara. Tu dois la laisser partir. Sinon, nous allons vous perdre toutes les deux.

– Je ne pourrai pas vivre sans elle, Mère. Si elle meurt, je la suivrai.

– Non, tu ne feras pas ça. Tu n'en as pas le droit. Relâche ton Vouloir.

– Je ne peux pas, Mère. Je ne peux pas ! Elle est au centre de ma vie.

– Fais ce que je te dis, ma fille. C'est notre Maître qui l'ordonne. Et UL aussi.

Je n'avais jamais entendu parler d'UL. Étrangement, personne dans la famille n'avait jamais mentionné son nom en ma présence. Mais je continuai obstinément à concentrer mon Vouloir sur ma sœur mourante.

Puis le mur à côté du lit de Beldaran se mit à vaciller, devint flou, et je vis une silhouette indistincte dans les pierres mêmes. C'était tout à fait comme lorsqu'on regarde dans les profondeurs d'une mare, au fond des bois, pour voir ce qui se trouve sous la surface. Le personnage qui venait d'apparaître portait une robe blanche et il émanait de lui une présence indicible. Je me suis souvent trouvée en présence de Dieux, au cours de ma longue existence ; je n'ai jamais rencontré une présence pareille à celle d'UL.

Puis le vacillement disparut et UL se dressa en personne de l'autre côté du lit de ma sœur. Il avait la barbe et les cheveux d'une blancheur de neige, mais son visage éternel était sans âge. Il leva la main, la tendit au-dessus de Beldaran, et je sentis que mon Vouloir me revenait.

– Non ! implorai-je en pleurant. Je vous en supplie, ne faites pas ça !

Il ignora mes protestations.

– Viens à moi, dit-il doucement. Viens, Beldaran, ma bien-aimée. Il est temps de partir.

Une vive lumière envahit le corps de ma sœur. Une lumière qui monta, comme aspirée hors de la forme dévastée qui était tout ce qui restait d'elle. La lumière avait la forme et les traits de Beldaran. Elle se redressa, et prit la main d'UL.

Alors le père des Dieux me regarda.

– Porte-toi bien, Polgara, dit-il d'un ton affectueux.

Et les deux formes luisantes se fondirent dans le mur.

– Notre Beldaran est avec UL, maintenant, soupira ma mère.

Je me jetai en pleurant sur le corps de ma sœur morte, et je ne sais combien de temps je restai là, secouée de sanglots incontrôlables.

CHAPITRE X

Soudain, ma mère ne fut plus là. Je me cramponnai à ma sœur morte, brisée de chagrin, en proie à un vide effroyable. Le centre de mon univers avait disparu et tout le reste s'effondrait.

J'ai très peu de souvenirs de la fin de cette terrible nuit. Je pense que des gens entrèrent dans la chambre de ma sœur, mais je ne sais plus qui. Il y eut beaucoup de pleurs et d'affliction, j'en suis à peu près sûre, mais ce n'est qu'une impression.

Et puis Arell arriva, solide, fiable, un roc auquel je pouvais me raccrocher. Elle me prit dans ses bras, me berça jusqu'à ce que quelqu'un, Argak, je crois, lui tende une tasse.

– Buvez ça, Pol, m'ordonna-t-elle en présentant la tasse devant mes lèvres.

C'était amer, et j'espérai fugitivement que ce fût un poison. Quelle solution idéale ! Toute douleur disparaîtrait instantanément. Je bus avidement et je cessai peu à peu de pleurer pour sombrer dans l'oubli, dans les bras d'Arell.

Je me réveillai dans mon lit, je ne sais combien de temps plus tard. Arell était assise auprès de moi, et je remarquai vaguement que les fenêtres avaient été fermées pendant mon sommeil.

– Votre père est arrivé, Pol, m'annonça Arell quand je rouvris les yeux.

– Il n'aurait pas dû se donner tant de peine, rétorquai-je amèrement.

Arell ne m'avait pas empoisonnée, et je me sentais un peu trahie.

– Ça commence à suffir, Polgara, lança froidement Arell. Les gens meurent. C'est comme ça. Il ne sert à rien de proférer des accusations ou des récriminations. La mort d'un être cher peut déchirer une famille comme elle peut rapprocher les vivants. Que choisissez-vous, Pol ? Ne cherchez pas d'instrument tranchant, ajouta-t-elle en se levant. J'ai fait ôter de votre chambre tous les objets coupants. Et je vous conseille d'éviter les fenêtres, continua-t-elle en lissant le devant de sa robe grise. Maintenant, habillez-vous, lavez-vous le visage à l'eau froide et coiffez-vous. Vous avez une tête épouvantable.

Sur ces mots, elle quitta la pièce et je me levai pour verrouiller la porte derrière elle.

Le soir tombait, mais de quel jour ? je ne saurais le dire. Père frappa à ma porte.

– C'est moi, Pol. Ouvre-moi.

– Va-t'en !

– Ouvre, Pol. Il faut que je te parle.

– Laisse-moi tranquille, Père, répondis-je, bien consciente de ma stupidité.

Aucune serrure au monde n'empêcherait mon père d'entrer s'il en avait vraiment envie. Je laissai tomber et déverrouillai.

Il avait l'air à la fois sinistre et très affairé. Il me rappela froidement que nous avions une responsabilité supérieure envers la lignée de Riva. Riva lui-même était anéanti par le chagrin et il fallait que quelqu'un reprenne le flambeau, comme roi et comme Gardien de l'Orbe. Nous n'avions pas le choix : Daran, l'héritier de Riva, n'avait que vingt ans.

– Les Angaraks ont des yeux partout, me rappela mon père. Et s'ils ont vent d'une quelconque faiblesse, tu peux t'attendre que nous recevions la visite de Ctuchik – ou même de Torak en personne.

Ce qui me dégrisa aussitôt. Je repoussai mon chagrin et ma désolation.

– Que devons-nous faire ?

– Tu vas te secouer et prendre la direction des opérations ici. Je te confie Daran. J'ai parlé avec Brand ; il comprend parfaitement la situation. Il t'aidera de son mieux, mais c'est ta responsabilité, en dernier ressort. Ne me laisse pas tomber, Pol. Je vais t'emmener voir Brand. Il parle avec Daran, en ce moment. Ce sont des Aloriens ; il va falloir que tu leur tiennes la bride serrée.

– Tu vas rester avec moi, hein ?

– Non. Il faut que je parte.

– Tu ne restes même pas pour l'enterrement ?

Je ne sais pourquoi, ça me choquait. Mon père n'avait jamais eu le sens des convenances, mais à ce point...

– J'ai le cœur au tombeau, Pol. Aucune cérémonie, aucun prêche de quelque prêtre que ce soit n'allégera mon deuil.

Ce n'était qu'une remarque en passant, mais elle me rappela que j'avais un compte à régler avec certain prêtre de

Belar. Si Elthek, le Diacre de Riva, n'avait pas affiché cette peur hystérique de la sorcellerie, ma sœur aurait pu recevoir à temps les soins médicaux qui auraient pu la sauver. Le désir de vengeance n'est jamais très estimable, mais il a tendance à raffermir la volonté en cas de douleur. Maintenant, j'avais deux raisons de reprendre le dessus : Elthek et Ctuchik. J'avais des ennemis des deux côtés de la barrière théologique.

Père m'emmena dans le bureau de Karmion où je retrouvai mon neveu endeuillé, et il nous laissa.

– Il y a eu plusieurs cas de régence dans l'histoire, nous annonça Karmion. Le fait d'être roi ne préserve pas l'homme de l'incapacité d'exercer.

– Voyons, Messire Brand, je suis trop jeune, objecta Daran. Le peuple n'acceptera pas mon autorité.

– Votre père était encore plus jeune que vous, Daran, quand il a fondé le royaume, lui rappelai-je.

– Il avait l'Orbe, tante Pol.

– C'est vrai. Eh bien, à présent, c'est vous qui l'avez.

Je le vis ciller.

– Mon père est seul à pouvoir la toucher, répliqua-t-il.

Je lui souris. J'imagine que c'était un bien triste sourire, mais je m'émerveillai d'être encore capable de l'esquisser.

– Daran, repris-je, votre père a posé votre main sur l'Orbe le jour même de votre naissance. Elle vous connaît.

– Il pourrait prendre l'épée qui est accrochée au mur ? demanda Karmion avec intensité.

– Je n'en suis pas certaine. Je vais me renseigner.

– Ça donnerait à Son Altesse le prince régent un signe visible de légitimité et ça répondrait aux éventuelles objections.

– J'ai peut-être une idée, Messieurs, répondis-je. Je dois en parler à mon Maître et à Riva mais, si j'ai raison, personne ne trouvera à objecter au fait que Daran assume la régence.

– Et puis je m'occuperai du Diacre de Riva, reprit Daran, et son jeune visage se durcit.

– Qu'entendez-vous, Votre Altesse, par « vous occuper » ? demanda courtoisement Karmion.

– J'hésite encore, Messire Brand. Je n'ai pas encore décidé si je vais l'embrocher avec une épée et la lui tordre dans le ventre, ou le faire brûler vif sur un bûcher. Que préférez-vous, tante Pol ?

Ah, ces Aloriens !

– Eh bien, Daran, avant le bain de sang, je vous conseille d'affirmer fermement votre autorité, suggérai-je. Laissez Elthek ruminer un peu avant de lui passer votre épée à travers le corps ou de l'utiliser comme bois de chauffage. Nous avons plus urgent à faire.

– Vous avez sûrement raison, tante Pol, convint-il. Avez-vous, Messire Brand, l'autorité nécessaire pour faire fermer le port ? Je n'aimerais pas que cet Elthek nous file entre les doigts.

– Misère..., soupirai-je.

Beaucoup plus tard, quand je fus enfin seule dans ma chambre, j'appelai ma mère et l'attendis, en proie à une vive angoisse.

Oui, Pol ? demanda ma mère d'une voix brisée par le chagrin.

Daran peut-il brandir l'épée de son père ?

Bien sûr, Pol.

L'épée lui répondra comme elle répond à Riva ?

Évidemment. Pourquoi toutes ces questions, Pol ?

Des problèmes de politique alorienne. Riva est hors d'état de gouverner, en ce moment, et il va falloir que Daran prenne la direction des opérations sur l'Île en attendant que son père soit remis. Je préfère couper court à toutes les discussions avant même qu'elles ne surviennent.

N'en fais pas trop, Pol.

Ne t'inquiète pas, Mère.

J'ai toujours pensé que les enterrements devraient rester des affaires privées, réservées à la famille, toutefois ma sœur était la reine des Riviens ; elle eut donc des funérailles nationales.

– Je le déplore, mais la cérémonie sera évidemment dirigée par le Diacre de Riva, annonça Karmion.

– Ça, sûrement pas ! protesta fermement Daran.

– Pardon, Votre Altesse ?

– C'est Elthek qui a tué ma mère. S'il ose seulement approcher de la cérémonie, je le découpe en petits morceaux. Il y a un chapelain à la Citadelle. C'est lui qui officiera.

– C'est le dernier mot de Votre Altesse sur la question ?

– En effet, Messire Brand, répondit Daran avant de quitter la pièce comme une tornade.

– Je vais lui parler, Karmion, intervins-je calmement. Le Diacre n'officiera pas, mais je tiens à ce qu'il assiste à la cérémonie. Il se passera quelque chose, et je veux qu'il soit là.

– Des secrets, Pol ?

– Juste une petite surprise, mon vieil ami. Je vais faire en sorte que la passation des pouvoirs soit très visible.

Elthek fut outré, naturellement, mais Karmion eut l'habileté de ne pas le prendre à rebrousse-poil, en employant des termes comme « conseiller spirituel personnel » et « la volonté de la proche famille ».

La cérémonie officielle eut lieu dans la Cour du Roi de Riva. Le cercueil de ma sœur était placé juste devant le trône où Riva était assis, plongé dans une insondable mélancolie, le regard perdu dans la contemplation du corps de sa femme.

Le prêtre qui officiait était un vieillard doux et patient, qui n'était apparemment pas membre du Culte. Il s'efforça de nous réconforter, mais je doute qu'aucun de nous ait réellement entendu ses paroles. Elthek, le Diacre de l'Île, était assis au premier rang de l'assistance, arborant une expression de dignité outragée. C'était un grand échalas aux yeux de braise. Sa barbe grisonnante lui arrivait à la taille. À un moment, pendant le sermon du chapelain, je croisai son regard. Il me foudroya un moment puis son visage se convulsa en un sourire qui en disait plus long qu'un roman. Il semblait ravi que je n'aie pas réussi à sauver ma sœur. Il fut très près, alors, de rejoindre Belar parmi les étoiles.

Beldaran fut inhumée dans un mausolée royal hâtivement préparé au bout d'un long couloir, à l'intérieur de la Citadelle. Riva ne put retenir ses larmes lorsque le lourd couvercle de pierre glissa en grinçant sur la tombe. Nous dûmes le soutenir, Karmion et moi, dans le couloir. Je m'étais entretenue un moment avec lui, juste avant les funérailles, et il savait exactement ce qu'il avait à faire.

– Mes amis, dit-il aux nobles et au clergé assemblés, je vais me retirer un moment de la vie publique, mais le royaume sera parfaitement en sécurité.

Il passa derrière son trône, leva les bras vers l'énorme épée accrochée au mur et la prit dans ses mains. Comme chaque fois, elle lança une flamme bleutée, mais j'eus l'impression que même l'Orbe pleurait la mort de ma sœur, parce que son feu paraissait un peu atténué. Le roi endeuillé se tourna vers l'assemblée en brandissant le flamboyant symbole de son autorité.

Un silence absolu, presque craintif, s'établit parmi la foule.

– Mon fils, le prince Daran, prendra ma succession. Vous lui obéirez comme à moi-même, décréta Riva d'un ton sans réplique, puis il fit tourner l'immense épée dans ses grosses pattes, la prit par sa lame embrasée et tendit la poignée à Daran. Je remets tous mes pouvoirs entre les mains de mon fils ! lança-t-il d'une voix de tonnerre.

Quelque part, une cloche se mit à tinter. Je savais qu'aucune cloche dans l'Île n'était de taille à produire un son pareil : sa vibration sembla ébranler les pierres autour de nous. Daran prit respectueusement l'épée des mains de son père et l'éleva au-dessus de sa tête. La flamme de l'Orbe s'embrasa, monta de l'arme et nimba le jeune prince d'une sorte de halo bleuté.

– Salut à toi, Daran ! ordonna Karmion d'une voix de stentor. Salut au Régent de l'Île des Vents !

– Salut à toi, Daran ! fit la foule, en écho.

Je vis Elthek blêmir de colère, et ses mains trembler. Il n'avait évidemment pas prévu que Riva confierait la régence à son fils, et encore bien moins que ladite régence serait acceptée par des forces surnaturelles. Il pensait manifestement que Riva, diminué par le chagrin, se cramponnerait à son trône, et qu'il pourrait profiter de la situation pour usurper graduellement le pouvoir. Il aurait repoussé Karmion dans un rôle subalterne et, à force de parler pour le roi désespéré, il aurait acquis un poste d'une autorité insurpassable. En brandissant l'épée embrasée du Roi de Riva, Daran lui coupait irrémédiablement la route du pouvoir, et il n'avait vraiment pas l'air heureux. Je réussis à croiser son regard et, pour le faire bisquer, je lui retournai son rictus.

Riva entra en réclusion, comme il l'avait annoncé, et nous prîmes les rênes du pouvoir, Daran, Karmion et moi. Daran refusa platement – et sagement, à mon avis – de siéger sur le trône de son père ; il tenait séance dans un fauteuil tout simple placé derrière une table tout aussi simple sur laquelle étaient entassés les documents qui sont la malédiction de tous les dirigeants du monde.

Je découvris, cet hiver-là et au début du printemps à quel point les affaires d'État peuvent être ennuyeuses, et je m'émerveillai de l'avidité avec laquelle certains hommes peuvent convoiter le pouvoir – n'importe quelle forme de pouvoir. Les Aloriens n'ont généralement pas la passion du cérémonial ; un roi d'Alorie n'est jamais qu'un chef de clan investi du privilège de servir son peuple. C'est bien joli quand on vit au grand air, mais quand le pouvoir s'exerce sous un toit, les problèmes commencent à s'accumuler. La disposition formelle des salles du trône invite aux discours officiels, faisant hélas ressortir ce qu'il y a de pire chez certains individus. Le style oratoire n'est qu'un moyen pour les cuistres de se dresser devant tout le monde et de dire : « Regardez-moi. » Et la plupart des pétitions adressées au trône sont purement débiles.

– Ils vont continuer longtemps comme ça? se lamenta Daran par un triste soir de pluie, alors que nous venions de fermer boutique pour la journée.

– Ce n'est qu'une façon de se faire remarquer, Votre Altesse, expliqua Karmion.

– Je le vois bien, Karmion, reprit Daran. Ils n'ont pas besoin de faire des effets de manche et des grands discours. Il n'y a pas moyen de couper court à toutes ces stupidités?

– Vous pourriez raccourcir votre journée de travail, suggérai-je. Décrétez que vous tenez cour ouverte pendant une heure tous les matins et retournez dans votre bureau. Le fait de ne disposer que d'un temps limité pourrait encourager l'orateur à en venir rapidement au fait. Ou bien, ajoutai-je, prise d'une idée subite, vous pourriez demander à quiconque voudra s'adresser à vous de tenir une baguette de métal à la main.

– Pour quoi faire?

– Je la chaufferais progressivement à blanc. On peut supposer qu'en sentant cramer sa main, l'orateur pressera le mouvement.

– Ça, ça me plaît! approuva Daran.

– L'ennui, c'est que ça évoquerait un peu trop la sorcellerie, objecta Karmion, et vous pouvez compter sur Elthek pour en faire ses choux gras. Il va falloir trouver autre chose.

Karmion eut ce que je n'hésite pas à qualifier d'idée de génie. Le lendemain matin, un baron imposant lisait – en butant sur les mots – une interminable liste d'arguments pour lesquels il estimait devoir être exempté de certaines dispositions du code fiscal.

– Je pense que j'ai la réponse au problème, murmura Karmion.

Il descendit de l'estrade, s'approcha de l'orateur et prit fermement la liasse de papiers qu'il tenait à la main.

– Vous permettez, mon vieux? fit-il avec désinvolture. Hmm, très intéressant, conclut-il après y avoir jeté un coup d'œil. Son Altesse va y réfléchir et vous fera connaître sa décision d'ici un mois à peu près.

– Mais..., protesta le baron.

– Le Prince Régent apportera toute son attention à l'affaire, mon vieux, répéta Karmion. Il y a autre chose?

Le baron se mit à bredouiller.

– Ah, caporal! appela Karmion en se tournant vers l'un des soldats qui montaient la garde à la porte. Vous pourriez me trouver une corbeille à papier quelque part?

– Certainement.

Karmion remonta sur l'estrade et se tourna vers l'assemblée.

– Son Altesse déplore que, lorsque vous exposez vos revendications devant le trône, vous ayez à peine le temps d'en esquisser les points les plus intéressants. Or vos pétitions méritent un meilleur traitement, Messieurs. Dès que cet excellent caporal reviendra avec la corbeille, il passera parmi vous et vous pourrez déposer vos pétitions dedans. Vous pourrez ainsi retourner à vos affaires sans perdre de temps à attendre votre tour pour parler. Pensez à toutes les heures que vous allez gagner, et à toutes les choses importantes que vous pourrez effectuer à la place!

Les nobles le regardèrent, bouche bée. Je savais que la plupart d'entre eux n'avaient rien d'autre à faire. Les heures passées dans la salle du trône étaient leur seule raison d'être.

Le caporal revint avec la corbeille à papier, et passa dans la foule pour recueillir les pétitions laborieusement préparées, qui lui furent remises à contrecœur.

– Parfait, Messieurs! commenta Karmion. Je propose maintenant que nous nous remettions tous à nos occupations. Dommage qu'il pleuve, ajouta-t-il après un coup d'œil par la fenêtre. Vous auriez pu aller à la pêche. Bien, la séance est levée.

Nous quittâmes la Cour du Roi de Riva, Daran, Karmion et moi.

– Ce n'est pas un cadeau que vous me faites, Karmion, gémit Daran lorsque nous eûmes regagné notre quartier général. Maintenant, il va falloir que je lise toutes ces idioties.

– Ça ne vous prendra pas très longtemps, lui assura Karmion en vidant la corbeille dans la cheminée. Oups ! s'exclama-t-il. Quel maladroit je fais !

Nous éclatâmes de rire, Daran et moi.

L'attitude cordiale et civile de Karmion m'aida beaucoup à surmonter la période difficile qui suivit la mort de Beldaran. Il était d'une grande sagesse, d'une loyauté à toute épreuve, et son charme faisait passer en douceur tout ce qu'il entreprenait. Je connaissais bien sa femme – assez pour savoir que si elle appréciait peu que les devoirs de sa charge le tiennent éloigné d'elle, elle comprenait qu'il soit obligé de passer de longues heures avec Daran et moi. Il n'y a jamais rien eu de déplacé dans notre relation, mais en d'autres circonstances...

Enfin, vous me permettrez de ne pas entrer dans les détails.

Au début de l'été de l'an 2038 éclata un incident bien plus sérieux que les sempiternelles pétitions au trône. La côte de l'Île des Vents est sauvage et hostile, mais les vallées de l'intérieur sont souvent verdoyantes et fertiles, surtout dans la partie sud de l'île. Chez les Aloriens, le rang s'appuyait sur la surface de terre cultivable – c'est encore souvent le cas –, et les vallées du Sud étaient très convoitées. C'était le fief d'un certain baron Garhein, l'archétype de la brute alorienne. Son fils, Karak, était aussi un soudard, doublé d'un ivrogne. Leur voisin, le baron Altor, avait une fille, Cellan, qui était belle, douce et cultivée. Après d'interminables querelles, Garhein et Altor arrangèrent un mariage entre leurs enfants, et la dot comprenait une certaine parcelle de terre.

Ce n'était pas une union heureuse. Karak était entré dans la chambre nuptiale complètement soûl et avait violé Cellan avec une brutalité impensable. À partir de là, les choses n'avaient fait qu'empirer. Karak battait sa femme, entre autres gracieusetés, et le baron Altor monta une expédition pour libérer sa fille. Il y eut quelques victimes des deux côtés, mais Altor réussit à récupérer sa fille. Il déclara ensuite la nullité du mariage et récupéra la dot. Garhein se mit en rogne, moins à cause du mariage désastreux qu'à cause de la perte de sa terre. La lutte entre les deux hommes s'étendit aux cousins, oncles, neveux et autres membres de la famille qui prenaient fait et cause pour leurs parents. D'innocents laboureurs furent massacrés et des récoltes et des maisons incendiées.

On finit par avoir vent de ces exactions à la Citadelle, et nous nous réunîmes, Daran, Karmion et moi, dans le bureau de Karmion pour envisager les solutions possibles.

– Ce sont deux hommes très puissants, fit gravement Karmion, et ils ont tous les deux de grandes familles. Nous devons prendre des mesures, où nous allons nous retrouver avec une guerre civile à l'arendaise sur les bras.

– On peut vraiment dissoudre un mariage comme ça? s'enquit Daran.

– C'est controversé, Votre Altesse, répondit Karmion. Ça dépend généralement du pouvoir relatif des deux pères. Si le père du marié est le plus puissant, la femme est considérée comme un bien mobilier. Dans le cas contraire, elle n'est à personne.

Daran fronça les sourcils.

– Ai-je une armée suffisante pour descendre là-bas et imposer un règlement à ces deux têtes brûlées?

– Je garderais cette solution en réserve, Votre Altesse. Essayons d'abord de les raisonner. Cela dit, une mobilisation générale ne ferait peut-être pas de mal. Ce serait une démonstration du fait que la situation ne vous convient pas.

– Dans quel état est le Trésor, tante Pol? me demanda Daran. Puis-je me permettre de mobiliser?

– Oui, pourvu que ça ne dure pas trop longtemps, répondis-je, puis j'eus une idée. Et si nous organisions plutôt un tournoi?

– Pardon, tante Pol, je ne vois pas où vous voulez en venir.

– C'est une coutume arendaise, Votre Altesse, expliqua Karmion. C'est une sorte de concours militaire comprenant toutes sortes de joutes, de combats à l'épée ou de lutte à main nue, de lancer de hache, de tir à l'arc, des choses de ce genre.

– Qu'est-ce qu'une joute ?

– Deux hommes en armure et à cheval qui tentent de se renverser mutuellement avec des lances de vingt pieds.

– Drôle de jeu.

– Je propose que nous évitions cela, reprit Karmion. Les Aloriens n'ont pas l'habitude de se battre à cheval. À part ça, c'est vraiment une bonne idée, Pol. Ça donnerait à Garhein et à Altor une idée des forces que le trône est capable de mobiliser, et les nobles devraient se faire une raison. Nous ferions valoir notre point de vue sans vider le trésor.

– Et si personne ne vient ? avança Daran.

– Ils viendront, mon cher petit, lui assurai-je. Ils ne laisseront pas passer une aussi belle occasion de frimer. Les semailles sont terminées ; je ne vois pas ce qui pourrait les empêcher de venir. Les nobles de l'Île mettront un point d'honneur à répondre présent à l'invitation, vous pouvez en être sûrs.

– Y compris Garhein et Altor ?

– Surtout eux. Et sinon, nous pourrons toujours les convoquer à la Citadelle pendant les festivités. Étant dans la cité, ils ne pourront pas refuser.

– Ensuite, ça servira d'exemple, ajouta Karmion. Il y a d'autres querelles en préparation un peu partout dans l'Île ; si nous sévissons contre Garhein et Altor, les autres devraient recevoir le message.

– Là, Karmion, vous êtes peut-être un peu optimiste, risquai-je. Ce sont tout de même des Aloriens.

Les invitations au tournoi furent envoyées et la Cité de Riva grouillait de grandes brutes aloriennes quand Altor et Garhein arrivèrent. Il ne leur avait pas échappé que tous les hommes valides de l'Île avaient répondu à l'invitation du Prince Régent. Daran était régent depuis moins d'un an, mais son autorité était déjà fermement établie. Nous laissâmes aux deux barons ennemis le temps de s'en rendre compte, et Daran les convoqua à la Citadelle. La rencontre eut lieu dans la salle du trône où tous les symboles du pouvoir étaient ostensibles.

J'avoue que ma sympathie allait plutôt au baron Altor et à sa fille qu'à cette brute de Karak, encore que l'honnêteté m'oblige à admettre qu'il y avait peu de différence entre les deux : c'étaient deux colosses barbus, pas très futés ; de vraies forces de la nature. Ils portaient des cottes de mailles, mais Karmion avait prudemment suggéré qu'ils laissent leur épée à l'entrée de la salle du trône. Garhein avait une tignasse rouquine qui paraissait incoiffable, et Altor avait des cheveux noirs, gras, qui lui pendaient dans le dos comme une crinière de cheval. Karak était une chiffe molle, à la barbe clairsemée et aux cheveux crasseux. Malgré l'heure matinale, cet abruti était déjà ivre mort, je le sentais depuis l'autre bout de la salle. La fille d'Altor, Cellan, était la seule de la bande à avoir l'air à peu près civilisée : c'était une jolie blonde plantureuse, comme bien des Aloriennes, mais elle avait les mêmes yeux bleus, durs, que son père.

Les familles rivales avaient été prudemment placées chacune d'un côté de la Cour du Roi de Riva. La nouvelle de la rencontre s'était répandue, et la salle était pleine de curieux.

Nous avions eu tout le temps, Daran, Karmion et moi, de mettre notre numéro en scène. La garde du palais avait été doublée, et des hommes en cottes de mailles, armés jusqu'aux dents, étaient alignés tout le long des murs, afin de parer à toute éventualité. Nous avions fait retirer la table et le fauteuil de Daran de l'estrade. Lorsque mon neveu entra dans la salle bondée, il alla droit vers le trône de son père et s'assit.

Ce qui causa une certaine sensation.

– Très bien. Passons tout de suite aux affaires sérieuses,

commença Daran d'un ton sec destiné à faire comprendre aux intéressés qui était le patron. Mon père s'inquiète de certains troubles qui se sont produits au sud de l'Île et nous souhaitons lui éviter tout souci, n'est-ce pas ? Messire Garhein, Messire Altor, veuillez approcher, fit-il en se penchant, le doigt tendu impérieusement vers un point situé sur le devant de l'estrade. Je vais mettre fin à ces absurdités une bonne fois pour toutes, annonça-t-il aux deux fortes têtes qui s'avançaient avec méfiance. Si l'un de vous a l'intention de rompre la paix du roi, il peut commencer ses paquets, parce qu'il sera immédiatement déporté à la pointe nord de l'Île.

– Votre Altesse ! protesta Garhein. Il n'y a que des cailloux, là-haut ! On ne peut pas vivre au nord de l'Île !

– Garhein, vous tirez l'épée une fois de plus et vous aurez l'occasion de vous en assurer. Vous devriez pouvoir élever des chèvres. Ça mange à peu près n'importe quoi, les chèvres.

Karak, le fils de Garhein, se leva d'un bond.

– Vous ne pouvez pas faire ça ! beugla-t-il d'une voix avinée.

– Vous pouvez dégriser cet imbécile, tante Pol ? demanda Daran.

– Mais bien sûr, répondis-je.

Nous avions prévu l'intervention de ce sac à vin, et j'étais prête. Daran avait affirmé son pouvoir. C'était mon tour. J'en fis beaucoup, je l'avoue, et le fait qu'Elthek, le Diacre de Riva, soit dans l'assistance, n'est peut-être pas étranger à cela. Nous avions décidé, Daran, Karmion et moi, d'envoyer des messages tous azimuts, ce jour-là.

– Amenez-moi ce poivrot, ordonnai-je au chef des gardes, un immense gaillard barbu.

Il s'engagea aussitôt dans la foule stupéfaite, empoigna Karak par le cou et le traîna vers le devant de l'assistance.

Je tendis la main, claquai des doigts et concentrai mon Vouloir. Une chope jaillit dans le vide. Je tirai un verre de ma manche, en versai le contenu dans la chope, la levai et dis :

« Bière ! » On aurait entendu une mouche voler, et la bière ambrée, mousseuse, jaillit de nulle part au-dessus de la chope avec un bruit clairement audible. Je constatai avec satisfaction, en jetant un regard en coulisse à Elthek, qu'il avait les yeux exorbités et le bec ouvert. Les faux magiciens sont toujours très surpris quand ils tombent sur de vrais sorciers. J'avançai sur le puant Karak, qui se recroquevilla devant moi.

– Allez, mon garçon, buvez-moi ça gentiment, ordonnai-je.

Il regarda la chope comme si c'était un serpent venimeux et croisa les mains dans son dos.

– Faites-le boire, sergent, ordonna Daran au chef des gardes.

– À vos ordres, Altesse, répondit le grand gaillard. Allez, buvez ! hurla-t-il.

Il prit la main du poivrot qui se débattait mollement, et referma lentement son étreinte. Le sergent avait des épaules de taureau, des pattes comme des jambons. Il aurait fait saigner une pierre en la serrant dans sa main.

Karak se redressa en couinant comme un cochon.

– Buvez ! répéta le sergent.

– Votre Altesse ! protesta Garhein.

– Vous, la ferme ! lança Daran. Vous allez apprendre à faire ce que je vous dis !

Le sergent continua à serrer la main de Karak dans sa poigne implacable et l'ivrogne finit par prendre la chope et la vider bruyamment.

– Euh, sergent ! dis-je. Notre jeune ami ici présent devrait se sentir assez mal d'ici quelques instants. Si vous le rameniez près du mur, de sorte qu'il n'asperge pas tout le monde ?

Le sergent se fendit d'un grand sourire et obtempéra. Juste à temps. Le jeune homme se mit à rendre tripes et boyaux avec un bruit abominable.

– Dame Cellan, dit alors Daran, pourriez-vous nous faire l'honneur d'approcher ?

Cellan s'exécuta docilement, non sans hésiter un peu.

– Souhaitez-vous reprendre la vie commune avec votre mari ? demanda Daran.

– Jamais ! explosa-t-elle. Je préférerais me tuer ! Il me battait, Votre Altesse. Quand il a trop bu – et il est constamment ivre – il ne peut pas s'empêcher de cogner.

– Je vois, répondit Daran, le visage fermé. Un homme comme il faut ne bat pas sa femme, déclara-t-il. Par ordre du trône, le mariage de Karak et de Cellan est donc dissous.

– Vous ne pouvez pas faire ça ! rugit Garhein. Il est du devoir de la femme de se soumettre au châtiment de son époux lorsqu'elle se conduit mal.

– Il est aussi du devoir du noble de se soumettre au châtiment du trône lorsqu'il se conduit mal, intervint Karmion. Vous abusez de vos privilèges, baron Garhein.

– Venons-en maintenant à la question de l'appartenance de ce terrain, reprit Daran.

– Il est à moi ! beugla Garhein.

– Non, à moi ! brailla Altor. Il me revient, puisque Son Altesse a dissous le mariage.

– En réalité, mes amis, susurra Karmion, cette parcelle appartient à la couronne. Comme toute l'Île. Vous n'avez que l'usufruit de la terre, selon le bon plaisir de la couronne.

– Nous pourrions argumenter sur des points de détail pendant des semaines, reprit Daran, mais les discussions juridiques sont parfaitement fastidieuses. Alors, pour gagner du temps et éviter des effusions de sang, nous allons tout simplement diviser la parcelle en deux, par le milieu. Une moitié ira au baron Garhein, l'autre au baron Altor.

– C'est impensable ! piaula Garhein.

– Eh bien, vous direz bonjour aux chèvres de ma part, Garhein. À moins que vous ne préfériez errer interminablement sans feu ni lieu, vous ferez ce que je vous dis. Alors, pour vous occuper, vos partisans et vous, vous allez construire un mur de quinze pieds de haut au milieu de cette parcelle. Ça vous évitera de faire des bêtises et de vous étriper mutuellement. Je veux voir ce mur grimper à vue d'œil, Messieurs, et je veux que vous transportiez vous-mêmes les pierres. Pas question de vous décharger de cette corvée sur vos sous-fifres.

– Ça fait un mur de vingt lieues de long, Votre Altesse ! fit Altor en s'étranglant.

– Seulement ? Eh bien, ça devrait être fini d'ici deux ou trois semaines. Vous partirez donc chacun par un bout. Le sergent que voici tracera la ligne de démarcation. Je vous invite à considérer ces travaux comme une course. Le gagnant devrait avoir le droit de garder sa tête. Messire Brand connaît le nom de chacun de vos partisans. Ils vous aideront dans votre tâche, de leur plein gré ou les fers aux pieds. C'est clair ?

Ils le regardèrent d'un œil noir, mais optèrent sagement pour le mutisme.

– Je doute que vous soyez très populaires auprès de vos partisans, remarqua Karmion. Je vous suggère, à l'un comme à l'autre, de porter des cottes de mailles pendant tout le temps de la construction. Simple mesure de précaution.

– Venons-en maintenant à ce jeune homme malade, dans le coin, là-bas, reprit Daran en se levant d'un air peu engageant.

Karak s'était vidé de tout ce qu'il avait bu ou mangé au cours des dernières semaines. Il était verdâtre et tremblait violemment lorsque le sergent le traîna vers l'estrade.

– Un homme comme il faut ne bat pas sa femme, Karak, alors je vais vous apprendre à vous conduire comme il faut, continua Daran en se penchant pour ramasser, derrière le trône, une longue badine.

– Vous ne pouvez pas faire ça à un membre de la noblesse ! piaula Garhein.

– Nous n'avons pas la même définition de la noblesse, reprit Daran. Toutefois, comme cet ivrogne débile est votre fils, je m'en remets à vous, Garhein : souhaitez-vous que je le fouette ou que je lui coupe les deux mains ? À vous de décider.

– Lui couper les mains l'empêcherait de battre les femmes, Votre Altesse, nota Karmion d'un ton d'évidence. Et puis il boirait moins, puisqu'il serait obligé de lamper sa bière dans son écuelle comme un chien.

– Très juste, Messire Brand, nota Daran. Alors, Garhein, que préférez-vous ? insista-t-il en prenant, sur le mur, l'épée de son père qui, d'allégresse, lança une flamme bleue, puis il la tendit, ainsi que le fouet, au baron qui ouvrit de grands yeux. Répondez ! rugit-il.

– Le f-fouet, Votre Altesse, bredouilla Garhein.

– C'est un choix raisonnable, murmura Karmion. Ça doit être très désolant d'avoir un héritier sans mains.

Le chef des gardes arracha le pourpoint de Karak, lui faucha les jambes d'un coup de pied et lui cloua fermement une cheville à terre sous sa botte.

– Juste pour l'empêcher de ramper sous les meubles, Votre Altesse, expliqua-t-il.

– Merci, sergent, fit Daran, puis il raccrocha l'épée au mur, laissant sa cape tomber à terre, ôta son pourpoint et roula ses manches. Eh bien, on y va !

Il se mit à fouetter l'ivrogne hurlant, recroquevillé par terre, et je crois qu'il manqua de peu lui ôter la vie. Je remarquai que Cellan appréciait beaucoup la séance. Ces Aloriens sont parfois de grands enfants.

Lorsque Daran eut fini, il lâcha son fouet et récupéra ses vêtements.

– L'audience est levée pour aujourd'hui, annonça-t-il à l'assistance médusée. Je crois que le concours de tir à l'arc commence cet après-midi. Il se pourrait que je vide moi-même un carquois de flèches. Je compte vous voir là-bas tout à l'heure.

Lorsque nous fûmes tous les trois réunis dans le bureau de Karmion, j'attaquai bille en tête.

– Vous aviez prévu cette séance de fouet, n'est-ce pas ?

– Évidemment, tante Pol, répondit Daran, hilare.

– Sans me consulter ?

– Nous ne voulions pas vous ennuyer avec ça, Pol, répondit Karmion d'un ton suave. Vous avez trouvé ça trop violent ?

Je fis semblant de réfléchir.

– Pas vraiment, convins-je. Compte tenu de l'attitude de ce Karak, c'était plus ou moins la chose à faire.

– Nous avons envisagé plusieurs solutions, reprit Karmion. Je pensais que ça pourrait être drôle de faire sortir cet ivrogne de la salle, de lui donner une épée et de le découper en rondelles, mais Son Altesse a pensé que vous n'apprécieriez pas, à cause des saletés, alors nous nous sommes rabattus sur le fouet.

– Et la menace de lui couper les mains ?

– Ça m'est venu comme ça, sous le coup de l'inspiration, admit Daran. J'espère que tout le monde a compris ce que je pensais des hommes qui battent leur femme. Hé, Karmion, si on mettait ça dans le code pénal ?

– Vous êtes un barbare, Daran, fis-je d'un ton accusateur.

– Non, tante Pol. Je suis un Alorien. Je connais mon peuple, je sais ce qui le fait marcher. Je ne veux pas gouverner par la terreur, mais je veux que mes sujets comprennent que ça ira mal s'ils font des choses qui ne me plaisent pas, et je ne supporte pas qu'on batte sa femme. C'est ça, le pouvoir, tante Pol, ajouta-t-il d'un ton pensif en s'appuyant au dossier de son fauteuil pour regarder par la fenêtre derrière laquelle brillait un beau soleil. On a beau faire, que l'on soit civilisé ou non, quand on va au fond des choses, le pouvoir repose toujours sur la menace. Une chance que nous n'ayons pas trop souvent besoin d'agiter le bâton. Si j'avais su que le fait de m'asseoir sur le trône de mon père m'obligerait à me comporter comme un sauvage, je serais parti en courant et vous ne seriez pas près de me rattraper, votre père et vous, Polgara.

J'étais si fière de lui, à cet instant, que je crus que j'allais exploser.

La nouvelle de la façon dont Daran avait mis fin au conflit entre Garhein et Altor se répandit comme une traînée de poudre, et les Riviens commencèrent à considérer leur jeune prince régent avec un respect nouveau. Daran s'en sortait vraiment bien.

CHAPITRE XI

Anrak rentra au port à la fin de l'été suivant. Décidément, cet Anrak ne tenait pas en place. La plupart des hommes finissent par s'installer, un jour ou l'autre, mais il était du genre remuant. Ses cheveux commençaient à grisonner, et pourtant il émanait de lui une éternelle jeunesse. Il resta un moment auprès de Riva et nous rejoignit, Karmion, Daran et moi, dans une salle de réunion, tout en haut de l'une des tours de la Citadelle. Les innombrables rejetons de Karmion avaient commencé à envahir son bureau et nous leur avions abandonné le terrain, ce qui nous avait obligés à trouver un autre quartier général. Je me souviens que la pièce était tendue de bleu et je nous revois, assis autour de la grande table de conférences...

– Mon cousin ne se remettra jamais de la mort de sa femme, n'est-ce pas, Pol ? demanda Anrak. Il ne parle que du passé et jamais des événements récents. On dirait que sa vie a pris fin avec celle de votre sœur.

– C'est assez vrai, Anrak, dis-je. Et la mienne a bien failli s'achever avec.

– J'ai déjà vu ça, Pol, soupira-t-il. Quel gâchis..., ajouta-t-il avec un nouveau soupir, puis il regarda Daran et me demanda, comme s'il n'était pas là : Comment s'en sort-il ?

– Il promet, répondit Karmion, et il lui raconta l'histoire de la séance de fouet.

– Bravo, Daran ! s'exclama Anrak, ravi. Oh, avant que j'oublie, mon oncle Garrot-d'Ours m'a demandé de vous transmettre une information.

– Comment va-t-il ? demanda Daran.

– Il vieillit, répondit Anrak avec un haussement d'épaules. Mais je ne conseille à personne de lui marcher sur les pieds. Bref, il a des ennuis avec le Culte de l'Ours et il voulait que je vous mette en garde. Dans le temps, continua pensivement Anrak, le Culte n'avait pas de dogme cohérent. Il se contentait d'essayer de donner une justification théologique au pillage des Royaumes du Sud. Tout a changé depuis que Belgarath et les autres ont repris l'Orbe à Torak. Ses adeptes donnent maintenant l'impression de vouloir que Riva – ou son successeur – les mène vers le Sud avec cette épée embrasée. C'est en ce moment le cœur même de ce qu'ils appellent leur religion.

– Ils nous embêtent ici aussi, confirma Karmion. Leur chef est le Diacre de Riva. Un certain Elthek. Comme c'est le grand prêtre de Belar, nous devons le traiter avec ménagement. Poing-de-Fer ne veut pas de conflit ouvert avec l'Église. Il ne s'est probablement pas montré assez ferme avec le Diacre.

– Je suis beaucoup moins accommodant que mon père, nota Daran. Je ne vais pas tarder à éliminer cet Elthek.

– Le tuer, quoi ? Mais c'est illégal, non ? s'étonna Anrak.

– Je changerai la loi, rétorqua Daran.

Je me rendis compte que j'avais intérêt à lui tenir la bride un peu plus serrée. Son succès avec Garhein et Altor l'avait enhardi, et il était sur le point de devenir tyrannique.

– Et Cou-d'Aurochs ? A-t-il le même problème en Drasnie ? demanda Karmion.

– Pff, c'est encore pire chez lui, répondit Anrak d'un ton funèbre. Quand Pied-Léger a écrasé le Culte en Algarie, les survivants se sont réfugiés dans les marais et ils ont franchi la frontière du Gar og Nadrak. Le Culte contrôle virtuellement toute la zone à l'est de Boktor.

– On dirait donc que le cœur du problème est l'Orbe, observa Karmion. Si le Culte arrivait à prendre le Gardien de l'Orbe sous sa coupe, tout le monde se retrouverait d'ici peu à marcher vers le Sud.

– Vous pourriez vous débarrasser du problème posé par tous les prêtres de Belar qui se trouvent dans l'Île en les renvoyant au Val d'Alorie... à la nage, répondit Anrak avec un sourire terrible.

– Et en armure, ajouta Daran.

– Non, objectai-je fermement. Certains de ces prêtres sont innocents, et le réconfort de la religion est utile aux gens. Cela dit, Karmion a raison : il n'est pas souhaitable que le Culte soit si près de l'Orbe.

– À part l'extermination, quelle autre solution avons-nous ? demanda Daran.

– L'exil ? suggéra Karmion.

– Vous risquez de ne pas être très populaire au Val d'Alorie et à Boktor si vous leur renvoyez cette bande de fanatiques, nota Anrak.

– Je n'avais pas pensé à ça, convient Karmion. Seulement je voudrais que ces adeptes du Culte soient à un endroit où on pourrait les tenir à l'œil.

– C'est pour ça qu'on a inventé les oubliettes, avança Anrak.

– Les prisonniers coûtent trop cher, objecta Daran. Pourquoi tous les dirigeants du monde finissent-ils par passer leur temps à régler des problèmes d'argent ? geignit-il, puis je vis ses yeux s'illuminer. Messire Brand, dit-il, vous vous souvenez de quoi j'ai menacé Garhein et Altor, l'été dernier ?

– Euh... de les expédier vers le nord de l'Île ?

– Exactement.

– Les adeptes du Culte jetteraient leur peau d'ours aux orties et reviendraient en douce, Votre Altesse.

– Il n'est pas facile de traverser en douce une vaste étendue d'eau, s'esclaffa Daran. Il y a une chaîne d'îlots au-dessus de l'Île des Vents. Envoyons-y ces fanatiques, nous n'aurons plus à nous soucier d'eux.

– Ce sont des Aloriens, Votre Altesse, lui rappela Karmion. Ils savent faire des bateaux. Ils ont ça dans le sang.

– Et avec quoi construiraient-ils des bateaux ?

– Avec des arbres, j'imagine.

– Quels arbres ? Je ferai raser ces îlots avant d'y exiler les adeptes du Culte.

– Et de quoi vivront-ils ? reprit Anrak.

– Ils n'auront qu'à se débrouiller. Nous leur donnerons des graines, du bétail et des outils, et ils auront le choix entre crever de faim ou se mettre au travail.

– Pas bête, fit Anrak et son sourire s'élargit. Cela dit, il faudrait que vous fassiez patrouiller la côte de leur nouvelle villégiature pour empêcher leurs collègues de les récupérer en bateau.

– Je devrais arriver à convaincre mon grand-père Cherek de s'occuper de ça pour moi. Il n'a sûrement pas envie de revoir des adeptes du Culte au Val d'Alorie ; je parie qu'il préférerait nous aider à les garder ici. Il patrouille déjà les mers pour empêcher les Angaraks d'approcher ; ça ne lui coûterait pas plus cher.

– Reste à trouver un prétexte pour les exiler, fit Karmion.

– N'importe quelle histoire fera l'affaire, lâcha Anrak.

– Essayons de trouver quelque chose de vraisemblable, objecta Karmion. Les mensonges ont parfois tendance à se retourner contre leurs auteurs. Et puis il faut les entretenir.

– Nous pourrions peut-être surprendre les adeptes pendant une de leurs cérémonies secrètes, suggéra Anrak. Leurs rites ont de quoi choquer les braves gens.

– Ah bon ? fit Daran, intéressé. Que s'y passe-t-il ?

– Ils mettent des peaux d'ours et s'enivrent comme des bêtes, répondit Anrak en haussant les épaules. Enfin, les peaux d'ours sont pour les hommes, parce que les femmes ne portent rien, et tout le monde se... euh..., bafouilla-t-il en me regardant, soudain rouge comme une pivoine. Bref, poursuivit-il précipitamment, les prêtres se livrent à des pratiques qu'ils qualifient de magiques et qui ne sont que des tours de foire et...

– C'est parfait ! m'exclamai-je. Je croyais qu'Elthek avait incité Riva à bannir la sorcellerie ?

– Eh bien... oui, en effet, confirma Daran. Mais ce n'était qu'un moyen d'empêcher les docteurs de pratiquer leur art, afin d'éliminer la concurrence.

– Une stricte lecture de la loi ferait condamner pour sorcellerie les participants à ces cérémonies secrètes et leurs démonstrations de magie, non ?

– C'est génial, Pol ! s'exclama Karmion d'un ton admiratif.

– L'idéal serait d'organiser une rafle pendant l'une de ces cérémonies, suggéra Anrak. Nous aurions de quoi mettre le Culte en accusation. Si ça pouvait attendre jusqu'à l'équinoxe d'automne, ajouta-t-il pensivement, tous les membres du Culte devraient être dans l'Île. Selon la tradition, c'est le jour où Torak a fendu le monde ; je ne sais pas pourquoi le Culte perpétue cet événement. Cette nuit-là, le Culte organisera des cérémonies dans tous les coins de Cherek, de Drasnie et d'Algarie.

– J'ai des informateurs dans la population, continua Karmion. Il ne devrait pas être trop difficile de découvrir l'endroit où ces cérémonies doivent avoir lieu. Je vais me renseigner. Nous devrions avoir ce qu'il nous faut d'ici une semaine à peu près.

– Encore une idée absolument parfaite qui tombe dans le lac, fit Daran avec un soupir funèbre.

– Quoi donc ? m'inquiétai-je.

– J'espérais faire apprendre les travaux des champs à notre ami Elthek. Mais si je les envoie tous en exil, les adeptes de base trimeront pour nourrir les prêtres du Culte.

– Ça, ce n'est pas sûr, objecta Anrak. Je connais ces îlots. Aucun n'est assez grand pour nourrir plus d'une demi-douzaine de personnes. S'il ne veut pas mourir d'inanition, Elthek devra mettre la main à la pâte.

– Merveilleux, fit Daran, radieux.

Les espions de Karmion nous informèrent que, contrairement à ce qui se passait en d'autres endroits d'Alorie, les adeptes de l'Île se réunissaient dans les montagnes qui se dressaient au-dessus de la Citadelle. Notre Diacre tenait manifestement à garder ses adhérents à l'œil.

J'eus une petite discussion avec Karmion, une semaine avant l'équinoxe d'automne. Il ne voulait pas que je l'accompagne à la cérémonie.

– Il n'en est pas question, me dit-il d'un ton sans réplique. C'est beaucoup trop dangereux.

– Et que ferez-vous si Elthek pratique vraiment la magie ? rétorquai-je. Vous ne servirez pas à grand-chose à Daran si vous vous retrouvez changé en salsifis.

– C'est absurde, Pol. Personne ne peut faire ça.

– À votre place, je n'en serais pas si sûr. Je pourrais probablement le faire, et si Elthek a le même pouvoir, je suis la seule personne de l'Île à pouvoir lui rendre la pareille. Ce n'est pas la peine de discuter, Karmion, je viens avec vous.

Les soldats qui devaient cerner les membres du Culte avaient été triés sur le volet, évidemment, et pour des raisons de sécurité, on ne leur avait pas dit en quoi consistait leur mission. Karmion les envoya dans les montagnes par pelotons, en leur ordonnant de ne pas se montrer. Les adeptes du Culte commencèrent à arriver en ville vers la fin de l'été, mais ils ne restèrent que quelques jours. Ils repartirent tout aussi discrètement, Elthek leur ayant ordonné de partir dans la gorge où devait se dérouler la cérémonie. La situation prenait un aspect presque comique, avec tous ces groupes armés qui patrouillaient dans la forêt en s'évitant soigneusement. Je passai beaucoup de temps métamorphosée en oiseau pendant ces deux semaines. Je volais d'arbre en arbre afin de m'assurer que les dirigeants du Culte ne changeraient pas de plan au dernier moment.

Notre projet était très simple : nous avions décidé d'envoyer un certain nombre de gens respectables dans les bois, de chaque côté de la gorge, pour assister à la cérémonie. Quand nous estimerions avoir assez de preuves pour faire condamner Elthek, et que les adeptes seraient trop soûls pour tenir debout, nous les ferions capturer par la troupe. Je n'annonçai à Daran que la veille, mais très fermement, qu'il ne nous accompagnerait pas.

– Vous présiderez le procès, Votre Altesse, lui expliqua Karmion. Vous perdriez toute apparence d'objectivité si vous meniez l'attaque.

– Il n'y a pas de mais, coupai-je alors qu'il s'apprêtait à protester. Si vous étiez roi, ce serait peut-être différent, mais vous n'êtes que le régent de votre père. C'est son trône que vous défendez, et la circonspection s'impose.

– Ce sera un jour mon trône.

– Ça ne l'est pas encore, Daran, et il y a une grosse différence entre « c'est » et « ce sera ». Vous devez donner une impression d'impartialité. Je vous suggère de passer la soirée de demain devant un miroir à répéter de grands airs offusqués. Ainsi, quand nous traînerons les adeptes du Culte devant vous et que nous exposerons l'acte d'accusation, personne ne pourra vous accuser d'avoir participé aux manœuvres. Les apparences revêtent une extrême importance dans ce genre de situation.

– Votre Altesse doit garder à l'esprit que la sorcellerie est un crime capital, insista Karmion. En réalité, vous pourriez les faire tous brûler sur le bûcher.

– Je pourrais vraiment faire ça, tante Pol?

– Ne vous laissez pas emporter, mon cher petit. Les condamner à l'exil passera, en réalité, pour une preuve de merci.

– L'idée, Votre Altesse, est en partie d'établir votre réputation, expliqua Karmion.

– Je trouve que ce n'est pas juste, fit Daran, boudeur.

– Non, Votre Altesse, je sais. C'est ça, la politique ; il n'y a pas de justice. Oh, à propos, à l'issue du procès, il ne serait pas mauvais de réserver votre jugement pendant une bonne semaine, comme si vous étiez tenaillé par la gravité de la décision. Ça me laisserait le temps de répandre dans l'Île la bonne parole concernant l'accusation et les preuves que nous avons recueillies, ajouta-t-il comme Daran le regardait sans comprendre. C'est une question de relations publiques.

– Je sais ce que j'ai l'intention de leur faire, Brand.

– Bien sûr, mon cher, intervins-je. Mais ne le faites pas trop vite. Laissez à Elthek et à ses adeptes le temps de se ronger les sangs avant de rendre votre jugement.

– Et où vais-je les garder pendant que je fais semblant de réfléchir ?

– Il y a de vastes cachots sous le temple de Belar, suggéra Karmion sans l'ombre d'un sourire. Elthek s'y sentira comme chez lui.

Alors Daran éclata de rire.

Le jour fatidique, Anrak regarda par la fenêtre de notre salle de conférences l'aube qui effleurait le ciel menaçant, au-dessus de l'Île, et poussa un soupir funèbre.

– Génial, fit-il avec aigreur. J'ai horreur de patauger dans les bois sous la pluie.

– Vous ne fondrez pas, lui assurai-je. Et puis il faut voir le côté positif des choses : vous pourriez emporter un savon, par exemple. Ça doit être l'époque de votre bain annuel, non ?

– Je pense, ma petite Pol, que vous m'avez vraiment fait une fleur le jour où vous avez refusé de m'épouser, dit-il, la bouche en cœur.

– Comment ça ? demanda Daran.

– J'étais jeune et stupide, en ce temps-là, répondit Anrak. Il y a des hommes qui ne sont pas faits pour se marier.

Cette réflexion me plongea dans un abîme de réflexion. Daran allait avoir vingt-trois ans, et je ne voulais pas qu'il s'incruste dans le célibat.

Il plut toute la journée. Une sorte de crachin insidieux drapait les tours de la Citadelle, assombrissant toute chose. Et puis, vers la fin de l'après-midi, le ciel se dégagea et nous eûmes droit à l'un de ces couchers de soleil glorieux qui font que la vie dans les pays humides vaut presque la peine d'être vécue.

Non, je n'y étais pour rien. Vous savez ce que mon père pense des interventions sur le temps.

Les hommes – des nobles, des commerçants et des artisans – qui nous rejoignirent ce soir-là à titre de témoins étaient tous parfaitement irréprochables, tant du point de vue du caractère que de la réputation. Malgré les objurgations d'Anrak, ils ne devaient intervenir en aucune façon. En réalité, on ne les avait même pas prévenus qu'ils allaient passer une soirée réjouissante sous les arbres dégoulinants de la forêt. Karmion, agissant au titre de Gardien de Riva, envoya simplement des hommes pour les réquisitionner au coucher du soleil. La plupart étaient en train de dîner lorsqu'ils furent convoqués à la Citadelle, et ils n'étaient pas de très bonne humeur.

– Qu'est-ce que c'est que cette histoire, Karmion? protesta un vieux comte à la barbe blanche nommé Jarok – un nom très répandu en Alorie – alors que nous nous réunissions dans l'écurie.

– Je voudrais vous faire voir quelque chose, Messire Jarok, répondit Karmion.

– Et quoi donc? grommela le dénommé Jarok, qui n'appréciait visiblement pas d'être privé de dîner.

C'était un vieil homme, il avait une jeune femme, et il avait probablement prévu autre chose pour la soirée.

– Je ne suis pas autorisé à vous le dire pour le moment, répondit Karmion. Tout ce que vous avez besoin de savoir, c'est que vous allez assister à un crime. Les coupables seront arrêtés et jugés pour leurs actions. Nous vous demandons, Messires, de jouer votre rôle de citoyens et de témoigner au procès.

– Par les dents de Belar ! jura le vieillard ronchon. Pendez ces brigands et finissons-en !

– Il ne s'agit pas d'un simple cambriolage, ni même d'un meurtre, mais d'une conspiration à grande échelle qui menace la sécurité du trône et le royaume entier. Nous voulons l'éradiquer, et nous avons besoin d'un dossier à toute épreuve à présenter au prince régent.

– C'est si grave que ça ? fit Jarok en cillant. Assez grave pour que vous fassiez juger l'affaire par Daran en personne et non point par des magistrats ?

– C'est probablement encore pire que ça, Messire. Si c'était possible, j'en appellerais à Riva lui-même.

– Eh bien, qu'attendons-nous ? Allons-y !

(J'ai toujours aimé la façon qu'ont ces Aloriens de changer d'avis en un clin d'œil. Pas vous ?)

Nous suivîmes la gorge voisine de celle où le Culte devait tenir sa cérémonie. La chevauchée n'eut rien d'agréable. La lune et les étoiles brillaient, mais la forêt était détrempée par la pluie. Le temps d'arriver au goulet qui reliait les deux vallées, nous étions tous trempés jusqu'à la mœlle des os, et les choses ne devaient pas s'arranger par la suite, lorsqu'il nous fallut mettre pied à terre et achever l'escalade dans le sous-bois en pataugeant dans la boue.

Le feu de joie des adeptes du Culte était nettement visible du haut de la crête, mais il devint moins facile à repérer à partir du moment où nous nous engageâmes sous les arbres.

– Ah, Pol ! Il y a des années que je ne m'étais autant amusé ! murmura Anrak alors que nous redescendions la paroi abrupte.

– Vous ne grandirez donc jamais, Anrak ! répliquai-je assez vertement en tirant sur l'ourlet de ma jupe qui s'était pris dans un buisson.

– J'espère bien que non, ma chère ! répondit-il avec un sourire contagieux, et je me retins pour ne pas éclater de rire.

La clairière que les membres du Culte avaient choisie pour y faire leur feu de joie était assez vaste. Karmion fit passer au groupe l'ordre de se déployer afin qu'ils n'en perdent pas une miette. Tout le monde obtempéra docilement, en s'efforçant de ne pas se faire repérer, et s'accroupit sur le sol détrempé en ouvrant de grands yeux.

Elthek n'avait pas encore fait son apparition. Les adeptes, tous vêtus de peaux d'ours, buvaient de la bière en chantant – faux – de vieux chants populaires aloriens. L'un des soldats que Karmion avait envoyés dans les bois nous rejoignit en rampant. C'était un colosse au visage sérieux.

– Quels sont les ordres, Messire Brand ? demanda-t-il.

– Dites à vos hommes de ne pas se faire repérer, sergent, répondit Karmion. Vous avez repéré des sentinelles dans la forêt ?

– Non, Messire. Dès que le premier tonneau de bière a été mis en perce, tout le monde est sorti de la forêt et s'est réuni autour du feu. Euh..., Messire Gardien ? reprit-il avec une petite toux gênée. Je sais que ce n'est pas à moi de prendre des initiatives, mais il s'est passé quelque chose et j'ai dû agir sans attendre les instructions.

– Que s'est-il passé, sergent ?

– Quand les gens qui sont maintenant autour du feu ont commencé à sortir de la gorge, il est tout de suite apparu qu'ils appartenaient au Culte de l'Ours, lequel a la sympathie de certains de mes hommes. J'ai dû prendre des mesures. Il n'y a pas eu de blessés, ajouta-t-il en hâte. Enfin, rien de grave. J'ai fait enchaîner ces hommes à des arbres, avec leurs chaussettes dans la bouche pour les empêcher de crier et d'avertir les autres. Pas d'objections, Messire ?

– Au contraire. Vous avez très bien fait, capitaine.

– Euh... je ne suis que sergent, Messire.

– Plus maintenant, capitaine. Quel est votre nom ?

– Torgun, Messire.

– Très bien. Capitaine Torgun, donc, rejoignez vos hommes et déployez-vous de façon à couper toute retraite à ces gens. Quand vous m'entendrez souffler là-dedans, ajouta-t-il en montrant une corne de chasse, vous ordonnerez à vos hommes de charger. Je veux que tout ce qui porte une peau d'ours croule sous les chaînes.

– Ils ne se laisseront probablement pas faire sans résister, Messire. Ai-je la permission d'utiliser la force ?

– Faites ce qu'il faudra, capitaine Torgun.

L'officier récemment promu se fendit d'un sourire pervers comme j'en ai rarement vu.

– Tâchez quand même de ne pas trop en tuer, ajoutai-je par précaution.

– Bien sûr que non, Dame Polgara. Ça ne me viendrait même pas à l'idée, répondit-il avec une telle innocence que je dus me retenir pour ne pas pouffer de rire.

– Bien joué, Karmion, souffla le comte Jarok. Les promotions sur le champ de bataille sont l'un des meilleurs moyens de s'assurer la loyauté des bons officiers. Ce garçon se jetterait au feu pour vous, maintenant.

– Espérons que nous n'en arriverons pas là, Messire. Il est déjà assez désagréable d'être trempé jusqu'à la mœlle des os.

Autour du feu, la bière coulait à flots et les hommes commençaient à faire beaucoup de bruit. Ils défilaient, la chope à la main, en essayant d'imiter la démarche chaloupée de l'animal qui était leur totem. Puis Elthek sortit du goulet, suivi de la plupart des prêtres de Belar que comptait l'Île des Vents.

– J'ai bien peur que la prêtrise ne manque cruellement d'effectifs, après ça, murmura Karmion.

– Bah, les remplaçants ne devraient pas manquer, affirma Anrak. La vie de prêtre est assez confortable et pas très fatigante.

Puis Elthek fit, à la congrégation, un discours d'une heure

à peu près, ponctué de tours de magie. Le flammes du brasier changèrent plusieurs fois de couleur (les sous-fifres du Diacre jetant subrepticement des poudres assorties sur les braises) ; un « fantôme » apparut (un voile suspendu à une ficelle noire et gonflé à la chaleur du feu) ; une seconde lune se leva au-dessus de la gorge (en fait, un gros globe de verre plein de lucioles) ; des roches se mirent à saigner et un mouton « mort » ressuscita. Tout cela était transparent, mais Elthek ne reculait pas devant les trucs les plus théâtraux, et ses adeptes furent dûment impressionnés.

– Qu'en pensez-vous, Pol ? demanda Karmion. Est-ce suffisant d'un point de vue sorcellerifique ?

– Sorcellerifique, hein ? relevai-je, amusée.

– J'ai toujours eu le sens des mots, dit-il modestement.

– C'est vous, l'experte en la matière, Pol, fit Anrak. Elthek se livre-t-il à de la magie ?

– Non, ce n'est que de l'illusionnisme. Mais ça devrait suffir à le faire condamner.

– C'est exactement ce que je pense, nota Karmion, et il porta la main à sa trompe.

– Vous n'attendez pas les filles nues ? demanda Anrak, déçu.

– Euh... non, Anrak, je ne crois pas. Ne compliquons pas le procès en ajoutant des filles à la liste des prévenus.

Il porta sa trompe à ses lèvres et souffla dedans pour appeler le capitaine Torgun et ses hommes.

Les soldats étaient bien entraînés, et les membres du Culte avaient tellement bu que la bagarre ne fut pas formidable. Il n'y eut que très peu de blessés. Elthek n'arrêtait pas de brailler « Comment osez-vous ? » mais je remarquai qu'il se gardait bien de dégainer l'épée. Pour finir, le capitaine Torgun dut en avoir assez de ses hurlements et le calma d'un bon coup de poing.

Le jour se levait lorsque les adeptes du Culte regagnèrent la cité de Riva, à la queue leu leu et les fers aux chevilles. Nous les jetâmes aux oubliettes, sous le Temple de Belar. Karmion s'entretint brièvement avec Torgun, puis Anrak et lui escortèrent notre groupe de témoins à la Citadelle, afin d'informer Daran du succès de notre petite expédition.

Le « procès » eut lieu le lendemain, sur la place, devant le temple. Je remarquai que les hommes de Torgun avaient érigé un certain nombre de poteaux et empilé du bois au pied – juste au cas où.

– Pourquoi faire ça ici et pas dans la salle du trône ? demandai-je à Daran.

– Je veux que tout le monde en ville entende les témoignages, tante Pol, répondit-il. J'espère ainsi empêcher le Culte de l'Ours de ressusciter dès que j'aurai le dos tourné.

Daran prit place dans un grand fauteuil sculpté – celui d'Elthek, que les hommes de Torgun avaient sorti du temple et placé de telle sorte que tout le monde puisse le voir. La place était bondée. Les adeptes du Culte furent tirés des oubliettes, toujours enchaînés et sérieusement ébouriffés, et conduits au pied du grand escalier qui montait vers la porte du temple, où on les fit asseoir en tas par terre.

Karmion, le Gardien de Riva, se leva et s'adressa à la foule.

– Mes amis, commença-t-il, un crime a été commis dans l'Île, et nous sommes aujourd'hui réunis pour juger les coupables.

– De quel crime s'agit-il, Messire Brand ? demanda, d'une voix tonitruante, un citoyen dûment chapitré (le Gardien de Riva n'était pas du genre à laisser les choses au hasard).

– Un crime de sorcellerie ! tonna Karmion.

Elthek, un peu meurtri par les poings du capitaine Torgun, essaya de se relever, manœuvre assez compliquée quand on est enchaîné à tout un tas de gens affalés par terre.

La procédure se déroula comme dans un rêve. Karmion mena l'interrogatoire de main de maître et tous les témoins confirmèrent qu'Elthek s'était livré à des démonstrations de magie lors de la réunion dans la clairière, au fond de la gorge.

Puis le capitaine Torgun releva de force le Diacre de Riva et le traîna devant Karmion.

– Qu'avez-vous à répondre à ces accusations ? demanda-t-il.

– Mensonges ! Ce sont des mensonges ! piaula Elthek. Et la loi ne s'applique pas à moi !

– La loi s'applique à tout le monde, rétorqua fermement Daran.

– Je suis un prêtre ! Je suis le Diacre de l'Église de Belar !

– Raison de plus pour respecter la loi.

– Ce n'était pas vraiment de la magie !

– Ah bon ? fit Daran d'une voix melliflue. Moi, je ne peux pas susciter des fantômes, une deuxième lune ou faire saigner les pierres. Et vous, Messire Brand ?

– Ça ne me viendrait même pas à l'idée, Votre Altesse, répondit vertueusement Karmion.

– Finissons-en, tempêta le comte Jarok.

– Que dit le peuple ? s'enquit Daran avec gravité. Ces hommes sont-ils coupables de sorcellerie ?

– OUI ! rugit la foule.

Je n'aurais pas été surprise d'apprendre que les biches, à l'autre bout de l'Île, sursautèrent en entendant ce cri.

– Ramenez les prisonniers aux oubliettes, ordonna Daran. Nous allons étudier le dossier et réfléchir au châtiment qu'il convient d'infliger à ces vils criminels.

Je suis la première à reconnaître que la mise en scène de l'affaire n'était pas très subtile, mais c'étaient des Aloriens, après tout, et la subtilité n'a jamais été leur point fort.

La période prolongée pendant laquelle Daran « réfléchit » à la sanction méritée laissa aux prisonniers tout le temps de contempler, entre les barreaux des minuscules soupiraux situés au ras du sol, les bûchers dressés sur la place.

Daran rendit son jugement par un jour triste et gris. Il faisait frais, et le ciel était couvert. Quelques torches brûlaient dans la foule.

– J'ai bien réfléchi, mes amis, annonça Daran, et voici ce que j'ai décidé. Le crime de sorcellerie est une abomination pour tout homme de bien, et nous devons nous efforcer de l'éradiquer. Il me semble néanmoins que cette présente manifestation est plus le fruit de la stupidité et de l'aveuglement que de la volonté délibérée de courtiser les forces des ténèbres. Le Culte de l'Ours n'est pas intrinsèquement mauvais ; il s'est égaré. Nous n'aurons pas besoin de ces torches, mes amis. Vous pouvez les éteindre, ordonna-t-il tandis qu'un murmure de déception parcourait la foule. Je me suis entretenu de l'affaire avec le Roi, mon père, poursuivit Daran. Nous nous accordons à penser qu'il est souhaitable de séparer les adeptes du Culte du reste de la population. Nous pourrions les séparer définitivement en les faisant brûler, mais cette mesure nous paraît un peu extrême. Nous avons donc décidé de condamner ces criminels au bannissement. Ils seront immédiatement envoyés dans l'archipel, au nord de l'Île, où ils resteront jusqu'à la fin de leurs jours. Notre décision est sans appel. L'affaire est close.

Des cris de protestation montèrent de la foule, mais le capitaine Torgun donna ostensiblement l'ordre à ses troupes de se déployer.

Elthek, l'ex-Diacre de Riva, eut un faible sourire.

– Ne vous réjouissez pas trop vite, Elthek, lança Karmion. Le prince a fait prévenir son grand-père, et la flotte cheresque veillera à ce que les membres du Culte qui auraient pu passer entre les mailles du filet ne viennent pas à votre secours. Vous crèverez dans cet îlot, mon vieux. Je vous rappelle, en passant, que l'hiver approche ; vous feriez mieux de commencer à construire des abris dès votre arrivée. Le froid est redoutable, là-haut, et vous n'avez pas beaucoup de temps devant vous.

– Que mangerons-nous ? demanda l'un des prisonniers.

– Ça, c'est votre problème. Nous vous donnerons des hameçons et il y a des chèvres sauvages, là-haut. Vous devriez arriver à tenir le coup jusqu'au printemps. À ce moment-là, nous vous ferons parvenir des outils, des graines et des poulets.

– C'est bon pour des paysans, protesta Elthek. Vous n'espérez tout de même pas que des prêtres vont survivre en grattant la terre ?

– Vous n'êtes plus prêtre, mon pauvre vieux, rétorqua Karmion. Vous êtes un félon condamné et le trône n'a aucune obligation envers vous. Grattez la terre ou crevez, Elthek. C'est à vous de voir. Il y a des oiseaux de mer, là-haut ; il paraît que leurs déjections font un excellent engrais. Vous êtes du genre créatif ; je suis sûr que vous vous adapterez parfaitement. J'aimerais bien rester à bavarder avec vous, poursuivit-il avec un petit sourire, tandis que la lente compréhension de ce qu'impliquait l'apparente mansuétude de Daran s'insinuait dans l'esprit d'Elthek, à en juger par la tête qu'il faisait. Mais des affaires urgentes nous appellent à la Citadelle, Son Altesse et moi. Bon, capitaine ! Escortez les prisonniers jusqu'à leur navire. Ils ont du pain sur la planche, et ils doivent avoir hâte de se mettre au travail.

– Bon voyage, Elthek, dis-je d'un ton suave. J'espère que vous apprécierez votre future demeure et vos nouvelles activités.

Le Culte de l'Ours ne releva jamais la tête sur l'Île des Vents. Plus de trois mille ans ont passé depuis qu'Elthek et ses adeptes se sont installés sur ces petits îlots rocheux, et – Aloriens ou non – les Riviens prirent très au sérieux la leçon de Daran. Il faut dire que l'idée de bêcher ces îlots balayés par les vents n'a rien d'attrayant...

Le printemps se fit attendre, cette année-là, et je ne tenais plus en place. Puis, au cœur d'une nuit d'orage, alors que je me tournais et me retournais dans mon lit, ma mère me parla.

Polgara, dit-elle, *tu ne penses pas qu'il serait temps que Daran se marie ?*

J'avoue que je fus un peu cueillie par cette question. Je prenais encore – de façon tout à fait irrationnelle, j'en conviens – mon neveu pour un gamin. Reconnaître qu'il grandissait revenait à parachever la séparation d'avec Beldaran, je suppose. Tout le monde a ses petits travers.

Pourtant, lorsque nous nous retrouvâmes le lendemain, Daran, Karmion et moi, pour discuter des affaires d'État, j'observai attentivement mon neveu et force me fut d'admettre que ma mère avait raison. Daran avait les cheveux blond cendré, et les gens au portrait clair font toujours plus jeune que les bruns. Mais c'était un jeune homme musclé, et se frotter aux dures réalités du pouvoir l'avait mûri bien avant l'âge.

– Pourquoi me regardez-vous comme ça, tante Pol ? me demanda-t-il, intrigué.

– Oh, rien ! Tu as juste oublié trois poils sous ton menton en te rasant, ce matin.

Il se passa le bout des doigts sur le cou.

– Exact, ça pique un peu. Tiens, si je me laissais pousser la barbe ? C'est une idée, ça, non ?

– Pas question, tranchai-je. Je trouve qu'il y a déjà assez d'hommes des bois dans le coin. Bon, comment allons-nous remédier à cette brusque pénurie de prêtres, la plupart étant partis vers le nord avec Elthek ?

– Nous pourrions nous en passer, tante Pol. Les prêtres de Belar finissent toujours plus ou moins par adopter les idées du Culte, et je n'ai pas envie d'en repasser par là.

– Nous avons besoin de prêtres, Daran, laissai-je tomber sèchement. Ne serait-ce que pour célébrer les mariages et les enterrements. Les jeunes gens commencent à trouver d'autres solutions que le mariage, et il n'est pas souhaitable de les encourager. C'est sûrement très distrayant, mais la morale publique en prend un coup dans l'aile.

À ces mots, il ne put s'empêcher de rougir.

– Je vais m'en occuper, Votre Altesse, proposa Karmion. Nous pourrions recruter des prêtres de Belar à Cherek et en

Drasnie, mais ça ne ferait que réintroduire le Culte dans l'Île. Je vais suggérer au chapelain du palais de fonder un séminaire de théologie au temple. C'est moi qui définirai le cursus, et vous pouvez compter sur moi pour ne pas favoriser l'orthodoxie.

– Comme vous voudrez, Karmion, répondit Daran en haussant les épaules. Je vous fais confiance. Quelle heure peut-il bien être ? demanda-t-il comme la lumière du matin entrait par la fenêtre. J'ai rendez-vous avec mon tailleur, ce matin.

– Quatre heures après le lever du jour, mon cher petit, répondis-je.

– Vraiment ? J'aurais juré qu'il était plus tard.

– Faites-moi confiance.

– Bon, je reviens après déjeuner, annonça-t-il en se levant. Ce pourpoint commence à être trop juste aux entournures, reprit-il en faisant des flexions. Mon tailleur pourra peut-être lui donner un peu d'aisance.

Il quitta rapidement la pièce.

– Karmion, il faut lui trouver une femme. Je suis bien placée pour savoir qu'on s'habitue vite au célibat.

Karmion éclata de rire.

– C'est la première fois que j'entends présenter la chose de cette façon ! Vous voulez que je vous fasse la liste de toutes les jeunes filles de la noblesse qui ne demanderaient qu'à l'arracher à l'austère coutume du célibat ?

– Pas que les jeunes nobles, Karmion, répliquai-je fermement.

– Vous le laisseriez épouser une roturière ?

– Il épousera celle que je lui indiquerai, Karmion. C'est une famille un peu spéciale. Ce n'est pas nous qui choisirons sa femme. Cette décision viendra d'ailleurs. Je ne puis vous en dire davantage, ajoutai-je pour couper court à ses questions. Et même si je le pouvais, vous ne me croiriez pas.

– Encore une de ces... contraintes ? avança-t-il d'un air un peu dégoûté.

– Exactement. En attendant que je reçoive ces instructions, vous pouvez toujours commencer votre liste.

– Je n'aime pas ça, Pol, fit-il avec un gros soupir. Je déteste l'irrationnel.

Ce fut mon tour d'éclater de rire.

– Parce que vous croyez qu'il y a quelque chose de rationnel dans l'amour et le mariage ? Vous savez, Karmion, les humains ne sont pas mutuellement attirés par leur plumage, comme les oiseaux, mais pas loin. Faites-moi confiance.

– Ça fait plusieurs fois que vous nous demandez ça, ce matin.

– Si vous vouliez m'écouter, Daran et vous, je n'aurais pas besoin de me répéter. Allez-y, Karmion. J'ai du travail.

Je regagnai mes appartements et appelai mentalement ma mère.

Oui, Polgara ? répondit-elle dans mon esprit.

Voilà, Mère : Karmion dresse la liste de toutes les jeunes filles à marier de l'Île. Comment allons-nous choisir la bonne ?

Tu le sauras quand tu la verras. Et Daran aussi.

Nous n'allons pas le laisser décider lui-même, si ? C'est un bon garçon, mais c'est tellement important.

Elle éclata de rire.

Fais-les venir l'une après l'autre à la Cour du Roi de Riva, Pol. Tu seras tout de suite fixée, et Daran aussi.

C'est ce que nous fîmes. Nous n'y allâmes pas par quatre chemins : Karmion annonça *urbi et orbi* que Daran pensait au mariage – ce qui était probablement le cadet de ses soucis, en fait. Toutes les jeunes femmes de l'Île devaient se présenter dans la salle du trône, revêtues de leurs plus beaux atours, et elles avaient cinq minutes pour tenter de gagner le cœur de notre jeune Régent de plus en plus nerveux, pour ne pas dire angoissé.

Ça dura des jours. Ce pauvre Daran commençait à avoir l'impression d'être englué dans les sourires mielleux.

– Si ça continue, tante Pol, je vais m'enfuir en courant, dit-il un soir, d'un ton menaçant.

– Ne faites pas ça, Daran, dis-je. Ça m'obligerait à vous courir après. Vous devez vous marier parce qu'il faut que vous donniez un héritier au trône de votre père. Cette obligation prend le pas sur tout le reste. Maintenant, allez vous reposer. Je vous trouve l'air un peu hagard.

– Je me demande quelle tête vous feriez, vous, si on vous regardait toute la journée comme un quartier de bœuf.

Elle apparut dès le lendemain. Elle n'était pas très grande, elle avait une peau d'albâtre et les cheveux presque aussi noirs que les miens, mais les yeux noirs. Son père était un petit noble qui vivait de sa terre, une minuscule propriété perchée dans la montagne. Elle s'appelait Larana, elle portait une robe toute simple, et elle entra dans la salle du trône d'un pas hésitant, les yeux baissés, toute timide et rougissante.

J'entendis Daran retenir un hoquet de surprise et je me retournai. Il était livide et tremblant. Mais surtout, l'Orbe enchâssée sur le pommeau de l'épée de Riva luisait d'une douce lueur rosée qui faisait écho à la teinte des joues de Larana.

Je m'approchai de Karmion.

– Vous pouvez dire aux autres de rentrer chez elles, lui dis-je. Nous avons trouvé chaussure à notre pied.

Karmion regardait l'Orbe d'un œil un peu hagard.

– C'était prévu, Pol? demanda-t-il d'une voix étranglée.

– Évidemment. Vous ne pensiez pas que nous allions demander à ces filles de tirer à la courte paille? rétorquai-je d'un petit ton détaché.

Je descendis de l'estrade et m'approchai de la future reine de Riva.

– Bonjour, Larana, dis-je gentiment.

– Dame Polgara, répondit-elle avec une gracieuse courbette.

– Vous voulez bien venir avec moi, ma chère? proposai-je.

– Mais..., fit-elle en regardant Daran d'un air nostalgique.

– Vous aurez le temps de lui parler plus tard, promis-je. Il y a des choses que vous devez savoir, alors autant régler ça tout de suite.

Je pris notre future reine de Riva par le bras et la conduisis vers la porte.

– Tante Pol, fit Daran d'une voix presque paniquée.

– Plus tard, mon cher petit. Si vous alliez dans notre salle de réunion, avec Messire Brand ? Je vous y rejoins tout de suite, avec Larana.

J'emmenai la jeune fille dans mes appartements, la fis asseoir et lui donnai une bonne tasse de thé pour se calmer les nerfs. Puis je lui décrivis dans les grandes lignes la famille très particulière dans laquelle elle allait entrer.

– Je pensais que toutes ces histoires n'étaient que... que des histoires, Dame Polgara. Vous voulez dire que c'est la vérité ?

– Il y a peut-être un peu d'exagération, mon chou, répondis-je, mais c'est plus ou moins la vérité.

– Le prince le sait-il ? Que j'ai été choisie, je veux dire ?

– Oh, ma chère, chère Larana ! répondis-je en riant. Vous n'avez pas vu sa figure ? Il se jetterait au feu pour vous !

– Je suis pourtant une fille comme les autres !

– Non, ma chère, répondis-je fermement. Vous n'êtes pas une fille comme les autres. Maintenant, si vous avez fini votre thé, je vous propose d'aller retrouver ces messieurs.

– Dépêchons-nous, Dame Polgara, acquiesça-t-elle en reposant sa tasse. Je ne voudrais pas qu'il s'en aille.

– Vous n'avez rien à craindre, mon chou. Il n'ira nulle part sans vous. Faisons-le attendre un tout petit peu. Ça ne lui fera pas de mal !

Lorsque nous rejoignîmes Karmion et Daran dans la salle de la tour, j'eus droit à une réédition de la fameuse journée où ma sœur et Riva s'étaient vus pour la première fois à Camaar.

– Ils vont bien finir par trouver quelque chose à se dire, non, Pol ? me souffla Karmion à l'oreille au bout d'une demi-heure de silence absolu.

– Mais ils se disent un tas de choses, Karmion. Écoutez avec vos yeux, pas avec vos oreilles.

Il regarda l'heureux couple, et lut l'adoration absolue inscrite sur leurs visages.

– Je vois ce que vous voulez dire, Pol. Pour un peu, ce serait gênant.

– C'est vrai, acquiesçai-je, puis je regardai Larana et poussai un soupir. Je vous propose de me laisser une dizaine de jours pour organiser le mariage. Il va falloir que j'aie une conversation avec Arell à propos de la robe de Larana et de quelques autres détails.

– Alors c'est décidé ? Aussi vite ? Moi, j'ai dû faire la cour pendant plus de six mois.

– Question d'efficacité, mon cher, fis-je en lui tapotant la joue. C'est probablement sur vous que retomberont la plupart des décisions concernant l'Île au cours des semaines à venir. Daran risque de ne pas être très rationnel pendant un moment. Oh, et puis je vous conseille de prévenir Riva de ce qui ce prépare. Il faudra qu'il soit là, évidemment, et il vaudrait mieux qu'il s'apprête à reparaître en public.

– Ça, Pol, ce ne sera pas facile. Il est de plus en plus renfermé depuis un an. Je sais que ce n'est pas ça, mais on dirait presque qu'il a peur des gens.

– Prévenez-le, Karmion. Ensuite, j'irai lui parler.

– Encore une chose, Pol, reprit Karmion après un coup d'œil aux tourtereaux. Qu'allons-nous faire de ces deux-là ? Il commence à faire sombre, dehors. Il faudrait peut-être leur donner à manger.

– Ils n'ont pas faim, Karmion. Fichons-leur la paix pendant une heure ou deux, et puis j'emmènerai Larana dans mes appartements pour cette nuit.

– N'oubliez pas de verrouiller votre porte. À partir de maintenant, il ne va pas être facile de les séparer toutes les nuits.

– Faites-moi confiance. Vous voudrez bien dire à Arell de venir me voir demain matin ?

Je m'approchai des deux jeunes gens qui se regardaient toujours, les yeux dans les yeux, et je pris Daran par l'épaule.

– Alors, vous lui avez demandé? demandai-je en le secouant.

– Demandé quoi, tante Pol?

Je le regardai fixement. Il devint d'un joli rose.

– Oh, fit-il. Ça... Ce n'est pas vraiment nécessaire, tante Pol.

– Faites-le quand même, Daran. Ces petites formalités sont l'âme même d'un comportement civilisé.

– Eh bien, si vous croyez qu'il le faut... Mais c'est déjà décidé, de toute façon. Vous voulez bien, n'est-ce pas, Larana? demanda-t-il à la jeune femme qui partagerait désormais sa vie.

– Quoi donc, mon Seigneur?

– M'épouser, bien sûr.

– Oh, fit-elle. Ça... Bien sûr, mon Seigneur.

– Vous voyez? dis-je. Ce n'était pas si compliqué.

Il y eut des pleurs et des grincements de dents chez les jeunes filles qui attendaient l'honneur de rencontrer le prince héritier et qui avaient été sommairement remerciées. Nous fûmes assiégés, Karmion et moi, par des pères outragés qui protestaient avec véhémence, moins parce qu'ils partageaient la déception de leurs filles que parce qu'ils voyaient soudain s'évanouir en fumée leurs rêves de prestige et de promotion sociale. Nous les caressâmes dans le sens du poil en faisant de mystérieuses allusions au « Destin », à la « Nécessité » et à la « prédestination ». J'admets que nos arguments étaient un peu spécieux, mais savoir mentir d'une façon convaincante est le b.a.-ba du discours diplomatique.

Arell se surpassa avec la robe de mariée de Larana, une explosion de dentelle d'un bleu très pâle. Nous tombâmes dans les bras l'une de l'autre, Larana et moi, lorsqu'elle m'avoua que le bleu était sa couleur préférée. J'approuvais de tout cœur l'excellent goût de cette petite jeune femme.

Le mariage eut lieu vers midi, par une belle journée de printemps. Je ne sais à qui nous devons cela – je n'y suis pour rien, en tout cas, mais une lumière magnifique emplit la Cour du Roi de Riva, somptueusement décorée pour l'occasion.

La cérémonie fut suivie par le banquet traditionnel, mais j'étais allée faire un tour à la brasserie avant l'aube, et j'avais procédé à certains ajustements concernant la boisson favorite des Aloriens. La bière avait goût de bière, elle sentait la bière et elle avait exactement la même couleur, mais elle ne produisait pas l'effet habituel. Les convives burent comme tous les invités à un mariage, c'est-à-dire beaucoup trop, mais il ne se passa rien. Il n'y eut pas de bagarre, personne n'en vint aux mains, ne roula par terre, ne se mit à ronfler dans un coin ou à vomir le long des murs. Il y eut juste quelques migraines monumentales le lendemain matin. Je n'étais pas assez cruelle pour priver ces libations de tous leurs plaisirs.

Après la cérémonie, je passai le plus clair de la journée avec mon beau-frère. Riva Poing-de-Fer avait les cheveux presque tout blancs, à présent, et il n'avait pas l'air en bonne santé.

– C'est presque fini, maintenant, hein, Pol ? demanda-t-il tristement.

– De quoi parlez-vous, Riva ?

– De ma tâche. Elle est presque achevée, et je suis très fatigué. Dès que Larana nous aura donné un héritier, je pourrai me reposer. Vous voulez bien me faire une faveur ?

– Mais bien sûr.

– Faites construire une crypte pour Beldaran et moi. Je pense que nous avons bien mérité de dormir l'un près de l'autre.

La réponse à ce genre de requête est généralement un grand éclat de rire et des protestations du style : « Vous n'allez pas dormir de votre dernier sommeil avant une éternité », etc., mais j'aimais et je respectais bien trop Poing-de-Fer pour l'insulter de la sorte.

– Je vous le promets, dis-je.

– Merci, Pol, soupira-t-il. Maintenant, si ça ne vous fait rien, je crois que je vais me coucher. La journée a été épuisante, et je suis très, très fatigué.

Il se leva et quitta silencieusement la salle de banquet, le dos un peu rond.

La vie dans l'Île suivit son petit bonhomme de chemin pendant quelques années après cela. D'aucuns s'inquiétaient que Larana ne soit pas aussitôt tombée enceinte, mais je calmai tout le monde de mon mieux.

– Ces choses-là prennent du temps, disais-je.

Je le dis si souvent que je commençais à en être malade rien que de m'entendre.

Puis, en 2044 selon le calendrier alorien, Cherek Garrot-d'Ours mourut, plongeant toute l'Alorie dans la consternation. Cherek était un titan, et sa mort laissait un vide immense.

Cet hiver-là, Larana nous annonça tranquillement qu'elle attendait un enfant, et nous fûmes tous assez excités par la nouvelle. Son fils naquit à l'été suivant, et Daran l'appela Cherek en souvenir de son grand-père paternel. Après la cérémonie, lorsqu'on plaça la main de l'enfant sur l'Orbe et qu'elle réagit de la façon maintenant habituelle, nous l'emmenâmes vers les appartements de Riva pour le présenter au roi.

– J'ai bien fait, n'est-ce pas, Père ? demanda Daran. De lui donner le nom de ton père, je veux dire ?

– Il aurait été très heureux, répondit Riva d'une voix lasse.

Il tendit les bras. Je lui donnai son petit-fils. Il le tint un moment et je vis un doux sourire s'inscrire sur son vieux visage. Puis il s'endormit doucement.

Il ne se réveilla jamais.

Ses funérailles ne furent pas marquées par un chagrin excessif. Riva vivait depuis des années coupé du monde, et bien des gens dans l'Île furent en réalité surpris d'apprendre qu'il était encore en vie.

Après l'enterrement, je réfléchis un peu. Daran et Karmion avaient la situation bien en main ; je ne voyais guère de raisons de rester là plus longtemps.

C'est ainsi qu'au printemps 2046 je fis mes paquets et m'apprêtai à regagner le Val.

TROISIÈME PARTIE

VO WACUNE

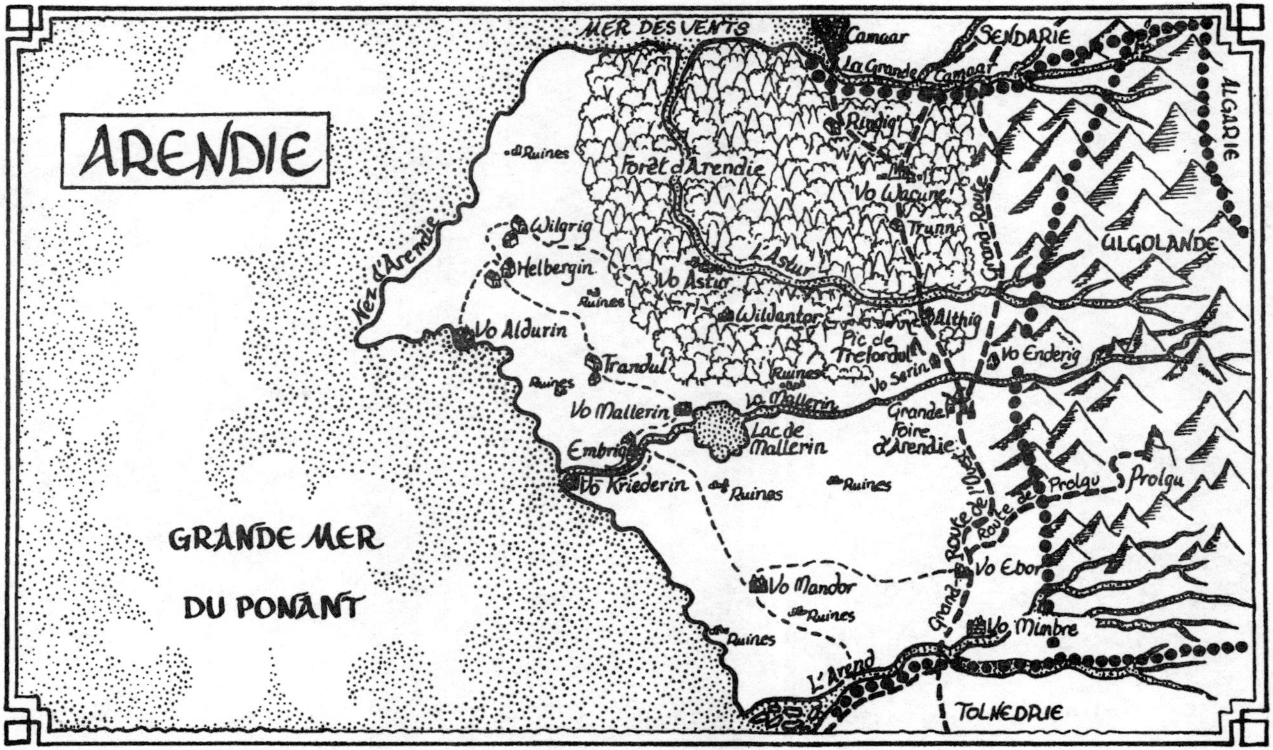
ARENDIE
MER DES VENTS
Camaar
SENDARIE
ALGARIE
La Grande Camaar
Ringjig
Forêt d'Arendie
Vo Wacune
Trunn
Grand-Route
ULGOLANDE
L'Astur
Vo Astur
Wildantor
Althig
Pic de Trelordul
Vo Enderig
Vo Serin
Ruines
Nez d'Arendie
Wilgrig
Helbergin
Vo Aldurin
Trandul
Vo Mallerin
Lac de Mallerin
Grande Foire d'Arendie
Embrig
Vo Kriederin
Route de Prolgu
Prolgu
Grand-Route de l'Ouest
Vo Ebor
Vo Mandor
Vo Mimbre
L'Arend
TOLNEDRIE
GRANDE MER
DU PONANT

CHAPITRE XII

Le hasard – sauf que le hasard n'y est probablement pour rien – voulut qu'au moment précis où je m'apprêtais à partir, Anrak fasse un saut dans l'Île au cours de sa perpétuelle errance. Il se proposa de me déposer à Camaar. Je n'ai jamais vraiment compris Anrak. La moitié du temps, il prenait la mer sans aucune cargaison à transporter. Son arrivée me fournit l'excuse rêvée pour partir en coupant court à la corvée des adieux. Je me suis toujours demandé pourquoi les gens faisaient durer ce pénible moment. Quand on a dit « au revoir », on l'a dit, non?

Les marins d'Anrak larguèrent les amarres et mirent à la voile. Je restai sur le pont, en poupe, à regarder l'Île des Vents reculer lentement derrière nous, sous le ciel couvert. J'avais mûri, dans l'Île. Il y avait eu des moments de joie ponctués de chagrins et de souffrances presque insoutenables, mais c'est la vie, n'est-ce pas?

Je regardais l'Île disparaître à l'horizon, à bâbord, lorsque je fus envahie par une curieuse certitude : en montant à bord du vaisseau d'Anrak, je n'avais pas seulement dit adieu à des amis et à des parents, j'avais tourné le dos à ce que la plupart des gens appelleraient une vie normale. J'avais quarante-six ans, à présent, et si la vie de mon père et de mes oncles était une indication de ce qui m'attendait, j'entrais en terrain inexploré. Je rencontrerais des gens, je les aimerais et je les verrais disparaître alors que je continuerais. Cette prise de conscience s'accompagnait d'une solitude terrible. Les autres s'en iraient alors que je poursuivrais ma route le long des années incertaines, interminables.

– Pourquoi cette tristesse, Pol ? demanda Anrak qui était debout à la barre, non loin de là.

– Oh, sans raison particulière.

– Nous serons bientôt au large. Vous devriez vous sentir mieux.

Il regarda les colonnes de lumière qui avançaient majestueusement sur l'eau.

– Comment ça ?

– La mer va laver votre mélancolie. Elle est vraiment bonne à ce jeu-là, Pol. Si mal que ça aille, elle éloigne toujours le chagrin et nettoie la tête. Les gens qui vivent à terre ne peuvent pas comprendre ça.

– Vous aimez la mer, n'est-ce pas, Anrak ?

– Oh oui. Elle me surprend parfois, il lui arrive de se fâcher, mais la plupart du temps, nous nous entendons bien. Je l'aime, Pol. C'est la seule femme dont j'aie jamais eu besoin.

Je repense toujours à cette conversation lorsque j'ai affaire avec ce bougre de Greldik. À trois mille ans d'écart, le capitaine Greldik et Anrak sont du même tonneau. Pour eux, la mer est une créature vivante, dotée d'une personnalité bien à elle.

À Camaar, j'achetai un cheval bai appelé Baron. C'était un brave animal assez âgé pour avoir surmonté la fougue propre aux jeunes chevaux, et nous nous entendions bien. Je n'étais pas vraiment pressée, de sorte que je le laissai aller à son rythme, ce qu'il sembla apprécier. Nous traversâmes à un pas de promenade les champs tirés au cordeau du sud de la Sendarie, vers Muros. Nous descendions dans des auberges, le long de la route, et quand il n'y en avait pas, nous dormions à la belle étoile. À l'exception de Camaar, qui était un port cosmopolite, le sud de la Sendarie était à l'époque le domaine des Arendais wacites, et je trouvais le parler traînant des villageois plutôt agréable. Je trouvai toutefois moins agréables les avertissements répétés des aubergistes et autres garçons d'écurie, qui me mettaient invariablement en garde contre les voleurs et les bandits des grands chemins.

Je répondais fermement que j'étais de taille à me défendre, mais ces conseils de prudence commençaient à me fatiguer.

La Camaar se divisait en deux à mi-chemin de Muros, et la contrée, au-delà de cet embranchement, était bordée de forêts aussi épaisses que celles du nord de l'Arendie d'aujourd'hui. Pour la plupart des gens d'aujourd'hui, le terme « forêt primitive » a quelque chose de poétique, qui évoque un jardin paysagé peuplé de fées, d'elfes et peut-être de quelques trolls. La réalité était beaucoup plus inquiétante. Si vous laissez vivre un arbre pendant quinze cents ans sans intervenir, il pousse. J'ai vu des arbres de dix-huit ou vingt pieds de diamètre à la base, et des troncs de cent cinquante pieds avant les premières branches. Les ramures de ces arbres s'entremêlaient pour former un toit qui empêchait le soleil de passer, créant un crépuscule verdâtre, perpétuel, sur le sol de la forêt. Le sous-bois était assez dense dans la plupart des endroits, et les créatures sauvages – bêtes et gens – abondaient dans la vague lueur.

En descendant du nord de la Camaar, les Arendais wacites avaient amené avec eux la sinistre institution du servage, et un serf qui vit près de la forêt a toujours une possibilité, si sa situation devient trop insupportable. Mais une fois qu'il s'est installé dans la forêt, il n'a bien souvent qu'une seule façon de survivre : le brigandage. Les voyageurs deviennent ses proies.

J'en rencontrai deux, en fin d'après-midi, sur la piste forestière boueuse qui mène à Muros. Ils étaient dépenaillés, pas rasés, et à moitié ivres. Ils sortirent des fourrés en brandissant des couteaux de boucherie rouillés.

– Moi, je s'rais d'avis d'prendre son canasson, Ferdish, fit l'un d'eux en se grattant vigoureusement l'aisselle.

– Bonne idée, Selt, répondit le premier en me lorgnant. Et je s'rais d'avis d'prendre la femme aussi. Qu'est-ce t'en dis?

– C'est c'que tu fais toujours, nan? J'ai r'marqué qu't'étais assez porté sur la *criature*!

J'aurais pu m'en sortir de toutes sortes de façons, bien sûr, mais je n'aimais vraiment pas leur arrogance et je me dis qu'ils n'auraient pas volé une petite leçon. En outre, j'avais envie d'essayer quelque chose, juste pour voir si ça marchait.

– Alors, Messieurs, c'est arrangé? Vous vous êtes mis d'accord? demandai-je d'un ton désinvolte.

– On est d'accord, trésor, répondit Ferdish avec un rictus. Maintenant, vous voulez bien descendre de c'canasson, qu'mon ami Selt ici présent puisse essayer sa nouvelle monture pendant qu'on s'paye un peu d'bon temps, tous les deux?

– Vous êtes sûr que c'est vraiment ce que vous voulez? insistai-je.

– C'est c'qu'on va faire, Mémère, répondit le brigand en éclatant d'un gros rire.

– Bon. Eh bien, nous avons faim, ma bête et moi, et nous nous demandions justement qui nous allions dévorer ce soir.

Les deux pauvres hères me regardèrent sans comprendre.

– Je tiens à vous remercier d'être arrivés au moment précis où je commençais à avoir des crampes d'estomac. Vous n'êtes pas bien gras, remarquai-je d'un ton critique, mais quand on voyage, il faut savoir se contenter de ce qu'on trouve.

Je relâchai lentement mon Vouloir pour leur laisser le temps de profiter de la transformation qui se produisait sous leurs yeux. Baron, qui grignotait distraitement une touffe d'herbe le long de la piste, leva la tête et son cou s'allongea tandis que des écailles, des griffes, des ailes et tous les attributs du dragon poussaient sur son corps. Ma propre transformation fut aussi lente. Mes épaules s'élargirent, mes bras s'étirèrent, des crocs apparurent entre mes lèvres et je me mis à ressembler à un Eldrak. Quand la métamorphose fut complète, mes deux brigands étaient plantés là, figés par la terreur, contemplant une ogresse monstrueuse aux doigts griffus et dont les yeux lançaient des flammes, montée sur un énorme dragon qui crachait de la vapeur par les naseaux.

– C'est l'heure du dîner, Baron, fis-je d'une voix gutturale. Qu'en penses-tu ? On les tue d'abord ou on les mange comme ça ?

Ferdish et Selt se cramponnaient l'un à l'autre en hurlant, paralysés par l'épouvante.

Puis Baron eut un rot et cracha un gros nuage de flammes fuligineuses.

– Mais bien sûr ! Pourquoi n'y ai-je pas pensé plus tôt ? grommelai-je. C'est une idée merveilleuse, Baron. Nous ne serons pas obligés de les avaler tout crus ! Cuis-les un peu ; c'est le soir, après tout, et on dort toujours mieux avec un bon repas chaud dans le ventre.

Ferdish et Selt durent se rappeler soudain un rendez-vous urgent parce qu'ils prirent leurs jambes à leur cou sans dire au revoir. Si je me souviens bien, après leur départ, il y eut beaucoup de cris, de faux pas et de bruits divers dans les broussailles.

– Eh bien, Baron, si nous pressions un peu l'allure ? suggérai-je, et nous repartîmes tranquillement dans la forêt crépusculaire.

Oh, ne soyez pas si crédules ! Bien sûr que nous ne nous étions pas transformés en monstres, Baron et moi. Ces deux pauvres bougres ne valaient pas qu'on se donne tant de mal pour eux, et l'illusion est généralement aussi efficace que la réalité. Et puis, pour être parfaitement honnête, je n'avais pas la moindre idée, à l'époque, de ce à quoi un dragon ou une ogresse pouvaient bien ressembler, et j'avais dû improviser.

Nous arrivâmes à Muros dans la journée du lendemain. J'achetai des provisions et nous repartîmes à l'aube pour les montagnes de Sendarie. Si vous tenez absolument à passer un moment seul, en communion avec la nature, je vous recommande vivement les montagnes. On éprouve, dans les endroits élevés, une paix à nulle autre pareille. Je flânai, m'arrêtant souvent pour bivouaquer bien avant que ce ne soit nécessaire. Je nageai dans des lacs de montagne glacés, à la grande surprise des truites, j'en suis sûre. Je ramassais des baies quand j'en trouvais. C'est avec un pincement au cœur que je redescendis des montagnes et m'engageai dans la plaine d'Algarie, cet interminable océan d'herbe.

Le temps se maintint et j'arrivai au Val en quelques jours à peine. Père et les jumeaux m'accueillirent chaleureusement. Oncle Beldin était encore en Mallorée. Il surveillait l'ennemi en espérant trouver un moyen d'attirer Urvon hors de Mal Yaska.

Ça me faisait drôle d'être de retour au Val, après toutes ces années passées dans l'Île des Vents. À la Citadelle, j'étais dans une position stratégique ; il se passait toujours une chose qui exigeait mon attention immédiate. Pour être tout à fait franche, les affaires d'État me manquaient. La distance m'empêchait de savoir ce qui se passait, et encore bien davantage de prendre part aux événements. Mon père, qui est beaucoup plus observateur qu'il n'en a parfois l'air, remarqua que je n'avais pas l'air contente.

– Tu es occupée, Pol ? me demanda-t-il un soir d'automne, après dîner.

Les braises faisaient rougeoyer sa barbe et ses cheveux.

– Pas vraiment, répondis-je en écartant le texte médical que j'étais en train de lire.

– Tu as des soucis ? reprit-il.

– J'admets que j'ai du mal à retrouver mes marques.

– Ce sont des choses qui arrivent, répondit-il en haussant les épaules. Personnellement, quand je rentre du bout du monde, il me faut bien un an pour reprendre pied. Il faut étudier tous les jours. Sans cela, on oublie et on est obligé de tout réapprendre. Sois patiente, Pol. On finit par s'en remettre.

Nous ne sommes pas comme les autres, tu sais. Il ne servirait à rien de nous raconter le contraire, ajouta-t-il en se calant contre son dossier, le regard perdu dans les flammes. Nous ne sommes pas ici pour diriger le monde. Ça, c'est pour les rois, et en ce qui me concerne, je suis ravi de leur laisser cette mission. Notre place est ici. Ce qui se passe au-dehors ne nous intéresse pas. Ou du moins, ça ne devrait pas nous intéresser.

– Nous vivons dans le monde, nous aussi, Père.

– Non, Pol. Enfin, pas dans le même monde que les autres. Le nôtre est un monde de causes premières : le monde formé par la succession d'Événements inévitables suscités par la division du Dessein de l'Univers. Notre seule tâche consiste à identifier et à influencer certains incidents si subtils, si peu discernables que les gens ordinaires ne les remarquent même pas. Qu'étudies-tu en ce moment ?

– Des documents médicaux.

– Pourquoi ? Tout le monde finit par mourir, tôt ou tard, quoi que l'on fasse. Si les gens ne sont pas emportés par une chose, ce sera par une autre.

– C'est d'amis et de parents que nous parlons, Père.

– Je sais, soupira-t-il. Mais ça ne change pas les faits. Ils sont mortels ; pas nous. Pas encore, du moins. Mets un peu ton dada de côté, Polgara, et au boulot ! Tiens, fit-il en me tendant un énorme parchemin. Voilà ton exemplaire du Codex mrin. Tu ferais mieux de t'y coller. Nous aurons probablement des épreuves à subir.

– Oh, Père ! Sois un peu sérieux.

– Mais je suis sérieux. Des épreuves qui pourraient avoir des conséquences d'une portée majeure.

– Lesquelles, par exemple ?

– Je ne sais pas. La fin du monde, peut-être. Ou l'arrivée de son sauveur. Amuse-toi bien, Pol, dit-il en me jetant un coup d'œil énigmatique, puis il retourna à l'examen de son propre exemplaire des divagations du fou qui végétait sur les rives de la Mrin.

Le lendemain matin, je mis la cape grise que j'avais rapportée de Riva, sellai Baron, et partis faire un tour dans cette triste journée d'automne. L'Arbre, planté dans les profondeurs de l'éternité, avait revêtu sa livrée rousse, et il était absolument magnifique. Les oiseaux, sans doute les descendants de mes martinets effrontés et autres alouettes lyriques, descendirent pour me saluer alors que j'approchais. Je ne sais pourquoi, je n'ai jamais rencontré un seul oiseau qui ne m'appelle par mon nom rien qu'en me voyant.

Mère ne répondit pas lorsque je l'appelai. Je ne m'y attendais pas vraiment. Mère pleurait toujours la mort de ma sœur.

Je n'insistai pas, car c'était l'Arbre que j'étais venue voir. Nous ne parlâmes pas, mais nous ne parlions jamais. Notre communion ne s'exprimait pas en paroles. Je m'immergeai dans son intemporalité, absorbai sa présence éternelle, et il me confirma à sa façon plus douce la déclaration abrupte que mon père avait faite la veille au soir. Nous n'étions pas comme les autres, mon père, Beldin, les jumeaux et moi. Notre but n'était pas le leur.

Au bout d'un moment, je posai simplement la main sur l'écorce rugueuse de l'Arbre, soupirai et regagnai la tour où m'attendait le Codex mrin.

Au cours du demi-siècle suivant, nous retournâmes périodiquement à l'Île des Vents, mon père et moi, généralement pour des réunions du Conseil d'Alorie. Il y avait de nouveaux rois à Cherek, en Drasnie et en Algarie, mais nous n'étions pas aussi proches d'eux que de Garrot-d'Ours, Cou-d'Aurochs et Pied-Léger. Et comme nos visites étaient assez espacées, nous trouvions immanquablement, lors des retrouvailles, que Daran et Karmion avaient beaucoup vieilli depuis la dernière fois.

Mon père y a déjà fait allusion, mais je ne crois pas inutile d'y revenir. Notre situation est très particulière, et elle impose certains ajustements. Tous ceux que nous venons à connaître et à aimer vieillissent, et il est impératif que nous prenions nos distances par rapport à eux. Sans cela, nous deviendrions fous. Un interminable chagrin aurait probablement pour conséquence la destruction de l'esprit humain. Nous ne sommes pas sans cœur, mais nous avons des devoirs, lesquels nous obligent à demeurer fonctionnels. En voyant Daran et Karmion devenir des vieillards irascibles et geignards, je compris qu'ils allaient aussi nous quitter et que je n'y pouvais rien.

Le Val était une sorte de sanctuaire, pour nous. Un endroit où nous pouvions digérer notre chagrin, apprendre à le dominer. La présence de l'Arbre en cet endroit était une nécessité absolue.

Réfléchissez un peu, et je suis sûre que vous comprendrez.

Les années passant, nous finîmes par apprendre que Daran et Karmion nous avaient quittés.

– Tu sais, Pol, ils étaient vraiment fatigués, dit mon père, et ce furent les seules paroles qu'il prononça avant de retourner à ses chères études.

Je m'apprêtais à fêter mon premier siècle d'existence lorsque oncle Beldin rentra de Mallorée.

– N'a-Qu'un-Œil est toujours à Ashaba, nous annonça-t-il. Il ne se passera rien tant qu'il ne sera pas sorti de sa réclusion.

– Zedar est encore avec lui ? demanda mon père.

– Oh oui ! Il lui colle après comme une tique. La proximité de son Dieu semble gonfler l'ego de ce bon Zedar.

– Il y a des choses qui ne changeront jamais, hein ?

– Pas tant que Zedar sera concerné, non. Et Ctuchik, il fait des choses intéressantes ?

– Pas de quoi se relever la nuit. J'ai cru comprendre qu'Urvon était toujours planqué à Mal Yaska ?

– Exact ! acquiesça Beldin avec un ricanement hideux. Je fais une descente chez lui de temps à autre et je massacre quelques-uns de ses Grolims en m'arrangeant toujours pour laisser un ou deux survivants, juste pour qu'il sache bien que je suis là et que j'attends le plaisir de sa compagnie. Il paraît que, lorsque j'arrive, il se terre dans ses oubliettes ! Comme si un mur de pierre pouvait m'empêcher de l'atteindre ! La prochaine fois que je passerai dans le coin, je me faufilerai dans son temple et je couvrirai le sol de cadavres de Grolims, histoire de lui prouver qu'il n'est à l'abri nulle part. Cet Urvon est mon plus beau jouet, et l'énerver constitue un plaisir très raffiné. Quel genre de réjouissances avez-vous prévu ?

– Des réjouissances ? Quelles réjouissances ?

– Pour fêter le centième anniversaire de Pol, ballot ! Tu ne penses tout de même pas que je suis revenu ici pour le seul plaisir de ta compagnie, si ?

Ce fut une fête somptueuse, presque trop. Nous formions un petit groupe exceptionnel, et comme nous nous absentions souvent pour de longues périodes, mon père, Beldin et moi, nous n'avions que rarement l'occasion de nous retrouver au Val, avec les jumeaux, pour nous repaître de ce qui faisait que nous étions uniques en notre genre. À part les jumeaux, bien sûr, nous étions tous différents les uns des autres, mais nous faisions partie d'une petite société fermée qui avait en commun des expériences incompréhensibles pour le reste du monde. Vers la fin des festivités, alors que mes aînés étaient tous ronds comme des queues de pelle et que je remettais de l'ordre, la voix de ma mère retentit doucement dans les labyrinthes de mon esprit. « Joyeux anniversaire, Pol ! » dit-elle simplement. C'était bon de savoir que le dernier membre de notre petite communauté était là, lui aussi.

La paix fragile entre la Drasnie et le Gar og Nadrak vola en éclats quelques années plus tard, à l'instigation de Ctuchik, sans doute. Les Nadraks commencèrent à faire des incursions de notre côté de la frontière. Décidément, Ctuchik ne pouvait supporter de voir s'établir des contacts pacifiques entre les Angaraks et les autres races. Rien ne pouvait lui être plus odieux que la notion de commerce, qui impliquait un échange d'idées aussi bien que de marchandises. Les idées nouvelles n'étaient pas les bienvenues dans la société angarake.

Au sud, les princes marchands de Tol Honeth étaient rigoureusement désespérés car les Marags ne voulaient pas entendre parler de contacts commerciaux, quels qu'ils soient. Les Marags n'avaient pas de monnaie. Ils n'avaient aucune idée de ce que ça pouvait être. Mais ils avaient des gisements à peu près inépuisables d'or natif. Les cours d'eau du Maragor en charrient à profusion. L'or est bien joli, je trouve, mais quand on va au fond des choses, il n'a pas beaucoup d'intérêt. On ne peut même pas en faire des casseroles parce qu'il fond. Les Marags durent bien s'amuser quand ils découvrirent que les Tolnedrains leur donneraient à peu près n'importe quoi en échange de ce qu'ils considéraient comme des cailloux d'une autre couleur. Le problème, à mon avis, vient du fait que les marchands tolnedrains n'avaient en réalité pas grand-chose à offrir qui leur fasse envie au point qu'ils se donnent la peine de se baisser pour ramasser tous ces cailloux qui tapissaient le lit de leurs rivières.

Les Tolnedrains étaient profondément déprimés à l'idée de tout cet or qui se trouvait là, à portée de la main, et sur lequel ils n'avaient aucun moyen de mettre la main, justement, à moins d'offrir en échange une honnête contrepartie. Quelques-uns décidèrent de couper à la corvée fastidieuse consistant à escroquer les Marags et de se servir à la source. Ces expéditions au Maragor étaient une erreur, évidemment. Le cannibalisme figure au nombre des pratiques religieuses des Marags. Les enfants de Nedra qui traversaient la frontière pour aller chercher de l'or tombaient sur des Marags mangeurs d'hommes.

Lorsque quelques-uns de ces Tolnedrains fortunés – ce qui ne les rendait pas moins âpres au gain – eurent été dévorés par les Marags, leurs héritiers et exécuteurs testamentaires commencèrent à presser l'empereur de faire quelque chose, n'importe quoi, pour empêcher que d'honnêtes sacripants finissent à la cocotte. Malheureusement, Ran Vordue venait d'accéder au trône et il succomba à leurs objurgations. C'est ainsi qu'en 2115 les légions tolnedraines franchirent la frontière et entrèrent au Maragor, déterminées à exterminer les Marags jusqu'au dernier, pas moins.

Mon père avait toujours bien aimé les Marags. Il s'apprêtait à aller dans le Sud afin « d'y mettre bon ordre » quand notre Maître lui rendit une de ses rares visites et lui ordonna sèchement de ne pas fourrer son nez dans cette histoire qui ne le regardait pas. Il paraît que mon père protesta longtemps et bruyamment, mais Aldur resta inflexible.

– Il ne saurait en être autrement, mon fils, trancha-t-il. C'est une étape indispensable de la Nécessité qui nous guide tous.

– Mais..., commença mon père.

– Je n'en entendrai pas davantage ! tonna notre Maître. Reste chez toi, Belgarath !

Mon père marmonna quelque chose dans sa barbe.

– Qu'ai-je entendu ? demanda notre Maître.

– Rien du tout, ô Maître.

J'aurais payé très cher pour assister à cet échange.

C'est ainsi que les Marags furent rayés de la carte – en dehors de quelques prisonniers qui furent vendus à des trafiquants d'esclaves nyissiens, mais c'est une autre histoire.

L'invasion du Maragor et l'extermination de ses habitants plongea les Dieux dans la consternation. Nedra châtia ceux de ses enfants qui s'étaient le plus impliqués dans le massacre et Mara, en proie à un insondable chagrin, réagit en faisant hanter le Maragor, interdisant toute incursion tolnedraine. Cette mesure aurait constitué une punition suffisante en soi, mais Belar aggrava la peine pour les Tolnedrains avaricieux en incitant ses Cheresques à effectuer des raids le long de la côte de Tolnedrie. Les Cheresques n'avaient guère besoin d'encouragements de ce côté-là. Quand on gratte un peu, sous le Cheresque de base, on trouve un pirate qui ne demande qu'à s'exprimer. Ces raids fournirent une occupation aux Tolnedrains. Ça valait mieux pour eux que de ruminer la perte de l'or du Maragor ou de se retrouver au monastère de Mar Terrin. Mais je ne m'étendrai pas sur cette triste succession d'événements.

Cela dit, je suis persuadée que mon père exagère le conflit qui naquit entre les Dieux à la suite de la destruction des Marags. Nedra en voulait manifestement à son peuple de leur comportement infâme, et je ne serais pas surprise de découvrir que Belar envoya ses Cheresques sur la côte de Tolnedrie à l'instigation de son frère. Il n'y a pas de pire punition pour un Tolnedrain que de lui reprendre le fruit de ses larcins.

Les raids se poursuivirent pendant plusieurs siècles. Puis, vers le milieu du vingt-sixième siècle, Ran Borune Ier ordonna à ses légionnaires obèses de sortir de leurs garnisons s'ils voulaient gagner leur solde.

Nous ne prêtâmes guère d'attention, mon père, mes oncles et moi-même, aux chamailleries entre les Tolnedrains et les Cheresques. Nous étions trop occupés à en découdre avec le Codex mrin. Mais nous commençâmes à nous sentir concernés lorsque Ctuchik se mit à envoyer de plus en plus de Murgos vers le pied de l'À-pic, en Algarie où ils faisaient des raids motivés par deux raisons : Ctuchik voulait à la fois tester les défenses des Algarois et doter ses guerriers de montures dignes de ce nom. Les petits poneys murgos étaient à peine plus gros que des dogues; les chevaux algarois étaient bien meilleurs. Mon père passa beaucoup de temps en Algarie, pendant les vingt-deuxième et vingt-troisième siècles afin de mettre au point les tactiques que les cavaliers algarois utilisent encore aujourd'hui. Quand les pertes de Ctuchik devinrent inacceptables, ces raids cessèrent à peu près complètement. Ce qu'il y a de bien chez Torak, c'est qu'il considérait plus ou moins ses Angaraks comme du bétail, vision que partageait Ctuchik. C'est une partie de leur charme. Au contraire, le troisième disciple de Torak voulait accroître son troupeau, pas le décimer.

La guerre civile faisait rage en Arendie, et elle devait se poursuivre interminablement pendant des siècles entre les trois duchés rivaux qui manœuvraient, conspiraient et nouaient des alliances transitoires, souvent dissoutes sur le champ de bataille. Ce sont les événements d'Arendie qui me firent sortir de ma réclusion au Val et me replonger dans le monde extérieur.

Mon trois centième anniversaire passa plus ou moins inaperçu. Mon père soutient que je suis partie pour Vo Wacune au vingt-cinquième siècle, ce qui n'est pas tout à fait la vérité. Il se trompe d'un siècle. Les vieillards ont souvent du mal avec les dates.

(Ha, ha ! C'était pour rire, Père !)

À vrai dire, mon expédition en Arendie commença en 2312. Une nuit, alors que je dormais – malgré les ronflements de mon père, je fus réveillée en sursaut par l'impression troublante qu'on m'observait. Je me retournai et vis la forme fantomatique de la chouette neigeuse qui brillait au clair de lune sur l'appui de ma fenêtre. Ma mère.

Polgara, dit-elle sèchement, *tu ferais mieux d'emballer quelques affaires. Tu pars pour Vo Wacune.*

Pour quoi faire ? demandai-je.

Ctuchik sème la zizanie en Arendie.

Les Arendais n'ont pas besoin qu'on sème la zizanie entre eux, Mère. Ils sont tout à fait capables de se chamailler sans aide extérieure.

C'est un peu plus sérieux, cette fois, Pol. Ctuchik a, dans les trois duchés, des hommes qui se font passer pour des marchands tolnedrains. Ils s'ingénient, à l'aide d'histoires diverses et variées, à convaincre les trois ducs que Ran Vordue leur offre son alliance, ce qui est faux. Si le plan de Ctuchik marche, la guerre va éclater entre l'Arendie et la Tolnedrie. Le duc wacite est le plus intelligent des trois. Va à Vo Wacune, évente leur stratagème et mets-y fin. Notre Maître compte sur toi, Pol.

Je pars tout de suite, Mère, promis-je.

Le lendemain matin, je commençai à faire mes paquets.

– Tu déménages, Pol? demanda gentiment mon père. J'ai dit une bêtise?

– Non, j'ai quelque chose à faire en Arendie.

– Ah bon? Et quoi donc?

– Ça ne te regarde pas, Vieux Loup, rétorquai-je. Je m'en vais. Il me faudra un cheval. Trouve-m'en un.

– Voyons, Pol...

– Ça ne fait rien, Père. Je me débrouillerai.

– Je voudrais savoir ce que tu vas faire en Arendie, Pol.

– On n'a pas toujours ce qu'on veut, Père. Notre Maître m'a dit d'aller en Arendie arranger quelque chose. Je connais la route; tu n'as pas besoin de m'accompagner. Maintenant, tu veux bien aller voir les Algarois et leur demander un cheval pour moi, ou il faut que je m'en occupe moi-même?

Il crachouilla un peu, mais dans la matinée une jument baie appelée Lady m'attendait, toute sellée, au pied de la tour. Lady était moins puissante que Baron, mais nous nous entendions bien, toutes les deux.

Vers la fin de l'après-midi, je sentis la présence familière de mon père, quelques lieues derrière moi. Tout de même! Je commençais à me demander ce qui l'avait retardé.

Je chevauchai vers le nord à travers les contreforts d'Ulgolande puis je traversai les montagnes de Sendarie et j'entrai à Wacune, mon père à la remorque. Il changeait de forme à peu près toutes les heures.

Je traversai la Camaar presque à la source et entrai dans la grande forêt du nord de l'Arendie. Je ne tardai pas à rencontrer une patrouille wacite sous le commandement d'un jeune noble manifestement inexpérimenté, et très mal élevé.

– Halte-là, femelle! ordonna-t-il d'un ton hautain alors que ses hommes sortaient en bande des broussailles.

Femelle? Ça partait mal entre ce jeune homme et moi.

– Où vas-tu? demanda-t-il avec arrogance.

– À Vo Wacune, Messire, répondis-je poliment.

(Vous apprécierez – et vous admirerez – mon sang-froid surhumain pendant tout l'échange. Je n'envisageai pas un instant de le changer en salsifis. Pas sérieusement, du moins.)

– Qu'as-tu à faire dans notre belle cité? demanda-t-il.

– À faire, Messire; c'est tout.

– Ne te monte pas la tête, femelle. Le vulgaire ne s'adresse point de la sorte à ceux qui lui sont supérieurs. M'est avis qu'il serait bon que je t'emmène sous bonne garde, car ton langage trahit ton origine étrangère, et les étrangers ne sont pas les bienvenus dans ce royaume.

– Ça explique ta mauvaise éducation et tes manières de rustre, répondis-je du tac au tac. Le contact avec des gens civilisés t'aurait peut-être été profitable, encore que je n'aie guère d'espoir. Quel ennui! soupirai-je. Il semblerait que la tâche ingrate consistant à t'enseigner les civilités doive retomber sur moi. Écoute attentivement mes paroles, vil porcher, car tu vas découvrir que je suis une instructrice exigeante.

Et je bandai mon Vouloir.

Il me regarda en ouvrant de grands yeux. Il était évident que personne ne l'avait jamais tancé pour ses mauvaises manières. Puis il se détourna comme s'il avait l'intention de donner un ordre à ses troupes qui le lorgnaient en ricanant.

– Tout d'abord, sache que tu dois m'accorder toute ton attention pendant la leçon, repris-je froidement.

J'étais à une douzaine de pas de lui, et rien de visible ne justifia le coup qu'il reçut en pleine face, et qui dut lui faire tinter les oreilles. Ce n'était pas une pichenette. Il bascula sur sa selle, le regard légèrement hébété.

– En outre, poursuivis-je implacablement, tu devras désormais t'adresser à moi en m'appelant « ma Dame ». Si le terme « femelle » devait à nouveau effleurer tes lèvres, je veillerais à ce que tu le regrettes jusqu'à la fin de tes jours.

Le second coup l'atteignit en plein sur la bouche et lui fit vider les étriers. Il se releva en crachant du sang et des dents.

– Ai-je, par chance, réussi à obtenir ton attention, crapule ? demandai-je d'un ton plaisant, puis je murmurai : « Dors », et ses yeux, ainsi que ceux de ses hommes hilares, devinrent vitreux. Je poursuivis ma route avec un petit sourire, laissant le groupe regarder dans le vide, à l'endroit où je me trouvais un instant plus tôt. Je les laissai plongés dans cette stase pendant une heure à peu près. À ce moment-là, nous étions loin, Lady et moi. Je projetai alors ma pensée vers eux et leur ordonnai de se réveiller.

Ils n'eurent jamais conscience d'avoir somnolé, évidemment. Ils crurent que je m'étais évaporée. J'appris un peu plus tard que ce jeune présomptueux était entré dans un monastère peu après l'incident. Quant à ses hommes, ils avaient tous déserté et étaient introuvables. Au moins, le duché de Wacune était débarrassé d'un grossier personnage.

La ville de Vo Wacune étalait sa splendeur au milieu de la forêt. J'en eus le souffle coupé, littéralement. Je n'avais jamais vu une aussi belle ville. Vo Astur était presque aussi grise que le Val d'Alorie, et Vo Mimbre est toute jaune. Les Mimbraïques disent « dorée », mais la vérité est qu'elle est d'un vilain jaune sale. Vo Wacune était entièrement recouverte de marbre, comme Tol Honeth. Mais alors que Tol Honeth recherchait le grandiose, Vo Wacune ne visait qu'à la beauté, et l'atteignait. Ses tours élancées partaient, blanches et étincelantes, à l'assaut du ciel qui souriait avec bienveillance à la plus belle cité du monde.

Je m'arrêtai dans la forêt pour me changer avant de suivre la route légèrement incurvée qui menait aux portes de la ville. Je mis la robe et la cape de velours bleu que je portais pour les cérémonies officielles dans l'Île des Vents. J'y ajoutai, après réflexion, un petit diadème d'argent, juste pour faire comprendre aux intéressés que le terme « femelle » n'était pas de mise.

Les gardes, aux portes de la cité, étaient aimables, et j'entrai à Vo Wacune, mon père me suivant toujours en s'efforçant de passer inaperçu.

J'avais appris, au cours des années que j'avais passées dans l'Île, à avoir une présence dominatrice, et je fus bientôt escortée vers une grande salle où le duc était assis dans une splendeur assez royale en vérité.

– Messire, commençai-je avec une révérence, il est impératif que nous nous entretenions en privé. Je dois faire part à Sa Grâce de certains faits qui ne sauraient être entendus d'autrui.

(J'ai toujours adoré ce parler archaïque...)

– Voilà qui n'est point ordinaire, Dame...? répondit-il d'un ton interrogateur, comme s'il cherchait mon nom.

Le duc était un bel homme à la chevelure brune, coulant sur ses épaules. Il portait un pourpoint de velours pourpre, assez royal, et un tortil, c'est-à-dire une sorte de petite couronne.

– Je ferai savoir mon nom à Sa Grâce lorsque nous serons seuls, annonçai-je, et j'insinuai que des espions nous observaient peut-être secrètement.

Les Arendais adorent les intrigues, et le duc tomba aussitôt dans le panneau. Il se leva, m'offrit son bras et me conduisit dans un cabinet privé où nous pûmes nous entretenir. Mon père, qui avait pris la forme d'un chien plein de puces, nous suivit.

Le duc m'escorta vers une pièce agréable, où des rideaux impalpables étaient gonflés par la brise entrant par les fenêtres ouvertes. Il chassa mon père de la pièce, referma la porte et se tourna vers moi.

– Souffriras-Tu à présent, gente Dame, que je m'enquière de ton nom?

– Je m'appelle Polgara, Votre Grâce, répondis-je, laissant délibérément tomber le langage archaïque. (C'est bien joli, l'archaïsme, mais ça a une fâcheuse tendance à engluer l'esprit, et je voulais que le duc m'écoute de toutes ses oreilles.)

– La fille du Vénérable Belgarath ? dit-il d'un ton surpris.

– Exactement, Votre Grâce, confirmai-je, un peu étonnée qu'il ait entendu parler de moi.

Je n'aurais pas dû l'être. « La fraternité des sorciers », comme on l'appelle parfois dans le Ponant, a nourri les mythes et les légendes, et les Arendais ont une passion pour ce genre de chose.

– Mon humble demeure est honorée par Ta gracieuse présence.

– Je vous en prie, Votre Grâce, fis-je avec un sourire facétieux. Ne nous abusons pas. Votre demeure est la plus belle que j'aie jamais vue. C'est moi qui suis honorée d'être reçue ici.

– C'était un peu extravagant, n'est-ce pas ? admit-il avec une sincérité mélancolique, bien peu arendaise. Mais l'annonce de Ton identité, gente Polgara, m'a troublé, et j'ai eu recours à l'exagération pour masquer ma confusion. À quoi dois-je le plaisir de Ta divine compagnie ?

– Divine ? Si peu ! Votre Grâce a été mal avisée, dernièrement. Un marchand tolnedrain est venu ici, à Vo Wacune, lui parler au nom de Ran Vordue ; il n'en est rien. Ran Vordue n'a assurément jamais entendu parler de cet homme. La maison de Vordue n'offre nullement l'alliance à Votre Grâce.

– Je pensais, gente Polgara, que mes entretiens avec le marchand Haldon étaient restés secrets.

– Disons, Votre Grâce, que j'ai certains atouts. La situation, en Arendie, a coutume de changer d'heure en heure. Peut-être pourriez-vous me dire avec qui vous êtes actuellement en guerre ?

– Cette semaine, nous sommes en conflit avec les Asturiens, répondit-il avec un sourire mi-figue, mi-raisin. Mais si ça devenait ennuyeux, nous pourrions toujours trouver un prétexte pour déclarer les hostilités avec Mimbre. Nous n'avons pas eu une bonne guerre avec les Mimbraïques depuis près de deux ans.

Je préférai croire qu'il plaisantait.

– Des alliances ont-elles été conclues ?

– Les Mimbraïques n'ont pas plus de raison que nous de priser les Asturiens. Nous avons un traité de non-agression avec eux. En réalité, mon alliance avec Corrolin de Mimbre n'est guère qu'un pacte aux termes duquel il n'attaquera pas ma frontière sud tandis que je m'occuperai d'Oldoran d'Asturie, ce sale petit ivrogne. J'espérais conclure une alliance avec la Tolnedrie, mais si Ton information se révèle exacte, ces espoirs sont réduits à néant. Je voudrais savoir à quoi cet Haldon espère arriver par sa duperie ? explosa-t-il en frappant du poing sur la table. Pourquoi m'apporter cette fausse proposition de son empereur ?

– Le maître d'Haldon n'est pas Ran Vordue, Votre Grâce. Haldon est l'envoyé de Ctuchik.

– Le Murgo ?

– L'origine de Ctuchik est un peu plus compliquée que cela, mais passons.

– En quoi les affaires intérieures de l'Arendie peuvent-elles intéresser les Murgos ?

– Les affaires intérieures arendaises intéressent tout le monde, Votre Grâce. L'infortunée Arendie est une catastrophe ambulante, et les catastrophes ont la sale manie d'être contagieuses. C'est en tout cas ce que souhaite Ctuchik. Il rêve que la confusion règne dans l'Ouest afin d'ouvrir la porte à son Maître.

– Son Maître ?

– Ctuchik est l'un des disciples de Torak, et le Dieu-Dragon ne devrait plus tarder à envahir les royaumes du Ponant. Haldon n'est que l'un des espions que Ctuchik a envoyés en Arendie pendant que d'autres fomentent des troubles similaires en Asturie et à Mimbre. Imaginez que chaque duché soit persuadé qu'il a conclu une alliance avec les Tolnedrains, et que les légions n'apparaissent pas où et quand vous les attendez : il est probable que vous attaquerez la Tolnedrie, Corrolin, Oldoran et vous – soit individuellement, soit à la faveur d'une alliance conclue en hâte. C'est le but ultime de Ctuchik : la guerre entre l'Arendie et la Tolnedrie.

– Quelle idée consternante! s'exclama-t-il. Aucune alliance entre Corrolin, Oldoran et moi ne pourrait être assez solide pour affronter les légions impériales! Nous serions écrasés!

– Exactement! Et une fois l'Arendie écrasée et annexée par la Tolnedrie, ce serait au tour des Aloriens de veiller à la sauvegarde de leurs intérêts. Tous les royaumes du Ponant pourraient s'embraser. Je crois que je vais suggérer à mon père d'aller plutôt jeter un coup d'œil en Alorie, murmurai-je, en proie à une idée subite. Si Ctuchik suscite des troubles ici, il se pourrait bien qu'il fasse la même chose dans le Nord. Il ne manquerait plus que les clans s'entre-tuent dans les royaumes d'Alorie. Si tout le monde se sautait à la gorge dans le Ponant, la voie serait libre pour une invasion de Malloréens.

– Loin de moi l'intention de mettre Tes propos en doute, gente Polgara, mais Haldon a des documents portant le sceau et la signature de Ran Vordue.

– Le sceau impérial n'est pas difficile à imiter, Votre Grâce. Je pourrais vous en faire un tout de suite, si vous voulez.

– Faut-il, gente Dame, que Tu sois douée dans l'art de la contrefaçon?

– J'ai acquis une certaine pratique, doux sire. En nous y prenant bien, repris-je après réflexion, nous pourrions tourner le stratagème de Ctuchik à notre avantage. Je ne voudrais pas être désagréable, mais il est dans la nature arendaise de cultiver l'inimitié. Voyons si nous ne pourrions pas changer d'ennemi. Ne vaudrait-il pas mieux détester les Murgos plutôt que de vous haïr mutuellement?

– Beaucoup plus agréable, gente Polgara. J'ai rencontré quelques Murgos et n'en ai pas trouvé un seul qui m'agrée. M'est avis que c'est une race peu aimable.

– En vérité, Votre Grâce. Et leur Dieu l'est encore moins.

– Torak a-t-il prévu une action immédiate contre le Ponant ?

– Je doute que Torak lui-même connaisse ses projets.

– Je T'en prie, gente Polgara, mes amis m'appellent Kathandrion, et l'information vitale que Tu m'apportes fait assurément de Toi mon amie.

– Si tel est Ton bon plaisir, doux sire, répondis-je avec une petite courbette courtoise.

Il s'inclina en réponse et nous éclatâmes de rire.

– Nous sommes faits pour nous entendre, pas vrai, Polgara ?

– C'est aussi ce que je me disais, acquiesçai-je, un peu surprise par cette incursion dans ce que je considérais comme le parler normal.

Au fur et à mesure que nous apprenions à nous connaître, Kathandrion renonça de plus en plus souvent au style précieux, ce que j'interprétai comme une preuve d'intelligence. Il pouvait assommer ses auditeurs avec son langage fleuri – et il ne s'en privait pas –, mais il y avait un véritable cerveau derrière ces outrances langagières. Lorsqu'il décidait de parler normalement, c'était souvent sur un ton humoristique. Il était porté à la dérision, et il avait une faculté à rire de lui-même que je trouvais bien peu arendaise.

– Je crois, Kathandrion, que nous devrions faire plus ample connaissance, proposai-je, parce que quelque chose me dit que nous allons faire un bon bout de chemin ensemble.

– Je ne pourrais, m'amie, souhaiter compagnie plus agréable, reprit-il, revenant au langage fleuri, ce contraste soudain s'accompagnant d'une certaine ironie.

C'était un homme complexe. Il poussa un soupir théâtral.

– Pourquoi ce gros soupir, mon ami ?

– En vérité, Polgara, Tu viens de m'apporter une raison d'envisager d'abdiquer, se lamenta-t-il. La paix et la tranquillité d'un monastère me paraissent on ne peut plus séduisantes. La politique étrangère est-elle toujours aussi glauque ?

– Souvent. Il arrive que ce soit pire.

– Je me demande si on exigera que je me rase la tête, fit-il d'un ton rêveur en tirant une longue mèche brune devant ses yeux pour la regarder.

– Je vous demande bien pardon ?

– Quand j'entrerai au monastère.

– Oh, voyons, Kathandrion. Vous plaisantez, n'est-ce pas ?

– Tu as, gente Polgara, une définition particulière de ce terme. Il me suffisait amplement de détester les Asturiens et les Mimbraïques. La vie était si simple, alors. Et voilà que d'autres combats envisageables Tu combles mon esprit, et ce n'est pas un si vaste esprit.

Je posai affectueusement la main sur son bras.

– Vous vous en sortirez très bien, Kathandrion. Je veillerai à ce que vous ne commettiez pas trop d'erreurs. Les règles d'accusation sont-elles très strictes à Vo Wacune ?

– Les règles d'accusation ?

– De quels éléments devez-vous disposer pour prouver la fourberie de ce Tolnedrain ?

Il éclata de rire.

– Je vois, Polgara, que Tu ne connais point les coutumes arendaises, dit-il. Nous sommes des Arendais. Nous n'avons que faire des pièces à conviction et des preuves. Je gouverne par décret. Si je dis qu'un homme est un brigand, c'est un brigand, et il élit aussitôt domicile dans mes oubliettes. Avec nous, les choses doivent rester simples. Telle est notre nature.

– C'est terriblement commode. Mais j'aurais besoin d'informations complémentaires. Faites-le arrêter, je vous en prie. Il y a des questions que j'aimerais lui poser avant qu'il n'établisse sa résidence dans vos caves. Avant d'aller à Vo Astur et Vo Mimbre, je voudrais savoir jusqu'où va ce complot au juste.

– Requerras-Tu les services d'un interrogateur professionnel ?

– Un spécialiste des tortures, vous voulez dire ? Non, Kathandrion. Il y a d'autres moyens d'arracher la vérité aux gens. Une fois que je connaîtrai la portée du stratagème de Ctuchik, je devrais être en mesure de contrarier ses desseins.

– As-Tu jamais rencontré ce mécréant de Ctuchik ?

– Pas encore, Votre Grâce, répondis-je d'un ton sinistre. Mais ça ne devrait pas tarder, et j'attends ce moment avec impatience. Bien, si nous y allions, à présent ?

Je m'arrêtai un instant à la porte et jetai un coup d'œil sans aménité au chien étalé en travers du seuil.

– Ça va, sac à puces, dis-je. Tu peux rentrer. Je m'en sors très bien sans toi.

Il réussit à avoir l'air un peu penaud.

CHAPITRE XIII

Plus je découvrais le peuple arendais, plus j'appréciais Kathandrion. On a écrit des volumes en se basant sur une conception erronée de la nature arendaise. Le désastre imminent que les hommes appellent l'Arendie résulte moins d'une stupidité congénitale que d'une combinaison d'impulsivité aveugle, d'un goût irrésistible pour la dramatisation et d'une incapacité à revoir leur stratégie une fois qu'ils ont entrepris quelque chose. Au moins Kathandrion était-il disposé à écouter un instant avant de foncer tête baissée. Sa première impulsion dans le cas présent fut évidemment de mettre l'agent de Ctuchik aux arrêts et de le faire traîner, enchaîné, dans les rues de Vo Wacune – en plein midi, probablement. Il s'apprêtait à faire donner des ordres en ce sens alors que nous suivions le couloir qui menait à sa salle du trône.

– Kathandrion, suggérai-je gentiment, nous avons affaire à une conspiration. Pensez-vous vraiment qu'il soit utile de prévenir tous les autres conjurés par une démonstration publique ?

Il me jeta un rapide coup d'œil.

– Ce n'est pas une idée brillante, hein ? avança-t-il.

– J'en ai entendu de meilleures.

– Un de ces jours, il faudra que j'apprenne à réfléchir avant de donner des ordres, dit-il.

– Vous voyez, ça commence à marcher : *voilà* une bonne idée.

– Je vais essayer de m'exercer. Comment approcheriez-vous cette affaire ?

– Si vous vous exerciez à mentir un peu, maintenant ? Envoyez une note à Haldon lui demandant de passer vous voir quand ça lui conviendra pour discuter un moment en privé.

– Et s'il ne trouve pas le temps de passer avant des semaines ?

– Il va foncer ici ventre à terre, vous verrez. Faites-moi confiance, j'ai une longue expérience de ce genre de chose. Il traduira « à votre convenance » par « toutes affaires cessantes ». Il y a bien des façons d'utiliser le pouvoir, Kathandrion. Un certain doigté vaut beaucoup mieux que le marteau de forgeron.

– Voilà une vision originale des choses. C'est l'Arendie, Polgara. Les ordres doivent être donnés dans une langue facile à comprendre, à l'aide de mots d'une ou deux syllabes, pas plus.

Je trouvais Kathandrion de plus en plus sympathique.

L'invitation qu'il dicta à un scribe quand nous regagnâmes la salle du trône était si anodine que c'était du grand art. Haldon arriva dans l'heure.

Le soir tombait sur la ville lorsque Kathandrion escorta notre invité vers une pièce commodément située près de l'escalier menant aux oubliettes. Il n'y avait qu'une petite lampe dans la pièce. Je pris place sur une chaise à haut dossier, face à la fenêtre, de sorte que j'étais pour ainsi dire invisible.

Lorsqu'ils entrèrent, je projetai prudemment ma pensée. Je ne reconnus pas le rouge caractéristique des Tolnedrains mais, au contraire, un noir terne. Le dénommé Haldon était un Murgo. Je vis son reflet dans la vitre, devant moi. Il portait un mantelet vert, tolnedrain, et ses traits n'avaient rien d'angarak. Ça expliquait bien des choses.

– Loué sois-Tu, noble Haldon, d'être venu aussi vite, dit Kathandrion.

– Je suis à la disposition de Votre Grâce, répondit le gaillard avec une courbette.

– Veuille t'asseoir, ami, je T'en prie. Nous sommes seuls, aussi n'est-il point nécessaire de faire des cérémonies, dit Kathandrion, puis il s'interrompit un instant, pour ménager ses effets. Il m'a été récemment annoncé que le duché de Wacune pourrait retirer un avantage commercial si je disposais, dans les limites de mon duché, de certaines installations portuaires construites sur la rive sud de la Camaar, et il m'est apparu que Tu pourrais, ô ami, être le mieux placé pour évaluer la validité de cette proposition. Ces installations accroîtraient-elles véritablement les échanges entre Wacune et l'empire ?

– Assurément, Votre Grâce ! répondit avec enthousiasme le prétendu Tolnedrain. L'empereur lui-même a fréquemment exprimé son intérêt pour un tel projet.

– C'est magnifique ! reprit Kathandrion. Capital ! Dans la perspective de notre prochaine alliance, puis-je compter sur

Toi, ami, pour suggérer à Ton empereur de partager le coût de la construction de ces installations ?

– Je suis sûr que l'empereur réserverait un accueil favorable à cette proposition d'investissement.

Un Tolnedrain, de quelque rang que ce soit, disposé à dépenser son bon et bel argent ? Cela seul aurait suffi à le trahir.

J'avais suggéré à Kathandrion d'engager la conversation sur un sujet anodin, de sorte que le soi-disant Haldon ne soit pas sur ses gardes. En fait, j'avais besoin d'un instant pour sonder son esprit. C'est le duc lui-même qui avait eu l'idée de ces installations portuaires imaginaires, ce qui confirma la haute opinion que j'avais de son intelligence.

Je les laissai bavarder un moment, puis je me levai et m'avançai dans la lumière.

– Il me répugne, Messieurs, d'interrompre un discours aussi plaisant, dis-je, mais nous avons beaucoup de route à faire avant l'aube, et nous ferions mieux d'y aller.

Les Murgos ne sont pas plus habitués que les Arendais à voir une femme intervenir dans leurs affaires, aussi mon interruption les surprit-elle tous les deux. Le Murgo me foudroya du regard, et son visage devint d'une pâleur mortelle.

– Vous ! hoqueta-t-il.

C'était la première fois que mon apparition suscitait une telle réaction. Je le regardai avec étonnement.

– Comment avez-vous réussi à modifier vos traits, Haldon ? lançai-je. Vous n'avez vraiment pas l'air d'un Angarak. C'est Ctuchik qui vous a fait ça ? Ça n'a pas dû être agréable.

– Je regrette, ma Dame, dit-il avec méfiance – il faut lui laisser ça : le lascar reprenait vite le dessus. Je n'ai pas la moindre idée de ce que vous pouvez bien raconter.

– Vous tenez vraiment à jouer à ce petit jeu jusqu'à sa conclusion inévitable ? Quelle barbe !

Tout en parlant, j'explorai délicatement les recoins les plus sombres de son esprit, et je découvris avec stupeur qu'il ne craignait rien tant que mon père ! Le premier mouvement de surprise passé, je me dis que ça me faciliterait les choses.

– M'est avis qu'il se passe ici des choses auxquelles je ne comprends goutte, admit Kathandrion, déconcerté.

– C'est très simple en vérité, Votre Grâce, répondis-je. Ce personnage qui se fait appeler Haldon est en réalité un Murgo, dont le vrai nom est très vraisemblablement imprononçable. Cela éclaire-t-il votre lanterne ?

– Il n'a pas l'air d'un Murgo, gente Dame.

– En effet. Il va falloir qu'il nous explique ça.

– Elle ment ! cracha notre Murgo avec un rictus sinistre.

– C'est peu probable, nota Kathandrion d'un ton glacial. Il appert, gente Dame, qu'il Te connaît, reprit-il en me regardant.

– Je l'admets. Ctuchik l'avait manifestement mis en garde contre moi. Je crains, repris-je d'un ton sinistre en me tournant vers notre invité, que nous n'en arrivions à la partie la plus désagréable de cette soirée. Préférez-vous nous dire tout de suite ce que vous savez du plan de votre maître, ou dois-je vous y forcer ? Vous finirez par me dire ce que je veux savoir. À vous de voir comment vous voulez le faire.

Ce fut comme si un rideau tombait sur son regard.

– Déchaîne-toi, sorcière ! cracha-t-il avec un mélange de haine et de défi. Je suis un Dagashi, et je puis supporter toutes les tortures que tu seras capable d'imaginer !

– Je suis bien contente que tu aies laissé tomber ce masque ridicule. Au fait, laisse-moi te soulager de ce couteau que tu portes caché sous ton mantelet. Nous serions vraiment désolés que tu mettes fin à tes jours. Sans parler des saletés que ça ferait sur le tapis.

Je téléportai entre mes mains l'étrange dague triangulaire dissimulée sous ses vêtements et la regardai avec étonnement.

– Quel drôle d'objet ! remarquai-je en fronçant les sourcils. Ah, je vois ! C'est un couteau à lancer. Très efficace, apparemment. Bien, si nous passions aux choses sérieuses ?

Je le regardai droit dans les yeux en concentrant mon Vouloir. J'admets que j'avais un atout dans ma manche. J'allais lui montrer une chose qu'il redoutait, et si ça ne marchait pas, la chose elle-même n'était pas très loin. Je fis un petit geste de la main droite en relâchant mon Vouloir.

(Oui, je sais. Mon père me reproche ces petits gestes depuis une bonne trentaine de siècles, mais je n'en ai cure. Ce n'est qu'une question de style, et je fais ce que je veux, comme je veux. Voilà.)

Ceux d'entre vous qui connaissent mon père savent que c'est un comédien dans l'âme. Ça ne veut pas dire qu'il ne pourrait pas retourner les montagnes sur la pointe si ça lui chantait, mais il fait toujours les choses avec un certain panache, un style grandiose et flamboyant, très impressionnant. Son visage est un instrument parmi d'autres, et son expression en dit plus que des volumes. Croyez-moi, je vois cette gamme de mimiques depuis trois mille ans maintenant, et l'illusion que je recréai pour le bénéfice du Murgo était très vraisemblable. Au départ, je donnai à mon père un air sinistre, accusateur. Le Murgo blêmit et esquissa un mouvement de recul, les yeux exorbités.

Mon père fronça les sourcils, et le Murgo poussa un petit piaulement pathétique en levant les bras devant son visage comme si ça pouvait l'aider à se protéger.

Le visage illusoire de mon père se convulsa ensuite selon une attitude que je l'avais vu répéter devant un miroir alors qu'il ne se savait pas observé. Il plissa les yeux, c'est-à-dire qu'il releva la paupière inférieure tout en inclinant la tête en arrière. Pour être honnête, on aurait dit un fou sur le point de déchirer quelqu'un avec ses dents. Je durcis encore l'image, lui conférant ce vacillement momentané qui précède le relâchement du Vouloir.

Le Murgo poussa un hurlement de panique et manqua dégringoler de sa chaise.

– Non ! gémit-il. Ne faites pas ça !

Je le figeai sur place pendant qu'il criait et geignait, en proie à une horreur indicible.

– Je vous en prie, Polgara ! Éloignez-le ! Je ferai tout ce que vous voulez ! Tout ! Empêchez-le d'approcher !

Toutes sortes d'histoires ahurissantes circulent sur moi, depuis des siècles, mais je pense que Kathandrion n'y avait pas cru jusqu'alors. Il y accorda foi tout d'un coup. Il recula légèrement, un peu effrayé.

– Si tu commençais par me dire ton nom, Murgo ? suggérai-je. Et puis tu me raconteras ce que c'est qu'un Dagashi. Nous partirons de là. N'oublie pas que je peux faire revenir mon père à tout moment si tu refuses de coopérer.

– Je m'appelle Krachak, répondit le Murgo d'une voix entrecoupée. Les Dagashis sont membres d'une secte secrète, au Cthol Murgos. Nous réunissons des informations et nous éliminons les gens indésirables pour ceux qui nous embauchent.

– Des espions et des tueurs à gages ?

– Si vous voulez.

– Comment se fait-il que tu n'aies pas l'air d'un Murgo ?

– Sélection naturelle, répondit-il. Nos mères et nos grand-mères sont des esclaves d'autres races. On les tue après notre naissance. Je n'ai qu'un quart de sang murgo.

– Bizarre, notai-je. Je croyais que Ctuchik était obsédé par la pureté raciale. Enfin, passons. Quel est au juste le but de ta mission ici, en Arendie ?

– Je devais convaincre le duc Kathandrion qu'il pouvait compter sur le concours de Ran Vordue s'il attaquait Vo Astur. Avec l'aide des légions, Kathandrion pourrait anéantir l'Asturie. Puis je devais lui faire croire que les forces combinées des Arendais wacites et des légions tolnedraines pourraient se retourner vers le Sud et réserver le même sort à Mimbre.

– C'est absurde, répondis-je. Ran Vordue n'aurait rien eu à gagner à ça.

– Le sud de Mimbre, répliqua Krachak avec un haussement d'épaules. C'est là que se trouvent presque toutes les villes.

Je regardai Kathandrion.

– Ça aurait pu marcher? demandai-je platement. Cette offre aurait-elle pu vous tenter?

– J'en conviens, Polgara, répondit mon ami d'un air quelque peu penaud. Je me voyais déjà roi de l'Arendie tout entière. J'aurais été le monarque qui aurait mis fin aux guerres civiles qui déchirent notre bien-aimée patrie.

– Ça, j'en doute, répondis-je. Une paix fondée sur une telle trahison n'aurait pas duré. J'imagine, repris-je en me retournant vers Krachak, que des stratagèmes comparables sont en cours à Vo Astur et à Vo Mimbre? avançai-je.

– Avec des variantes, évidemment, selon la disposition géographique des trois duchés, acquiesça Krachak. J'ai cru comprendre que de vrais Tolnedrains avaient été soudoyés, à Vo Mimbre, pour poursuivre notre plan, mais ce n'était pas mon affaire. Le résultat final de nos manœuvres devait être le même. Les trois ducs s'attaquaient mutuellement en attendant chacun le renfort des légions. Ne les voyant pas venir, les ducs auraient compris qu'ils avaient été trahis. D'autres Dagashis devaient se faire passer pour des patriotes arendais et inciter chacun des trois ducs à s'allier aux deux autres pour attaquer l'empire. Voilà ce que voulait Ctuchik : la guerre entre la Tolnedrie et l'Arendie.

– La Tolnedrie nous aurait écrasés! s'exclama Kathandrion.

– Et alors? rétorqua Krachak. Ctuchik se fichait pas mal de l'Arendie et de ce qui pouvait lui arriver. Mais si la Tolnedrie l'annexait, les Aloriens entreraient dans la danse. C'était le but réel de Ctuchik : la guerre entre la Tolnedrie et l'Alorie. À partir de là, Ctuchik aurait pu aller trouver Torak à Ashaba et lui apporter sur un plateau un Ponant divisé. Ctuchik aurait été le disciple préféré de Torak, prenant le pas sur

Zedar et Urvon, et les Malloréens auraient traversé la mer du Levant. Tous les Angaraks se seraient abattus sur les royaumes du Ponant divisés et les auraient annihilés. Torak serait devenu le dieu de l'humanité entière.

(Je suis sûre que Lelldorin reconnaîtra le schéma général : un Murgo appelé Nachak a essayé quelque chose de similaire il y a quelques années, en Arendie. Décidément, ce Ctuchik n'a aucune imagination.)

Nous interrogeâmes le Murgo jusqu'à l'aube, puis nous le fîmes jeter dans le plus sordide cachot des oubliettes du château. Kathandrion n'en revenait pas de la complexité du plan de Ctuchik.

– Je suis sidéré qu'un homme puisse être aussi torturé, admit-il. Tous les Murgos ont-ils l'esprit tourné de la sorte ?

– Non, heureusement, répondis-je. Ctuchik a été l'élève de Torak en personne, et il a eu des siècles pour pratiquer son art sur ses condisciples, Urvon et Zedar. Ces trois-là ne s'aiment guère, ce qui arrange bien Torak. Le Dieu-Dragon a le chic pour faire ressortir et exploiter ce qu'il y a de pire dans la nature humaine. Je pense que je vais aller à Vo Astur, poursuivis-je d'un ton songeur. Je suis à peu près sûre qu'un stratagème comparable est en cours là-bas, de même qu'à Vo Mimbre. Ces diverses ruses doivent être coordonnées afin d'atteindre un point culminant à peu près en même temps, et ce qui se passait ici était près de déboucher.

– Souffre, gente Polgara, que je Te fournisse une escorte.

– Kathandrion, je vous rappelle que vous êtes théoriquement en guerre avec l'Asturie, objectai-je gentiment. Vous ne craignez pas que ça fasse jaser si je me rends en Asturie avec une escorte wacite ?

– Oh ! J'ai recommencé, hein ? fit-il d'un air un peu gêné.

– J'en ai bien peur, mon ami. Il faudra que nous nous occupions de ça. En attendant, ne vous en faites pas pour moi. Les Asturiens ne me verront même pas. Pas avant que je ne sois prête à m'occuper d'eux.

Je partis un peu plus tard dans la journée, avec Lady. Après une petite heure de route, je sondai mentalement la forêt environnante. Il n'y avait pas d'Arendais dans les parages, mais il y avait quelqu'un d'autre.

– Alors, Père, appelai-je tout haut. Tu viens, oui ou non ?

Un silence quelque peu embarrassé me répondit.

– Ne viens pas fourrer ton nez là-dedans, Vieux Loup, poursuivis-je. Je pense que c'est une de ces « épreuves » dont tu me rebats les oreilles. Tu peux observer, mais ne t'en mêle pas. Tu me disputeras après, quand tout sera fini. Bon, je vais prendre de l'avance. Puisque tu tiens à me filer le train, tu n'auras qu'à m'amener Lady, hein ?

(J'adore lui jouer des tours comme ça !)

Les événements se précipitaient, et je n'avais pas de temps à perdre. J'avais décidé de renoncer à ma forme préférée et de me changer plutôt en faucon.

Vo Astur était une ville de granit. Ses murailles étaient hautes et épaisses, et surmontées par des créneaux fort inquiétants. C'était une cité grise et déprimante, tapie sur la rive sud de l'Astur. Les Asturiens étaient en guerre depuis des siècles, et tous les nobles d'une quelconque importance vivaient dans des châteaux forts. Le siège du gouvernement asturien ne faisait pas exception à la règle. L'Asturie grouillait d'intrigues, de complots, d'embuscades, d'empoisonnements et d'attaques surprises, de sorte que la prudence était de mise.

J'évitai de subir l'interrogatoire rituel aux portes de la cité en descendant en spirale vers le palais ducal alors que le soir tombait sur la cité fortifiée. Je me posai, sans être vue, dans un coin de la cour, repris ma vraie forme, me glissai discrètement vers la porte majestueuse du palais, « encourageai » les gardes à faire un petit somme et entrai.

Mon père m'a toujours appris qu'il y a des moments où il ne faut pas se faire repérer. Il a mis au point plusieurs moyens de passer inaperçu en présence d'étrangers. Personnellement, ma méthode favorite consiste à faire croire aux gens qu'ils me connaissent. C'est une technique subtile. Je me fonds dans la masse. On croit me reconnaître, mais on n'arrive pas à me « remettre ». Dans les réunions sociales, ça peut être très utile. En fait, je me confonds avec le décor.

Kathandrion m'avait informée que les Asturiens parlaient un « dialecte insensé », aussi flânai-je dans un long corridor obscur en attendant que passe un groupe de courtisans, des hommes et des femmes en vêtements bigarrés. Je me joignis à eux et les écoutai attentivement. Je m'aperçus que les Asturiens ne prisaient pas le parler ampoulé qu'affectionnaient les Wacites, et s'exprimaient de la façon la plus naturelle qui soit. L'Asturie était bordée d'un côté par la mer du Ponant. Les contacts avec les étrangers y étaient beaucoup plus fréquents qu'à Wacune ou à Mimbre. Les gens n'avaient qu'un désir : être « modernes », et ils imitaient plus ou moins servilement le langage de ceux avec qui ils entraient en contact. Beaucoup d'entre eux étaient hélas des matelots, et les marins ne sont pas la meilleure référence en matière d'élégance linguistique. J'espérais dévotement que les jeunes écervelées du groupe auquel je m'étais jointe ne comprenaient pas tout ce qu'elles racontaient.

Comme les trois ducs d'Arendie avaient des prétentions royales, chacun de leurs palais comportait une « salle du trône ». Vo Astur ne faisait pas exception à la règle. Les nobles parmi lesquels je m'étais faufilée entrèrent dans la grande salle qui jouait ce rôle ici. Je m'écartai discrètement d'eux, me frayai un chemin dans la foule quelque peu éméchée et m'avançai vers le bout de la salle.

J'ai eu l'occasion, au fil des ans, de contempler l'ivresse sous toutes ses formes, car j'ai remarqué qu'elle pouvait prendre des aspects différents. Les amateurs de bière parlent généralement plus fort que les sacs à vin, et ceux qui préfèrent les alcools distillés ont tendance à se montrer belliqueux. Les Asturiens, qui ont une prédilection pour le jus de la treille, se mettent souvent à glousser quand ils ne pleurnichent pas dans leur chope. La passion des Arendais pour la tragédie les porte à la mélancolie. Une beuverie, en Arendie, est souvent une fête sinistre, qui relève plutôt de l'enterrement par un soir de pluie que d'autre chose.

Oldoran, le duc d'Asturie, était un petit bonhomme au museau de fouine, qui avait manifestement trop bu. Il était vautré dans son trône, l'air boudeur, morose, pour ne pas dire profondément dépressif. Un homme en mantelet tolnedrain d'une couleur moutarde peu appétissante était planté à sa droite et se penchait souvent pour lui parler à l'oreille. Je le sondai mentalement, avec circonspection. La couleur qui émanait du Tolnedrain n'était décidément pas rouge. J'avais manifestement un autre Murgo sur les bras.

Après cela, je passai quelques heures à rôder dans la salle en écoutant des bribes de conversation. Je compris très vite que le duc Oldoran ne jouissait pas de la considération générale. Le surnom le plus aimable que je surpris le concernant fut celui de « petite belette soûlarde ». Je crus comprendre ensuite qu'Oldoran était à peu près complètement sous la coupe du faux Tolnedrain qui lui soufflait à l'oreille. J'étais à peu près sûre de pouvoir rompre cette emprise, mais je ne voyais pas à quoi ça m'aurait servi. J'aurais pu changer les idées d'Oldoran ; ça n'aurait pas modifié sa personnalité. C'était un poivrot minable, qui s'apitoyait sur lui-même, pas très intelligent et sublimement convaincu, comme tous les vrais imbéciles, d'être l'homme le plus intelligent du monde. Là, j'avais un problème.

Le petit Oldoran n'arrêtait pas de réclamer à boire, et il finit par sombrer dans l'inconscience.

– Il semblerait que notre duc bien-aimé soit légèrement indisposé, remarqua avec une ironie mordante un vieux courtisan aux cheveux blancs, mais au regard étrangement jeune. Comment allons-nous remédier au problème ? Voyons, Mesdames et Messieurs, devons-nous le mettre au lit ? Le plonger dans ce bassin, dans le jardin, afin qu'il reprenne ses sens? Mais peut-être ferions-nous mieux de nous replier en bon ordre afin que nos réjouissances n'interrompent pas ses ronflements ? Je m'en remets, sur cette affaire, à la sagesse de la cour, conclut-il avec une courbette ironique tandis que tous riaient. Qu'en dites-vous, gentes dames et nobles damoiseaux ?

– Personnellement, j'aime bien le bassin, suggéra une grosse matrone.

– Oh non, baronne, par pitié ! objecta une jolie jeune femme aux cheveux noirs et aux yeux pétillants. Pensez à l'effroi de la pauvre carpe qui vit dedans !

– Si vous voulez fourrer Oldoran au lit, Messire Mangaran, vous avez intérêt à l'essorer un peu avant, beugla un courtisan un peu gris. Ce petit crétin est tellement imbibé de vin que si vous appuyez dessus, ça va gicler partout.

– J'avais remarqué, murmura Mangaran. Sa Grâce a une contenance stupéfiante pour un si petit gabarit.

– Messires et gentes dames, déclama la jolie dame au regard malicieux en prenant une pose dramatique, je propose un instant de silence pour ce pauvre nabot d'Oldoran. Après quoi il vaudrait peut-être mieux que nous le laissions aux bons soins du comte Mangaran, qui s'est souvent acquitté de cette tâche et n'a vraiment pas besoin de conseils. Ensuite, quand Sa Grâce aura été essorée et mise au lit, nous pourrons boire à la bonne fortune qui l'a soustraite à notre présence.

Ils inclinèrent tous la tête, mais « l'instant de silence » fut perturbé par un certain nombre de rires étouffés.

(Pardon à Lelldorin et à tous les Asturiens que cette anecdote aurait pu blesser, mais c'est la vérité. Il a fallu des siècles de souffrance pour dégrossir un peu ces Asturiens rudes et sans scrupules. C'était la première fois que je les rencontrais, et je leur trouvai plus d'une ressemblance avec les Aloriens du Sud.)

La jeune brune pétillante porta le dos de son poignet à son front dans une attitude théâtrale.

– Quelqu'un pourrait-il m'apporter une chope de vin? demanda-t-elle d'un ton tragique. Parler en public m'a toujours épuisée.

Deux grands hallebardiers emportèrent hors de la salle le duc qui ronflait comme un sonneur. Le Murgo qui était à côté de lui avait disparu dans la foule ; je l'avais perdu de vue.

Je me retirai dans une petite alcôve pour réfléchir à la situation. Je pensais, en venant à la cour d'Asturie, démasquer le Murgo qui s'y était introduit et laisser Oldoran régler le problème, mais celui-ci n'avait pas la classe de Kathandrion, et j'ai eu l'occasion d'observer, avec le temps, qu'on ne refait pas un imbécile. Si Oldoran ne répondait pas à mes attentes, il faudrait que je trouve quelqu'un qui fasse l'affaire.

Plus j'y réfléchissais, plus cette idée me plaisait. D'abord, le Murgo serait pris de court. Oncle Beldin et mon père m'avaient décrit en long et en large le caractère angarak. Les Angaraks sont viscéralement incapables de contester l'autorité. Le mot « révolution » n'existe tout simplement pas chez eux.

La stratégie que j'étais en train d'envisager n'était sûrement pas nouvelle. L'histoire arendaise est pleine de révolutions de palais, de coups d'État en réduction, généralement consécutifs à la mort d'un dirigeant. Je n'avais pas l'intention d'aller jusque-là cette fois-ci ; je voulais juste qu'Oldoran quitte le trône. Et ce que j'avais vu ce soir-là semblait prouver que la plupart des nobles de la cour partageaient ce souhait. Mon seul problème était de le remplacer. Et vite.

Je fis un rapide somme dans un salon désert et regagnai la salle de réception tôt le lendemain matin pour m'enquérir de la jeune femme intelligente et spirituelle qui avait proposé l'instant de silence. Je la décrivis aux serviteurs qui déblayaient les reliefs des festivités de la veille.

– Ça doit être la comtesse Asrana, ma Dame, répondit un valet au visage grave. Une allumeuse notoire, mais pleine d'esprit.

– C'est ça ! répondis-je. Je pense qu'on nous a présentées, il y a quelques années, et j'aimerais la revoir. Où pourrais-je la trouver ?

– Ses appartements sont dans la tour ouest, ma Dame. Au rez-de-chaussée.

– Merci, murmurai-je.

Je lui donnai une piécette et partis en quête de ma proie.

Une servante m'introduisit auprès de la comtesse qui se prélassait sur un divan, l'œil chassieux, un linge humide sur le front. Sa Grâce n'était apparemment pas dans son assiette.

– Je ne crois pas vous connaître, dit-elle d'une voix sépulcrale.

– Vous ne vous sentez pas bien ? avançai-je.

– Je me sens un peu patraque, ce matin, convint-elle. Dommage que ce ne soit pas l'hiver. Je serais sortie me mettre la tête dans la neige pendant une petite heure. Nous nous sommes déjà vues, non ? reprit-elle en me regardant plus attentivement.

– Je doute, ma chère, que nous ne nous soyons jamais rencontrées.

– Alors je ne sais pas... On a dû me parler de vous. Ah, misère..., fit-elle en portant le bout de ses doigts à ses tempes.

– Il faut que nous parlions, Asrana, lui annonçai-je. Mais je vais d'abord faire quelque chose pour vous.

J'ouvris mon petit réticule, en sortis une fiole de verre que je vidai dans une tasse abandonnée sur un guéridon, et je versai de l'eau sur le contenu.

– Ce n'est pas très bon, l'avertis-je. Mais ça devrait vous soulager.

– Si ça me fait du bien, je me fiche du goût que ça peut avoir.

Elle vida la tasse et eut un frémissement de dégoût.

– Beuh, c'est immonde ! Vous êtes docteur ? demanda-t-elle.

– J'ai une certaine culture médicale, admis-je.

– Quelle curieuse occupation pour une noble dame, remarqua-t-elle, puis elle se caressa le front. Hé, j'ai l'impression que ça va déjà mieux.

– C'était le but escompté. Dès que l'effet de la potion que je vous ai administrée se fera pleinement sentir, il y a une chose dont j'aimerais vous parler.

– Je vous dois la vie, ma chère, dit-elle avec extravagance. Je ne sais pas pourquoi, j'ai l'impression de vous connaître... Enfin, reprit-elle avec une petite grimace, par des matins comme ça on a toutes sortes d'idées étranges. C'est stupéfiant ! ajouta-t-elle en secouant légèrement la tête. Mon crâne n'a pas explosé. Vous pourriez faire une fortune à Vo Astur, avec cette potion. Tout le monde, au palais, se sent probablement aussi mal que moi, il y a encore un instant. C'est un miracle ! J'ai l'impression que je vais survivre. C'est de la magie ! C'était de la magie, hein ? reprit-elle, soudain dégrisée, en me regardant comme si elle me voyait pour la première fois.

– Mais non, ma chère. Enfin, pas vraiment.

– Oh si, je le sais bien ! Cette mèche blanche dans vos cheveux, et vous avez étudié la médecine. Vous êtes Polgara la Sorcière, n'est-ce pas ? La fille de Belgarath !

– Je vois que mon terrible secret est éventé, fis-je avec un soupir faussement navré.

– Mais vous avez un million d'années !

– Ça se voit tant que ça, Asrana ? fis-je en portant la main à ma joue.

– Absolument pas, Dame Polgara, répondit-elle. On vous donnerait à peine cent mille ans !

Nous éclatâmes de rire, et elle porta la main à son front avec un clin d'œil complice.

– Ne me faites pas rire, c'est un peu prématuré. Votre sortilège n'a pas encore complètement éradiqué ce mal de tête.

– Ce n'était pas vraiment un sort, Asrana, juste un mélange d'herbes assez communes, en fin de compte, dis-je, préférant passer sous silence le fait qu'elle aurait des réveils moins difficiles si elle modérait sa consommation de vin. Vous pourriez envoyer votre servante faire une course? J'aimerais vous parler seule à seule.

– Je vais l'envoyer chercher le petit déjeuner. Je meurs de faim, tout à coup. Vous voulez manger quelque chose?

– Avec plaisir, ma chère.

Lorsque la soubrette eut quitté la pièce, nous passâmes aux affaires sérieuses.

– Je ne voudrais pas être désagréable, comtesse, mais votre duc ne me fait pas une impression fulgurante.

– Il n'impressionne personne. Vous n'auriez pas un remède au nanisme? Dans ce cas, vous pourriez en administrer une double dose à ce pauvre Oldoran. Nous devons faire très attention de ne pas lui marcher dessus quand il est dans sa salle du trône. C'est un cancrelat, Polgara; mettre le pied sur un cancrelat est un réflexe naturel. La vie serait beaucoup plus simple par ici si quelqu'un l'écrasait sous son talon et nous en débarrassait. Une goutte de vin?

– Euh... Pas tout de suite, Asrana, et vous feriez mieux de boire de l'eau, ce matin. Si vous mélangez du vin avec la potion que vous venez de prendre, vous allez être affreusement malade.

– Je savais qu'il y avait un défaut. Où en étions-nous?

– Nous parlions des petits travers du duc Oldoran.

– Mouais. Et de ses lacunes, aussi, lança la comtesse Asrana.

Elle avait la langue acérée, et ça me plaisait.

– Si l'occasion se présentait, lequel des hommes de la cour verriez-vous le mieux à sa place?

– Le comte Mangaran, évidemment. Vous le connaissez?

– Je l'ai vu, hier soir. Il ne donne pas l'impression d'avoir une haute impression de votre duc.

– Ce n'est pas le seul. Qui pourrait aimer un cancrelat?

– Qui est ce Tolnedrain qui semble être dans les petits papiers du duc?

– Vous voulez sûrement parler de Gadon. C'est une espèce de marchand. Je suppose qu'il a fait une proposition à Oldoran. Sans doute immorale et répugnante. Depuis six mois qu'il est au palais, ce Gadon a graissé la patte à tant de fonctionnaires que la cour baigne dans le saindoux. Personne ne l'aime, mais il s'est mis le duc dans la poche, et il faut bien être aimable.

– Vous êtes d'humeur à comploter sérieusement, ce matin ?

– Maintenant que je n'ai plus mal à la tête, je suis d'humeur à tout ce que vous voulez. Que voulez-vous comploter ?

– Que diriez-vous d'une révolution, ma chère ?

– Mmm, quelle perspective réjouissante ! fit-elle en battant des mains comme une petite fille. J'adorerais contribuer à la chute de cette vermine ! Vous voulez le tuer, Polgara ? Je pourrai regarder ?

– Vous avez un mauvais fond, Asrana.

– Je sais, mais c'est tellement amusant ! Allons-nous nous faufiler dans le palais au cœur de la nuit en chuchotant et en dissimulant secrètement des armes dans les coins ?

– Vous avez des lectures déplorables, ma chère. Les bons complots ne marchent pas comme ça. Je propose que nous ayons au moins une petite conversation avec le comte Mangaran avant de le propulser sur le trône. Il n'est plus tout jeune, et ce genre de surprise pourrait être mauvaise pour son cœur.

– Rabat-joie ! Je me disais que ce serait gentil de lui offrir le trône pour son anniversaire.

– Pensez-vous que nous rencontrerons beaucoup de résistance si nous intriguons contre le duc ? A-t-il des alliés à la cour ? Des parents, ou des hauts fonctionnaires qui auraient gros à perdre si nous le renversions ?

– Laissez-moi m'en occuper, Dame Polgara. Je pourrais entortiller tous les hommes de la cour autour de mon petit doigt si je voulais.

J'avais moi-même brisé quelques cœurs, à l'occasion, et j'avais connu certains des flirts les plus outrageants de l'histoire, mais nous ne boxions pas dans la même catégorie, cette Asrana et moi. J'étais sûre que son aplomb était justifié.

Après le petit déjeuner, la comtesse fit demander au comte Mangaran de venir nous retrouver dans la roseraie. Par prudence, je sondai mentalement les environs lorsque nous arrivâmes dans le jardin. Je n'avais pas envie que l'on surprenne notre conversation.

– Je lui dis? demanda Asrana.

– Ça vaudrait peut-être mieux, acquiesçai-je. Nous n'irons plus très loin tant que nous ne l'aurons pas mis au courant.

– J'ai une petite surprise pour vous, mon cher, commença Asrana. La gent' dame z'a la beauté insurpassable que voilà est Dame Polgara. Z'êtes honoré d' faire sa connaissance, s' pas? poursuivit-elle en imitant l'accent des paysans wacites.

– Je vous en prie, comtesse, soupira Mangaran en passant la main sur ses yeux avec lassitude. J'ai eu une matinée fatigante. Le duc est absolument impossible. Il n'est pas encore levé et il est déjà soûl. Ne me faites pas perdre de temps avec des contes de fées.

– Mais c'est vrai, Messire! C'est vraiment Polgara la Sorcière! Ensorcelez-le, Dame Polgara, me demanda-t-elle en ouvrant de grands yeux innocents. Changez-le en topinambour ou je ne sais quoi.

– Je vous en prie, Asrana, soupirai-je.

– C'est un sceptique, Polly. Faites-lui tomber tous ses cheveux, allez.

(Ce fut la première et la seule personne à qui je permis de m'appeler « Polly », et je déconseille à qui que ce soit de recommencer.)

– N'en veuillez pas à notre Asrana, ma Dame, intervint Mangaran. Elle a parfois tendance à divaguer. Nous avons tout fait pour la débarrasser de cette vilaine habitude mais, comme vous le constatez, nos efforts sont restés vains.

– C'est ce que j'avais cru remarquer. Cette fois, pourtant,

elle dit vrai. Juste pour gagner du temps... Regardez bien.

Je cueillis distraitement une rose rouge sur un buisson et tendis la main. Je procédai avec délicatesse, d'abord pour que ce soit plus impressionnant, et puis aussi pour éviter d'alerter le Murgo qui était au palais.

La rose se ratatina, puis il en partit une petite pousse en spirale qui monta rapidement vers le soleil tout en se subdivisant. Les feuilles apparurent, l'extrémité des rameaux se renfla et forma des bourgeons. Lorsqu'ils fleurirent, chacune des roses était d'une couleur différence.

– On ne voit pas ça tous les jours, pas vrai, Mangaran? susurra doucement Asrana.

Le comte parut frappé de stupeur, mais il reprit très vite le dessus.

– Eh bien... Dame Polgara, soyez la bienvenue à Vo Astur, fit-il en s'inclinant avec une grâce exquise.

Je répondis à la courbette du comte avec une révérence et je téléportai mon rosier arc-en-ciel dans un massif voisin.

– Maintenant que nous avons réglé cette petite formalité, il faut que nous parlions, Messire.

– Vous m'intriguez, Dame Polgara. Je suis tout à vous.

– Mmm, tout à vous, Polgara? ironisa Asrana, les yeux jetant des étincelles.

– Ça suffit, Asrana, dis-je, puis je me tournai vers Mangaran. Êtes-vous d'humeur à comploter un peu, ce matin, Messire?

– Je suis arendais, Dame Polgara, répondit-il avec un petit sourire. Je suis toujours d'humeur à préparer un mauvais coup.

– Polly va tuer notre duc, coupa Asrana, hors d'haleine. Et elle m'a permis de la regarder faire.

– Je pourrai aussi? demanda Mangaran, excité comme un gosse.

– Ah, misère! soupirai-je. Dans quoi me suis-je embarquée?

– Nous nous en sortirons très bien, Polly, promit Asrana. Comment allons-nous éliminer le cancrelat?

– Nous n'allons pas faire ça, répondis-je. Il sait peut-être des choses qui pourraient nous être utiles. Il se fait mener en bateau par un Murgo qui essaie de fomenter une guerre entre l'Arendie et l'empire de Tolnedrie.

– Par Chaldan ! s'écria Mangaran. Le duc est un crétin, mais...

– Il n'est pas le seul à s'être laissé abuser, Messire, annonçai-je. Je viens de Vo Wacune ; il est arrivé la même chose là-bas. Et c'est probablement pareil à Vo Mimbre. Les Angaraks s'efforcent de fomenter la dissidence et la guerre dans le Ponant afin de préparer une invasion malloréenne. Mon père m'a envoyée ici, en Arendie, pour y mettre bon ordre. J'imagine que votre duc a l'esprit trop obtus pour entendre la voix de la raison, alors nous n'avons pas le choix : nous allons le renverser et vous mettre à la place.

– Moi ? Pourquoi moi ?

(Pourquoi tout le monde pose-t-il la même question, vous pouvez me le dire, hein, pourquoi ?)

Je lui répondis de la façon la plus pragmatique qui se puisse imaginer, et même l'indémontable comtesse parut un peu démontée.

– Le duc est inapprochable, Dame Polgara, répondit Mangaran d'un air dubitatif. Il est constamment entouré de gardes, et même si le reste de l'armée n'est pas payée, eux, ils le sont. Ils le défendraient au péril de leur vie.

– Nous pourrions leur graisser la patte, suggéra Asrana.

– Un homme susceptible de se laisser corrompre risque toujours de trahir son corrupteur, objecta Mangaran.

– Empoisonnez-les tous, Polly, proposa Asrana avec un haussement d'épaules. Je suis sûre que vous avez de quoi les envoyer *ad patres* dans votre petit sac.

– Ce n'est pas une très bonne idée, ma chère, objectai-je. On est en Arendie et les gardes du corps ont des familles. Si vous les tuez, vous passerez le restant de vos jours à regarder derrière votre dos en vous demandant si on ne va pas vous planter un couteau entre les omoplates. Je fais mon affaire de ces gardes du corps.

– Quand voulez-vous le faire ? demanda le comte Mangaran.

– Vous avez quelque chose de prévu pour ce soir, Messire ?

– Rien que je ne puisse repousser. Ça ne va pas un peu vite, quand même ?

– Nous ne pouvons nous payer le luxe d'attendre, Messire. On est en Arendie, je vous le rappelle, et aucun complot n'est sûr au-delà de quelques heures.

– C'est vrai, soupira-t-il. Triste, mais vrai.

– Haut les cœurs, mon cher, reprit Asrana avec jovialité. Je vous réconforterai pendant que Polly fera le sale boulot.

CHAPITRE XIV

J'ai remarqué que l'histoire avait tendance à passer très vite sur les révolutions, ces symptômes de désunion et de luttes intestines que les érudits trouvent d'une déprimante incongruité. Ce sont pourtant des choses qui arrivent, et l'Arendie offrait le terrain idéal pour un coup d'État. Je tire une certaine fierté de celui que je suscitai en Asturie cet été-là, parce qu'il se pourrait que ce soit le seul à être jamais passé de la conception à la réalisation en une seule journée. Ce qui n'est pas une mince affaire en Arendie, où les gens adorent faire traîner les choses en longueur. Les Arendais sont drogués au drame, et les drames prennent toujours du temps. Sans ce Dagashi, nous aurions pu prendre notre temps, mais il aurait suffi d'un mot malheureux au mauvais endroit et au mauvais moment pour que tout nous claque entre les mains.

Asrana regarda furtivement autour d'elle et se pencha vers moi.

– Comment allons-nous procéder, Polly? demanda-t-elle dans un murmure de conspiratrice.

(Je profite de l'occasion pour dire un mot à ma famille : si quelqu'un a le malheur de m'appeler Polly, tout le monde mangera de la paille bouillie pendant une semaine. Si je laissai faire Asrana, c'est que j'avais mes raisons.)

– D'abord, Asrana, vous allez me faire le plaisir de parler et de vous comporter normalement. Cessez de chuchoter, de vous tapir dans les coins et de marcher sur la pointe des pieds dans les couloirs sombres. On dirait une voleuse portant son sac de butin sur l'épaule. Tant que vous y êtes, il ne vous manque que d'agiter un drapeau, d'emboucher une trompette et d'arborer autour du cou une pancarte disant : « Conspiratrice ».

– Vous gâchez tout le plaisir, Polly, fit-elle en boudant.

– Je me demande quel plaisir vous prendriez à passer quarante ans au fond d'un cachot. Je vous conseille d'y réfléchir. Essayez d'imaginer l'effet que ça peut faire de dormir sur la paille moisie, avec des rats pour seuls compagnons, insinuai-je, et je me tournai vers Mangaran. Oldoran ne doit pas avoir beaucoup d'alliés à Vo Astur, je me trompe?

– Il n'en a pour ainsi dire pas, Dame Polgara, confirma-t-il. Sa famille le soutient, bien sûr, ainsi que quelques nobles qui profitent de ses exactions, mais c'est à peu près tout. À part les gardes du corps dont je vous ai déjà parlé.

– J'en fais mon affaire, répétai-je, puis je réfléchis un instant. Avez-vous un ami ou une personne en qui vous ayez toute confiance, qui demeure à une certaine distance du palais?

– Le marquis de Torandin devrait faire l'affaire, ma Dame.

– Le croyez-vous capable de garder un secret et de faire ce que vous lui direz sans poser trop de questions?

– J'en réponds, ma Dame.

– Bien. Demandez-lui de donner une réception chez lui, ce soir. Faites une liste d'invités comprenant tous les nobles apparentés au duc, et ceux qui ont financièrement intérêt à ce qu'il reste sur le trône. Saupoudrez de quelques personnages neutres, pour ne pas éveiller la méfiance. J'aimerais qu'aucun des partisans du duc ne soit dans le coin, ce soir.

– Torandin est vraiment l'homme qu'il vous faut, affirma-t-il avec un sourire. Ses soirées sont célèbres d'un bout à l'autre de l'Asturie. Tous ses invités répondront présent !

– Parfait. Maintenant, préparons notre propre soirée. J'aimerais que nous restions en petit comité. Moins il y aura de gens au courant de notre projet, moins nous risquons qu'une parole imprudente tombe dans les mauvaises oreilles. L'idéal serait de limiter le nombre des conjurés à une douzaine au maximum.

– Voyons, ma Dame, on ne peut pas renverser un gouvernement avec douze personnes.

– On peut si on s'y prend bien, Messire. Nous n'allons pas courir dans tous les sens en agitant des épées et en hurlant des slogans. Notre stratagème est beaucoup plus subtil.

– Stratagème ? Quel vilain mot, Polly ! protesta Asrana. Vous ne pouvez pas trouver quelque chose de plus flatteur ?

– Complot, conspiration, trahison ne sonnent pas mieux, Asrana. Et ce que nous prévoyons de faire n'est pas très joli de toute façon. Oldoran incarne l'autorité légale en Asturie, et nous complotons de le renverser. Ce qui fait de nous des criminels. Ou des patriotes.

– Ah, je préfère ça !

– Eh bien, tant mieux, Patriote Asrana ! Vous m'avez dit que vous pouviez entortiller tous les hommes de Vo Astur autour de votre petit doigt. Allez-y, entortillez !

– Vous pourriez être plus précise ?

– Brisez des cœurs ! Battez des cils, jetez de ces longs regards suggestifs, poussez des soupirs inconsolables, bombez le torse et laissez vos yeux s'emplir de larmes lumineuses.

– Oh, qu'on va bien s'amuser ! s'exclama-t-elle en battant des mains avec allégresse. Vous allez briser des cœurs, vous aussi, Polly ?

– Je ne suis pas connue, ici, objectai-je en secouant la tête. Les gens que nous devons recruter ne seraient pas disposés à m'écouter. Et puis, j'ai autre chose à faire. Il va falloir que vous établissiez les contacts nécessaires, tous les deux. Je veux une douzaine de conspirateurs aux points stratégiques, ce soir, à l'instant T. Je compte sur vous.

– Auriez-vous, par hasard, commandé à des armées, Dame Polgara ? demanda Mangaran, sincèrement étonné.

– Pas encore, Messire. J'arrive généralement à mes fins sans effusion de sang. Oh, à propos : j'aurai besoin d'un archer, le meilleur que vous pourrez trouver. Il faudra envoyer une flèche à un endroit bien précis, à un moment que j'indiquerai.

– Je savais qu'elle allait tuer le duc ! s'exclama Asrana, extatique.

– Non, ma chère. Je veux que le duc en sorte vivant. Si nous le tuons, tous les invités du marquis de Torandin prendront les armes demain matin. La flèche est destinée à quelqu'un d'autre. Allons-y. Le temps file et nous avons beaucoup à faire. Et je ne veux pas de ces airs furtifs ou suspects. Le mot que vous devez garder à l'esprit est « patriote ».

Les opérations étaient lancées, mais les limites que j'avais imposées devaient empêcher notre plan de faire trop de vagues. En dehors de leurs autres défauts, les Arendais sont les plus grands comploteurs du monde. Asrana et Mangaran firent rapidement le tour des courtisans, repérant les plus importants et laissant les autres dans l'ignorance de la conspiration. Ils firent évidemment promettre le silence à leurs complices et leur communiquèrent des mots de passe et autres signes de reconnaissance parfaitement ridicules. Les seules objections qu'on leur opposa portaient sur la précipitation avec laquelle ils devaient agir. Limiter les événements à une journée ne cadrait pas avec la conception arendaise du coup d'État.

Vers midi, la conspiration était bien lancée. Mangaran

subvertit quelques personnages plus âgés et plus influents tandis qu'Asrana écrémait les jeunes exaltés. Ma propre contribution, ce matin-là, fut d'ordre chimique. Le vin que nos affidés burent pendant le reste de la journée n'aurait pas fait de mal à une mouche. Ceux dont nous pensions qu'ils resteraient loyaux à Oldoran eurent droit à un breuvage qui aurait estourbi non seulement ladite mouche, mais sans doute une portée d'éléphants.

À une heure, le marquis de Torandin convia des invités triés sur le volet à « une petite soirée intime chez moi, ce soir ». Puis Mangaran et Asrana refirent le tour de leurs acolytes, qui n'avaient pas été invités, pour leur recommander de n'élever aucune protestation. En ce temps-là, à Vo Astur, tout était à peu près suspendu lorsqu'une fête était dans l'air, et plusieurs des conspirateurs semblaient partagés entre les délices conflictuelles d'une bonne soirée et d'une jolie révolution.

À deux heures de l'après-midi, je dus inventer une ruse pour empêcher le duc de sortir de chez lui. Je résolus le problème en « relevant » le vin qu'il ingurgitait, affalé sur son trône. À trois heures, il était dans un état à peu près comateux.

À ce stade, le « Tolnedrain » qui ne lui lâchait pas le coude dut avoir quelques soupçons, mais les choses allaient désormais trop vite pour lui.

Notre plan était d'une simplicité enfantine (avec les Arendais, il vaut toujours mieux éviter les complications). Tous les courtisans au palais avaient un certain nombre de domestiques, valets et autres serviteurs. Étant arendais, ils étaient armés, et habitués à réagir au quart de tour, avant même d'avoir compris de quoi il retournait. Nous avions toute la main-d'œuvre nécessaire, le cas échéant, mais à partir du moment où nos adversaires se seraient précipités chez le marquis de Torandin, la seule opposition éventuelle viendrait des gardes du corps du duc, et nous les mettrions hors d'état de nuire en assaisonnant le vin qui leur serait servi au dîner. Même si le pseudo-Tolnedrain avait quelques gros bras à sa disposition, nous avions l'avantage du nombre et nous ne pensions pas qu'ils nous poseraient un gros problème. Nous allions renverser Oldoran en invoquant une « soudaine indisposition ». Laquelle n'aurait rien de vraiment soudain. Oldoran avait tout fait pour la provoquer en s'imbibant minutieusement pendant des années.

Peu avant le dîner, je remmenai Asrana et Mangaran dans la roseraie afin de peaufiner les détails de dernière minute.

– Surtout ne le tuez pas, leur rappelai-je fermement. Ce serait un désastre. Au moment fatidique, je vous demande à tous de tirer une tête de six pieds de long. Faites semblant d'être inquiets pour la santé d'Oldoran. Vous avez parlé à l'abbé ?

– Tout est prêt, acquiesça Mangaran. Oldoran disposera au monastère d'un nid confortable et de tout le vin qu'il pourra absorber. L'abbé publiera régulièrement le bulletin de santé de Sa Grâce. Santé qui a peu de chance de s'améliorer, au demeurant.

– Ne précipitez pas les choses, surtout, insistai-je. Laissez faire son foie.

– Combien de temps cela risque-t-il de prendre, Polly ? s'enquit Asrana.

– Pas plus de six mois, répondis-je. Vous avez vu le blanc de ses yeux ? Il est déjà tout jaune. Son foie est en train de se fossiliser. Il ne devrait plus tarder à délirer. À ce moment-là, vous autoriserez ceux qui le soutiennent encore à venir le voir afin de constater son état par eux-mêmes.

– C'est vous qui lui changez le foie en pierre, Polly ?

– Non. Il fait ça tout seul.

– Le vin peut vraiment produire cet effet ?

– Eh oui, ma chère. Ça fait réfléchir, hein ?

– Je devrais peut-être réduire un peu..., fit-elle en plissant délicatement le front.

– C'est vous que ça regarde, mais je sais ce que je ferais à votre place. Bon, maintenant, retournez circuler parmi nos « patriotes », tous les deux. Enfoncez-leur dans le crâne que nous ne faisons pas ça de gaieté de cœur. Nous n'avons pas le choix. Si nous agissons ainsi, c'est par amour pour l'Asturie.

– Ce n'est pas tout à fait vrai, Dame Polgara, fit Mangaran avec franchise.

– Eh bien, vous n'avez qu'à mentir. Une bonne politique est toujours basée sur le mensonge. Quand vous ferez ces beaux discours, tâchez d'avoir dans votre auditoire des complices qui applaudiront très fort. Ne laissez rien au hasard.

– Vous êtes une cynique, Polly, remarqua Asrana d'un ton accusateur.

– Je m'en remettrai. Bon, allez-y. Quand le duc sera en sûreté dans ce monastère, vous parlerez aux barons locaux. J'aimerais que les rues de Vo Astur grouillent d'hommes en armes, demain matin. Avertissez vos barons que leurs hommes devront rester courtois. Pas de pillages, de règlements de comptes, d'incendies ou de viols. Ils seront là pour assurer le maintien de l'ordre et rien d'autre. C'est moi qui déciderai de ce qui relève du désordre. Pas question de donner à l'opposition un prétexte pour déclencher une contre-révolution. Encore une chose : demain matin, un vieil homme aux cheveux blancs et vêtu d'une robe blanche viendra au palais. Il fera un discours et je veux que tout le monde à la cour, qu'il soit ivre ou à jeun, vienne l'écouter. Il expliquera au peuple que nous avons agi sur ses ordres ; nous ne devrions plus avoir de problèmes après cela.

– Qui, en ce bas monde, pourrait bien avoir une telle autorité ? s'étonna Mangaran.

– Mon père, évidemment.

– Le Saint Belgarath en personne ? releva Asrana, estomaquée.

– Oh, saint... Attendez de l'avoir vu. Il est assez porté sur la créature, et il a les mains baladeuses.

– Vraiment ? insista-t-elle. Mais c'est très intéressant !

Je commençai à me demander si cette Asrana n'était pas encore pire qu'elle n'en avait l'air.

– Vous avez trouvé mon archer, Mangaran ? demandai-je.

– Oui, Dame Polgara. Il s'appelle Lammer. Il ferait passer une flèche par le chas d'une aiguille à cent pas.

– Parfait. Je voudrais lui parler avant que nous ne passions à l'action.

– Euh... quand cela doit-il se passer au juste ?

– Ce soir, Messire. Quand j'entrerai dans la salle du trône. Ce sera le signal.

– Je ne vous quitterai pas des yeux, promit-il.

– Très bien. Maintenant, au travail !

Après leur départ, je m'attardai dans la roseraie.

– C'est bon, Père, dis-je à un citronnier d'ornement. Tu peux descendre.

Il se posa à terre et reprit forme humaine. Je lui trouvai l'air un peu égaré.

– Tu savais que j'étais là ? ronchonna-t-il.

– Ce que tu peux être fatigant, quand tu veux ! Tu sais parfaitement que tu ne peux pas m'empêcher de te repérer. Je sais toujours quand tu es là. Alors ? Qu'en penses-tu ?

– Je pense que tu prends beaucoup de risques, Pol. Et tu vas trop vite.

– Il le faut, Père. Je ne sais pas qui ce Murgo a pu mettre dans sa poche.

– C'est exactement ce que je veux dire : tout ton stratagème repose sur les deux zigotos qui viennent de partir, et tu ne les connais que depuis ce matin. Tu es sûre de pouvoir te fier à eux ?

– Oui, Père, répondis-je avec un de ces soupirs excédés dont j'ai le secret. J'en suis sûre. Mangaran a tout intérêt à ce que ça marche, et il a encore un vieux reste de patriotisme.

– Et la fille ? Elle est un peu évaporée, non ?

– C'est une attitude, Père. Elle est très futée, et elle a au moins autant à gagner que Mangaran. Tu comprends, une partie du problème de l'Arendie, c'est que les femmes n'y sont guère mieux considérées que des animaux domestiques. Cette Asrana va aider à renverser le gouvernement et quand Mangaran sera sur le trône, elle sera très proche du pouvoir. Dès demain, il faudra compter avec elle, en Asturie. C'est sa seule chance de prendre de l'importance, et elle ne la laisserait échapper pour rien au monde.

– Mouais. Peut-être.

– Fais-moi confiance, Père. Bon, tu veux bien le faire ?

– Quoi donc ?

– Le discours, demain matin ?

– Pourquoi ne le fais-tu pas, toi ?

– Tu n'as pas écouté ce que je viens de dire sur les animaux domestiques ? Nous sommes en Arendie, Père. Aucun Arendais n'écoutera un être humain qui porte une jupe. Il faut que j'aille à Vo Mimbre, et je n'ai pas le temps de convaincre une horde d'Asturiens avinés que je ne suis pas un caniche. Et puis il faut voir le bon côté des choses : si tu fais ce discours, c'est toi qui retireras tout le mérite de ce que j'ai fait, alors que tu n'as même pas levé le petit doigt.

– Je vais y réfléchir. Au fait, pourquoi laisses-tu cette gourde t'appeler Polly ? Si je m'y risquais, moi, tu me mettrais le feu à la barbe !

– Très juste, alors n'y songe même pas. En réalité, c'est seulement quand Asrana a commencé à m'appeler Polly que j'ai été sûre qu'elle était de notre côté. Elle fait de la lèche, tu comprends. Mais je la laisse faire tant qu'elle me sert.

– Je ne comprendrai jamais rien aux femmes.

– Je ne te le fais pas dire. Oh, avant de te mettre à écrire ton discours pour demain... Les gardes du corps d'Oldoran sont en train de dîner ; je voudrais que tu assaisonnes leur vin de telle sorte qu'ils roulent sous la table.

– Je pensais que tu désapprouvais ceux qui boivent.

– C'est une occasion spéciale, Père, et il faut savoir faire des entorses à la règle. J'aimerais réduire les effusions de sang au minimum, ce soir. Il est important que le remplacement d'Oldoran semble administratif et non militaire.

– Bien joué, Pol.

– Merci, Père. Je compte sur toi pour mettre hors d'état de nuire les hommes qui sont dans la salle de garde. Et puis tu pourras écrire ton discours pendant que je renverserai le gouvernement.

Juste après le dîner, un gros paysan à l'air emprunté vint me trouver.

– Messire Mangaran m'a dit de venir vous voir, ma Dame, commença-t-il poliment. Il paraît que vous avez un... message à transmettre. Je m'appelle Lammer.

C'était un peu abscons, mais nous complotions, après tout. Quoi qu'il en soit, je compris.

– Êtes-vous un bon messager? lui demandai-je.

– Il n'y en a pas de meilleur dans toute l'Asturie, ma Dame. Vous voulez une démonstration?

– Non, Lammer. Je vous crois sur parole. Je veux que mon message arrive dans un certain cerveau à un moment précis.

– Pas de problème, ma Dame. Je serai dans la galerie, du côté droit de la salle du trône, reprit-il en plissant les paupières. J'enverrai le message et je serai à mi-chemin de l'escalier avant qu'il n'ait atteint sa cible.

– Parfait. Je vais me changer avant de regagner la salle du trône. Vous délivrerez mon message à l'instant où j'entrerai.

– Oui, ma Dame. Euh..., à qui le... message est-il destiné?

Je le lui dis, et une ébauche de sourire effleura ses lèvres. Puis j'allai me changer dans l'appartement d'Asrana. Je mis la robe que je portais au mariage de Beldaran. Elle était assez spectaculaire pour attirer tous les regards, et je me sentais bien dedans. J'avais regardé Arell en effectuer chaque point.

(Mais non, évidemment! Je ne l'avais pas amenée avec moi en Arendie. Elle était encore pendue dans mon placard, dans la tour de mon père. Enfin, j'ai quelques atouts dans ma manche.)

Asrana entra alors que je me recoiffais.

– Seigneur, Polly ! fit-elle. Quelle robe stupéfiante ! Mais... elle n'est pas un peu... osée ?

– C'est fait pour, Asrana, décrétai-je. Des tas de choses vont se passer quand j'entrerai dans la salle du trône, et je tiens à ce que tout le monde ait les yeux braqués sur moi.

– Pour ça, Polly, vous pouvez être tranquille. Mais ça risque de perturber le plan. Tout le monde sera tellement occupé à vous regarder que personne ne pensera plus à renverser le gouvernement.

– Il va se passer une chose qui le leur rappellera, ma chère, lui assurai-je. Maintenant, allez chercher Mangaran et envoyez-le-moi. Quant à nous, nous nous retrouverons dans la salle du trône. Faites le tour de nos gens et dites-leur de se tenir sur leurs gardes. Ça risque d'aller assez vite quand j'arriverai.

– Vous ne pourriez pas être un peu plus précise ?

– Je ne veux pas vous gâcher la surprise. Vous aimez les surprises, n'est-ce pas, Asrana ?

– Pas quand je suis en pleine conspiration, dit-elle en jetant un regard concupiscent aux carafes de vin posées sur une console.

– Non ! dis-je fermement. C'est hors de question ! Vous aurez besoin de toute votre tête, ce soir.

– Je suis à cran, Polly.

– Parfait. Je ne tiens pas à ce que vous soyez trop détendue.

Elle me laissa, et quelques instants plus tard, Mangaran frappait à la porte.

– Vous allez vous rendre dans la salle du trône, lui recommandai-je. Arrangez-vous pour vous trouver à cinq pas du trône. Oldoran est bien là, n'est-ce pas ?

– Il a plus ou moins repris conscience après dîner, et ses serviteurs l'ont aidé à prendre place sur son trône, confirma-t-il. Il a les yeux ouverts, mais je doute que son cerveau enregistre quoi que ce soit.

– Bien. Dès que j'entrerai dans la salle du trône, il se passera quelque chose. J'interviendrai, nous ferons précipitamment sortir le duc de la salle du trône, comme pour le protéger. En réalité, ce sera un prétexte pour l'emmener au monastère. Je l'examinerai rapidement et nous annoncerons qu'il se retire du monde « pour raison de santé ». À ce stade, vous assumerez le gouvernement. Essayez d'avoir l'air de déplorer la situation.

– Que se passera-t-il exactement, Dame Polgara ?

– Vous n'avez pas besoin de le savoir. Je veux que vous réagissiez avec spontanéité. Ce que vous ferez, si vous êtes surpris. Vous n'aurez qu'à suivre les instructions que je vous donnerai. Compte tenu des circonstances, elles seront parfaitement rationnelles, et personne ne vous posera de questions. Maintenant, allez dans la salle du trône. Je vous suis. Et c'est là que les réjouissances commenceront.

(Vous remarquerez que je gardais beaucoup de détails par-devers moi. Simple question de prudence. Les Arendais sont des gens serviables, et je ne tenais pas à ce qu'ils prennent des initiatives intempestives.)

Je ne quittai pas tout de suite l'appartement d'Asrana. Je fis le calme en moi. J'aurais un certain nombre de choses à faire en même temps, lorsque le message de Lammer atteindrait son destinataire. Très peu de gens étaient au courant de notre plan, et je devais canaliser les pensées de tout le monde. Je n'avais pas l'intention de laisser place aux spéculations. Chacun devait interpréter les événements d'une façon bien précise.

J'inspirai profondément et pris l'enfilade de corridors qui menaient à la salle du trône.

Je m'arrêtai dans le couloir, devant la porte, et m'assurai que tout le monde était en place. Oldoran était affalé sur son trône, les yeux vitreux. Mangaran était à sa gauche, le Murgo en mantelet jaune moutarde à droite. Il avait l'air de s'ennuyer ferme, mais son regard allait de l'un à l'autre avec vivacité. La galerie sur laquelle se trouvait Lammer était plongée dans l'ombre, de sorte que je ne le voyais pas. Je projetai une rapide pensée scrutatrice. Il était bien là. Asrana, toujours aussi évaporée, n'était pas loin du trône. Elle était plus resplendissante que jamais. Sans doute un effet de la tension.

Tout était conforme au plan. Nous étions prêts.

Je fis un pas en avant et regardai le Tolnedrain en mantelet jaune planté à côté du duc. Son regard tomba sur moi. Il me reconnut aussitôt et je crus que les yeux allaient lui sortir de la tête. J'espérais bien qu'il avait entendu parler de moi, lui aussi.

Je m'avançai afin d'être visible de tous. Ma robe avait été coupée pour attirer les regards, et elle produisit l'effet escompté. Les têtes se tournèrent vers moi. Les conversations s'arrêtèrent. Dans le silence, on entendit soudain vibrer la corde d'un arc.

La flèche à pointe métallique pénétra droit dans le front de Krachak avec un bruit atroce. La distance n'était pas si grande, et l'arc de Lammer était puissant. La flèche traversa le crâne du Murgo et ressortit d'un bon pied derrière la nuque. Cet empennage planté au milieu du front lui donnait un air un peu bizarre. Il se redressa d'une secousse.

– Assassins ! hurlai-je d'une voix magiquement accrue, de sorte que les sentinelles qui montaient la garde sur les murs de la ville m'entendirent probablement. Mettez le duc en sûreté !

C'est ainsi que je renversai le gouvernement d'Asturie. Une flèche, un cri, et le tour était joué. Les bons plans sont toujours les plus simples.

Mangaran ne perdit pas de temps. Pendant que le faux Tolnedrain tombait à la renverse, il hurla : « Le duc ! Faites-lui un rempart de votre corps ! » Les courtisans commencèrent par reculer, craignant sans doute de tomber sous les flèches à leur tour, et rares étaient ceux qui aimaient Oldoran au point de courir ce risque pour lui. Mais Mangaran s'était déjà jeté sur le duc, ahuri, et quelques-uns l'imitèrent. D'autres tirèrent l'épée et cherchèrent quelqu'un à embrocher.

Asrana se mit à hurler, feignant assez joliment l'hystérie.

Je contournai rapidement la foule et m'approchai de la porte située derrière le trône.

– Par ici, Messire Mangaran ! appelai-je. Emmenez le duc par ici ! Vous autres, gardez cette porte ! Il y a des traîtres parmi nous !

C'était le message que je tenais à faire passer.

Je projetai devant les yeux chassieux d'Oldoran, qui paraissait frappé de stupeur, une illusion hideuse qu'il était seul à voir. Il se mit à pousser des cris et des hurlements incohérents pendant que plusieurs courtisans le ramassaient et suivaient Mangaran vers la porte où je me tenais. J'accrus l'illusion devant les yeux d'Oldoran qui redoubla de terreur et commença à se débattre frénétiquement. Je tenais à ce qu'il continue à crier.

– Je fais l'annonce ? me demanda tout bas Mangaran en menant le petit groupe qui entraînait le duc hors de la salle du trône.

– Pas encore, répondis-je tout aussi discrètement. Laissons-le hurler un peu. Je viendrai bientôt l'examiner.

Je les laissai passer, refermai la porte derrière eux et m'adossai au panneau.

– Trouvez l'assassin ! ordonnai-je. Pourchassez-le !

Ça occuperait ceux qui ne gardaient pas la porte. Un rapide coup de sonde mental m'avait confirmé que Lammer avait déjà quitté le palais et était confortablement installé dans une taverne à quelques rues de là. Les courtisans retrouvèrent néanmoins son arc et un carquois de flèches sur la galerie. Je notai que Lammer était un professionnel jusqu'au bout des ongles.

Cela dit, tous ceux qui se trouvaient dans la salle du trône ne recherchèrent pas le mystérieux archer. Une demi-douzaine de nobles asturiens à l'air désemparé entourait le cadavre du Murgo. Certains se tordaient les mains. L'un d'eux pleurait sans retenue. Je croisai le regard d'Asrana et lui fis signe, d'un doigt recourbé, d'approcher. Ce qu'elle fit aussitôt.

– Oui, Polly?

Effacez tout de suite ce sourire réjoui de votre figure, lui dis-je sans ouvrir la bouche.

– Comment faites-vous...? commença-t-elle.

Taisez-vous et écoutez-moi! Gravez dans votre mémoire les noms des hommes qui entourent le cadavre. Il faudra que nous les tenions à l'œil.

Puis je poursuivis, à haute voix – juste assez haute pour être entendue des courtisans qui gardaient la porte.

– Calmez-vous, ma chère, lui dis-je. Le duc est sain et sauf, et Messire Mangaran est avec lui.

– Il n'a pas de mal? demanda-t-elle en faisant la grimace comme Oldoran laissait échapper un cri particulièrement perçant.

– Il est un peu perturbé, Asrana. Le choc de l'attentat contre sa vie l'a déstabilisé, je crois. Tenez, prenez ma place. Si quelqu'un tente de franchir cette porte, retenez-le au péril de votre vie.

Elle leva le menton et prit une pose héroïque.

– Absolument! déclara-t-elle. Il faudra qu'il me passe sur le corps, qu'il me découpe en morceaux et répande mon sang! Celui qui réussira à passer n'est pas né!

– Brave petite, murmurai-je.

J'ouvris la porte donnant sur la petite antichambre où le duc hystérique avait été emmené et pris Mangaran à part.

– Tout s'est bien passé, Messire, lui soufflai-je à l'oreille. Fin du premier acte. Il est temps de passer à l'acte deux.

– Vous avez d'autres surprises en réserve, Polgara? murmura-t-il. J'ai failli perdre mon sang-froid quand j'ai vu des plumes pousser sur le front de ce Murgo.

– Je pensais bien que ça vous plairait. Je vais examiner le duc, et je diagnostiquerai une perte temporaire de raison.

– Temporaire ?

– C'est un diagnostic intermédiaire, Mangaran. Un prétexte pour le transporter au monastère. Nous ferons grise mine et plus tard, nous évoquerons des séquelles. Il faudra que vous me présentiez lorsque vous ferez votre annonce. J'informerai les courtisans des conclusions de mon examen. Mon nom est assez connu pour que personne n'ose discuter avec moi. Je leur dirai que le duc a besoin d'un endroit tranquille pour se remettre, et c'est vous qui parlerez du monastère. C'est un endroit logique : tranquille, sûr... Beaucoup de moines pour veiller à tous ses besoins. Nous ferions mieux d'y aller, mon cher. Je veux qu'il y soit avant que les invités à la soirée du marquis de Torandin ne se dispersent. Je n'ai pas envie qu'ils fassent preuve de créativité et aillent imaginer d'autres solutions. Une fois le duc en sûreté, nous pourrons raconter qu'il serait imprudent de le transporter.

– Vous prévoyez toujours tout comme ça, Polgara ?

– J'essaye, en tout cas. Prenez l'air inquiet pendant que j'examine Sa Grâce.

– Pourquoi devrais-je m'inquiéter ? Tout est paré.

– Faites semblant, Mangaran. Allez...

Je me penchai sur Oldoran pour l'examiner. Il contemplait toujours, les yeux exorbités, l'illusion que j'avais créée pour lui, et bredouillait, terrorisé. Il avait l'haleine rance et exhalait la puanteur des ivrognes invétérés. S'approcher de lui n'était pas agréable. Étant donné son état, je ne pris guère de précautions pour sonder son esprit. Il n'en restait pas grand-chose, d'ailleurs. Puis je poursuivis mon examen, passant en revue ses organes principaux. Il avait le foie fichu, évidemment, les reins presque bloqués et les artères à peu près colmatées. Son cœur ne tiendrait plus longtemps. Lorsque je lui avais donné six mois à vivre, j'avais été un peu optimiste.

– Très bien, Messire Mangaran, dis-je d'un ton professionnel, pour la galerie. J'ai fini. Sa Grâce est dans un triste état. Elle aura besoin de repos complet, dans un endroit calme. Il faudra que quelqu'un assume l'intérim pendant sa convalescence.

– Je vais en informer la cour, ma Dame, m'annonça-t-il, de la même façon. Mais je ne suis pas médecin. Puis-je me recommander de vous pour décrire l'état de Sa Grâce ?

– Assurément, Messire, répondis-je, et nous nous replongeâmes dans le tohu-bohu, laissant la porte légèrement entrouverte pour que les courtisans entendent les cris d'Oldoran.

Mangaran s'approcha du trône, jeta un rapide coup d'œil au cadavre du Murgo étalé sur l'estrade et s'adressa à la foule.

– Messires et gentes Dames, commença-t-il d'une voix étranglée par une feinte angoisse, l'état de Sa Grâce est beaucoup plus sérieux que nous ne l'imaginions. Le choc provoqué par ce vil attentat à sa vie a aggravé une maladie que nous ne soupçonnions pas. Je ne suis pas très versé dans les arcanes du fonctionnement de l'organisme humain, avoua-t-il d'un air attristé. Je ne sais même pas très bien comment mon propre sang circule dans mes veines. Par bonheur, nous avons parmi nous l'une des meilleures doctoresses du monde. Elle a examiné Sa Grâce et a accepté de partager ses conclusions avec nous. La dame en question a une réputation universelle ; je suis sûr que la plupart d'entre vous ont entendu parler d'elle. Messires, gentes Dames, permettez-moi de vous présenter Dame Polgara, la fille du Vénérable Belgarath.

Il y eut les hoquets de surprise – et d'incrédulité – habituels, bientôt suivis par de timides applaudissements.

Je m'approchai de Mangaran.

– Mesdames, Messieurs, commençai-je, je n'avais pas l'intention de révéler publiquement ma présence à Vo Astur, mais la crise actuelle a exigé que je me mette en avant pour vous faire connaître certains faits. Votre duc est gravement malade, et cette tentative de meurtre a accru son mal. Comme vous l'avez entendu, ajoutai-je après une petite pause un peu théâtrale, Sa Grâce le duc n'est pas très en forme pour le moment. Elle souffre d'un mal rare, connu sous le nom de *morbialis conjonctive interstitielle*, qui atteint à la fois le corps et l'esprit, hélas, ajoutai-je avec un coup d'œil vers la porte derrière laquelle le duc s'égosillait toujours. Bref, Sa Grâce est au bord de l'effondrement complet, tant physique que mental.

(Ne prenez pas la peine d'explorer la littérature médicale à la recherche de la « morbialis conjonctive interstitielle ». Vous ne la trouverez pas. C'était pur charabia, inventé pour la circonstance. Mais ça paraît horrible, non ?)

– Y a-t-il un remède, Dame Polgara ? demanda Asrana.

– Je ne puis l'affirmer. C'est une affection très rare. On en a dénombré une demi-douzaine de cas à peine depuis qu'elle a été diagnostiquée, il y a plus d'un siècle, à présent.

– Quel traitement recommandez-vous ? relança Mangaran.

– Le duc doit observer un repos absolu, répondis-je. Je suggère que vous le fassiez emmener dans un endroit calme où il sera à l'abri de toute tentative d'assassinat et pourra se remettre tranquillement. S'il reste au palais, il sera inévitablement repris par les affaires d'État, et ce sera... la mort.

– La mort ! hoqueta Asrana. C'est donc si grave ?

– Peut-être même plus, répondis-je. Sa vie ne tient qu'à un fil. Y a-t-il un endroit où Sa Grâce pourrait amorcer sa guérison ? demandai-je en me tournant vers Mangaran. Un endroit tranquille, comme je viens de vous le décrire.

– Eh bien..., commença-t-il d'un ton quelque peu dubitatif. Il y a un monastère à une heure de route. Il est entouré de hautes murailles et les moines passent le plus clair de leur temps en méditation. C'est un endroit sûr, et silencieux.

– Ce ne serait peut-être pas mal, dis-je en feignant de réfléchir.

– Et qui assumera les devoirs de sa charge tandis que Sa Grâce se remet ? demanda l'un de nos « patriotes ».

– Je ne suis qu'une stupide femme, intervint Asrana en faisant un pas en avant, mais j'ai l'impression que le comte Mangaran semble avoir la situation bien en main. Comme il s'est porté volontaire, pourquoi ne pas le laisser s'occuper de tout pendant la retraite temporaire du duc ?

– Oui, acquiesça un noble d'âge respectable – un de nos alliés, lui aussi. Mangaran devrait très bien s'en sortir. Le Conseil Privé souhaitera peut-être aborder la question, mais dans l'intérim, je suggère que le comte prenne toutes les décisions. Nous avons les Wacites sur notre frontière est ; ce n'est pas le moment de donner des signes de faiblesse ou de division qui les encourageraient à donner l'assaut.

– Si telle est la volonté de la cour, soupira Mangaran en réussissant à donner l'impression d'y aller à reculons.

Le duc bredouillant fut jeté dans une voiture et emmené au monastère une heure avant la fin de la soirée chez le marquis de Torandin. Nous laissâmes le cadavre du Murgo à l'endroit où il était tombé, dans l'espoir de convaincre les fêtards qu'il y avait bel et bien eu tentative d'assassinat sur la personne d'Oldoran et, à quelques exceptions près, tous convinrent que Mangaran était le mieux placé pour assumer l'intérim.

Le temps que je réussisse à me coucher pour dormir quelques heures, c'était presque l'aube.

Morbialis conjonctive interstitielle, hein ? fit doucement la voix de mon père. *Qu'est-ce que c'est, Pol ?*

Une maladie très rare, Père.

Ça, je te crois. Je n'en avais jamais entendu parler.

Il y a peu de chance. C'est le premier cas que je rencontre moi-même. Allez, Vieux Loup, va-t'en. Laisse-moi dormir un peu. Je t'appellerai quand ce sera l'heure de faire ton discours.

Notre coup d'État s'était magnifiquement déroulé. La piètre opposition potentielle avait été complètement prise au dépourvu par notre rapidité d'action, et la soudaine apparition, le lendemain matin, dans la salle du trône, du légendaire Belgarath, grava plus ou moins notre arrangement dans la pierre. Mon père, qui avait toujours été un comédien dans l'âme, s'avança dans la salle du trône vêtu d'une robe blanche presque lumineuse. Il tenait un bâton que les crédules Asturiens voyaient déjà anéantir des forêts entières, écrêter des montagnes et changer des hordes de citoyens en régiments de rutabagas. Mon père assuma naturellement l'initiative de l'opération et laissa fortement entendre que c'était lui qui avait décidé que le comte Mangaran prendrait les rênes du pouvoir.

Le Murgo mort qui avait subverti le duc Oldoran fut enterré, la flèche de Lammer encore plantée dans le crâne, et comme la plupart de ses complices étaient des Angaraks incapables de prendre une décision, ils étaient condamnés à attendre de nouvelles instructions de Rak Cthol. Ctuchik avait des tas de soucis, ces temps derniers, et j'avais bien l'intention d'aller à Vo Mimbre lui procurer d'autres raisons de se faire du mauvais sang.

Lorsque tout eut été arrangé, nous nous retrouvâmes dans les appartements d'Asrana, mon père, Mangaran, Asrana et moi, pour envisager l'avenir.

– Mon père ne sera peut-être pas d'accord, commençai-je, mais je pense que nous devrions faire des ouvertures de paix à Kathandrion, le duc de Wacune. Mettons fin à cette stupide guerre. Des objections ? fis-je en regardant mon père.

– C'est ta petite fête, Pol, répondit-il en haussant les épaules. Fais comme tu le sens.

– C'était plus ou moins mon intention, de toute façon, répondis-je, puis je regardai Asrana et Mangaran en haussant un sourcil. Essayez de ne pas faire trop de bêtises pendant mon absence. Surveillez la famille d'Oldoran et la demi-douzaine de courtisans qui étaient tellement déçus du soudain trépas de notre ami en mantelet tolnedrain. Il y a probablement d'autres Murgos dans le coin, et j'imagine qu'ils se feront aussi passer pour des Tolnedrains lorsqu'ils se montreront à la cour. Pour moi, la meilleure façon de vous en débarrasser serait de vous en tenir à cette histoire d'intérim : théoriquement, vous vous contentez d'expédier les affaires courantes en attendant la guérison d'Oldoran. Prétendez ne pas avoir l'autorité de signer des traités ou d'accepter des arrangements plus informels. Dites qu'il leur faudra attendre que le duc aille mieux. Ça devrait vous permettre de gagner six bons mois. Je suppose que Ctuchik a un programme précis et un retard de six mois devrait sérieusement le perturber. Les Dagashis vont devoir apprendre la patience mais, en ce qui me concerne, je ne vais pas perdre mon temps. Je devrais pouvoir donner un coup d'arrêt aux affaires à Vo Mimbre, et ils n'y pourront rien.

– C'est vous, Vénérable Belgarath, qui lui avez appris ces tours ? demanda Mangaran.

– Non, répondit mon père. C'est un don, chez elle. Mais je suis très fier de ma fille.

– Un compliment, Père ? Le monde va s'écrouler ! ironisai-je, puis je me tournai vers Asrana qui lorgnait mon père d'un air spéculatif. Ce serait une terrible erreur, lui dis-je. Vous n'avez sûrement pas envie de vous compromettre avec lui.

– Je suis de taille à me défendre, Polly, dit-elle, sans détourner les yeux de mon père.

– Ah, misère ! fis-je en levant les bras au ciel.

Et je partis pour Vo Mimbre.

CHAPITRE XV

Mon père m'ayant suggéré de m'arrêter à Vo Mandor pour m'entretenir avec le baron de l'époque, je descendis donc vers le sud, avec Lady. Le duché de Mimbre offrait un paysage sinistre. La forêt avait été rasée, et la vaste plaine était jonchée de souches. Les châteaux, les villes et les villages étaient détruits. L'Asturie et Wacune devaient aussi porter la marque des imbécillités du passé, mais dans les deux duchés du Nord, couverts de forêts, les vieilles cicatrices pourrissaient discrètement ; Mimbre était hanté par les fantômes de pierre grise des châteaux et des manoirs. On ne pouvait oublier un instant la sinistre histoire de l'Arendie. Ceux qui trouvent les ruines pittoresques et romantiques les voient quand le vent a chassé la fumée, et la pluie lavé le sang et la puanteur.

La demeure ancestrale de Mandorallen avait peu de risque de jamais figurer au nombre des ruines sans nom abandonnées sur les rivages du temps par les marées de la guerre civile. Vo Mandor était une forteresse imprenable. Elle se dressait sur un piton rocheux que ses bâtisseurs avaient équarri pour obtenir les pierres nécessaires à la construction. Le résultat était une forteresse dressée sur un pic aux parois abruptes, de plusieurs centaines de pieds de hauteur, qui défiait tous les assauts. Assauts néanmoins inévitables, les Arendais étant ce qu'ils étaient.

En y réfléchissant, j'arrivai à la conclusion que leur origine géographique avait peut-être joué un rôle significatif dans la formation du caractère de la longue lignée des barons de Vo Mandor. Des gens qui grandissent dans la certitude que personne ne pourra jamais rien leur faire peuvent manifester une certaine tendance à la témérité.

Le fief du baron était entouré par la ville de Vo Mandor, qui était elle-même cernée de murailles. On y entrait par une longue chaussée abrupte coupée par de nombreux ponts-levis destinés à empêcher toute intrusion. L'un dans l'autre, Vo Mandor était l'un des endroits les plus sinistres du monde.

Mais d'en haut, on avait une vue sensationnelle.

Mandorin, le baron de l'époque, était un veuf d'une quarantaine d'années, aux épaules larges, aux cheveux noirs niellés d'argent et à la barbe taillée avec soin. Il avait des manières exquises. Il avait mis au point des révérences artistiques et troussait des compliments si raffinés qu'il lui fallait parfois un quart d'heure pour venir à bout d'une phrase.

C'est drôle, mais je l'aimais bien. Que voulez-vous, j'ai toujours eu un faible pour les gens bien élevés. Ils sont si rares que je suis prête à leur pardonner toutes leurs courbettes et leurs ronds de jambe rien que parce qu'ils m'évitent les incivilités de mise dans le reste du monde.

– Gente Polgara, fit le baron en m'accueillant dans la cour de sa sinistre forteresse, les murs de mon humble demeure frémissent telle la timide violette caressée par le vent devant la présence de la plus noble dame de ce monde. Les montagnes elles-mêmes doivent être saisies de convulsions lorsque Tes pas les ébranlent jusques au tréfonds des moelles.

– Que c'est bien dit, Messire, le flattai-je. Je m'attarderais volontiers en ces lieux pour entendre de si beaux discours, mais le devoir, le plus cruel des maîtres, me contraint à une hâte incongrue, voire discourtoise.

J'avais lu ma dose d'épopées arendaises, et si le baron Mandorin croyait m'impressionner avec ce genre de tirade, il se trompait lourdement. J'avais appris, depuis le temps, que le seul moyen de traiter avec les Arendais était de les assommer sous les belles paroles. Le seul problème était que ça pouvait prendre du temps, parce qu'ils avaient la patience des pierres mêmes.

Le baron Mandorin finit par m'emmener dans son cabinet de travail, une pièce tendue de bleu, aux murs couverts de livres, située dans la tour est de son château, et nous passâmes aux affaires sérieuses – après qu'il m'eut fait apporter un coussin pour me caler le dos dans un fauteuil déjà rembourré, offert un plateau de douceurs, déposé un thé complet sur une table basse et proposé un repose-pieds pour le cas où j'aurais eu les petons fatigués.

– Connaissez-vous mon père, Messire ? commençai-je.

– Le Très Saint Belgarath ? répondit-il. Intimement, ma Dame. Ce qui nous amène, en vérité, à une question : comment un vil mortel peut-il connaître un être aussi phénoménal ?

– Je le connais aussi, Messire, et mon père n'est pas toujours phénoménal. Il lui arrive de s'abaisser... mais je m'égare. Il nous est apparu, à mon père et à moi-même, qu'une certaine discorde régnait en Arendie.

Mandorin fit une grimace attristée.

– C'est, ma Dame, un doux euphémisme pour décrire les millénaires d'histoire arendaise dont j'ai eu le triste plaisir d'entendre le récit. Il est vrai que la discorde est au cœur même de l'existence arendaise.

– Oui, c'est ce que j'ai cru remarquer. Mais dans cette situation particulière, la discorde trouve son origine hors des frontières du plus infortuné des royaumes. Wacune est déchirée par les dissensions ; en Asturie, le gouvernement a été renversé tout récemment.

– De ces événements Tu parles, ô gente Dame, comme s'ils étaient déjà entrés dans l'histoire.

– En effet, Messire.

– M'est avis que c'est Ta main qui a apaisé les vagues de discorde dans les duchés du Nord.

– J'y ai pris une certaine part, admis-je modestement. J'ai dévoilé l'identité d'un agitateur extérieur au duc Kathandrion de Wacune, puis je me suis rendue à Vo Astur et j'ai renversé le gouvernement du duc Oldoran, qui était incompétent. Et me voici à Mimbre.

– Je perçois, gente Dame, une certaine menace derrière cette dernière annonce.

– Ne crains rien, noble baron. Tu as le cœur pur, et n'as rien à craindre de moi. Je doute d'avoir l'occasion de Te changer en salsifis ou de suspendre Ta personne à plusieurs lieues dans le vide.

Il eut un sourire et inclina légèrement la tête.

– Louée sois-Tu, ma Dame. Lorsque le loisir nous en sera donné, puis-je T'implorer de m'instruire dans les subtilités du langage raffiné ?

– Vous vous en sortez déjà très bien comme ça, Mandorin, répondis-je en langage normal. Vous n'avez pas besoin de leçons. Bien, au travail : à Wacune comme en Asturie, il y avait deux hommes qui avaient l'air de Tolnedrains mais qui étaient tout autre chose. Ils avaient offert l'un à Kathandrion, l'autre à Oldoran, une alliance avec Ran Vordue, en leur agitant sous le nez la couronne d'Arendie, en prime. Cela éveillerait-il, par hasard, de récents souvenirs ?

La question était de pure forme. Il avait blêmi, et je crus un instant que ses yeux allaient lui sortir de la figure.

– J'imagine que ça vous dit quelque chose ?

– En vérité, ma Dame. Une proposition similaire a été faite à Corrolin, notre duc.

– C'est bien ce que je pensais. Seriez-vous, par hasard, l'un des conseillers privés du duc Corrolin ?

– Je suis membre de son Conseil restreint, admit-il. Et force m'est d'avouer que j'ai été fort tenté par cette offre d'alliance avec le puissant empire de Tolnedrie.

– J'aimerais avoir des détails, Messire Mandorin. Avant de désarçonner un adversaire, mieux vaut connaître sa monture.

Il pesa sa réponse, repassant manifestement dans son esprit les récents événements.

– Il y a quelques mois, un diplomate tolnedrain nommé Kadon est arrivé dans la cité d'or avec une proposition venant, dit-il, tout droit du trône impérial. Ses lettres de crédit paraissaient immaculées.

– L'ambassadeur de Tolnedrie à la cour de Mimbre l'a-t-il reconnu ?

– L'ambassadeur de Tol Honeth était tombé malade un mois environ avant l'arrivée de l'émissaire en question. Son

Excellence souffre, dit-on, d'un mal obscur, qui déconcerte les meilleurs médecins. Je crains que ses jours ne soient comptés.

– Comme c'est pratique, Messire. Il y a des coïncidences, dans ce monde troublé, mais elles requièrent parfois un petit coup de pouce d'un agent humain.

– Un poison ? avança-t-il, choqué.

– C'est très possible, Messire. Je crains que certains composés nyissiens ne fassent irruption dans la politique des royaumes du Ponant. Pourriez-vous me communiquer les détails de la proposition de ce Kadon ?

– Elle porte, ce me semble, la marque caractéristique de la cour de Tolnedrie. Le monde sait que l'esprit tolnedrain est un chef-d'œuvre de complexité autant que de perversité. En bref, bien qu'il me répugne de causer, par une sécheresse pareille, la moindre souffrance à Ta sensibilité délicate, je Te parlerai, ô gente Dame, sans ambages.

– Je vous en serais reconnaissante, Messire Mandorin.

(J'espère que vous appréciez le calme avec lequel je l'écoutais torturer la langue...)

– Ainsi que Tu en as bien conscience, arrivant, comme Tu le fais, des duchés du Nord, il y a un grand antagonisme entre le duc Kathandrion de Wacune, le duc Oldoran d'Asturie, à présent déposé, et les Wacites qui se tiennent sur la frontière asturienne, sans autre intention que l'anéantissement de leurs cousins du Ponant. Kadon a suggéré à notre bien-aimé duc Corrolin que les affrontements dans le Nord pourraient fournir une occasion trop belle pour qu'on la laisse échapper, et il a proposé l'aide des légions pour la saisir.

– Comment cela, Messire ? Comment les légions étaient-elles censées intervenir au juste ?

– Ayant reçu l'autorisation de passage de la part de Sa Grâce Corrolin, il était prévu que quarante légions se positionnent à l'extrême nord de Mimbre. Voyant les forces du duc Kathandrion marcher sur l'Asturie et encercler Vo

Astur, les légions devaient faire mouvement pour renforcer la frontière entre Wacune et l'Asturie. Tandis que les légions s'avançaient, les troupes du duc Corrolin se seraient engagées dans les contreforts des monts d'Ulgolande, auraient remonté vers le nord et pris position le long de la frontière est de Wacune. Au moment où les forces de Kathandrion auraient donné l'assaut à Vo Astur, l'armée mimbraïque devait envahir Wacune par l'est. Les légions étant massées sur la frontière entre les deux duchés du Nord, Kathandrion n'aurait pu battre en retraite pour défendre sa contrée natale. Vo Wacune serait tombée, Kathandrion et Oldoran auraient alors pu s'étriper mutuellement dans les forêts d'Asturie. Puis, lorsqu'il ne serait plus resté que des lambeaux des armées de Wacune et d'Asturie, le duc Corrolin, avec le concours des légions, aurait balayé Kathandrion et Oldoran dans les poubelles de l'histoire, et, acheva Mandorin avec exaltation, toute l'Arendie aurait prêté serment d'allégeance à Corrolin, qui serait devenu notre roi à part entière.

– Et vous avez cru à ce tissu d'absurdités, votre duc et vous ? ironisai-je dans l'espoir de doucher un peu son enthousiasme.

– Je suis moult versé dans l'art de la guerre, Dame Polgara, répondit-il d'un ton quelque peu meurtri, et n'ai vu nulle faille dans cette stratégie.

– Ah, misère ! soupirai-je en me prenant théâtralement la tête dans les mains. Messire Mandorin, repris-je d'un ton moralisateur, réfléchissez un instant : l'Arendie du Nord n'est qu'une immense forêt. Kathandrion et Oldoran n'auraient pas affronté Corrolin – non plus que les légions – en bataille rangée. Ils se seraient simplement dissimulés dans les arbres. Les Arendais du Nord naissent l'arc à la main. Malgré leur armure, les chevaliers mimbraïques et les forces organisées des légions tolnedraines auraient fondu comme neige au soleil sous une soudaine pluie de flèches d'une toise de long. Il y a, à Vo Astur, un homme appelé Lammer qui pourrait enfiler une aiguille à deux cents pas, avec un arc et une flèche. Ni les Mimbraïques ni les légions n'auraient seulement vu les hommes qui les auraient tués. Les armures, c'est bien joli, mais ça n'a jamais arrêté les flèches.

– C'est une façon très incivile de faire la guerre !

– La guerre, surtout civile, n'a rien de civilisé, mon cher baron. Vous croyez qu'il est civilisé de déverser de la poix fondue sur ses visiteurs ? De les assommer avec des masses d'armes ? Ou qu'il soit courtois d'embrocher un contradicteur avec une lance de vingt pieds ? Enfin, nous discuterons une autre fois des divines complexités de la civilisation. Ran Vordue est tolnedrain. Il ne fera rien pour rien. Pour dire platement les choses, qu'a-t-il à gagner dans cette affaire ?

– Point n'est dans mes intentions de T'offenser le moindrement, répondit-il, un peu troublé, mais l'attachement de Ton père envers les Aloriens est bien connu, et Ton propre séjour dans l'Île des Vents est légendaire. L'alliance que nous proposait Ran Vordue n'était qu'une étape préliminaire dans son grand dessein, qui prévoyait la destruction des Aloriens.

– Et Corrolin trouvait que c'était une bonne idée ? lançai-je, incrédule. Sa Grâce doit avoir un grand trou dans le crâne par lequel sa cervelle s'est échappée. Chacun sait que les Aloriens ne sont pas sans défaut, mais jamais un homme sain d'esprit ne se risquerait à leur faire la guerre. Ce prétendu Tolnedrain, Kadon, a-t-il jugé bon d'informer le Conseil restreint de Vo Mimbre de cette stratégie à l'issue de laquelle l'Arendie et la Tolnedrie espéraient survivre à une grande confrontation avec ces sauvages hurlants du grand Nord ?

– Nous sommes des Arendais, ma Dame. Des braves, insista-t-il froidement, le visage un peu figé. Et nous ne sommes pas maladroits. De plus, les légions tolnedraines sont l'armée la mieux entraînée du monde.

– Loin de moi, Messire, l'idée de dénigrer votre bravoure ou votre habileté au maniement des armes. Mais l'Alorien de base fait sept pieds en moyenne, et on lui donne une épée en guise de hochet. De plus, les liens du sang et de la religion font que les Aloriens bougent comme un seul homme. Au grand dam de la Tolnedrie, l'Alorie est toujours là, et elle va du Gar og Nadrak à l'Île des Vents. Attaquer l'Alorie serait un suicide. Je vous demande pardon, Mandorin, fis-je, craignant d'être allée un peu trop loin, car les Arendais ont leur fierté, après tout. La brutalité de la proposition me surprend, c'est tout. Pardonnez-moi, ajoutai-je, après réflexion, mais Sa Grâce a-t-elle envisagé d'agir ainsi sur la seule base des affirmations non vérifiées de Kadon ?

– Que non point, ma Dame. La simple observation accordait du poids aux propositions de Kadon. Crois-m'en, les légions tolnedraines se massent en ce moment même sur la rive sud de l'Arend et se préparent sans nul doute à la longue marche qui doit les amener au point de convergence des frontières des trois duchés. Par ailleurs, un général tolnedrain est aussi venu à Vo Mimbre s'entretenir avec notre commandement militaire.

Cette nouvelle me troubla. Si Ctuchik était vraiment en train de subvertir la Tolnedrie, j'avais un sérieux problème sur les bras.

– Nous en discuterons en route, Messire, car nous allons à Vo Mimbre, lui annonçai-je. Il apparaît que ce qui se passe dans la cité d'or est bien plus complexe que ce à quoi j'ai été confrontée dans le Nord. Je pense qu'il ne serait pas astucieux que mon nom retentisse dans les couloirs du palais ducal, lors de notre arrivée. Je vous suggère donc de m'adopter, Mandorin.

Je le vis ciller.

– Vous êtes, Messire, un Arendais mimbraïque, lui rappelai-je. Il se peut que vous soyez capable d'attaquer une forteresse seul et à mains nues, mais vous êtes incapable d'un mensonge convaincant. Cherchons donc un prêtre de Chaldan qui célébrera la cérémonie. Je deviendrai votre nièce, la comtesse Polina, fleuron d'une obscure branche de la famille, et je pourrai, sous cette identité, chercher le fin mot de cette affaire sans me faire remarquer.

– C'est une base bien éthérée pour une fausseté délibérée, ma Dame, objecta-t-il d'un ton quelque peu peiné.

– Nous avons partie liée et des intérêts communs, Messire. Vous avez en outre intimement fréquenté mon vieux père, de sorte que nous sommes déjà comme frère et sœur. Formalisons donc cette heureuse fraternité afin de pouvoir procéder dans une joyeuse union vers l'accomplissement de notre but.

– Tes études, noble Polgara, T'auraient-elles, par hasard, entraînée sur les rives brumeuses de la loi et de la jurisprudence ? me demanda-t-il avec un petit sourire. Car Ton discours a des relents légalistes.

– Voyons, oncle Mandorin, répondis-je. Quelle drôle d'idée !

La cérémonie fut un simulacre, évidemment, mais elle présentait l'avantage de permettre à Mandorin de s'exprimer avec sincérité, au moment où il serait amené à annoncer notre lien de famille. Nous nous changeâmes et nous rendîmes dans la chapelle du château, une petite chose décorée dans ce que l'on appelle, en beaux-arts, le style « horreur du vide ». Mandorin était vêtu de velours noir et, sur un coup de tête, d'un coup de baguette, je m'étais créé une robe de satin blanche. Extérieurement, cette « adoption » ressemblait beaucoup à un mariage.

Je n'ai jamais compris la religion arendaise, et je vous prie de croire que j'ai passé un moment en Arendie. Chaldan, le Dieu-Taureau des Arendais, semble faire une fixation sur un obscur concept de l'honneur qui pousse ses ouailles à s'entretuer au moindre prétexte. Le seul amour dont un Arendais semble capable s'adresse à son estimable personne, qu'il chérit tendrement, un peu comme un chiot. Le prêtre de Chaldan qui formalisa mon lien de famille avec le baron Mandorin était un homme austère, vêtu d'une somptueuse robe rouge, qui réussissait à donner l'impression de porter une armure, mais c'est peut-être mon imagination. Il nous gratifia d'un petit sermon guerrier, incitant Mandorin à découper en rondelles quiconque se risquerait à faire preuve d'impertinence à mon égard. Puis il m'enjoignit de vivre dans l'obéissance aveugle et absolue de mon gardien et protecteur.

Le drôle ne me connaissait pas.

Enfin, à l'issue de la cérémonie, je faisais partie à part entière de la Maison de Mandor.

(Vous ne saviez pas que nous étions de la même famille, hein, Mandorallen ?)

Étant donné la réaction des Dagashis que j'avais rencontrés à Wacune et en Asturie, je décidai que, si je voulais passer plus ou moins inaperçue à Vo Mimbre, j'avais intérêt à « faire quelque chose » au sujet de la mèche blanche que j'avais dans les cheveux. Je savais que la teinture, la solution la plus évidente, ne marcherait pas. J'avais tout essayé dans le passé ; la teinture n'adhérait pas à la mèche. Après réflexion, je conçus simplement une coiffure impliquant un arrangement de tresses élaborées entrelacées de rubans de satin artistiquement disposés qui m'entouraient le visage et me tombaient dans le dos. Plus je regardais le résultat dans mon miroir, plus il me plaisait. J'ai eu plusieurs fois recours à ce stratagème depuis ; il m'a toujours valu d'attirer l'attention – et des compliments. C'est drôle comme la nécessité apporte souvent des avantages inattendus. Le style était si attractif en lui-même que je ne le rabaisserai pas en le qualifiant de déguisement. Cette mèche révélatrice une fois dissimulée, nous nous dirigeâmes vers Vo Mimbre, le baron Mandorin et moi, ostensiblement accompagnés par une vingtaine de chevaliers en armure.

On a écrit beaucoup de bêtises sur Vo Mimbre, mais on aura beau dire, c'est vraiment une ville impressionnante. L'environnement de la forteresse n'est pas spécialement défensif. Ce n'est ni Rak Cthol ni Riva, loin de là, mais ce n'est pas non plus Mal Zeth, en Mallorée. Ceux qui ont construit Vo Mimbre et Mal Zeth avaient dû arriver à la même conclusion que je résumerai ainsi : quand on n'a pas de montagne à portée de la main, on n'a qu'à en construire une.

Nous entrâmes à Vo Mimbre, Mandorin, notre escorte bringuebalante et moi, et nous nous dirigeâmes droit vers le palais ducal. Nous fûmes aussitôt escortés dans la salle du trône du duc Corrolin. Je ne sais plus très bien pourquoi je portais toujours cette robe de satin blanc, et c'est environnée d'une sorte d'aura maritale que j'entrai dans la vaste salle décorée de vieilles bannières et d'armes antiques. Ce n'était probablement pas une très bonne idée, dans la mesure où je cherchais à passer aussi inaperçue que possible, mais je suis génétiquement incapable de me fondre avec le papier peint ou le mobilier.

Le baron Mandorin me présenta, et – il n'était pas mimbraïque pour rien – précisa incidemment qu'il infligerait les derniers outrages à quiconque oserait m'importuner. Je m'inclinai devant le duc Corrolin, me fendis d'un compliment insignifiant et fus entourée par les dames de la cour, un bouquet de jolies filles vêtues de couleurs vives, qui m'emmenèrent pendant que les hommes passaient aux affaires sérieuses. Mais j'avais eu, avant de m'éclipser, le temps de noter dans l'assistance la présence d'une douzaine d'hommes portant des mantelets tolnedrains. Je sondai mentalement la foule et reconnus la teinte noire, terne, caractéristique des Murgos – ou des Dagashis. Je perçus aussi quelques auras rouges. Kadon avait dû prélever dans le trésor de Ctuchik de quoi soudoyer quelques vrais Tolnedrains. Mais je fus surtout troublée par des éclairs noirs, brillants. Il y avait un ou plusieurs Grolims à la cour. Il n'était pas difficile d'en déduire que ce qui s'était passé à Vo Wacune et à Vo Astur était secondaire. Le cœur du complot de Ctuchik était là, à Vo Mimbre.

Je le dis à regret, mais les jeunes femmes, surtout les femmes de la noblesse, sont généralement évaporées, et leur conversation regorge de futilités, tournant généralement autour de la façon de se mettre en valeur et d'attirer l'attention. Je me réconforte en me disant que les jeunes gens ne valent guère mieux. Techniquement, cet état de fait a une base chimique, mais ce n'est ni le moment ni le lieu de s'étendre sur le sujet.

Les rubans de satin blanc entrelacés dans mes cheveux me valurent de nombreux compliments – et quantité d'imitations par la suite. Ce style de coiffure me faisait paraître plus jeune que mon âge, de sorte que toutes ces perruches supposèrent que je partageais leur vision de l'existence. Elles estimaient m'avoir évité des discussions fastidieuses sur la guerre en général et plus précisément l'extermination d'à peu près tout le monde à l'ouest de l'À-pic. Je passai donc un après-midi fascinant à spéculer intensivement sur l'impact des ourlets et des styles de coiffure sur la situation du monde.

J'avais prévenu le baron Mandorin – dois-je dire oncle Mandy ? – de ce qui se passait en réalité, et il était censé me rapporter les détails de la discussion dont j'étais exclue par mon sexe et mon âge apparent, mais il y aurait forcément des choses qui lui échapperaient. Il fallait que j'assiste à ces entretiens. Je m'estimai suffisamment au fait des dernières modes et décidai qu'il était temps de passer aux choses sérieuses. Le lendemain matin, je fus malencontreusement frappée par une crise de migraine, et je demandai à mes compagnes de quitter ma chambre. Puis je m'approchai de la fenêtre et « fis l'hirondelle », pour reprendre la formule plaisante de mon père.

On était toujours en été, de sorte que les fenêtres du palais de Corrolin étaient ouvertes. C'était tout ce qu'il me fallait pour suivre la discussion du Conseil restreint. Je me posai sur l'appui de fenêtre, pépiai un peu pour faire vrai et inclinai la tête afin de mieux entendre.

Les membres du Conseil restreint étaient assis à une longue table. Le duc Corrolin parlait à un homme aux yeux en amande, un individu onctueux portant un mantelet tolnedrain bleu pâle.

– Apprends, noble Kadon, la nouvelle qui vient de nous parvenir des duchés du Nord : le duc Oldoran est tombé gravement malade. Il souffre d'un mal obscur, et le gouvernement de l'Asturie a été remis entre les mains d'un comte nommé Mangaran.

– C'est en effet, répondit Kadon, ce que je tiens de mes propres sources. Mais l'initiative, dans le Nord, est entre les mains du duc Kathandrion, et je ne sache pas qu'il ait renoncé à envahir l'Asturie. Peu importe, en réalité, qui détient le pouvoir à Vo Astur, puisque notre plan repose presque entièrement sur ce qui se passe à Vo Wacune.

Je projetai une pensée si discrète qu'elle était à peu près indécelable, et je reçus un écho d'un noir terne. Kadon n'était pas le Grolim. J'en fus à la fois surprise et troublée. Si je commençais à sonder tous les esprits présents dans la pièce, le Grolim finirait par sentir qu'on le cherchait.

C'est alors qu'un Tolnedrain – un serviteur, à en juger par sa tenue – s'avança et murmura quelque chose à l'oreille de Kadon, qui le remercia brièvement. Soudain un vacillement noir, dur, brillant, effleura brièvement ma conscience.

J'avais trouvé mon Grolim, mais je ne voyais vraiment pas pourquoi il préférait rester à l'arrière-plan. D'après ce que mon père et mes oncles m'avaient dit des Angaraks, les Grolims, ces prêtres du Dieu-Dragon, n'étaient pas du genre à se complaire sous des atours de domestiques.

– Messire, dit Kadon en se tournant vers le duc, tout se passe conformément à notre plan. Les légions seront en place avant la fin de la semaine. Si j'osais, je suggérerais que le moment est venu pour vos chevaliers d'amorcer leur mouvement vers la frontière ulgo. Le général qui commande les légions ordonnera à ses troupes de marcher vers le nord dès que ses forces seront en place. Vos cavaliers se déplaceront rapidement, bien sûr, mais ils ont encore beaucoup de route à faire, et le terrain, dans les contreforts des monts d'Ulgolande, ralentira leur marche. Chaque heure comptera lorsque nous ferons mouvement contre Wacune.

– En vérité, noble Kadon, convint Corrolin. J'enverrai, dès demain, un groupe d'éclaireurs vers l'est. Lorsque les légions de Sa Majesté impériale s'interposeront en Arendie du Nord, mes chevaliers seront en place.

Par cette seule phrase, « les légions de Sa Majesté impériale », Kadon venait de résumer le nœud de mon problème. Soudoyer un Tolnedrain isolé ne posait pas de difficulté particulière ; graisser la patte à quarante commandants de la légion, c'était une autre paire de manches.

Puis je fus prise d'un soupçon. Je fis une chose à laquelle je me risque rarement. Je projetai silencieusement ma pensée vers le baron Mandorin, resplendissant dans son armure.

Mon oncle, lui dis-je, *ne regardez pas autour de vous, ne montrez pas par votre attitude que je suis en train de vous parler. Je vais vous poser quelques questions, et je voudrais que vous répondiez en pensée. Ne dites rien tout haut.*

C'est une chose merveilleuse, Dame Polgara, répondit-il mentalement. *Entendez-vous vraiment mes pensées ?*

Parfaitement, mon oncle. Dites-moi, à part Kadon et ses hommes, quelqu'un a-t-il vraiment vu, de ses propres yeux, les légions qui sont censées camper à quelques lieues au sud ?

Ma Dame, les feux de leurs campements sont nettement visibles à partir du mur sud de la cité.

N'importe qui peut faire du feu, Mandorin. Un Mimbraïque s'est-il donné la peine d'aller en Tolnedrie et de compter véritablement les soldats qui sont censés être en faction là-bas ?

Les Tolnedrains n'apprécient guère les incursions dans leur territoire, ma Dame, et à la lumière de nos dernières négociations, qui sont délicates, il serait fort discourtois de nous immiscer dans le foyer ancestral de nos alliés du Sud.

À ce stade, je lâchai une interjection que j'aurais probablement mieux fait de garder pour moi.

Polgara ! hoqueta Mandorin, outré.

Pardon, mon oncle. Ça m'a échappé. Vous serez dans votre chambre après cette réunion ?

Si tel est votre bon plaisir, oui.

Ça m'arrangerait, mon oncle. Je vais m'absenter jusqu'à la fin de la journée. Quand je reviendrai, il faudra que nous parlions.

Je quittai mon poste d'observation en voletant, trouvai une autre fenêtre donnant sur une pièce vide et me changeai en faucon. Cet oiseau a toujours été mon autre forme préférée. Les chouettes se font un peu trop remarquer en plein jour.

J'eus bientôt la confirmation de mes soupçons. Des cavaliers en uniformes de légionnaires patrouillaient sur la rive sud de l'Arend qui marquait la frontière entre l'Arendie et la Tolnedrie, mais je ne vis pas d'autres hommes. Il y avait, dans la forêt, plusieurs campements réguliers de la légion avec tous leurs attributs – les palissades de bois, les tentes rangées le long de ce qu'on ne pouvait appeler que des rues, les étendards de la légion flottant au-dessus des portes – mais ces campements étaient vides. J'avais vu juste. Une cinquantaine d'hommes en tenue de légionnaire patrouillaient le long de la frontière; voilà à quoi se bornait la prétendue force d'invasion.

Je filai à tire-d'aile vers la frontière, descendis en vol plané et me posai dans un arbre sous lequel passaient deux cavaliers mal rasés. Le moment était venu d'écouter un peu aux portes.

– J'crois que je m'suis jamais autant ennuyé, dit le premier.

– Bah, ça pourrait être pire, répondit l'autre. On pourrait être au campement à abattre des arbres, alors qu'ici, on n'a qu'à se balader le long de la rivière dans un sens et puis dans l'autre en mettant du bois sur des feux, la nuit.

– Je vois pas l'intérêt.

– L'intérêt, c'est qu'on est payés pour le faire, et c'est tout ce qui compte pour moi. Si le comte Oldon veut que j'fasse des rondes le long d'la frontière nord de son domaine, j'ai rien contre. C'est le cheval qui fait l'boulot, et moi, ça me va.

– On pourrait avoir des ennuis avec ces uniformes, reprit le premier en flanquant un coup de poing sur son pectoral.

– Aucun problème. Regarde ta cape : tu vois l'écu du comte brodé dessus à la place de l'emblème impérial ? Faudrait être vraiment taré pour nous prendre pour des vrais légionnaires.

– Par les dents de Nedra ! jura le premier en écrasant un moustique. Pourquoi faut-il qu'on reste si près de cette maudite rivière !

– J'suppose que l'comte veut qu'on nous voie du côté arendais, répondit le second avec un haussement d'épaules. Moi, j'pose pas de questions. À part, peut-être : « Quand est-ce qu'on touche la solde ? » C'est tout ce qui m'intéresse.

– Je voudrais quand même savoir à quoi peuvent bien servir toutes ces simagrées ! éclata le premier.

J'aurais pu lui répondre, mais la curiosité étant la mère de la sagesse, je décidai de ne pas m'en mêler et de le laisser cheminer seul le long du sentier ardu menant à la connaissance.

CHAPITRE XVI

Lorsque je regagnai Vo Mimbre, le baron Mandorin était dans la salle du trône surdécorée. Je traversai la pièce avec détermination. Je n'avais pas de temps à perdre avec des balivernes.

– Mon oncle, il faut que nous parlions, dis-je. Tout de suite.

Il parut un peu surpris par mon approche directe, mais je n'en avais cure. Nous quittâmes le lieu des réjouissances d'un air apparemment détaché, mais nous allâmes droit vers la porte et nous retrouvâmes dans le couloir.

– M'est avis que l'affaire présente un certain caractère d'urgence, avança-t-il.

– Pas ici, mon oncle, coupai-je. Attendons d'être dans un endroit tranquille.

Il n'insista pas. Nous nous rendîmes dans ses appartements dont il referma et verrouilla la porte derrière nous.

– Alors? demanda-t-il d'un air intrigué.

– Alors, j'ai passé l'après-midi de l'autre côté du fleuve. J'ai cherché partout ces légions tolnedraines dont on nous rebat les oreilles, et devinez? Je ne les ai pas trouvées.

– Elles sont pourtant bien visibles du haut des remparts.

– Non, baron Mandorin. Ce que vous voyez des murailles de la cité, ce sont de braves paysans revêtus de tenues de légionnaires. Il y a plusieurs campements typiquement tolnedrains sous les arbres, mais ils sont déserts. Il n'y a probablement pas plus d'une cinquantaine d'hommes là-bas. Ils patrouillent le long de la rive pendant la journée et, le soir, ils s'occupent des feux. Tout ça, c'est de la frime, Mandorin. Il n'y a aucune présence armée, là-bas. Qui est le comte Oldon?

– Un membre de la délégation de Kadon, gente Polgara. Si j'ai bien compris, il demeure de l'autre côté de cette ville.

– Ça expliquerait tout. Il a enrôlé des bûcherons et d'autres journaliers dans sa petite armée privée, laquelle n'a qu'une mission : convaincre le duc Corrolin que les légions campent de l'autre côté du fleuve. Mais c'est du chiqué. Corrolin et son état-major se sont fait avoir. Ce qui se passe à Vo Mimbre est du même genre que ce que j'ai vu à Vo Wacune et à Vo Astur.

– Je vais démasquer publiquement ce vil Kadon! tempêta Mandorin. Je prouverai la véracité de mes dires sur son corps!

– Vous prouveriez uniquement que vous êtes meilleur bretteur que lui. Nous devons trouver mieux. Je pense que le moment est venu pour Corrolin d'avoir une conversation avec Ran Vordue en personne. C'est probablement la seule chose qui le convaincra.

– Sa Majesté impériale consentirait à une telle rencontre ?

– Certes, à condition de lui envoyer le bon messager. Mon père rôde dans le secteur, sans doute pour me tenir à l'œil. Je vais lui suggérer d'aller faire un petit tour à Tol Honeth. Pour raison de santé.

– Laisserait-elle à désirer ?

– Ça risque, s'il refuse de faire ce que je lui demande. Je n'ai pas envie que la réunion ait lieu ici, à Vo Mimbre. Je vais demander à mon père ce qu'il en pense. Le complot remonte à plusieurs mois, Mandorin. Nous ne pouvons nous permettre de passer des mois à le déjouer. Une rencontre entre Corrolin et Ran Vordue nous permettrait de couper court à tout un tas de formalités ennuyeuses. Corrolin reviendrait à Vo Mimbre en agitant les clés de son donjon.

– Je n'aurais jamais cru, gente Dame, que les affaires d'État puissent se régler aussi rapidement, s'émerveilla-t-il. Ici, les choses avancent à une allure plus modérée.

– Nous n'avons pas de temps à perdre, baron. Les émissaires de Corrolin vont quitter Vo Mimbre demain matin, et le reste de ses forces devraient suivre. Si nous n'agissons pas en vitesse, les choses seront trop engagées pour que nous puissions y remédier. Encore une chose : je vous demande de garder tout ça pour vous. Inutile de mettre qui que ce soit dans la confidence. Chaque fois que plus de deux personnes sont au courant d'un secret, ce n'est plus un secret. Maintenant, si vous voulez bien m'excuser, je vais donner à mon père ses ordres de marche.

Je laissai le baron Mandorin assez troublé et retournai directement à mes appartements où je m'enfermai. Je projetai ma pensée en prenant certaines précautions – après tout, il y avait un Grolim dans la bande de ce Kadon.

Père, j'ai besoin de toi.

Pour une personne qui se prétend si indépendante, Pol, je trouve que tu fais bien souvent appel à moi, se récria-t-il.

Cesse de faire de l'humour. Tu vas partir pour Tol Honeth et dire à Ran Vordue ce qui se passe ici. Ça devrait l'intéresser. Je voudrais lui faire rencontrer le duc Corrolin à Tol Vordue avant la fin de la semaine afin qu'il lui explique sans ambiguïté qu'il ignore tout de ces prétendues alliances. Dis-lui d'envoyer un messager officiel à Mandorin ; le baron organisera la rencontre. Attention : je tiens à ce que personne ici, à Vo Mimbre, ne soit au courant de la réunion.

Je transmettrai le message moi-même, si tu veux. (Pour une surprise, c'était une surprise.) *Je peux faire autre chose pour toi ?*

Essaie de trouver un moyen de faire sortir Corrolin de Vo Mimbre sans que la moitié de sa cour ne soit pendue à ses basques. J'avoue que je suis un peu à court d'idées.

Je vais bien inventer quelque chose. Je te l'ai déjà dit, Pol, tu es très bonne côté intrigues politiques.

Mmm, merci, M'sieur. Tu sais que tu n'es pas mauvais non plus ?

Bah, question d'habitude. Sinon, ça se précise, de ton côté ?

L'issue est proche, alors ne perdons pas de temps. Il va falloir passer à l'action.

Le lendemain matin, nous vîmes une cinquantaine de chevaliers mimbraïques en armure sortir de la cour du château, la bannière au vent. Le hasard voulut que j'entende, dans la foule, murmurer les mots « Culte de l'Ours ». Je circulai un peu et n'eus pas longtemps à attendre : tout le monde, au palais, semblait parler de cette aberration alorienne. Il était évident que les séides de Ctuchik s'étaient démenés pour répandre des histoires ahurissantes. Les finalités du Culte étaient déjà assez absurdes en elles-mêmes, mais les rumeurs qui circulaient ce matin-là allaient bien au-delà de l'incohérence. Elles avaient manifestement pour but de fomenter la haine, la peur et la méfiance. C'était l'unité de ses frères qui avait provoqué la chute de Torak lors de la Guerre des Dieux, et Ctuchik s'efforçait de faire voler cette unité en éclats.

Vous vous demandez peut-être pourquoi je n'ai pas essayé de mettre fin à ces rumeurs. C'est que je savais depuis longtemps qu'il n'y a pas moyen d'empêcher une rumeur de circuler une fois qu'elle est lancée.

Le lendemain, en fin d'après-midi, la pensée de mon père retentit dans ma tête.

Réjouis-toi, ô bien-aimée fille, annonça-t-il. *Grâce à mon talent inouï, j'ai accompli la tâche que tu m'avais confiée.*

Tu ne peux pas être un peu sérieux, Père? Ran Vordue a accepté de rencontrer le duc?

Évidemment. T'ai-je déjà déçue?

Souvent, en fait. Tu as eu son message?

Il est quelque part dans une de mes poches, je crois. Oh, en passant, quand je donnerai la lettre à Corrolin, je lui suggérerai de faire un pèlerinage religieux.

Un quoi?

Je lui conseillerai de revêtir une tenue sobre et de longer la rivière jusqu'au monastère qui se trouve à l'embouchure de l'Arend, juste en face de Tol Vordue. Le duc s'apprête à entrer en guerre; avant de partir massacrer leurs ennemis, les Arendais ont pour coutume de se livrer à de grandes prières spectaculaires censées leur accorder la victoire. Et comme un pèlerinage est une affaire plus ou moins privée, Corrolin n'emmènera pas une énorme escorte avec lui – juste Mandorin et toi, si tout se passe bien. Une fois que nous serons sur la côte, il ne devrait pas être trop difficile de lui faire traverser le fleuve et de l'emmener à Tol Vordue. Ça te va?

Ça devrait marcher comme sur des roulettes, Père. Quand penses-tu revenir à Vo Mimbre?

Demain matin. Il va falloir que je m'arrête pour manger un morceau. J'ai tellement surpris Ran Vordue qu'il en a oublié ses bonnes manières, il ne m'a pas invité à dîner et je meurs de faim. Nous nous verrons demain. Bonne nuit, Pol.

Je dormis sur mes deux oreilles. Je préférerais mourir que de le reconnaître, cela dit, lorsque j'entreprends quelque chose, je me sens toujours plus en sécurité quand mon père me donne un coup de main. Il a ses défauts, mais quand il s'y met, il est aussi inexorable que les marées.

Le lendemain matin, je proposai au baron Mandorin de « faire un petit tour, pour dérouiller les pattes de nos chevaux ». Quand nous fûmes à une certaine distance au nord de la ville, nous entrâmes dans un bosquet et je trouvai mon père endormi à côté d'un petit torrent qui gargouillait gaiement sur les pierres, entre les arbres. Il ouvrit un œil alors que nous mettions pied à terre.

– Tu en as mis, un temps ! commença-t-il en se levant, et je vis qu'il portait une robe de bure.

– Qu'est-ce que c'est que cette tenue? m'étonnai-je.

– Mon uniforme, Pol, répondit-il. Je vais escorter le duc le long de la rivière. Stupéfiant, dit-il ensuite en toisant Mandorin. Vos cheveux ne sont pas encore devenus tout blancs. Vous complotez avec ma fille, non ? ajouta-t-il comme Mandorin le regardait sans comprendre.

– Tu ne pourrais pas arrêter un peu de faire de l'esprit? demandai-je, exaspérée.

– Impossible. Enfin, nous en reparlerons. Ça va, Mandorin ?

– Très bien, Vénérable Ancien.

– Je suis ravi de vous l'entendre dire. Si je me souviens bien, il y a un petit réduit derrière le trône du duc. C'est là qu'il accroche généralement son manteau de cour. Retournez à Vo Mimbre et demandez-lui de se tenir un moment dans ce placard. Nous nous retrouverons là. J'aurai deux mots à dire à Corrolin, et nous partirons pour le monastère.

– Et si... ? commençai-je.

Il poussa l'un de ces soupirs excédés qui ont toujours eu le don de me mettre hors de moi.

– Je t'en prie, Pol, dit-il. J'ai répondu d'avance à tous les « et si ». Allez-y, Mandorin. Nous vous attendrons dans le cagibi, Pol et moi.

Mandorin remonta en selle, prit les rênes de Lady et s'éloigna. Nous nous rabattîmes, mon père et moi, sur notre autre mode de transport, et nous étions tranquillement installés dans le petit vestiaire un quart d'heure avant que le baron de Vo Mandor n'arrive au palais.

– Ah, Votre Grâce ! commença mon père quand Mandorin et Corrolin entrèrent dans le réduit. Nous vous attendions.

Il ne prit même pas la peine de se lever.

Mon père avait posé sa robe de bure sur le dos d'un fauteuil, et le duc ne vit qu'un vagabond dépenaillé, aux manières déplorables, assis dans une pièce où il n'avait rien à faire.

– Qu'est-ce que ça veut dire, baron Mandorin ? demanda-t-il sèchement.

– J'ai l'honneur à nul autre pareil de présenter à Sa Grâce le Très Saint Belgarath, répondit Mandorin. Le Disciple du Dieu Aldur est récemment arrivé de Tol Honeth avec une communication urgente de Sa Majesté impériale, Ran Vordue de Tolnedrie.

– J'avoue que je suis confondu, répondit Corrolin en s'inclinant très bas devant mon vagabond de père.

– Salut à vous, Corrolin, répondit mon père, toujours assis. J'ai bien connu votre père. Sa Majesté impériale m'a demandé de passer vous voir et de vous remettre ça, fit-il en pêchant dans sa tunique un parchemin plié, attaché par un ruban scellé à la cire. Pardonnez ces manigances, mais il vaut probablement mieux que la teneur du message de Ran Vordue reste secrète.

Le mot « secret » a toujours fait vibrer la corde sensible chez les Arendais, et Corrolin ne faisait pas exception à la règle. Il prit la lettre et me regarda d'un air dubitatif.

– Ma nièce en connaît la teneur, lui assura Mandorin. Elle a, en vérité, joué un rôle de premier plan dans l'affaire.

– Nous verrons cela plus tard, glissa mon père, fort du fait qu'aux yeux des Mimbraïques je devais m'intéresser avant tout aux ragots, aux coiffures et à la lingerie.

Corrolin lut le message impérial et ouvrit de grands yeux.

– Aurais-je, d'aventure, mal compris la portée de ce document ? demanda-t-il. Si je me suis mépris, je vous prie de me corriger, mais il semble que Sa Majesté me convie à La rencontrer.

– Il y a intérêt, Votre Grâce, grommela mon père, parce que c'est ce que je lui ai demandé. La réunion doit avoir lieu à Tol Vordue d'ici trois jours, et l'empereur me demande d'insister auprès de vous sur la nécessité vitale du secret absolu. Les murs ont des oreilles – et des yeux, tant ici qu'en Tolnedrie. Je pense que vous serez d'accord pour conserver une totale discrétion sur cette rencontre.

– Sage précaution, Vénérable Ancien, acquiesça Corrolin. Mais comment vais-je justifier ce voyage précipité en Tolnedrie ?

– J'ai pris la liberté d'organiser certaines choses, Votre Grâce, répondit mon père en se penchant pour attraper la robe de bure. Je vais revêtir cette chose et me comporter avec sainteté. Vous êtes sur le point de livrer bataille. La guerre est une affaire sérieuse et aucun homme dévot ne saurait partir au combat sans avoir communié avec son Dieu. C'est pour cela que vous m'avez envoyé chercher, non ?

– Pardon, Vénérable Ancien, reprit Corrolin en cillant, mais je n'ai point souvenir de T'avoir envoyé chercher.

– Ça vous aura échappé. Bref, je vais vous accompagner jusqu'à ce monastère, sur la côte, afin que vous puissiez vous entretenir avec l'abbé. C'est assez religieux, vous ne trouvez pas ? En cours de route, nous ferons un petit détour par Tol Vordue où vous rencontrerez Ran Vordue. Je vous emmènerai ensuite au monastère, et quand vous aurez achevé vos dévotions avec l'abbé, nous rentrerons. Mettez quelque chose d'assez, euh, religieux, Messire, fit-il avec un coup d'œil éloquent à la tenue raffinée du duc. Lorsque nous regagnerons la salle du trône, priez beaucoup et laissez-moi parler. Je ferai valoir le fait qu'une escorte serait incompatible avec votre quête de piété, car Chaldan pourrait en prendre offense.

– J'ignorais qu'il existait des restrictions de ce genre, avoua Corrolin.

– C'est normal, Votre Grâce : je viens de les inventer. Le baron Mandorin et sa nièce vont nous devancer. Nous quitterons Vo Mimbre séparément et nous nous retrouverons un peu plus loin, sur la route. Mandorin et Polina ont des informations qui devraient vous servir lors de votre entretien à Tol Vordue.

Tous les Arendais adorent les intrigues, aussi Corrolin accepta-t-il notre plan avec enthousiasme. Puis, avec un zèle atterrant, il arbora aussitôt cet air de conspirateur qui caractérise la moitié de la population en Arendie. Je partis avec Mandorin, laissant les deux autres peaufiner leur plan, et nous allâmes aux écuries seller nos chevaux.

Nos deux pèlerins nous rejoignirent en chantant des hymnes à cinq lieues de Vo Mimbre, et nous longeâmes le fleuve de conserve, en direction de la côte.

Nous étions suivis, comme prévu, mais mon père régla rapidement le problème.

Nous passâmes la nuit à la belle étoile, et toute la journée du lendemain à cheval. Mon père avait caché une barque dans les buissons à une lieue en amont du monastère. Nous attachâmes nos chevaux et traversâmes le fleuve.

Nous arrivâmes sur l'autre rive vers minuit. Nous suivîmes la route déserte et nous entrâmes à Tol Vordue par la porte est. Le spectacle était impressionnant. Nous fûmes accueillis par un bataillon de légionnaires qui nous escorta aussitôt à travers les rues désertes vers la maison ancestrale de la famille de Vordue. L'empereur nous attendait dans la cour. C'était un homme entre deux âges, assez grand pour un Tolnedrain. Je lui trouvai un aplomb tout militaire.

– Tout s'est bien passé? demanda-t-il.

– Sans problème, répondit mon père avec un haussement d'épaules.

– Bon. J'ai fait préparer un lieu de réunion et je puis vous garantir que personne ne surprendra notre conversation. Lequel de ces messieurs est le duc Corrolin? demanda-t-il en se tournant vers Mandorin et le duc.

Mon père lui présenta les deux Mimbraïques, mais passa délibérément ma présence sous silence. Puis nous entrâmes et gravîmes un interminable escalier de marbre montant vers une pièce située tout en haut d'une tour. C'était une salle austère, à la décoration monacale, meublée d'une grande table et aux murs ornés de cartes.

– Votre Grâce, je serai bref, commença l'empereur lorsque nous fûmes assis. Je suis un homme simple, et je prise peu le langage diplomatique. Le Vénérable Belgarath m'a informé que vous avez été approché par un certain Kadon qui prétend parler en mon nom. C'est un mensonge. Je n'ai jamais entendu parler de lui, et il est fort probable qu'il n'est même pas tolnedrain.

Corrolin le regarda bouche bée.

– Les légions campent en vue de Vo Mimbre! se récria-t-il.

– Tu ferais mieux de lui dire, Pol, suggéra mon père.

– Pardon, Vénérable Ancien, bredouilla Corrolin, mais comment Dame Polina serait-elle renseignée sur les légions tolnedraines?

– Tu crois utile de prolonger le jeu, Pol? demanda mon père.

– Non, répondis-je. Je n'en vois pas l'utilité.

– Bien. Dans ce cas, évacuons le problème. Corrolin, j'ai l'honneur de vous présenter ma fille, Polgara.

Corrolin jeta à Mandorin un coup d'œil accusateur.

– Le baron Mandorin ne vous a pas menti, Votre Grâce, intervins-je, volant au secours de mon ami. Il est bel et bien mon oncle selon les lois de l'Église. Il m'a adoptée devant un prêtre de Chaldan avant que nous ne venions à Vo Mimbre. C'est moi qui l'y ai forcé, car j'avais besoin d'une couverture. N'en faisons pas une histoire. Je vais vous dire les choses sans ménagement, Votre Grâce, poursuivis-je après une petite pause pour ménager mes effets. En réalité, il n'y a pas de légions de l'autre côté du fleuve par rapport à Vo Mimbre. Je suis allée voir de quoi il retournait. Le comte Oldon, que Kadon semble s'être mis dans la poche, a fait revêtir des uniformes de la légion à ses hommes pour donner le change.

– Elle dit la vérité, Votre Grâce, confirma Ran Vordue. Je n'ai offert d'alliance à aucune des factions d'Arendie et n'ai positionné aucune force sur votre frontière. Ce Kadon vous a abusé. Le Vénérable Belgarath m'informe que sa fille parcourt l'Arendie pour éteindre les incendies depuis plusieurs semaines maintenant, reprit-il en me regardant d'un air approbateur. Nous pourrions peut-être lui demander les détails.

Je leur racontai donc ce qui s'était passé à Vo Wacune et Vo Astur, puis je leur révélai ce que j'avais appris à Vo Mimbre.

– Ce n'est qu'un gigantesque canular, Messieurs, conclus-je. Ctuchik essaie de semer la zizanie entre l'Arendie et la Tolnedrie dans l'espoir que Sa Majesté impériale annexera l'Arendie, ce qui ferait entrer les Aloriens dans la danse. Car tel est le but ultime de Ctuchik : la guerre entre l'Empire et l'Alorie. L'Arendie n'est qu'un pion sur un vaste échiquier.

– Je vais anéantir ce vil Kadon ! éclata Corrolin.

– Je préférerais que vous vous absteniez, mon vieux, objecta Ran Vordue. Déportez-le plutôt en Tolnedrie, ainsi que ses acolytes, et laissez-moi leur régler leur compte. C'est bientôt mon anniversaire, ajouta-t-il avec un petit sourire. Si vous me faisiez cadeau de ces sacripants ?

– C'est avec joie que j'accéderai à la requête de Votre Majesté impériale, acquiesça Corrolin. J'apporterai tous mes soins au sort des chevaliers mimbraïques qui ont comploté avec les Murgos. Je leur ferai connaître mon déplaisir.

– Brave homme, murmura Ran Vordue, puis il me regarda. Comment avez-vous découvert tout cela, Dame Polgara ? D'après mes sources, vous avez vécu recluse au Val pendant des siècles.

– C'est notre Maître qui a attiré mon attention sur ces faits, Majesté. Il est manifestement d'avis que je devrais consacrer davantage de temps à la politique opérationnelle afin d'élargir mon horizon.

– Ce qui soulève un point intéressant, fit mon père en me regardant. Notre Maître ayant mis cette affaire entre tes mains, Pol, c'est toi qui diriges les opérations. Alors, que devons-nous faire ?

– Tu me le paieras, Père, fis-je entre mes dents.

– Tu essaieras de me le faire payer, tu veux dire. Si tu suggérais quelque chose ? Nous pourrions décortiquer ta proposition et te démontrer pourquoi elle ne marchera pas.

– Voyons voir..., fis-je en réfléchissant. D'un certain point de vue, Ctuchik nous fait une fleur : son complot est assez œcuménique. Il a abusé trois ducs avec le même stratagème, en proposant à chacun une alliance avec Ran Vordue. L'Asturie, Wacune et Mimbre ayant toutes les trois été abusées de la même façon, ne pourrions-nous fonder quelque chose sur cette expérience commune ? Par exemple, en renonçant à guerroyer pour passer directement à la conférence de paix ? J'ai une certaine influence sur Kathandrion et Mangaran. Si le duc Corrolin les invitait à une conférence, à la grand-foire d'Arendie, par exemple, je devrais arriver à les convaincre d'y assister.

– Ce n'est pas bête, Belgarath, fit Ran Vordue. Vous savez ce que ça me coûte d'entretenir quinze légions dans la garnison de Tol Vordue, juste au cas où les hostilités en Arendie contamineraient la Tolnedrie ? J'aurais bien mieux à faire de ces hommes et de l'argent que je dépense pour eux.

– Moi aussi, la proposition de Dame Polgara m'agrée, approuva Mandorin. Les guerres éternelles commencent à devenir lassantes. Nous pourrions peut-être essayer la paix éternelle pendant quelques mois, pour changer ?

– Cynique, fit mon père d'un ton accusateur. Enfin, si nous laissions ma fille tanner tous les intéressés pour qu'ils s'asseyent à la table des négociations, à la grand-foire ?

– Tanner ? me récriai-je.

– Ce n'est pas ce que tu vas faire ?

– S'il le faut, oui. Mais c'est une façon un peu désobligeante de dire les choses. Tu ne pourrais pas trouver un mot plus flatteur ?

– Que proposes-tu ?

– Je ne sais pas, moi. Je vais y réfléchir et je te dirai.

– J'espère que tu me pardonneras si je ne retiens pas mon souffle en attendant.

Mon père nous refit traverser l'Arend peu avant l'aube. J'ai souvent remarqué qu'il faisait ce genre de chose lorsqu'il se croyait le mieux à même d'effectuer ce qui n'était, au fond, qu'une tâche triviale. Les chevaliers Mandorin et Corrolin étaient beaucoup plus à l'aise à cheval qu'aux avirons, dans une petite barque. Mon père n'est pas du genre à prendre des risques, je l'ai souvent dit. Je m'en serais probablement aussi bien sortie que lui, mais puisqu'il n'avait pas l'air d'y penser, ce n'était sûrement pas moi qui allais le lui suggérer.

Le jour était levé lorsque nous accostâmes et repartîmes vers le monastère. Corrolin s'entretint pieusement avec l'abbé pendant un quart d'heure – ne me demandez pas de quoi, je n'ai vraiment pas idée de ce qu'ils ont pu se raconter pendant tout ce temps. Corrolin n'allait pas livrer bataille. C'était peut-être ça. Peut-être demandait-il à l'abbé de l'excuser auprès de Chaldan de ne pas massacrer ses voisins. Lorsqu'il ressortit du monastère, nous rentrâmes à Vo Mimbre par la grand-route. Nous nous arrêtâmes simplement à une lieue du monastère pour prendre notre petit déjeuner et dormir un peu.

Je somnolais lorsque la voix de ma mère se fit entendre dans mon cerveau léthargique.

Bien joué, Polgara, me complimenta-t-elle.

Oui, hein? acquiesçai-je modestement.

Tu as l'air fatiguée.

Je le suis.

Eh bien, pourquoi ne dors-tu pas?

Et c'est ainsi que je me rendormis, entre deux pensées.

Nous nous réveillâmes au milieu de l'après-midi, et nous allâmes jusqu'à une petite auberge miteuse où nous passâmes la nuit. Nous nous levâmes tôt le lendemain matin et regagnâmes Vo Mimbre d'une seule traite.

Le duc Corrolin avait été assez ébranlé par les révélations de Ran Vordue. Il ne perdit pas de temps. Il donna des ordres, mais pas d'explications, puis il convia toute la cour à se réunir dans la salle du trône. Des dizaines de chevaliers en armure montaient la garde sur le pourtour de la salle. À la surprise générale – et à la mienne en particulier –, le duc fit son entrée revêtu de son armure et brandissant une gigantesque épée à deux mains. Il resta debout à côté de son trône.

– Messires et gentes Dames, commença-t-il avec une sécheresse peu habituelle pour un Mimbraïque, je rentre de Tol Vordue où je me suis entretenu avec l'empereur de Tolnedrie. L'issue de notre réunion aura été des plus heureuse. Réjouissez-vous, mes loyaux sujets. Il n'y aura pas de guerre.

Les Arendais étant ce qu'ils sont, la réaction à cette nouvelle fut mitigée.

Corrolin, le visage blême, frappa, de son poing ganté de mailles, le dossier de son trône.

– Ne regrettez rien, Messires et gentes Dames, reprit-il d'une voix tonitruante. Il y a d'autres façons de se distraire. Une conspiration élaborée a récemment corrompu l'atmosphère, et non seulement ici, à Mimbre, mais aussi en Asturie et à Wacune. J'ai la ferme intention de purifier l'air. Emparez-vous d'eux!

Cet ordre s'adressait à Mandorin et aux chevaliers placés sous son commandement. Mandorin obtempéra aussitôt. Si vite, en fait, qu'il n'y eut pour ainsi dire pas de victimes. Une douzaine de Tolnedrains, vrais et faux, furent mis aux fers et plusieurs nobles mimbraïques eurent droit au même traitement.

Le Grolim qui se faisait passer pour un serviteur de Kadon échappa au chevalier qui s'apprêtait à le prendre en étau dans ses bras revêtus d'acier, et il plongea vers la porte en bandant son Vouloir. Mais mon père l'attendait au tournant. Le Vieux Loup, qui portait toujours sa robe de bure, lui flanqua sur le côté de la tête un coup de poing meurtrier et le prêtre du Dieu-Dragon s'effondra, inconscient. Je remarquai que mon père avait judicieusement enfilé un gantelet d'acier, et son coup aurait assommé un bœuf. Le « Très Saint Belgarath » a eu un passé mouvementé, et il fait aussi spontanément appel aux techniques des bagarres d'ivrognes qu'à la sorcellerie.

Tandis qu'on entraînait les prisonniers hors de la salle du trône, le duc Corrolin décrivit avec un luxe de détails à périr d'ennui le complot murgo qui avait été à deux doigts de réussir. Puis, alors que la cour était encore sous le choc, il annonça qu'une conférence de paix était déjà au travail. Ce qui suscita un certain nombre de protestations, mais le duc de Mimbre passa outre. Quand un Arendais revêt son armure, il ne faut pas s'attendre qu'il mette des gants de velours.

Je décidai de laisser à mon père le crédit du petit contre-coup d'État de Vo Mimbre. Je suis plus intéressée par le résultat que par le prestige, mais mon père adore être au centre de l'attention générale et je le laissai se repaître de l'adoration publique pendant que je retournais dans les duchés du Nord afin d'apporter la dernière touche à ma conférence de paix.

Le duc Kathandrion de Wacune et le comte Mangaran d'Asturie se connaissaient déjà, et la comtesse Asrana me raconta, les yeux pétillants, qu'ils s'entendaient comme larrons en foire.

– Et ce Kathandrion est irrésistible, vous ne trouvez pas ?

– Laissez tomber, Asrana, dis-je. Essayez de contenir vos instincts prédateurs. Comment va Oldoran ?

– Pour son foie, je n'en sais rien, mais il a définitivement perdu la tête. Il voit des choses qui n'existent pas et il délire à peu près constamment. Sa famille s'en fait beaucoup. Il a des neveux qui convoitaient son trône, mais je doute que le titre reste longtemps dans la famille. Mangaran ne perd pas une occasion de faire la preuve de ses compétences, et les neveux d'Oldoran ne lui arrivent pas à la cheville. Quand la conférence de paix doit-elle se tenir ?

– Quelle conférence de paix, ma chère ?

– Celle que vous mijotez depuis que vous êtes arrivée en Arendie. Ne jouez pas à ce petit jeu-là avec moi, Polly. Je sais quelle idée vous avez derrière la tête, et je vous approuve. Les guerres sont très amusantes pour les hommes, j'imagine, mais la vie des dames devient très ennuyeuse quand tous les beaux jeunes gens folâtrent dans les bois. Alors, que puis-je faire pour vous aider ?

Notre conférence de paix improvisée devait avoir lieu, comme je l'avais suggéré, lors de la grand-foire d'Arendie, qui se tenait théoriquement en territoire mimbraïque, donc chez Corrolin. Pour être tout à fait honnête, j'aurais préféré voir Kathandrion présider la réunion, mais on ne fait pas toujours ce qu'on veut. Corrolin était épaulé par le baron Mandorin, de toute façon, et je comptais sur lui pour empêcher son duc de faire trop de bêtises. Je quittai Vo Astur et me rendis à Wacune. Je voulais m'entretenir avec Kathandrion avant le début de la conférence.

– Il faudra, Messire, que nous fassions preuve de la plus grande prudence, lui dis-je lorsque j'eus réussi à le rencontrer en tête à tête. Il y a des têtes brûlées dans les trois duchés, et une remarque incidente au mauvais moment pourrait tout faire capoter. Je m'adresserai de temps à autre aux notables assemblés, et je leur ferai entrer dans la tête que tant que les ducs d'Arendie auront des prétentions royales, l'Arendie prêtera le flanc aux conspirations murgos. L'Arendie aura peut-être un jour un seul et unique souverain, mais ce n'est pas d'actualité. Pour le moment, je pense que ce que nous pouvons espérer de mieux, c'est un accord entre Mangaran, Corrolin et vous pour renoncer à ce projet. Inutile de massacrer la moitié de la population pour une chimère.

– Serait-ce, gente Dame, que cette dernière remarque recélerait une menace implicite ? risqua le séduisant Kathandrion.

– Considère, doux sire, que ce sont des paroles d'avertissement. Point ne Te menacerai tant que Tu Te garderas de nourrir une trop haute opinion de Toi-même. Aborde avec la plus grande méfiance tout individu qui prétendrait T'offrir le chemin à une couronne imaginaire. Maintenant, je doute qu'une unique réunion accouche d'une paix durable, et je suggère que l'Arendie suive l'exemple des rois d'Alorie qui se réunissent régulièrement dans l'Île des Vents pour évoquer les questions d'intérêt commun. Je propose que les trois ducs d'Arendie se réunissent tous les étés afin d'atténuer les frictions qui auraient pu naître au cours de l'année écoulée. Inutile de laisser à des insultes imaginaires le temps de fermenter.

– Je ferai, gente Dame, tout ce qui est en mon pouvoir pour qu'il en soit ainsi.

Je regagnai Vo Astur à tire-d'aile afin d'arracher le même accord à Mangaran et Asrana. En réalité, je passai plusieurs mois dans le ciel arendais. Il n'est pas inutile, avec les Arendais, de tout mettre à plat avant de les laisser s'installer à la table de conférence. Je veillai à ce que l'ordre du jour reste simple pour cette première réunion, et limitai les discussions à deux ou trois points cruciaux. Si je parvenais à instaurer l'habitude des rencontres annuelles, nous aurions tout le temps, par la suite, d'aborder d'autres problèmes.

C'était le milieu de l'automne lorsque nous nous réunîmes sous le pavillon de toile rayée que Corrolin avait fait dresser à la périphérie de la foire. Les trois ducs se levèrent à tour de rôle pour s'adresser à l'assemblée composée de fonctionnaires et d'observateurs venus de Tolnedrie et des royaumes d'Alorie. Corrolin, en tant que puissance invitante, prit la parole en premier. Il salua cérémonieusement les deux autres ducs puis les émissaires étrangers, et remarqua que Salmissra avait décliné l'invitation. Il passa ensuite une demi-heure à dire du bien de moi. Je trouvai très intéressante cette partie de son allocution.

Lorsque Corrolin eut achevé son discours, Kathandrion se leva et se répandit à son tour en louanges sur ma personne. Son intervention me plut beaucoup aussi. Mangaran nous prouva ensuite que les Asturiens n'avaient pas complètement oublié l'art du beau langage. Mais le vieux comte rusé conclut sa prestation par une petite surprise.

– Messires, dit-il avec un petit sourire, cette réunion dans notre morne plaine d'Arendie a pour but ultime une paix durable. Cela peut sembler contre nature, voire impie, à beaucoup d'entre vous. La paix est une notion étrangère en Arendie, et le fait que notre réunion ait duré près d'un après-midi entier sans qu'une seule goutte de sang soit versée peut être considéré comme un outrage dans certains quartiers. Comme nous allons à l'encontre de toutes les conventions, ébranlons définitivement les convenances. Les dames, ainsi que le sait le monde entier, sont des créatures délicieuses, plus belles, plus douces, plus tendres que nous, et il est du devoir de tout noble en pleine possession de ses moyens de les protéger et de les servir. Les éloges adressés ce jour à Dame Polgara m'ont encouragé à envisager une possibilité renversante. Se pourrait-il que le grand Chaldan ait, en fait, doté les femmes d'un cerveau ? Et si c'était possible ? Puis, enhardi par le fait que la foudre divine ne m'ait point incinéré, je poussai ce concept hérétique encore plus loin, en territoire inexploré. Il est de notoriété publique que le duc Oldoran a été récemment déposé de son trône et reclus dans un monastère où il hurlera et délirera jusqu'à la fin de ses jours. J'ai aussi entendu dire, et même clamer, que j'étais responsable de ce renversement. J'avoue sans vergogne n'y être point étranger, mais il ne se serait jamais rien produit sans l'aide de deux – pas d'une, non : de deux dames. L'une d'elles est évidemment Dame Polgara, ce qui ne surprendra personne, j'en suis sûr. Mais ce que l'on sait moins, c'est qu'une grande et noble Asturienne est mouillée dans l'affaire, jusqu'à ses jolis sourcils. De plus, elle me conseille à peu près constamment depuis que j'assume le gouvernement du duché d'Asturie. L'obligation qui nous est faite, à cette conférence, de nous exprimer avec une totale franchise m'oblige à vous présenter la dame qui règne à mon côté : j'ai nommé la comtesse Asrana, une conspiratrice hors pair.

Les applaudissements, d'abord maigres, crurent rapidement et se changèrent en une ovation. Asrana se leva.

– Vous me le paierez, Mangaran, fit-elle entre ses dents.

– Des promesses..., fit-il d'un air rusé.

Asrana prit une pose tragique.

– Et voilà, mon tragique secret est révélé, déclara-t-elle. Comment pourriez-vous jamais me pardonner ? Sincèrement, Messires, ce n'est pas ma faute. C'est Polgara qui m'a dit de le faire. Maintenant que je suis démasquée, poursuivit-elle avec un long soupir frémissant, théâtral, autant aller jusqu'au bout. Cette réunion surnaturelle a été provoquée pour envisager les possibilités de paix. N'est-ce pas épouvantable ? Comment pourrions-nous vivre sans ennemis ? Il faut bien que nous détestions quelqu'un ! Eh bien, Messires, j'ai eu une idée ! lança-t-elle en claquant les doigts. Au lieu de nous entre-déchirer, détestons les Murgos ! Voilà la solution ! Les Murgos sont hideux, les Arendais sont le plus beau peuple de la terre. Les Murgos sont sans honneur alors que les Arendais sont pétris de noblesse jusqu'à l'écœurement. Les Murgos n'ont pas de manières tandis que la courtoisie arendaise fait envie au monde connu. Donnons-nous la main, Messires, et jurons sur notre honneur sacré de détester jusqu'au sol que foulent les Murgos !

L'assistance était hilare, à présent, et applaudissait à tout rompre. La comtesse Asrana les avait entortillés autour de son petit doigt, et elle avait mis la main dans sa poche.

– J'adore cette charmante jeune femme, Votre Grâce ! murmura Mandorin à l'oreille de son duc. Elle est délicieuse !

Il se trouve que je regardais Asrana lorsqu'il prononça ces paroles, et elle prit un petit air suffisant. Puis, sans changer d'expression, elle me lança un clin d'œil. Il était évident qu'elle avait surpris la remarque de Mandorin, et tout aussi évident qu'elle pensait avoir remporté une victoire.

Il y eut un grand banquet, ce soir-là, et le baron Mandorin parvint à s'asseoir près d'Asrana, qui lança promptement l'offensive. Elle l'assaillit de remarques spirituelles, le bombarda d'observations outrageuses. Son engin de siège préféré était une robe au décolleté si profond qu'il constituait un outrage à la pudeur. Si le baron Mandorin ne demanda pas l'armistice ce soir-là, ce fut tout juste.

La comtesse partageait mes appartements, et je l'attendis pour me coucher.

– Pourquoi Mandorin ? lançai-je platement lorsqu'elle rentra.

– Comment ça, Polly ?

– Pourquoi avez-vous jeté votre dévolu sur le baron Mandorin ? Il y a des hommes plus séduisants, et il est sensiblement plus âgé que vous.

– Tant mieux, répondit-elle en dénouant sa chevelure. Avec Mandorin, je n'aurai pas à supporter ces regards de flétan crevé et ces volumes de mauvaise poésie pleine de fautes d'orthographe. Mandorin est très proche du pouvoir, à Mimbre, continua-t-elle en secouant la tête pour aérer ses cheveux. J'ai une position similaire en Asturie. Avec vous à Wacune, nous devrions maintenir la situation sur une ligne générale satisfaisante – assez longtemps, du moins, pour que la paix devienne une habitude. Pardon de vous dire ça, Polly, ajouta-t-elle en me coulant un regard parfaitement pervers, mais j'ai l'impression que je vais mieux m'amuser que vous.

– Comment, Asrana ? Vous ne faites pas ça par patriotisme ? me récriai-je, incrédule.

– Appelez ça comme vous voudrez. Au fond, le pouvoir m'excite et, à nous trois, nous incarnons à peu près tout le pouvoir restant dans cette pauvre vieille Arendie. Que demander de plus ?

– Et l'amour, Asrana ?

– Quoi, l'amour ? répliqua-t-elle avec une moue désabusée. L'amour, c'est pour les enfants, Polgara. C'est un jouet qui ne m'amuse plus. J'aime bien Mandorin. Il est séduisant, noble à n'en plus pouvoir. Les années éroderont sa beauté, j'éroderai sa noblesse. Nous ferons des choses assez impopulaires, j'en ai peur, mais l'Arendie ne s'en portera que mieux. Si ça fait de moi une patriote... ainsi soit-il. Regardez-moi bien, Polly. Il se pourrait que j'aie quelques trucs à vous apprendre.

Le lendemain, dans la matinée, les plus obtus des Arendais réunis sous le pavillon du duc Corrolin avaient compris qu'il se passait quelque chose entre notre comtesse éhontée et le baron Mandorin. Pour moi, ça faisait partie de son plan. Je pense que même Ce'Nedra n'arrivera jamais à la cheville d'Asrana, question duplicité. À la fin de la journée, le pauvre Mandorin lui mangeait dans la main. Il ne la quittait pas des yeux, il buvait ses paroles, et Asrana prit souvent la parole lors des délibérations. Elle menait deux parties de front, et elle les remporta toutes les deux.

Le quatrième jour, les chefs de Mimbre, d'Asturie et de Wacune signèrent « l'instrument de la paix », et le duc Corrolin invita aussitôt tout le monde à rester pour le mariage. La comtesse Asrana savait agir avec promptitude quand ça l'arrangeait.

Je me retrouvai une fois de plus dans le rôle de la demoiselle d'honneur, et tout se passa on ne peut mieux. Asrana et Mandorin échangèrent leurs consentements sans qu'un tremblement de terre ou un raz de marée n'avertissent la pauvre vieille Arendie qu'une nouvelle force redoutable venait de naître en son sein.

QUATRIÈME PARTIE

ONTROSE

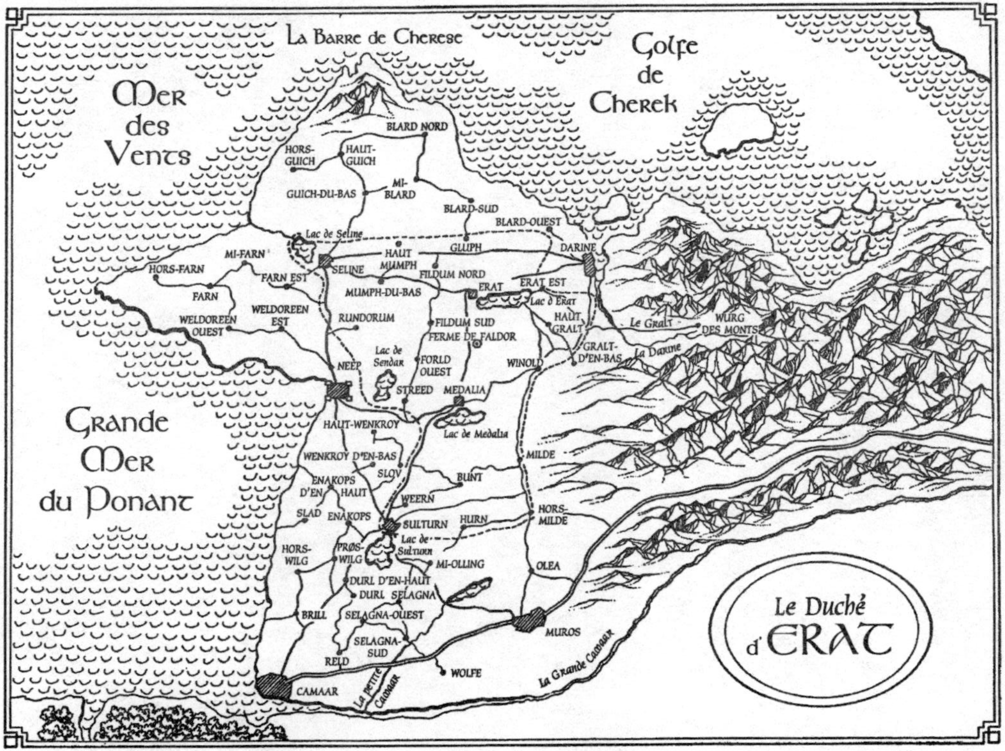

La Barre de Cherese
Golfe de Cherek
Mer des Vents
Grande Mer du Ponant
Le Duché d'ERAT
BLARD NORD
HORS-GUICH
HAUT-GUICH
MI-BLARD
GUICH-DU-BAS
BLARD-SUD
BLARD-OUEST
Lac de Seline
MI-FARN
HORS-FARN
FARN EST
FARN
SELINE
HAUT MUMPH
GLUPH
DARINE
FILDUM NORD
ERAT
ERAT EST
MUMPH-DU-BAS
Lac d'Erat
WELDOREEN EST
WELDOREEN OUEST
RUNDORUM
FILDUM SUD
FERME DE FALDOR
HAUT GRALT
Le Gralt
WURG DES MONTS
GRALT-D'EN-BAS
La Darine
Lac de Sendar
NEEP
FORLD OUEST
WINOLD
STREED
MEDALIA
HAUT-WENKROY
Lac de Medalia
WENKROY D'EN-BAS
MILDE
SLOV
BUNT
ENAKOPS D'EN HAUT
WEERN
SLAD
ENAKOPS
SULTURN
HURN
HORS-MILDE
Lac de Sulturn
HORS-WILG
PRØS-WILG
MI-OLLING
OLEA
DURL D'EN-HAUT
DURL
SELAGNA
BRILL
SELAGNA-OUEST
MUROS
SELAGNA-SUD
RELD
WOLFE
CAMAAR
La petite Camaar
La Grande Camaar

CHAPITRE XVII

Je l'avoue non sans répugnance : quand on va au fond des choses, nous nous ressemblons beaucoup, mon père et moi. Nous savons tous les deux que notre première tâche sera toujours l'étude et la lente accumulation de connaissances. Nous faisons tous les deux la tête quand quelqu'un débarque au Val en nous suppliant d'en sortir pour sauver le monde. Mais ça ne vous étonnera sûrement pas d'apprendre que nos grands airs grognons ne sont qu'une façade. Pour être tout à fait honnête, nous prenons presque autant de plaisir à éteindre ces petits feux de broussailles qu'à découvrir pourquoi deux et deux font quatre.

Pendant des années, à l'Île des Vents, j'ai été au cœur des événements, et j'ai trouvé ça grisant. Puis on m'a envoyée en Arendie pour empêcher Ctuchik de mettre son plan à exécution, et je me suis tout aussi bien amusée. Comme mon père, j'ai toujours apprécié de lâcher mes livres quand l'alarme d'incendie retentit.

Compte tenu de la fragilité de la paix que nous avions imposée aux Arendais de tout poil, il était assez évident que je devrais rester en Arendie pour veiller à ce que les choses restent en l'état. Au printemps de l'an 2313 je repassai donc rapidement à la tour de mon père pour prendre quelques affaires dont je pouvais avoir besoin. J'aurais pu en recréer de nouvelles, mais je ne sais pourquoi, ce n'aurait pas été pareil.

Père était retourné au Val l'hiver précédent et quand j'arrivai à sa tour il appela les jumeaux et nous eûmes une grande discussion tous les quatre.

– J'espérais voir oncle Beldin, dis-je.

– Il est encore en Mallorée, répondit Belkira. Que s'est-il passé en Arendie ?

– Que se passe-t-il toujours en Arendie ? renifla Beltira.

– Pol a pris des mesures, répondit mon père. À présent, il plane sur le pays un silence surnaturel. Je pense que c'est ce qu'on appelle la paix.

– Je n'irais pas jusque-là, rectifiai-je en surveillant le jambon que je faisais cuire pour le dîner. Ctuchik avait jeté pas mal d'huile sur le feu et les Arendais s'amusaient bien autour de ses petits brasiers. Nous avons versé de l'eau glacée dessus, mais les Arendais cherchent toujours des prétextes pour s'étriper. Je n'appelle pas ça la paix. Ils attendent, assis en rond, que quelqu'un leur procure une nouvelle raison de se sauter à la gorge.

– Ils finiront bien par trouver quelque chose, dit-il amèrement.

– C'est pour ça que j'y retourne, annonçai-je. Je veux qu'ils sachent que s'ils ne sont pas sages, je leur donnerai la fessée.

– Ce ne sont plus des enfants, Pol, protesta Belkira.

– Ah bon ? Il y a longtemps que vous n'y êtes pas retournés. Les Arendais sont vraiment charmants, mais une partie de leur charme réside dans le fait qu'ils n'ont jamais grandi.

– Tu vas t'installer dans un endroit défini, ou tu prévois de jouer les pompiers itinérants ? demanda Beltira.

– Je suis invitée chez les trois ducs d'Arendie, mon oncle, mais je pense établir ma base d'opération à Vo Wacune. La ville est beaucoup plus belle que Vo Astur ou Vo Mimbre, et le duc Kathandrion semble avoir une lueur d'intelligence. Au moins, il arrive à voir un peu plus loin que sa propre frontière, ce dont Mangaran et Corrolin ne sont pas encore capables. Je serai probablement amenée à aller et venir tant que la paix ne sera pas solidement établie, mais c'est toujours agréable d'avoir un chez-soi. Au fait, Ctuchik a trouvé un moyen de déguiser ses agents. Il y a un ordre quasi religieux dont le quartier général est basé dans l'Enfer d'Araga, au sud-est de la Nyissie. Ils s'appellent les Dagashis, et ce sont des Murgos abâtardis. Leurs mères et probablement leurs grand-mères sont des esclaves d'autres races. Ils sont tellement mélangés qu'ils n'ont pas les traits caractéristiques des Angaraks. Ils sont entraînés à devenir des espions et des assassins. On peut ne pas avoir l'air d'un Angarak et en être un quand même.

– Voilà qui risque de poser un problème, fit Beltira en fronçant les sourcils.

– C'est déjà fait, contrai-je. Je me suis dit qu'il fallait que je vous mette au courant. Oh, autre chose : les Murgos ont dû découvrir de l'or dans leurs montagnes. Ça graisse les pattes à tour de bras, en Arendie. Et il doit y avoir des dépôts de fer près de leurs mines, parce que l'or murgo a une teinte rougeâtre. Ça pourrait nous aider à identifier ceux qui se sont laissé corrompre. Ctuchik s'implique beaucoup dans les affaires du Ponant, repris-je d'un ton rêveur en me calant à mon dossier. De là à penser que Torak est sur le point de sortir de sa retraite à Ashaba... je crois que c'est prématuré. Je vais essayer de maintenir la situation sous contrôle en Arendie, mais j'aimerais que vous montiez la garde sur les autres royaumes.

– Merci, rétorqua aigrement mon père.

– Pas de quoi, répondis-je avec un sourire mielleux.

Le lendemain matin, j'emballai les affaires que j'étais venue chercher et je repartis pour Vo Wacune.

C'était la fin du printemps, ou le début de l'été, cette année-là, quand je retournai à la ville de conte de fées dans la forêt arendaise. Kathandrion insista pour que je m'installe au palais, et comme j'avais des loisirs, à présent, je pris le temps d'élargir le cercle de mes connaissances à la cour. La femme de Kathandrion s'appelait Elisera. C'était une femme éthérée, aux cheveux blond-roux, qui passait son temps à lire d'interminables épopées arendaises et des poèmes d'amour alambiqués. Elle voyait la réalité à travers le filtre de ses lectures. Elle me fit faire la tournée des nobles qui hantaient la cour. Malgré ses défauts, je l'aimais bien. Tout comme Alleran, son fils. Le prince héritier était un robuste petit garçon de dix ans, doté d'un bon sens bien peu arendais. Ses parents s'arrangèrent malheureusement pour éradiquer ce trait de caractère avant qu'il n'arrive à l'âge adulte.

Je ne tenais pas vraiment à m'installer au palais ducal, mais Kathandrion ne voulut rien savoir, et je dus m'accommoder des inconvénients inhérents au fait de loger à la cour, inconvénients qu'Elisera ne fit qu'aggraver par son insistance maladroite à me présenter, malgré mes protestations, comme « Polgara la Sorcière ». J'aurais préféré me faire oublier. Dans ce pays, la vision de la « magie » et de la « sorcellerie » s'accompagnent de pas mal de crétinisme. La plupart des gens mettent tout ça dans le même sac et estiment que ceux qui ont un don dans ces domaines peuvent faire à peu près tous les miracles nés dans l'esprit enfiévré de poètes rivalisant d'imagination. Toutes les dames de compagnie à la cour de Kathandrion ne rêvaient que de philtres d'amour. J'eus beau leur expliquer que ce genre de décoction était impensable, j'étais harcelée par des femmes en larmes, éperdues d'espoir qui ne voulaient pas en démordre : il y avait une réponse chimique simple à leur obsession. La plupart semblaient très déçues de ma réponse, mais je n'avais pas plus tôt expédié une quémandeuse qu'une autre m'approchait, pleine de la certitude larmoyante qu'elle mourrait si le baron Untel ne s'amourachait pas tout de suite d'elle.

Puis il y avait un autre problème, qui n'aurait certainement pas arrêté Ce'Nedra : le duc Kathandrion m'informa en passant qu'ils étaient tombés d'accord, Mangaran, Corrolin et lui, pour que je reçoive un dédommagement annuel au titre de « services rendus », et ils mettaient de côté pour moi une somme absurde, en or, s'il vous plaît. J'eus beau protester que je n'avais pas besoin d'argent, rien n'y fit. Je pensais évoquer la question lors de notre réunion annuelle, à la grand-foire d'Arendie, mais quand j'en parlai à Asrana, la baronne de Vo Mandor, elle éleva quelques objections.

– Prenez cet argent, Polly, me conseilla-t-elle. Sinon, vous allez les blesser, et surtout, en offrant vos services pour rien, vous vous dévalorisez. S'ils ne vous payent pas pour ce que vous faites pour eux, ils penseront que ça ne vaut rien. Avec le temps, ils se mettront à vous traiter comme une servante, et je doute que ça vous plaise. Prenez cet argent, et souriez.

– Et que voulez-vous que j'en fasse? répliquai-je. Ils me donnent beaucoup trop. Tout cet or ne fera que s'entasser au point de devenir embarrassant.

– Achetez quelque chose. Je ne sais pas, moi : un domaine, ou une maison en ville.

Je n'aurais jamais eu cette idée toute seule. Au moins, si j'avais une maison à moi, je pourrais échapper à ces pleurnichardes qui rêvaient de philtres d'amour pour piéger des jeunes gens aux yeux vides, même pas conscients de la différence entre les garçons et les filles. Plus j'y réfléchissais, plus cette idée me plaisait. J'en parlai à Kathandrion alors que nous retournions à Vo Wacune, après la réunion.

– Serais-Tu, gente Polgara, mécontente des appartements que je mets à Ta disposition? se récria-t-il, un peu meurtri.

– Crois-m'en, Messire, ces appartements sont exquis. C'est leur emplacement qui suscite mon déplaisir. Tant que je demeurerai au palais, je serai à la merci des quémandeuses.

Je lui parlai de la procession de jeunes femmes qui se mouraient d'amour ou dépérissaient faute d'assistance mystique dans leurs affaires matérielles, au jeu, en lice et Dieu sait quelles autres absurdités.

– Je leur interdirai, noble Dame, l'accès à l'aile du palais où Tu demeures, proposa-t-il.

– Kathandrion, dis-je d'un ton patient, vous aurez beau faire, elles ignoreront vos consignes. Nous avons affaire à des obsédées. Tous ce petit monde est persuadé de mériter ce pour quoi il languit et me croit envoyée par les Dieux pour une seule raison : arranger ses petites affaires. Tant que je serai au palais, rien, sauf peut-être la violence physique, n'empêchera ces hordes éplorées de cogner à ma porte. C'est pourquoi je souhaite avoir une demeure à moi, avec une barrière et un portail qui ferme à clé. C'est le seul moyen pour moi de retrouver le sommeil. Je suis sûre qu'il y a des maisons à vendre à Vo Wacune. Puis-je vous demander de me trouver un repaire agréable ? Si on me demande encore un philtre d'amour ou une potion magique, je crois que je vais hurler.

– Point n'avais réalisé que les nobles de la cour s'étaient si cruellement imposés à toi, ma Dame. Je ferai savoir discrètement que Tu es en quête d'une habitation plus permanente.

– J'apprécierais beaucoup, Messire.

– Cela marche-t-il vraiment ? demanda-t-il avec intérêt.

– Quoi donc, Messire ?

– Les philtres magiques. Vous savez réellement concocter des mixtures qui rendent amoureux ? insista-t-il, renonçant à la langue recherchée.

– Ah, misère ! soupirai-je. Pas vous, Kathandrion. Il n'existe aucune décoction qui ait cet effet. Il y a, en Nyissie, des herbes qui excitent le désir, mais rien au monde ne peut susciter l'amour. Je sais que les philtres magiques jouent un grand rôle dans les épopées arendaises mais, dans la vraie vie, ça n'existe pas. C'est une pure et simple invention.

– Ah ! soupira-t-il. Comme il est pénible de voir voler ses illusions en éclats. Ma tragédie épique préférée repose sur la fiction que Tu viens, gente Polgara, de pulvériser. Grande est ma crainte de ne plus jamais pouvoir en lire les vers avec plaisir. Je pleurerai amèrement cette perte cruelle.

– C'est plus grave que je ne pensais, marmonnai-je.

– Que dis-Tu, noble Dame ?

– Rien, Kathandrion. Rien du tout, répondis-je en riant et je posai amicalement la main sur son poignet.

J'achetai une assez vaste propriété située non loin du palais, et dont le prix me parut raisonnable : des décennies de négligence l'avaient laissée en si mauvais état qu'elle était pratiquement inhabitable. J'aurais sûrement pu y remédier seule, mais ça n'aurait réussi qu'à accréditer la légende qui me chassait du palais. Ma première tâche consista donc à embaucher des ouvriers pour rafistoler le toit, vérifier les fondations, remplacer les vitres brisées, chasser les oiseaux et les écureuils qui avaient établi leur résidence à l'intérieur et à démanteler la brasserie qu'un tavernier entreprenant avait installée dans la cave sans se donner la peine de régulariser le bail. Je découvris bientôt qu'il y avait trois sortes d'ouvriers à Vo Wacune : les médiocres, les mauvais et les pires.

Je passai un matin pour voir comment les choses avançaient et je constatai qu'elles n'avançaient pas du tout. Mes ouvriers étaient invisibles et rien n'avait changé depuis ma dernière visite. Il y avait encore dans le toit des trous par lesquels on aurait pu jeter un chat, aucune des lattes de parquet vermoulues et des vitres brisées n'avait été remplacée. Je parcourus ma ruine sonore en épuisant le vocabulaire pittoresque d'oncle Beldin.

– Ben, j'vais vous dire, c'est pas fréquent d'trouver une fumelle si douée pour les langues, fit quelqu'un derrière moi, avec un accent wacite à couper au couteau.

Je me retournai. Un grand gaillard au visage encadré par une crinière rousse était négligemment appuyé au chambranle de la porte et se curait les ongles avec un couteau fort inquiétant.

– Qui êtes-vous? demandai-je. Et que faites-vous ici?

– J'm'appelle Killane, M'dame. Figurez-vous qu' vot' éloquence impressionnante m'a attiré comme el' miel attire les abeilles. C'est quoi, l'problème?

– C'est ça, le problème! explosai-je en englobant, dans un

ample mouvement du bras, le désastre environnant. La semaine dernière j'ai embauché des hommes pour réparer les dégâts. Ça, pour prendre mon argent, ils se sont montrés efficaces. Mais depuis, on dirait qu'ils ont oublié l'emplacement de la maison.

– Quoi, z'avez payé d'avance? releva-t-il, incrédule. À quoi qu'vous pensiez, M'dame? Faut jamais faire eun' chose pareille. On paye quand l'boulot est fait, pas avant.

– Je l'ignorais, avouai-je.

– Mon pauv'lapin, soupira-t-il. J'vais vous dire : z'êtes qu'eun' p'auv'chose paumée. Savez pas l'nom d'vos gars, par hasard?

– Je crois que celui à qui j'ai parlé s'appelait Skelt, répondis-je, assez penaude, en me morigénant pour ma stupidité.

– Ah, çui-là ! répliqua Killane. L'est pas plus fiable qu'ces planches pourries. J'vais vous l'retrouver, M'dame. Y a guère d'espoir qu'il ait encore vot' argent, mais j'vais l'obliger à r'venir avec ses gars et à faire ce pour quoi vous l'avez payé.

– Pourquoi feriez-vous une chose pareille? demandai-je, passant de la crédulité extrême à la plus abjecte suspicion.

– Pas'que vous avez b'soin d'un ange gardien, mon p'tit, répondit-il du tac au tac. Bon, v'là c'qu'on va faire : j'vais vous ram'ner Skelt et sa ralinguée d'bons à rien, et j'vais les obliger à faire l'boulot qu'y vous doivent. Si vous êtes pas satisfaite d'ici huit jours, on s'quitte bons amis, et sans r'grets. Et si vous êtes content' ed' moi, j'vais vous dire : on envisage eun' collaboration plus durab'.

J'aurais dû m'offenser de la façon dont il faisait irruption dans ma vie et l'organisait, mais ce ne fut pas le cas. Il avait à l'évidence raison : dans cette sphère d'activité, j'étais bel et bien paumée. Nous parlâmes encore un peu, et Killane m'avoua modestement qu'il était le meilleur entrepreneur de l'Arendie, j'vais vous dire. Puis nous fîmes le tour de la maison et je lui expliquai ce que je voulais. Il tomba d'accord avec la plupart de mes idées et lorsqu'il trouva à y redire, il me dit pourquoi. Puis, à la fin de notre visite, il tapota amicalement l'un des murs.

– C't'eun' brave vieille baraque, bien qu'elle ait été tristement négligée. On d'vrait vous la r'met' en état en un rein d'temps. Faut que j'vous dise quèt' chose tout d'suite, M'dame, ajouta-t-il en me regardant avec gravité. Ch'suis pas du genre à mégoter, alors ça risque d'vous coûter un peu chaud. Mais si vous d'vez vivre ici un moment, j'vais pas m'faire honte en laissant c'te brave vieille baraque vous tomber sur l'coin d'la figure d'ici quèqu'z'années. Vous m'demand'rez des trucs qui peuv' pas marcher et j'vous répondrai ben en face qu'vous racontez n'importe quoi. J'ai cru r'marquer qu' z'aviez du tempérament, alors on va s'crier d'sus d'temps en temps, mais quand ça s'ra fini, z'aurez une maison dont vous pourrez êt'fière.

– C'est tout ce que je demande, lui assurai-je.

– Alors, c'est d'accord. Pouvez r'tourner à vot' brod'rie, maint'nant, M'dame. Laissez-moi faire. J'vais vous arranger ça.

Ce Killane me plut tout de suite. Je n'ai pas connu beaucoup d'hommes aussi honnêtes. À vrai dire, il me fit une si forte impression que je finis par épouser un homme qui aurait pu être son frère.

Je passai voir ma maison plusieurs fois pendant les travaux. Skelt et sa bardée de cousins, de frères et je ne sais quoi encore formaient à présent un groupe assez morne, mais la plupart des plaies et des bosses n'étaient plus qu'un mauvais souvenir. Killane les bousculait impitoyablement, et les travaux avançaient. Pas assez vite à mon gré, mais quand même. J'avais vraiment hâte de quitter le palais. Pour changer d'air – et pour éviter de harceler Killane – j'allai voir Asrana et Mandorin à Vo Mandor, cet automne-là. Cet étrange mariage semblait marcher bien mieux qu'on n'aurait pu le supposer. Mandorin était rigoureusement fasciné par la retorse Asrana, et son adoration béate avait pour effet d'atténuer les pulsions les plus scandaleuses de son épouse. Cela dit, le bonheur conjugal n'avait pas amoindri leur sens de la politique, et ils parvenaient la plupart du temps à empêcher les Mimbraïques et les Asturiens de s'étriper.

Au bout d'un moment, je commençai à étouffer et je descendis à Vo Mimbre voir le duc Corrolin. Il y avait des marchands tolnedrains à Vo Mimbre, évidemment ; la Tolnedrie était juste de l'autre côté du fleuve. Mais un rapide et prudent coup de sonde me prouva qu'ils étaient vraiment tolnedrains et non dagashis. Le revers que j'avais infligé à Ctuchik l'avait manifestement incité à effectuer un retrait stratégique.

Puis, pour ne pas faire de favoritisme, je remontai vers le nord voir Mangaran. Il y avait des problèmes à Vo Astur, mais rien n'indiquait que les Murgos y soient pour quoi que ce soit. Le renversement d'Oldoran avait gravement offensé sa famille qui considérait, depuis des générations, l'Asturie comme sa propriété personnelle. Les membres de la famille Oldoran étaient pour la plupart des incapables qui assouvissaient leur agressivité en dénigrant Mangaran dans les termes les plus désobligeants. Mais un neveu – un jeune homme crasseux et mal embouché appelé Nerasin – passa les bornes. Il se démena pour conclure des alliances dans la perspective du jour où Mangaran, qui n'était plus tout jeune, viendrait à défuncter et où le trône d'Asturie tomberait aux mains de celui qui serait assez habile pour s'en emparer. Quelque chose me disait qu'il faudrait un jour m'occuper de ce Nerasin, mais pour le moment Mangaran tenait assez fermement les rênes du pouvoir pour le contenir dans des limites supportables.

Je restai une semaine avec Mangaran puis je rentrai à Vo Wacune voir comment Killane se sortait de mes travaux de restauration. L'air sentait bien l'automne, à présent. La forêt arendaise est essentiellement plantée d'arbres à feuilles persistantes, mais des bosquets d'érables, de bouleaux et de trembles ajoutaient dans les bois des touches de rouge, de jaune et d'orangé. Le spectacle était somptueux et je pris mon temps pour rentrer. J'arrivai à Vo Wacune en fin d'après-midi, par une belle journée, franchis les portes magnifiques de la ville et pris directement la rue tranquille, bordée d'arbres, où se trouvait ma maison. Je notai avec satisfaction que Killane et ses ouvriers avaient réparé le mur de marbre qui entourait la propriété et remplacé la vieille grille rouillée par une autre, beaucoup plus belle et plus imposante.

L'un des atouts de ma maison était le vaste terrain qui l'entourait. Le jardin avait été laissé à l'abandon et lorsque j'avais acheté, il était envahi par les mauvaises herbes. J'eus donc la surprise, en franchissant la grille, de constater que les ronces avaient été arrachées et les anciennes haies retaillées. Je trouvai Killane sur le côté de la maison, en train de bêcher un parterre de fleurs. Il leva les yeux alors que je mettais pied à terre.

– Tiens, vous v'là, ma p'tite dame ! dit-il. J'm'apprêtais à envoyer une équipe à vot' recherche !

– Vous faites du jardinage, Killane ? m'étonnai-je. Vous savez tout faire, décidément ! Comment ça va ?

– La maison est finie, M'dame, répondit-il fièrement. Et l'résultat est encore meilleur que c' qu'on pensait. En vous attendant, j'passais l'temps en préparant les massifs pour planter, au printemps prochain. Je m'suis cru autorisé à faire venir une bande de soubrettes pour faire un peu d'ménage à l'intérieur. Vous voulez que j'vous fasse faire le tour ?

– J'attendais que vous me le proposiez !

– J'espère qu' vous s'rez assez contente du trait'ment qu'on a fait subir à c' te vieille baraque pour pas vous étouffer en voyant certaines des factures. J'ai taillé comme j'ai pu dans les dépenses, mais l'total est un peu ahurissant.

– Je devrais arriver à m'en sortir, Killane, le rassurai-je. Allons voir ce chef-d'œuvre.

La maison rénovée était plus belle que je ne m'y attendais.

Les pièces – même dans les appartements des domestiques – étaient spacieuses et dotées de salles de bains vastes et bien équipées. Les murs lépreux avaient été réenduits, les sols de marbre et les parquets brillaient, et tout donnait une impression cossue, solide, confortable. Le mur de marbre, les arbres et les haies qui entouraient la maison étouffaient tous les bruits de la rue, faisant de cet endroit un havre de paix.

– C'est parfait ! m'exclamai-je.

– Bah, j'irais p't'êt' pas jusque-là, M'dame, objecta modestement Killane. J'ai fait c'que j' pouvais de c' te vieille baraque, mais j'vais vous dire : si ça avait été pour moi, y a des trucs qu'j'aurais faits autrement.

J'avais plus ou moins pris ma décision en cours de route, mais je ne savais comment aborder le sujet avec lui.

– Nous nous entendons bien, pas vrai, Killane ? dis-je enfin.

– Z'êtes pas une mauvaise patronne, pour une femme, et vous d'mandez pas la lune. J'arriverais à vous supporter.

– Trêve de flatteries, Killane.

– V'nez-en au fait, M'dame, fit-il en riant. Z'allez pas tourner autour du pot pendant des heures.

– Vous voulez travailler pour moi ? proposai-je.

– J' croyais qu' c'était c' que j' faisais.

– Je ne parlais pas des travaux de rénovation. Je voudrais vous engager de façon plus durable. C'est une grande maison. Je pourrais m'en occuper moi-même si nécessaire, mais je serai sûrement amenée à m'en aller pendant des périodes prolongées, et je n'aimerais pas que la maison se dégrade au point où je l'ai trouvée. Pour tout dire, j'ai besoin de quelqu'un pour s'en occuper à ma place. Ça vous intéresse ?

– Je f'rais pas un bon majordome, M'dame. Mes manières laissent par trop à désirer.

– Vous n'avez pas encore réussi à m'offenser.

– Laissez-moi l' temps. On vient juste d' faire connaissance.

– Vous voulez bien y réfléchir ?

– J' vous propose d'essayer pendant une p'tite année, ma Dame.

– Pourquoi ce soudain formalisme ?

– J'peux plus appeler ma patronne M'dame.

– Ça ne me gêne pas le moins du monde, Killane, répondis-je en parcourant la salle du regard : maintenant que les gravats avaient été évacués, la maison était presque trop grande. Nous aurons probablement besoin de domestiques, non ? suggérai-je.

– Ça m'va, M'dame, répondit-il avec un grand sourire. Ch'suis pas précisément un virtuose du balai et ma cuisine laisse un peu à désirer, m'enfin...

J'éclatai de rire et posai amicalement la main sur son bras.

– C'est vous qui les encadrerez, Killane. Alors, embauchez des gens avec qui vous vous entendrez bien.

Il s'inclina avec une grâce surprenante.

– À vos ordres, M'dame. Mais c'matin, j'vais commencer par vous apporter eun' voiture.

– Pour quoi faire ?

– Z'avez prévu d'dormir par terre ? Vous pensez pas qu' què'qu'meub' s'raient pas d'trop ? Bon, si on passait aux choses désagréab' ? suggéra-t-il en tirant une liasse de papiers de la poche de sa tunique. V'là toutes les factures.

Nous passâmes quelques semaines à faire le tour des boutiques pour trouver les meubles, les tentures, les tapis et les éléments de décoration nécessaires pour rompre la monotonie de ces murs blancs et nus. Puis les domestiques – qui étaient pour la plupart de la famille de Killane – arrivèrent. Le népotisme est souvent mal vu, mais ma situation particulière en faisait la chose la plus naturelle du monde. Il nous fallut un moment pour nous habituer les uns aux autres, et il me fallut encore plus de temps pour m'habituer à être servie à toute heure du jour et de la nuit. Mais je ne rencontrai qu'un seul problème sérieux, avec la cuisinière. C'était une des innombrables cousines de Killane, et elle n'aimait vraiment pas la façon dont je faisais irruption dans son fief pour lui donner un coup de main ou lui faire des suggestions. Mais nous réglâmes nos différends et, l'un dans l'autre, j'étais parfaitement satisfaite.

L'été suivant mon installation dans ma demeure, je me rendis avec le duc Kathandrion à la grand-foire pour la rencontre annuelle de ce qui devait prendre, par la suite, le nom de « Conseil d'Arendie ». Ce nom n'était pas particulièrement original, mais il était calqué, après tout, sur le Conseil d'Alorie qui se tenait à Riva, et les Arendais adorent les traditions, toutes les traditions, même celles des autres. Il y eut quelques frictions, lors de cette réunion, mais nous en vînmes rapidement à bout.

Il y avait beaucoup plus intéressant que la politique, cette année-là : la baronne Asrana attendait un enfant.

– Se sent-on toujours aussi lourde et encombrante, Polly? demanda-t-elle un soir, après la réunion de la journée.

– Souvent, oui, répondis-je. C'est pour quand?

– Au début de l'hiver. Autant dire dans une éternité.

– Je viendrai à Vo Mandor vous assister.

– Oh, ne vous donnez pas cette peine, Polly.

– Mais si. Ça peut paraître bizarre, mais je vous aime bien, Asrana, et je ne vous laisserai pas entre des mains inconnues.

– Mais...

– Chut, Asrana. C'est arrangé.

– Oui, M'dame, dit-elle d'un ton soumis, mais je la connaissais assez bien pour savoir que la soumission et l'humilité n'étaient pas son genre.

Après la fin des réunions du Conseil, nous retournâmes à Vo Wacune, Kathandrion et moi.

– Je ne sais pas, mais je trouve tout ça bizarre, fit Kathandrion d'un ton rêveur, lors de notre dernier jour de voyage.

– Quoi donc?

– S'asseoir à une table et bavarder avec des ennemis héréditaires.

– Vous avez intérêt à vous y faire, Kathandrion. Tant que je serai dans les parages, et je risque d'y être longtemps, cette réunion aura lieu tous les ans. Il vaut bien mieux parler avec les gens que de leur taper dessus.

– C'est contre nature.

Je levai les yeux au ciel dans une attitude théâtrale.

– Ah, les Arendais ! soupirai-je.

Kathandrion éclata de rire.

– J'adore quand vous faites ça, Polgara. On dirait que tout ce que nous faisons est tellement infantile...

– Ça l'est, Kathandrion. Croyez-moi, pour être infantile, c'est infantile !

Le reste de l'été passa sans incidents, mais l'automne fut le théâtre de grands événements sociaux. C'était manifestement une coutume arendaise : se reposer tout l'hiver, puis faire la fête jusqu'à ce que tout soit recouvert de neige.

Lorsque je calculai que le moment de l'accouchement d'Asrana approchait, Killane m'accompagna à Vo Mandor. Il ne me le proposa pas, il ne me demanda rien ; il m'accompagna, c'est tout.

– J'vais pas vous laisser partir tout' seule, M'dame, dit-il en réponse à mes protestations. Y a pas qu' le danger, si on v'nait à savoir qu' vous pouvez pas vous payer une escorte digne de c' nom, vot' statut social en pâtirait.

Je ne discutai pas, parce que j'appréciais sa compagnie et que la façon dont les serviteurs taquinent souvent leur maître m'amusait. Killane prenait très au sérieux ce qu'il croyait être son devoir.

Il neigeait lorsque nous arrivâmes à Vo Mandor, une neige épaisse, tourbillonnante, qui empêchait de voir quoi que ce soit d'autre qu'un nuage blanc, écumant, à quelques pas à la ronde. Mandorin m'accueillit chaleureusement, mais avec cet air préoccupé qui semble caractériser tous les futurs pères.

Je confiai à Killane la mission de me débarrasser en douceur du baron de Vo Mandor, et m'occupai de la baronne qui était sur le point d'accoucher. Je connaissais certains composés narcotiques susceptibles d'atténuer les douleurs et, s'il le fallait, je pouvais l'endormir d'une simple pensée. Mais je n'eus pas l'occasion de le faire : la naissance de son fils se passa assez facilement. Mandorin était tellement fier que je crus qu'il allait exploser. J'ai remarqué que les jeunes pères étaient souvent comme ça.

Rien de pressant ne me rappelait à Vo Wacune. Ma maison était entre de bonnes mains, et il n'est jamais agréable de voyager en hiver. Je cédai donc à l'invitation pressante de Mandorin et d'Asrana d'attendre les beaux jours en leur compagnie.

C'était agréable de passer un moment avec de vieux amis, et je m'amusais bien avec le bébé. Mais au retour du printemps, je fis mes préparatifs de départ.

Je n'avais pas prévu l'arrivée d'un autre vieil ami, la veille du jour où je comptais moi-même partir : le comte Mangaran, qui était de facto duc d'Asturie, avait rencontré Corrolin à Vo Mimbre. Il débarqua, escorté par une troupe de gardes du corps armés jusqu'aux dents.

Mangaran n'avait guère changé depuis le coup d'État qui l'avait porté sur le trône, mais je lui trouvai un regard las. Après les congratulations rituelles dans la cour, Mandorin nous mena dans une pièce tranquille, pour parler sérieusement. Compte tenu de ce qu'était Vo Mandor, ces précautions ne me paraissaient pas nécessaires, mais nous étions en Arendie, après tout.

– Eh bien, Mangaran, commença Asrana lorsque nous fûmes confortablement installés, quel bon vent vous amène ? Il y a un problème, ou c'est le duc Corrolin qui vous manque ?

Mangaran passa une main lasse sur son visage et répondit :

– Il y a des moments où je me dis que j'aurais mieux fait de quitter la ville quand vous avez comploté votre petite révolution, Mesdames. Je crois que je sais maintenant pourquoi

Oldoran a passé sa vie entre deux vins. Il y a tant de détails à régler..., dit-il avec un soupir funèbre. Je suis allé à Vo Mimbre prévenir le duc Corrolin qu'il y avait des problèmes sérieux à Vo Astur et je vais à Vo Wacune voir le duc Kathandrion. Je leur suggère à tous les deux de former une alliance solide. L'Asturie est sur le point de s'embraser.

– Ce n'est pas nouveau, nota Asrana. Le feu couve en Asturie depuis que je suis haute comme ça. Quelles sont, cette fois, les braises les plus chaudes ?

– Je suppose que l'histoire appellera cette crise la « guerre des neveux », répondit Mangaran en tirant une mine de six pieds de long. Je n'ai pas de fils et de toute façon mes droits au trône ducal sont on ne peut plus spécieux. Oldoran a été déposé sous un prétexte fumeux, et celui qui devrait légalement lui succéder est l'aîné de ses neveux, Nerasin.

Asrana émit un bruit incongru.

– Vous résumez exactement ma pensée, ma chère, acquiesça sobrement Mangaran. L'ennui, c'est que l'aîné de mes neveux ne vaut guère mieux. C'est un bon à rien, un crétin qui ne pense qu'au jeu et endetté jusqu'aux oreilles. Pour dire les choses franchement, je ne lui confierais pas une porcherie.

– Je l'ai rencontré, Polly, confirma Asrana. Il s'appelle Olburton et il ne vaut pas plus cher que Nerasin. Si l'un des deux devait succéder à Mangaran, l'Asturie se désintégrerait en autant de fiefs ennemis qu'il y a de familles. Et il y a des Mimbraïques qui n'hésiteraient pas à en profiter, ajouta-t-elle en regardant froidement son mari. Pas vrai, mon amour ?

– Grandes sont mes craintes que Tu ne dises la pure vérité, soupira Mandorin.

– Et il y a, à Wacune, des nobles frontaliers qui pensent la même chose, ajoutai-je. Je n'ai jamais compris pourquoi la proximité d'une frontière faisait ressortir ce qu'il y a de pire chez l'homme.

– C'est bien simple, Polly, fit Asrana avec un rire de

hyène. Le monde entier sait que les gens qui se trouvent de l'autre côté ne sont pas vraiment humains et que tout ce qui leur appartient revient de droit aux vrais humains qui sont du côté de la ligne où on est soi-même.

– C'est une façon un peu brutale de voir la vie, objectai-je.

– C'est pourtant la vérité vraie, insista-t-elle en relevant le menton avec impertinence.

– Je ne puis croire ce que vous me dites, Mangaran, protesta Mandorin. La paix pour laquelle nous avons si vaillamment combattu serait maintenant à la merci de deux freluquets.

– Et nous n'y pouvons pas grand-chose, renchérit Mangaran d'un ton morne. Par bonheur, je ne serai plus là pour contempler le désastre.

– Quelle chose étrange..., remarqua pensivement Asrana. La paix exige des dirigeants aussi forts que la guerre. Mangaran, mon cher, pourquoi ne pas laisser un beau cadeau de départ à cette pauvre vieille Asturie ? Faites figurer dans votre testament une clause envoyant ces deux neveux incompétents sur le billot. Un homme sans tête n'a que faire d'une couronne, hmm ?

– Asrana ! hoqueta Mandorin.

– Je plaisante, mon amour, répondit-elle, puis elle fronça les sourcils. Ce serait une solution, mais pourquoi attendre que Chaldan rappelle Mangaran à lui ? Une goutte de poison aux endroits stratégiques réglerait harmonieusement le problème, non ? Nous pourrions ensuite nous frayer un chemin, à coup de poison, dans les rangs de la noblesse asturienne jusqu'à ce que nous trouvions un personnage assez compétent pour régner.

– C'est un peu simpliste, Asrana, protesta Mangaran.

– Les solutions les plus simples sont souvent les meilleures, mon vieil ami, répondit-elle. Nous sommes tous arendais, après tout, et les complications nous perturbent.

– J'admets que c'est tentant, fit Mangaran avec un sourire pervers.

– Je vous le déconseille fortement, coupai-je. J'ai souvent constaté que l'intrusion du poison dans la politique faisait des émules, et tout le monde doit manger de temps en temps.

– Les poisons sont assez rares, quand même, objecta Asrana. Et très chers.

– Eh non, Asrana, protestai-je. Je pourrais vous trouver des poisons mortels dans les plates-bandes ici même, à Vo Mandor. Les substances toxiques sont tellement répandues que je m'étonne souvent que la moitié de la population ne s'empoisonne pas accidentellement. Il y a même des plantes ordinaires, qui font partie du régime alimentaire de tout un chacun, dont les feuilles sont mortelles. Mangez la racine et tout va bien ; grignotez les feuilles et vous êtes mort. Si vous voulez tuer quelqu'un, prenez la hache ou le couteau. N'ouvrez pas l'armoire aux poisons ; vous le payeriez cher. Je vais tenir les Asturiens à l'œil. N'entreprenez rien d'exotique, surtout.

– Trouble-fête ! protesta Asrana, boudeuse.

Comme Mangaran allait à Vo Wacune, de toute façon, nous l'accompagnâmes, Killane et moi, bien que mon sénéchal – si c'est bien le terme qui convient – soit assez mal à l'aise en présence de tous ces Asturiens. Les rancunes héréditaires ont la vie dure, et la paix était encore une nouveauté en Arendie.

La « guerre des neveux » de Mangaran ne fut pas très difficile à désamorcer, car les gens enrôlés dans l'un ou l'autre camp étaient du genre à beaucoup parler de se battre, mais disparaissaient dans les fourrés dès que ça commençait à chauffer. Je demandai à Mangaran de pister les plus ardents partisans des deux chefs de guerre, et j'eus avec eux quelques entretiens motivés qui refroidirent sensiblement leur enthousiasme. On a une réputation à soutenir, après tout, et je brandis sans vergogne des menaces que j'aurais été bien en peine de mettre à exécution même si je l'avais voulu.

Les chefs des trois duchés prirent cela pour un signe tombé

du ciel et, que ce poste m'intéresse ou non, je devins la puissance semi-officielle qui présidait chaque été à la réunion du Conseil d'Arendie.

Les choses se passèrent en douceur pendant quelques années. Grâce à un cocktail de persuasion, de menaces et de volonté, je réussis à maintenir une paix fragile en Arendie.

Le jeune Alleran grandissait. Il se maria peu après son dix-huitième anniversaire. J'étais restée assez proche de lui pendant ses années de formation et je l'avais doucement guidé. Ses parents, Kathandrion et Elisera, avaient fait de leur mieux pour l'élever comme un Arendais pur et dur – tout en noblesse et sans cervelle – mais je réussis à préserver son bon sens. L'observation qu'Asrana avait faite à Vo Mandor n'avait rien perdu de sa pertinence : il faut être au moins aussi fort pour diriger en temps de paix qu'en temps de guerre, et rien ne peut aider un chef à être fort, en dehors du bon sens.

Je trouvai un allié inattendu dans ma campagne de contamination de l'esprit purement arendais d'Alleran. Lorsqu'il venait officiellement voir sa « tante Pol » – cette appellation me suit depuis des siècles – je m'aperçus qu'il passait presque tout son temps avec Killane, et qui pouvait mieux faire son éducation pratique qu'un maître du bâtiment ? À nous deux, nous en fîmes un jeune homme parfaitement qualifié pour diriger. Il parlait un langage châtié, mais son cerveau ne cessait pas de fonctionner dès que la première syllabe précieuse franchissait ses lèvres.

Croyez-moi ou non, je n'intervins pas dans le choix de sa fiancée. Cette décision fut presque entièrement dictée par des considérations politiques. Les alliances entre égaux sont presque toujours cimentées par le mariage. La fiancée s'appelait Mayaserell – encore un de ces noms concoctés en agglomérant les noms de plusieurs parentes défuntes. C'était une jolie fille aux cheveux noirs. Ils n'étaient pas désespérément amoureux l'un de l'autre, Alleran et elle, mais ils s'entendaient assez bien, et c'était une base satisfaisante pour un bon mariage.

Les années passèrent comme passent les années, à leur rythme, et les réunions annuelles du Conseil d'Arendie me fournirent d'innombrables occasions d'entendre un éventail d'idioties diverses et variées, prêtes à échapper à tout contrôle.

Après la réunion de 2324, j'effectuai l'une de mes tournées périodiques d'inspection du territoire arendais. Moins parce que je me méfiais des informations qui me parvenaient que parce qu'il vaut toujours mieux voir certaines choses de ses propres yeux. Nous nous joignîmes donc, Killane et moi, au groupe du duc Corrolin de Mimbre, et nous descendîmes vers la cité d'or, au bord de l'Arend.

Ne remarquant rien de particulièrement inquiétant à Vo Mimbre, au bout d'une semaine, je repartis avec Killane pour Vo Mandor afin de rendre visite à Mandorin et Asrana.

Le matin du deuxième jour, j'eus avec Killane une conversation qui devenait de plus en plus pressante.

Peu après le lever du soleil, nous avions gravi une colline assez haute, et nous nous étions arrêtés au sommet pour laisser souffler nos chevaux dans le soleil doré du matin.

– Sans vouloir vous offenser, M'dame, commença Killane d'un ton hésitant, est-ce qu'on pourrait pas parler un peu?

– Mais bien sûr, Killane. Vous avez l'air troublé. Il y a quelque chose qui ne va pas?

– Ch' suis pas l'homme le plus futé du monde, M'dame, mais faudrait êt' complèt'ment stupide pour pas voir qu'vous êtes pas précisément une femme comme les aut'.

– Hmm, merci, Killane, fis-je avec un sourire. Allez-y, dites-le, mon ami. Je n'en prendrai pas offense.

– Y vous appellent Polgara la Sorcière, bredouilla-t-il. Y a quèqu' chose de vrai là-d'dans?

– Le côté « sorcière » de l'affaire est grandement exagéré, répondis-je, mais il est vrai que je m'appelle Polgara, et que j'ai certains pouvoirs peu communs.

– Et votre père s'appelle Belgarath?

– J’en ai peur, oui, soupirai-je.
– Et vous êtes un peu plus vieille que vous n’en avez l’air ?
– J’espère que je ne fais pas mon âge.
– Z’avez pas loin d’mille ans, pas vrai ? lâcha-t-il d’un ton presque accusateur.
– Allons, mon cher ami, répondis-je d’un ton patient. Trois cent vingt-quatre, pas une année de plus.
Il déglutit péniblement et roula des yeux affolés.
– Quelle importance, au fond, Killane ? repris-je. La longévité n’est qu’un trait de famille. Il y a des gens qui vivent plus longtemps que les autres, c’est tout. Vous l’avez certainement constaté vous-même.
– Eh bien... oui, je suppose. Mais trois cents ans !
– Je vous le redemande : quelle importance ? Notre amitié est plus importante, non ? Vous êtes mon bon et fidèle ami. C’est tout ce qui compte pour moi, et c’est tout ce qui devrait compter pour vous. Ne permettez pas à une chose aussi bête que des chiffres de détruire notre amitié.
– J’ préfér’rais m’ couper la main droite, déclara-t-il.
– Eh bien, cessez de ruminer.
– Vous pouvez vraiment faire des trucs magiques ? fit-il d’un ton presque enfantin, le regard plein d’espoir.
– Si c’est comme ça que vous voulez appeler ça, oui.
– Faites-moi un truc magique, insista-t-il, les yeux brillants.
– Ah, misère ! soupirai-je. Écoutez, Killane, si je fais quelque chose, vous laisserez tomber cette conversation débile ?
Il acquiesça avec empressement.
Je me téléportai un peu plus loin derrière lui, et il regarda, bouche bée, ma selle soudain vide.
– Je suis là, Killane, dis-je doucement.
Il se retourna avec une expression proche de l’effroi.
J’esquissai un geste en direction d’un rocher, concentrai mon Vouloir et le libérai. Le rocher s’éleva de dix pieds dans le vide et retomba avec un choc sourd. Killane sursauta.

– Ça a toujours été mon truc préféré, dis-je et je me changeai lentement en chouette neigeuse.

Je décrivis quelques cercles au-dessus de lui, effleurant doucement son visage avec le bout de mes ailes. Puis je repris forme humaine et remontai en selle.

– Alors, satisfait ? lui demandai-je.

– Plus que satisfait, ma Dame, m'assura-t-il d'une voix quelque peu tremblante. C'était une chose merveilleuse à voir.

– Je suis contente que ça vous ait plu. Bon, si nous allions à Vo Mandor, maintenant ? En nous dépêchant un peu, nous devrions arriver à temps pour le dîner.

CHAPITRE XVIII

Le comte Mangaran mourut au printemps suivant et je me précipitai à Vo Astur pour examiner son corps. Je me demandais si la solution expéditive qu'Asrana avait envisagée pour se débarrasser des importuns n'avait pas fait des prosélytes. Un rapide examen me rassura : mon ami était mort de causes naturelles.

Olburton, le désastreux héritier de Mangaran, avait pris le pouvoir à Vo Astur, mais le reste de l'Asturie était plus ou moins sous la férule de Nerasin, le neveu du duc Oldoran. La situation était on ne peut plus confuse sur le plan légal. Oldoran n'avait jamais été officiellement destitué, et Mangaran n'était, d'un point de vue strictement juridique, rien d'autre qu'un régent. Opter pour Nerasin plutôt qu'Olburton revenait à choisir entre la peste ou le choléra, et je décidai de ne pas m'en mêler. Ma tâche consistait à veiller au maintien de la paix entre les trois duchés, et si les Asturiens voulaient s'embarquer dans une bonne génération de luttes intestines, ça les regardait.

Je pris tout de même quelques précautions. Sur ma suggestion, Kathandrion et Corrolin se rencontrèrent discrètement à Vo Mandor afin de cimenter une alliance conçue pour empêcher le conflit en Asturie de se répandre.

– Que nous conseilles-Tu, gente Polgara? demanda Kathandrion lorsque nous fûmes réunis dans le cabinet de Mandorin. Nous pourrions aisément entrer en Asturie, le duc Corrolin et moi-même, nous débarrasser des deux neveux et mettre un candidat à notre goût sur le trône de Vo Astur.

– Ce n'est pas une bonne idée, Kathandrion. Si les Asturiens veulent en découdre, c'est leur affaire. Si vous vous en mêlez, les Asturiens vont pactiser sur votre dos et sortir de leurs forêts en brandissant les armes. Vous ne réussirez qu'à souffler sur les braises que Ctuchik s'était donné tant de mal à entretenir. Fermez les frontières de l'Asturie et laissez-les se bagarrer entre eux. Il finira bien par en sortir un chef assez fort pour les réunifier. À ce moment-là, je me rendrai à Vo Astur et je lui expliquerai qu'il vaut mieux pour lui se convaincre que la paix est préférable à la guerre.

– Vous lui expliquerez, hmm? fit Asrana comme si elle suçait un bonbon.

– C'est une façon édulcorée de dire que je le « convaincrai ». Je suis très douée pour convaincre les gens, Asrana. Au fil des ans, j'ai remarqué que les chefs qui se sentaient en terrain instable chez eux s'empressaient de déclarer la guerre à leurs voisins sous prétexte qu'un conflit externe canalisera toutes les inimitiés internes. Je déconseillerai fermement à l'éventuel dirigeant des Asturiens de suivre cette ligne de conduite, et je puis être très persuasive quand je veux. J'ai consacré beaucoup de temps et d'efforts à instaurer la paix en Arendie et je ne laisserai pas un Asturien, qui croirait avoir eu une idée originale, faire voler cette paix en éclats pour consolider sa position personnelle. Espérons que le vainqueur de la compétition en Asturie sera un homme raisonnable. Sinon, je saurai lui faire entendre raison, par la manière forte s'il le faut. C'est clair ? fis-je en les interrogeant du regard.

– Oui, M'man, répondit Kathandrion avec une feinte docilité.

Corrolin éclata de rire, et la conférence s'acheva sur une note assez comique. J'y étais peut-être allée un peu fort, mais ils étaient arendais, après tout. L'alliance entre Kathandrion et Corrolin était fermement établie lorsque nous nous séparâmes. C'était le principal. Les Asturiens auraient beau intriguer, ils ne pourraient semer la dissension entre eux.

Je regagnai Vo Wacune avec Kathandrion. Il fit masser ses forces le long de la frontière est de l'Asturie pendant que Corrolin fermait la frontière sud de ce duché en ébullition. L'Asturie était cernée, et la « guerre des neveux » strictement circonscrite. Des émissaires de Nerasin et d'Olburton tentèrent de faire des offres ridicules à Wacune et à Mimbre, mais Kathandrion et Corrolin refusèrent obstinément de les rencontrer.

Je m'en faisais un peu pour Asrana et de ce qu'elle mijotait. Elle avait encore de nombreux contacts en Asturie et elle pouvait, si elle voulait, influencer le cours des événements là-bas. Je savais qu'elle n'avait guère d'estime pour Olburton, et qu'elle avait le plus grand mépris pour Nerasin. Si elle devait choisir entre eux, elle prendrait probablement – bien qu'à contrecœur – le parti d'Olburton. Je voulais le statu quo en Asturie, et j'incitai fortement mon exubérante amie à se tenir à l'écart de leurs affaires.

Je commençais à en avoir marre de ces conspirations et de ces intrigues. Un bon jongleur peut maintenir une douzaine de balles en l'air en même temps, à condition que les balles ne soient pas glissantes. Mon problème, c'est qu'un rigolo avait graissé les miennes pendant que j'avais le dos tourné.

En 2325, à l'occasion de la fête d'Erastide, qui marque le passage vers l'année nouvelle, lors des réjouissances habituelles au palais ducal de Vo Wacune, le couronnement de la fête fut l'annonce par le prince Alleran que sa femme, Mayaserell, allait lui donner un héritier. C'était plutôt une bonne nouvelle. Au moins, il n'y aurait pas de bagarre sordide pour la succession au duché de Wacune.

Au printemps suivant, les troubles en Asturie arrivèrent à un paroxysme avec un tir de flèche d'une distance phénoménale d'au moins deux cents pas. La flèche acheva sa trajectoire dans la poitrine d'Olburton, et ça fit beaucoup de potin en Asturie. Olburton contrôlait les cités alors que Nerasin tenait les campagnes, plus conservatrices. En réalité, Olburton possédait les gens et Nerasin la terre. Il y avait une sorte d'équilibre que je m'efforçais de maintenir, mais que la mort d'Olburton fit voler en éclats. Nerasin n'attaqua pas immédiatement Vo Astur. Il préféra prendre d'abord les petites villes. Au début de l'été de 2326, Vo Astur était une île au milieu d'un océan hostile, et la situation était d'autant plus précaire que la famille d'Olburton était à feu et à sang. L'issue était prévisible : au début de l'automne, Nerasin avait retrouvé le trône de son défunt oncle à Vo Astur.

C'est alors qu'Asrana s'en mêla, faisant un de ces gâchis dont elle avait le secret. Je n'ai jamais su où elle était allée chercher ça, mais l'idée de « déstabiliser le gouvernement d'Asturie » la fascinait littéralement. Et ce n'étaient pas les contacts qui lui manquaient, dans son fief, pour l'assister.

Plusieurs mois passèrent avant que je n'aie vent de ses activités. J'envoyai aussitôt Killane m'acheter le plus grand miroir qu'il pourrait trouver. Je savais de quoi j'avais l'air, depuis le temps ; ce n'était qu'une ruse pour l'éloigner le temps que je lui fausse compagnie. Je ne voulais pas d'escorte, cette fois. Je fis un petit tour dans ma roseraie, me cachai derrière une haie et me changeai en faucon. Je voulais arriver à Vo Mandor avant qu'Asrana n'ait eu le temps de faire des bêtises irréparables.

Le soir tombait lorsque je me posai sur les créneaux du château de Mandorin. Je lançai un rapide coup de sonde mental pour localiser Asrana et je repris forme humaine. J'étais en colère, mais pas une colère noire. Une colère froide, plutôt. Asrana était seule et se brossait rêveusement les cheveux lorsque je lui tombai dessus.

– Polly ! s'exclama-t-elle en lâchant sa brosse à cheveux. Vous m'avez fait peur !

– Je vais vous faire bien pire encore d'ici une minute, Asrana. Au nom du ciel, qu'essayez-vous de faire en Asturie ?

– Je déstabilise Nerasin, c'est tout, répondit-elle, le regard dur. Croyez-moi, Polly, je sais ce que je fais. En ce moment, Nerasin a peur de tourner le dos à tout le monde à sa cour, et je tiens des autorités les mieux informées qu'il ne dort pas dans le même lit deux nuits de suite. J'ai tramé dans son palais des complots inextricables. Il n'ose même plus fermer l'œil.

– Je vous demande d'arrêter tout de suite.

– Ça, Polly, pas question, répliqua-t-elle froidement. Je suis asturienne, je connais mieux les Asturiens que vous. Nerasin ne s'intéresse qu'à sa précieuse petite personne, il ignorera l'alliance entre Wacune et Mimbre s'il pense qu'une guerre lui permettra d'affirmer son pouvoir. Il se fiche pas mal que la moitié de son peuple y laisse la vie. Je me contente de faire en sorte qu'il soit trop occupé à sauver sa peau pour faire des préparatifs de guerre.

– Asrana, il finira bien par comprendre que ces intrigues imaginaires ne sont qu'une ruse, et il les ignorera.

– J'espère bien, répondit-elle, parce que c'est là qu'elles cesseront d'être imaginaires. Je vais le faire tuer, Polly. Considérez ça comme un cadeau que je vous fais.

– À moi ? relevai-je, estomaquée.

– Évidemment. C'est vous qui nous avez fait avaler la paix de force, pas vrai ? Tant que Nerasin sera au pouvoir à Vo Astur, votre paix imposée sera en danger. Je veillerai à ce qu'il ne reste pas longtemps au pouvoir. Une fois qu'il aura disparu, nous pourrons respirer tranquilles.

– Celui qui prendra sa place ne vaudra probablement pas mieux, répliquai-je, en proie, maintenant, à une colère glaciale.

– Eh bien, il lui arrivera la même chose qu'à Nerasin. Je passerai toute la noblesse asturienne au crible jusqu'à ce que je trouve quelqu'un avec qui la cohabitation se passera bien, et si je n'arrive pas à trouver un noble qui fasse l'affaire, je mettrai un bourgeois sur le trône. Ou un serf, s'il le faut.

– Vous êtes sérieuse, Asrana? demandai-je.

Quand j'avais entendu parler de ses petits jeux, je pensais que c'était un simple passe-temps.

– Mortellement sérieuse, Polly, répondit-elle en levant le menton. Avant votre arrivée à Vo Astur, je n'étais qu'une gourde décorative. Vous avez changé tout ça. Vous devriez faire plus attention quand vous brandissez le mot de « patriotisme » en présence d'Arendais. Nous avons une fâcheuse tendance à prendre les choses au tragique. Ces quelques années de paix sont la meilleure chose qui soit arrivée à l'Arendie depuis les six ou huit cents dernières années. Les gens meurent de vieillesse, maintenant, vous vous rendez compte? Je serais prête à dépeupler l'Asturie s'il le fallait pour préserver ce qui restera dans l'histoire sous le nom de « Paix de Polgara ».

– La Paix de Polgara? répétai-je, ahurie.

– Ce n'est sûrement pas notre œuvre, en tout cas. Tout ça, c'est votre faute, Polly. Si vous ne nous aviez pas fait miroiter la paix, nous n'aurions jamais su à quoi ça ressemblait.

Quand je fus un peu calmée et que je réussis à voir la chose de son point de vue, je me dis qu'elle n'avait pas tout à fait tort et que ses contacts extensifs à Vo Astur la qualifiaient pour déséquilibrer Nerasin au point qu'il n'ait pas le temps de semer la zizanie dans le reste de l'Arendie. Je la tançai vertement pour ne pas m'avoir informée, lui arrachai la promesse de ne rien faire d'important sans me consulter, et je retournai à Vo Wacune. Je me posai au palais, parlai à Kathandrion des activités d'Asrana et lui demandai de mettre Corrolin au courant. Puis je rentrai chez moi afin d'écouter le sermon de Killane.

À l'automne 2326, j'aidai Mayaserell, la femme d'Alleran, à accoucher. Le travail fut pénible, mais elle mit au monde un fils appelé comme son grand-père, coutume très répandue. Kathandrion était si fier que je crus qu'il allait exploser.

Les frontières est et sud de l'Asturie restaient fermées. Il était impossible de les faire franchir à une armée, mais on ne peut véritablement fermer une frontière qui passe par une épaisse forêt. Les messagers et les comploteurs d'Asrana allaient et venaient à leur gré, et j'ai de bonnes raisons de penser que les agents de Nerasin en faisaient autant. Vo Astur bouillonnait comme un chaudron qu'on aurait trop longtemps laissé sur le feu.

Par un vilain jour du début du printemps 2327, il se passa un événement que je n'oublierai jamais. Les trois duchés disposaient à peu près du même armement lourd, ce qui veut dire que les engins de siège d'un assaillant donné ne pouvaient projeter des boulets de pierre, de la poix brûlante ou des paniers de javelots plus loin que les engins des défenseurs. D'un autre côté, les défenseurs pouvaient se tapir derrière leurs murailles, ce que ne pouvaient faire les assaillants, lesquels étaient donc désavantagés. Des quantités importantes d'argent et de technicité étaient consacrées à l'amélioration de ces machines de guerre. Augmenter d'une cinquantaine de toises le rayon d'action d'une catapulte pouvait changer le sort d'une bataille.

Les ingénieurs de Kathandrion avaient mis au point une très grande catapulte à l'aide de théories spécieuses concernant les poulies, les contrepoids et les tensions réciproques. À franchement parler, cette monstruosité ressemblait à la carcasse d'une énorme grange entourée de toiles d'araignée.

Kathandrion était très enthousiaste. Il rôdait dans l'atelier de construction un peu comme une mère poule et il passait ses soirées plongé dans les plans de ses ingénieurs. J'y jetai moi-même quelques coups d'œil, et il me sembla que la conception était erronée, sans que je puisse tout à fait dire pourquoi.

La monstruosité finit par être achevée, et les ingénieurs la firent rouler dans une prairie voisine pour l'essayer. Kathandrion ôta son pourpoint pour leur donner un coup de main – ou plutôt d'épaule, compte tenu des circonstances. Puis il aida les hommes à tourner l'une des nombreuses manivelles qui tendaient le réseau de cordes. Toute la cour était réunie pour regarder le duc de Wacune tirer sur la corde qui devait libérer toute la force emmagasinée.

J'étais là, moi aussi. Sur le qui-vive, car j'avais eu une soudaine prémonition. Il y avait quelque chose qui clochait.

– Kathandrion, non ! hurlai-je.

Trop tard. Le duc Kathandrion relâcha la corde, un sourire de gamin accroché à la figure.

Toute la structure explosa en une masse confuse de cordes emmêlées et d'éclats de bois. Les calculs des ingénieurs étaient parfaits. À ceci près qu'ils n'avaient pas calculé la résistance des montants de la machine. La soudaine libération de l'énergie emmagasinée avait pulvérisé les énormes poutres, projetant tout autour des échardes d'une toise de long qui filaient plus vite que les flèches tirées par un arc.

Le duc Kathandrion de Wacune, mon ami très cher, mourut instantanément. Un bout de bois acéré, plus gros que son bras, lui avait traversé la tête.

Huit jours après, Vo Wacune portait toujours son deuil, mais je fis taire mon chagrin et allai au palais m'entretenir avec Alleran. Je le trouvai debout devant le bureau de son père, en train d'examiner les funestes dessins. Il avait les yeux rougis par les larmes.

– Ça aurait dû marcher, tante Pol, dit-il d'une voix brisée. Qu'est-il arrivé ? Tout était monté conformément à ces plans.

– Le problème, c'est justement les plans, Votre Grâce.
– Votre Grâce ?
– Vous êtes le duc de Wacune, maintenant. Alors vous feriez mieux de reprendre le dessus. Le chagrin n'empêche pas les événements de se précipiter. Avec votre permission, je vais procéder aux préparatifs de votre couronnement. Remettez-vous, Alleran. Wacune a besoin de vous.
– Je ne suis pas prêt, tante Pol, protesta-t-il.
– Ce sera vous, ou votre fils, Alleran. Et il est beaucoup moins prêt que vous. Cette plaie infectée qu'on appelle l'Asturie est sur votre frontière ouest, et Nerasin sautera sur la moindre faiblesse. C'est votre devoir, Votre Grâce. Ne nous laissez pas tomber.
– Si seulement j'arrivais à comprendre pourquoi cette maudite machine s'est démantibulée comme ça ! explosa-t-il en flanquant un coup de poing sur le plan. J'ai refait tous les calculs moi-même. Ça devait marcher !
– Ça a marché, Alleran. Ça a fait exactement ce qui était prévu. Le seul problème, c'est que les calculs n'avaient pas pris en compte la résistance de la structure. La catapulte n'a pas marché parce qu'elle était trop puissante. Il aurait fallu réaliser la carcasse en acier et non pas en bois. Les tensions étaient trop importantes pour être contenues par un cadre de bois. C'est pour ça qu'elle s'est désintégrée.
– Il aurait fallu trop d'acier. Le coût aurait été prohibitif, tante Pol.
– Je pense que le bois a coûté bien plus cher encore, Votre Grâce. Rangez ces plans. Nous avons du pain sur la planche.

Les fêtes du couronnement d'Alleran furent discrètes, mais Corrolin monta de Vo Mimbre pour y assister, ce qui raffermit un peu la volonté du nouveau duc de Wacune. J'assistai à leurs entretiens privés, bien que ce ne fût probablement pas la peine. Kathandrion avait eu la sagesse de ne pas élever son héritier dans l'ignorance des dures réalités de la politique. L'émissaire mimbraïque à la cour de Vo Wacune avait informé Alleran des procédures un peu compliquées de Mimbre. Les premiers entretiens furent un peu raides et solennels, mais au fur et à mesure qu'ils apprenaient à se connaître, l'ambiance se réchauffa un peu. Leur préoccupation principale était toujours l'Asturie, ce qui les rapprocha naturellement.

À l'automne de cette année-là, Nerasin fit une chose qui faillit me faire franchir la ligne que mon père m'avait dit et répété de ne pas enfreindre.

Asrana et Mandorin venaient à cheval de Vo Mimbre pour une visite d'agrément. Lorsqu'ils arrivèrent à la bande de forêt qui borde l'Arend et remontèrent vers Vo Mimbre, des archers asturiens, qui avaient réussi à traverser les plaines de Mimbre jusqu'à la frontière sud, les criblèrent de flèches. Nerasin avait manifestement découvert qu'il devait tous ses ennuis à Asrana, et il avait pris des mesures typiquement arendaises.

Lorsque j'appris la mort de mes amis, je fus effondrée. Je pleurai pendant des jours, puis je décidai de les venger, ce qui me rendit mon énergie. J'étais assez sûre d'arriver à infliger à Nerasin un traitement qui ferait frémir des hommes à l'âme bien trempée pendant les siècles à venir. Killane et sa famille eurent la sagesse de m'éviter lorsque je sortis de chez moi tel un vent de tempête. Ma première étape fut pour la cuisine. J'aurais besoin d'accessoires acérés pour mener à bien les projets que je formulais pour Nerasin. Grâce à mes compétences de cuisinière, je disposais de termes assez intéressants. C'est drôle, mais je trouvais qu'« émincer » sonnait bien, et « désosser » encore mieux. L'idée de découper lentement, un par un, les os de Nerasin me plaisait beaucoup. Mes yeux se mirent à briller lorsqu'ils tombèrent sur une râpe à fromage.

Ça suffit, Polgara. Remets ça à sa place. Ça ne te mènera nulle part.

C'était la voix de ma mère.

Il a tué mes amis, Mère! éclatai-je. *Il ne va pas s'en tirer comme ça!*

Je vois que tu as adopté les coutumes locales, nota-t-elle avec une légère nuance de mépris.

Qu'est-ce que ça veut dire, ça?

Pourquoi notre Maître t'a-t-il envoyée en Arendie?

Pour mettre fin à leurs stupidités.

Ah, maintenant je comprends : tu vas te vautrer dans les mêmes stupidités pour voir ce que ça fait. C'est une idée intéressante. Dis-moi : tu as adopté la même approche dans tes études de médecine? As-tu attrapé une maladie afin de mieux la guérir?

C'est absurde!

Je sais. C'est ce que j'essaie de t'expliquer, Polgara. Toutes ces ruminations sur les couteaux, les crochets à viande et autres râpes à fromage sont exactement ce à quoi tu étais censée mettre fin en venant en Arendie. Nerasin a tué tes amis, alors tu vas le liquider. Et l'un des membres de sa famille t'éliminera. Puis ton père massacrera un des représentants de la famille de Nerasin, après quoi quelqu'un l'exécutera, Beldin assassinera quelqu'un d'autre et ainsi de suite jusqu'à ce que tout le monde ait oublié jusqu'aux noms d'Asrana et de Mandorin. C'est comme ça que naissent les guerres à mort, Pol. Félicitations. Tu es devenue arendaise jusqu'au bout des ongles.

Je les aimais, Mère!

C'est un noble sentiment, mais patauger dans le sang n'est pas la meilleure façon de l'exprimer.

Je me remis à pleurer.

Je suis contente d'avoir eu cette petite conversation avec toi, Pol, dit-elle plaisamment. *Oh, à propos : tu auras besoin de Nerasin d'ici peu, alors l'abattre, le découper en morceaux et faire un ragoût avec n'est vraiment pas une bonne idée. Allez, Polgara, porte-toi bien.*

Sur ces mots, elle disparut.

Je poussai un soupir et remis les ustensiles de cuisine à leur place.

Les funérailles d'Asrana et de Mandorin eurent lieu à Vo

Mandor à l'automne de 2327. Nous y assistâmes évidemment, Alleran et moi. La religion arendaise n'est pas très adaptée aux enterrements. Chaldan est un Dieu guerrier, et ses prêtres s'intéressent beaucoup plus à la vengeance qu'à la consolation des familles éplorées. Vous allez dire que je pinaille, mais je trouve un peu dépourvus de romantisme et de dignité les sermons qui brodent sur le thème : « Tu ne l'emporteras pas au paradis, espèce de salopard. »

Les divagations du prêtre assoiffé de sang qui présida à la cérémonie semblèrent néanmoins émouvoir Alleran et Corrolin, puisque, après l'inhumation d'Asrana et de Mandorin, ils complotèrent et conspirèrent pour infliger à l'infâme Nerasin le châtiment que méritait son comportement. Je refusai de participer à ce petit exercice d'arendisme à l'état pur. J'avais remisé mes propres impulsions arendaises avec ma râpe à fromage.

Au lieu de cela, je m'aventurai dans les couloirs sinistres et crépusculaires de la forteresse de Mandorin et me retrouvai dans le boudoir d'Asrana. Son parfum flottait encore dans la pièce. Asrana n'était pas une femme très ordonnée ; sa coiffeuse était un peu en désordre. Sans réfléchir, je commençai à ranger les flacons et les fioles devant le miroir, à épousseter la poudre de riz, à disposer les peignes et les brosses selon un angle flatteur. Je m'apprêtais à poser son peigne d'ivoire préféré lorsque je changeai d'avis. Je le gardai. Je l'ai toujours gardé, après toutes ces années. Il se trouve en ce moment même sur ma propre coiffeuse, à moins de quinze pas de l'endroit où je suis assise en cet instant.

Je n'étais évidemment pas seule à avoir été consternée par ces meurtres. J'ai dit que Corrolin et Alleran en avaient fait une affaire personnelle ; la fermeture des frontières d'Asturie se raffermit. C'était devenu un véritable piège, et des groupes de francs-tireurs mimbraïques et asturiens ravageaient la contrée avec une brutalité étudiée.

En dépit de tous mes efforts, la guerre civile avait repris en

Arendie et nous étions revenus au point où nous en étions avant mon arrivée. La « Paix de Polgara » avait volé en éclats.

Au fil des mois, la situation empira en Asturie. Les chevaliers mimbraïques de Corrolin chevauchaient pratiquement à leur gré dans les cultures du sud et de l'ouest du duché d'Asturie, et les archers wacites, qui étaient aussi bons que leurs homologues asturiens, massacraient tout ce qui bougeait le long de la frontière est de l'Asturie. Au début, cette violence aveugle semblait désorganisée, mais quand je reprochai à Alleran de relancer la guerre, il me jeta ce regard innocent dont les Arendais ont le secret et dit :

– Ce n'est pas aux Asturiens que nous faisons la guerre, tante Pol. C'est à leur nourriture. Quand ils seront assez affamés, ils régleront eux-mêmes son compte à Nerasin.

C'était une façon brutale, atroce, de faire la guerre, mais la guerre a-t-elle jamais été jolie ?

Nerasin était de plus en plus désespéré au fur et à mesure que la nourriture se faisait plus rare sur les tables de Vo Astur. Il avait une solution évidente à portée de la main, mais elle lui échappa, malheureusement.

Tout se passa par une nuit de tempête où j'avais décidé de rester chez moi plutôt que d'aller au palais. Le palais était le centre névralgique du combat, et le bruit des messagers courant dans les couloirs en agitant des dépêches annonçant que dix vaches et quatorze cochons asturiens avaient encore été bousillés commençait à me taper sur les nerfs. Vue de ma fenêtre, la mort de ce bétail ne constituait pas une victoire majeure, et j'avais décidé que je n'avais pas volé de passer une soirée tranquille. Je me prélassai dans un bon bain bien chaud, dînai légèrement et me couchai tôt avec un bon livre.

Peu après minuit, je fus réveillée en sursaut par les cris de Killane. Ma soubrette – Rana, la jeune sœur de Killane – s'efforçait vaillamment de l'empêcher de faire irruption dans ma chambre, et il s'efforçait tout aussi vaillamment d'y pénétrer.

Je marmonnai une imprécation que vous me pardonnerez de ne pas reproduire ici, me levai et enfilai un peignoir.

– Que se passe-t-il? demandai-je hargneusement en ouvrant ma porte à la volée.

– C'est mon balourd de frère, ma Dame, répondit la frêle Rana d'un air dégoûté. Je ne serais pas surprise de découvrir qu'il a bu.

– Laisse-nous, Rana, fit Killane. Ça chauffe au palais, Dame Polgara. Vous feriez mieux d'passer quelque chose. L'messager d'Sa Grâce vous attend au salon.

– Que s'est-il passé, Killane?

– Le fils de Sa Grâce a été enlevé par ces maudits Asturiens, M'dame, et l'duc veut qu'vous v'niez tout d'suite au palais.

– Dites au messager que j'arrive, répondis-je.

Je refermai ma porte et m'habillai en hâte en marmonnant. Nous savions que Nerasin était un homme sans scrupules. Pourquoi n'avais-je pas prévu ce mouvement?

L'enlèvement a toujours joué un rôle important dans la politique internationale – ce ne sont pas Garion et Ce'Nedra qui me contrediront. Mais c'était la première fois que j'en étais témoin. Le but de l'enlèvement est parfois la rançon. Ce n'était pas le cas cette fois. On avait trouvé sur le lit du jeune Kathandrion – il n'avait que deux ans – un message laconique disant à Alleran que s'il ne quittait pas la frontière est de l'Asturie, il ne reverrait pas son fils vivant. Mayaserell était hystérique et Alleran ne valait guère mieux. Je ne voyais donc pas l'intérêt de bavarder avec eux. Je conseillai aux médecins de la cour une décoction d'herbes assez puissante pour assommer un cheval et je m'entretins longuement avec les conseillers du jeune duc.

– Nous n'avons pas le choix, dis-je enfin. Faites ce que demande le message et envoyez un émissaire au duc Corrolin, à Vo Mimbre. Mettez-le au courant des événements et dites-lui que je m'en occupe. Que personne ne s'en mêle, surtout. Je ne tiens pas à ce que des fanatiques compliquent encore les choses.

Puis je rentrai chez moi réfléchir à la situation.

Il y avait une solution à court terme, assez simple. Les gens auxquels j'avais affaire n'avaient manifestement aucun pouvoir ; je n'aurais pas eu de mal à repérer l'endroit où les ravisseurs avaient emmené le petit Kathandrion, mais nous aurions été condamnés, ensuite, à attendre en retenant notre souffle le prochain mouvement de Nerasin. Non, je devais trouver un moyen de l'empêcher de nuire de façon définitive. L'envoyer dans l'autre monde aurait été assez définitif, certes, seulement nous aurions eu ensuite affaire à son successeur. Après ce que Nerasin avait fait à Asrana et Mandorin je n'étais pas chaude pour le maintenir en vie, pourtant la situation politique, et la déclaration assez énigmatique de ma mère selon laquelle j'aurais besoin de Nerasin par la suite, m'amenaient à penser que le meilleur moyen de ramener la paix en Arendie consistait à l'obliger à m'obéir au doigt et à l'œil jusqu'à la fin de ses jours, et à faire en sorte qu'il vive très vieux. Plus j'y réfléchissais, plus je pensais que le sauvetage du fils d'Alleran et la mise au pas de Nerasin ne devaient pas être envisagés séparément, mais ensemble.

Les ravisseurs avaient pu emmener l'enfant n'importe où ; c'était sans importance. Je pouvais obtenir ce que je voulais à partir de Vo Astur. Je n'avais pas besoin de retourner le duché pierre par pierre. Quand Nerasin serait à ma botte, je pourrais organiser le retour de l'enfant sans mettre sa vie en danger ou ravager la forêt d'Asturie.

Mon problème suivant se trouvait juste derrière la porte de ma bibliothèque lorsque je m'apprêtai à sortir, le lendemain matin. Sa barbe rousse frémissait. Il avait les bras croisés dans une attitude de défi et une expression inflexible.

– J'vous laisserai pas partir toute seule, M'dame, déclara-t-il platement.

– Je vous en prie, Killane. Un peu de sérieux. Je n'ai rien à craindre.

– Vous ne partirez pas toute seule.

– Et comment espérez-vous m'en empêcher ? demandai-je gentiment.

– Essayez seulement et je brûle votre maison de la cave au grenier.

– Vous n'oseriez pas !

– On parie ?

Je n'avais pas prévu ça. Killane avait trouvé mon point faible. J'adorais ma maison, il le savait. Sa menace me glaça le sang dans les veines. Et pourtant, je devais aller à Vo Astur le plus vite possible, et le mieux pour ça était de me changer en faucon. L'ennui, c'était qu'un faucon ne pouvait transporter un Arendais wacite pesant plus de douze pierres.

Il y avait une solution assez simple, et ça apprendrait à mon belliqueux ami à ne plus me délivrer d'ultimatums. Je ne l'avais jamais fait, mais il y a une première à tout. Je savais comment faire, et j'étais à peu près sûre de pouvoir improviser si les circonstances l'exigeaient. Je feignis de rendre les armes.

– C'est bon, Killane, dis-je. Si vous insistez...

– J'insiste. Bon, j'vais seller les ch'vaux.

– Pas la peine. Nous n'aurons pas besoin des chevaux. Sortons dans le jardin.

– Pour quoi faire ?

– Vous allez voir.

J'admets que ce n'était pas évident. Je savais à quoi Killane ressemblait, mais je ne maîtrisais pas complètement la façon dont il ressentait – son sens du moi, pourrait-on dire. Nous n'étions pas du même sexe non plus, ce qui compliquait encore un peu la situation, mais j'écartai cet aspect des choses. Le sexe de Killane n'aurait pas une grande importance pendant un moment. Il était debout près d'un parterre de rosiers endormis pour l'hiver, l'air un peu inquiet, se demandant, j'imagine, s'il n'était pas allé un peu trop loin.

Il eut un sursaut en voyant une chose qui n'existait pas près de son pied gauche. Il leva le pied, dans l'intention manifeste d'écraser ce qu'il croyait voir.

– Restez tranquille, Killane, lui ordonnai-je sèchement. J'en ai besoin tout de suite. Mais regardez-le bien.

Il observa intensément l'illusion.

Je dus filtrer le relâchement de mon Vouloir à travers sa conscience, et ce n'était pas une mince affaire. Si je me souviens bien, c'était la première fois que je canalisais mon Vouloir à travers l'esprit d'une tierce personne. Lorsque tout fut bien en place, je soulevai presque distraitement une pierre qui pesait bien deux livres et laissai mon Vouloir suivre la voie selon laquelle je l'avais dirigé. Pendant que le transfert s'opérait, je reposai délicatement la pierre sur la queue de la petite souris des champs dans laquelle j'avais transféré le corps et la conscience de Killane. Il y avait de fortes chances pour que la transformation le rende à peu près hystérique, et je n'avais pas le temps de lui courir après.

La pauvre bête poussait des couinements pathétiques, et ses petits yeux noirs, minuscules, lui sortaient presque de la tête. Mais ce n'était pas le moment de m'apitoyer. Il l'avait cherché, après tout.

Je me changeai en faucon et les piaulements redoublèrent d'intensité. Je les ignorai et me posai sur un pommier, choisis une pomme ridée par l'hiver sur une branche basse et la détachai avec le bec. Elle tomba dans l'herbe à moitié gelée. Je m'exerçai quelques instants à la tenir fermement sans enfoncer mes serres dedans. Puis je m'approchai de la souris qui couinait toujours, la pris entre mes griffes, repoussai la pierre qui lui coinçait la queue et partis pour Vo Astur.

Le voyage ne se passa pas mal – pour moi. Lorsque nous fûmes à quelques centaines de pieds de hauteur, Killane cessa de piauler, mais je le sentais trembler comme une feuille.

Nous arrivâmes à Vo Astur vers le milieu de l'après-midi. Je remarquai, lorsque nous nous posâmes sur la muraille du palais, que les remparts étaient déserts, signe infaillible que la discipline était assez relâchée. Ce que je désapprouvais, même si c'était à notre avantage. L'Asturie était sur le pied de guerre, et l'absence de sentinelles derrière les créneaux était un signe de négligence impardonnable. Tenant toujours la souris tremblante dans une de mes serres, je sautillai jusqu'à une guérite vide, au coin sud-ouest des remparts, et nous fis reprendre forme humaine. Lorsque l'image brouillée de Killane apparut devant moi, je vis qu'il me regardait avec une horreur absolue, et il poussait toujours ces petits cris pitoyables.

– Arrêtez tout de suite ! lançai-je sèchement. Vous êtes redevenu un homme. Vous n'avez pas besoin de couiner. Parlez.

– Me r'faites jamais ça ! hoqueta-t-il.

– C'est vous qui l'avez voulu, Killane.

– J'ai jamais dit ça !

– Vous vouliez m'accompagner. Eh bien, vous m'avez accompagnée, alors ne venez pas vous plaindre.

– C'était affreux de m'faire ça !

– C'était affreux de menacer de mettre le feu à ma maison. Maintenant, fermez-la, Killane. Nous avons du boulot.

Nous regardâmes, de la guérite, les soldats qui musardaient sur les remparts se regrouper de l'autre côté, attirés par le cliquetis alléchant de quelques dés dans un cornet. Puis, en prenant soin à ne pas nous déplacer furtivement, ce qui attire toujours l'attention, nous descendîmes l'escalier menant aux étages supérieurs du palais. Je me souvenais de la disposition des lieux. Nous nous faufilâmes dans une bibliothèque poussiéreuse, où on ne devait pas mettre souvent les pieds. L'étude n'était sûrement pas le sport à la mode en ce moment à Vo Astur. C'était donc probablement la meilleure des cachettes.

Le soir tombait sur Vo Astur. À en juger par les bruits qui montaient de la salle du trône, les Asturiens fêtaient quelque chose. Nerasin avait dû se livrer à des rodomontades, et ses partisans – sa proche famille, pour l'essentiel – semblaient convaincus que son stratagème astucieux allait arranger les choses à Vo Astur. Je supposai qu'ils ne se contentaient pas de boire et qu'ils mangeaient aussi quelque chose. Les gens qui tentent d'affamer leurs ennemis commettent toujours la même erreur : ceux qu'ils voudraient condamner à mourir de faim sont toujours les derniers à crever.

Killane monta la garde à la porte pendant que je passais en revue les détails d'une dissection que nous avions effectuée, le chirurgien Balten et moi, dans l'Île des Vents. Je voulais être sûre qu'un mal très répandu convaincrait Nerasin de se montrer coopératif.

Vers minuit, un groupe de nobles asturiens tapageurs gravirent en titubant les marches montant de la salle du trône, confièrent notre Nerasin, dans un état semi-comateux, aux gardes postés à la porte de ses appartements et repartirent en bredouillant une chanson à boire d'assez mauvais goût.

– Je l'tuerai moi-même, M'dame, murmura Killane. J'veux pas qu'vous salissiez vos jolies mains sur un salopard d'Asturien.

– Killane, nous n'allons tuer personne, coupai-je fermement. Je vais donner certaines consignes à Nerasin, c'est tout.

– Vous croyez tout d'même pas qu'y les suivra ?

– Il m'écoutera, Killane, croyez-moi. Il m'écoutera.

– Ça m'intéress'ra d' voir comment vous prévoyez d' jouer l'coup, M'dame.

Il ramassa un lourd fauteuil et le tordit lentement entre ses mains, le démantibulant sans bruit ou presque. Quand il fut en morceaux il prit l'un des pieds et battit l'air avec comme pour l'essayer.

– Ça d'vrait faire l'affaire, conclut-il.

– Qu'est-ce que vous voulez faire de ça ? demandai-je.

– Faudra ben quèqu'chose pour endormir les gardes.

– La prochaine fois, avant de démonter le mobilier, demandez-moi, suggérai-je. Les gardes ne nous poseront aucun problème.

– J'doute pas d'vos dons insurpassables, M'dame, dit-il. Mais j'crois que j'préfère mon gourdin. Juste au cas où.

– Si vous vous sentez plus à l'aise avec ça...

J'écoutai quelques instants à la porte. Le silence s'établissait dans le château. Çà et là, une porte claquait, on entendait un éclat de rire et la chanson à boire, très loin. J'entrouvris la porte et regardai les deux gardes plantés de chaque côté de la porte de Nerasin. Ils avaient l'air de s'ennuyer ferme.

– Dormez, dis-je tout bas, et l'instant d'après, ils étaient étalés par terre et ronflaient comme des sonneurs. Allez, dis-je à Killane.

La porte n'était pas verrouillée. Il faut dire qu'elle était censée être gardée. Une minute plus tard, nous étions dans les appartements de Nerasin.

Je projetai ma pensée dans l'enfilade de pièces. Tout le monde dormait. Nous entrâmes dans la chambre de Nerasin. Il était affalé, tout habillé, sur son lit à baldaquin, et il ronflait. Killane ferma discrètement la porte.

– Vous voulez que j' vous l' réveille ? chuchota-t-il.

– Inutile, répondis-je. Je vais d'abord lui faire cuver son vin, et puis il se réveillera tout seul. Enfin, il devrait.

J'examinai soigneusement l'homme qui s'était autoproclamé « duc d'Astur ». Il était de taille moyenne, pas très propre – je remarquai qu'il avait les pieds noirs de crasse. Il avait un gros nez en pied de marmite, de petits yeux en boutons de bottine, le menton fuyant, les cheveux noirs, maigres, et une haleine en fond de cage à perroquet.

Il n'est pas compliqué d'évacuer les résidus d'alcool d'un organisme humain, mais avant j'avais quelque chose à faire dans son corps. Je repérai mentalement son estomac, j'en esquissai soigneusement les contours, surtout vers le fond, et j'abrasai la muqueuse intérieure au point d'y ouvrir une plaie. Ses sucs digestifs feraient le reste. Puis, en prenant garde à ne pas agir trop rapidement, je le purgeai de tout ce qu'il avait bu ce soir-là. Lorsque je jugeai qu'il était sur le point de remarquer l'incendie que je lui avais allumé dans le ventre, je relâchai les muscles de ses cordes vocales afin qu'il ne puisse plus crier – pas de façon audible, en tout cas.

Le duc d'Asturie putatif se réveilla en sursaut.

Si j'en crois son air un peu déçu, il n'est pas satisfaisant de crier en silence. Je trouvai néanmoins ses tortillements assez inspirés.

– Bonsoir, Votre Grâce, dis-je allègrement. Il fait doux pour la saison, vous ne trouvez pas?

Nerasin se roula en boule, une boule très serrée, crispa ses mains sur son estomac et essaya de toutes ses forces de pousser un tout petit cri.

– Vous avez un problème, mon pauvre vieux? demandai-je d'un air faussement préoccupé. Vous avez dû boire ou manger quelque chose qui ne vous a pas réussi, continuai-je en posant la main sur son front ruisselant de sueur. Non, ça n'a pas l'air de venir de la nourriture. Laissez-moi réfléchir...

J'affichai un air concentré pendant que mon « patient » se débattait sur sa couche, puis je claquai les doigts comme si je venais d'avoir une idée.

– Mais bien sûr! m'exclamai-je. Je ne comprends pas que ça m'ait échappé! C'est tellement évident. Vous avez été un méchant garçon, Votre Grâce. Vous avez fait quelque chose dont vous avez honte. Votre pauvre petit bedon va bien. C'est juste que vous avez un méfait sur la conscience.

Sur ces mots, je provoquai une émission de sucs digestifs dans son estomac. Cette fois, il parvint à pousser un petit couinement. Enfin, je crois. Je n'en suis pas sûre parce qu'il tomba de son lit et se mit à ramper dessous. Le couinement était peut-être le crissement de ses ongles sur le parquet.

– Aidez Sa Grâce à se recoucher, Killane, suggérai-je à mon homme de main, qui était hilare. Je vais essayer d'apaiser ses souffrances.

Killane tira Nerasin par la cheville, le prit à bras le corps et le jeta négligemment sur son lit.

– Permettez-moi de me présenter, Votre Grâce. Je m'appelle Polgara. Vous avez sûrement entendu parler de moi.

Du coup, il cessa de se tortiller.

– Polgara la Sorcière ? chuchota-t-il, l'air affolé, les yeux hors de la figure.

– La guérisseuse, rectifiai-je. Vous êtes dans un état grave, Nerasin. Et si vous ne faites pas exactement ce que je vais vous recommander, je n'ai guère d'espoir de vous voir guérir. D'abord, vous allez envoyer un message aux gens à qui vous avez fait enlever le fils du duc Alleran. Vous allez leur dire d'amener le petit garçon ici, et tout de suite.

Pour être sûre qu'il avait compris, je libérai une nouvelle giclée de sucs gastriques dans son estomac en feu.

Il s'entortilla aussitôt en un nœud compliqué et devint très coopératif. Il y avait un cordon à la tête de son lit ; il manqua l'arracher du mur en convoquant une bardée de serviteurs. Il donna des ordres dans un murmure rauque et retomba sur son lit en suant comme un porc.

– Là, là, fis-je d'un ton maternel. Vous vous sentez déjà mieux, vous voyez ? Je suis contente de la façon dont votre traitement progresse. Vous serez sur pied en un rien de temps. Maintenant, en attendant que vos gens ramènent le petit Kathandrion, il faut que nous parlions des choses que vous allez faire pour éviter toute rechute de ce mal impitoyable. Vous ne voulez pas que ça se reproduise, hein ?

Il secoua violemment la tête.

– Le Conseil d'Arendie va se réunir à la grand-foire, cet été comme tous les ans. Je vous suggère de prendre vos dispositions pour y assister. Question de santé, si vous voyez ce que je veux dire. Puis, pour être bien sûr de ne pas retomber dans cet état préoccupant, il vaudrait peut-être mieux que vous rappeliez tous vos espions, assassins et autres fauteurs de troubles à Vo Astur. Ce sont ces conspirations et ces machinations qui vous font mal à l'estomac. Votre conscience délicate pourrait induire une rechute au moindre méfait, à la moindre action déshonorante. Vous risquez de mettre un moment à vous y faire, mais il se pourrait que vous entriez dans l'histoire comme l'homme le plus honorable qui ait jamais vu le jour dans le duché d'Asturie. Vous avez de quoi être fier !

Il esquissa un petit sourire forcé. Honorable est un joli mot, mais il n'avait strictement aucun sens pour le duc Nerasin.

– Vous devriez vous reposer, maintenant, repris-je. Enfin, quand vous aurez donné les ordres nécessaires pour que personne ne nous mette des bâtons dans les roues lorsque nous ramènerons le petit Kathandrion à ses parents. Je sais que l'idée du bonheur de ce petit enfant vous emplit le cœur de joie. Et il ne vous viendrait pas à l'idée de me contrarier, n'est-ce pas ?

Il secoua la tête si brutalement que je crus qu'elle allait se décrocher.

Des brigands crasseux ramenèrent le jeune fils d'Alleran dans les appartements de Nerasin peu après l'aube.

– Tante Pol ! s'écria le petit garçon, ravi, en courant vers moi sur ses solides petites pattes.

Je le pris dans mes bras et le serrai sur mon cœur. Nerasin nous fournit des chevaux, ainsi qu'une escorte de belle taille pour nous raccompagner jusqu'à la frontière wacite.

– Son mal d'estomac va passer avec le temps, M'dame ? s'enquit Killane alors que nous laissions derrière nous le sinistre tas de granit connu sous le nom de Vo Astur.

– C'est l'impression qu'il aura, répondis-je. Mais je serai probablement obligée de lui imposer une rechute de temps à autre avant qu'il ne marche droit. Il essaiera de me doubler d'ici quelques mois, je lui rallumerai un incendie dans le ventre. Il attendra un peu plus longtemps avant de recommencer, la prochaine fois, mais il recommencera, et je sévirai à nouveau. Ce Nerasin est une belle crapule, et je devrai probablement lui rappeler « son état » une bonne demi-douzaine de fois avant qu'il ne décide de s'amender. En fin de compte, l'Arendie devrait connaître un peu de paix. Pendant une petite génération, en tout cas. Et après, qui sait ?

CHAPITRE XIX

Il était près de midi lorsque nous ramenâmes le petit Kathandrion à Vo Wacune et à ses parents éplorés. Ils se répandirent en remerciements et écoutèrent, fascinés, Killane leur raconter non sans exagération la façon dont nous avions obtenu la libération de l'enfant.

– Je pense que Votre Grâce peut maintenant retirer ses archers d'Asturie, dis-je alors à Alleran. La guerre est finie. Vous pouvez cesser de tendre des chausse-trapes aux vaches et aux cochons. Le duc Nerasin a eu la révélation ; il se conduira bien, désormais.

– Tante Pol ! On ne peut pas lui faire confiance ! protesta Alleran.

– J' vous d'mande ben pardon, Vot' Grâce, objecta Killane, mais c'te canaille de Nerasin f'ra tout c' que Dame Polgara lui d'mand'ra, qu' ce soit d'arrêter d' faire la guerre ou de d'mander la charité, à g'noux, une sébile à la main. J'vais vous dire, elle lui noue la tripaille avec sa main, et y piaule comme un cochon toutes les fois qu'é serre un peu.

– Vraiment, tante Pol ? demanda Alleran, incrédule.

– Killane a une façon un peu pittoresque de présenter les choses ; depuis le temps que vous le connaissez, vous vous en êtes rendu compte. Le terme « tripaille » n'est pas tout à fait approprié mais, à part ça, c'est assez exact. Nerasin s'écroulera toutes les fois qu'il fera une chose qui me déplaira, et cela jusqu'à la fin de ses jours. Vous devriez prévenir Corrolin que la guerre est finie. Et je vous conseille de prendre des cours de maintien, tous les deux : Nerasin assistera au prochain Conseil d'Arendie, l'été prochain.

– Hein ? explosa Alleran. Après tous les crimes qu'il a commis ?

– Alleran, mon cher petit, c'est justement pour ça que sont faites ces réunions : pour régler les conflits autour d'une table plutôt que sur le champ de bataille. Que ça nous plaise ou non, Nerasin est duc d'Asturie et il devra assister à ces réunions. Avec Corrolin et vous.

– À vot' place, Vot' Grâce, j' l'écout'rais, suggéra Killane d'un air entendu. É' sait comment tortiller les tripes d'un homme, maint'nant, et je m'garderais ben d' la contrarier. C'la dit, c'est vot' bide, hein ?

(Ah, ce Killane ! Quel trésor c'était !)

L'atmosphère fut un peu tendue à la réunion du Conseil, cet été-là. Nerasin passa son temps à me scruter du coin de l'œil et se montra d'une obséquiosité répugnante. Alleran et Corrolin firent preuve de courtoisie à son égard, mais ils avaient manifestement une idée derrière la tête. Je n'étais pas rassurée et je les surveillai moi aussi en douce. Un Arendais qui a une idée derrière la tête peut l'y laisser mijoter un bon moment, mais il ne peut pas dissimuler le fait qu'il a des arrière-pensées. Alleran et Corrolin fricotaient manifestement quelque chose.

La réunion proprement dite ne dura pas longtemps. Pour l'essentiel, les ducs de Wacune et de Mimbre dictèrent à Nerasin les termes de l'armistice.

Puis, lorsque ce fut fait, Alleran se leva.

– Messieurs, commença-t-il d'un ton solennel, m'est avis que le moment est venu d'exprimer notre gratitude éternelle à celle qui nous guide le long des chemins inconnus de la paix. Point ne saurais T'y opposer, gente Polgara, car *volens nolens*, telle est notre décision inaltérable. Il y a toujours eu trois duchés en Arendie ; désormais, ce ne sera plus vrai. Le duc Corrolin gouverne Wacune, le duc Nerasin règne sur l'Asturie ; je m'efforce tant bien que mal de guider Wacune. Il y aura maintenant un quatrième duché dans l'infortunée Arendie, et ce duché sera Tien, gente Polgara. Louée soit Sa Grâce, Polgara, duchesse d'Erat ! dit-il en parcourant le pavillon du regard.

– Louée soit Polgara ! beuglèrent, en écho, tous ceux qui se trouvaient sous le pavillon de toile rayée.

Ils se levèrent et se laissèrent tomber à genoux en une génuflexion un peu outrée.

Là, ils m'avaient complètement prise au dépourvu. Je songeai aussitôt à une douzaine de raisons pour lesquelles c'était on ne peut plus déplacé, mais je n'avais apparemment pas mon mot à dire. Puisqu'ils avaient cru utile de me donner du « Votre Grâce », je décidai d'accepter... de bonne grâce. Je m'inclinai en signe d'acceptation et on m'acclama chaleureusement.

– Messires, dis-je alors, je suis confuse de l'honneur que vous me faites et je ferai tout ce qui est en mon pouvoir pour m'en montrer digne.

Puis, comme tout le monde mourait manifestement d'envie d'entendre un discours, je peaufinai mon vocabulaire et les gratifiai d'une allocution en bonne et due forme d'une heure au moins. Je m'arrêtai quand je vis leurs yeux devenir vitreux. Je me fendis alors d'une jolie conclusion et reçus l'ovation debout désormais traditionnelle.

L'on me remit la proclamation dûment signée par les trois ducs qui faisait de moi leur collègue. Elle était ornée d'enluminures et accompagnée d'une description fastidieuse des frontières de mon royaume.

Je n'eus pas vraiment le temps de la lire en entier, parce que la réunion se dispersa à ce moment, mais j'y jetai un coup d'œil, et je crus comprendre que mon duché se trouvait à un endroit maintenant situé en Sendarie. Je confiai le document à Killane puis je fus entraînée dans un tourbillon par les fêtards qui célébraient la création du quatrième duché d'Arendie.

Il était très tard lorsque je regagnai enfin mon pavillon. Je trouvai Killane assis à une petite table. Une carte de Sendarie et le parchemin définissant les limites de mon domaine étaient étalés devant lui, et je lui trouvai l'air un peu hagard.

– Z' avez vu ça, Vot' Grâce ? me demanda-t-il.

– Je n'en ai guère eu le temps, Killane, répondis-je.

– À vot' place, j'essaierais même pas d' faire le tour d' mon duché dans la journée, dit-il. Ni dans la s'maine, pour l'même prix. Ça n'en finit pas. J'ai essayé d' déterminer les limites d' vot' domaine sur c'te carte, et si j'ai bien compris, soit les ducs ont perdu l'esprit, soit le scribouillard qu'a rédigé la description avait trop bu. R'gardez par vous-même, M'dame : j'ai tracé vos frontières en rouge.

Il me tendit la carte. Je la regardai en ouvrant de grands yeux.

– C'est ridicule ! m'exclamai-je. Allons voir Alleran. Je veux des explications.

Alleran regarda la carte de Killane sans ciller, sans surprise apparente.

– Eh bien, ça me paraît correct, tante Pol, répondit-il. Où est le problème ? Je pourrais vous avoir davantage de terre, si c'est ce que vous voulez.

– Alleran, dis-je fermement en essayant de garder mon calme, ça fait plus de la moitié de la Sendarie centrale.

– Et alors ?

– Comment ça, « et alors » ? Mon domaine va de Seline au lac Camaar !

– Oui. Je sais. Cela dit, je constate que vous n'avez pas d'accès à la mer. Voudriez-vous avoir ce bout de côte entre Sendar et la Camaar ? La région est affreusement marécageuse, mais vos serfs pourraient probablement l'assécher. Vous voulez aussi l'île qui est au large de la côte Ouest ?

– Des serfs ? répétai-je.

– Évidemment. Ils vont avec la terre, tante Pol. Quand nous rentrerons à Vo Wacune, je ferai prévenir vos vassaux de venir vous prêter serment d'allégeance.

– Des vassaux ?

– Mais bien sûr. Vous ne pensiez pas que nous vous mettions sur les bras un territoire sauvage et désolé, tout de même ? En fait, reprit-il avec une petite toux gênée, c'est moi qui ai fourni la terre de votre duché, tante Pol. Je ne sais pas très bien lesquels de mes ancêtres ont annexé tout ce territoire, mais ça fait beaucoup trop pour moi. Ce n'est pas un très beau cadeau, hein ? Je vous donne une chose dont je ne veux pas.

– J'avoue que ça ternit un peu mon nouveau titre, acquiesçai-je.

– Je sais, et je le déplore. Les gens de la région sont bizarres. La Sendarie n'est pas un endroit bien défini, et ça dure depuis tellement longtemps que toutes sortes de gens s'y sont installés. Les races se sont mélangées ; la population n'est pas purement arendaise. Je ne sais pas par quel bout les prendre. Mais vous êtes beaucoup plus sage que moi, et je suis sûr que vous vous en sortirez bien mieux. Vos vassaux – qui étaient les miens – sont tous de purs Arendais wacites, et ils sont plus ou moins maniables. Vous remarquerez que j'ai gardé Darine, Muros et Camaar, ajouta-t-il d'un air quelque peu coupable. Je ne voudrais pas avoir l'air mesquin, mais j'ai vraiment besoin des revenus de ces trois villes. Mon budget est un peu serré, ces temps-ci. Vous pensiez que nous vous accordions un titre vide de sens, je parie ? ajouta-t-il avec un petit sourire rusé. Eh bien, vous pouvez oublier ça tout de suite, tante Pol. Vous avez un vrai duché au nord de la Camaar, et vous pouvez en faire ce qui vous chante. Maintenant, vous allez comprendre ce que nous endurons tous les jours, poursuivit-il, son sourire se changeant en rictus. Alors, à votre place, je ne nous remercierais pas trop vite. Attendez un peu. La terre et tout ce qui va avec constitue une sacrée responsabilité, tante Pol, et il y a des moments où c'est lourd à porter.

Je remarquai qu'il passait rapidement sur la situation stratégique du duché d'Erat. L'Asturie était la source de la plupart des ennuis en Arendie depuis des siècles, et maintenant, Alleran, Corrolin et moi avions ce duché à problèmes sur les frontières nord, est et sud pour offrir une menace perpétuelle à Nerasin ou à quiconque lui succéderait.

Après notre retour à Vo Wacune, j'allai vers le nord avec Killane pour jeter un coup d'œil à mon nouveau domaine. Alleran me proposa une escorte armée, mais je déclinai fermement son offre. Je voulais voir ce qui se passait en réalité là-haut, et je ne tenais pas à ce que ma venue soit annoncée par des chevaliers, des hallebardiers et des fanfares. Nous traversâmes Muros, prîmes la route qui menait à Sulturn et après avoir passé à gué la branche nord de la Camaar nous nous retrouvâmes à Erat.

– C't' eun' terre fertile qu' vous avez là, M'dame, observa Killane au bout de deux jours. Et y a toute l'eau qu'vous voulez. Ben gérée, c't'affaire pourrait êt' rud'ment profitab'.

Mais je regardais un amas hétéroclite de huttes de torchis massées à quelques centaines de toises de la route, et je ne prêtais guère attention aux prédictions de mon ami.

– Des serfs ? demandai-je en indiquant les misérables taudis.

– On dirait ben un village de serfs, acquiesça-t-il.

– Entrons dans ce bosquet, là-bas, dis-je. Je voudrais y jeter un coup d'œil.

– Quand on a vu un village de serfs, on les a tous vus, M'dame, fit-il en haussant les épaules.

– C'est justement, Killane. Je n'en ai jamais vu un de près.

Nous entrâmes sous le couvert des arbres. Je mis pied à terre et me changeai en hirondelle. Je voletai au-dessus des huttes pour jeter un coup d'œil. Il n'y avait pas de meubles à l'intérieur, ni même de cheminée, juste une fosse pleine de cendres et de bouts de bois calcinés. Un tas de chiffons dans un coin servait manifestement de lit commun. Quelques chiens étiques et des enfants dont on voyait les côtes rôdaient dans le coin. Je volai vers les champs voisins et vis de pauvres hères travailler la terre avec des instruments rudimentaires sous l'œil attentif d'un cavalier au visage implacable, armé d'un fouet.

Je rejoignis Killane d'un coup d'aile et repris forme humaine.

– Il faut que ça finisse, dis-je d'un ton implacable.

– Quoi donc ? L' village ? L'est pas très beau, pour sûr, M'dame, mais faut ben qu' les serfs vivent quèqu'part.

– Je ne parle pas du village, Killane. Je parle du servage proprement dit.

– Mais toute la société est basée là-d'sus, M'dame, fit-il en cillant.

– Eh bien, il va falloir refondre la société. Je vais m'en occuper. Gardez ça en tête, Killane : je ne vivrai pas sur le dos des esclaves.

– Les serfs sont pas des esclaves, M'dame.

– Ah bon ? Un jour, vous m'expliquerez la différence. Allons-y, Killane. Il y a plus à voir par ici que je n'imaginais.

Nous nous arrêtâmes assez souvent dans des coins tranquilles et je passai beaucoup de temps sous forme d'oiseau afin d'appréhender la réalité profonde de mon royaume aux dehors placides. Les serfs menaient une vie sordide pendant que la noblesse vivait dans le luxe et l'oisiveté, dépensant, ou plutôt dilapidant l'argent gagné à la sueur de leurs serfs misérables. Mes nobles étaient stupides, cruels, paresseux et arrogants. Ils ne me plaisaient pas beaucoup. Ça allait changer.

Arrivés à Sulturn, nous remontâmes vers Medalia, au nord. Je m'arrêtais souvent pour examiner les choses. Si le pays était beau, la société ne l'était guère.

Après Medalia, nous poursuivîmes vers Seline, puis vers

Erat. Je prenais sur moi pour ne pas passer mes nerfs sur Killane. Ce n'était pas sa faute, mais je n'avais que lui sous la main. Je doute qu'il ait beaucoup apprécié ce périple. Un après-midi que nous étions à mi-chemin de Seline et d'Erat, il me dit :

– Faut pas m'en vouloir, Vot' Grâce, mais j'vous trouve un peu hargneuse. J'aurais-t'y fait quèqu' chose qui vous a déplu ?

– Vous n'y êtes pour rien, Killane, je vous assure. Il y a des tas de choses qui ne vont pas ici. Rien ne va, d'ailleurs.

– On va s'en occuper, M'dame.

– C'est aussi ce que je me disais, M'sieur.

– Si Vot'Grâce pouvait arrêter un peu d' fulminer, é' f'rait ben d' réfléchir à l'endroit où é' voudrait bâtir sa capitale. Vot' titre suggère Erat, mais j'y suis allé eun' fois ou deux, et c'est pas eun' ville formidab'. Et pis « Vo Erat », ça sonne pas bien, moi j'trouve.

– Je vais y penser. Ce n'est pas une chose qu'on peut décider à la légère. Je ne sais même pas si je veux une capitale.

– Z'êt' une femme cruelle, Vot'Grâce.

– Pourquoi ça ?

– Pourquoi ? C'était ma seule chance d' conc'voir et d' bâtir tout' eun' ville, et v'là qu' vous v'nez d' réduire mes espoirs à néant. J'pourrais vous construire un palais qui f'rait crever d'envie l'emp'reur d' Tolnedrie en personne.

– Et que ferais-je d'un palais ? Je sais qui je suis, je n'ai nul besoin d'un environnement grandiose pour me le rappeler. Ce n'est pas le problème. Je m'en fais beaucoup plus pour l'Arendie proprement dite. Les petits malins qui m'ont mise sur ce trône pourraient vouloir que je sois tellement occupée ici que je n'aurais plus le temps de m'intéresser à eux. Ils vont être déçus. Je resterai à Vo Wacune. Ils ne m'échapperont pas comme ça. Allons-y, Killane. Je voudrais jeter un coup d'œil à Erat avant de décider où je vais tenir boutique.

Erat se révéla totalement inadaptée au siège d'un gouvernement. Cet endroit de la Sendarie avait si souvent changé de mains que c'était devenu, au fil des siècles, un salmigondis d'architecture incohérent, délabré. Il aurait fallu la raser et la rebâtir de fond en comble pour en faire une ville acceptable. L'ennui, c'est qu'elle était située sur la rive nord, marécageuse, du lac. On aurait beau faire, quoi que l'on y construise, ça ressemblerait toujours à une ville des marécages de Drasnie.

Je me refis pousser des ailes et examinai les choses du haut des airs. Un endroit finit par attirer mon regard, sur la rive sud d'un lac alimenté par un cours d'eau important. C'était une longue prairie d'un vert luxuriant qui descendait en pente douce vers le lac et bordée par le fleuve, au sud. La rive du fleuve était soulignée par une rangée de vieux bouleaux blancs. Des collines abruptes, couvertes d'arbres vert foncé, entouraient la prairie des deux côtés. Les montagnes sendariennes coiffées de neige s'élevaient au-dessus des collines boisées, à l'est. Il n'y avait ni villages ni routes dans la région. Tout était frais et neuf, et n'attendait que moi pour devenir parfait ! Je verrais le soleil se lever derrière les montagnes et se coucher sur le lac.

Je tombai aussitôt amoureuse de cet endroit. Il était situé à une demi-douzaine de lieues au nord-ouest du village de Hault-Gralt, et à dix lieues au nord-est d'un coin où se trouve maintenant la ferme d'un homme au grand cœur appelé Faldor.

Garion doit connaître la région, puisque c'est là qu'il a grandi.

Killane étudia l'endroit que j'avais choisi en essayant d'y trouver des défauts, mais il finit par renoncer.

– C'est pas mal, convint-il à regret. Vous avez d' la chance : c'te prairie s'trouve sur vos terres, alors vous aurez pas à négocier son achat.

– Pas mal ? protestai-je.

– Bah, plutôt pas mal, ouais. J'vais vous faire quèqu' dessins, dès qu' j'aurai l' temps. J'vois trois endroits qui s'raient pas mal pour vot' manoir. Quand on aura d' bons dessins, ça nous don'ra d' quoi nous chamailler c't hiver à Vo Wacune.

J'avais déjà plus ou moins choisi l'emplacement de ma future maison, mais je ne voulais pas avoir l'air de décider de façon arbitraire, et je laissai Killane s'amuser avec son carnet de croquis pendant que j'explorais la prairie et les forêts environnantes.

L'automne tirait à sa fin lorsque nous rentrâmes à Vo Wacune. Mes vassaux avaient répondu à l'appel d'Alleran et ils m'attendaient impatiemment au palais depuis plus d'un mois.

– Ils ne sont pas contents, tante Pol, me prévint Alleran. Leurs familles ont prêté allégeance à la mienne il y a je ne sais combien de générations et je les donne comme de vieux vêtements ou une selle usée. Il faudra que vous fassiez preuve de diplomatie.

– On verra, Alleran. Il va y avoir du changement. Je risque de ne pas être très populaire, de toute façon. Mes vassaux sont arendais, et ils vont être mortellement offensés par le fait d'être dirigés par une femme. Alors à quoi bon faire semblant d'être tout sucre et tout miel ?

– C'est votre duché, tante Pol. Vous le dirigerez comme bon vous semble. Quand voulez-vous que la cérémonie ait lieu ?

– Quelle cérémonie ?

– Chacun d'eux doit vous prêter serment d'allégeance, tante Pol. Vous pourriez faire ça dans ma salle du trône, si ça vous convient. Après la cérémonie, je fouinerai un peu pour savoir si vous aurez besoin d'une armée afin d'étouffer toute rébellion dans l'œuf.

– Vous voyez la vie en rose, aujourd'hui, dis-je d'un ton acide.

La cérémonie qui eut lieu, en effet, dans la salle du trône, ne fut qu'une formalité, bien sûr, mais les Arendais adorent les cérémonies et ce fut une réussite. Je dominais l'assistance, majestueusement installée sur le trône d'Alleran, en manteau d'hermine, une couronne sur la tête. Je ruisselais positivement de royauté. Quand tous mes vassaux eurent juré de me servir, de me protéger et de me défendre au prix de leur vie, de leur fortune et de leur honneur – ce sacré honneur, je les gratifiai d'un de ces discours dont j'ai le secret pour leur regonfler le moral.

– Maintenant que nous formons une grande et heureuse famille, Messieurs, il va falloir instaurer quelques nouvelles règles, dis-je abruptement, renonçant aux archaïsmes. Vous aviez l'honneur de servir le duc Alleran et d'administrer les domaines qu'il vous avait accordés, ce pour quoi vous lui rendiez tribut. Le duc Alleran n'est pas un panier percé, loin de là, mais personnellement je trouve ce tribut trop élevé. Je n'ai pas besoin de tout cet argent. Je vous propose de le réduire de moitié pendant quelques années, après quoi nous verrons bien. Qu'en dites-vous ?

Mes vassaux m'ovationnèrent pendant un bon quart d'heure pour cette générosité. J'en vis même pleurer. Ah, ces Arendais !

J'attendis que le silence revienne et je repris :

– Bien. Puisque vous dépenserez moins pour votre loyer, je vous propose d'en profiter pour améliorer le sort de vos serfs. Je divise votre tribut par deux, et je compte sur vous pour exprimer votre gratitude en diminuant d'autant les biens et les services que vous exigez de vos serfs. Vous leur faites travailler votre terre et vous leur prenez au moins la moitié de ce que produisent leurs propres champs. À partir de maintenant, vous vous limiterez à un quart de leur temps de travail et vous leur laisserez ce qu'ils cultivent pour nourrir leurs familles.

– Comment ? protesta un gros baron rougeaud – un certain Lageron, si je me souviens bien.

– Vous entendez mal, peut-être ? répliquai-je. J'ai dit un

quart de leur travail, et pas de biens en nature. Un homme qui meurt de faim n'a pas de force pour travailler, vous savez.

Un autre baron poussa Lageron du coude et lui dit quelque chose à l'oreille. Son expression outragée laissa place à un air rusé. J'étais à peu près sûre que mes barons n'avaient pas l'intention de suivre mes instructions.

– Juste pour que ce soit bien clair, Messieurs, repris-je avec un sourire, vous avez dû entendre toutes sortes d'histoires ahurissantes à mon sujet. Personne ne croit vraiment ces contes de fées, n'est-ce pas ?

Il y eut un éclat de rire général. Je cessai de sourire et arborai une imitation assez réussie de l'expression que mon père revêt pour intimider les gens.

– Eh bien, Messieurs, vous feriez mieux de commencer à y croire, tonnai-je. Si ahurissantes que soient les histoires qu'on a pu vous raconter, vous allez découvrir que la réalité est bien pire. Ne vous imaginez pas que vous pourrez continuer à pressurer vos serfs. J'ai les moyens de savoir exactement ce que vous faites, et si l'un de vous outrepasse mes instructions ne serait-ce que d'un seul navet, je considérerai cela comme une violation du serment qu'il vient de me prêter, je le chasserai de son manoir avec ce qu'il aura sur le dos et son domaine me reviendra. J'ai des yeux partout, Messieurs, et soit vous m'obéirez, soit vous pouvez vous préparer à vivre comme des vagabonds.

Je les laissai ruminer un moment et je poursuivis d'un ton apaisé et raisonnable :

– Tout changement d'administration est cause de ruptures et de soulèvements. Allons, Messieurs, ça ira mieux lorsque vous vous serez un peu habitués à mes petits caprices. Maintenant, si l'un de vous trouve trop difficiles les conditions que je lui impose, je ne l'obligerai pas à respecter son serment. Chacun est libre de quitter le duché d'Erat à tout moment, avec sa demeure et ses terres, s'il trouve le moyen de les emmener sur son dos. Cela dit, même mon père en serait incapable, et il est probable que les terres et les bâtiments resteront où ils sont. Je vous pose donc le problème de la façon la plus simple qui soit : « Mon royaume et mes règles, ou rien. » Des questions ?

Il n'y eut pas de questions ; juste un morne silence.

Le duc Alleran mobilisa néanmoins aussitôt une force importante qu'il fit marcher vers la rive sud de la Camaar.

– Ce n'était pas vraiment nécessaire, Alleran, dis-je une semaine plus tard, quand je l'appris. Je suis assez grande pour me débrouiller toute seule, vous savez.

– Simple précaution, tante Pol, répondit-il. La seule présence de l'armée devrait inciter des gens comme Lageron à la prudence et à la modération. Je connais ces barons ; je sais comment les empêcher de faire des bêtises.

– C'est vous qui savez, Alleran, répondis-je avec un haussement d'épaules. Mais c'est vous qui payez tous ces soldats. Ne m'envoyez pas la facture !

– Nerasin et Corrolin sont d'accord pour payer, tante Pol. Et même pour envoyer des renforts si nécessaire. Nous voulons tous que votre duché soit stable. Considérez les troupes pacifiques qui bordent votre frontière comme un investissement dans la paix.

– Si ça peut vous faire plaisir, mon cher petit, fis-je en lui tapotant affectueusement la joue.

En plus du tribut que me versaient mes vassaux, je possédais en titre des domaines immenses : d'après Killane, le quart du duché était à moi. J'étais toujours déterminée à abolir le servage, et je comptais commencer par émanciper mes propres serfs. Selon la tradition, un serf qui s'échappait et n'était pas repris au bout d'un an et un jour était automatiquement affranchi. Si j'abolissais l'institution immonde du servage, mon domaine serait bientôt considéré comme un asile ou un refuge pour les serfs en fuite des autres duchés. Il faudrait que j'en interdise strictement l'entrée à mes vassaux afin qu'ils ne s'amusent pas à pourchasser ceux qu'ils considéraient comme leur chose. D'ici peu, tous les hommes valides du duché seraient chez moi, et il n'y aurait plus personne pour travailler dans les domaines de mes vassaux.

– Y s'ront obligés d' venir voir Vot' Grâce, chapeau bas, pour obtenir la main-d'œuv' nécessaire pour labourer, planter et récolter, fit Killane.

– C'est plus ou moins à ça que je pensais, Killane, dis-je d'un petit ton supérieur. Maintenant, revenons à la localisation de mon manoir. Je voudrais qu'il soit face au lac, et bordé d'un côté par la rivière, mais placé sur une butte pour éviter les crues printanières.

Lorsque le printemps arriva, j'ouvris le petit coffre que j'avais caché sous la cheminée, dans ma chambre à coucher, le vidai à peu près de tout l'argent que j'avais mis de côté et chargeai Killane d'acheter les matériaux, d'embaucher les hommes et de commencer les travaux.

– Ne massacrez pas mes forêts en construisant des routes, dis-je fermement.

– Et comment ch' suis censé transporter l' marb' vers l' chantier d' construction? objecta-t-il, un peu exaspéré.

– Killane, mon ami, répondis-je d'un ton patient, le terrain est tout près du fleuve. Construisez de grandes barges et faites venir le marbre par voie d'eau.

– J'y avais pas pensé, convint-il en accusant le coup. Z'êtes rud'ment futée, M'dame.

– Merci.

– J'vous enverrai régulièrement des rapports sur l'avanc'ment des travaux. Mais j'vous d'mand'rai d'pas v'nir tant qu'tout s'ra pas fini. J'aurai pas b'soin qu'vous r'gardiez par-d'sus mon épaule à chaque instant, vous comprenez.

– Je serai une bonne petite fille, promis-je.

(C'était un mensonge, évidemment. Je volai vers le nord une fois par semaine pour voir comment les travaux avançaient, mais je ne vis pas l'intérêt de lui faire part de mes visites.)

En réalité, j'avais beaucoup trop à faire cet été-là pour surveiller la construction de mon manoir. J'édictai la proclamation d'émancipation de mes serfs, et le clergé arendais sauta aussitôt au plafond. Les prêtres de Chaldan étaient profondément impliqués dans le système féodal, et ils comprirent tout de suite le danger potentiel d'une grande étendue sans servage jouxtant les terres de l'Église. On jeta l'anathème sur moi de Seline à Sulturn. Mais l'accusation d'abolitionnisme ne prit pas, car les sermons étaient faits – pour des raisons évidentes – devant des temples de plus en plus vides. Le grand prêtre de Chaldan qui possédait d'immenses propriétés à Mimbre fit spécialement le voyage à Vo Wacune pour m'avertir que si je ne revenais pas sur l'émancipation de mes serfs, il n'aurait pas le choix : il serait obligé de m'excommunier.

– Je ne me sens pas vraiment concernée, répondis-je. Je ne sers pas Chaldan mais son frère aîné, Aldur. Je vous propose de leur laisser régler le problème. La prochaine fois que vous verrez Chaldan, racontez-lui ce que j'ai fait et dites-lui de régler ça avec mon Maître.

Il s'éloigna en crachouillant dans sa barbe.

Mon souci principal, cet été-là, était qu'il n'y avait rien en Arendie qui ressemblât, même de loin, à un système judiciaire. Les ducs dirigeaient par décret, chacun dans son coin, ces décrets étant largement fondés sur des caprices. Cette approche de la loi n'était pas seulement profondément injuste ; elle était aussi particulièrement inefficace. Je ne me voyais pas passer ma vie à arbitrer des conflits et à condamner des malfaiteurs. J'avais besoin d'un corpus de lois écrites et de juges impartiaux qui sachent au moins les lire. Ce qui faisait à l'époque office de lois en Arendie – et en tient encore généralement lieu, dans ce pauvre pays troublé – n'était qu'un ramassis de règles arbitraires protégeant les privilèges de la noblesse. En cas de litige entre un baron et un homme lige, c'était toujours le baron qui gagnait. J'avais rencontré le même genre de problème dans l'Île des Vents, et l'une des principales tâches de Karmion avait été d'établir des recueils de lois. J'avais tout de même un avantage sur Karmion. Je contactai mentalement les jumeaux et leur demandai de réunir tous les textes juridiques qui se trouvaient dans les bibliothèques de mon père et d'oncle Beldin, puis je chargeai deux des neveux de Killane – et une kyrielle de mules de bât – de les récupérer.

À la réunion du Conseil d'Arendie, cet été-là, je surpris pas mal de regards interrogateurs lorsque nous amorçâmes nos travaux. Alleran, Corrolin et Nerasin pensaient manifestement que je serais trop occupée – et trop affolée – pour assister à la rencontre annuelle.

– Pas de problèmes, tante Pol ? demanda Alleran d'un ton où je crus discerner une note d'espoir.

– Rien de spécial, répondis-je avec un haussement d'épaule désinvolte. Mes vassaux commencent à s'apercevoir que lorsque je dis quelque chose, ce ne sont pas des paroles en l'air.

– D'après certaines rumeurs, Tu aurais, gente Polgara, émancipé tous les serfs de Ton duché, fit Corrolin. Est-ce bien sage ? Te proposes-Tu de cultiver cet immense territoire par magie ?

– Oh, misère ! Bien sûr que non, Corrolin, répondis-je. J'ai embauché mes anciens serfs et ils vont travailler pour moi.

Je vis son menton tomber sur la table et je crus que ses yeux allaient lui sortir de la figure.

– Souffre que j'insiste : Tu donnes de l'argent à des serfs pour travailler ? s'exclama-t-il.

– À moins qu'il ne préfère autre chose, confirmai-je. Un beau taureau, par exemple. Ou des vêtements neufs. Le problème avec l'argent, poursuivis-je en fronçant le sourcil, c'est que les serfs ne savent pas compter au-delà de dix. Neuf, s'ils ont perdu un doigt. Ça complique les choses le jour de la paye. Je crois que je vais construire des écoles sur mon domaine pour apprendre à mes anciens serfs à lire et à compter.

– C'est monstrueux ! protesta Nerasin. On ne peut pas apprendre à lire à des serfs !

– Et pourquoi pas ? Des travailleurs cultivés doivent être plus efficaces que des ignares, vous ne pensez pas ?

– Dame Polgara, il y a des exaltés qui écrivent toutes sortes de proclamations aussi stupides qu'enflammées. Si les serfs savent lire, et si de tels documents leur tombent entre les mains, ça risque de provoquer la révolution !

– Et alors, Nerasin ? C'est très sain, les révolutions. Ça secoue la poussière. Vous ne seriez sûrement pas où vous en êtes aujourd'hui si nous n'avions pas renversé votre oncle, le comte Mangaran. Les travailleurs heureux ne se révoltent pas. C'est quand on commence à les maltraiter qu'ils viennent vous chercher avec des gourdins. Ça n'arrivera pas dans mon royaume.

– Écoutez, tante Pol, je préférerais me mordre la langue plutôt que de vous dire ce que vous avez à faire, intervint Alleran. Mais vous ne pensez pas que vous y allez un peu fort ?

– Je remets de l'ordre dans la maison, Alleran. Et elle en avait bien besoin. Je ne vais pas laisser les moutons de poussière s'accumuler dans les coins pour l'amour du bon vieux temps.

Je compris à leur air ahuri que tout ce que je racontais leur passait bien au-dessus de la tête.

– Ah, misère ! soupirai-je. Bon, disons les choses comme ça : l'été dernier, vous avez cru bon, tous les trois, de m'élever à un statut équivalent au vôtre. C'est à ça que vous pensiez, non ?

– Eh bien..., commença Alleran. Je suppose, oui.

– Vous me corrigerez si je me trompe, mais ça ne veut pas dire que le duché d'Erat est à moi, complètement ?

– Telle était mon intention, Votre Grâce, convint Corrolin.

– Qu'il est gentil ! Bon, eh bien, puisque le duché d'Erat est à moi, corps et biens, je peux y faire ce que bon me semble, n'est-ce pas ? Et vous ne pouvez rien faire pour m'en empêcher, ni séparément ni ensemble, exact ?

– Il y a des usages et des coutumes, se récria Alleran.

– Je sais, de mauvais usages et des coutumes désastreuses. Ça fait partie de la poussière et des vieilleries que je chasse des coins de la maison. Racontez-leur, Nerasin, ce qui s'est passé lorsque vous avez enlevé le petit Kathandrion, ordonnai-je d'un ton implacable. Décrivez-leur vos symptômes sans omettre aucun détail. Si vous en avez oublié, je peux vous rafraîchir la mémoire. Si ce que je fais chez moi ne vous plaît pas, Messieurs, je suis navrée. Et si ça vous déplaît vraiment, ne vous gênez pas pour me déclarer la guerre. Mais je vous préviens : le premier qui envahira mon royaume tombera très, très malade. Je ne ferai rien à vos chevaliers ni à votre infanterie ; je ne violerai pas votre territoire pour incendier les villages de vos serfs. Mais j'en ferai une affaire personnelle, et je vous le ferai payer très cher en vous allumant des incendies dans l'estomac. Ce que je fais chez moi me regarde. Bon, je suis très occupée, en ce moment, alors au travail. Quel est l'ordre du jour de la réunion de cette année ?

(Quelqu'un se demanderait-il encore qui était vraiment le chef, en Arendie, à l'époque ?)

Killane rentra à Vo Wacune vers le milieu de l'automne.

– L' temps s' gâte, là-bas, M'dame, m'expliqua-t-il. J'ai payé tout l' monde et j' leur ai dit d' rev'nir au printemps. En traînant nos galoches dans la boue, on réussirait qu'à changer vot' belle prairie en fondrière, et ça m'étonn'rait qu' ça vous plaise. J'ai laissé quèqu' z'hommes à moi pour monter la garde.

– Très bien, Killane, le félicitai-je.

Je savais exactement où il en était – je surveillais de près l'avancement du chantier, mais je le laissai me fournir une description flatteuse, un peu exagérée, de son travail.

Lorsqu'il eut fini, il regarda avec étonnement les piles d'ouvrages juridiques qui jonchaient ma bibliothèque.

– Et ça, c'est quoi ?

– Je collationne des lois, Killane, répondis-je avec lassitude. C'est très fastidieux.

– Vos moindres désirs ont force de loi, Vot' Grâce.

– Ce ne sera plus le cas quand j'aurai fini. J'essaie de réaliser une synthèse des meilleurs systèmes législatifs en vigueur dans le monde, principalement en Tolnedrie et en Melcénie, avec un saupoudrage de lois aloriennes, nyissiennes et maragues pour corser un peu. J'ai même trouvé, dans le droit coutumier angarak, quelques idées qui pourraient nous être utiles.

– À quoi bon farcir vot' jolie tête d' toutes ces bêtises poussiéreuses, M'dame ?

– Pour l'amour de la justice, Killane. C'est le but ultime de tout système législatif. Il y a beaucoup de mauvaises herbes dans ce jardin, fis-je avec un geste du bras en direction des piles de livres. Mais je les arracherai toutes afin que les parterres soient prêts à accueillir les roses.

Killane acheva la construction de mon manoir à la fin de l'été 2330, peu après la mort du duc Corrolin de Mimbre. Nous nous y rendîmes, sous bonne escorte, cette fois, de sorte que je puisse enfin contempler mon fief. Je l'avais survolé à plusieurs reprises, évidemment, mais on n'a pas la même vision au ras du sol que du haut des airs. La demeure se dressait sur une butte près de la rive nord du fleuve qui alimentait le lac, de sorte que je ne risquais pas de manquer d'eau. Une allée de gravier menait de la porte de derrière à une jetée de pierre qui avançait dans la rivière, ce qui faciliterait les livraisons. La prairie qui avait attiré mon attention descendait sur un quart de lieue vers le lac, à l'ouest. Comme je l'avais prévu, les collines couvertes d'arbres et les montagnes coiffées de neige qui se dressaient à l'est en faisaient l'endroit idéal.

(Tant pis pour ceux qui trouveraient que je m'étends trop sur ma maison. Je l'adorais, et ce n'est pas vous qui m'empêcherez d'en parler.)

La demeure proprement dite était un rêve de marbre crémeux. Killane avait manifestement pris quelques libertés avec les cotes mentionnées sur les plans que j'avais acceptés. Je pensais que le budget que je lui avais alloué pour la construction lui imposerait des limites, mais ses dons de négociateur lui avaient laissé une certaine marge de manœuvre. C'est lui qui a inventé la notion d'enchères compétitives. Ça avait eu une influence positive sur les coûts : j'en avais largement pour mon argent. Il y avait un bâtiment central à plusieurs étages, précédé par une colonnade de style vaguement tolnedrain. Deux ailes incurvées partant du hall principal embrassaient un jardin classique avec ses plates-bandes entourées de haies.

L'intérieur de la maison était encore plus agréable si possible. Les chambres étaient vastes, bien éclairées par de larges fenêtres. Il y avait d'immenses cuisines, et les bains, sur l'arrière de la maison, étaient tout simplement luxueux. Cela dit, les pas résonnaient comme dans une caverne car il n'y avait ni meubles ni tentures. Il faudrait que je m'en occupe rapidement.

Killane m'informa qu'il avait embauché des ébénistes.

– J'les ai installés dans un atelier, à côté des écuries, Vot' Grâce. Faudrait p't' êt' qu' vous choisissiez un style pour c'te grande bâtisse. Z'aimeriez pas qu'è' soit meublée à la six-quat'-deux, avec des tables et des chaises d' style différent, pas vrai ?

J'en connaissais un rayon sur les maisons meublées à la six-quatre-deux. La tour de mon père en était un exemple parfait. Par sa seule taille, la demeure était impressionnante, et j'espérais que la famille de Killane serait assez nombreuse pour la meubler. Nous prîmes certaines décisions concernant le mobilier, les tentures, les tapis et autres éléments de décoration, puis je retournai à Vo Wacune surveiller la situation.

Ma maison fut terminée à l'été 2331. À partir de ce moment-là, je partageai mon temps entre ma maison de Vo Wacune et ma résidence secondaire du lac d'Erat. J'avais heureusement certains atouts qui facilitaient grandement les allers et retours.

Il y avait encore des tensions en Arendie, évidemment, mais je réussis à les aplanir, et la situation resta assez calme.

Puis, vers la fin de l'été 2333, mon père vint me voir à Vo Wacune. Il parut assez surpris par l'opulence de ma demeure.

– Qu'est-ce que c'est que tout ça? demanda-t-il lorsque Rana, la sœur de Killane, le fit entrer dans ma bibliothèque.

Je me demande encore comment il parvint à franchir le barrage de Rana. Mon père s'est toujours fichu de son allure générale, et Rana avait des préjugés bien enracinés sur la question.

– Je m'élève dans la société, Père, répondis-je.

– Je vois ça. Tu as trouvé une mine d'or? ironisa-t-il en se laissant tomber dans un fauteuil. Cet endroit m'a l'air assez luxueux, et je ne pense pas que tu avais tant d'argent que ça quand tu t'es installée ici, il y a une vingtaine d'années.

– Pour me remercier d'avoir fait capoter les plans de Ctuchik, les ducs d'Arendie ont cru bon de m'accorder une rente annuelle, dans l'espoir, peut-être, que je me retirerais de la vie politique. L'argent s'est entassé jusqu'à ce qu'Asrana... tu te souviens d'elle, sûrement?

– Oh oui, acquiesça-t-il. La petite Asturienne rusée.

– C'est ça. Bref, elle m'a suggéré d'investir cet argent dans une maison, et j'ai choisi celle-ci. Elle te plaît?

– Pas mal, fit-il avec une moue désabusée. Ça doit être viable. Mais tu ne faisais que suivre les ordres de notre Maître, Pol. Accepter cet argent était à la limite de la délicatesse.

– Notre Maître m'a ordonné de maintenir la paix en Arendie, Père, et ça implique de conserver de bonnes relations avec ses voisins. J'ai accepté l'argent des ducs pour ne pas les offenser. Mais j'ai renoncé à toucher le tribut.

– Bon. Et comment entretiens-tu ce palais ?

– J'ai un très grand domaine, Vieux Loup. Il me rapporte suffisamment pour que je m'en sorte.

– Un domaine ? releva-t-il, surpris.

– Hon-hon. Au nord de la Camaar. Si tu trouves cette maison luxueuse, tu devrais voir ma propriété. J'espère que tu n'es pas trop déçu, Père. Je ne suis pas sur le trône d'une Arendie unifiée – pas encore. Mais tu as l'honneur de parler à Sa Grâce, la duchesse d'Erat.

– Comment as-tu réussi ce coup-là ?

Je lui parlai de l'enlèvement du petit Kathandrion, de son sauvetage, et de mon ennoblissement.

– Tu n'as rien fait de... définitif, au duc d'Asturie, hein, Pol ? demanda-t-il avec inquiétude.

Mon père a éliminé beaucoup de gens sans le moindre scrupule, à l'époque, mais il m'a toujours interdit d'en faire autant, allez savoir pourquoi ! Il n'a jamais été très cohérent.

Je lui parlai des aigreurs d'estomac de Nerasin et il s'esclaffa.

– C'est génial, Pol ! dit-il. Tu as mis fin à la guerre civile en Arendie avec un ulcère d'estomac !

– Pour le moment, du moins. Va faire un peu de toilette, Père. Nous sortons, ce soir.

– Et où allons-nous ?

– Au bal. Un assez grand bal, en fait. Le duc Alleran adore la musique et la danse. Tu seras la vedette de la soirée.

– C'est ridicule ! fit-il avec un reniflement.

– Non, Père, c'est de la politique. Je tiens l'Arendie dans le creux de ma main, en ce moment, mais par sécurité, j'aimerais que tout le monde sache que, en cas de besoin, tu es à mon côté, dans un fourreau attaché à ma hanche. Prends l'air digne et intimidant, Père. Fais-leur croire que tu déplantes des montagnes tous les matins juste pour t'exercer. Je voudrais qu'ils pensent que tu as un très mauvais fond, et que tu pourrais faire de gros dégâts si je décidais de te dégainer et de décrire des moulinets.

– Comme si j'étais ton champion, avança-t-il.

– Tu as toujours été mon champion, Père. Allez, va prendre un bain, taille un peu ta barbe et mets une robe blanche. Tâche de ne pas me faire honte devant tout le monde.

Mon père est un comédien-né, je l'ai déjà dit. Esquissez les grandes lignes d'un personnage, donnez-lui quelques indications de jeu, et il en tirera une scène à tout casser. Il grogna un peu, au début – comme d'habitude, mais il mordit à l'appât – comme d'habitude, et le temps que nous arrivions au palais il était complètement dans la peau du rôle. Il nous gratifia, ce soir-là, de son numéro de « Belgarath le Destructeur », et il en fit des tonnes. Enfin, il jouait devant des Arendais, et les Arendais n'ont jamais été des critiques dramatiques très pointilleux. Ils ne sont pas du genre à pinailler devant une scène outrée.

(Prends ça dans les dents, Vieux Loup !)

Une période de calme suivit la visite de mon père. Il y avait de petites échauffourées de temps à autre, mais nous arrivions à calmer le jeu au cours des réunions annuelles du Conseil d'Arendie. Je jouais de moins en moins souvent les pompiers et les Arendais semblaient s'habituer à vivre en paix. Mes vassaux commençaient à admettre à contrecœur qu'ils s'en sortaient mieux à présent qu'au « bon vieux temps » du servage, et les échanges monétaires remplaçaient peu à peu l'économie de troc. J'eus quelques problèmes avec les marchands tolnedrains dans certaines villes de mon duché, mais ils se tassèrent rapidement lorsque j'eus standardisé les poids et mesures et modifié le code pénal afin que soient sévèrement condamnés les petits malins qui en prendraient trop à leur aise avec la définition du pouce et de la livre. Les Tolnedrains mirent un moment à s'y faire, de sorte que, pendant quelques années, les recettes occasionnées par les amendes excédèrent le revenu de mon domaine. Comme j'avais de l'argent à ne savoir qu'en faire, je construisis des écoles dans tous les coins de mon duché. Je ne réussis pas à éliminer totalement l'analphabétisme, mais presque. Et comme je n'avais pas oublié mon dada, je fondai une faculté de Médecine appliquée à Sulturn. Je voulais que mon peuple soit sain, prospère, cultivé, et j'avançais délibérément dans cette direction, en entraînant tous mes « sujets » derrière moi.

Lors de notre réunion de l'été 2340, le duc Borrolane, le successeur de Corrolin, parut intrigué par mes résultats.

– Ce n'est pourtant pas difficile, Votre Grâce, dis-je. Ça peut vous paraître bizarre, mais les femmes ont l'esprit plus pratique que les hommes, peut-être parce que ce sont elles qui font la cuisine. Les hommes sont des rêveurs, et si beaux que soient les rêves, ils ne feront jamais bouillir la marmite. En fin de compte, une personne capable de faire marcher une cuisine a tous les atouts pour diriger un domaine, grand ou petit.

Le fardeau du gouvernement au quotidien de mon duché reposait essentiellement sur les épaules de Killane. Il avait une cinquantaine d'années, à cette époque ; c'était un brave homme solide, terre à terre. Pratiquement, c'était mon bras droit, l'administrateur de mon domaine personnel, mais mes vassaux, tous les comtes et les barons, s'aperçurent rapidement que j'accordais un grand prix à son avis, et s'efforcèrent de se le mettre dans la poche. Il n'abusa jamais de sa position et se garda bien de prendre les grands airs qui auraient pu offenser la noblesse. Sa réponse standard aux pétitions, plaintes, conflits et autres était assez simple : « J' vais en informer Sa Grâce, Messire, et on verra ben c' qu'elle en dira. » Il attendait quelques semaines et faisait connaître « ma décision » sur des problèmes dont je n'avais évidemment pas idée. Il assumait à peu près la même fonction dans mon duché que Karmion dans l'Île des Vents. Il amortissait, il filtrait les problèmes triviaux. Concrètement, je lui expliquais dans les grandes lignes ce que je voulais, et il se débrouillait pour me donner satisfaction sans choquer trop de monde. Mon drôle d'ami était un administrateur de génie, et il ne s'en rendait probablement même pas compte. Pour dire les choses sobrement, il dirigeait Erat pendant que je m'occupais du reste de l'Arendie.

Pourtant, en 2350, il fut rattrapé par l'âge. Il avait les cheveux tout gris et des problèmes d'audition. Il prit l'habitude de s'aider d'un bâton pour marcher, et d'un cornet acoustique pour entendre. Mes séjours dans ma résidence secondaire devinrent de plus en plus souvent des visites de médecin. J'adaptai un peu son régime alimentaire et lui concoctai des remèdes afin de soigner des maux de plus en plus nombreux.

– Vous partez par petits bouts, Killane, hurlai-je dans son cornet acoustique lors d'une de mes visites, à l'automne 2352. Vous devriez faire un peu attention à vous.

– Qui aurait dit qu' j'vivrais si vieux, M'dame ? répliqua-t-il d'un air un peu grognon. Personne dans ma famille a jamais dépassé cinquante ans et j'en ai d'jà soixante-huit. J'vais vous dire : j' d'vrais êt' dans la tombe depuis vingt ans. Bon, quand on va au fond des choses, ajouta-t-il en lorgnant le plafond, mourir dans eun' tavern' comme les z'aut' memb' d' ma famille, c'est pas précisément c' qu'on peut app'ler mourir d' mort naturelle, mais je m' suis pas r'trouvé dans eun' bonne bagarre d'puis qu' j'ai j'té les yeux sur Sa Grâce. Z'avez complèt'ment gâché ma vie, Dame Polgara. Z'avez pas honte ?

– Eh bien, non, Killane, répondis-je. Et je pense que vous feriez mieux de confier certaines de vos tâches aux membres de votre famille qui paraissent les plus compétents pour les assumer. Vous ne vous reposez pas assez, et vous passez trop de temps à vous occuper de petits détails. Confiez-les à quelqu'un d'autre et réservez-vous pour les problèmes importants.

– Ch'suis pas encore mort, M'dame, insista-t-il. J'peux faire ma part de travail.

C'est ce qu'il fit pendant deux ans de plus. Puis un certain nombre d'affections se déclarèrent toutes en même temps. Je passai plusieurs mois à son chevet. Cet été-là, je demandai à Alleran de m'excuser auprès des autres ducs. Je n'allais pas quitter mon ami même pour la réunion annuelle du Conseil d'Arendie.

Vers minuit, par une terrible nuit d'automne, Rana me réveilla.

– Y veut voir Vot' Grâce, dit-elle. Et j' crois qu' vous feriez mieux d' vous dépêcher.

Je passai précipitamment une robe de chambre et la suivis dans les couloirs déserts vers la chambre de notre malade.

– Vous voilà, M'dame, fit le mourant d'une toute petite voix. Laisse-nous, Rana. Y a quèqu'chose que j' veux dire à not' Dame qu' t'as pas b'soin d'entend'.

Elle l'embrassa tendrement et quitta tristement la pièce.

– Allez, M'dame, vous m'empêch'rez pas d' vous dire c' que j'ai su' l'cœur. Faut que j'crache l' morceau avant d'aller manger les pissenlits par la racine. On a fait un bon bout d' chemin ensemb' tous les deux, pas vrai ? et on a jamais tourné autour du pot quand on avait à s' parler. Alors j' vais vous l' dire d' but en blanc. C'est p't' êt' pas corrêk, mais voilà : J' vous aime, Polgara, et j' vous ai aimée d'puis la première fois qu' j'ai posé les yeux sur vous. Voilà. J' l'ai dit. Maint'nant, on peut m' met' la couverture ed' terre su'l' vent' pour l' grand sommeil.

J'embrassai doucement ce cher, cher vieil ami sur le front.

– Moi aussi, je vous aime, Killane, dis-je, et il parut m'entendre.

– Ah, c' que vous êt' eun' gentil' fille de m' dire ça, murmura-t-il.

Je m'assis au chevet de mon cher ami et lui tins la main. Je la tins longtemps encore après qu'il fut mort. Puis, des larmes de tendre regret coulant sur les joues, je croisai ses mains sur sa poitrine et remontai le drap sur son visage paisible.

Nous l'enterrâmes le lendemain dans un bosquet, vers le

haut de la prairie. Comme s'il partageait notre chagrin, le vent soupirait dans les arbres, sur la colline, au-dessus de nous.

CHAPITRE XX

Killane n'était plus là, mais il m'avait laissé un riche héritage. Cela n'avait jamais été vraiment programmé, mais sa famille resta à mon service, de génération en génération. Cette continuité avait quelque chose de rassurant. Ils me connaissaient tous. C'est moi, d'ailleurs, qui les avais pour la plupart mis au monde ; les premières mains qui les avaient touchés étaient les miennes. Ça nous rapprochait inévitablement. Ils m'appréciaient, ils étaient élevés et entraînés dans la perspective d'entrer un jour à mon service.

Cet arrangement profitait à tout le monde. Pour une personne dans ma position très particulière, la continuité revêt une importance cruciale. Comme aurait dit Killane, « quand on prévoit d' vivre éternellement, on risque de s' sentir un peu seul d' temps à aut' ». Mes serviteurs héréditaires, tant à Vo Wacune qu'au lac d'Erat, comblaient le gouffre immense que la mort des êtres chers creuse inévitablement dans nos vies.

La plupart de mes vassaux originaux étaient morts, eux aussi, au tournant du siècle, et en 2400, leurs successeurs avaient plus de savoir-vivre. La menace de ce qu'on appelait plaisamment « les coliques de Nerasin » planait sur leur tête, et même s'ils n'étaient pas toujours d'accord avec certaines de mes innovations sociales, ils avaient la prudence de garder leurs réticences pour eux. Le fait que les anciens serfs ne soient plus attachés à la terre en un esclavage de fait les inclinait aussi à la courtoisie envers eux, surtout après qu'un certain nombre de hobereaux cruels et arrogants eurent découvert qu'ils ne trouvaient plus d'ouvriers au moment des moissons et regardaient, impuissants, leurs récoltes pourrir sur pied. Je me plais à penser que j'ai peut-être joué un rôle dans l'instauration de cette politique de civilité typique du Sendarien. J'ai toujours trouvé qu'expérimenter avec les sociétés était un jeu exaltant, pas vous ?

Ce que je faisais dans mon duché était délibéré, mais ce qui se produisit à Vo Wacune fut plus ou moins accidentel. Je passais le plus clair de mon temps au palais, ma position exigeant que je m'investisse dans la politique. Mais la politique est un métier d'hommes, et il y avait des jours où j'avais envie d'être avec des femmes. J'invitais parfois certaines jeunes femmes dans ma maison de campagne afin de parler de questions que les hommes ne peuvent comprendre. J'ai déjà eu l'occasion de dire que les Arendaises étaient – au moins en apparence – des évaporées qui ne s'intéressaient qu'à la mode, aux cancans et à mettre le grappin sur un mari convenable. Mais certaines avaient vraiment du plomb dans la cervelle. Comme Asrana, par exemple. Je repérai les jeunes femmes les plus brillantes de la cour de Wacune et, en orientant habilement des conversations apparemment insignifiantes, j'entrepris leur éducation. C'est toujours un régal d'assister à l'éveil d'un esprit et, au bout d'un moment, au lieu de parler de la pluie et du beau temps, elles abordaient souvent des sujets plus sérieux. De mon « académie féminine » informelle sortirent un certain nombre de femmes qui jouèrent un rôle significatif dans la politique et la vie sociale wacite. Les femmes savent d'instinct comment guider et manœuvrer en douceur leurs maris, et ma petite école modifia subtilement certaines choses que je désapprouvais totalement.

Nous nous réunissions dans ma bibliothèque, dans la roseraie ou sur la terrasse, le soir, quand les étoiles commencent à poindre. Nous écoutions les rossignols chanter en mangeant des fruits rafraîchis apportés par mes garçons de cuisine. Et comme j'avais sélectionné les jeunes femmes les plus belles et les plus intéressantes de la cour, les jeunes gens venaient dans la rue, devant chez moi, et nous donnaient la sérénade. Il y a des façons plus désagréables de passer ses soirées.

Le vingt-cinquième siècle fut relativement calme en Arendie. Il y avait de petits feux de broussailles, évidemment, des vendettas immortelles entre des barons voisins, mais les ducs d'Arendie réussissaient généralement à éteindre les incendies sans faire appel à moi, en déployant des trésors de patience, de raison – et en les menaçant des pires représailles. Je fis toutefois une suggestion qui parut très efficace. Un vassal doit fournir à son seigneur des guerriers lorsque ledit seigneur le lui demande. Les ducs découvrirent que le meilleur moyen de rétablir la paix était d'abolir cette obligation, ce qui revenait à priver les barons en lutte d'hommes valides.

Hors des frontières d'Arendie, le monde continuait à tourner. Les expéditions punitives des pirates cheresques sur la côte de Tolnedrie se poursuivaient depuis le vingt-cinquième siècle, alors que la raison même de cette mesure de rétorsion avait été depuis longtemps oubliée. Personne ne se souvenait du Maragor, mais les Cheresques, ces Aloriens élémentaires, continuaient à piller et à incendier les villes côtières de Tolnedrie, et justifiaient pieusement leur barbarie en disant qu'ils obéissaient aux ordres de Belar. Tout cela s'acheva assez abruptement lorsque la première dynastie borune accéda au trône impérial, à Tol Honeth, en 2537. Ran Borune Ier était beaucoup plus compétent que ses prédécesseurs, les Vordue de la seconde dynastie. Il secoua les légions qui se prélassaient dans leur confortable garnison de Tol Honeth et les mit au travail. Il leur fit construire la grand-route qui va de l'embouchure de la Nedrane à Tol Vordue. Au gré de l'avancement du chantier, les campements de la légion se rapprochèrent de la côte, et il arriva plus d'une fois que, lors de leurs raids traditionnels, les corsaires cheresques tombent sur un bec. Ils décidèrent à peu près à ce moment-là qu'ils avaient rempli leurs obligations religieuses et que le moment était venu pour eux de trouver d'autres amusements.

Comme Ran Borune était le premier de sa famille à accéder au trône, le palais grouillait encore de Vordue qui se retrouvaient, du coup, le bec dans l'eau. Au mental, ces Vordueux, comme on les appelait dédaigneusement, couvraient tout l'éventail du spectre allant de la simple indélicatesse à la plus abjecte crapulerie. Le stratagème élaboré par Ctuchik au début du vingt-quatrième siècle les avait fortement impressionnés. Les sempiternelles guerres civiles arendaises leur avaient procuré toutes sortes d'occasions de faire des bénéfices obscènes, principalement dans le commerce des armes. Avec ce qu'on appelait en Arendie « la paix de Polgara », le marché s'était effondré et mon nom était honni de Tol Vordue à Tol Horb, en passant par Tol Honeth. La famille Borune était du Sud et donc mal placée, géographiquement, pour s'investir dans le commerce des armes en Arendie, si bien que Ran Borune ne voyait pas de raison de se rabattre sur les solutions exotiques au problème que lui proposaient les Vordueux, les Horbites ou les Honeth.

Vers 2560, après que les Cheresques eurent décidé que ce n'était finalement pas si drôle de ravager la côte de Tolnedrie, les trois familles entreprirent de remettre de l'huile sur le feu en Arendie. Ils approchèrent le jeune duc de Mimbre, un dénommé Salereon, et rouvrirent un dossier que je croyais fermé à jamais. Ils commencèrent par lui donner du « Majesté », au motif que, Mimbre étant le plus grand des quatre duchés, le duc de Mimbre était légitimement le roi de toute l'Arendie, ou plutôt le serait dès qu'il aurait annexé les trois autres duchés. Par bonheur, l'éducation que j'avais pris la peine de donner aux ducs d'Arendie porta ses fruits à cette occasion. Salereon réunit une petite escorte et arriva à mon manoir à la fin du printemps pour parler affaires.

– Il m'a paru souhaitable, gente Polgara, de Te consulter

avant que d'entreprendre cette aventure, dit-il gravement lorsque nous fûmes seuls dans ma bibliothèque.

Salereon était un brave garçon, mais dramatiquement obtus. Il me demandait en quelque sorte la permission de me déclarer la guerre ! J'hésitai un instant entre éclater de rire ou de colère. Puis je me résolus à lui expliquer – lentement – ce que ses « amis » tolnedrains étaient en train d'essayer de faire.

– Force m'est de reconnaître que point n'y avais réfléchi, admit-il. Je pensais que, le raisonnement de l'émissaire tolnedrain paraissant de bon aloi, il était sage de proposer la chose au Conseil d'Arendie, lors de notre rencontre estivale. J'étais d'avis que, lorsque j'aurais exposé mon point de vue à mes chers frères de Wacune et d'Asturie, ainsi qu'à Toi-même, je serais proclamé roi d'Arendie par consentement général, évitant ainsi toute rupture de relations par ailleurs cordiales.

Et c'est qu'il le pensait !

– Ah, misère ! dis-je.

– Il me semble discerner que Tu vois une faille dans cette proposition on ne peut plus excellente, dit-il, l'air étonné.

– Mon cher, cher Salereon, dis-je aussi gentiment que possible, que diriez-vous si Nanteron de Vacune ou Lendrin d'Asturie venaient au Conseil, cet été, et déclaraient chacun être de droit le roi d'Arendie ?

– J'en déduirais aussitôt, gente Polgara, qu'ils ont perdu l'esprit. Une telle déclaration serait absurde.

Puis je vis une lueur de compréhension poindre dans ses yeux.

– Mauvaise pioche, hmm ? avança-t-il d'un air un peu penaud.

Je lui sautai au cou, à sa grande surprise, et le félicitai.

– Allons, Salereon. Votre décision de me consulter avant de porter l'affaire devant le Conseil était purement géniale.

– C'est bien la première fois, ma Dame, que l'on m'adjoint ce qualificatif, admit-il. M'est avis que ma compréhension présente parfois certaines déficiences. Si tel est le cas, souffre, gente Polgara, que je m'en remette à Toi dans ces instances.

– Encore une bonne décision, Votre Grâce. Décidément, vous vous améliorez. Je pense, ajoutai-je après réflexion, qu'il serait bon de prévenir Nanteron et Lendrin. Peut-être vaudrait-il mieux tenir la réunion du Conseil ici plutôt qu'à la grand-foire. Je ne tiens pas à ce que les Tolnedrains fourrent leur nez dans nos affaires. Cette année, le Conseil d'Arendie se tiendra en famille.

Nanteron et Lendrin arrivèrent dans la semaine. Je les pris à part et les menaçai de toutes sortes d'horreurs s'ils avaient le malheur d'esquisser un sourire lorsque je les mettrais au courant de l'étendue de la déficience mentale de Salereon. Quelque chose me dit qu'ils comprirent ce que je voulais dire.

Après en avoir discuté en long et en large, je décidai que le meilleur moyen d'empêcher les Vordue, les Honeth et les Horbites de se mêler des affaires internes arendaises était de poser le problème à Ran Borune Ier, et je me portai volontaire pour aller à Tol Honeth et avoir une petite conversation avec sa Majesté impériale en personne.

Je décidai de me passer des procédures fastidieuses qui précèdent normalement ce genre de rencontre et je partis pour Tol Honeth sous forme d'oiseau. Je voletais dans le domaine impérial depuis près d'une journée lorsqu'une occasion inespérée se présenta à moi. Il se trouve que nous avions une passion commune, Ran Borune et moi : les roses. Il passait des heures, tous les jours, dans son jardin. Je me posai sur une branche et repris forme humaine pendant qu'il examinait soigneusement un rosier un tantinet maladif.

– Je pense qu'il a besoin d'un peu d'engrais, Majesté, suggérai-je calmement.

Il se retourna d'un bloc en étouffant un juron. Il était petit, même pour un Tolnedrain, et son mantelet doré, emblème de son rang, semblait un peu déplacé compte tenu de l'activité dans laquelle il était absorbé.

– Votre Majesté pourrait-elle m'aider à descendre? J'aimerais jeter un coup d'œil à cette pauvre chose, dis-je plaisamment.

– Qui êtes-vous? demanda-t-il. Et comment êtes-vous entrée?

– Vous connaissez probablement mon père, Ran Borune, répondis-je. C'est un vieillard à l'air miteux, à la barbe blanche et doté d'une fâcheuse tendance à dicter leur comportement aux gens. Il fréquente votre famille depuis près de cinq siècles, maintenant.

– Vous voulez parler de Belgarath?

– Lui-même.

– Quoi, vous êtes Polgara, la duchesse d'Erat?

– Exactement. J'ai pensé qu'il valait mieux nous entretenir discrètement. Votre main, s'il vous plaît. Une branche d'arbre n'est pas un perchoir très digne pour parler d'affaires d'État.

Il m'aida à descendre. Je lui trouvai le regard un peu égaré.

– Enterrez un poisson mort au pied de ce rosier, Ran Borune, dis-je après avoir examiné son rosier malade. Vous l'avez planté un peu trop près de ce toit, et l'eau de pluie délave le sol, le privant de ses éléments nutritifs. Je vous conseille de le déplacer cet hiver, lorsque la végétation sera en repos. Bon, passons aux choses sérieuses : les Vordue, les Honeth et les Horbites se mêlent des affaires arendaises, et nous aimerions que ça cesse.

– Que mijotent-ils encore? s'exclama-t-il, excédé.

– Ils sont allés trouver le duc Salereon de Mimbre et lui ont monté le bourrichon. Le pauvre garçon s'est complètement laissé embobiner, et il était sur le point de s'autoproclamer roi d'Arendie, ce qui aurait aussitôt relancé la guerre civile. J'ai passé un temps fou à imposer la paix en Arendie, et j'aimerais bien que les choses restent en l'état.

– Les crétins! explosa-t-il.

– C'est exactement ce que je pense, Majesté. Vos nobles du

Nord sont des gens avides, mouillés jusqu'au cou dans le trafic des armes. La paix en Arendie leur coûte cher, et ils essaient de remettre le feu aux poudres. Je vais prendre des mesures radicales, mais je tenais à vous prévenir avant.

– Vous allez envahir la Tolnedrie du Nord? risqua-t-il avec un certain enthousiasme.

– Non, Ran Borune, répondis-je. Je ne violerai pas vos frontières. Au lieu de ça, je vais fermer les miennes et je vais dire aux ducs d'Arendie d'en faire autant. Nous allons fermer toutes nos frontières avec la Tolnedrie pour un moment. Pas plus d'une année, Majesté, lui assurai-je, le voyant blêmir. Juste le temps de faire comprendre certaines choses aux familles d'Honeth, d'Horb et de Vordue. Je ne les mettrai pas complètement sur la paille, mais tout juste. Ça n'aura pas beaucoup d'effet sur les Borune, les Anadile et les Ranite, qui sont tous dans le Sud, mais ça risque d'avoir un impact sur ceux du Nord. Il n'est pas question qu'ils fassent voler en éclats le traité de paix arendais, et je pense que c'est le meilleur moyen d'attirer leur attention. Je veux qu'ils se cassent le nez sur ces frontières et qu'ils apprennent à vivre sans saigner cette pauvre Arendie à blanc. Ils devraient finir par entendre raison au bout d'un certain temps, vous ne croyez pas?

– Je vous revaudrai ça, Polgara, dit-il avec un sourire purement pervers.

– Comment ça?

– Je suis d'une famille de négociants qui travaillent avec l'Arendie. En vendant maintenant, nous ferons un joli bénéfice, et si vous fermez les frontières avec l'Arendie, ces propriétés perdront toute valeur. Nous aurons fait une affaire magnifique et les familles du Nord – que je ne porte pas précisément dans mon cœur – vont prendre un fameux bouillon!

– Quel dommage, murmurai-je.

– Oui, hein? Et comme c'est moi qui commande les légions, je crains que mon armée ne soit beaucoup trop occupée ailleurs pour foncer vers le Nord et rouvrir la frontière.

– C'est vraiment tragique, commentai-je.

Décidément, j'aimais bien ce Ran Borune.

– Oh, une faveur, Polgara – en échange de la neutralité des légions.

– Parlez sans crainte, mon grand.

– Vous pourriez me prévenir avant de rouvrir la frontière? Une semaine à l'avance, mettons? Juste le temps de tout racheter aux Vordue, aux Honeth et aux Horbites à un prix au ras des pâquerettes avant que le commerce ne reprenne normalement avec l'Arendie. Mmm, je vais me faire des c... des millions!

– C'est toujours un plaisir d'aider un ami à faire son chemin dans la vie, répondis-je.

– Polgara, je vous aime! s'exclama-t-il impétueusement.

– Ran Borune! me récriai-je avec une feinte indignation. Nous nous connaissons à peine!

Il éclata d'un rire extatique et esquissa un entrechat.

– Je vais les couler, Polgara! entonna-t-il. Je vais les écorcher vifs! Ces nordistes arrogants vont se retrouver endettés jusqu'à la fin des temps!

– Quand vous les aurez dépouillés, vous n'aurez plus besoin de garder le secret sur notre petit arrangement. J'aimerais assez que tout le nord de la Tolnedrie ait la chair de poule rien qu'en entendant mon nom.

– Comptez sur moi, promit-il, puis il se retourna vers son rosier souffreteux. Quel genre de poisson? demanda-t-il.

– Une carpe, par exemple. C'est gros et gras.

– Je vais le faire tout de suite. Vous venez à la pêche avec moi?

– Ce ne serait pas de refus, mais là, il faut que je retourne en Arendie. Je fermerai les frontières dans deux semaines exactement. Ça devrait vous laisser le temps d'estamper nos amis.

– Revenez quand vous voulez, Polgara. Vous serez toujours la bienvenue.

Je me métamorphosai devant lui. Nous nous entendions bien, Ran Borune et moi, mais je tenais à ce qu'il n'oublie pas à qui il avait affaire. Je décrivis un cercle au-dessus de lui, effleurai son visage sidéré de la pointe de l'aile et m'éloignai.

Il y a bien des façons d'empêcher une guerre, mais je suis particulièrement fière de celle-ci. Non seulement j'avais virtuellement réussi à ruiner les gens qui m'offensaient le plus mais encore je m'étais fait un ami.

L'Arendie resta donc en paix, et je réussis même à organiser quelques mariages entre les différents duchés afin d'estomper les différences qui avaient toujours favorisé les conflits.

Vers le début du vingt-huitième siècle – vers 2710, si je me souviens bien – les ducs Gonerian de Wacune, Kanallan d'Asturie et Enasian de Mimbre firent une suggestion que je trouvai un peu ridicule, mais ils avaient l'air tellement emballés que je m'y ralliai à contrecœur. Je pense que c'était une idée d'Enasian, car les Mimbraïques ont toujours eu une passion pour la poésie épique et ses clichés pompeux. Ils voulaient organiser un grand tournoi auquel seraient conviés tous les nobles des quatre duchés, et dont le gagnant – à supposer qu'il y ait un survivant au bout d'une semaine de désastres organisés – serait mon champion.

Comme si j'avais besoin d'un champion...

Enfin, ils avaient l'air d'y tenir tellement...

– Chère et gente Dame, fit Enasian, des larmes dans les yeux (si, si, je vous assure), Tu dois avoir un chevalier protecteur pour Te protéger de l'insulte et des affronts. Te voyant sans protection, des brigands sans foi ni loi pourraient franchir les bornes de la courtoisie et se comporter envers Toi d'une façon incivile. Mes frères les ducs et moi-même bondirions évidemment à Ta rescousse, mais nous sommes d'avis – Gonerian et Kanallan sont de tout cœur avec moi – que Tu devrais avoir un chevalier invincible à Ta disposition immédiate pour châtier l'impertinence si d'aventure elle dressait sa hideuse tête.

Il était si sincère que je n'eus pas le cœur d'objecter que j'avais à peu près autant besoin d'une duègne que d'un troisième pied. Mais en y réfléchissant, je me dis qu'un « événement sportif » – surtout impliquant une violence formalisée – pourrait être un bon substitut à la guerre, juste au cas où il y aurait des nostalgiques de ce sacré « bon vieux temps ».

Il fut décidé que le tournoi aurait lieu sur un terrain situé près de la grand-foire d'Arendie, à cause de sa situation centrale. On érigea des tribunes pour les spectateurs, on prépara des lices pour les joutes et on fit venir des palefrois. Prévoyant le pire, je réquisitionnai toute la faculté de Médecine appliquée de Sulturn afin de m'aider à rafistoler les blessés.

Les festivités étant organisées en mon honneur, je réussis à exclure les activités les plus meurtrières. Par exemple, j'opposai un veto formel à la mêlée générale. Il y eut quelques bouderies, mais je voyais d'ici qu'une bagarre d'ivrognes en armure dépasserait la capacité de notre hôpital de campagne. Je bannis aussi les masses d'armes et les haches de guerre, et j'exigeai que les lances soient émoussées. Évidemment, le clou du tournoi devait rester la joute. Ah, l'exquise vision des chevaliers en armure étincelante, avec leur surcot rouge, doré ou bleu nuit sur l'herbe verte ! Ah, le choc des lances de vingt pieds de long sur les écus ! Comme même le vainqueur d'un tel combat risquait fort d'entendre tinter les cloches pendant un bon moment après sa prouesse, nous avions intercalé d'autres épreuves pour laisser le temps aux concurrents de récupérer. Il y avait des concours de tir à l'arc, de catapulte, de lancer de perche ou de rochers, des compétitions de force pure pour les serfs et les hommes liges. Nous avions aussi prévu des intermèdes chantés, des numéros de danse et même des jongleurs.

Tout cela était très joli, mais ça dura des semaines. J'assistai – bien obligée – à toutes les épreuves en me demandant ce que j'avais fait à Aldur, et comment mon inhumaine patience serait récompensée.

Pour finir, le gagnant des gagnants fut – ça crevait les yeux depuis le début du tournoi – le baron de Mandor de l'époque, un énorme chevalier mimbraïque musclé comme un taureau appelé Mandorathan. Je le connaissais bien, parce que mon père m'avait demandé de tenir sa famille à l'œil. Il avait manifestement des projets pour les barons de Mandor.

J'aimais bien Mandorathan – surtout à partir du moment où j'eus réussis à le convaincre de ne pas se laisser tomber à genoux chaque fois que j'entrais dans la pièce où il se trouvait. Ces armures font tellement de bruit, vous comprenez. Je remarquai que les manières s'amélioraient sensiblement à ma cour lorsque mon champion se tenait derrière mon fauteuil, en armure et l'air menaçant. Mes vassaux avaient acquis une certaine urbanité, à l'époque, mais la présence de Mandorathan les encourageait à redoubler de courtoisie.

Le vingt-huitième siècle fut un siècle de paix et de prospérité en Arendie. Mon duché était florissant, en grande partie parce que mes vassaux suivaient mon exemple en matière d'enrichissement des sols. Il y a beaucoup de lacs dans ce qui est maintenant la Sendarie, et la plupart sont entourés de fondrières. J'avais découvert sur l'Île des Vents que la tourbe pouvait faire des miracles quand on l'enfouissait dans la terre, et quand le temps était de la partie, les récoltes étaient meilleures d'année en année. J'introduisis de nouvelles cultures et j'importai du bétail d'Algarie. Je pillai la bibliothèque d'oncle Beldin à la recherche de traités d'agriculture – surtout écrits par des chercheurs de l'Université de Melcénie – et j'appliquai dans mon domaine les techniques les plus avancées. Je construisis des routes pour aller des fermes aux marchés et je contrôlai, dans une certaine mesure, les prix, afin que les fermiers ne soient pas floués par les négociants qui leur achetaient leurs récoltes. On me reprocha, dans certains milieux, de me mêler de tout, mais je m'en fichais pas mal. Je maternais outrageusement le duché d'Erat, et avec le temps, mes sujets en vinrent à réaliser que « M'man s'occupait de tout ».

« M'man » leur fit tout de même des coups qu'ils appréciérent médiocrement : Je tenais à ce que les villages soient propres et bien entretenus, et ceux qui voulaient aller à la taverne après le travail n'appréciaient pas toujours de ranger leurs outils avant d'aller faire la fête. Je me montrai également très ferme avec les hommes qui battaient leur femme, sport étonnamment populaire dans les campagnes. Je n'y allai pas par quatre chemins : un homme capable de taper sur sa femme étant notoirement trop bête pour écouter la voix de la raison, je chargeai les constables des villages de « persuader » les maris violents de se choisir un autre passe-temps. Je leur recommandai toutefois de ne pas casser trop d'os aux contrevenants. Un homme qui a les deux jambes brisées risque de ne pas être très efficace au travail. On me raconta, à Mi-Tolling, l'histoire d'un villageois tellement obtus qu'il fallut lui rompre les deux bras et les deux jambes pour qu'il comprenne. Mais ensuite, ce fut le mari le plus affable qui se puisse imaginer.

Le tournoi de la grand-foire d'Arendie devint un corollaire de la rencontre annuelle du Conseil, et je pense que l'exercice fastidieux qu'était le maintien de la paix en fut agrémenté. Puis, vers la fin du siècle, la famille d'Oriman prit le pouvoir en Asturie, et les relations se tendirent entre les quatre duchés. Les d'Oriman étaient des gens sans scrupules, avides et ambitieux. Le premier duc d'Oriman, un dénommé Garteon, était un petit bonhomme au museau de fouine qui se croyait très malin. Il commença à chercher des prétextes pour sécher les réunions annuelles du Conseil d'Arendie. Après la troisième absence consécutive, je décidai d'aller lui dire deux mots. Mon champion de l'époque était l'un de mes propres barons, un colosse d'origine alorienne appelé Torgun. Nous descendîmes à Vo Astur et le baron Torgun menaça d'écarteler tout le monde si on ne me faisait pas immédiatement introduire en présence du duc Garteon. Ces Aloriens ont parfois des avantages.

Le petit Garteon me salua avec un sourire onctueux et s'excusa abondamment de ses absences répétées.

– Votre Grâce aurait-elle, par hasard, entendu parler des « coliques de Nerasin » ? coupai-je tout de suite. Vous me faites l'impression d'en avoir tous les signes avant-coureurs, et je suis une praticienne avertie. Je vous conseille vivement de tout faire pour assister à la réunion du Conseil, l'été prochain. Le duc Nerasin n'aimait pas du tout se rouler par terre en poussant des petits cris tout en vomissant tripes et boyaux.

– J'y serai, Dame Polgara, promit Garteon, soudain très pâle.

Les maux de ventre de Nerasin faisaient plus ou moins partie de la mémoire collective en Asturie.

– Nous serons heureux de vous y voir, affirmai-je froidement.

– Vous auriez dû me laisser le fendre en deux par le milieu, ma Dame, grommela Torgun alors que nous quittions Vo Astur.

– Ça ne se fait pas, mon cher, répondis-je. Les gens civilisés ne fendent pas leurs voisins à la hache. Je pense que Garteon a reçu le message. S'il ne se montre pas au prochain Conseil, je sévirai pour de bon.

– Vous pouvez vraiment faire vomir du sang à quelqu'un ? demanda Torgun, intrigué.

– S'il le fallait, oui.

– Alors, pourquoi avez-vous besoin de moi ?

– Pour le plaisir de votre compagnie, mon cher Torgun. Bien, si nous y allions ? Les moissons ne vont plus tarder, et j'ai beaucoup à faire.

Garteon d'Asturie fut défenestré par ses barons quelques années plus tard. C'est l'un des inconvénients du fait de vivre dans un endroit plein de tours. On risque constamment de tomber du septième étage, dans une cour pavée.

Son fils, qui s'appelait aussi Garteon, était une crapule de la plus belle eau. Nous allions avoir des problèmes avec l'Asturie.

Au tournant du trentième siècle, je réalisai que je veillais à la destinée de l'Arendie depuis près de six cents ans. Ça ne me déplaisait pas, en fin de compte. Les Arendais étaient de vrais enfants, par bien des côtés, et ils en étaient arrivés à me considérer un peu comme une sage parente à laquelle ils soumettaient leurs petits problèmes. Enfin, ils me consultaient avant d'entreprendre quoi que ce soit d'important, et ça me permit de couper court à toutes sortes de désastres potentiels.

Au printemps de 2937, je fis remarquer à mes confrères des autres duchés que mon champion, le successeur de Torgun, un chevalier mimbraïque appelé Anclasin, n'était plus tout jeune et qu'il commençait à avoir un problème de surdité. Surtout, ses petits-enfants étaient à Mimbre, et il souhaitait se rapprocher d'eux. Si le métier de parent est d'argent, être grand-parent est un métier en or.

Cette année-là, le vainqueur du tournoi, qui était toujours bombardé « plus puissant chevalier du monde », serait donc en outre récompensé par le plaisir douteux de vivre sous ma coupe pendant plusieurs décennies.

J'arrivai à la foire quelques jours en avance, cet été-là. En fouinant par-ci, par-là, mon sénéchal, un descendant de Killane, me rapporta des nouvelles assez inquiétantes. Apparemment, un marchand drasnien entreprenant acceptait des paris sur l'issue du tournoi. Si les gens ont de l'argent à perdre, ça les regarde ; mais ce que je ne voulais pas, c'était que quelqu'un se mette à influencer les événements afin de déterminer le gagnant à l'avance. Je mis les points sur les i à ce Drasnien, et lui fixai des règles simples mais strictes : pas de graissage de pattes, interdiction de fricoter avec le matériel, d'introduire des herbes exotiques dans le régime des concurrents ou de leurs chevaux. Je trouvai ce Drasnien aventureux curieusement déprimé lorsqu'il quitta mon pavillon. On aurait dit que je venais de faire tomber de beaux projets dans le lac.

Un tournoi officiel peut être considéré comme une sorte de

raffinerie où on ferait fondre un minerai pour récupérer l'or pur. C'est une métaphore agressive pour ceux qui finissent sur le tas de crassier, mais que voulez-vous ? C'est la vie. Le processus d'écrémage dura plusieurs semaines, jusqu'à ce qu'il n'y ait plus que deux concurrents en lice, deux nobles wacites, Lathan et Ontrose, par ailleurs amis d'enfance du duc Andrion. Le baron Lathan était une grande gueule aux cheveux châtain clair, et le comte Ontrose un homme cultivé, raffiné, aux cheveux noirs et aux yeux d'un bleu intense. Je les connaissais depuis leur plus tendre enfance, et je les aimais bien tous les deux. Je fus un peu surprise, à vrai dire, que le délicat Ontrose soit arrivé aussi loin dans une compétition qui reposait essentiellement sur la force brutale.

La joute finale eut lieu par un beau matin d'été. Une douce brise chassait de jolis nuages blancs pareils à des moutons dans une pâture bleue. Les spectateurs massés autour des lices commençaient à s'exciter lorsqu'une fanfare annonça la reprise des « hostilités ». Je siégeais sur un trône quasiment royal flanqué par Andrion de Wacune, Garteon d'Asturie et le vénérable Moratham de Mimbre lorsque les deux amis, en armure et brandissant une lance au bout de laquelle flottait un étendard, s'avancèrent côte à côte, inclinant leur lance en signe de respect, afin de recevoir ma bénédiction et mes consignes.

C'est le genre de chose qui aurait vite fait de monter à la tête de la meilleure fille du monde si elle n'avait pas un solide contrôle d'elle-même.

Je leur donnai des « consignes » dûment fleuries, comme il se devait, assorties d'une conclusion sensiblement plus terre à terre. Je leur recommandai de ne pas se faire de mal.

Ils réagirent par un éventail d'expressions qui constituaient une étude de contrastes. Le comte Ontrose, qui était de loin le plus beau des deux, arborait un air d'adoration civilisée tandis que le baron Lathan me regardait, des larmes dans les yeux, l'air si ému que ses traits étaient presque convulsés.

Puis, sur une dernière révérence, les deux hommes en armure allèrent se poster aux deux bouts du champ clos afin de livrer combat. Le champ clos, dans un tournoi, est séparé par une solide rambarde à hauteur de taille, conçue, j'imagine, pour empêcher les chevaux de se blesser pendant le combat. Une joute est un jeu assez simple, en fin de compte. Les deux chevaliers essaient de se faire mutuellement vider les étriers à l'aide d'une lance de vingt pieds au bout émoussé. Les matchs nuls ne sont pas rares, et si les chevaliers sont tous les deux projetés à terre, ils se relèvent, remontent en selle et recommencent. C'est une activité assez bruyante qui fournit d'excellentes opportunités de travail au rebouteux local.

Au coup de trompe rituel, les deux chevaliers firent tomber leur visière avec un claquement, abaissèrent leur lance et foncèrent l'un vers l'autre dans un bruit de tonnerre. Les lances heurtèrent de plein fouet les énormes boucliers et comme d'habitude, elles volèrent en éclats, emplissant l'air d'échardes. (Les protecteurs de l'environnement détestent les tournois car les joutes présentent l'inconvénient de dépeupler les forêts.)

Les cavaliers firent demi-tour et regagnèrent leur point de départ.

Ontrose riait à gorge déployée, mais Lathan regardait son ami d'un œil noir, comme s'il allait le mordre. Il semblait n'avoir pas compris qu'une joute est une épreuve sportive, pas un duel à mort. Lors des tournois précédents, il avait manifesté une relative indifférence quant à l'issue du combat, mais à présent, c'était différent. Mes précédents « chevaliers protecteurs » n'avaient pas vraiment compté pour moi. Ils n'étaient que des attributs de mon pouvoir. J'avais cette fois le sentiment désagréable que si le baron Lathan l'emportait, il me causerait des problèmes. La littérature arendaise grouille positivement d'incongruités mettant en scène de nobles dames et leurs gardes du corps, et ce Lathan me paraissait avoir un peu trop lu. S'il gagnait, je n'étais pas sortie de l'auberge... Du coup, ma proverbiale impartialité m'abandonna quelque peu.

Le second passage ne fut pas plus concluant que le premier, et quand les concurrents retournèrent à leur place pour le troisième passage, l'attitude ouvertement belliqueuse de Lathan était encore plus prononcée.

Ça allait trop loin. Je décidai de prendre des mesures lorsque la voix de ma mère retentit dans ma tête.

Non, Pol, murmura-t-elle. *Ne te mêle pas de ça.*

Mais...

Fais ce que je te dis!

Ma mère ne prenait presque jamais ce ton, et je ne pouvais l'ignorer. Je libérai tout doucement mon Vouloir, que j'étais en train de concentrer.

C'est mieux, dit-elle.

Il apparut qu'Ontrose n'avait pas besoin de mon aide. Le baron Lathan était si tendu qu'il perdit tous ses moyens lors du troisième passage. Il voulait tellement détruire son ennemi qu'il oublia de maintenir son bouclier, et le comte Ontrose lui fit proprement vider les étriers avec sa longue lance. Le baron Lathan s'écrasa par terre avec un vacarme assourdissant.

– *Non!* gémit le chevalier abattu, dans un cri trahissant un regret et une perte irréparables.

Le comte Ontrose retint brutalement sa monture, et mit précipitamment pied à terre.

– Es-Tu blessé? demanda-t-il en se ruant vers son ami. T'ai-je fait mal? implora-t-il en s'agenouillant à son côté.

Sans réellement désobéir à ma mère, je projetai un rapide coup de sonde mental vers le baron. Il hoquetait, mais il était assez normal qu'un homme désarçonné en lice ait le souffle coupé.

Les médecins se jetèrent sur lui et parurent très préoccupés. Le baron Lathan était mal retombé et son armure d'acier était tellement enfoncée sur le flanc gauche qu'il avait du mal à respirer. Mais il reprit son souffle lorsqu'on l'eut tiré de son armure, et il félicita même Ontrose pour sa victoire. Les médecins l'évacuèrent alors vers le dispensaire.

Le comte Ontrose remonta en selle et s'approcha pour recevoir le prix de sa victoire : moi. Il abaissa la pointe de sa lance et, conformément à la tradition, je nouai une écharpe bleue, vaporeuse, à la pointe en tant que signe visible de ma « faveur ». « Tu es maintenant mon vrai chevalier », déclamai-je d'un ton pompeux.

– Sa Grâce en soit remerciée, répondit-il de sa belle voix de baryton, musicale. Je fais ici serment de Te consacrer ma vie et une dévotion sans faille.

Ce que je trouvai absolument adorable de sa part.

Ontrose, qui était maintenant « le plus puissant chevalier du monde », était aussi l'un de ces hommes rares qui réussissent tout ce qu'ils touchent. C'était un philosophe, un amateur de roses, un poète et un prodigieux joueur de luth. Il avait des manières exquises, et il était redoutable en lice. Et, comme si ça ne suffisait pas, il était absolument magnifique ! Il était grand, à la fois souple et musclé, et ses traits auraient pu servir de modèle à une statue. Il avait la peau très claire, et, je l'ai déjà dit, les cheveux aile-de-corbeau. Ses grands yeux expressifs étaient bleu saphir, et une génération entière de jeunes Arendaises s'endormit toutes les nuits en pleurant de désespoir à l'idée de n'être jamais à lui.

Et voilà qu'il était à moi !

Après le tournoi, il y eut une investiture formelle, évidemment. Les Arendais adorent les cérémonies. Les trois ducs, vêtus comme des rois, escortèrent le héros en ma présence et me demandèrent officiellement si ce beau jeune homme me convenait. Quelle question ! Je récitai le petit discours rituel qui faisait du comte Ontrose mon champion, puis il s'agenouilla et jura de me défendre au prix de sa vie, m'offrant la « puissance de son bras » pour me défendre. Mais ce n'était pas son bras qui m'intéressait le plus.

Le baron Lathan assista à la cérémonie, le bras en écharpe.

Il s'était démis l'épaule en tombant. Il avait une mine de papier mâché et je vis des larmes de désespoir dans ses yeux. Il y a des gens qui ne supportent pas la défaite. Il félicita une fois de plus Ontrose pour sa victoire, ce que je trouvai très délicat de sa part. Il est arrivé, en Arendie, que le vaincu déclare la guerre au vainqueur d'un tournoi. Lathan et Ontrose étaient amis, et l'issue du tournoi n'y avait apparemment rien changé.

Nous nous attardâmes un moment à la grand-foire, puis nous regagnâmes Vo Wacune, où Ontrose s'installa dans ma demeure.

Alors que l'automne dorait les feuilles, je partis vers le nord avec mon champion afin de lui faire découvrir les particularités du duché d'Erat.

– J'ai entendu dire que le servage avait cessé de prévaloir dans les frontières du duché de Sa Grâce, et j'avoue que cela m'intrigue. L'émancipation de ceux qui se dressent – je devrais plutôt dire rampent – aux niveaux inférieurs de la société est une preuve de sublime humanité, mais j'ai du mal à comprendre comment l'économie de ce duché ne s'est pas effondrée. Veuille, je Te prie, éclairer ma lanterne sur ce miracle.

Je ne sais trop si son éducation incluait des notions d'économie, mais j'essayai de lui expliquer comment il se faisait que mon duché prospérait sans serfs. Je fus heureusement surprise de la vitesse à laquelle il saisissait des concepts que j'avais mis des lustres à faire comprendre à mes vassaux.

– Il semble donc *in fine*, ma Dame, que Ton royaume repose encore sur les épaules des anciens serfs – non point, certes, sur un travail fourni *gratis pro Deo*, mais plutôt sur le fruit, rémunéré, de leur labeur. Il est vrai qu'il leur est désormais possible d'acheter des denrées qui étaient hors de leurs moyens, il y a peu de temps encore. La classe marchande prospère, et la part de taxes qu'ils acquittent allège le fardeau des propriétaires terriens, Tes vassaux. La prospérité des anciens serfs constitue les fondements de l'économie du royaume entier.

– Ontrose, vous êtes un génie ! dis-je. Vous avez saisi en un instant ce qui a échappé pendant six cents ans à mes vassaux.

– Simple question d'arithmétique, Votre Grâce, répondit-il en haussant les épaules. Une multitude de personnes souscrivant une obole d'une once chacune rapportent beaucoup plus que quelques rares élus s'acquittant d'une livre.

– Que c'est bien dit, Ontrose !

– J'avoue que je ne suis pas mécontent, acquiesça-t-il humblement.

Nous parlâmes de bien des choses en remontant vers le nord, et je me rendis compte que mon jeune, enfin, relativement jeune champion avait l'esprit rapide et agile. Il était aussi d'une exquise urbanité, et me rappelait beaucoup mon cher ami Karmion de l'Île des Vents.

Il fut convenablement impressionné par mon manoir, et il eut le bon sens de se lier d'amitié avec mon intendant, le descendant de Killane. De plus, son enthousiasme pour les roses était au moins égal au mien. Sa conversation était un régal, les récitals qu'il improvisait au luth – souvent accompagnés par sa belle voix de baryton – me mettaient les larmes aux yeux, et sa faculté à saisir et à mettre en cause des problèmes philosophiques abscons avait le don de me stupéfier.

Je m'aperçus que j'avais des idées que je n'aurais peut-être pas dû avoir. Ontrose devenait plus qu'un ami pour moi. C'est alors que ma mère intervint.

Polgara, me dit-elle une nuit. *C'est tout à fait inapproprié.*

Quoi donc ? répliquai-je assez impertinemment.

Tu en pinces pour cet homme. Il n'est pas fait pour toi. Cette partie de ta vie devra attendre.

Non, Mère. Ce que tu appelles « cette partie de ma vie » arrivera quand je le déciderai, et ni toi ni personne ne me fera changer d'avis. J'en ai assez qu'on me fasse tourner en bourrique. C'est ma vie, et je la vivrai comme bon me semble.

J'essaie de t'éviter de grosses peines de cœur, Pol.

Ne prends pas cette peine, Mère. Maintenant, si ça ne te fait rien, je vais dormir.

Comme tu voudras, Pol.

Et la sensation de sa présence disparut.

Je reconnais que c'était grossier. Je m'en rendais compte en le disant. Tout le monde a ce genre de confrontation à un moment ou à un autre. Mais il est rare qu'elle survienne si tard.

Le lendemain matin, j'avais honte de moi, et plus ça allait, plus je regrettais ma réaction puérile. La présence de ma mère à toujours été le pivot de ma vie et mon petit éclat avait érigé entre nous une muraille qui résista des années.

Je ne chercherai pas à minimiser ce que j'éprouvais pour Ontrose en disant que « j'en pinçais pour lui ». J'admets que ce qui se passait dans ma vie personnelle détourna mon attention d'une chose à laquelle j'aurais dû prêter une attention plus soutenue. Un troisième Garteon avait succédé au deuxième sur le trône d'Asturie. Garteon III était un sacripant encore pire que son père et son grand-père. Il semblait particulièrement en vouloir à Wacune. Il était assez évident qu'il y avait des liens étroits entre Wacune et Erat, et la famille d'Oriman donnait l'impression de penser que mon duché ne survivrait pas sans le soutien wacite. Je n'avais pas de mal à comprendre la raison de l'animosité de l'Asturie envers ma personne. Elle remontait probablement à l'époque du duc Nerasin. Après tout, au fil des siècles, j'avais fait des exemples d'un certain nombre de ducs d'Asturie. Ce que les Asturiens ne voulaient pas voir, c'était que j'avais aussi éjecté pas mal de Wacites et de Mimbraïques. Les Asturiens semblaient me considérer comme une ennemie héréditaire qui rôdait dans l'ombre en attendant l'occasion de faire échouer tous leurs projets.

Ce qui se passa en fin de compte dans le nord de l'Arendie arriva surtout parce que le duc Moratham de Mimbre avait quatre-vingts ans bien sonnés, et était manifestement sénile. Ses prétendus « conseillers » étaient des gens peu scrupuleux, et comme le vieux Moratham approuvait systématiquement leurs propositions, ils étaient les dirigeants *de facto* de Mimbre. Garteon III d'Asturie en profita pour soudoyer les nobles mimbraïques par douzaines.

J'aurais dû être plus vigilante. Si j'ai tant souffert de ce qui est arrivé à Vo Wacune, c'est aussi parce que c'était en partie ma faute.

La réunion du Conseil d'Arendie de l'an 2940 se passa dans le calme, pour ne pas dire qu'elle fut d'un ennui mortel. Le duc Moratham passa le plus clair de son temps à dormir et il ne se passa pas grand-chose d'assez excitant pour le réveiller. J'aurais dû lui suggérer de passer la main, mais son seul fils survivant n'était pas de taille à assurer la régence. S'il prenait ses privilèges très au sérieux, en revanche, il ne songeait guère à ses responsabilités.

Nous venions de regagner Vo Wacune, Ontrose et moi, lorsque mon père passa voir comment je m'en tirais.

J'étais dans ma roseraie lorsque ma soubrette me l'amena. Nous ne nous étions pas vus depuis deux cents ans. Connaissant mon père comme je le connaissais, j'étais à peu près sûre qu'il était venu fouiner quelquefois dans le coin, mais il faut croire qu'il n'avait pas eu motif de se plaindre puisqu'il m'avait laissée tranquille.

– Tiens, le Vieux Loup ! dis-je en guise de salutations. Que deviens-tu ?

– Bof, pas grand-chose, répondit-il.

– Le monde est toujours en un seul morceau ?

– Plus ou moins, répondit-il avec une moue désabusée. J'ai dû y mettre quelques rustines par-ci, par-là, mais dans l'ensemble, il n'y a pas eu de désastre majeur.

Je coupai soigneusement une de mes roses préférées et la lui tendis.

– Regarde ça, dis-je.

– Joli, dit-il après y avoir à peine jeté un coup d'œil.

Mon père n'a jamais trop apprécié la beauté.

– Joli ? C'est tout ce que tu trouves à dire ? C'est une merveille, Père. C'est Ontrose qui l'a mise au point pour moi.

– Ontrose ? Qui c'est ?

– Mon champion, Père. Il redresse les torts à ma place, et il châtie quiconque ose m'insulter. Tu serais surpris de la politesse des gens quand il est dans les parages. Et accessoirement, poursuivis-je, décidant d'entrer dans le vif du sujet, c'est l'homme que je vais épouser – dès qu'il aura trouvé le cran de me demander ma main.

En entendant ces mots, le visage de mon père se crispa. Il me connaissait assez pour ne pas me prendre à rebrousse-poil.

– C'est une idée intéressante, Pol, dit-il d'une voix atone. Si tu me le présentais ?

– Tu n'es pas d'accord, fis-je d'un ton accusateur.

– Je n'ai pas dit ça, Pol. J'ai juste dit que je ne le connaissais pas. Si c'est sérieux, il serait bon que nous nous connaissions au moins de vue. Tu as bien réfléchi, hein ? Tu sais qu'il pourrait y avoir de sérieux inconvénients.

– Lesquels, par exemple ?

– Eh bien, la différence d'âge, par exemple. Quel âge as-tu dit qu'il avait ?

– Je n'ai rien dit, mais il doit avoir une trentaine d'années.

– Hmm, pas mal. Mais tu dois avoir neuf cent cinquante ans, par là, non ?

– Neuf cent quarante, précisément. Et alors ?

– Tu lui survivras longtemps, Pol. Il sera vieux avant que tu aies eu le temps de dire ouf.

– Je serai heureuse, Père. Mais je ne suis peut-être pas censée connaître le bonheur ?

– Je me contentais de faire une réflexion, c'est tout. Tu prévois d'avoir des enfants ?

– Évidemment.

– Ça, en revanche, ce n'est pas une très bonne idée, tu sais. Tes enfants vont grandir, vieillir et mourir, alors que toi, non. Tu connaîtras les mêmes souffrances qu'à la mort de Beldaran, et tu as failli en crever, tu te souviens.

– Peut-être qu'une fois que je serai mariée ma vie deviendra normale. Peut-être que je me mettrai à vieillir, moi aussi.

– À ta place, ma petite Pol, je ne compterais pas trop làdessus. Le Codex mrin parle beaucoup de toi, et tu as apparemment des tas de choses à faire en cours de route.

– Je ne vais pas fonder ma vie sur les délires d'un idiot de village, Père. Tu t'es bien marié, non ? Si c'était bon pour toi, je ne vois pas pourquoi ça ne le serait pas pour moi, fis-je, passant délibérément sur certaines particularités de ma mère. Et puis, si Ontrose m'épouse, sa durée de vie s'allongera peut-être aussi.

– Je ne vois pas pourquoi. C'est un homme comme les autres, alors que toi, tu n'es pas comme les autres. Cela dit, il se peut que la vie lui semble longue. Tu n'es pas spécialement facile à vivre. À moins que cet Ontrose ne soit un saint, il risque d'en baver !

– Si tu cessais de te mêler de mes affaires, Vieux Loup ?

– Je t'en prie, Pol. Ne parle pas d'affaires comme ça. Dans ce cas particulier, ça me rend très nerveux.

– Tu sais où est la porte, Père. Eh bien, je te conseille de la franchir tout de suite.

Ce qui mit plus ou moins fin à la conversation.

CHAPITRE XXI

Le conseil restreint du duc Andrion de Wacune se réunit, par un bel après-midi, dans une pièce située tout en haut d'une des tours du palais. Le brun chaud des tapis et des tentures formait un agréable contraste avec les murs de marbre, et les meubles un peu lourds apportaient une touche cossue au décor.

– M'est avis que les options qui s'offrent à nous se raréfient au fur et à mesure que le temps passe, remarqua le duc Andrion d'un ton morose.

C'était un homme d'une bonne trentaine d'années, aux cheveux sombres, qui avait récemment accédé au trône wacite. Ma présence à une réunion du conseil restreint de Vo Wacune pouvait paraître insolite, mais j'avais fait en sorte, des années auparavant, de participer aux conseils restreints des quatre duchés d'Arendie. Je tenais à ce qu'aucun des ducs ne puisse prendre des mesures significatives sans mon accord.

– En vérité, Votre Grâce, confirma Ontrose, la famille d'Oriman a voué son existence à notre destruction depuis plusieurs années. Grande est ma crainte que la guerre ne soit inévitable.

– Il y a d'autres solutions, Messire, coupai-je fermement. Nerasin était au moins aussi pourri que toute la lignée des Garteon, et nous avons réussi à le ramener à la raison.

– Dame Polgara, la famille d'Oriman n'a pas plus de bon sens que d'honneur, lâche le baron Lathan. (Il semblait bien remis de la défaite que lui avait infligée Ontrose lors du tournoi, et leur amitié n'en avait apparemment pas souffert.) La paix ne demeurera en Arendie, ce me semble, que si l'on fait courber la tête à l'Asturie.

– Évitons cela dans toute la mesure du possible, objectai-je. Laissez-moi parler avec Garteon avant de commencer à mobiliser. Les guerres pèsent lourd dans un budget.

– Que oui ! acquiesça Andrion avec ferveur.

Je me tournai alors vers Ontrose et dis très vite et très fermement : « Non ! »

– Pardon, Votre Grâce? fit-il d'un air quelque peu penaud.

– Vous ne pouvez m'accompagner, Ontrose. Je vais utiliser avec Garteon un langage qu'il vaut mieux que vous n'entendiez pas.

– Je ne puis Te permettre, ô gente Dame, de voyager sans escorte.

– Permettre ? relevai-je d'un ton menaçant.

– Le terme est peut-être mal choisi, convint-il.

– Très mal, Ontrose. Vous êtes un poète, et vous devriez manier la langue avec une plus grande aisance. Allons, Ontrose, je vous taquine, fis-je en posant amicalement la main sur son bras, puis je me retournai vers le duc Andrion. Attendez pour mobiliser que j'aie parlé à Garteon. Son grand-père avait changé d'attitude après une petite conversation de ce genre. Peut-être reste-t-il un brin de raison dans cette famille. Si j'échoue, il sera toujours temps de battre le rappel des troupes, poursuivis-je, coupant court aux protestations de Lathan. Quand on va au fond des choses, c'est contre moi qu'il en a, pas contre Wacune. Je perturbe les projets des Asturiens depuis longtemps. Wacune et Erat sont comme frère et sœur, et Garteon sait que s'il attaque Wacune, je le lui ferai payer. Me pousser à faire la guerre est probablement son but primordial. Comme tout se ramène à une querelle personnelle entre Garteon et moi, il vaut mieux que je règle ça par un entretien.

– Nous nous en référerons à Sa Grâce, soupira Andrion.

– Excellente décision, Votre Grâce, le complimentai-je.

Je me rendis en Asturie par le moyen habituel et fouinai à Vo Astur pendant près d'une semaine, sans réussir à mettre la main sur Garteon. Je rôdai discrètement dans les couloirs ténébreux dans l'espoir de repérer sa tanière, mais la noblesse asturienne semblait ignorer où il pouvait bien se terrer. Je fis à tire-d'aile le tour des diverses demeures de la famille d'Oriman ; il n'était dans aucune. J'allai jusqu'à espionner certains campements de brigands dans la forêt. Pas de Garteon. Il fallait pourtant bien qu'il soit quelque part, et il y avait forcément quelqu'un en Asturie qui savait où il était, mais il restait bouche cousue. Les Arendais étant notoirement incapables de garder un secret deux minutes, je commençai à penser que ça sentait le Grolim à plein nez.

Je finis par déclarer forfait, et ça ne me mettait pas de bonne humeur. Je rentrai à Vo Wacune et annonçai l'échec de ma mission à mes amis. Après quelques palabres, je convins sans enthousiasme que la mobilisation était la seule solution.

– Je vais tout de même poursuivre mes efforts, promis-je à mes acolytes. Garteon finira bien par sortir de son trou. Il ne s'en tirera pas comme ça. Ce n'est plus une dent que j'ai contre lui, c'est tout un râtelier.

Ontrose m'escorta alors chez moi, et nous dînâmes tranquillement. Mon échec à Vo Astur avait au moins eu l'avantage de persuader mon champion que je n'étais pas toute-puissante.

Après dîner, nous allâmes faire un tour dans ma roseraie. J'avais besoin de cet endroit paisible, harmonieux, pour me calmer les nerfs.

– Je compatis à Ton mécontentement, gente Dame, dit Ontrose.

– C'est plus que du mécontentement, mon cher, cher ami, répondis-je d'un ton lourd de sous-entendu. Il est évident que j'ai connu, pendant de longues années, trop de succès faciles. Cet échec ébranle l'opinion que j'ai de moi-même.

Il eut un petit sourire et poussa un soupir à fendre l'âme.

– Souffre, gente Dame, que je parte dès demain pour Ton domaine. Si Wacune mobilise, Erat doit suivre l'exemple. Deux armées étant en présence, je nourris quelques craintes quant à l'issue de la situation.

– Je vous remettrai une lettre pour Malon Killaneson, mon sénéchal. Il mettra mon trésor à votre disposition. Traitez bien mes gens, mon cher Ontrose. Nourrissez-les bien et entraînez-les afin qu'ils puissent se défendre.

– Tu es, gente Polgara, leur mère à tous.

– On dirait bien, en effet, acquiesçai-je avec un haussement d'épaules. Ça doit venir du côté de ma mère. Mais ce n'est pas le moment de parler de ça... Tu es en retard, dis-je, repérant une forme familière dans le ciel nocturne.

– Moi ? demanda Ontrose, étonné.

– Non, Ontrose. Pas vous. Je parlais à une vieille amie, là-haut, lui expliquai-je en indiquant la vague traînée lumineuse d'une comète, sur le dais de velours de la nuit. Elle apparaît généralement à la fin de l'hiver, et on est déjà presque en été.

– Tu as déjà vu cette merveille ? s'étonna-t-il.

– Souvent, Ontrose. Très souvent. Treize fois, pour être précise, repris-je après un rapide calcul. J'avais quatorze ans la première fois que je l'ai vue. Elle revient tous les soixante et onze ans parmi les étoiles.

Ontrose procéda à son tour à quelques calculs et ouvrit de grands yeux.

– Il n'y a pas de quoi vous en faire, mon cher Ontrose, repris-je. On vit très vieux, dans ma famille, c'est tout. C'est un trait de famille, comme les cheveux noirs ou le nez busqué.

– Souffre, ô gente Polgara, que je trouve un peu exagéré d'entendre traiter de simple particularité familiale une longévité de neuf siècles.

– Le secret de la longévité, c'est de ne jamais s'ennuyer, Ontrose. Et de ne pas chercher la bagarre avec plus fort que soi, évidemment. Mon quatorzième été, je l'ai passé dans mon Arbre, fis-je pensivement. Je m'étais disputée avec ma sœur à propos de notre père et j'étais à cran. J'ai vécu plusieurs années dans mon Arbre pour la punir. Les enfants font parfois des choses ridicules, fis-je en riant.

– Tu avais une sœur ? Je l'ignorais.

– Elle est morte il y a bien longtemps. Elle s'appelait Beldaran. Nous étions jumelles. Elle était beaucoup plus jolie que moi.

– Ne parle point ainsi, ô gente Polgara, protesta-t-il. Tu es d'une beauté insurpassable en ce bas monde, et quiconque oserait démentir mes paroles le paierait de sa vie.

– Flatteur, fis-je en posant tendrement ma main sur sa joue.

– Vérité n'est point flatterie, ma Dame.

– Mais l'exagération, si. Je n'étais vraiment pas jolie la première fois que mon amie, là-haut, m'a rendu visite. Ma sœur était si belle que j'avais jeté le gant et me laissais complètement aller. J'étais une grande bringue d'une saleté repoussante – à moins d'une averse providentielle. J'ai commencé à m'occuper de moi-même après les fiançailles de ma sœur. Nous avions seize ans. Après m'être décrassée et peignée, j'étais plus présentable. Ma sœur devait épouser Riva Poing-de-Fer, le roi de l'Île des Vents. Nous sommes parties pour son royaume, et j'ai fait des ravages dans les cœurs. C'était très amusant.

– J'avoue ne point comprendre, ô gente Dame, avoua-t-il.

– Faut-il que vous soyez innocent, Ontrose ! fis-je en riant. C'est l'activité favorite de toutes les jeunes filles, vous ne saviez pas ? Nous mettons notre plus jolie robe, des rubans dans nos cheveux, nous prenons notre air le plus mutin et nous partons au combat. Nos ennemies sont toutes les autres jolies filles alentour, et notre champ de bataille les cœurs de tous les jeunes gens alentour. Méfiez-vous de moi, cher, cher Ontrose, ajoutai-je avec gravité. Je pourrais vous briser le cœur d'un simple battement de cils.

– Pourquoi briserais-Tu ce qui T'appartient déjà ? demanda-t-il, et je perçus une certaine ruse dans cette question prudemment formulée.

Ontrose n'était apparemment pas aussi innocent qu'il en avait l'air. Les choses se passaient encore mieux que je ne pensais. Ontrose ne me considérait donc plus comme une institution. Ça allait dans la bonne direction.

– Prends garde, mon champion, déclamai-je. Je pourrais déchaîner tout mon arsenal contre Ton cœur vulnérable. Défends-toi du mieux que Tu pourras.

Il parut un peu surpris par ma façon de parler.

– Profiterais-Tu, Dame Polgara, de ma faiblesse pour tirer avantage de moi ? se récria-t-il avec légèreté. Honte à Toi ! Dois-je maintenant défendre à la fois Ton royaume contre les Asturiens et mon propre cœur contre Tes charmes sans pareils ? Point ne redoute les Asturiens. Cependant la forteresse de mon cœur fond devant Tes assauts. Je crains que la capitulation ne soit inévitable et qu'il faille me soumettre au doux esclavage auquel Tu m'invites.

– Que c'est joliment dit, Messire, fis-je en posant la main sur son bras. Il faudra que nous en reparlions.

Il prit ma main et l'embrassa.

(C'était un peu ampoulé, mais c'était toujours un début. Les dames qui me liront me comprendront, évidemment, mais je doute que les hommes fassent preuve de la même bienveillance. Enfin, tant pis. Pourvu que quelqu'un me comprenne vraiment...)

La paix que j'avais imposée en Arendie était basée sur le fait brutal que si l'un des duchés commençait à s'agiter, les trois autres s'allieraient pour le faire rentrer dans le rang. Le cœur du problème, cette fois, c'est que le duc Moratham de Mimbre était gâteux. Une nounou s'occupait de lui comme d'un bébé – ce qu'il était redevenu. Le gouvernement du duché était assumé par un groupe de nobles qui s'intéressaient beaucoup plus à leurs petites intrigues qu'au bien de l'Arendie. J'avais tenté plusieurs fois de leur faire entrer dans le crâne les dures réalités de la politique arendaise et le bénéfice qu'ils retireraient tous de la paix, mais il n'y avait rien à faire. Ils avaient les idées trop étroites et ils étaient trop aveuglés par leurs querelles mesquines pour comprendre. Je pense que si leur capitale s'était trouvée au centre de Mimbre, ils auraient peut-être vu plus clair, mais Vo Mimbre était sur la frontière sud de l'Arendie et tout ce qui pouvait bien arriver dans les autres duchés les concernait autant que si ça se passait sur la face cachée de la lune. J'avais beau faire, Mimbre prenait ses distances avec nous.

J'avais des soupçons quant à l'origine de cette politique. Pendant des siècles, bien des gens, dans les royaumes du Ponant, ont pris pour une obsession la conviction de ma famille selon laquelle les Angaraks étaient derrière la plupart des soulèvements politiques de ce côté de l'À-pic. Nous les avons parfois accusés un peu vite mais, en ce qui concerne l'Arendie, mes soupçons étaient parfaitement justifiés. L'Arendie a toujours été la clé des tentatives de subversion du Ponant. Ctuchik était persuadé que, s'il mettait l'Arendie à feu et à sang, le reste du Ponant s'embraserait. L'ennui, c'est que l'Arendie a toujours été une mèche d'amadou qui flambait au moindre regard.

Ontrose remonta donc vers le nord de mon duché pour superviser la mobilisation. Je savais que c'était nécessaire, mais il me manquait. Je rêvais de lui toutes les nuits et pendant la journée je pensais à lui à chaque instant. Je me rendis souvent dans mon duché – plus souvent que nécessaire, sûrement – mais j'étais la duchesse d'Erat, après tout. N'était-il pas de mon devoir de veiller au grain ?

Les duchés de Wacune et d'Erat étant étroitement liés, leurs armées l'étaient aussi. Le baron Lathan commandait les forces d'Andrion, et Ontrose commandait les miennes, mais toutes les décisions stratégiques étaient prises en commun, lors de conférences tenues soit au palais d'Andrion, soit dans mon manoir du lac d'Erat. Nous étions si proches que nous nous déplacions comme un seul homme.

À l'été de 2942, tout était en place. Nos armées combinées avaient l'avantage du nombre sur toutes les forces que Garteon III pouvait espérer réunir, et s'il avait l'imprudence d'empiéter sur l'une ou l'autre de nos frontières, nous avions les moyens de l'écraser comme un insecte importun.

– Nous sommes fin prêts, nous annonça Ontrose lors de l'un de ses trop rares voyages à Vo Wacune, à la fin de l'été de cette année-là. L'armée d'Erat est positionnée sur la rive nord de la Camaar, à distance de frappe de Vo Astur. Si Garteon fait avancer ses troupes vers la frontière wacite, j'écrase sa capitale. À moins d'un imprévu, les événements sont au point mort. M'est avis que les Asturiens et nous-mêmes allons nous regarder en chiens de faïence par-dessus les diverses frontières pendant plusieurs saisons, et nous pouvons espérer des ouvertures de paix de Vo Astur. La famille d'Oriman n'est pas aimée des autres maisons d'Asturie, et point ne serais surpris que Garteon III finisse, comme son grand-père, par prendre son essor d'une fenêtre de son palais et s'écraser sur les dalles de la cour, en dessous.

– Comme c'est bien dit, Messire Ontrose, apprécia Andrion.

– Je suis poète, après tout, Votre Grâce, répliqua modestement Ontrose. J'ai toujours eu le sens de la formule.

À l'issue de notre conférence, nous retournâmes chez moi et après dîner nous eûmes une discussion philosophique sur des points obscurs et complexes. Je fus à nouveau frappée par la profondeur de vues de cet homme. J'aurais bien aimé le présenter à oncle Beldin. Ça aurait fait des étincelles. Je savais que, si mon plan marchait, ce jour finirait par venir, et je me réjouissais du plaisir de faire entrer dans la famille cette perfection faite homme. Mon père et mes oncles n'étaient pas toujours très raffinés alors qu'Ontrose, poète, philosophe, homme de cour et « plus puissant chevalier de la terre », était si poli qu'il brillait dans la nuit. De tous les disciples de notre Maître, seul Belmakor aurait pu rivaliser avec son exquise civilité. Enfin, d'après ce que m'a raconté mon père.

Après dîner, nous nous retirâmes dans ma roseraie pour regarder le crépuscule descendre sur la ville étincelante. Ontrose me donnait la sérénade en s'accompagnant au luth. Nous commencions à oublier les soucis de la journée. C'était une de ces soirées parfaites comme il y en a trop peu. Nous parlions de roses, et parfois de la mobilisation, alors que le ciel s'assombrissait doucement et que les étoiles paraissaient.

Puis, quand le moment fut venu d'aller nous coucher, mon

champion m'embrassa tendrement et me souhaita la bonne nuit.

Je ne dormis pas beaucoup, cette nuit-là, mais je fis de beaux rêves.

Le lendemain matin, mon Ontrose repartit vers le nord.

Cette année-là, je trouvai à l'automne quelque chose de nostalgique et de poussiéreux qui convenait parfaitement à mon humeur. J'avais consacré six cents ans à faire avaler la paix aux Arendais, dans l'espoir qu'elle ferait un jour si intimement partie de leur nature qu'ils oublieraient jusqu'au mot de *guerre*. Et voilà que ce beau rêve était en train de s'écrouler.

L'hiver arriva tôt, annoncé par des brouillards qui semblaient ne jamais devoir se lever, cette malédiction du nord de l'Arendie. Le brouillard a toujours quelque chose de déprimant. Il masque le ciel et le soleil, pose sur toute chose une couverture cotonneuse, morne et impalpable. Pendant des semaines d'affilée, nous vécûmes dans une sorte de crépuscule humide, en écoutant le sinistre bruit des gouttes qui tombaient des arbres détrempés et dégoulinaient sur les façades de pierre. On aurait dit que les bâtiments de Vo Wacune pleuraient toutes les larmes de leur corps.

Le printemps qui succéda à ce funeste hiver ne fut guère plus réjouissant. Il est normal qu'il pleuve au printemps, mais on est aussi en droit d'espérer qu'il fasse beau de temps en temps. Le soleil semblait avoir oublié ce printemps. Des nuages gris crasseux pesèrent sur nous pendant plusieurs semaines, emplissant les rues d'une lueur funèbre.

Le baron Lathan avait été absent pendant plusieurs mois, et Andrion n'avait pas vraiment prêté attention à son absence. En tant que chef de l'armée wacite, Lathan était amené à se rendre fréquemment dans les avant-postes, et sa disparition n'avait inquiété personne. Mais quand le temps s'arrangea enfin, il regagna Vo Wacune avec des nouvelles alarmantes. Le duc Andrion me fit aussitôt venir au palais pour écouter le rapport de son ami. Lathan portait encore ses vêtements de voyage tachés de boue et avait l'air à bout de forces. De fait, il n'avait pas dormi depuis plusieurs jours et de grands cernes sombres soulignaient ses yeux rougis par le manque de sommeil.

– Vous avez besoin de repos et d'un bon repas chaud, Lathan, dis-je du haut de ma compétence professionnelle.

– Je n'ai guère eu le temps de m'occuper de moi, Votre Grâce, répondit-il d'un ton étrangement morne, puis il poussa un soupir mélancolique. Je rentre à l'instant de Vo Astur...

– D'où ça? m'exclamai-je.

– Nos agents nous envoyaient d'Asturie des rapports contradictoires, m'expliqua-t-il. Il m'a paru essentiel d'aller voir par moi-même ce dont il retournait dans ce duché hostile. J'ai une certaine maîtrise du fruste parler d'Asturie et n'ai donc point eu de mal à me faire passer pour un indigène. Je ne T'accablerai point, gente Dame, avec les détails fastidieux des divers subterfuges que je déployai là-bas. Qu'il Te suffise de savoir que j'étais présent lorsque divers membres du gouvernement civil et militaire d'Asturie ont concocté un plan qui Te concerne au premier chef. En bref, le duc Garteon a l'intention d'attaquer Ton duché, gente Polgara. Il est bien conscient que Wacune et Erat sont positionnés sur ses frontières est et nord, et qu'au premier mouvement hostile nous avancerons de conserve pour l'écraser.

– Comme un œuf pourri, ajouta Andrion d'un ton sinistre.

– En vérité, acquiesça Lathan avec un pauvre sourire. Garteon se rend bien compte qu'il serait désastreux pour lui de violer les frontières de Wacune, et c'est pourquoi il a résolu de donner l'assaut non à Wacune mais à Erat.

– Qu'il y vienne, déclarai-je. Je suis aussi prête à l'accueillir qu'Andrion.

– C'est le cœur même de son plan, Votre Grâce, expliqua Lathan d'une voix funèbre. Garteon ne se propose pas de traverser la Camaar : il a assemblé une flotte de vaisseaux à Vo Astur. J'ai personnellement assisté à l'embarcation de ses troupes sur ces vaisseaux et j'ai appris par des moyens détournés la destination ultime de cette flotte. En fin de compte, noble Dame, Garteon prévoit de descendre l'Astur et, lorsqu'il sera hors de vue de toute terre habitée, de mettre le cap vers le nord, de contourner le promontoire, sur la côte nord-ouest de Ton fief, et de toucher terre à l'embouchure de la Seline. Je crains que son but initial ne soit la cité de Seline, qui est médiocrement défendue, et lorsqu'il aura fermement assuré sa position sur cette base, il a l'intention de ravager tout le nord d'Erat puis de frapper le cœur de Ton duché. L'alliance de Wacune et d'Erat l'a jusqu'à présent empêché de mettre ses projets à exécution, et il a clairement l'intention de détruire Erat d'abord, puis de se retourner contre Wacune.

– Les vaisseaux sont-ils déjà partis ? demandai-je sèchement.

– Oui, noble Dame. La flotte de Garteon a quitté Vo Astur il y a trois jours.

– Je voudrais une carte, demandai-je.

Andrion pêcha un parchemin plié d'une poche intérieure de son pourpoint. Je le déployai et commençai à mesurer des distances.

– La vitesse d'une flotte n'excédera jamais celle de son vaisseau le plus lent, notai-je d'un ton méditatif. Quand on prévoit une invasion, on fait en sorte que toutes ses troupes se retrouvent au même endroit en même temps. Il y a environ deux cent soixante-dix lieues de Vo Astur à l'embouchure de la Seline. Mettons que la flotte fasse vingt-cinq lieues par jour, ça représenterait onze jours de trajet – soit huit à partir d'aujourd'hui. C'est jouable ! conclus-je avec soulagement, après quelques rapides calculs.

– Je ne suis pas votre raisonnement, Polgara, avoua Andrion.

– Mon armée est stationnée sur la rive nord de la Camaar, au confluent des bras nord et sud, soit à soixante-dix lieues de Seline. À marche forcée, mes hommes devraient être à Seline d'ici une petite semaine. Il faudra aux Asturiens un jour ou deux pour aller de Seline à la côte ; nous devrions être en position avant eux.

– Tu es remarquablement versée en stratégie militaire, nota Andrion.

– Pour une femme, c'est ça ? Je vis en Arendie depuis six cents ans, Andrion, et j'ai acquis une bonne expérience dans le domaine militaire.

– J'enverrai mon armée à Ton secours, dit-il.

– Vous avez vos frontières à défendre, Andrion.

– Contre qui, gente Dame ? demanda-t-il avec un sourire. Garteon a envoyé toute son armée à l'assaut du nord de Ton duché. Il n'aurait plus de forces à lancer contre moi. Et puis, ajouta-t-il avec un sourire qui lui donna soudain l'air très jeune, il n'y a pas de raison que Tu sois seule à T'amuser.

– Ah, misère ! soupirai-je.

– Je perçois, gente Polgara, une faille dans Tes calculs, objecta Lathan. Ton armée est campée à deux jours de cheval, et Ontrose est dans Ton manoir du lac d'Erat. Tes forces ne pourront partir tout de suite vers Seline.

– J'ai certains atouts, Lathan, lui rappelai-je. Le général Halbren, le second de mon champion, est un homme solide, pragmatique, tout à fait capable de faire marcher des troupes sur soixante-dix lieues. Je lui parlerai d'ici la fin de la journée, et je m'entretiendrai peu après avec Ontrose. Halbren est de taille à mener la marche, décidai-je après un nouveau coup d'œil à la carte. Ontrose ira tout droit à Seline et commencera à renforcer les murailles de la ville. Votre armée arrivera trois jours après la mienne, et je voudrais être sûre que nous tiendrons toujours la ville quand vous arriverez.

– Et je tomberai sur les arrières non protégés de Garteon, et je le réduirai en pâtée pour chiens contre les murs inébranlables de la cité, promit Lathan d'une voix caverneuse.

– Ce sont les chiens qui vont être contents, répondis-je d'un ton léger. En attendant, vous, vous allez vous coucher. Sa Grâce ici présente ordonnera à vos armées de se mettre en marche. Vous les rattraperez d'ici un jour ou deux.

– En temps que commandant des armées, gente Dame, c'est moi qui dois les mener, objecta-t-il.

– Ils sauront trouver le nord tout seuls, mon cher baron. Ils n'ont pas besoin que vous le leur montriez. Allez dormir. Vous êtes au bord de l'écroulement.

– Mais...

– Il n'y a pas de mais, Lathan ! Allez, au lit, et tout de suite !

– Oui, M'dame, dit-il.

J'avais l'impression étrange, troublante, que le baron Lathan n'allait pas bien du tout. Je savais qu'il était épuisé, mais il se comportait plus comme s'il était mort que simplement fatigué. Enfin, je n'avais pas le temps d'approfondir. Je sortis sur le balcon de la pièce où nous venions d'avoir notre réunion et me changeai en faucon.

Le général Halbren était un grand gaillard professionnel jusqu'au bout des ongles. Il était sorti du rang et ses galons n'étaient l'ornement d'aucun titre nobiliaire. J'avais beaucoup de respect pour lui. Il réfléchit sérieusement aux informations que le baron Lathan avait rapportées d'Asturie et suggéra courtoisement quelques modifications à la réponse que je prévoyais d'apporter à l'invasion imminente des Asturiens.

– Il est toujours possible que le duc Garteon envoie des détachements avant-coureurs à Seline pour prendre la ville avant l'arrivée de son armée, souligna-t-il. Nous ne pouvons guère espérer que notre infanterie fasse plus de dix lieues par jour. Des unités de cavalerie seraient beaucoup plus rapides. Si vous êtes d'accord, je détacherai la cavalerie en avance – simple mesure de sécurité, dit-il avec un bref sourire. Le comte Ontrose est très doué, mais il risque d'avoir un peu de mal à défendre Seline tout seul.

– Et nous ne lui voulons pas de mal, confirmai-je. Bien, Halbren, je rentre chez moi, maintenant. Je vais lui dire que les renforts arriveront... dans combien de jours?

– Quatre, Votre Grâce. Cinq tout au plus. Nous allons un peu forcer les chevaux, mais ils pourront se reposer en arrivant, puisqu'ils ne participeront pas à la défense de Seline.

– Qu'il en soit fait ainsi que Tu l'estimes préférable, très estimé général, dis-je avec une révérence extravagante.

– Oh non, pas vous..., soupira-t-il.

J'éclatai de rire, m'éloignai un peu du campement et me changeai en oiseau.

L'un dans l'autre, je n'étais pas mécontente de la tournure prise par les événements. Grâce au courage et à l'esprit d'initiative du baron Lathan, nous avions appris l'invasion prévue par Garteon juste à temps pour être prêts lorsqu'il arriverait. Ça me permettait d'évacuer les civils de la zone afin de limiter les victimes. Quand l'armée de Garteon aurait été décimée, il n'aurait pas d'autre solution que de capituler. La bataille de Seline marquerait probablement l'avènement d'une nouvelle génération de paix en Arendie.

Le soir tombait lorsque je me posai dans le jardin de mon manoir du lac d'Erat. Je repris forme humaine et partis à la recherche d'Ontrose. Il était dans la bibliothèque, en train d'étudier une carte. Je sais que c'était puéril, mais il y avait des semaines que je ne l'avais vu. Je me glissai derrière lui sur la pointe des pieds, tendis les bras et lui mis les mains sur les yeux.

– Devinez qui c'est! lui soufflai-je doucement à l'oreille.

– Dame Polgara? répondit-il, surpris.

– Vous m'avez vue, fis-je d'un ton accusateur. Tricheur, va!

Puis je l'embrassai – plusieurs fois, en réalité.

Il me rendit mes baisers. Enfin, un seul, mais il dura un long moment. À la fin, je commençais à manquer d'air et je crus que j'allais défaillir. J'eus des pensées déplacées, mais je décidai qu'il valait mieux l'informer de certains détails – comme les armées qui traversaient le pays, défendaient les cités et nettoyaient les Asturiens – avant de passer aux affaires plus sérieuses.

Mon champion fut sidéré par ces nouvelles.

– En es-Tu sûre, Polgara? me demanda-t-il.

C'était la première fois qu'il m'appelait ainsi, ce qui collait assez bien avec les projets que je nourrissais pour la suite de la soirée.

– Mon cher cœur, je tiens ces informations du baron Lathan, répondis-je. Il s'est glissé en Asturie sans nous informer, Andrion et moi, de ce qu'il préparait. Il a personnellement entendu Garteon exposer son plan à ses comparses, et il a vu de ses propres yeux embarquer l'armée asturienne.

– J'ai une confiance absolue en lui, Polgara, répondit-il. Et sa parole ne saurait être mise en doute. Vite, à cheval!

– Comment cela?

– Je dois aller immédiatement vers le sud, lever les forces qui défendront Seline.

– Remisez votre selle et vos éperons, mon cher cœur. Je me suis arrêtée au campement de nos armées en venant. Le général Halbren partira pour Seline à la tête de l'armée demain matin à l'aube. Il vous suggère d'aller directement à Seline et de préparer les murailles de la cité afin qu'elles résistent aux assauts des Asturiens. Il envoie des unités de cavalerie en avant de sorte que vous ayez les forces nécessaires pour résister aux attaques des éventuels francs-tireurs de l'armée de Garteon.

– Halbren est un homme pratique, acquiesça Ontrose. Je suis fort aise que nous l'ayons avec nous.

– Ce n'est pas tout, Ontrose, repris-je. Le baron Lathan va faire marcher l'armée wacite vers le nord. Il devrait arriver à Seline une journée environ après le premier assaut asturien.

– Ce cher, cher Lathan! fit Ontrose avec un petit rire. À nous deux, nous allons assurément anéantir l'armée de Garteon et la douce paix renaîtra dans l'infortunée Arendie.

J'aimais Ontrose à en perdre la tête, mais la juxtaposition des termes « anéantir » et « douce paix » me paraissait un peu antinomique. Ontrose était poète et il aurait dû choisir plus judicieusement ses mots.

– Aurais-Tu, par hasard, ô Pol, assigné des nombres à ces événements ? demanda-t-il.

– Des nombres ? Quels nombres ?

– Des nombres de jours. Quand la flotte de Garteon doit-elle lever l'ancre ?

– Oh, je comprends ! Les forces de Garteon ont quitté Vo Astur il y a trois jours. D'après mes calculs, sa flotte devrait voguer onze jours, ce qui nous en laisse huit. Halbren devrait être à Seline d'ici sept jours. Laissons une journée aux Asturiens pour marcher jusqu'à Seline et nous devrions les voir arriver devant les murailles de la cité le douzième jour. Lathan devrait arriver le treizième.

– Et le quinzième, l'armée de Garteon aura cessé d'être, ajouta mon champion avec détermination. Ô ma bien-aimée, Ta stratégie est superbe.

– Encore mieux que ça, renchéris-je, le sang bouillonnant dans mes veines.

– Ah bon ? fit-il, intrigué.

– Je ne parle pas de cette guerre incidente, mon cher cœur, repris-je finement. Le « bien-aimée » qui vient de franchir ces douces lèvres laisse présager une proche reddition. Pourquoi ne point nous replier sur un endroit plus confortable afin d'en discuter à notre aise ?

(Je vois mal comment j'aurais pu être plus directe...)

Il m'embrassa tendrement et j'avoue que je crus me liquéfier entre ses bras. Puis, avec une noblesse renversante, il dénoua doucement mes doigts que j'avais croisés derrière sa nuque.

– La crise imminente nous a, ce me semble, exaltés au-delà des limites de la décence, dit-il avec une nuance de regret. Ne succombons point, ma chère Polgara, à l'émotion suscitée par la perspective du combat. Vite, à cheval ! Il faut m'éloigner de la dangereuse proximité de ta personne. Je dois aller à Seline préparer nos défenses, et l'air frais de la nuit tempérera la chaleur inconvenante qui enflamme mon sang. Adieu, donc, ma bien-aimée. Remettons cette affaire à plus tard.

Il tourna les talons et quitta la pièce.

– Ontrose ! m'écriai-je. Revenez ici tout de suite !

Il m'ignora, vous imaginez ça ?

J'étais dans la bibliothèque, et beaucoup des choses qui s'y trouvaient m'étaient précieuses. Je sortis donc rapidement et suivis, au pas de charge, le couloir menant aux cuisines où je commençai à jeter des choses sur les murs.

Malon Killaneson, mon sénéchal, arriva au trot.

– Votre Grâce ! s'exclama-t-il. Qu'est-ce que vous faites ?

– Je casse la vaisselle, Malon ! hurlai-je. Et vous feriez mieux de sortir d'ici, parce que je m'apprête à en faire autant avec les gens !

Il prit la poudre d'escampette.

Le lendemain matin, après une nuit sans sommeil, je me changeai en faucon. Je résistai à la tentation de pourchasser Ontrose et de le désarçonner. Au lieu de cela, je volai vers le sud. J'avais absolument besoin d'exercice et je pensais qu'il fallait mettre le duc Andrion au courant.

Je le trouvai sur les murailles de la ville, en armure. Je me posai derrière un contrefort et repris forme humaine. Je m'efforce généralement de me métamorphoser à l'abri des regards. Je n'avais pas examiné Andrion depuis un certain temps et j'ignorais si son cœur tiendrait le coup. Puis je sortis de ma cachette et saluai Andrion.

Il parut surpris.

– Je pensais que Tu avais manifesté l'intention d'aller vers le nord. À quoi devons-nous ce retour ?

– J'y suis déjà allée et j'en reviens, répondis-je. Tout se passe comme prévu. Le général Halbren est en marche et le comte Ontrose est en route pour Seline. Quand Garteon y arrivera, nous y serons déjà et nous l'attendrons de pied ferme. Que faites-vous dans cette armure ridicule?

– Sa Grâce n'a pas l'air de bonne humeur ce matin...

– Ça doit être quelque chose qui n'est pas passé. Alors, pourquoi cette armure?

– Pour la frime, Pol. Lathan et Ontrose étant occupés ailleurs, c'est sur moi que retombe le commandement de la garnison de Vo Wacune. Alors j'ai mis mon armure et je suis monté prendre des poses sur les remparts pour rassurer les citoyens : avec un grand guerrier comme ça pour les protéger, ils n'ont rien à craindre des vils Asturiens.

– Et puis c'est tellement amusant, aussi, hein?

– Eh bien..., fit-il avec une petite moue désabusée, et nous éclatâmes de rire. Regagnons le palais, Pol, suggéra-t-il. J'ai assez gesticulé pour ce matin, et je n'aime pas l'odeur de ce costume de métal.

– Bonne idée, acquiesçai-je. À condition que vous marchiez du côté sous le vent.

Après avoir regagné le palais, Andrion ôta son armure et nous nous rendîmes dans son bureau pour commenter la situation.

– Vous allez croire que c'est une obsession, commençai-je, mais je suis persuadée que, si on allait au fond des choses en Asturie, on finirait par trouver un Grolim tapi dans un coin. L'esprit asturien est la cible privilégiée des chicaneries grolimes. Je n'ai pas encore rencontré un stratagème asturien qui n'ait été fomenté par un Grolim. Ctuchik n'a qu'une idée depuis que les Murgos ont traversé le Pont-de-Pierre, il y a neuf cents ans : déclencher la guerre totale entre les royaumes du Ponant. Il s'efforce de mettre l'Arendie à feu et à sang, et c'est toujours en Asturie qu'il vient pour trouver le bois d'allumage.

– La Guerre des Dieux est finie depuis deux mille ans, Pol, objecta Andrion.

– Non, mon cher. Elle n'a jamais pris fin. Nous sommes

encore en plein dedans. Après la bataille de Seline, je crois que je vais aller en Asturie arracher tous les arbres jusqu'à ce que je trouve le Grolim apprivoisé de Garteon. Ensuite, je le ramènerai par petits bouts à Rak Cthol et je le lâcherai sur la tête de Ctuchik, conclus-je entre mes dents.

– Tu parais vraiment à bout, gente Polgara, observa-t-il. Vous seriez-vous, par hasard, querellés, Ton champion et Toi ?

– Disons que nous avons eu un différend.

– Sur une question militaire ?

– Non. Sur quelque chose de plus grave que ça. Mais Ontrose finira par comprendre ma façon de voir, je vous le garantis.

– Je souffre de vous savoir en mauvais termes, dit-il. Puis-je vous offrir mes services en tant que conciliateur ?

L'idée que le duc Andrion puisse intervenir dans cette situation me parut d'une drôlerie irrésistible. J'éclatai de rire.

– Merci, mon cher Andrion, répondis-je. Mais c'est une de ces choses que nous devons régler nous-mêmes, Ontrose et moi.

CHAPITRE XXII

Je passai le reste de la journée dans ma maison de Vo Wacune. La remarque de mon champion sur l'utilité de se rafraîchir les sangs me parut alors très sensée. Nous devions nous débarrasser de cette petite guerre avant de passer aux choses sérieuses.

En attendant, la température de mon sang ne baissait pas sensiblement et, le lendemain matin, je grimpais aux rideaux. Je décidai alors de laisser tomber et volai vers le nord pour observer les positions des deux armées.

L'armée wacite de Lathan franchissait la Camaar. Nous nous entretînmes brièvement sur la rive nord, tout en observant les bateaux et les radeaux qui faisaient traverser ses troupes.

– Tout se passe comme prévu, Votre Grâce, m'assura-t-il de cette voix étrangement creuse que j'avais remarquée alors qu'il nous informait, Andrion et moi, des projets des Asturiens.

– Quel est le problème, Lathan ? lui demandai-je abruptement. Vous m'avez l'air bien triste.

– C'est sans importance, Votre Grâce, soupira-t-il. Tout retrouvera bientôt son état normal. La fin de mon déplaisir est proche. Je serai fort aise lorsqu'il sera vaincu enfin.

– Eh bien, je vous le souhaite, mon cher Lathan. Vous êtes aussi sinistre qu'un jour de pluie. Enfin, si vous voulez bien m'excuser, je vais voir où en est le général Halbren.

Celui-ci était maintenant arrivé à l'extrémité nord du lac de Sulturn. Il m'informa qu'il avait entendu dire, par un marchand tolnedrain qui venait d'arriver, que la flotte asturienne était à quatre lieues au large de Camaar, il y avait trois jours de ça. On pouvait en déduire que tout se passait conformément au programme. Je passai la fin de la journée à cheval à côté de mon solide général, retardant le moment de rencontrer Ontrose. Je n'étais pas encore tout à fait sûre de pouvoir me retenir de faire des choses rigoureusement inconvenantes à l'instant où je poserais les yeux sur lui. La seule pensée de mon beau champion me donnait des palpitations.

Il est possible que ces palpitations aient été à l'origine de mes actes, le lendemain matin. Je n'étais à l'évidence pas prête à rencontrer Ontrose, et je décidai de survoler la mer du Ponant afin de repérer la flotte asturienne. Si le vent soufflait du sud, nous serions peut-être amenés à revoir notre plan.

Je traversai la ligne de côte à l'endroit approximatif de ce qui est aujourd'hui la ville de Sendar et je montai en spirale jusqu'à plusieurs milliers de pieds. De là, j'y voyais à des dizaines de lieues dans toutes les directions. Si les informations du général Halbren étaient correctes, la flotte ennemie ne devait pas être loin de l'endroit que je survolais. Mais il n'y avait pas une voile en vue, et je commençai à m'inquiéter. J'avais peut-être sous-estimé leur vitesse. J'esquissai donc un virage sur l'aile et longeai la côte vers le nord en scrutant le large. Toujours rien. Vers le milieu de l'après-midi, je doublai le nez d'Arendie. Ils n'avaient pu franchir une telle distance en six jours, c'était impossible. D'un autre côté, Garteon était probablement proche d'un Grolim avec tout ce que ça impliquait. Je pressai l'allure. Alors que le crépuscule teintait le ciel d'un violet profond, j'arrivai à l'embouchure de la Seline. Toujours rien en vue. J'étais au bord de l'épuisement. Je me posai dans un chêne, près de la plage. Les vaisseaux de Garteon devaient être plus lents et non plus rapides que je n'avais cru. Ça voulait dire que je devais rebrousser chemin et observer la mer vers le sud et non vers le nord. J'allais la trouver, cette flotte.

Je m'éveillai alors que l'aube éclaircissait le ciel à l'est, et je volai vers le sud en scrutant dans toutes les directions.

Je trouvai enfin ce que je cherchais peu après midi. La flotte n'était pas à plus de dix lieues au nord de Camaar... et elle était à l'ancre. Que se passait-il ? Je fis demi-tour, franchis la ligne de côte et me posai sur une souche d'arbre, dans les marais, au nord de Camaar.

Ça n'avait aucun sens ! Quand on se prépare à envahir une contrée, on ne flâne pas en chemin. Il se passait quelque chose de très bizarre. Une seule chose était sûre : il fallait que je mette Ontrose au courant. Au moins, la tournure des événements avait calmé mes émois. Je repris mon essor et repartis vers le nord en survolant les marais, jusqu'à ce que le sol s'assèche. Je me posai, repris forme humaine, et me téléportai de colline en colline. Ça peut paraître un peu chaotique, mais quand les collines sont espacées de trois ou quatre lieues, c'est un mode de déplacement assez rapide.

J'arrivai à Seline au coucher du soleil et me mis en devoir de trouver Ontrose.

Il était logé dans la maison du premier magistrat de Seline, qui se trouvait être un de mes vieux amis. Je n'eus aucun mal à me faire introduire et à voir mon bien-aimé.

En me voyant, il se leva et s'inclina bien bas.

– Votre Grâce m'en veut-elle toujours ? demanda-t-il d'un ton obséquieux.

J'accusai le coup, me rappelant le cri perçant que j'avais poussé lorsqu'il m'avait plantée là, dans mon manoir.

– Non, mon cher Ontrose, lui assurai-je. Après votre départ, j'ai cassé un peu de vaisselle, et je me suis sentie mieux.

Il me jeta un regard ahuri.

– C'est un truc féminin, Ontrose. Vous ne pouvez pas comprendre. Bon, je suis confrontée à un mystère, et j'ai besoin de votre aide pour y apporter une réponse.

– Si c'est en mon pouvoir, répondit-il modestement.

– J'espère bien, parce que, moi, je n'y comprends rien. Quand vous êtes parti, je suis allée à Vo Wacune prévenir Andrion de nos progrès, et je suis remontée vers le nord. Le baron Lathan faisait traverser la Camaar à son armée tandis que le général Halbran venait de sortir de Sulturn et remontait vers le nord. Tout se passait donc comme prévu.

– C'est très réconfortant, répondit-il.

– Profitez-en bien, Ontrose, parce que je trouve la suite beaucoup moins rassurante. J'ai survolé la mer du Ponant pour voir où se trouvaient au juste les vaisseaux de Garteon. Ça m'a pris un moment, mais j'ai fini par les trouver. Ils sont au mouillage, à dix lieues au nord de Camaar.

– Quoi ?

– La flotte de Garteon ne bouge pas, Ontrose. Et pourquoi ? Voilà le mystère. Je n'arrive pas à comprendre ce qu'il mijote.

– En es-Tu bien sûre, gente Polgara ?

– Absolument sûre, Ontrose. Mais j'ai pensé que ce ne serait pas une bonne idée que de les interroger, alors je suis venue ici. Une marine de guerre a-t-elle une raison de s'arrêter ainsi ?

– Aucune à ma connaissance, Votre Grâce.

– Polgara, rectifiai-je. Nous n'en sommes plus aux « Votre Grâce » depuis quelques jours, si je me souviens bien.

– Point ne souhaite T'insulter par une désinvolture fort discourtoise, s'excusa-t-il.

– C'est la courtoisie que je trouve désinvolte à ce stade, mon doux ami, dis-je platement. Mais nous parlerons de ça une autre fois. Pour le moment, nous avons ce problème à résoudre.

– Il y a une explication possible, Polgara, fit-il d'un ton songeur. À vrai dire, je n'en vois pas d'autre. Il est clair que la flotte attend quelque chose. Les vaisseaux sont-ils visibles depuis le rivage ?

– Non.

– Ils ne guettent donc aucun signal. La chose doit se passer à une date donnée... Il se peut qu'ils soient allés plus vite qu'ils ne pensaient et qu'ils attendent le moment prévu.

– Ça, Ontrose, c'est frappé au coin du bon sens : ils ne musardent pas, ils attendent.

– N'empêche que ça pose une autre question : il n'est pas rare que l'on fixe une date pour effectuer une opération militaire donnée, mais ça implique une coordination rigoureuse entre les forces assaillantes. Cette stratégie constitue le cœur de toutes les campagnes militaires.

– Ça paraît raisonnable.

– Mais dans ce cas, quelle serait la seconde force ? Lathan nous a assuré que toute l'armée de Garteon s'était embarquée à Vo Astur. Si tel est le cas, avec qui l'attaque pourrait-elle être coordonnée ?

– En Asturie, personne, mais au-dehors ? suggérai-je d'un ton dubitatif. Sauf que je ne vois ni les Aloriens ni les Tolnedrains s'impliquer dans les querelles arendaises. J'y ai veillé il y a plusieurs siècles.

– Impossible ! se récria mon champion, les yeux ronds.

– Mais si, mon cœur, affirmai-je. Il y a plus de cent ans, nous avons, Ran Borune et moi, écorché vifs les Vordueux, les Honeth et les Horbites afin de les empêcher de mettre leur nez dans la politique arendaise, et mon père tient les Aloriens dans sa poigne de fer.

– Ce n'est pas ce que je voulais dire, ma chère Polgara, rectifia-t-il. Il venait juste de m'apparaître que le baron Lathan n'était pas inconnu en Arendie, car de fait l'Arendie tout entière fut témoin de notre joute lors du grand tournoi du Conseil d'Arendie au cours duquel je remportai le poste convoité de champion à Tes côtés. Ne se pourrait-il que Garteon ou l'un de ses hommes de main aient observé et reconnu notre cher ami à Vo Astur et fait semblant d'embarquer toutes les forces asturiennes pour l'abuser, et influencer de ce fait son rapport ?

– Je n'y avais pas pensé, Ontrose, convins-je. Lathan aurait vu toutes ces troupes s'embarquer à Vo Astur, après quoi les vaisseaux auraient aisément pu descendre le courant sur une demi-douzaine de lieues, débarquer les soldats à un endroit désert où Lathan n'aurait pu les voir. Ça signifie, mon cher cœur, que nous savons que Garteon a une armée, mais que nous ne pouvons dire avec précision où elle se trouve.

– Vite, à cheval ! s'exclama-t-il.

– Mon cher, cher Ontrose, j'aimerais que vous cessiez de réclamer votre cheval. Où voulez-vous aller ? Ne me dites pas que vous avez peur de moi !

– Je dois m'entretenir avec Lathan. Si nous avons été abusés, tout est perdu.

– Pas tout à fait, mais nous serions en mauvaise posture. Ne réveillez pas votre cheval. Je vais vous emmener auprès de Lathan.

– Mais..., commença-t-il.

– Faites-moi confiance, mon cher cœur, dis-je en effleurant sa bouche du bout du doigt pour le faire taire, puis, comme elles étaient à portée des miennes, j'embrassai ses douces lèvres, juste pour m'assurer qu'elles étaient toujours aussi douces, vous comprenez.

– Dame Polgara ? commença-t-il d'une voix frémissante.

– Ne m'interrompez pas quand je suis occupée, mon cœur, répliquai-je fermement, et je l'embrassai à nouveau. Enfin..., fis-je avec un soupir nostalgique. Il suffit pour le moment.

Je venais d'avoir une idée qui n'avait probablement pas effleuré mon champion. Nonobstant son excellente éducation, Ontrose était ignare en politique. Ses liens d'amitié avec Lathan l'aveuglaient. Mais j'avais vu assez de trahisons dans ma vie pour ne pouvoir me départir de certains soupçons.

– Nous allons voir le baron Lathan d'ici quelques minutes, repris-je. Je préférerais que vous vous absteniez d'évoquer devant lui nos doutes quant à la position de l'armée de Garteon.

– Je ne Te suis point, ma bien-aimée.

– Ne l'embrouillons pas avec nos spéculations, Ontrose. Laissons-le arriver à ses propres conclusions sans l'influencer. Sa réponse pourrait être plus proche de la vérité que les nôtres. N'écartons pas cette possibilité. Dites-lui juste que la flotte de Garteon est au mouillage, et évoquez la possibilité qu'une date ait été fixée pour l'intervention. Laissons-le partir de là, et voyons où ça le mènera. Lathan n'est pas idiot ; nous aurions tort d'entraver le fonctionnement de son esprit.

– Tu es plus sage, ô ma douceur, que je ne saurais dire ! s'exclama-t-il avec admiration.

– Et vous, Ontrose, vous êtes le plus gentil garçon du monde, fis-je en posant tendrement la main sur sa joue.

– Comment Te proposes-Tu de nous transporter jusqu'au campement de Lathan ? demanda-t-il.

– Il vaut mieux que je ne vous en dise pas trop à l'avance,

mon amour, répondis-je. Les détails sont sans importance et pourraient vous troubler. Remettez-vous-en à moi.

– Je Te confierais ma vie, ma bien-aimée.

Je décidai de ne pas le changer en campagnol, contrairement à ce pauvre Killane. Je ne souhaitais pas l'humilier et je voulais qu'il ait toute sa tête lors de son entretien avec Lathan – juste au cas où. Je lui proposai de nous éloigner un peu de la cité et nous entrâmes dans un petit bosquet. Il était près de minuit, mais la lune était pleine et l'on y voyait comme en plein jour. Je posai la main sur son front et murmurai : « Dors. » Il s'assoupit aussitôt. Je bandai mon Vouloir et le comprimai. Le terme n'est pas très flatteur, mais il correspond bien à la réalité.

Lorsque le processus fut achevé, mon champion ressemblait à une figurine de six pouces de haut, et il ne pesait plus que quelques onces. Je le tins un instant dans le creux de ma main, l'enroulai dans mon mouchoir et le fourrai dans mon corselet. Il serait à l'abri.

(Je vous déconseille de faire de l'esprit. Et je ne dis pas ça pour rire !)

J'eus à nouveau recours à la téléportation, ce qui est toujours un peu délicat de nuit. Même par une nuit de pleine lune.

L'armée du baron Lathan se trouvait juste au nord de Sulturn. Je la repérai aisément grâce aux feux de camp. J'effectuai un dernier saut qui m'amena au sommet d'une colline à un quart de lieue de ses lignes. Je vérifiai que tout était tranquille et récupérai mon champion dans mon corselet. Je le déposai délicatement dans l'herbe, inversai le processus de réduction et lui ordonnai de se réveiller.

Il ouvrit les yeux et se passa la main sur le front.

– M'est avis que j'ai dû me trouver dans un endroit bien chaud, remarqua-t-il.

– En effet, répondis-je, mais je ne crus pas utile de préciser lequel au juste. Maintenant que j'y repense, il devait y faire assez chaud, en effet.

– Où sommes-nous, ma bien-aimée ? demanda-t-il en regardant autour de lui.

– Juste au nord de Sulturn, mon cher et tendre, répondis-je. C'est le campement de Lathan qui se trouve là, dans la vallée.

– Ai-je donc dormi si longtemps ?

– Une demi-heure, répondis-je. Ne commencez pas à compter les lieues et les minutes, mon cher cœur. Ça ne servirait qu'à vous donner la migraine. Disons que c'était une de ces « choses », et restons-en là.

– Je m'en remets à Toi, ma bien-aimée.

– Bon. Il faudra que vous décliniez votre identité à la sentinelle de garde. N'hésitez pas à faire état de votre rang s'il le faut. Nous devons parler à Lathan le plus vite possible.

Il bomba le torse, m'offrit son bras et nous descendîmes la colline. Une dizaine de minutes plus tard, nous étions au centre du campement wacite, devant la tente de Lathan. Son ordonnance reconnut Ontrose et réveilla aussitôt notre ami endormi.

– Ontrose ? fit Lathan en se frottant les yeux. Je vous croyais à Seline.

– J'y étais, mon ami, il y a une heure à peine, répondit Ontrose. Je suis le plus heureux des hommes, car je dispose d'un moyen de transport miraculeux, ajouta-t-il en me jetant un sourire fondant.

– Votre Grâce ! s'exclama Lathan en se levant précipitamment.

– Laissons tomber les civilités, baron, suggérai-je. Nous avons un problème urgent à résoudre. Dites-lui, Ontrose.

– Assurément, Votre Grâce. Notre problème est simple à exposer, mais la solution peut se révéler plus complexe. Bref, notre gente Polgara ici présente a utilisé son don à nul autre pareil pour recueillir des informations. Elle est allée relever la localisation précise de la flotte asturienne.

À cet instant, je vis le visage de Lathan exprimer une certaine méfiance.

– Inutile de dire, poursuivit Ontrose, qu'elle a réussi. Mais le résultat de ses investigations m'a réduit à quia. Sa Grâce m'affirme que les vaisseaux de Garteon sont au mouillage à dix lieues à peine au nord de Camaar.

Je regardais attentivement Lathan, et j'eus l'impression qu'il n'était pas surpris. J'étais sur le point de lancer un coup de sonde mental quand la voix de ma mère m'interrompit net.

Non, Pol. Laisse faire Ontrose. Il faut qu'il s'en rende compte tout seul.

Qu'il se rende compte de quoi? demandai-je silencieusement.

Tu verras bien.

L'instant d'après, elle n'était plus là.

– Nous y avons beaucoup réfléchi, Sa Grâce et moi-même, disait Ontrose. Et nous rappelant que c'est Toi qui avais éventé cette ruse, nous en avons conclu que Tu étais probablement le mieux placé pour nous expliquer la tournure qu'avaient pris les événements. Je crains que mon raisonnement ne soit fort primaire. Force m'est de supposer que cette pause s'explique dans le cadre d'un plus vaste stratagème. M'est avis qu'une date précise doit avoir de l'importance dans le plan général de Garteon.

– Je ne puis mettre Ton raisonnement en défaut, Ontrose, convint Lathan. En vérité, alors que j'étais à Vo Astur, j'ai eu l'intuition que le calendrier pouvait exercer un certain rôle. Mais point n'ai eu le temps d'approfondir ma réflexion.

– Raisonnons ensemble, mon vieil ami, proposa Ontrose. Si une date précise revêt une telle importance que l'attente s'impose, cela n'implique-t-il pas que quelqu'un d'autre lit exactement le même calendrier?

– En vérité, Ontrose! s'exclama Lathan, mais je crus discerner une fausse note dans son enthousiasme.

– Mais qui ce calendrier pourrait-il intéresser? demanda Ontrose, poussant son raisonnement plus loin. Si l'armée de

Garteon est vraiment à bord de ces vaisseaux, qui reste-t-il en Asturie pour consacrer un tel intérêt au calendrier ?

Le changement d'expression de Lathan fut si fugitif que je faillis le manquer. Ce fut un imperceptible froncement de paupières.

– Attention, Ontrose ! m'écriai-je.

Lathan avait de toute évidence quelques mesures d'avance sur mon champion, et il savait exactement où le raisonnement de son ami allait l'amener. Il se retourna d'un bloc, prit son épée posée sur le banc, au pied de son lit de camp, et fit volte-face, l'épée levée, prêt à frapper mon ami.

Je pense maintenant qu'Ontrose n'était pas si en retard sur lui qu'il en avait l'air, car alors que l'épée de Lathan amorçait sa descente fatale, Ontrose dégaina son arme qui sortit en sifflant du fourreau et interrompit l'autre en plein mouvement.

– Tout est clair, à présent, Lathan, dit tristement Ontrose. Reste à comprendre le pourquoi.

Lathan leva à nouveau son arme, et Ontrose para aisément le coup. Il n'avait manifestement pas besoin de mon aide. Je m'écartai prudemment.

Ce qui se passa ne mérite guère l'appellation de combat à la loyale. La seule chance de Lathan était de tenter une attaque surprise. Elle avait échoué, et il était perdu. Son expression disait clairement qu'il le savait. Et j'eus le sentiment désagréable qu'il n'en était pas fâché, au fond.

Ça fit beaucoup de bruit, comme tous les combats à l'épée. Et le bruit attira l'attention, évidemment. Ma seule contribution à l'affaire concerna le théâtre des événements. Après mon intervention, la toile de la tente était plus rigide que l'acier. Je ne tenais pas à ce que nous soyons interrompus.

La fin du combat fut annoncée par le flot de sang vermeil qui jaillit de la bouche de Lathan lorsque l'épée de mon champion plongea dans son poumon comme dans du beurre. Lathan se raidit, lâcha son arme et s'effondra.

Ontrose s'agenouilla à côté de lui en pleurant.

– Pourquoi, Lathan ? Pourquoi as-Tu fait cela ?

Lathan toussa, cracha et je compris que sa blessure était mortelle. Je ne pouvais rien faire pour lui.

– Pour mettre fin à mes souffrances, Ontrose, dit-il d'une voix à peine audible.

– Quelles souffrances ?

– L'agonie, Ontrose. Je puis l'avouer, maintenant que je suis près d'être libéré, que j'aimais et que j'aime toujours notre gente Polgara. Tu me l'as arrachée à ce maudit tournoi, et mon cœur est mort ce jour-là. C'est avec joie que je m'endors pour toujours, car je ne dormirai point seul. Wacune périra avec moi, ainsi que tout ce que j'ai jamais aimé.

– Qu'as-Tu fait, Lathan ? s'écria Ontrose, horrifié.

Lathan cracha à nouveau du sang.

– Je T'ai trahi, ainsi que tout Wacune. Je suis allé, sans me faire repérer, en Asturie, dit-il d'une voix de plus en plus faible, et me suis entretenu avec Garteon et un conseiller étranger dont je n'ai point demandé le nom.

– Un étranger ? demandai-je sèchement.

– M'est avis qu'il était nadrak, peut-être murgo. C'est lui qui a conçu notre stratagème. La flotte qui a quitté Vo Astur il y a huit jours n'était qu'un simulacre, un subterfuge pour abuser Wacune et Erat. Il n'y avait personne à bord. L'armée de Garteon attend dans la forêt à deux lieues de la frontière ouest de Wacune.

Il eut une quinte de toux. Il s'affaiblissait à vue d'œil.

– Quand cela ? insista Ontrose. Quand doivent-ils attaquer ?

– D'ici deux jours, Ontrose, répondit Lathan d'une voix dans laquelle je discernai une note de triomphe malgré la proximité de la mort. Le dixième jour après le départ de la flotte fantôme est marqué d'une pierre blanche sur le calendrier de Garteon. Ce jour-là il marchera sur Wacune et entrera sans coup férir dans la cité d'albâtre qui se dresse, désarmée, sur son chemin. Vo Wacune est perdue, Ontrose, mon ami bien-aimé et tant haï. Quoique mortellement blessé par Ton épée, la bienvenue, j'ai déjà lancé le coup qui T'abattra. D'ici quatre jours, les Asturiens donneront l'assaut aux murailles sans défense de Vo Wacune, et aucune force au monde ne pourrait arriver à temps pour empêcher sa chute. Je vais mourir, Ontrose, poursuivit-il dans un murmure entrecoupé de quintes de toux, en crachant des flots de sang. Mais point ne mourrai seul. La vie m'est un fardeau depuis le jour où Tu as arraché Polgara à mon étreinte. Je vais à présent poser ce fardeau et connaître le repos de la tombe en sachant que je n'irai point seul. Tout ce que j'ai aimé m'y accompagnera, et seule l'immortelle et l'invulnérable Polgara demeurera pour faire entendre l'écho de son chagrin sur les célestes pourpis. Tout est accompli. Je suis apaisé.

Il pinça les lèvres et braqua les yeux sur mon visage avec une indicible nostalgie. Et il mourut. Et Ontrose pleurait.

Je me maudis en silence de mon inattention. J'avais eu des centaines d'indices et je les avais ignorés. J'aurais pourtant dû m'en douter !

Je m'approchai rapidement du rabat de la tente.

– Allez chercher les officiers ! ordonnai-je aux Wacites qui tentaient vainement d'entrer dans la tente. Nous avons été trahis ! La félonie laisse Vo Wacune sans défense ! R'prenez-vous, les gars ! fis-je, me rappelant que ces hommes étaient des paysans wacites. J' vais vous dire : on a du pain sur la planche !

Puis je me retournai vers mon champion en larmes.

– Ça suffit, Ontrose ! lançai-je. Relevez-vous !

– C'était mon ami, Polgara ! sanglota-t-il. C'était mon ami et je l'ai tué !

– Il ne l'a pas volé. Dommage que vous ne l'ayez pas tué pendant le tournoi. Allez, levez-vous. Tout de suite !

Il accusa le coup, mais il s'exécuta.

– C'est mieux. Faites faire demi-tour à cette armée et

menez-la immédiatement vers le sud. Je vais mettre Halbren au courant des derniers événements et lui ordonner de vous rejoindre. Allez, Ontrose, vite ! Nous avons beaucoup à faire et guère de temps devant nous.

– Et mon ami ? demanda-t-il en indiquant le corps de Lathan.

– Faites-le jeter dans un fossé n'importe où. Ou laissez-le là. Ce n'est qu'une ordure, Ontrose. Disposez-en comme vous feriez de n'importe quel détritus. Je serai de retour d'ici une heure à peu près, et nous repartirons tout de suite pour Vo Wacune. Nous avons une guerre à mener là-bas.

Sur ces mots, je sortis de la tente.

Une fois hors de portée de voix du campement, je m'autorisai à exprimer en termes colorés ce que je pensais de la situation. La trahison de Lathan avait bien failli réussir. Il n'y avait aucun moyen de faire parvenir des renforts à Vo Wacune à temps pour défendre la cité. Il fallait que je m'y prenne « autrement ». Sur le coup, cette idée me plut assez. L'image d'une râpe à fromage m'effleura l'esprit, et cette fois, je m'en servirais, que ça plaise à ma mère ou non.

Je me téléportai de colline en colline vers le campement du général Halbren qui se trouvait sur la rive du lac de Sendar. Halbren ne parut pas particulièrement surpris lorsque je lui parlai de la trahison de Lathan, mais rien ne le surprenait. Je crois vraiment qu'il aurait pu voir le ciel lui tomber sur la tête sans trahir le moindre étonnement.

– Il y a une faille dans leur plan, répondit-il calmement.

– Il me paraît assez dévastateur, à moi.

– La prise de la ville n'est que la première étape, expliqua-t-il. Il se peut que les Asturiens réussissent à prendre Vo Wacune, mais les armées combinées de Wacune et d'Erat arriveront quelques jours plus tard, et nous sommes très supérieurs en nombre. Croyez-moi, Votre Grâce, nous pourrons reprendre la cité comme nous voudrons, et après ça, Garteon n'aura plus assez d'hommes pour patrouiller dans les rues de Vo Astur.

– Vous voudriez leur livrer Vo Wacune ? relevai-je, incrédule.

– Ce n'est qu'une ville, Votre Grâce, un amas de jolis bâtiments. Ce qui compte, dans une guerre, c'est de la gagner, et nous gagnerons celle-là. Après, nous pourrons toujours rebâtir Vo Wacune. Et ce coup-ci, nous ferons en sorte que les rues soient droites.

– Vous êtes impossible, Halbren, fis-je d'un ton accusateur. Faites mouvement vers le sud. J'emmène Ontrose à Vo Wacune. Attendez un peu pour redessiner le plan de la ville. Je pense connaître un moyen de retenir les Asturiens jusqu'à ce que nos hommes y arrivent.

Je retournai au lac de Sulturn, cherchai Ontrose et l'éloignai un peu de l'armée wacite qui était déjà en marche. Je répétai le procédé que j'avais déjà utilisé et déposai mon champion dans un coin tranquille. Je préférais qu'il soit là, pour être tout à fait honnête.

L'aube se levait sur le neuvième jour du calendrier asturien lorsque je tirai mon héros endormi de l'endroit où il se reposait tranquillement. Je lui rendis sa taille normale et le réveillai. Nous entrâmes en ville et allâmes tout droit au palais d'Andrion pour lui parler de la trahison de Lathan.

– Nous sommes perdus ! s'exclama-t-il.

– Pas encore, Andrion, répondis-je. Mais je vais être obligée de faire appel à des renforts.

– Quelle force est assez près pour venir à notre aide, Polgara ?

– Mon père, Andrion. Et il n'a pas besoin d'être près pour venir en vitesse.

– Te proposes-Tu de défendre les murailles de Vo Wacune à l'aide de la sorcellerie ?

– Ce n'est pas interdit, Andrion. Je pense qu'à nous deux, mon père et moi, nous devrions pouvoir retenir les Asturiens jusqu'à l'arrivée de nos armées. Mon père peut être très dur quand il veut, et je peux être encore pire. Quand nous aurons fini, au seul nom de Vo Wacune tous les Asturiens devraient faire des cauchemars pendant les mille ans à venir. Vous feriez mieux d'aller avec Ontrose prévenir la garnison de la ville et procéder à quelques préparatifs. Je vais rentrer chez moi, appeler mon père et dormir un peu. Il y a trois jours que je n'ai pas fermé l'œil, et je suis positivement épuisée.

Une fois chez moi, je m'enfermai dans ma bibliothèque. La famille Kilanneson savait ce que ça voulait dire et ne me dérangerait pas. Seulement je n'eus pas le temps de partir à la recherche de mon père. Ma mère m'apparut avant.

Polgara! dit-elle fermement. *Les Mimbraïques vont envahir le sud de Wacune demain matin à l'aube.*

– Quoi? m'exclamai-je.

Les barons du nord de Mimbre ont fait alliance avec Garteon. Ils vont monter vers le nord pour rejoindre l'armée asturienne et mettre le siège devant Vo Wacune.

C'était donc ça! fis-je. Tout s'expliquait, en effet. *Les Asturiens nous ont fait quitter notre position afin de pouvoir attaquer Vo Wacune, et ils se sont alliés avec les Mimbraïques!*

Ne paraphrase pas, Pol, coupa ma mère. *Tu ferais mieux de prévenir ton père. De la façon dont les choses se présentent, Vo Wacune n'a pas une chance de survie. Il n'y a que lui qui puisse t'aider, maintenant. Il est dans sa tour au Val. Dépêche-toi, Pol!*

Je projetai ma pensée vers lui, depuis la fenêtre de la bibliothèque. Je constatai qu'un orage imminent obscurcissait le ciel.

Père! J'ai besoin de toi!

Que se passe-t-il? répondit-il presque aussitôt, ce que je pris pour un bon signe. Pour une fois, il était là quand j'avais besoin de lui.

Les Asturiens sont sur le point de rompre la paix en Arendie. Le duc Garteon d'Asturie s'est allié aux barons du nord de Mimbre et ils envahissent Wacune par le sud.

Où est ton armée?

La majeure partie est dans le centre de la Sendarie où elle a été attirée par une ruse asturienne. Nous sommes en difficulté, Père. Vo Wacune est gravement menacée. J'ai besoin d'aide. Nous sommes sur le point de perdre tout ce pour quoi j'ai œuvré.

J'arrive le plus vite possible, promit-il.

Je me sentis un peu mieux. Je refermai ma fenêtre alors que l'orage éclatait sur Vo Wacune.

La situation était grave, c'était indiscutable. Nos armées étaient en marche, mais elles n'arriveraient jamais à Vo Wacune à temps pour repousser l'assaut des Asturiens sur la ville et, le temps que nos forces arrivent, Garteon aurait déjà reçu les renforts mimbraïques. Comme bien souvent, tout était une question de temps.

Je passai la fin de cette terrible nuit dans la bibliothèque, à réfléchir à la situation. Les Arendais avaient la tête plus dure que la pierre. L'âme d'un domaine réside dans sa capitale. Mimbre n'existerait pas sans cette forteresse d'or dressée sur l'Arend. L'Asturie ne serait rien sans Vo Astur. Le duché wacite devait tout ou presque à Vo Wacune et à ses tours élancées dressées vers le ciel. C'était une spécificité qui m'avait convaincue de ne pas fonder de capitale dans mon propre duché. Mon domaine n'avait pas de centre. La destruction de la cité d'Erat m'aurait mise hors de moi, mais elle ne m'aurait pas abattue. Je me rendais bien compte que si Vo Wacune tombait, Wacune aurait cessé d'être. D'ici quelques générations, ce ne serait plus qu'un vague souvenir. Sauver la cité était un impératif absolu.

L'orage qui s'abattait sur nous, contrairement à la plupart des orages d'été, ne se calma pas au lever du jour. La pluie et le vent redoublèrent de force. Il faisait un temps épouvantable.

Mais c'était l'aube du dixième jour, le jour fatidique. Je mis ma cape et allai au palais voir comment les choses avançaient. Je trouvai Andrion et Ontrose en grande discussion. Je leur annonçai que mon père arrivait mais que le mauvais temps risquait de le retarder.

– Il risque de ralentir aussi, ce me semble, la marche de nos propres forces venant de Ton duché, répondit Andrion.

– Nous devrons défendre notre cité avec les moyens du bord, conclut Ontrose. La tâche est formidable, toutefois, rien n'est impossible.

Je décidai de garder provisoirement pour moi l'information concernant les Mimbraïques. Ils étaient déjà assez inquiets comme ça.

Il plut encore pendant deux jours, ce qui ralentit l'avance de Garteon sur Vo Wacune. Au matin du troisième jour, il n'était pas encore devant les murailles. Le temps s'était arrangé et le soleil brillait. Père arriva en ville vers midi et me trouva en train de discuter avec Ontrose dans ma roseraie trempée de pluie. Mon champion bien-aimé faisait de son mieux pour me convaincre de quitter Vo Wacune avant qu'il ne soit trop tard.

– Il le faut, Polgara, disait-il. Tu dois gagner un endroit sûr. Les Asturiens sont presque aux portes de la ville.

Malgré tout ce que j'avais pu lui dire sur la réception que je comptais réserver aux forces de Garteon, il s'en faisait encore pour moi.

– Oh, Ontrose ! taisez-vous, je vous en prie. Vous savez parfaitement que je suis de taille à me défendre. Je ne cours aucun risque, personnellement.

C'est alors que mon père, qui avait choisi de se changer en faucon pour voyager, se posa sur mon cerisier préféré, se métamorphosa et descendit.

– Il a raison, Pol, dit-il laconiquement. Tu ne peux plus rien faire ici.

– Où étais-tu ? rétorquai-je.

– Je luttais contre les intempéries. Tu ferais mieux d'emballer tes affaires. Nous devons repartir tout de suite.

Je n'en croyais pas mes oreilles !

– As-tu perdu la tête ? Je n'irai nulle part ! Maintenant que tu es arrivé, nous pouvons repousser les Asturiens.

– Non. C'est impossible. En fait, c'est l'une de ces choses qui doivent arriver, et nous n'avons pas le droit de nous en mêler, ni toi ni moi. Je regrette, Pol, mais le Codex mrin ne laisse aucun doute à ce sujet. Nous ne pouvons pas fricoter avec cet événement sans modifier le cours des choses à venir.

– C'est sûrement un coup de Ctuchik, dis-je en me raccrochant à n'importe quel argument pour tenter de le gagner à ma cause. Tu ne vas pas le laisser gagner, quand même ?

– Il ne gagnera pas, Pol. Sa victoire apparente, ici et maintenant, aura un contrecoup. Il sera vaincu – et détruit – plus tard. Certains Arendais seront impliqués dans son anéantissement, et je ne ferai rien pour empêcher ça. Et toi non plus. « L'Archer » et le « Chevalier Protecteur » seront issus de ce qui va se passer ici, et nous n'avons pas le droit d'intervenir.

– La chute de Vo Wacune est donc certaine, ô Vénérable Ancien ? demanda Ontrose.

– Hélas oui, Ontrose. Polgara vous a parlé des prophéties ?

– Dans une certaine mesure, Très Saint Belgarath, répondit Ontrose. J'avoue cependant n'avoir point compris tout ce qu'elle m'a dit.

– Pour résumer la situation, deux forces se livrent combat depuis le commencement des âges, expliqua mon père. De gré ou de force, nous sommes impliqués dans cette guerre très particulière. Si nous voulons gagner, Vo Wacune doit être sacrifiée. Vous êtes un soldat ; vous comprenez ce genre de chose.

Ontrose poussa un soupir, hocha gravement la tête. Comment pouvais-je humainement me battre contre eux deux ?

– Vous devriez parler avec le duc Andrion, poursuivit mon père. En vous dépêchant, vous arriverez peut-être à mettre les femmes et les enfants en lieu sûr, mais d'ici quelques jours, Vo Wacune aura cessé d'être en tant que telle. J'ai vu les Asturiens en venant. Ils jettent toutes leurs forces dans la bataille.

– Ils seront très diminués en retournant à Vo Astur, assura mon champion bien-aimé d'une voix morne.

– Si ça peut vous réconforter, Vo Astur connaîtra le même destin dans quelques années.

– Je me cramponnerai à cette idée, Vénérable Ancien.

Comment pouvaient-ils accepter avec une telle désinvolture une défaite qui n'avait pas encore eu lieu ?

– À quoi pensez-vous, tous les deux ? demandai-je d'une voix stridente. Vous allez vous coucher par terre et faire le mort devant Garteon ? Nous pouvons encore l'emporter ! Et si tu ne veux pas m'aider, Père, je me débrouillerai toute seule !

– Je ne te laisserai pas faire, Pol.

– Tu ne pourras pas m'en empêcher à moins de me tuer, et tu serais bien avancé avec ton Codex mrin ! Tu es mon champion, Ontrose, et beaucoup, beaucoup plus, dis-je, le cœur serré. Me défieras-Tu ? M'enverras-Tu faire mes paquets comme une femme de chambre indélicate ? Ma place est à Ton côté.

– Sois raisonnable, Pol, reprit mon père. Tu sais que je peux te forcer à partir s'il le faut. Ne m'y oblige pas.

Là, je perdis la tête.

– Je te déteste ! hurlai-je, le visage ruisselant de larmes. Sors de ma vie ! Je vous le dis à tous les deux, je ne partirai pas !

– Tu es dans l'erreur, ô ma tant aimée, fit Ontrose d'un ton implacable. Tu vas quitter cet endroit avec Ton père.

– Non ! Je ne te quitterai pas !

J'avais le cœur brisé. Je ne pouvais m'opposer à lui. Je l'aimais trop pour ça.

– Sa grâce, le duc Andrion, m'a confié la responsabilité de la défense de la cité, Dame Polgara, poursuivit-il, retombant dans le formalisme. Il m'incombe de déployer nos forces. Tu n'as, gente Dame, point de place dans ce déploiement. Je T'implore donc de partir. Allez...

– Non ! fis-je dans un cri.

Il était en train de me tuer !

– Tu es la duchesse d'Erat, gente Polgara. Mais bien avant cela Tu étais de noblesse wacite et Tu as prêté serment de fidélité à la maison du duc Andrion. Je T'oppose ce serment. Ne déshonore pas Ton rang par ce refus obstiné. Apprête-Toi, ma bien-aimée Polgara, à partir sur l'heure.

Ses paroles me firent l'effet d'un coup de poignard en plein cœur. Voilà qu'il m'opposait mon devoir, maintenant !

– Ce n'était pas très aimablement dit, messire Ontrose, dis-je avec raideur.

– La vérité est souvent sévère, ma Dame. Nous avons tous deux des responsabilités. Point ne me déroberai devant les miennes. Assume les tiennes. Pars, Polgara !

Je le serrai longuement sur mon cœur, les yeux pleins de larmes.

– Je t'aime, Ontrose, dis-je.

– Moi aussi, ma Polgara, je T'aime, murmura-t-il. Pense à moi, dans les moments à venir.

– Toujours et à jamais, Ontrose...

Sur ces mots, je l'embrassai farouchement et retournai chez moi faire mes préparatifs de départ.

C'est ainsi que je quittai Vo Wacune, où mon cœur devait rester pour l'éternité.

Cet ouvrage a été achevé par la
SOCIÉTÉ NOUVELLE FIRMIN-DIDOT
Mesnil-sur-l'Estrée
pour le compte des Éditions Pocket
en avril 1999

POCKET - 12, avenue d'Italie - 75627 PARIS CEDEX 13
Tél. : 01-44-16-05-00

Imprimé en France
Dépôt légal : avril 1999
N° d'impression : 45839